“十一五”国家科技支撑计划重大项目（2006BAB04A09）
南京水利科学研究院出版基金
资助出版

南水北调运行风险管理关键技术问题研究

刘 恒 耿雷华 等 编著

科学出版社
北 京

内 容 简 介

本书以我国南水北调东中线调水工程为研究对象，以风险分析与管理理论为基础，就调水工程未来运行在工程、水文、环境、经济和社会等方面的风险进行识别、评价、预测，研究提出各种复杂情形下的调水运行风险分析方法，制定相应的运行风险管理和控制措施，建立风险管理预案，为南水北调工程高效安全运行提供科技支撑。

本书具有较强的科学性、知识性和方法性，书中归纳的理论知识、风险评估、风险对策和预案等对其他各类工程运行的风险管理工作有一定的借鉴价值，可供水利、生态、环境、经济和自然资源等领域的科研和教学工作者、管理者及决策者使用和参考。

图书在版编目(CIP)数据

南水北调运行风险管理关键技术问题研究/刘恒等编著. —北京：科学出版社，2011

ISBN 978-7-03-031022-4

Ⅰ.①南… Ⅱ.①刘… Ⅲ.①南水北调-水利工程-风险管理-研究-中国 Ⅳ.①TV68

中国版本图书馆 CIP 数据核字（2011）第 086069 号

责任编辑：胡晓春 吴伶伶 / 责任校对：包志虹
责任印制：钱玉芬 / 封面设计：王 浩

科学出版社 出版
北京东黄城根北街 16 号
邮政编码：100717
http://www.sciencep.com

中国科学院印刷厂 印刷
科学出版社发行 各地新华书店经销

*

2011 年 6 月第 一 版 开本：787×1092 1/16
2011 年 6 月第一次印刷 印张：24
印数：1—2 000 字数：544 000

定价：98.00 元

《南水北调运行风险管理关键技术问题研究》编委会

主　　任：刘　恒　耿雷华

作　　者：刘　恒　耿雷华　陈炼钢　姜蓓蕾
黄昌硕　徐澎波　宋　轩　余敦先

序

南水北调工程是缓解我国北方水资源严重短缺、优化水资源配置、改善生态环境的战略举措，是一项超大型、跨世纪、关系到我国经济、社会和生态协调发展的重大工程，对于保障和促进我国北方地区的经济发展、环境改善和社会稳定都具有十分重要的战略意义。

南水北调工程是我国继长江三峡工程之后的又一个超大型水利工程。南水北调工程分东、中、西三线自长江向我国北方缺水地区送水。南水北调东、中线均已全面开工建设，并预计于2013年和2014年贯通通水。南水北调东线和中线的输水线路长度均在1000km以上，东线一期工程抽江规模500m^3/s，中线渠首引水规模为350～420m^3/s。无论是调水线路的长度，还是调水的规模都超过目前世界上已建的所有的调水工程。南水北调西线目前还处于论证阶段。

南水北调工程是一个十分复杂的远距离调水工程。东线一期工程从扬州附近长江干流取水，利用大运河等河道，经泵站逐级提水输水北送，进入东平湖后分两路，一路穿过黄河经小运河等自流至德州大屯水库，另一路向东开辟山东半岛输水干线至威海米山水库。调水线路总长达1466.50km。全线共建设13个梯级，总扬程约65m。经过洪泽湖、骆马湖、南四湖和东平湖四大天然湖泊调蓄。中线工程总干渠从丹江口水库渠首枢纽（河南省淅川县陶岔）开始，渠线经过河南、河北、北京、天津四个省市，跨越长江、淮河、黄河、海河四大流域，采用明渠和局部管道相结合的输水形式，线路总长1431.945km，但无任何调蓄场所。

南水北调工程是一个存在高度运行风险的调水工程。鉴于该工程的规模大，调水距离长、工程多而复杂，以及串联性单项工程风险的相互叠加等因素，该工程运行管理具有复杂性和高风险性。工程的风险来自多个方面，主要包括：工程运行风险，工程设置有大量的分水闸、节制闸、泵站等许多交叉建筑物和控制性建筑物，这些建筑物对于输水渠道的安全运行具有十分重要的作用，同时也会直接影响输水系统稳定性和安全性。此外，该工程的输水线路穿越众多大小河流，渠道任何地方的破坏均会影响输水系统的正常运行。水文风险，水源地、输水区、受水区的降雨、来水的丰枯变化，对工程正常供水量产生影响，有供不上和不需要供水情况发生。环境风险，远距离调水对调水区、受水区和调水沿线环境的影响，以及输水水质的变化对受水区和调水沿线环境的影响等。经济风险，宏观经济政策变化、金融风险、汇率和利率的变动、通货膨胀，调水价格的变化，生产、生活、生态用水部门在利用外调水和本地水之间的竞争等因素对工程经济的影响。社会风险，法律法规及政策变化、调出调入区以及沿途区域水量、水质变化引起的社会问题，输水及配水中的水事纠纷等。

南水北调工程建成后的运行管理将面临上述复杂的风险因素，整个系统任何一个环节风险均会影响到整个系统的安全运行，一旦出现调水危机，不但严重影响人民正常生活，而且将造成巨大的经济损失和不良的社会政治影响，关系到区域经济效益、社会效益、生态环境效益，甚至人的生命安全等关键性问题。对南水北调工程的运行进行综合风险管理研究，不仅对发展和完善风险管理方法有重要的理论意义，而且对南水北调工程的风险调度运行及工程运行管理体制的创新具有十分重要的实际指导意义。

《南水北调运行风险管理关键技术问题研究》一书，对南水北调东、中线未来调水可能的风险进行了分析评价，提出了风险管理对策，设置了不同情景的风险管理预案。该书丰富了风险管理的基础理论，紧密结合南水北调东、中线工程，理论与实践紧密结合。该书在风险研究理论发展、技术方法进步及实际应用方面具有前瞻性和开拓性，对南水北调工程的建设管理和保障南水北调工程建成后安全运行将起到重要的指导作用。

该书的出版丰富和发展了我国风险管理的理论，研究成果具有广泛的推广应用前景。希望该书的出版将对调水工程运行风险管理工作起到很好的推动作用。

是为序。

南京水利科学研究院院长、中国工程院院士

张建云

2011年4月于南京

前　言

南水北调工程是我国继长江三峡工程之后的又一项超大型水利工程。该工程是缓解我国北方水资源严重短缺、优化水资源配置、改善生态环境的战略举措，是一项关系到我国经济、社会和生态协调发展的重大工程，对于保障和促进我国北方地区的经济发展、环境改善和社会稳定都具有十分重要的战略意义。预计东线、中线一期将分别于2013年、2014年建成通水。随着这些长距离跨流域水利工程的建成运行，工程运行中各种不确定性因素引起的风险问题正成为人们关心的焦点，南水北调运行的风险分析和风险管理也摆在管理者面前，研究如何降低、减小和控制风险已经成为目前亟待研究的重要课题。

“南水北调运行风险管理关键技术问题研究”是“十一五”国家科技支撑计划重大项目“南水北调工程若干关键技术研究与应用”的一个课题。为了保障南水北调运行安全，促进调水运行风险管理，本次攻关的目标是识别南水北调风险因子及其作用机理，建立南水北调运行风险综合评价、预测、控制和预案制定的技术体系，为南水北调工程的安全高效运行提供重要依据和科技支撑，提高调水工程的风险管理水平，形成具有中国特色的复杂巨系统调水工程运行风险管理的决策技术框架系统，推动相关科学的发展。为完成上述目标，由南京水利科学研究院、中国水利水电科学研究院和河海大学为主组成的课题组将具体任务分解成以下六个方面的内容：

（1）南水北调运行工程风险管理研究；

（2）南水北调运行水文风险管理研究；

（3）南水北调运行生态与环境风险管理研究；

（4）南水北调运行经济风险管理研究；

（5）南水北调运行社会风险管理研究；

（6）南水北调运行风险综合评估与管理调度预案研究。

研究中密切联系实际，以不确定性理论、系统动力学、概率论、效用理论、信息博弈论等相关理论为基础，采用层次分析（解）法、故障树分析法、专家调查法、等级全息建模法等不同方法进行风险识别与风险机理分析，运用风险图、层次-模糊综合评判、贝叶斯网络、聚类分析、水环境系统数值模拟、水文模拟等方法，建立起调水工程多层次时空风险预测模型，并利用建立的模型对各类风险进行预测评估，制定调水工程运行风险控制标准，提出风险控制措施，编制风险安全保障预案。课题验收结论表明：研究取得了重大突破，许多成果填补了国内空白，成果具有很强的实用性，为南水北调未来运行的风险管理奠定了良好基础。

本书以课题研究成果为基础，共分11章。第一章由刘恒、耿雷华、黄昌硕撰写；第二章由姜蓓蕾、宋轩、徐澎波撰写；第三、十一章由耿雷华、刘恒撰写；第四、六章由陈炼钢、黄昌硕撰写；第五章由宋轩、徐澎波撰写；第七、八章由陈炼钢、姜蓓蕾、佘敦先撰写；第九、十章由黄昌硕、姜蓓蕾撰写。全书由刘恒定稿。

本研究属于重大基础研究，研究时间短，涉及范围广、线路长，系统复杂，工作量大。参加课题研究的除上面编写人员外，还包括裴源生、王慧敏、陆垂裕、赵勇、秦长海、杨晓华、朱元甡、肖伟华、康玲、仇蕾、李爱花、张婕等。在研究过程中，国务院南水北调工程建设委员会办公室、水利部国际合作与科技司、水利部南水北调规划设计管理局等给予了大力支持；淮河水利委员会、长江水利委员会、丹江口水库、江苏省南水北调工程建设领导小组办公室、南水北调中线干线工程建设管理局等为研究提供了基础资料。尤其是得到项目专家组朱尔明、陈志恺、王浩、翁文斌、任光照、祝瑞祥、许新宜、滕炜芬等院士、专家的具体指导。书中借鉴和引用了国内外有关研究成果，书后附有参考文献。在此，一并表示谢意。

由于对南水北调工程、对风险的认知水平有限，加之编写时间仓促，因此，有些结论难免偏颇。不当之处，敬请读者批评指正。

作　者

2011 年 3 月于南京

目　　录

第一章 绪 论

1.1 研究现状及发展趋势

1.1.1 风险管理起源与发展

由于客观世界的复杂性和人类认识客观世界的局限性，人类的一切决策和活动总是伴随着不确定因素的困扰，因而不可避免地承受着一定的风险。例如，洪水、台风、地震、战争等，以不定时间、不同程度始终影响或威胁着人类世界。18世纪产业革命之后，法国学者法约尔（Heni Fayol）在其著作《一般管理和工业管理》一书中，正式把风险管理思想引入企业经营领域。风险管理的基本思想是：经营主体对保障的客体进行风险辨识、风险估算，在风险分析的基础上，提出风险保障的目标，按目标的要求选择抗御风险的方式。

风险分析的起源可以追溯到20世纪中叶，可以从两个角度来分析：①第一次世界大战之后，战败的德国发生了严重的通货膨胀，造成经济衰竭，因此提出包括风险管理在内的企业经营管理问题。通常德国被看成是风险管理的起源地。②美国在1929～1933年卷入20世纪最严重的世界性经济危机，造成的巨大损失促使管理者积极采取各种措施来消除风险、控制风险、处置风险，以减少风险给生产带来的影响。1931年，美国管理协会保险部首先提出风险管理的概念，之后以学术会议及研究班等各种形式集中探讨和研究风险管理问题。从而出现了风险管理的研究与咨询活动。随着研究与实务活动的深入开展，有关的基本理论、基本观点、基本方法、理论模型和求解问题的框架等内容逐步被管理专家认同和约定，风险管理的思想雏形日渐形成（许谨良、周江雄，1998）。

20世纪中叶，风险分析基本上还未提出，而可靠性这个词只在少数一些部门如航宇和武器工业等部门用到，人们大多依靠经验进行安全分析。风险分析和可靠性分析是从正、反两个方面去研究问题的，单从概率角度看，它们存在着互补关系。风险分析是研究系统在一定条件下完成其预定功能所承担的风险，包括确定系统的失事概率和失事后果；可靠性分析是研究系统在一定条件下完成其预定功能的能力，即确定系统的可靠度。最早使可靠性定量化分析的动力来自飞机工业。

第一次世界大战以后，由于空中交通和空中失事的增加，要求制订飞机性能的可靠性准则和必要的安全规范。以保证飞行成功为出发点，对单发动机和多发动机进行了比较，提出对每飞行小时事故发生率的要求。在此之后，风险分析涉及应用的领域越来越多，诸如医学、经济、保险、政治、社会、管理、工程等不同领域（威廉姆斯、汉斯，1990）。

20 世纪 50 年代风险管理发展成为一门学科。在航宇和核领域开始按失效率、寿命期望、设计合理性和成功率预测等来研究元件的可靠性。

20 世纪 60 年代出现了新的可靠性技术，更广泛地运用于各种专门用途。初期的研究集中于各元件的效能，后期扩大到研究元件失效对于其所组成的各级组织系统的影响。到了发展洲际导弹和其后的“水星”和“双子星座”等载人火箭计划的时代，加速提出了“必保成功”的要求，将风险管理发展到了顶点。

20 世纪 70 年代，伴随着产品责任制、环境约束、政府部门大规模干预工厂的设计、建造和运转程序等各种情况所提出的问题，产生了一项新的技术——风险分析。由于参考文献和采用的数学方法比较少见，它的传播普及速度缓慢。1974 年美国原子能委员会主持完成的广泛的核电站风险评估《WASH-1400 反应堆安全性研究》，N. Rasmussen 教授和他耗费巨资组建的工作小组分析了大量的核事故概率，对故障定量地分等排列，然后评估其对公众可能产生的后果。研究中所使用的事件树、故障树和风险后果分析技术，现已被广泛应用于化学工业和其他工业中。N. Rasmussen 式的研究正在欧洲、亚洲和美国迅速推广。随着公众对有关工业公害抗议的增长，再加上消费主义和环境主义的呼吁，欧美等国很快出现了一大批要求一切新工厂在建造之前必须进行主要风险分析的立法（Aven and Vinnem，2007）。到 70 年代后期这一技术逐步向水资源经济评价领域渗透，并最早在美国水资源开发中得以应用（田林钢、吴迪，2008；陈超军、张妮，2007；Houck，1979）。

随着发展中国家社会经济迅速发展，风险管理研究从美国、英国、德国、日本等发达国家向发展中国家扩展。1987 年，为推动风险管理在发展中国家的推广和普及，联合国出版了关于风险管理的研究报告《The Promotion of Risk Management in Developing Countries》。

1980 年，美国风险分析协会成立，成为不同学术团体交流思想的焦点论坛，后来又相继成立了许多风险分析协会的分支机构，其中比较有代表性的有于 1988 年 11 月在奥地利成立的风险分析协会欧洲分会。在 1988 年这次成立大会上，主流人群仍然是社会科学家和政策分析家，只有少数工程师、医学统计学家、毒品学家等参与进来，但会议的收效明显，大家达成一个共识，多学科方法在风险分析领域越来越重要；1992 年欧共体形成共同欧洲市场，更是需要把风险分析和安全标准规范化，欧洲风险分析得到进一步发展。相对欧洲和一些发达国家而言，风险分析在亚洲，特别是发展中国家因其政治、经济等诸方面的原因开展得较晚。

发达国家在风险管理方面的丰硕成果对发展中国家的新兴工业有很强的吸引力。随着跨国公司的扩张和垄断资本的输出，也很自然地把风险管理带到这些国家和地区。在非洲沿海国家尼日利亚，风险管理的发展就极为迅速，并已取得一些实际成果。1991 年，J. O. Irukull 出版的《Risk Management in Developing Country》系统阐述了风险管理的基本理论，并结合发展中国家的国情进行了剖析和说明，1994 年，还对全国的高速公路建设项目进行了系统的风险分析。

风险管理发展的一个主要标志是建立了风险管理的系统过程，从系统的角度来认识和理解项目风险，从系统过程的角度来管理风险。

1.1.2 风险管理认识过程与趋势

对于风险管理过程的认识，不同的组织或个人是不一样的。国外文献中对项目风险管理的基本框架的提法各不相同。

Boehm 于 1991 年提出了由风险评估（包括风险辨识、风险分析、风险排序）和风险控制（包括风险管理计划、风险处置、风险监控）两个阶段组成的风险管理过程。

Fairley 于 1994 年将项目风险管理分为七个步骤：辨识风险因子、估算风险概率和后果、制定减轻风险策略、监控风险因子、调用紧急计划、处理项目危机和项目从危机中复苏。

1996 年，SEI（Software Engineering Institute）提出一整套管理项目风险的方法学，将项目风险管理分为五个部分：风险辨识、风险分析、应对计划、风险跟踪和风险控制。

1997 年，Klien 和 Ludin 根据 Deming 提出的质量管理的四个步骤（计划、行动、监察、反应）描述了一个四阶段项目风险管理过程：风险辨识、风险分析、风险控制和综合报告。

Chapman 和 Ward 于 1997 年构造了一个通用的包括九阶段的项目风险管理过程：定义项目的关键域、制定风险管理策略方法、辨识风险源、构建风险假定和关联信息、指定风险责任和应对措施、估算不确定程度、评价风险间的关联度、制定应对计划以及监控和控制风险。

Tunmala 于 1999 年提出包含风险识别、风险度量、风险评价和风险监控四个环节的风险管理体系。

2000 年，Nicholas 认为风险管理包含三个阶段，即风险识别、风险评价和风险对应方案。Mark Keil 等提出了大型项目风险管理过程的理念。Chapman 认为风险管理包含风险分析和风险控制两个阶段或过程。其中风险分析包括定性分析和定量分析。定性分析包括知识采集（knowledge acquisition）、核心小组建立（selection of coveteam）、风险辨识（risk identification）、风险估计（risk estimation）、开始回应（initial response）和二次辨识（secondary risk identification）。定量分析是指用各种分析技术对风险进行量化和评价（evaluation），包括敏感性分析（sensitivity analysis）、概率分析（probabilistic analysis）、影响图（influence diagrams）和决策树（decision tree）。风险控制包括风险回应（risk response）与风险监控（risk controlling and monitoring）。

2000 年，美国项目管理协会制定的项目管理知识体系（Project Management Body of Knowledge，PMBOK）中描述的风险管理过程为：风险管理规划、风险识别、风险定性分析、风险量化分析、风险应对设计、风险监视和控制六个部分。美国国防部根据其项目管理经验，建立了相对科学的风险管理体系：风险规划、风险评估、风险处理和风险监控等（高峰，2005），如图 1.1 所示。

传统的风险管理观念是静态的，风险管理过程只是将事先确定好的措施加以实施。这种观念的局限性被越来越多的人所认识，一些学者开始从动态的角度对风险管理进行

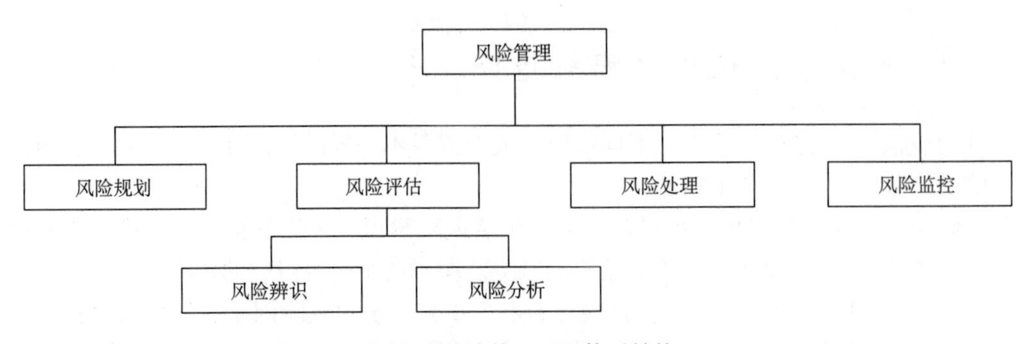

图 1.1　风险管理过程体系结构

研究。1992 年 A. B. Huseby 和 S. Skogen 提出连续项目风险评审模式，同年 A. Del Cano 提出了动态风险分析（DynRisk）模式，1994 年 H. Ren 提出了风险生命期概念，2001 年 Ali Jaafri 提出了生命周期风险管理（LCPM）。在这些动态模型中，将风险识别与评价贯穿于项目的整个生命期中，无疑是风险管理观念的一个飞跃。

我国学者毕星、翟丽在其主编的《项目管理》一书中把项目风险管理的阶段划分为风险识别、风险分析与评估、风险处理、风险监督四个阶段，并对风险管理的方法进行了总结（毕星、翟丽，2000），如图 1.2 所示。

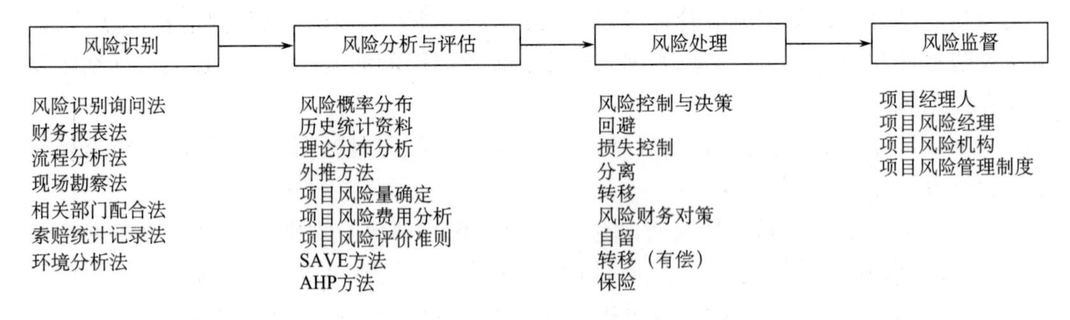

图 1.2　四阶段的风险管理过程

综合以上对风险管理过程的表述，再结合我国项目管理的情况，特别是结合大型高风险项目管理的实践，可以将项目风险管理过程归纳为风险规划、风险识别、风险估计、风险评价、风险应对和风险监控六个阶段，如图 1.3 所示。

从国外风险管理与控制技术的发展来看，美国、欧洲各国和日本走在前列。从水资源管理技术研究来看，美国以其强大的管理学基础而走在世界的前面。

纵观几十年风险管理科学的发展历程，呈现出以下三大趋势：

① 风险管理由发达国家向发展中国家延伸；

② 风险研究的领域不断扩大，正走向多元化、多极化；

③ 风险分析模型技术日益丰富并逐渐趋于成熟。

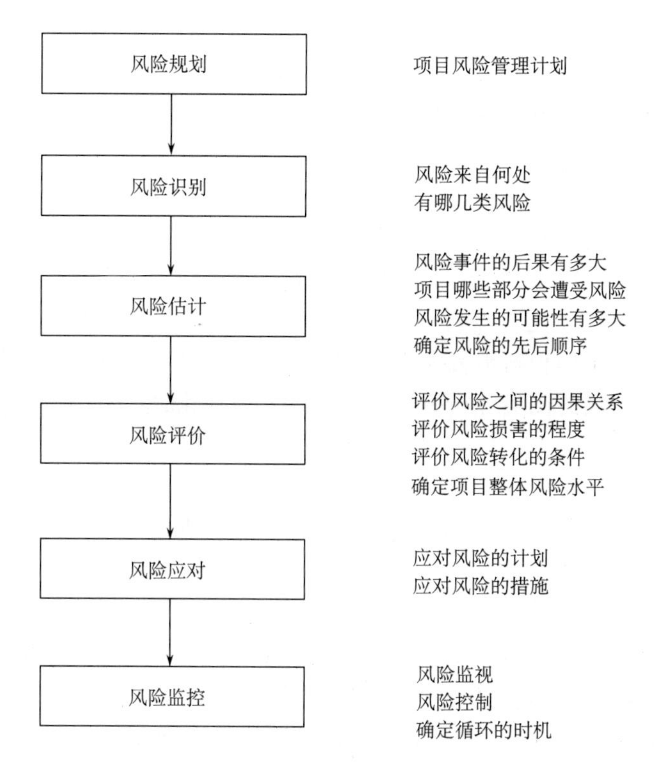

图 1.3 六阶段风险管理过程

1.1.3 水利工程风险管理研究进展

1.1.3.1 国外水利工程风险管理研究进展

随着风险分析的应用，这一技术逐渐被引入大型水利建设工程、防洪减灾等领域，大型建设工程中风险分析主要用于对已建成的水利工程存在安全性等方面的风险分析和风险管理问题。在工程建设过程中进行有关风险的分析并采取相应对策也同样重要和必要（Modarres，2006；Cohen and Palmer，2004；Nguyen，2002；Ang and Tang，1984）。例如，作为工程规划与设计中一项必不可少的技术决策，施工导流设计以信息和预测为依据，其中必然包含不确定性，如超标准洪水的发生等。这些不确定因素的存在和一些工程技术因素的作用，使导流风险无法避免。导流标准的确定从本质上讲就是典型的风险决策。通过概率模拟分析，可以正确模拟和评估各种不确定性，得出每一个导流方案相应的风险及其后果，并凭此判定它们对确定导流标准的影响（李爱花等，2009）。

国外在风险分析包括风险确认、风险估算、风险规避和风险评价上已经形成比较完整的体系，在此基础上针对风险的特点采用先进的监测手段，从而实现对风险的有效控制，做到规避和减小风险。但是，在水利风险研究领域还有很多内容需要不断研究补充，如如何科学得到风险率、如何正确评估工程失事损失、在水利水电工程中如何把水文风险和结构风险进行组合、如何建立科学合理的结构维护和维修的决策模型等一系列问题都需要不断深入研究。

纵观国外水利工程风险的研究进展，可以发现，迄今为止，工程风险的研究领域主要集中在两个方面：大坝风险分析和堤防工程风险分析。

（1）大坝风险分析

大坝风险分析最初开始于美国。1976年和1977年，美国分别使用风险分析方法分析Teton坝和Taccoa Falls失事；1979年，美国政府发表了《大坝安全联邦导则》(FCCST)，其中有关评价与大坝设计等不确定性的风险决策分析引人注目。根据这个建议，联邦紧急管理机构和斯坦福大学、垦务局、曼彻斯特研究院等与他人合作开始了特别关注大坝安全问题的风险分析方法；1982年，美国陆军工程师团（USACE）用相对风险指数来判断大坝安全；1991年，加拿大不列颠哥伦比亚水电局（BC Hydro）首先将概率风险分析用于大坝安全管理，并广泛应用于许多国家大坝安全管理工作中（楼渐逵，2000）；澳大利亚大坝安全委员会（ANCOLD，2003）在1994年制定了《大坝风险评估导则》，2003年又在1994年导则的基础上制定了新的大坝风险评估导则；1998年国际大坝安全委员会（ICOLD）也制定了《ICOLD大坝安全的风险评估导则》，为风险分析在大坝安全中的应用提供了技术支持；2000年在北京召开的国际大坝委员会第20届大坝会议将“风险分析在大坝安全决策和管理中的应用”作为一个重要专题进行研究和交流，带动了国际和国内大坝安全风险分析研究；之后，R. A. Stewart等对大坝安全领域风险分析和风险管理的研究进行了总结陈述（Stewart，2001）；2001年美国犹他州大学大坝安全风险管理研究所主持组织召开了大坝安全风险评估的专门研讨会，会议上对大坝安全领域风险分析的理论、方法及应用作了深入细致的讨论；美国垦务局于2003年颁布了《大坝安全风险分析方法的技术指南》，提出一套相对完备的大坝安全风险分析方法；2003年国际大坝委员会（ICOLD，2003）发出《大坝安全管理中的风险分析的通告》，主要介绍了风险评价的原理和风险评价在安全决策中的应用。

大坝风险分析除了在美国、加拿大、澳大利亚等国家得到深入研究外，在英国、芬兰、瑞典等国家也得到一定程度的运用。在芬兰，1999～2001年，芬兰环境研究院和芬兰农林部、芬兰内务部、芬兰西部地区环境中心联合开发了RESCDAM计划，并提交了《根据溃坝洪水分析开发营救行动计划》总报告，该计划分为三个部分：风险评价、溃坝危险分析和应急/营救行动计划。该报告计划提出一套风险分析方法，应用数字地形模型对溃坝洪水进行一维和二维模拟（Finnish Environment Institute，2001）。在瑞典，政府已经考虑建立大坝安全法规，将风险分析作为一种大坝安全隐患加固的排序方法（李雷等，2006）。

（2）堤防工程风险分析

与大坝相比，对堤防工程的风险研究起步较晚。从风险分析方法的研究历程看，最早的堤防风险分析主要开始于Wood（1977）对防洪堤防四种失效模式的识别。随后，Tung和Mays（1981a）分静态和时变情况，考虑了水文、水力的不确定性，建立了漫堤风险模型，提出所谓的风险安全系数；随后两人（Tung and Mays，1981b）又研究了如何在堤防系统优化设计的方法和模型中耦合风险的概念，对于不确定性的考虑主要反映在所谓期望损失函数之中。Duckstein 和 Bogardi（1981）总结了两类水利工程系统的风险：一是普通防洪堤，包含四种失事风险模式，以解析方法求得其失事概率；二是交汇河段处的防洪堤，其漫顶失事与主流水位和支流水位的两元分布有关，以水力计算和 MC 法求得其失事概率。Lee 和 Mays（1983）提出基于防洪堤的荷载和抗力的条件概率分布的防洪堤性能的动态模型，其中设计洪水是荷载而堤防性能就是抗力。Tung（1985）进一步发展了包含水文和水力不确定性的动态可靠性模型；在 1987 年以堤防系统设计为例，详细研究了水工结构基于风险的优化设计中水文的不确定性、参数的不确定性以及水力的不确定性。Davis（1991）基于风险和不确定性的概念提出一种改进的量化堤防工程中流量、水位和损失的不确定性方法。Groot 等（1995）讨论了细沙特性及几何参数对海堤滑塌风险的影响，对由于海堤滑塌造成堤防失事风险进行了研究。Crum（1996）用泰勒展开有限差分法和二次二阶矩法计算了堤防的可靠指标。Gui 等（1998）通过将实际设计洪水定义为安全系数和设计洪水的产物，而将安全系数纳入动态可靠性模型；又将由风荷载产生的波浪纳入防洪堤的洪水漫顶概率模型中。Wolff（1997）将防洪堤不同失效模式的失效功能函数表示成洪水位的函数，美国工程兵团 USACE（USACE，1998）将该研究成果收入技术导则中，在洪水规划设计中应用岩土工程的可靠性分析。1988 年，Van der Meer 等（1998）在前人研究的基础上综合考虑了水力边界条件、堤顶高程的不确定性、堤防的维修成本、洪水造成的损失及其发生概率等因素，对堤防工程进行了风险分析。同年，荷兰和澳大利亚的堤坝和护岸工程的设计导则中也提出了概率设计和风险分析方法。Olson（1999）建立起了堤防系统在非稳态水流条件下的风险分析模型，描述和改进了相应条件下防洪风险减灾的动态决策方法。Vrijling（2001）对荷兰防洪系统的概率设计方法进行了总结，研究了防洪系统的概率设计方法，并通过引入成本效益描述了防洪系统的容许风险水平和决策问题。Vortman（2003）研究了大型防洪系统防洪决策的量化方法、基于概率的优化和设计、基于风险的设计。

1.1.3.2　国内水利工程风险管理研究进展

中国水利工程建设方面引入风险分析技术较晚，20 世纪 70 年代我国许多水利工程建设只进行简单的可行性研究，引进了项目管理的基本理论、方法与程序，对于人员损失的预测、经济损失的评估、失事概率的计算、社会及政治影响、商业可靠程度及可接受的安全指标等的评价还没有涉及。80 年代中期以来，随着中国经济的不断发展，国外各种风险管理的理论与书籍被引入和应用到项目管理中，尤其是大型土木工程项目。例如，上海地铁和广州地铁在项目实施过程中已成功地运用了项目风险管理方法。直到 80 年代末 90 年代初，中国才有学者对水利工程建设进行可靠性研究，应用概率论、数理统计、随机分析方法、贝叶斯理论、极值统计理论对工程建设及运营期的不确定因素进行量化分析并运用到实践中（沈良坤、张威，2008；罗云等，2004；沈建明，2003；郭仲伟，1987）。随着创业投资成为我国经济热点，在该行业中普遍应用的风险分析概念被引入水利工程建设中。

我国在水利工程安全和运行风险控制方面开展了大量的研究工作。针对水利工程的结构安全，有关学者进行了系列的理论和实际运用研究，取得了一批重要的科研成果。此外，还有很多学者进行了可靠性分析方法在水工水力学领域运用的研究，在施工导流风险分析和方案优化决策、大坝防洪调度的风险分析和防洪安全评估校核、河道堤防的行洪风险分析和设防标准的确定，以及水文水利随机量的定量分析方面开展了大量的研究工作，有力地推动了水利工程安全和运行风险控制技术的进展（姜树海、范子武，2004，2007；冯平等，2003，2007；陈进、黄薇，2006；陈守煜、郭瑜，2005；麻荣永，2004；左其亭等，2003；韩宇平、阮本清，2003；吴兴征、赵进勇，2003；吴兴征等，2003；韩宇平等，2003a，2003b；金菊良等，2002，2003；梅亚东、谈广鸣，2002；傅湘、纪昌明，1998；冯平，1998；陈凤兰、王长新，1996；朱元甡等，1995；冯平、李润苗，1994）。但这一领域的研究进展，尤其是对南水北调这样的大系统的研究，还远远落后于建筑结构等领域的进展，研究成果还比较零散，缺乏系统性，需要针对该类项目展开运行风险的标准、识别、机理、预测、控制、管理等一系列的深入研究。

现阶段，国内已有众多学者、工程师致力于洪灾风险评估和堤防工程风险分析评价方面的研究，概括起来主要表现为如下几个方面：①侧重典型断面的力学和渗透稳定性计算，大多是以概率理论为基础的堤防工程失事风险率计算。该方面的研究大部分都集中在单个堤防，或对堤防的单个断面进行分析计算。②系统性地对堤防进行风险分析及安全评价。③对堤防失事后果评价方面的研究。但迄今为止，针对堤防失事后果的分析评价方面的研究很少，大多是针对大坝失事风险评价标准方面的研究。

1.2 研究的总体目标和研究内容

南水北调工程是我国继长江三峡工程之后的超大型水利工程，是解决我国北方水资源短缺、优化水资源配置、改善生态环境的战略举措，是一项超大型的调水工程。

南水北调东线工程基本任务是从长江下游调水，向黄淮海平原东部和山东半岛补充水源，解决我国北方地区水资源紧缺问题。其从江苏省扬州附近的长江干流引水，利用京杭大运河及与其平行的河道向北输水，一期工程抽江规模 $500m^3/s$。南水北调中线工程从丹江口水库引水，沿唐白河流域和黄淮海平原西部边缘开挖渠道，在郑州以西采用隧洞穿过黄河，沿京广铁路西侧北上，自流到北京、天津。中线工程主要供京、津、冀、豫、鄂五省市城市生活和工业用水为主，兼顾沿线生态环境和农业用水，渠首引水规模为 $350\sim420m^3/s$。

南水北调东线和中线的输水线路长度均在 1000km 以上，工程建成后运行管理面临复杂的风险因素，整个系统任何一个环节风险所引发的事故均会影响整个系统的安全运行，一旦出现调水危机，不但严重影响人民正常生活，而且将造成巨大的经济损失和不良的社会政治影响。因此，对其开展风险管理研究对维护工程安全、区域稳定和社会和谐具有重要意义。基于以上的重要性，国家在“十一五”科技支撑计划重大项目“南水北调工程若干关键技术研究与应用”中设立了“南水北调运行风险管理关键技术问题研究”课题。

目前，南水北调东、中线均已全面开工建设，并预计于2013年和2014年贯通通水。对于西线，目前尚处于论证阶段，运行通水还有相当一段时间。因此，研究对象仅限于南水北调东线和中线工程。

1.2.1 总体目标

通过识别、评价、预测南水北调东、中线的工程风险、水文风险、环境风险、经济风险和社会风险等，研究提出南水北调工程完工后各种复杂情形下的调水运行风险分析方法，制定相应的运行风险管理和控制措施，建立风险管理预案，为南水北调工程高效安全运行提供科技支撑。

1.2.2 主要研究内容

从运行可能发生的工程风险、水文风险、环境风险、经济风险和社会风险等方面着手，针对南水北调工程运行问题，以系统地研究南水北调运行风险因子识别、评价和控制理论，提出风险控制措施和制定风险安全保障预案为聚焦点，开展南水北调运行的工程、水文、环境、经济和社会风险属性与特征研究，揭示南水北调运行的空间结构与时间演变的过程及其耦合作用，分析南水北调长距离调水情况下，风险发生、发展的变化机理，建立基于风险图、层次-模糊综合评判、贝叶斯网络技术等的综合风险分析模型，并对未来运行和管理中的风险进行预测，完善和提出风险控制理论和方法，提出大型调水工程的运行风险管理预案（刘恒等，2007）。

具体研究内容包括：①复杂调水工程运行风险综合评估理论方法体系研究；②南水北调运行系统风险综合评估研究，建立风险综合控制标准，进行分等级评价；③南水北调风险控制理论与技术研究；④提出调水运行风险管理的依据与原则；⑤建立南水北调运行安全保障预案。

1.3 研究的技术路线

以解决跨流域调水工程运行风险评价与管理中的关键技术问题为主线，以进一步丰富和完善调水工程运行风险管理理论为核心，以提出调水工程风险分析、评估和处理的研究框架和技术途径为手段，以调控措施及管理预案为平台，以实现南水北调工程安全高效运行为目标；充分运用水文学及水资源、水力学及河流动力学、水工结构及材料、水利水电工程及管理、安全科学与技术、环境科学与工程、计算机应用技术、管理科学与工程、技术经济及管理、社会学等多学科的理论和知识，通过综合、集成和多种研究手段来完成研究内容，采用理论联系实际的方法，以期使研究成果具有理论意义并直接为南水北调运行风险管理服务。

研究首先在广泛调研和对比分析的基础上，对风险管理理论及风险分析方法进行整理和总结，建立南水北调工程运行风险管理框架；其次采用层次分析（解）、故障树分析、专家调查、等级全息建模、贝叶斯网络等方法分点、线、面三种类型对工程、水文、环境、经济和社会五种风险源进行识别，分析风险的作用机理和五源风险的相互关联作用。通过风险图（风险矩阵）、层次-模糊综合评判、贝叶斯网络、聚类分析、水环境系统数值模拟、水文模拟、风险模型等方法对三类五源风险进行预测评估；最后在确定各类风险因子控制标准的基础上，针对单项风险、重点情景和重点区域提出南水北调风险控制措施及策略，并制定南水北调工程运行安全保障的专项预案集和综合预案集。

总体技术路线如图 1.4 所示。

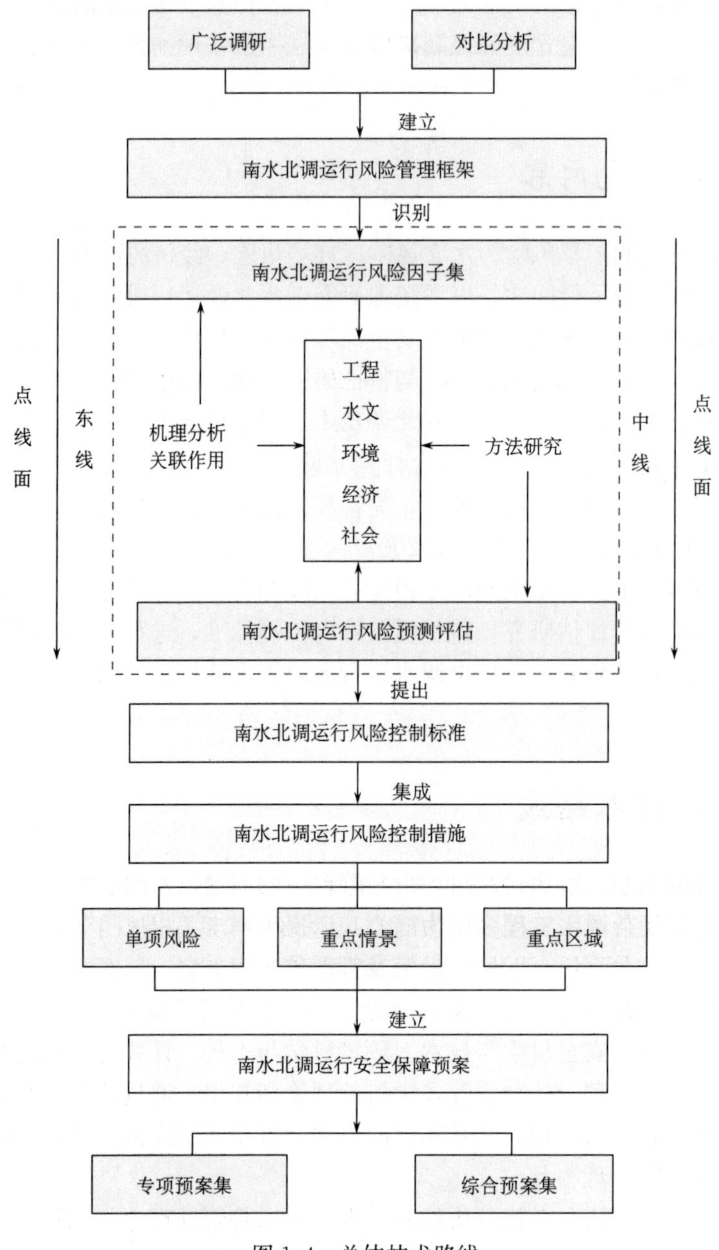

图 1.4　总体技术路线

1.4 研究成果水平及效益分析

1.4.1 研究成果水平

与目前国外大型工程相比，无论从调水线路的长度还是调水的规模，南水北调东线和中线工程都超过了世界上已建的最大调水工程，属于超大规模的调水工程。目前，国外没有类似的复杂调水巨系统，国际上也没有对巨系统调水工程进行风险分析研究的先例。对巨系统调水工程进行风险分析和风险管理研究是一项具有很高创新性的研究工作，国内外都没有现成的理论和技术方法体系可以照搬，本次研究目标明确、内容丰富、技术路线清晰，研究成果具有重要创新和相当高的水平，主要体现在以下六个方面：

① 首次系统地对南水北调工程的运行风险管理进行研究。南水北调工程目前还处于建设阶段，本书前瞻性地对未来运行可能发生的风险进行研究。从国家战略需求和特大型调水工程运行管理实践需求出发，提出较为完整的复杂调水巨系统运行风险管理理论与管理模式。本书的研究成果不仅对风险管理学科发展具有重要的推动作用，也有重要而广泛的应用前景。研究填补了我国在工程运行风险管理研究上的许多空缺。

② 创新性地提出了适合南水北调工程运行特点的风险理论方法和框架。通过梳理、总结相关风险分析的理论与方法，详细研究南水北调工程运行风险分析的内涵与分类，完整地建立了南水北调工程运行风险分析的流程，形成了南水北调工程运行风险分析理论及其方法。针对不同的风险采用不同的方法，应用系统网络结构进行风险识别、分析系统失效概率、估算损失后果、确定管理策略、制定控制标准和管理制度、编制运行安全保障预案等，最终构建南水北调工程运行风险管理框架。

③ 全面识别了南水北调工程运行综合风险因子并进行了作用机理分析。南水北调工程东线和中线调水线路长达上千公里，调水量大、工程庞大、运行复杂，全书从影响工程运行的风险类别出发，将风险源归纳为工程、水文、环境、经济、社会五大方面，各风险源都具有不同的风险因子，从风险作用对象的空间状态特点出发，将对象概化成点、线、面三类，各类对象受到不同主要的风险源影响。因此，对复杂调水工程运行建立综合风险识别体系和风险作用机理分析体系，是对南水北调工程未来运行进行风险管理的重要贡献，同时也可为其他复杂巨系统工程的风险识别提供借鉴。

④ 综合构建了复杂调水工程多层次时空风险预测体系并进行了应用。研究针对输水沿线点、线、面为对象的空间分布和源于不同风险的复杂体系，以不确定性理论、系统动力学、概率论、投资组合论等理论为基础，运用风险图、层次-模糊综合评判、贝叶斯网络、聚类分析、数值模拟、水文模拟等方法，建立调水工程多层次时空风险预测模型，并利用建立的模型对各类风险进行预测评估，给出了各类具体风险的空间和时间分布，同时对各类风险的变化趋势进行了分析，为进一步实现工程运行的风险管理奠定了基础。

⑤ 开创性地建立了南水北调工程运行风险控制标准，解决了特大型调水工程运行风险评价与控制的关键难点。书中提出了南水北调工程运行不同区段和不同风险源的风

险控制标准，使风险控制措施更具操作性。南水北调工程风险控制标准的制定从根本上解决了风险评价理论与风险管理实践接口的技术难点。经检索，复杂巨系统调水工程运行风险控制标准的制定填补了该领域的国内空白。

⑥ 提出了南水北调工程运行风险控制措施和制定了南水北调工程运行安全保障预案。该项工作实现了风险管理从理论走向实践。对工程、水文、环境、经济、社会等单项风险，根据设置的风险发生情景和划出的重点防范区域等，设置不同情景和重点区域，提出相应的风险控制措施，达到全过程控制。通过编制南水北调工程运行安全保障专项预案集和综合预案集，实现末端控制。措施的提出和预案集的编制为南水北调工程运行管理提供了先进的技术手段和强有力的技术支撑，具有现实和广泛的应用前景。

本书从研究方法到研究结论都有创新意义，是目前我国南水北调工程运行风险分析与管理研究中最全面、最系统的，项目研究涉及区域大、系统复杂、内容多、前瞻性强，研究水平总体达到了国际领先水平。

1.4.2 研究成果效益分析

（1）经济效益

以南水北调工程为背景，进行运行风险分析与决策，带动一系列相关理论的发展与完善。结合南水北调运行调度，提出调水运行风险分析的理论框架，解决调水运行中存在的主要风险因子和调水运行风险度的定量分析模型，提出保障调水运行和维护安全的措施，使调水运行在有限的投入下达到最大的调水量和最小的系统风险，为建立调水运行风险管理提供理论基础。研究还为人们更加充分地了解和认识调水运行中存在的不确定性和风险性提供了一条新的途径，为调水运行决策提供了更为重要的、直观的、有效的参考依据，对合理控制运行成本、合理控制运行风险有十分明确的意义，为参与者提供一个安全稳定的经营环境，帮助参与者顺利实现其经营目标，促进参与者决策的科学化、合理化，减少决策的风险性，提高参与者的经营效益。因此，其经济效益是十分巨大的。

（2）社会效益

供水区内，首都北京是全国的政治、文化、金融和外交中心，天津是华北最大的工业基地与重要的外贸港口；河北、河南则处于承东启西的华北经济圈；山东是高速发展的经济大省。纵横供水区内的京广、陇海、京浦、焦枝、京九、兰新等铁路沿线有众多的工业城镇，是我国生产力布局的重要区域。南水北调运行过程中风险因子的有效评估、规避、转移和控制，不仅可以促进供水区的经济发展，而且提供了更好的投资环境，可吸引更多的国内外资金，加大对外开放的力度，增加就业机会，为经济发展创造良好的社会条件。同时可以缓解城乡争水、地区争水、工农业争水的矛盾，有利于水资源的高效配置，有利于经济的稳定发展，有利于社会的安定团结，有利于构建社会主义和谐社会；可以避免一些地区长期开采饮用有害深层地下水而引发的水源性疾病，有利于提高人民的健康水平。因此，其社会效益是非常明显的。

(3) 环境效益

南水北调工程受水区是我国环境问题较为突出的区域之一，南水北调工程的通水对缓解区域内水资源压力和改善地区环境具有重要意义。本书以保障南水北调工程安全运行为研究目的，研究成果有利于南水北调工程建筑物运行、管理、安全监测措施的制定和实施，继而有利于促进受水区内环境的治理和修复。同时，本书从工程、水文、环境等风险源出发，对影响南水北调工程正常运行的风险因子进行有效评估，并提出风险控制措施策略，研究成果有利于进一步保障供水区-受水区的水资源优化配置，有利于逐步扭转区域内生产、生活用水挤占生态环境用水的不良局面，有利于促进受水区-供水区人与自然和谐社会的建立。总体来说，本研究对支撑受水区国民经济和社会的可持续发展、改善受水区生态环境等问题将起到重要的保障作用。因此，其环境效益是巨大的。

第二章　南水北调工程简介

南水北调工程是缓解我国北方水资源严重短缺、优化水资源配置、改善生态环境的战略举措，是一项超大型、跨世纪、关系到我国经济、社会和生态协调发展的重大工程，对于保障和促进我国北方地区的经济发展、环境改善和社会稳定都具有十分重要的战略意义。东线和中线的输水线路长度均在1000km以上，西线调水工程（目前仍在论证过程中）要建300m高坝，开凿100km以上的超长隧洞；每条线的输水流量为500～800m^3/s，年调水量为100亿～150亿m^3。

南水北调东线工程的基本任务是从长江下游调水，向黄淮海平原东部和山东半岛补充水源，以解决我国北方地区水资源紧缺问题。供水目标主要是解决调水线路沿线和山东半岛的城市和工业用水，改善淮北部分地区的农业供水条件①。

南水北调中线工程从丹江口水库引水经过长江流域与淮河流域，沿唐白河流域和黄淮海平原西部边缘开挖渠道，在郑州以西采用隧洞穿过黄河，沿京广铁路西侧北上，自流到北京、天津。主要向唐白河平原和黄淮海平原中西部供水，主要以供京、津、冀、豫、鄂五省市城市生活和工业用水为主，并兼顾沿线生态环境和农业用水②。

南水北调西线调水方案是从长江上游通天河联叶河段及其支流雅砻江长须河段、大渡河斜尔尕河段筑坝引水，通过引水隧洞穿越黄河与长江的分水岭巴颜喀拉山进入黄河。三条隧洞全长约310km。西线供水的范围是黄河上中游青海、甘肃、宁夏、内蒙古、陕西、山西六省区的部分地区。

目前，南水北调东线和中线已经开工建设，预计分别于2013年和2014年建成通水，南水北调西线工程仍处于工程前期论证阶段。由于本书主要着眼于南水北调工程建成后运行阶段的风险管理，故本书的研究对象设定为南水北调东线和中线工程。

2.1　南水北调东线工程简介

2.1.1　自然地理

南水北调东线工程自长江下游干流江都抽水站提水，沿京杭大运河逐级提水，进入东平湖后分两路，即一路穿过黄河经小运河等自流至德州大屯水库，另一路向东开辟山东半岛输水干线至威海米山水库。南水北调东线工程的供水范围位于黄淮海平原的东部

---

① 中水淮河工程有限责任公司，中水北方勘测设计研究责任公司．南水北调东线一期工程可行性研究报告（上、中、下册）．2005

② 长江水利委员会长江勘测规划设计研究院．南水北调中线工程设计报告．2005

及淮河以南的里运河东西两侧地区，在东经 115°～121°、北纬 32°～40°之间。南起长江，北至天津；西界大致为子牙河、滏阳河、梁山、徐州、津浦铁路，东临渤海、黄海，涉及津、冀、苏、鲁、皖五省市，总面积为 18.3 万 km^2，是我国人口集中、经济文化较发达的地区之一。

供水区是黄河、海河、淮河的冲积平原，以黄河为脊，分别向南北倾斜。调水起点附近地面高程 3～4m（黄河以南为废黄河标高，黄河以北为黄海标高，下同），天津市地面高程 2～5m，黄河滩地地面高程 40m 左右。

黄河以北到天津，地势南高北低，地面坡度在 1/10 000 左右。海河平原历史上受黄河多次改道的影响，岗、坡、洼相间分布，较大的碟形洼地有白洋淀、东淀、贾口洼、文安洼、千顷洼、团泊洼、大浪淀、浪洼以及滨海地区的北大港和南大港。

黄河以南的淮北平原，受到黄河泛滥和夺淮的影响，自兰考经徐州，淮阴的废黄河高于两侧地面，形成淮河与沂沭泗河两个水系的分界。

山东半岛西、南、东三面均为中、低山丘陵，大部分高程在 400m 以下；鲁中南中山、低山丘陵与胶东低山丘陵之间为胶莱平原，大部分高程在 50m 以下。

调水线路广布第四系全新统，局部地段为上新统堆积物。调水区位于华北陆台东南部，跨华北平原拗陷、鲁西南隆起、鲁苏地盾、徐淮拗陷，以及属扬子准地台的苏北拗陷等大地构造单元。聊城至兰考断裂以及郯城至庐江区域大断裂穿越本区，其中郯庐断裂在骆马湖一带穿越渠线，为南水北调东线区域内主要的发震断裂。

2.1.2 气候条件

供水范围跨北亚热带和南温带，大致以淮河为界，淮河以南属北亚热带湿润气候区，淮河以北属南温带亚湿润气候区，具有明显的季风气候特征。区内四季分明，年平均气温 15～10℃，1 月份平均气温 0～－4℃，7 月份平均气温 28～24℃，由南向北递减。无霜期为 180～240 天，年日照时数为 2200～2800 小时，由南向北递增。

供水范围内多年平均降水量从南部的 1000mm 向北逐步递减，黄河一带为 600mm，至德州、衡水一线最低为 500mm，再向北又逐渐增加，到天津一带为 600mm。受季风气候影响，降水量变化大，且多以暴雨形式出现，6～8 月降水量占全年的 60%～80%；降水量年际变化也大，变差系数一般为 0.25～0.4，总趋势自南向北增加，丰水年与枯水年相差 1 倍以上，主要表现为丰枯悬殊，连续丰水年与连续枯水年交替出现。

工程沿线多年平均蒸发量为 1000～1400mm，年际变化较小。区域内多年最大冻土深度为 0.2～0.6m，向北逐步递增，多年平均风速为 2.3～3.2m/s，冬季多为偏北风，夏季多为偏南风。

2.1.3 河流水系

东线工程利用江苏省江水北调工程，扩大规模，向北延伸。南水北调东线工程跨长江、淮河、黄河和海河四大水系，京杭运河将其连通。

长江是南水北调东线工程的主要水源。径流年内、年际变化小，取水口附近水质良好，江岸稳定。东线工程主要利用和穿越以下河流和湖泊：

（1）里运河

里运河是京杭大运河介于长江和淮河之间的河段，流经江苏省淮安市和扬州市，北接中运河，南接江南运河。自清江浦至瓜洲古渡入长江，长170余公里。这是大运河最早修凿的河段。有些河段水面高出地面4～5m。里运河是煤炭等大宗物资南运的重要通道，航道标准也较高，可通航2000t级船舶，连同中运河构成整个京杭大运河中等级最高的部分，沿线船闸有淮阴闸、淮安闸、邵伯闸等。

（2）三阳河

三阳河位于江苏省扬州市的江都、高邮和宝应三县（市）境内里下河地区，是南水北调东线工程的重要组成部分，也是江苏省里下河地区综合规划的引排工程，与江都水利枢纽共同组成南水北调东线工程第一级抽江泵站。三阳河南北走向，南起新通扬运河宜陵北闸，北至杜巷与潼河相连，全长66.5km。

（3）苏北灌溉总渠

苏北灌溉总渠是位于淮河下游江苏省北部，西起洪泽湖边的高良涧，流经洪泽、青浦、楚州、阜宁、射阳、滨海等六县（区），东至扁担港口入海的大型人工河道，全长168km。它既是淮河排洪入海的出路之一，又是引洪泽湖水发展废黄河以南地区灌溉，并辅助总渠北部地区排涝兼航运、发电等多功能的河道。这项工程于1951年冬开工，次年春完成。同时，在靠总渠北堤外平行开挖排水渠一条，用于排除总渠北部地区内涝积水。沿总渠在渠首、渠中和渠尾分别建有高良涧进水闸、运东分水闸、阜宁腰闸和六垛挡潮闸，并在高良涧、运东、阜宁三闸附近分别建有水电站、船闸等配套梯级建筑物。沿总渠两岸建有灌排涵洞36座、渠北排涝闸2座和跨河公路桥梁4座。总渠与两河之间还建有高良涧越闸，增辟了一个排洪入总渠的口门，以发挥总渠的排洪潜力。总渠设计引水流量500m³/s，计划灌溉里下河和渠北360多万亩①农田，汛期排洪流量800m³/s，当渠北地区内涝加重时，则利用总渠和排水渠之间的渠北，以及东沙港两排水闸，调度涝水经总渠排泄入海，以减轻排水渠排水负担。

（4）淮河入江水道

淮河入江水道是淮河下游主要排洪河道，位于江苏省洪泽湖下游，长150km。

（5）洪泽湖

洪泽湖为我国第四大淡水湖，在江苏省西部淮河下游，现洪泽湖正常水位12.5m，面积2069km²，最深5.5m。汛期或大水年份水位可高到15.5m，面积扩大到3500km²。

---

① 1亩=666.7m²。下同

近年，人们加固了洪泽湖大堤，使其堤顶高程达到16m。湖水主要经由三河泄入高邮湖，再经邵伯湖入里运河，到三江营入长江，是为入江水道。目前洪泽湖水共有五条出路，已兼具泄洪、灌溉、航运、养殖之利。湖区沿岸每年都出现结冰现象，岸冰厚达0.03～0.05m。

(6) 中运河

中运河是自台儿庄向南穿过淮河至淮阴清江大闸的一段大运河，长186km。中运河（大王庙—二湾）干河北起不牢河出口大王庙，途经徐州的邳州市、新沂市和宿迁市的宿豫区，至二湾入骆马湖，全长41.4km。

(7) 徐洪河

顾名思义，徐洪河位于宿迁和徐州市境内，连接徐州和洪泽湖，五级航道，泗洪县境内通航里程为57.8km。

(8) 骆马湖

骆马湖是江苏省四大湖泊之一，地跨徐州、宿迁两市结合部，湖区北起堰头村圩堤，南至扬河滩（宿迁市）闸口，直线长超过27km；西连中运河，东临马陵山南麓——嶂山岭，平均宽13km，总面积375km^2，湖底高程18～21m，当蓄水位23.0m时（古黄河基面），平均水深达3.32m，最深等深线东南部水深为5.5m，库容量为7.5亿m^3。

(9) 韩庄运河

韩庄运河是京杭大运河的一部分，上起南四湖下级湖出口韩庄闸，流经济宁市微山县、枣庄市峄城区、台儿庄区，至苏鲁省界陶沟河口与中运河相接，全长42.7km。

(10) 不牢河

不牢河西起微山湖南端的蔺家坝闸，东至邳州大王庙附近入中运河，全长72km^2，流域面积1343km^2。

(11) 南四湖

南四湖是微山湖、昭阳湖、独山湖、南阳湖四个相连湖的总称，但由于微山湖面积比其他三湖大，习惯上统称微山湖，位于山东省西南部济宁市，邻接山东省枣庄市、江苏省徐州市，现属微山县管辖（滕州市滨湖镇也管辖部分湖区）。全湖面积为1266km^2，是山东第一大湖，也是中国大型淡水湖泊之一。

(12) 东平湖

东平湖是山东省第二大湖泊，位于山东省西南东平境内，是黄河下游一处重要的滞洪水库，是黄河、大汶河、运河三大水系的交汇地。东平湖总面积为627km^2（其中新湖区418km^2，老湖区209km^2），老湖区常年水面为124.3km^2，平均水深2.5m；全湖蓄水46m时，蓄水总量40亿m^3。

(13) 梁济运河

梁济运河是1958年由交通部报请国务院批准开挖的。1958年先结合修湖西大堤，开挖了龙公河以下部分。1959年继续完成龙公河以上至五里营7.8km。此后，1960～1963年，为满足东平湖排渗和两岸排涝及河道治理要求，多次进行扩大开挖和疏浚，形成了现在的梁济运河。

(14) 卫运河

漳河、卫河于徐万仓汇流后至四女寺一段河道成为卫运河，河道长157km，两岸堤防总长320.5km，是冀、鲁两省边界河道。左岸途经河北省馆陶县、临西县、清河县、故城县；右岸途经山东省冠县、临清市、夏津县、武城县，到四女寺枢纽分流入漳卫新河和南运河。卫运河是典型的复式断面蜿蜒型半地上河。

2.1.4　社会经济

据2008年统计资料，南水北调东线供水范围内人口约1.27亿，占全国人口的10%左右，其中城市人口4921万，城市化率38.9%。人口密度597人/km^2，为全国人口密集地区之一。

供水范围内有天津、济南、徐州、青岛4座特大城市和连云港、烟台、蚌埠等21座大中城市。2008年区内工农业总产值为49 700亿元。

供水范围及邻近地区矿产资源丰富，主要有石油、天然气、煤炭、铁、铝土、石膏等。区内有胜利、华北、大港等油田，有山东兖枣、安徽两淮、江苏徐州等大型煤矿，沿海盐业资源也很丰富，具有发展能源、化工的有利条件。

供水范围是我国重要的粮棉产区。区内有耕地面积1.32亿亩，淮河流域粮食总产量为8760万t，占全国粮食总产量的17%。海河流域粮食总产量为5390万t，占全国粮食总产量的10%。在淮河以南及淮河下游地区以种植水稻、小麦为主，淮河以北地区以种植小麦、玉米、薯类、大豆、棉花等旱作物为主，山东半岛以种植小麦、玉米等旱作物为主。近年来，山东半岛商品菜田面积大幅度增长，已占耕地面积的7%以上。淮河和海河流域中低产田比重大，光热条件好，是我国粮食增产潜力最大的地区之一。

供水范围内交通发达。京沪铁路纵贯南北，陇海、石德、兖新、兖石铁路横穿东西。公路网遍及城乡，近年来高等级公路发展迅速。有以京杭大运河（济宁以南）及淮河干流为骨干的内河航线。天津、黄骅、青岛、烟台、威海、龙口、日照、连云港等港口已成为我国重要的对外海运港口。天津、济南、青岛、徐州市等是我国重要的航空港。

2.1.5　环境生态

(1) 地下水严重超采

徐州以北地区地下水大量开采后，均发生不同程度的地下水位下降，甚至造成地面沉降。以海河平原最为严重，除聊城和德州市南部为常年引黄灌区外，其余地区已全部超采，其中严重超采区面积约 2.3 万 km^2。由于深层地下水开采范围不断扩展，地面沉降范围逐步扩大，沧州沉降区的最大累计沉降为 2089mm（始于 1975 年）；天津沉降区最大累计沉降 3040mm（始于 1959 年）。山东莱州湾地区由于地下水超采，造成海水入侵地下水的面积达 2000km^2。地下水超采还使地下水资源面临枯竭的危险，这不仅给当地供水造成毁灭性打击，也是长期的生态灾难。

（2）河道断流、湖淀干涸，入海水量大幅度减少

随着水资源利用程度的进一步提高，河道基本断流，湖淀干涸。历史上的许多渔苇之地已变成荒滩或耕地。大量湿地消失，生物多样性遭到破坏，入海水量大幅度减少。据统计，20 世纪 50 年代后期海河南系年均入海水量为 108.7 亿 m^3，60 年代为 77.5 亿 m^3，70 年代为 32.4 亿 m^3，80 年代减少到 1.9 亿 m^3，1990～1998 年，除 1995 年、1996 年外，其他 7 年每年均在 2 亿 m^3 左右，对河口和海洋生态造成重大不利影响。

（3）水质污染严重，污水大量被引用

随着经济建设的高速发展，人口不断增加，特别是城市人口急剧膨胀，大量未经处理的污水，直接或间接地排入河道；农业大量施用化肥、农药造成面污染。靠近城市的河流绝大多数已成为纳污河，不仅破坏了水源，而且污染了环境。根据水质评价分析，淮河和海河流域有 70％的河道现状水质均属于Ⅳ类以上水质，污染最严重的是邻近城市的平原中下游河道。更严重的是未经处理的污水大量被农田灌溉引用。污水渗入地下或用于农灌，对地下水和农产品造成污染，并对人体健康造成潜在的威胁。

海河平原由于径流在上游被拦蓄，用水又日益增加，形成了有河无水、有水皆污的严重局面。

（4）生态环境遭到破坏

由于工程区域内水资源严重短缺，生态环境用水被国民经济用水挤占，造成区域内河道断流、湖淀萎缩、入海水量大幅度减少，生态环境遭到严重破坏。

受干旱及水污染加剧的影响，调水沿线的各调蓄湖泊的生态环境受到很大威胁，生态脆弱性加大。20 世纪 80 年代以来，洪泽湖、南四湖水位经常出现低于死水位以下的情况。在水质污染的严重影响下，洪泽湖和骆马湖多次发生水污染事故，造成湖泊生态系统受损。南四湖区受水污染加剧、水资源过度利用的影响，80 年代以来发生过几次干湖现象，严重威胁到南四湖内各种水生生物的生存。2002 年南四湖流域遭遇百年大旱，部分地区的旱情达到了 200 年一遇，上级湖干涸，下级湖蓄水量仅有 2000 多万立方米，湖内生态系统受到严重损害。

2.1.6 工程概况

南水北调东线一期工程从扬州附近长江干流取水，利用大运河等河道，经泵站逐级

提水输水北送，进入东平湖后分两路，即一路穿过黄河经小运河等自流至德州大屯水库，另一路向东开辟山东半岛输水干线至威海米山水库。调水线路总长达 1466.50km，其中长江至东平湖 1045.36km，黄河以北 173.49km，胶东输水干线 239.78km，穿黄河段 7.87km。全线共建设 13 个梯级，总扬程约 65m。东线一期工程主要输水线路和输水断面示意图如图 2.1 所示。

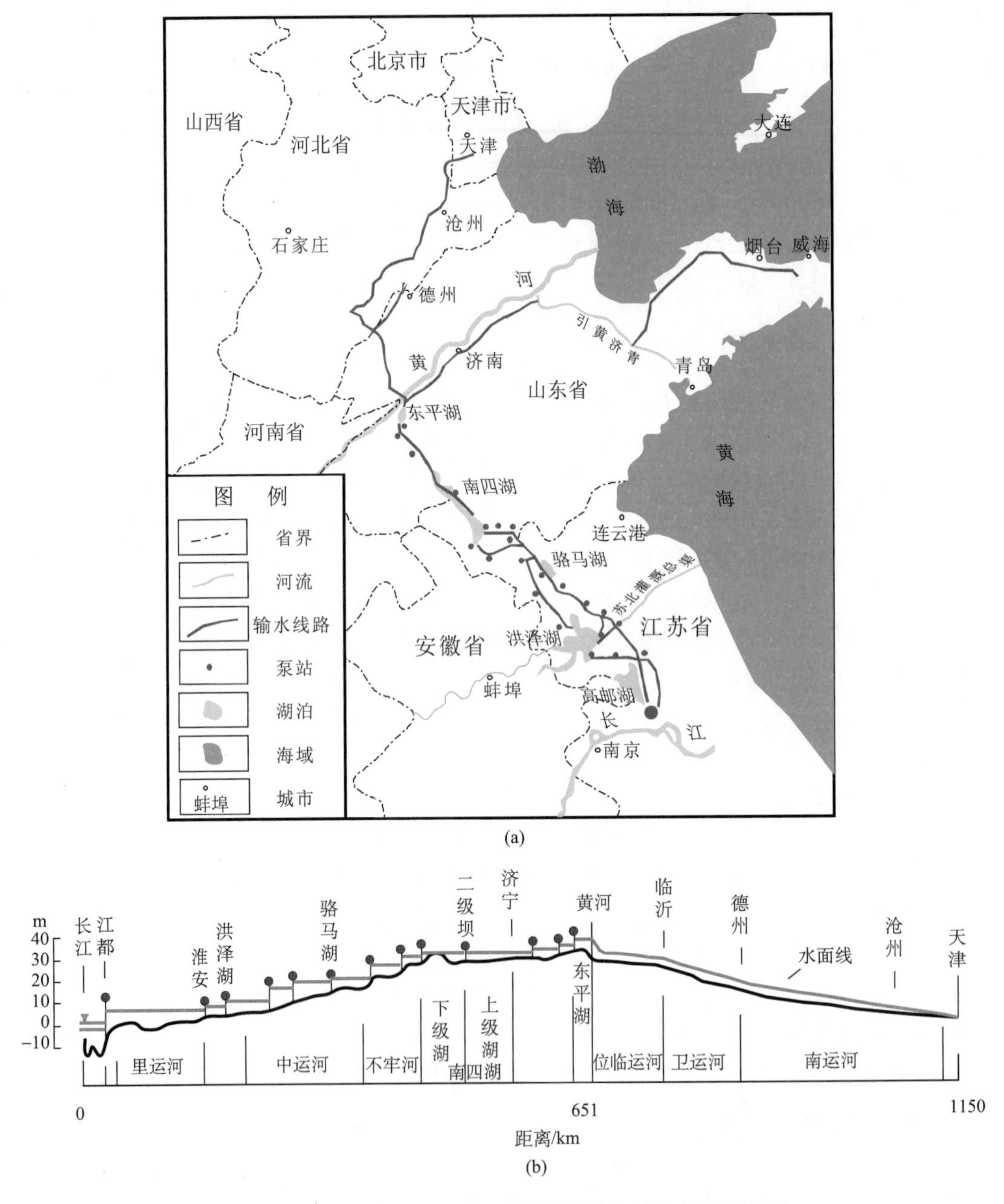

图 2.1　南水北调东线工程主要输水线路和输水断面示意图

(a) 线路平面图；(b) 线路纵向剖面图

东线工程以电力为动力，通过泵站逐级提高水头，在各级泵站之间依靠水位差通过河道自流输送，在调水沿线设有若干个用于调蓄的湖库。因此，根据东线工程实物与功能的不同，东线工程可划分成提水系统、输水系统和调蓄系统三个子系统。东线工程系统分解示意图如图 2.2 所示。

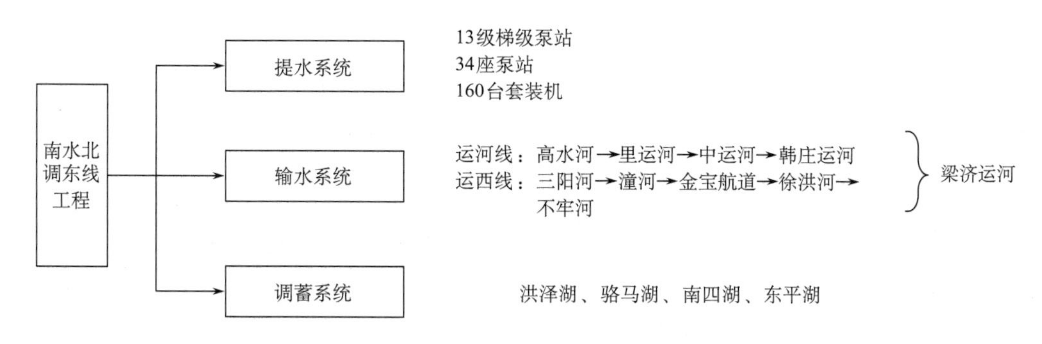

图 2.2　南水北调东线工程系统分解示意图

提水系统：主要由一期工程新建的 21 座泵站及江苏省现有的 13 座泵站，共 160 台套装机构成。

输水系统：南水北调东线工程输水系统主要为输水河道和穿黄工程。在东平湖以南主要采用双线输水：运河线和运西线，以运河线为主、运西线为辅，在各泵站间自流输水。运河线主要连接河段为高水河、里运河、中运河以及韩庄运河，输水至南四湖。运西线主要为新通扬运河、三阳河、潼河、金宝航道和三河，从三河入洪泽湖后通过徐洪河汇入中运河，后由不牢河输水入南四湖。运河线与运西线在南四湖交汇后，由梁济运河输水入东平湖。穿黄工程为南水北调东线关键控制性工程，连接东平湖和鲁北输水干线，由出湖闸、南干渠、埋管进口检修闸、滩地埋管、穿黄隧洞、穿引黄渠埋涵、出口闸及连接明渠等建筑物组成，全长 7.87km。

调蓄系统：南水北调东线工程的调蓄系统主要是指输水沿线包括洪泽湖、骆马湖、南四湖和东平湖在内的四大天然湖泊。

2.2　南水北调中线工程简介

2.2.1　自然地理

南水北调中线工程自长江支流汉江丹江口水库引水至北京。丹江口库区位于秦岭东西向构造体系的南部边缘，后期受到淮阳山字形构造西翼反射弧的影响，地质构造比较复杂，燕山运动在本区造成一系列东西及南东东-北西西向的褶皱断裂带，同时还形成一些陷落盆地。库区地形的主要特点是高差大、坡度陡、切割深，总的地势是西高东低，汉江沿线形成峡谷和盆地相间的地貌。

总干渠穿行于华北平原西部边缘，渠线以西为高耸的山地，东侧为广阔的平原。总干渠沿线及受水区总的地势是西高东低，黄河以南地势由西北向东南倾斜，黄河以北地势由西南向东北倾斜。总干渠跨越秦岭褶皱系和中朝准地台两大一级构造单元，以确山-固始深断裂为界，大致在鲁山—叶县一线以南为秦岭褶皱系东延部分，以北为中朝准地台所属的二级构造单元。

中线受水区跨长江、淮河、黄河、海河四大水系，分属鄂、豫、冀、京、津五省市，总面积约 15 万 km^2。受水区主要由唐白河平原和黄淮海平原部分构成，区内除少量孤山岗丘外，地势平坦。

2.2.2　气候条件

丹江口库区位于我国南北气候过渡地带的秦巴山区，属北亚热带季风气候，具有四季分明、光能充足、热量丰富、降雨集中、立体气候等特点。多年平均气温为 15.9℃，最低月平均气温为 2.4℃（1 月），最高月平均气温为 28℃（7 月）。库区年均降雨量为 850～950mm。

汉江中下游属亚热带季风区，气候温暖，雨量充沛，春季受东南、西南季风的影响，气温高、雨水多；冬季气温较低，雨水少，季节差异大。多年平均降水量江汉平原区为 1200mm 左右，主汛期降水占年降水量的 60%以上。汉江中下游多年平均气温为 15～17℃，全年气温以 1 月最低，最高气温出现在 7 月。

总干渠沿线及受水区地处东亚季风气候区，受季风进退影响，四季分明。总干渠从南至北，分属湿润、半湿润、半干旱地区，沿线降水自南向北递减。降水量在年内分配也不均匀，主要集中在 6～9 月。总干渠沿线水面蒸发的地区分布规律与降水相反，呈南低北高的趋势。气温变化趋势则从南向北递减。

2.2.3　河流水系

中线工程总干渠从河南省淅川县陶岔渠首枢纽开始，渠线大部分位于嵩山、伏牛山、太行山山前，京广铁路以西，途经河南、河北、北京、天津四个省市，依次跨越长江、淮河、黄河、海河四大流域，其中交叉断面以上河流集水面积超过 20km^2 的有 160 余条。渠首位于丹江口水库已建成的陶岔引水闸，线路北行至方城垭口穿长江与淮河的分水岭，至郑州的孤柏嘴穿越黄河，进入海河流域后，线路先向西绕行，经焦作潞王坟，再基本沿京广铁路线西侧向北延伸。下面介绍几条有代表性的河流情况。

（1）唐白河

唐白河是汉江水系中流域面积最大的一条支流，由唐河、白河汇集而成，两河在双沟镇交汇后称为唐白河，在襄阳市区流入汉江，流域面积为 24 215km^2。唐白河流域是汉江径流的低值区，也是长江中下游的径流低值区，但由于降水变率大，年内分配不均，常发生洪、旱灾害。中线总干渠主要穿越该流域的刁河、湍河、严陵河、西赵河、潦河、白河、潘河等。

（2）沙颍河

沙颍河水系是淮河流域北侧的一个重要支流，发源于河南省西部山区的阳乾山、外方山及伏牛山山脉，由沙河、颍河、贾鲁河汇集而成，三条河流在河南周口交汇后称为沙颍河，在安徽省正阳关附近汇入淮河，流域面积近 40 000km^2。中线总干渠主要穿越该流域的澧河、沙河、北汝河、颍河、双洎河、贾鲁河等。

（3）黄河下游水系

中线总干渠在孤柏嘴以隧洞的方式穿越黄河并继续北上穿越黄河下游支流——沁河。沁河位于山西、河南两省境内，发源于山西沁源县的霍山，郭道镇以上为上游，郭道镇以下经沁源、阳城等县进入河南境内，在河南沁阳接纳丹河后转向正东，在武陟附近汇入黄河，全长 450km，流域面积为 12 900km^2。

（4）漳卫河水系

漳卫河水系位于海河流域南部，由漳河、卫河、卫运河、漳卫新河和南运河五条河道组成，流域面积 37 584km^2（其中山区占 69%，平原占 31%），流经山西、河南、河北、山东和天津五省市。这一带地形陡峻，蓄滞能力差，暴雨集中，河流源短流急，极易形成大洪水，是该段河系的主要洪水来源区，并具有突发性强、持续时间长、笼罩范围广的特点，且各支流河水同时暴涨，干流洪峰叠加，从而形成全河系洪水。中线总干渠主要穿越该流域的峪河、石门河、沧河、淇河、安阳河等。

（5）滏阳河水系

滏阳河属海河流域子牙河水系，发源于太行山东麓邯郸市峰峰矿区和村，在邯郸市境内段为最上段，自东武仕水库流经磁县、邯郸县、邯山区、丛台区、永年县、曲周县、鸡泽县至邯邢边界长约 119km，流域面积 2747km^2，其中东武仕水库坝下 2407km^2。滏阳河地处邯郸市腹心地带，西部为太行山余脉的丘陵区，西高东低，地面纵坡 1/1000～1/400，东部为冲积平原。滏阳河支流繁多，处于太行山迎风坡，源短、坡陡、流急，洪水峰高量大、河道泄量上大下小。年均降雨量为 550mm 左右，降雨多集中于 7 月、8 月、9 月三个月，占年降雨量 70%，春季降雨稀少，因而形成春旱秋涝，旱涝灾害交替发生。中线总干渠主要穿越该流域的洺河、沙河、七里河、白马河、泜河、槐沙河、滹沱河等。

（6）白洋淀

白洋淀是中国海河平原上最大的湖泊，位于河北省中部，在太行山前的永定河和滹沱河冲积扇交汇处的扇缘洼地上汇水形成。白洋淀总流域面积为 31 199km^2，占大清河水系流域面积的 96.13%，从北、西、南三面接纳瀑河、唐河、漕河、潴龙河等。中线总干渠主要穿越该流域的磁河、大沙河、唐河、清河、瀑河等。

（7）北拒马河和永定河

拒马河是河北省内唯一一条长年不断的河流，为北京市五大水系之一，大清河支流。其发源于河北省涞源县西北太行山麓，在北京市房山区十渡镇套港村入市界，流经十渡风景区、张坊镇、南尚乐乡。在张坊镇张坊村分为南、北两支。北支为北拒马河，流经南尚乐乡，于二合庄村东出市境，至东茨村以下称白沟村，在白沟村与南拒马河汇合入大清河。

永定河是海河流域五大水系之一，是河北省的最大河流。流域面积47 016km^2，其中山区面积45 063km^2，平原面积1953km^2。永定河全长747km，流经内蒙古、山西、河北三省（自治区）以及北京、天津两个直辖市，共43个县市。全流域面积为4.7万km^2。永定河上游有桑干河和洋河两大支流，在河北省怀来县朱官屯汇合，以下的河段称永定河，在延庆县汇入妫水河，经官厅水库流入官厅山峡（官厅水库至三家店区间）。从官厅至朱官屯河长30km，官厅山峡河长108.7km，至门头沟三家店流入平原。从三家店以下至天津的入海口，河道全长大约200km，在水利系统将其分为三家店至卢沟桥、卢沟桥至梁各庄、永定河泛区和永定新河四段。

（8）海河中下游

中线天津干渠主要穿越了曲水河、中瀑河、大清河、牤牛河、子牙河，这些河流均属海河中下游支流，其中大清河和子牙河位列海河流域五大支流。大清河为海河西支，是上游五大支流中最短的干流。其上源北支由源于涞源县境的北拒马河和源于白石山的南拒马河组成，南支则由漕河、唐河、大沙河和磁河等十余条支流组成，均源于太行山东麓并汇入白洋淀，出淀后始名大清河，至独流镇与子牙河汇合，全长448km，流域面积3.96万km^2。子牙河为海河西南支，由发源于太行山东坡的滏阳河和源于五台山北坡的滹沱河汇成，两河于献县汇合后，称为子牙河，全长730余公里，流域面积7.87万km^2。

2.2.4 社会经济

丹江口库区共辖湖北省丹江口、郧县、郧西、十堰及河南省淅川5个县市、78个乡（镇），2008年总人口273.9万人，农业总产值68.2亿元，占工农业总产值21.2%。库区的矿产资源比较丰富，其中黑色金属矿产有钛、钒、锰等。丹江口库区对外交通以公路为主，已形成国道、省道为主骨架，以重要城镇为节点辐射到各乡镇的公路网格局。

汉江中下游包括湖北省丹江口大坝以下的22个县（市）、区，经济发达，人口密集，2008年流域总人口1722.46万人，国内生产总值2666.02亿元。汉江中下游流域交通运输发达，水、陆、空构成立体交通体系。

总干渠沿线及受水区人口密集，2008年总人口约11 018.59万人，国内生产总值20 927亿元。铁路、公路交通都比较发达，内外交通非常方便。区内煤炭及石油资源丰富，其他工业有较好基础。由于地势平坦、光热资源充足，农业生产也有很大潜力。

2.2.5　环境生态

丹江口库区主要存在的环境问题是：①人口密度大，土地负荷重，库周剩余可利用荒山荒地开垦难度大，耕作困难。同时，由于现有耕地水利配套设施缺乏，加上提水修渠费用较高，抵御自然灾害的能力较弱，生态环境比较脆弱。②由于土地资源的开发，森林植被减少，加之土地利用和耕地方式不合理，库区水土流失较严重。流失土壤中的污染物随着降雨径流进入河流和水库，对水环境造成一定污染。③库周城镇工业和生活污水排放量较大，均未经任何处理而直接排入河流和水库，使入库支流水质受到较严重污染，枯水期更为突出。

汉江中下游主要存在的环境问题是：①汉江洪水峰高量大，中下游河道上宽下窄，行洪能力上大下小，出口河段受长江洪水位的顶托，防洪形势非常严峻，而汉江堤防的防洪标准偏低，堤防自身存在隐患，导致洪涝灾害频繁。②汉江中游属于湿润带和半湿润带的过渡带，干旱指数大于1.0，属重旱和次重旱区，下游属次旱区，以伏旱和伏秋连旱为主。由于水源工程供水能力不足，灌溉设施不配套以及存在部分水利死角等问题，干旱灾害仍将存在。③汉江中下游沿岸城市工业、生活污水大部分未经处理排入汉江，造成水体严重污染，威胁着人民群众的身体健康。另外，总磷、氨氮污染问题尤为突出。④血吸虫病严重地危害了汉江中下游地区人民群众的身体健康。

总干渠沿线和受水区主要存在的环境问题是：①受水区水资源极其短缺，水资源利用程度较高，供需矛盾突出。随着社会经济的发展和人口的增加，用水量不断增加，水资源量将更加缺乏，严重制约着工农业的发展及人民生活水平的提高。②由于工业废水的不断增加，相应的污水处理能力不足，加之河川径流减小，自净能力降低，加剧了水环境污染。不少地区已呈现“有河皆干、有水皆污”的景象。③因缺水、环境污染及水质恶化等原因，华北许多地区生活用水质量较差，对城乡居民的生活环境、健康状况以及生活质量影响很大，地方病发病率较高。④水资源短缺，年年超采地下水，导致地下水位持续下降，形成许多大面积的地下水位下降漏斗，造成漏斗区地面沉降、建筑物裂缝、坝塌、机井报废、河道堤防干裂等一系列问题，后果比较严重。⑤水资源供需矛盾激化了地区之间、部门之间的争水矛盾，边界河道上下游、左右岸之间争水事端时有发生。

2.2.6　工程概况

中线工程总干渠从河南省淅川县陶岔渠首枢纽开始，渠线大部分位于嵩山、伏牛山、太行山山前，京广铁路以西。渠线经过河南、河北、北京、天津四个省市，跨越长江、淮河、黄河、海河四大流域，线路总长1431.945km，其中陶岔—北拒马河段长

1196.362km，采用明渠输水方案，渠道采用梯形过水断面，对全断面进行衬砌，防渗减糙。北京段长 80.052km，采用 PCCP 管和暗涵相结合的输水形式。天津段全长155.531km，采用暗涵输水形式。

总干渠的基本走向为：从陶岔渠首枢纽开始，沿伏牛山南麓前岗垅与平原相间的地带向东北行进，经南阳北跨白河后，于方城垭口东八里沟过江淮分水岭进入淮河流域。在鲁山县过沙河，往北经郑州西穿越黄河。经焦作市东南、新乡西北、安阳西过漳河，进入河北省境内。经邯郸西、邢台西，在石家庄市西北过天津干渠和滹沱河，至唐县进入低山丘陵区和北拒马河冲积扇，过北拒马河后进入北京市境内，终点为团城湖。

总干渠总体设计中，共分成九段：陶岔—沙河南、沙河—黄河南、穿黄工程、黄河北—漳河南、穿漳工程、漳河北—古运河、古运河—北拒马河、北京段及天津段。

中线工程一期输水形式采用明渠和局部管道相结合的输水形式。具体的方案为：陶岔—北拒马河渠段采用明渠的方案，北京段采用 PCCP 管和暗涵相结合的输水形式，天津干线段采用暗涵输水形式。图 2.3 是中线工程输水线路示意图。

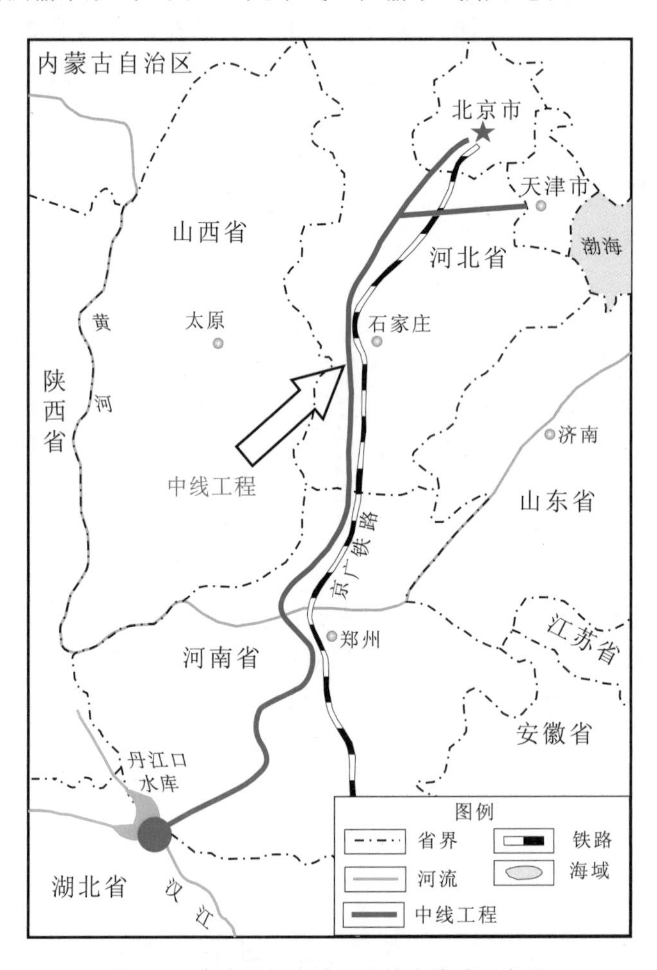

图 2.3　南水北调中线工程输水线路示意图

根据南水北调中线工程的构成特点及建筑物的功能，将中线工程系统分解成四大子系统：交叉建筑物系统、输水干渠工程系统、穿黄穿漳工程系统和控制物系统。中线工程系统的分解示意图如图 2.4 所示。

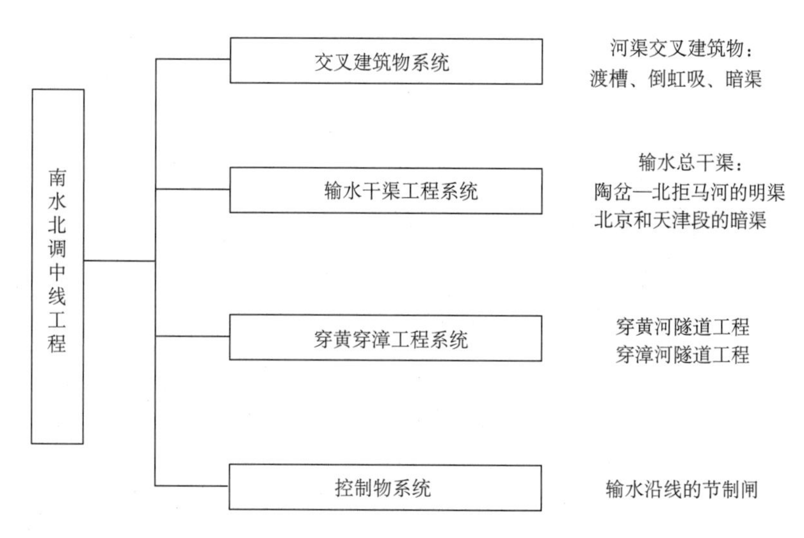

图 2.4 南水北调中线工程系统的分解示意图

交叉建筑物系统：南水北调中线工程输水干渠与沿途的河流、铁路、公路相交，相交的均采用交叉建筑物的形式，交叉建筑物主要包括河渠交叉建筑物、左岸排水建筑物、渠渠交叉建筑物、铁路交叉建筑物、公路交叉建筑物、分水口门、节制闸、退水闸、排冰闸、隧洞。根据交叉建筑物的规模以及交叉建筑物的主要风险源，在本书中，交叉建筑物系统主要是指河渠交叉建筑物，根据建筑物的结构形式，可以分为渡槽、倒虹吸、涵洞三大类。

输水干渠工程系统：南水北调中线工程系统的输水总干渠主要采用明渠形式，在北京段和天津段采用了暗渠形式。在本书中，输水干渠工程系统主要是指输水总干渠沿线除去交叉建筑物以外的明渠输水工程和北京段、天津段的暗渠输水工程，但不包含输水总干渠中的穿黄、穿漳隧道工程。

穿黄穿漳工程系统：主要指输水总干渠穿越黄河和穿越漳河所修建的两个隧道工程。

控制物系统：南水北调中线工程整体上采用了串联的形式，因此，在整个南水北调中线工程中，修建了多座节制闸用于控制不同段的流量和水位。节制闸是影响南水北调中线安全运行的重要工程之一。因此，在本书中，控制物系统主要指南水北调中线中的节制闸工程。

在中线工程中，总干渠和大量江、河、沟、渠、公路、铁路相交，形成各类交叉建筑物、隧道等，共计 1796 座，如表 2.1 所示。

表 2.1 中线工程建筑物形式统计

建筑物形式	陶岔—沙河南	沙河—黄河南	穿黄工程	黄河北—漳河南	穿漳工程	漳河北—古运河	古运河—北拒马河	北京段	天津段	合计
河渠交叉	30	32	3	37	1	29	23	4	5	164
左岸排水	101	99	0	72	0	91	105	0	1	469
渠渠交叉	43	11	2	22	0	26	29	0	0	133
铁路交叉	3	11	0	17	0	8	2	0	0	41
公路交叉	142	157	7	150	0	149	131	1	0	737
控制建筑物	30	35	2	37	3	49	51	12	23	242
隧洞	0	0	0	0	0	0	7	2	0	9
泵站	0	0	0	0	0	0	0	1	0	1
合计	349	345	14	335	4	352	348	20	29	1796

第三章　南水北调工程运行风险管理的理论基础

无论是自然界还是在人类社会中，风险都是普遍客观存在的，“天有不测风云，人有旦夕祸福”，这句话指出了风险存在的普遍性和客观性。由于客观世界的复杂性和人类认识的局限性，人类活动和决策不可避免地受不确定性的影响，因而不可避免地要冒一定的风险，南水北调工程建成以后的运行管理也不例外。南水北调工程地质情况复杂，运行条件多变，输水线路很长，投资巨大，影响面广，受自然和社会的不确定性因素影响众多，工程一旦失事，将会给国家和人民生命财产安全造成极其严重的损耗。因此，如何量化工程运行中的不确定性，评估工程运行风险，对工程运行安全性作出评价，进而提出降低风险的措施，是一项富有意义的工作。

目前，对风险管理的理论研究，是基于相关学科如质量管理、组织行为学、数理统计学、系统动力学、模糊数学以及决策理论和一般管理理论进行探讨的。近年来的研究成果发现，“一般理论”占据所有成果的第一位。虽然普遍认为风险管理应该针对全部可能的风险因素，在整个开发过程中动态、连续不断地识别、跟踪风险的变化，并在考虑成本或收益的基础上有选择地采取相应措施，但实际上往往只把风险管理作为项目管理的一个附加内容，而没有从集成的角度将其当成一项常规性的管理活动。而理论研究的出发点也主要是针对特定的经济性问题进行的，如项目的完工风险问题、成本超支问题等。近年来，我国有关风险和风险决策的论著陆续已有出版，但针对具体项目讨论风险管理的则很少，研究程度还需进一步深入，理论基础还有待进一步完善。另外，针对不同的项目管理方式和运作模式，有不同的风险管理体系，公认的结构体系还没有形成。

3.1　风险的定义及内涵

风险（risk）概念的提出只是近代的事。古代，人们更多地使用危险一词。19 世纪末，风险最早在西方经济领域中被提出。而风险与可靠性问题的研究，始于 20 世纪三四十年代，人们运用概率论研究机器设备的维修问题。后来，风险分析和可靠性理论不断被完善、充实，逐步成为一门应用科学。现在风险分析和可靠度理论已经广泛应用于环境科学、自然灾害学、经济学、社会学、建筑工程学等领域，但直到今天，学术界对风险的定义仍未完全统一。《韦伯词典》给出了风险的通用定义“灾害损失的几率”，这个风险定义纳入了不确定性的双重概念，即时间发生的不确定性（概率）和事件发生所导致的严重后果的不确定性（灾害损失）（弗莱克斯纳，1998）。从更为学术方面考虑，可将风险从定性和定量两个角度来定义。

定性定义。从定性角度讲，风险可以解释为：灾害发生所导致潜在的损失和伤害。

当危险（或灾害）源存在，如果没有合理的抵抗所受威胁的安全防护措施，那么损失或伤害的可能性就存在，这种可能性就是风险。

定量定义。一般来讲，风险可以定义为以下六个因素的集：

$$R=\{H,E,P(E),C(E),\Pi(P(E),C(E)),D(E)\} \tag{3.1}$$

式中：H 为灾害集；E 为灾害事件；$P(E)$为 E 事件发生概率；$C(E)$为事件 E 的后果；$\Pi(P(E),C(E))$ 为后果的含义；$D(E)$为风险管理的决策程序。

加拿大标准协会（CSA）于 1997 年给出“风险”的直接定义，即以概率为衡量标准进行的对由于工程失效造成的人员伤亡、财产损失、环境影响、健康损失及其他损害等后果的评价（CSA，1997）。

由于定义的角度不同，形成了风险的不同学说，不过对于回答“什么是风险?”多数人已达成以下共识：①在此项工程或运作过程中发生什么事故（事故类型）？②发生该类型事故的可能性有多大（概率）？③发生该类型事故的后果如何（经济损失、生态环境及社会影响等）？任何一个关于风险的完整定义都应该是上述三个方面描述的集合体。

风险大小与一定的时间、空间条件有关，当这些条件发生变化时，风险也可能发生变化。风险具有自然属性、社会属性和经济属性。风险的特征主要有客观性、普遍性、动态性、随机性、规律性、认知复杂性以及结果双重性等。

风险分析有狭义和广义两种。狭义的风险分析是指通过定量分析的方法给出完成任务所需的费用、进度、性能三个随机变量的可实现值的概率分布。而广义的风险分析则是一种识别和测算风险，开发、选择和管理方案来解决这些风险的有组织的手段。广义的风险分析的一般程序是风险识别、风险估计、风险评价、风险处理和风险决策的周而复始的过程。其一般过程如图 3.1 所示。

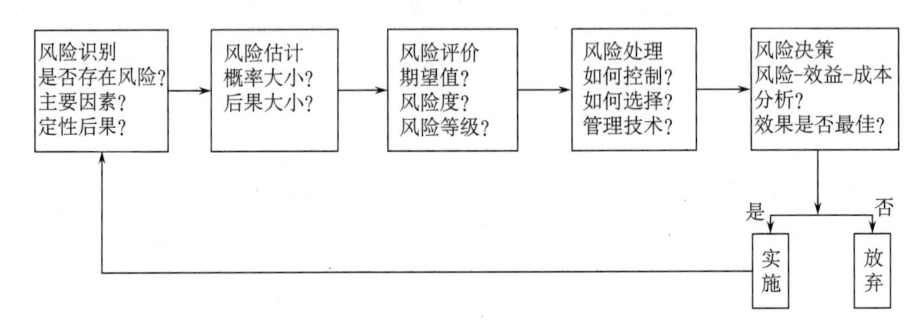

图 3.1　风险分析的一般过程

从风险评价角度考虑，风险分析方法通常可以分为定性风险分析（qualitative risk analysis）方法和定量风险分析（quantitative risk analysis，QRA）方法。定量风险分析（QRA）是在定性分析的逻辑基础上，给出各个风险源的风险量化指标及其发生概率，再通过一定的方法合成，得到系统风险的量化值，其已发展成为工程及其相关领域的一个实用风险管理工具。从完成功能上来看，风险分析也可分为概率风险分析（probabilistic risk analysis，PRA）和灾害后果分析（cause consequence analysis，

CCA)。概率风险分析（PRA）是一种发展相对成熟的定量风险分析（QRA）方法，一般认为定量风险分析（QRA）也可称为概率风险分析（PRA）或者概率安全分析（probabilistic safety analysis，PSA)。定量风险分析（QRA）中通常应用结构可靠度分析（structural reliability analysis，SRA）方法来量化风险（郭仲伟，1987；Hertz and Thomas，1983；Duckstein and Bogardi，1981；Megill，1977；Rosenbloom，1972)。

Stewart（2001）给出了大坝风险中的定量风险分析（QRA）的过程。这一过程如下：①范围界定；②灾害以及荷载的识别和定义；③灾害和荷载的概率分析；④失效模式辨识；⑤坝体失效概率分析；⑥对每种失效模式相应的后果估计；⑦风险评估；⑧不确定性和敏感性分析；⑨资料整理；⑩专家重审或专家鉴定（如果可能)；⑪分析校正(根据需要)。

这一过程同样对其他的定量风险分析（QRA）具有十分重要的参考意义（Stewart，2001)。

值得指出的是，风险的大小取决于事故的发生概率、事故损失的严重程度两个方面。这两个因素单独都可以用统计学或者数学方法来获得，但是在评定风险等级的时候，究竟如何将这两个因素的结果结合起来，不同的评价者有可能得到不同的评价结论。图 3.2 为风险等级一般概念图。

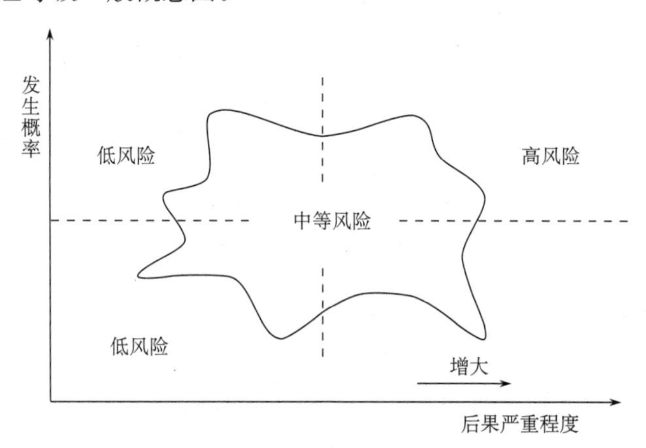

图 3.2　风险等级一般概念图

3.2　有关几个概念的界定与关系

3.2.1　危险、事故、损失与风险的关系

危险、事故与损失是风险管理领域中三个重要的名词。它们与风险既相互关联又有所区别。这是在研究风险管理中首先要解决的问题，三者的关系如图 3.3 所示。

危险是事物所处的一种状态，事物的这种状态构成了可能促使或引起事故发生的条件，以及在事故发生时，有可能致使损失的增加、扩大。危险是事故发生的潜在原因，是造成损失的间接和内在的原因。

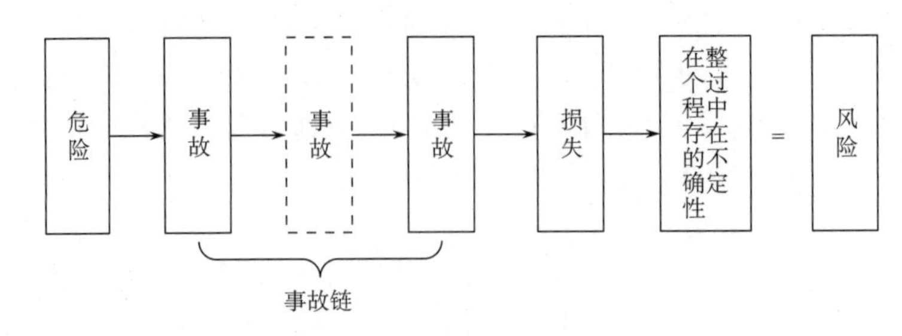

图 3.3　危险、事故、损失与风险的关系

事故是使风险造成损失的可能性转化为现实性的媒介，是引起损失的直接或外在的原因。先后发生的多个事故构成事故链，事故链上的最终事故会引起某些损失，损失包括人员伤害、财产亏减或环境破坏等。

损失是指非故意、非计划、非预期的经济价值减少的事实。这只有两个要素：一是经济价值减少，强调的是能以货币衡量，即使对人身伤亡、环境破坏也是从由此引起的个人经济困难或社会经济价值减少的角度来考虑；二是非故意、非计划和非预期，如"设备折旧"、"设备残值处理"虽然都满足第一个要素，但不满足第二个要素，因为它们都属于计划或预期的经济价值减少。损失可再细分为直接损失与间接损失。

风险与以上三者的关系则为：危险导致事故发生，一个或多个事故的后果导致损失的出现，在这个过程中充满了不确定性，这种不确定性可以称为广义上的风险。但在实际中，通常将事故发生后的损失的期望值定义为风险，我们可以称之为狭义上的风险。

3.2.2　可靠性分析、安全分析与风险分析

可靠性分析、安全分析和风险分析是处理风险过程中最小化风险的方法。可靠性分析、安全分析和风险分析的异同如表 3.1 所示。简而言之，可靠性分析是安全分析或灾害分析。反过来，安全分析或灾害分析也是风险分析的一部分。它们之间的关系如图 3.4 所示。

表 3.1　可靠性分析、安全分析和风险分析的异同

分析类型	对象目标	分析成果
可靠性分析	研究过程失效、设备失效或可操作性	设计、施工、制造以及操作问题导致的系统或系统元件失效的概率或可能性
安全分析或灾害分析	研究损失给系统或由系统造成的损失的可能性或概率	系统或系统元件失效导致损失的概率
风险分析	以财产或人员伤亡的可能损失为指标来研究系统或系统元件失事后果	后果以及相应发生频率的级数，以财产或人员伤亡的可能损失表示的损失量级

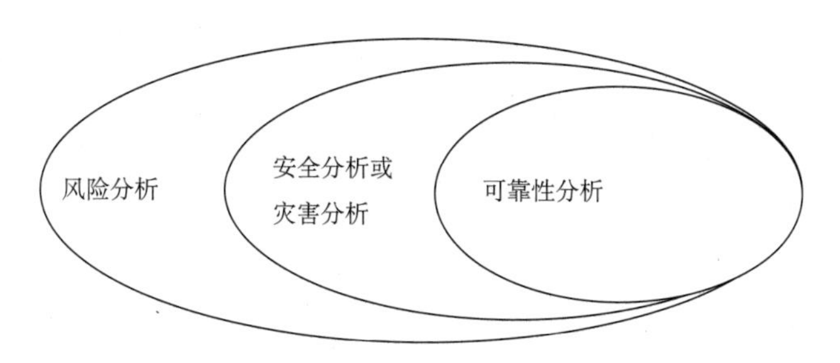

图 3.4　风险分析、安全分析或灾害分析和可靠性分析关系图

3.2.3　风险管理与危机管理

风险管理是一种特殊的管理功能，管理的对象是作为社会现象的组织及其成员，通过对风险的认识、衡量、预测和分析，考虑到种种不确定性和限制性，提出供决策者决策的方案，力求以较少的成本获得较多的安全保障，或者说以相同的成本或代价获得更多的安全保障和更少的损失。

广义上说，风险应该包括意外事故，但并不包括危机。

危机管理因管理的内容不同而有不同解释。一般认为，危机管理是指为了处理国际政治方面或社会经济发生的重大意外事故而采取的政策和措施，例如，石油危机、金融危机、粮食危机等不稳定因素，劫持飞机犯罪等严重扰乱社会的因素。对这些事件所采取的相应对策，就称为危机管理。

3.3　风险的基本类型

风险可以按照不同的标志进行分类，并通过分类去进一步认识风险及其特性。但是从风险识别、度量和控制项目风险的角度来说，风险的分类及其关系如图 3.5 所示。

由图 3.5 可以看出，风险的分类主要有按风险发生概率的分类、按风险引发原因的分类、按风险造成后果的分类、按风险关联程度的分类、按风险预警信息的分类、按风险后果严重程度的分类，等等。使用这些风险的分类可以更好地去认识一个事件的风险及其特性。例如，按风险发生概率的分类可以使人们充分认识一个事件各个具体风险发生的可能性大小；按照风险后果严重程度的分类可以使人们更多地关注那些后果十分严重的事件风险；按照风险预警信息的分类可以使人们科学地选择事件风险应对措施；按照风险引发原因的分类可以使人们提前采取措施去控制引发事件风险的原因。

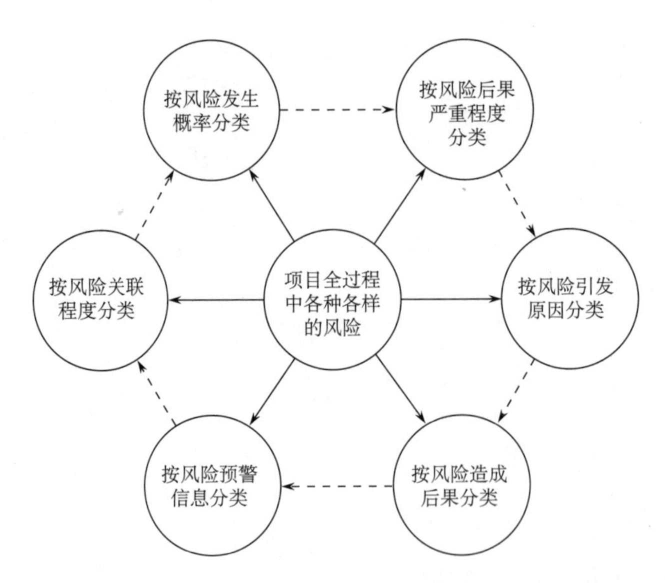

图 3.5　风险分类方法及其关系

3.3.1　按风险的后果划分

按照后果的不同，风险可划分为纯粹风险和投机风险。

（1）纯粹风险

不能带来机会、无获得利益可能的风险，称纯粹风险。纯粹风险只有两种可能的后果：造成损失和不造成损失。纯粹风险造成的损失是绝对损失，纯粹风险不仅使活动主体蒙受损失，也使全社会蒙受损失，因为这种风险的发生没有人从中获得好处。纯粹风险总是和威胁、损失和不幸相联系。

（2）投机风险

既可以带来机会、获得利益，又隐含威胁、造成损失的风险，称投机风险。投机风险有三种可能的后果：造成损失、不造成损失和获得利益。投机风险如果使活动主体蒙受损失，但全社会不一定也跟着受损失。相反，其他人有可能因此而获得利益。这种风险的典型例子就是期货交易、股票交易。

纯粹风险和投机风险在一定条件下可以相互转化。这就需要对风险进行全面的认识和提高风险管理的水平才能使纯粹风险向投机风险方向转化。

3.3.2　按风险的来源划分

按照风险来源或损失产生的原因可将风险划分为自然风险和人为风险。

（1）自然风险

由于自然力的作用，造成财产损失和人员伤亡的风险属于自然风险。自然风险是指自然现象、物理现象和其他实质风险因素所形成的风险，如地震、海啸、暴风雨、洪水、火灾和干旱等。

（2）人为风险

人为风险又可分成行为风险、经济风险、技术风险、政治风险、组织风险和社会风险等。

1）行为风险

行为风险是指个人或组织的过失行为造成的风险事件。例如，调度人员的操作失误造成的人为洪水风险就属于行为风险。

2）经济风险

经济风险是指人们在从事经济活动中，由于经营管理不善、市场预测失误、价格不合理、供求关系波动等所导致的经济损失的风险。在调水系统中经济风险面临着各种各样的原因，如水价格的不合理、水管企业的经营不善、社会经济系统对水资源的需求和人类对水环境的要求等。在调水运行中同样面临着各种各样的经济风险，如利率波动、工况的不确定性、天气系统的不确定性等都有可能对工程的经济风险形成影响。

3）技术风险

技术风险是指人们所采用的工程和管理技术带来的风险。例如，采用不合理的调水调配模型所造成的经济损失风险、采用不合理的管理技术和施工技术带来的工程运行风险。

4）政治风险

政治风险是指由于种族、宗教、国家之间的冲突、叛乱、战争所引起的风险。往往一些大型的水利工程项目的上马需要政府部门的决策，而行政领导的主观看法以及政府的换届往往对具体工程造成一定的风险，在我国最典型的例子是三峡工程的上马需要全国人大的决策，南水北调工程是另一个典型的例子。

5）组织风险

组织风险是指因有关各方关系不协调以及其他不确定性而引起的风险。组织风险还包括组织内部的不同部门因对项目的理解、态度和行动不一致而产生的风险。

6）社会风险

社会风险是指因反常的个人行为或不可预料的团体行为而形成的风险，如抢劫、盗窃、罢工、暴动等。

3.3.3　按风险是否可管理划分

可管理的风险是指可以预测，并可采取相应措施加以控制的风险；反之，则为不可管理的风险。风险能否管理，取决于风险不确定性是否可以消除以及活动主体的管理水平。要消除风险的不确定性，就必须掌握有关的数据、资料和其他信息。随着数据、资料和其他信息的增加以及管理水平的提高，有些不可管理的风险就可以向可管理风险转化。

3.3.4　按风险影响范围划分

风险按影响范围划分，可以有局部风险和总体风险。局部风险的影响范围小，而总体风险的影响范围大。局部风险和总体风险也是相对的，可以相互转化。例如，对水库调度而言，发生弃水事故是局部风险，而如果调洪不利形成人为洪水事件那么对区域来说则是全局性总体风险。

3.3.5　按风险后果的承担者划分

如果按风险造成损失的承担者来划分风险的话，则风险包括社会风险、居民风险、政府风险、企业风险、个人风险等。一个大的调水运行风险事件的发生往往对社会、居民、政府、企业同时造成经济损失或人员伤亡，这时的风险由上述主体共同承担。例如，洪水事件的发生、干旱及水资源短缺事件就是如此。

3.3.6　按风险的可预测性划分

按这种划分方法，风险可以分为已知风险、可预测风险和不可预测风险。

已知风险就是根据经验和已有知识人们可以知道的那些经常发生的，而且其后果是可以预见的风险。可预测风险就是根据经验，可以预见其发生，但不可预见其后果的风险。不可预测风险即是有可能发生，但是其发生的可能性即使最有经验的人也不能预见的风险。

3.4　南水北调工程运行风险体系

3.4.1　南水北调工程风险分类的相关研究

南水北调工程涉及多个相关团体的利益以及不同行业之间的关系，不可避免地会受到多个利益群体和行业的影响。这是因为我国的水资源管理是实行流域管理与行政区域管理相结合的管理体制，又因为该工程的运行对各大行业带来了冲击和契机，因而与之形成相互作用，包括工业、农业和渔业等（张新民等，2006；Wang and Ma，1999）。较早期的文献给出了初步的、大略的分类与应对思想（秦明海等，2004），将风险分为工程类风险、经济类风险、环境类风险、社会风险、调水保证率风险、工程管理运作风险，如表3.2所示。

表 3.2 较早期的南水北调工程风险分类

南水北调工程风险分类	工程类风险	工程建设风险
		暴雨/洪水防洪风险
		移民风险
	经济类风险	经济能力风险
		水价风险
	环境类风险	污水风险
		破坏生态环境的风险
	社会风险	认识风险
		水事纠纷风险
		城市化发展风险
	调水保证率风险	水源对调水保证率的影响
		气候变化对调水保证率的影响
	工程管理运作风险	包括管理载体、主体、客体三个方面的含义

3.4.2 南水北调工程运行风险分类

南水北调运行的科学管理，对于提高工程的安全程度，提高经济效益，保障良好的生态环境，促进国民经济发展等具有重要意义。南水北调工程沿途距离长、投资大、范围广、地质情况复杂，既包括水源工程、输水工程等主体工程，又包括配售水的配套工程，连接多个存在一定社会经济水平差异的水资源分区，其运行管理涉及社会、经济及生态系统的方方面面，众多不确定因素的存在会对工程的运行造成影响，给项目带来风险，影响系统的正常运行。按风险的发生地（也可称风险的作用对象或风险受体）来分，可以将南水北调这一复杂的巨系统分成点-线-面三种类型风险作用对象。东线工程中长江干流取水水源和提水系统组成点状风险作用对象，输水河渠和穿黄隧道为线状风险作用对象，调蓄湖泊和受水区组成面状风险作用对象；中线工程中交叉建筑物和控制建筑物组成点状风险作用对象，输水干渠和穿黄穿漳工程为线状风险作用对象，供水水源区和受水区组成面状风险作用对象。因此，南水北调工程运行风险可以按风险作用对象的影响范围，划分为点状风险、线状风险和面状风险。而影响南水北调工程正常运行时通常所说的风险源，来自于五个方面：工程、水文、环境、经济和社会。当然，在这五个方面下还有具体的风险因子。因此，南水北调工程运行风险分类可以概括为一个“三类五源”高维多源风险体系，如图 3.6 所示。

本研究从调水工程运行可能发生的具体风险源出发，即工程风险、水文风险、环境风险、经济风险和社会风险五个方面着手。针对南水北调工程运行问题，考虑今后为管理服务，具体落实到风险作用对象，在后面的风险识别、评估与预测等研究时以三大类别（点状、线状、面状）为主线，揭示南水北调运行风险的空间结构演变的过程及其耦合作用。这样分类是为了更好地体现了解风险源和风险作用对象，同时也是为了更好地

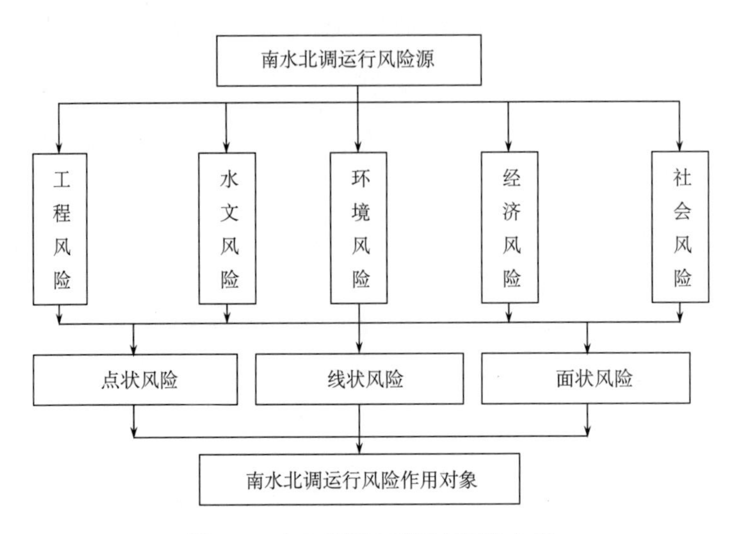

图 3.6 南水北调工程运行风险分类

对风险进行有效管理。

(1) 工程风险

南水北调运行的工程风险是指工程内在本身质量问题，或在运行过程中，由于其他外在因子的变化影响工程稳定和安全运行所带来的风险。在南水北调工程运行过程中，受到威胁的风险因子众多，包括自然条件、工程条件、工程结构以及其他因素风险因子。

自然条件风险因子：考虑南水北调东中线工程沿线水文、气象特征及区域构造稳定性，东线工程是调蓄结合。洪水肆虐对沿线库容相对较满的湖库来说将是极大的考验，同时，洪水泛滥可能造成中线河道内渡槽、涵洞等渠系建筑物冲毁、失效；冰期可能引起输水工程建筑物输水不畅，区域地质构造的不稳定可能对工程建筑物造成一定程度的破坏。因此，需要分析工程跨越地区大江大河的多年径流资料、水文特征、暴雨洪水特性、冰期时间长短及地震带分区分布，结合南水北调东中线各类工程的设计标准，识别自然条件类型的风险因子并研究其机理。

工程条件风险因子：南水北调东中线工程穿越的地区，区域工程地质条件复杂，施工条件地域差别性大。通过对南水北调东中线工程沿途工程条件复杂性的调查，识别包括渠道边坡稳定性、砂土液化、渠道渗漏、水（泥）石流以及其他特殊工程地质条件等工程条件风险因子，并对工程条件风险因子分级分类，在分层次的因子识别基础上，研究风险因子的作用机理。

工程结构风险因子：南水北调东中线工程沿线设有多种类型的工程建筑物，对这千余座建筑物，按建筑物类型可以分为大型交叉建筑物、排水建筑物、控制建筑物、输水隧洞、隧道、泵站等。随着时间的延续，工程建筑物的性能在大多数情况下都是向着导致工程结构恶化的方向发展。因此，主要分析时间流逝对不同建筑物类型工程结构的性能威胁，研究在正常条件下，不同类型建筑物的工程结构随时间推移恶化及失效的机理。

其他因素风险因子：研究工程运行过程中，识别除自然条件、工程条件及工程结构外的其他因素造成南水北调东中线工程运行失效的风险因子。

(2) 水文风险

水文特性是最古老的不确定性因素。其不确定性一方面来自水文事件本身的特性，如天然降水过程的不确定性、河川径流过程的不确定性、水文蒸散发过程的不确定性、地下水补水过程的不确定性等；另一方面来自于对水文现象认识的不完备性等，这些不确定性直接导致水文风险的客观存在。南水北调工程跨越多个水文气候区，充分认识水源区、输水区和受水区的水文不确定性，科学评估其水文风险，对南水北调工程的正常运行具有举足轻重的意义。

南水北调东线工程运行水文风险主要包括两个方面：①相连湖泊水系水量丰枯变化风险；②受水区丰枯变化导致需水量超过和低于设计供水量风险。

中线工程运行水文风险主要包括四个方面：①丹江口水库丰枯变化导致供水量不足的风险；②受水区丰枯变化导致需水量超过和低于设计供水量风险；③水源区或受水区丰枯遭遇风险；④供水或需水过程协调风险。

(3) 环境风险

环境风险是指由于自然或人为活动引发的不确定事件，导致环境质量下降、对人体及社会财富造成损害的可能性和严重程度。南水北调工程作为一项供水工程，其供水安全除传统的水量安全外，水质安全也是关键，因此针对可能导致南水北调工程调水水质达不到设计要求的因素进行系统的环境风险评价，采取针对性的环境风险管理措施，对南水北调工程正常运行具有重大意义。

(4) 经济风险

南水北调项目运行中的经济风险是指由于经济政策、金融体系、价格等宏观经济因素变动而导致成本增加或收益减少而带来损失的可能性。

经济能力风险：指南水北调工程运行和维护费用年际变动的不确定性和用水户无力支付或延迟付款的风险。

水价风险：指工程运行和受水区两方面水价变动对调水工程的效益产生风险。

售水量变动风险：指供水的不确定性和需水的不确定性。前者是指供水区来水丰枯变化，以及输水过程中多种因素导致的供水量风险；后者是指受水区采取节水措施、替代水源以及人口增长、工业布局、经济发展规模变动等因素导致的需水量变动风险。

财务风险：指东线或中线工程运行中利用中央投资、南水北调工程基金、银行贷款等筹资组合方式和资本结构，以及还贷方式等的差异，造成不同来源资金成本的资本风险报酬率不同，导致因还贷利率变化、通货膨胀等有关因素变动而影响还贷周期和收益遭受损失的风险。

（5）社会风险

社会风险是一种导致社会冲突，危及社会稳定和社会秩序的可能性，更直接地说，社会风险意味着爆发社会危机的可能性。南水北调作为迄今为止世界上规模最大的跨流域调水工程，由于沿途距离长、投资大、范围广、途经区域社会经济条件差异大，涉及的利益相关群体庞大、关系复杂，其运行必然会产生一系列意想不到的社会问题，进而演变为社会风险。

南水北调运行社会风险是要分析南水北调的运行活动与潜在社会问题的关联，从而找出最有可能危害社会稳定的因素。包括工程涉及区域的认知风险、水量水质变化而引起的社会变化风险、工业化和城市化带来的风险、工程涉及区域的资源危机风险、物质利益冲突导致的水事纠纷风险、工程运行管理中的违法犯罪风险等。研究从社会风险的影响对象、产生根源、作用时间、作用方式、持续时间、影响范围、影响程度等着手。

3.4.3　东线运行风险体系分析

风险是风险源作用于风险对象而产生的不利后果严重性与可能性的描述，因此完整的风险体系由风险作用对象（风险受体）、风险源及风险作用过程三个环节组合而成，其中风险作用过程是连接风险源及风险作用对象的中间环节。风险评估及管理是指针对特定的风险作用对象，识别相关风险源，分析风险源作用于对象的机理，在此基础上评估作用对象发生不利后果的可能性及严重性，然后根据风险评估结果针对对象采取适当的管控措施将风险控制在人类可承受的范围内。南水北调东线工程系统风险作用的对象包括长江干流取水水源，1466.50km 输水河道，13 个梯级提水系统，穿黄工程，洪泽湖、骆马湖、南四湖和东平湖 4 个调蓄湖泊，21 个地级受水城市。根据作用对象的空间特性，可以将其归并为三类：点状风险（长江干流取水水源和梯级提水系统）、线状风险（输水河道和穿黄工程）和面状风险（调蓄湖泊和受水城市）。影响南水北调东线工程正常运行的风险源来自于五个方面：工程、水文、环境、经济和社会。综上所述，南水北调东线工程运行风险体系可以概括为一个“三类五源”的高维多源风险体系，如图 3.7 所示。

3.4.4　中线运行风险体系分析

南水北调中线工程系统的风险作用对象包括丹江口水源地、1431.945km 输水干渠、交叉建筑物、穿黄穿漳隧道、19 个市级受水区（含北京、天津两个直辖市）、若干节制闸等控制性建筑物。根据对象的空间特性，可以将其归并为三类：点状风险（交叉建筑物和节制闸控制建筑物）、线状风险（输水干渠、穿黄穿漳工程）和面状风险（供水水源区和受水区）。影响南水北调中线工程正常运行的风险源来自于五个方面：工程、水文、环境、经济和社会。此外，中线工程的调水运行对水源区、汉江中下游区及受水

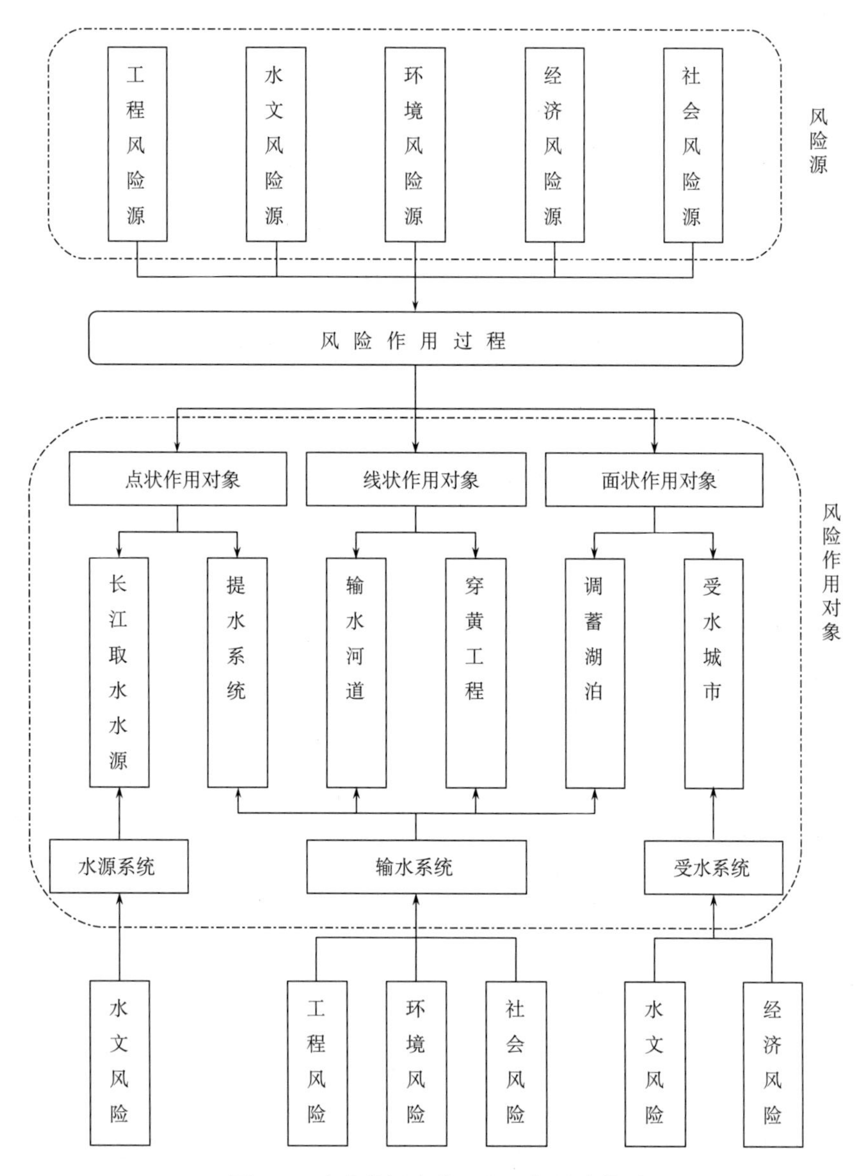

图 3.7　南水北调东线工程运行风险体系

区生态系统产生的风险影响，在这一生态风险系统中，风险源为中线工程运行，风险空间作用对象为区域生态系统，与其他五个方面的风险作用对象——中线工程不一致，因此中线运行生态风险有另外专题“南水北调运行生态与环境风险管理研究”另作研究。综上所述，本书中的南水北调中线工程运行风险体系可以概括为一个“三类五源”的高维多源风险体系，如图 3.8 所示。

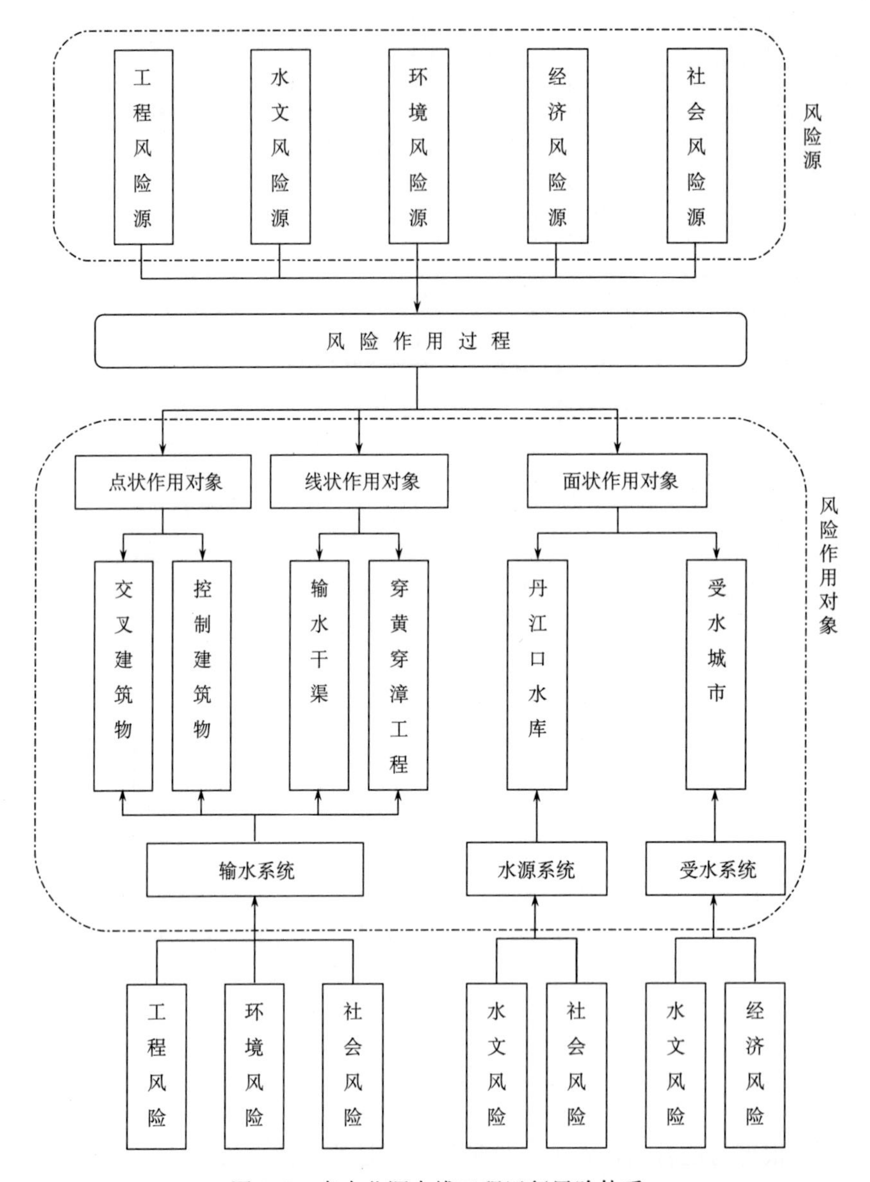

图 3.8　南水北调中线工程运行风险体系

3.4.5　五种风险源的相互关系

南水北调工程系统巨大，风险因子众多，而这些风险因子之间存在互相诱发和放大的关系，这种情况的出现会加大社会经济的损失。

工程失效或部分失效不仅使工程项目的收益大为降低，还会大幅度增加工程的维修费用，从而不能达到预定的功能，造成社会经济损失。工程风险中的工程交叉建筑物失效等对天然河流的系统产生扰动，并有可能产生负面的生态影响。因此，工程风险能诱发经济风险和环境风险。

水源区缺水或受水区不需水时，工程将无法获得收益，造成经济损失，诱发经济风险。干旱发生时，水流减少，稀释能力下降，进而引发水质恶化、富营养化等，造成生态环境损失。因此，水文风险能诱发经济风险和环境风险。

水体质量下降，使水体质量无法达到受水区用水户的用水标准，将影响工程收益。另外，对水环境的治理需投入大量资金，抬高了运营成本，容易引发经济风险。所以，环境风险也能诱发经济风险。

南水北调工程运行社会风险具有传导性，表现在南水北调工程运行的其他风险，如工程风险、环境风险、水文风险、经济风险等都有可能诱发社会风险，即风险因子通过工程风险、环境风险等传导到社会风险。同时，社会风险也能诱发或放大工程、经济和环境风险。

五种风险因子间的相互关系如图 3.9 所示。

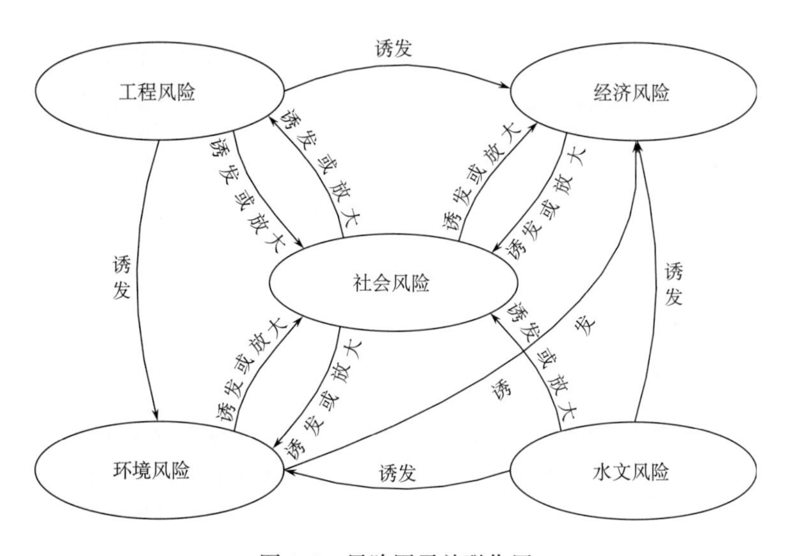

图 3.9　风险因子关联作用

由此可以很容易地看出，各个风险种类并不是彼此独立的，风险种类还会随时间而发生变化。这样讨论是强调风险源管理在工程运行中的重要性。

3.5　风险的基本性质

3.5.1　风险的客观性

风险的客观性是指它的存在不以人的意志为转移，它无时不有、无所不在。对调水工程运行而言，工程、水文、环境、经济和社会等方面的风险是客观存在的。风险的客观性要求在调水运行中应承认风险、承担风险，以追求预期的目标。

3.5.2 风险的不确定性

风险的不确定性是指对风险主体来说，风险程度有多大，风险何时何地有可能变为现实均不肯定。但是不确定性并不意味风险是完全不可测度的。例如，对调水工程投资和水库调度决策，可以通过对各种不确定性因素进行定性、定量分析，运用各种方法进行测度。但有些风险如社会风险、宏观经济风险和某些自然风险通常是很难，甚至是无法定量测度的。

风险的不确定性要求在调水工程运行中掌握并运用各种方法，在尽可能的条件下对风险加以测度，以便采取相应的对策来避免较大的风险。

3.5.3 风险的不利性

风险的各种表现形式，诸如失事、损失等对风险主体都是不利的，这种不利可能转化为经济损失、社会效益低劣等。例如，工程“失事”可导致调水弃水增加，调水量减少，受水区生活、生产、生态等用水得不到满足，不能满足各部门的综合用水要求，导致“失事”区域和受水区域生态环境遭破坏等。

风险的不利性要求在调水工程运行中在承认风险、认识风险的基础上，慎重决策、认真实施，尽量避免、消除或分散风险。

3.5.4 风险的相对性

风险的相对性是指对不同的风险主体来说，在一定时间、地点和条件下，即在一定的风险环境中，风险的大小是不同的。例如，对装机容量相同，但水库库容大小不同的两座水电站，要获得相同的年发电效益，其风险大小可能相差悬殊。这种风险的相对性是由于风险主体的不同承受能力决定的。水电站水库承受风险的能力主要是由库容、径流、综合用水要求、调度管理水平等要素决定的，库容大、径流丰枯差小和预报准确，综合用水矛盾小，调度管理水平高，则承受风险的能力就大；反之，则承受风险的能力就小。

风险的相对性，要求在运行管理过程中实事求是地分析风险、评价风险，尽量增强风险主体对风险的承受能力。

3.5.5 风险与利益的对称性

风险与利益的对称性是指风险和利益这两种可能性对其主体来说是必然同时存在的，风险是利益的代价，利益是风险的报酬，风险和利益是相辅相成的。如果只有风险而没有利益，谁也不会承担风险。另外，为了获取某一利益，则必须承担一定的风险。

风险与利益的对称性要求在调水工程运行中建立利益机制的同时要相应建立风险机制，使两者相互制约。同时，要求调水工程运行为实现一定的利益目标，应该敢于冒一定的风险，因为不冒风险是不可能获得预期目标的。但对不同的决策者，其冒险程度是不同的，因而获利也不一样。

一般来说，在调水工程运行中冒险越大，则获利也越大，但有时对风险环境把握不准，或实施措施不妥，也可能存在所冒风险与获利不平衡，因此运行调度决策人员应有承受冒险失败的心理素质和能力。

3.6　风险管理的定义及内涵

加拿大标准协会于1997年将风险管理定义为将管理政策、程序以及实践系统应用于风险分析、风险估计、风险控制和风险交换的过程（CSA，1997）。广义风险管理过程都包含风险分析的过程。如图3.10为Bowles等给出的大坝工程中的广义风险管理过程图（Bowles，2006）。在实践中，这个全过程可以划分为风险分析和风险管理两个阶段。第二个阶段可以称为狭义风险管理。这种狭义风险管理过程实际上主要是回答三个问题：①我们能做什么？②哪些方案是可行的，并且根据费用、效益、风险而进行的权衡结果怎样？③当前的管理决策对将来方案的影响是什么？

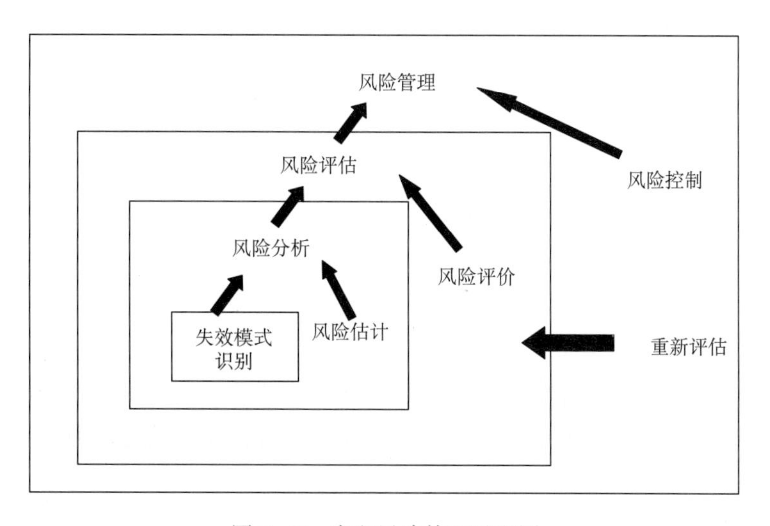

图3.10　广义风险管理过程图

国际大坝安全委员会ICOLD于2003年分别给出了风险管理过程中各概念的含义，包含失效模式识别（failure modes identification，FMI）、风险（risk）、风险分析（risk analysis）、风险评估（risk assessment）、风险控制（risk control）、风险估计（risk estimation）、风险评价（risk evaluation）以及风险管理（risk management）的概念和定义（ICOLD，2003）。

3.7　风险管理的概念

风险管理是经济单位通过对风险的确认和评估，采用合理的经济和技术手段对风险加以控制，以最小的成本获得最大的安全保障的一种管理活动。理解这一概念，需要把握三点：①风险管理的主体是经济单位，即个人、家庭、企事业单位、社会团体和政府部门，以及跨国集团和国际联合组织等；②在风险管理过程中，风险确认和风险评估是基础，而选择合理的风险控制手段则是关键；③风险管理的目标是以最小的成本达到最大的安全保障。

风险管理同时是一门新兴的管理学科。在其形成和发展的过程中，由于对风险管理出发点、目的、手段和管理范围等强调的侧重点不同，学者们对风险管理提出了各种不同的学说，其中较有代表性的是美国学说和英国学说。

美国学者通常狭义地解释风险管理，他们把风险管理的对象局限于纯粹风险，且重点放在风险控制上。Mehr 和 Hedgs 在他们的著作《Risk Management：Concept and Application》（Mehr and Hedges，1974）中认为，风险管理的目的与经营的目的是一致的。而经营的目的有：①生存、效益和发展；②摆脱困境和履行社会责任。与前者相应，风险管理的目的是控制实际的损失；与后者相应，风险管理的目的是控制潜在的损失。Greene 和 Serbein 在他们的著作《Risk Management：Text and Cases》（Greene and Serbein，1978）中则认为，风险管理的主要目的是为了在意外损失发生后，恢复财务上的稳定性和营业上的活力以及所需要资源的有效利用。即以固定的费用使长期风险的损失降到最低程度。Baglini 在其著作《Risk Management in Intenational Corporations》（Baglini，1976）中认为，风险管理的主要目的是在保持企业财务稳定性的同时，尽量减少因各种风险的损害所支出的总费用。若从另一侧面来看，风险管理者的主要职责是在较长的期间内，减轻对纯粹风险支出的费用，并控制每年风险费用的变动幅度，把这一幅度控制在规定的最高限额内。在这种基本目的的范围内，还要附带一定的特殊目的，那就是保卫人的生命和人们的资本价值，维护财产不受损失，防止既得利益的丧失，排除发生损失的因素和条件。在关于企业风险管理目的的问题上，还有特殊情况，即包括在特定的预算范围内，防止可能发生的损失，以及适应企业的要求，请求保险事业的协助。

英国学者关于风险管理的定义，则把重点放在经济控制方面。英国伦敦特许保险学会的风险管理教材把风险管理定义为："为了减少不定时间的影响，计划、安排、控制各种业务活动和资源"[①]。Banks 在其著作《Practical Risk Management》中给风险管理所下的定义是：风险管理应对威胁企业资产和收益的风险进行识别、测定和经济的控制（Banks，2003）。

因此，广义的风险管理可理解为：所谓风险管理是一种特殊的管理功能，管理的对象是作为社会现象的组织及其成员，通过对风险的认识、衡量、预测和分析，考虑到种

---

① Chartered Insurance Institute（CII）. Risk management. 2006

种不确定性和限制性，提出供决策者决策的方案，力求以较少的成本获得较多的安全保障，或者说以相同的成本或代价获得更多的安全保障和更少的损失。这里表明：第一，风险管理是一种社会现象，涉及个人、家庭、企业、政府乃至国际组织；第二，风险管理是一种系统分析，通过对现实和未来风险、显在和潜在风险的认识以及分析，供领导风险决策参考；第三，风险管理的目标在于控制和减少损失，提高有关单位和个人的经济利益或社会效果。

3.8　工程运行风险管理研究相关理论

工程运行风险管理是风险管理理论在工程运行上的具体应用，因此直接涉及风险管理、系统工程和工程运行管理三大学科的内容。其中风险管理属经济学研究分支；系统工程是指以系统学和运筹学为核心的技术；工程运行管理内容隶属于管理科学与工程下的学科，所以说本书的研究对象宏观上横跨了三大学科：经济学、系统工程学和管理学。

3.8.1　工程运行风险分析相关理论

3.8.1.1　不确定性理论

所谓不确定性是指一种行为可能引起多种结果，并且主体只能控制行为，而无法控制后果。如果一个概念的内涵或外延有且只有一个不明确，那么这个概念就是不确定的概念。

一般来说，随机性是指验前结果已知，验后结果未知，可用频率或概率来表示，它描述的是非此即彼现象；模糊性是指概念的内涵清楚、外延不清楚，它描述的是亦此亦彼的现象；灰色性是指部分信息已知、部分未知，它的外延清楚，而内涵不清楚，在外界干扰下，不能完全掌握的信息。这三种不确定性从不同方面描述了实际情况，各具特点，有时还会互相重合与共存。

3.8.1.2　概率论

概率论是以随机事件为研究和处理的对象，从随机现象中研究广义的因果理论，因而所研究的事物有其明确的含义。但是由于发生的条件不充分，条件和事件的出现与否不能表现出决定性的因果关系，从而在事件的是否出现方面表现了不确定性。这种不确定是以随机形式表现出来的，也称为随机不确定性。同时，不确定性程度是由概率论中的概率定义的，由此也量化了预测的不确定性程度。通过事先对概率的估计，可以预测出风险事件发生的可能性，通过对一组事件相互影响的研究，可以明确组合风险产生、发展和演变的过程。因此，风险管理自然离不开概率理论，当然概率的预测质量依赖于概率估计所依据的信息质量。

3.8.1.3 投资组合论

数学期望即均值，通常用于表示研究的随机变量在用以表示的坐标轴上分布的总位置的一种度量。方差是用于刻画变量的分布相对于此数学期望所谓的集中度问题，它是一种偏离程度的度量。但在实际操作中，有时会出现与“均值-方差”优劣原理相悖的现象。姜青舫等在投资偏好的调查结果表明，绝大多投资者所偏好的恰是期望收益小且方差大的投资方案，而舍弃的是期望收益大而方差小的投资方案（姜青舫，2006），这个结果和美国的一项心理研究的实验结果不谋而合。并且，还有人认为由于“均值-方差”替代原理的无差异性导致了理论有一定的错误。尽管如此，Markowitz 的投资组合理论在实际应用和研究中仍然具有重大的指导意义。

3.8.1.4 系统动力学

系统动力学是一门研究信息反馈系统的交叉、综合性的探索如何认识和解决系统问题的学科，采用定性和定量结合的系统分析、综合推理的方法，以结构-功能模拟的模型来模拟、研究、处理复杂系统问题，解决问题的过程实质是一种寻优过程，其模型的主要功用在于向人们提供一个进行学习与政策模拟分析的工具。由于工程运行过程是工程内部诸要素以及工程与外部环境作用的动态过程，采用封闭、静态的处理方法都不能取得很好的效果。系统动力学理论能很好地弥补这个空缺，并且利用系统动力学可以对工程运行管理的动态管理、业主与工程各参与方的关系、设计与工作范围变更等 30 多个领域的问题进行广泛的研究。

3.8.2 工程运行风险控制相关理论

3.8.2.1 效用理论

为了解决投资者对风险收益和风险水平的选择问题，人们引入了效用的概念。效用是经济学概念，在经济学中，效用定义为精神满足感和财富之间的关系，是衡量精神收益（psychic gain）的尺度，是一种投资给投资者带来满足的程度。效用的大小取决于个人的效用函数，反映一定收益水平上个人投资效用的公式或曲线。用于描述投资收益和投资效用之间的关系，揭示决策者的风险应对态度：风险回避、风险爱好或风险中性。但是同时也要注意到效用理论的局限性，特别是在对极端概率或极端利益表现出的有限理性现象。另外，对同一决策者、同一问题，在不同的时间可能得到的效用曲线都会有所不同，所以决策者效用函数的建立比较困难。

3.8.2.2 信息博弈论

博弈论是研究决策者各方相互依存条件下，如何进行决策及有关这种决策的均衡问题的理论，是研究决策主体行为的科学。由于风险结果的双重性，往往鼓励人们冒险去与风险事件进行博弈。对手的存在大大增加了状态的不可预测性，使得博弈战略不但要考虑策略因素，还要考虑心理因素。博弈论利用启发式方法在大型搜索空间探寻解决方案，其解决模型提供了竞争环境下追求回报最大化而同时风险最小化的途径，而用其他理论来解决此类问题往往导致目标冲突。

3.8.2.3 信息熵理论

根据信息论，信息蕴涵于不确定性中，信息的定量表征必然联系着不确定性的度量。熵是一个系统的状态函数，是系统无序程度或混乱程度的度量和对不确定性的最佳测度，同时又间接反映了时空量测信息特征，是现代动力系统和遍历理论的重要概念。Jaynes 最大熵的基本思路是对于信息熵 H 的表达式可以从两个角度来考察：一是在已知实验结果的先验概率分布的情况下，由表达式求得熵的数值；二是可以将信息熵 H 看成先验概率分布的泛函。这意味着，在先验概率分布发生变化，H 也随之变化。从而，在给定约束条件下，在所有可能的先验概率分布中，以使 H 取最大值的分布为最优。最大熵准则在管理决策、分布函数的界定、分叉与混沌、频谱分析技术和风险分析等方面都有应用。将熵看成概率分布的泛函，以最大熵原理（POME）可以确定相应的满足约束条件（已知信息）的最小偏差的概率分布，从而避免风险分析对先验概率分布人为假定的不足。

当然，上述的学科虽不能涵盖工程运行风险管理的理论，但也可以说是比较全面和经典的，极大地解决了工程运行风险管理中的一些实际问题。另外，如对数据进行处理的统计学、解释了人们产生不同风险态度的心理原因的预期理论（prospect）、决策理论、随机模拟、混沌论和基于以上一些理论综合运用而产生的方法或模型，如控制区间记忆模型（controlled interval and memory model，CIM），这些都对或者将对工程运行风险管理起到支撑作用。

3.9 南水北调工程运行风险管理框架

南水北调工程项目庞大，运行时间长，管理过程中风险重重，难度重重，必须有系统的理论和技术支撑才能保证项目管理的正常运转，采用风险管理理论对南水北调工程的运行进行综合风险管理，不仅对发展和完善风险管理方法有重要的理论意义，而且对南水北调工程的风险调度运行及工程运行管理体制的创新具有十分重要的实际指导意义。

目前，对工程运行风险管理的研究主要是从三个方面进行的：一是对风险管理的基本理念观点和框架体系的研究，从工程运行的风险战略角度出发，建立风险管理的基本规程，提出风险理念上的新观点和新体系；二是对风险技术与风险管理方法的研究，借鉴管理学科、工程技术或其他学科的最新理论和研究成果，探寻比较合理、科学和高效的方法和手段以实现有效的风险管理；三是对具体的工程运行进行实践技术方面的风险管理研究。每一种研究角度都显示出自身的特色和魅力，但同时也不难看出风险管理涉猎的广泛和研究的难度。

工程运行管理知识体系是描述工程管理知识总和的专业术语，是为了适应工程运行管理职业化而发展起来的。目前，很多国家都已经开发和正在开发自己的项目管理知识体系，如 PMI 开发的 PMBOK（A Guide to the Project Management Body of Knowledge）、GUIDE、IPMA 开发的 ICB、APM 开发的 APM' SPMBOK 等，荷兰、德国、澳大利亚等国家都有自己的 PMBOK①。中国目前也有几个不同版本的项目管理体系：C-PMBOK（中国项目管理研究委员会）、《中国项目管理知识体系纲要》（中国项目管理国际研讨学术委员会）、《建设工程项目管理规范》（建设部颁布）等。但工程运行管理也仅是应用项目管理而已，目前还缺乏自己的管理体系。

成熟度模型通过与潜在的竞争者和其他特殊管理领域的组织比较，确定组织当前的状况，选择适当的、最适合该组织需求的成熟度模型，以提高组织的工程运行管理能力，使之越来越广泛地应用于组织定位。但是，这种提高不仅需要关注工程运行管理的特殊领域、引入产生最大效益方面的改进，同时还要关注工程综合运行管理的原则和实践。一般认为，工程运行成熟度越大，组织成功的选择、授权、计划、执行、控制和结束工程以及工程联合运行并实现组织战略目标的能力就越强。

典型的工程运行管理体系中的风险管理通常由如下几个阶段组成：工程运行基本信息的收集与分析，风险因素的识别，风险后果的估计与评价，风险响应措施的确定，风险管理的实施与控制，最终形成风险管理的记录文档。其特点是将风险管理视为一个线性过程，而且只有风险管理的实施阶段与工程本身的运行有关联，其他阶段一般在项目具体实施前后进行（姚卿、王月明，2007；邓曦东、王春艳，2007）。这种风险管理是一种静态的管理模式，风险管理与风险分析、项目运作过程完全隔离，所以管理措施只是按照预定的方式加以实施，不能根据工程的运行过程动态进行管理的跟踪、调整和修正。随着对静态风险管理的实践和认识，不少学者对此提出了有益的探索。Huseby 和 Skogen 于 1992 年提出了连续风险评审模式（Huseby and Skogen，1992）；2001 年Jaafari 则提出了生命周期风险管理 LCPM 的概念，在这些动态模型中，风险识别已经作为项目整个生命周期的每个阶段必备措施，但是这些思维并没有给出具体的、可供操作适用的技术手段和方法，有必要对具体的风险管理和分析手段和实施措施进行深入的研究，真正在实践的工程运行中体现系统、动态和面向过程的工程运行风险管理思想（Jaafari and Manivong，1999）。

3.9.1 南水北调工程运行风险管理框架构建原则

3.9.1.1 主客观原则

风险的存在是客观的，“人类历史也可以说是与风险的斗争史”，从本质上来讲，未来是不确定的，而风险是决策活动对未来做出判断时产生的。所以说，风险总是存在的，如果不能主动承担风险，必将被动地面临风险。随着南水北调工程运行的内生变量和外生变量的日趋复杂和变化多端，我们需要以更公开、更专业的形式来识别、评价和处理分配南水北调工程运行风险。但同时，我们应该以新的视角和新的意识来积极主动

① http://www.pmi.org

地认识风险、防范风险，而且风险的大小也是与每个风险承担者（归根到底是工程管理者）的风险偏好有关。所以说，风险并不可怕，可怕的是不承认风险的存在和缺乏对风险的正确处理方式。

3.9.1.2　经济性原则

某种程度上，风险管理是从风险中寻找机会，开展风险管理的目的不在于消除风险，而是要提供更多的风险决策信息和方案，最大限度地降低风险带给工程运行的不确定性。调水工程运行在任何时候都充满了风险，风险和利润是并存的，要想获得预期的效益，就要有承担一定风险的能力。风险管理水平是衡量调水工程管理单位素质的重要标准，而风险应付能力则是判断工程生命力的重要依据。但同时，风险管理要考虑成本问题，在制定风险管理计划时，在权衡工程运行与建设总成本的同时，要以最经济、最合理的处置方式把控制损失的费用降到最低，通过尽可能低的费用，确保调水工程运行的安全保障。

3.9.1.3　满意性原则

不管采用什么方式、投入多少的资源，调水工程的不确定性是绝对的，而确定是相对的。所以，在风险管理中，要遵从满意性原则，允许一定的不确定性才是科学的、客观的。风险管理目标与预期的项目目标相关，风险管理的策略和调水工程运行目标的策略相关，而“不合适”的目标本身就是一种风险源。调水工程运行中的风险不是孤立的，所以应该以满意性目标为导向来进行风险管理，从系统的观念来全局考虑调水工程运行的风险因素，而片面地、一时解决某一局部或某一时段的风险都不可能达到预想的风险管理效果。

3.9.1.4　科学性原则

科学性原则要求风险管理者在战略上蔑视而战术上重视，要以科学的态度识别风险、处理风险。对于一些风险较大的项目，不要因其风险性而产生“狼来了”的恐惧心理，这样只会使整个团队的士气受到影响，从而导致项目不能有序进行。理论上，我们能排除由于缺乏知识或交流不畅造成的风险，因为这些属于经济学上的内生变量，但是需要考虑排除的代价；我们既不能容忍为了技术而引入技术，也不能容忍仅靠拍脑袋、凭经验行事。所以，虽然调水工程运行的风险性使我们难以回避，但一定要在战略上藐视它。同时，我们无法阻止源于气候（水文）、生态环境或社会等的风险，因为这些属于经济学上的外生变量，但是我们不能听之任之，可以通过预先设计备选方案规避其中不可接受的风险。当然，在整个调水工程运行风险管理过程中，又应该提高警惕，认真对待。风险既是客观的也是主观的，风险管理既是科学也是艺术。需要用高度理性的近现代数学知识建模求解，同时也需要借助心理学知识诱导风险根源。一方面我们希望得到更多的量化答案，另一方面我们又不得不以均衡的艺术解决冲突问题，所以忽视或过于强调哪一个方面都是不恰当的。

3.9.2 南水北调工程运行风险管理框架构建思想

3.9.2.1 系统思想

系统是指为实现一定目标而存在的，由若干相互作用和相互依赖的部分结合而成的有机整体。系统论的方法，简单地说，是指解决问题时应从整体考虑，即把与问题有关的所有因素综合起来，全盘考虑。在解决问题时，首先要研究组成系统各部分的本质，其次是各部分之间的关系以及整个系统的目标。系统工程是在系统论思想指导下，把复杂的对象系统作为一项工程来处置，通过分析、判断、推理等程序，建立起某种模型，然后运用数学工具给出定量化的最优结果，使系统的各部分互相协调、互相配合，以获得技术上最先进、经济上最合算、时间上最节省的整体最优效果。如果把大型调水工程看成一个系统，则有内部环境和外部环境。在所有系统中，投入和产出都要通过内部环境与外部环境的边界，我们可以把大型调水工程目标看成由一系列调水运行变量构造的函数，这些变量包括投入资源的成本和数量以及外部环境因素等。

3.9.2.2 动态思想

世界在变、环境在变、人类拥有的知识也在变，工程运行风险的特征总是随时在变化，开展持续风险管理时要考虑其适应性、动态性和开放性。风险管理过程本身也是一个高风险的项目，风险管理通过围绕降低风险的活动改进调水工程运行过程，从而间接地使整个调水受益，对风险管理有一个长远、理智和敏感的认识。如果调水工程运行在一个稳定的环境中运作，调水工程运行概念阶段的不确定性常常会很高，并可能会因调水工程运行的计划和决策过程而降低。然而，如果是一个处在不断变化环境中的复杂调水工程调度运行，其风险就不一定会随时间而减少。一般来说，变量是动态的，它们随时间的变化而变化，因此调水工程运行的风险也呈现出不确定性。如果调水工程运行的风险变量可能预先被很好地识别和描述，并且在调水运行过程中基本保持不变，那就可以估计调水工程运行结果函数的风险和变量。然而，并非所有的调水工程运行变量都是可以识别的，而且在调水工程运行的生命周期内会出现新的变量或它们出现的概率会随时间而改变，变量对调水工程运行的影响也会随着它们之间内部出现的概率随时间而改变，变量对调水工程运行的影响也会随着它们之间内部关系的变化而变化，这种错综复杂的局面使得调水工程运行风险管理变得尤为困难。

因此，需要不断检测调水工程运行变量，重新评价目标函数，采取行动并适时调整调度战略。想要尽早识别调水工程运行变量常常是不可行的，因为作为决策依据的信息不可得或是模糊的，并随时间而变化，且众多变量的综合效果非常复杂，使得许多问题在调水工程运行生命周期的较早阶段不可能被预见。随着调水工程运行的进行，有些风险得到控制，有些风险会发生并得到处理，而同时在运行的每一阶段都可能产生新的风险，这种风险在质和量上不断发生新的变化的可变性，提醒我们除了要从系统的角度来识别和关注风险问题外，还要从动态的思维方式来对风险进行跟踪和分析，在复杂和不确定的背景条件下，需要不断收集、整理和识别运行变量及其衍生的信息，以实施动态的风险管理。

3.9.2.3　集成思想

风险集成化管理是调水工程运行管理发展的必然结果，也是信息技术带来的天然契机。社会环境持续多变，供水区、受水区需求呈现多元化，使得调水工程运行执行中的不确定性日趋增加，而缺乏协调的调水工程运行风险管理组织方式，孤立的分散化的风险管理方式，缺乏系统性的调水工程运行实施方式已经不足以达到对调水工程运行的新要求，传统的工程管理模式已经适应不了时代的要求。从集成的角度来对风险进行实时动态管理，对调水工程运行的内部外部环境进行集成，这样就可以达到信息的无缝连接，避免由于信息孤岛而导致的信息屏障和信息失真。

集成思想主要是从三个方面来探讨的：①知识集成，将专家群、数据和各种信息与计算机有机结合起来，把各种学科的科学理论和人的知识结合起来，发挥系统的整体优势和综合优势；②过程或功能集成，打破传统的孤立、隔离、分散和阶段式过程管理模式，在调水工程运行风险管理的时间维和要素维对工程运行全寿命周期集成和管理要素的集成，使整个工程运行管理的组织形式协调；③信息集成，利用计算机技术、数据挖掘和数据仓库技术、网络技术和特征映射理论，建立调水工程运行内部集成信息系统和调水工程运行的电子商务，对调水工程运行风险信息进行无缝集成管理。动态集成方法的要旨，不仅强调通常意义下的定性与定量相结合的具体方法，更在于强调一种系统研究方式和系统认识方式。

3.9.2.4　协调思想

风险管理协调体现在调水工程运行管理的结合上，风险管理不应该看成调水工程运行管理的一个附件，各项风险管理活动应该是一个有机的过程整体，各部分之间相互依托、相互补充。为达成体系的总体效果不但要求在结构层次上保持协调一致，还应该在方法、技术和工具层面上保持连续性。风险管理目标本质上和调水工程运行管理的目标是一致的，只不过运行管理以调水工程运行应该怎样才能高效为出发点，而风险管理以应该怎样才不会失败为出发点，两者殊途同归并无矛盾。要实现紧密结合，一要充分利用现有的调水工程运行管理资源，降低风险管理成本，二要减少与其他工程管理活动的冲突。

3.9.3　南水北调工程运行风险管理体系构建

3.9.3.1　调水工程风险管理的阶段性特征

随着系统科学的不断发展，现代工程管理强调对工程寿命周期的管理和控制。这是由于在工程建设阶段、工程运行阶段、工程报废更新阶段等不同阶段往往包括很多方面的参与者，各自目标和利益不同，实行工程系统全寿命周期的综合管理有助于很好地规划和协调不同方面的关系，保证工程系统的正常、高效运转。当前，工程寿命周期理论是根据系统论、控制论和决策论的基本原理，结合工程管理的目标和实际经营状况，分析和研究工程寿命周期内的技术和经济方面的问题，参考前人的研究（巫世晶，2005；Frank and Pompe，2005），将具体管理体系示于图 3.11 中。

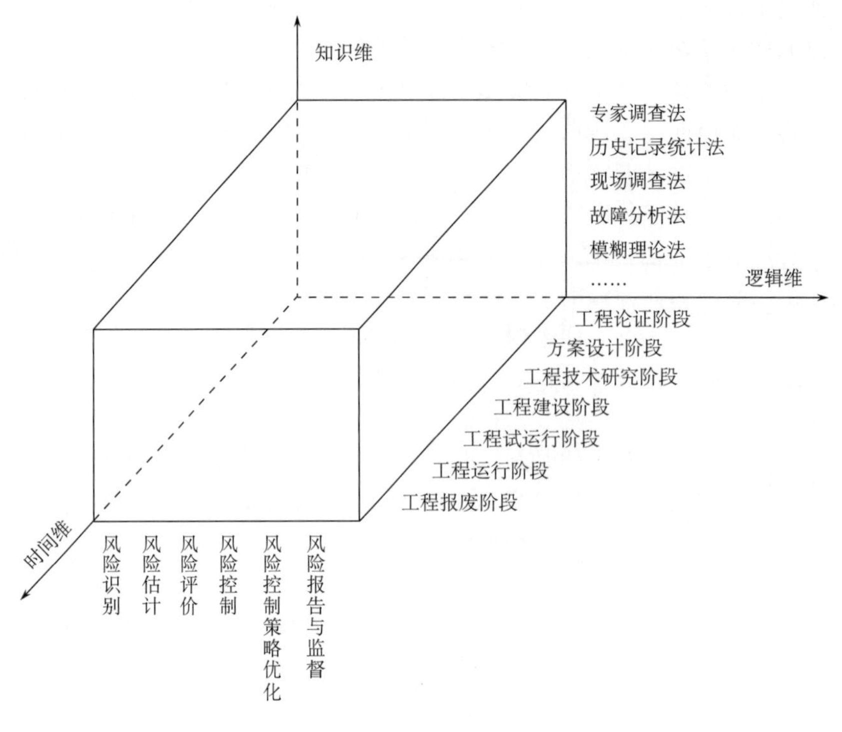

图 3.11　工程风险管理体系结构图

工程运行风险管理作为工程管理重要的组成部分，也就是从这个基本前提出发，对影响过程中的各类风险因素进行分析、评价和控制，从而实现关注工程寿命周期风险问题的目的。

调水工程风险管理是一个识别、评价风险，并制定选择和实施风险处理方案的过程，也是一个系统的、完整的过程。本书从时间维、知识维和逻辑维三个角度构建工程风险管理体系。

在技术方面，调水工程管理根据具体工程技术的特点，从调水工程的设想、设计、建设、运行，一直到被报废淘汰的过程中，对调水工程的故障特性和维修特性进行研究，提高调水工程效率。但是调水工程在建设中采用新技术的同时，随着调水工程系统自身的复杂性以及应用环境复杂性的增加，潜在的风险因素也在不断增多，主要是调水工程的故障机理以及故障特性方面存在风险。

在经济方面，调水工程管理从摩擦学原理的角度研究调水工程的经济规律，通过调水工程的技术寿命和经济寿命的分析，对调水工程的投资、维护、运行进行技术经济方面的研究，以期提高效益，从而达到寿命周期费用最经济的目标。但是在现有的关于工程经济方面的研究中，风险因素的考虑欠缺，要么对风险问题不予考虑，要么仅仅在技术经济方案确定之后，为了符合必要的安全标准，而增加关于必要风险问题的附加方案，对调水工程风险因素的集成考虑不足。

由于调水工程风险具有阶段性，因而每个阶段的具体目标也就不尽一致。但是从总体来看，调水工程风险管理目标的确定必须与调水工程管理者等风险主体的目标一致，即不同阶段的调水工程风险管理目标要与同时期调水工程管理总体目标一致。

在前期的工程建设阶段，调水工程管理的目标是在合理的建设支出下，尽快使调水工程投入运行。所以调水工程风险管理的任务就应该包括实际投资不超过计划投资、实际工期不超过计划工期、实际质量满足预期的质量要求、建设过程安全。

在中期的调水工程运行阶段，调水工程管理的目标是在合理的维护支出下，最大限度地保证工程的安全运行。所以调水工程风险管理的目标就应该是实际维护费用不超过计划维护费用、实际运行周期不短于计划运行周期、实际故障损失后果不超过预先估计损失后果。

在后期的调水工程报废、更新淘汰阶段，调水工程管理的目标是在损失最少或者收益最大的前提下，保证报废更新过程的尽快结束。由于后期的报废更新阶段和前期的设备风险管理目标有所重叠，所以在报废更新阶段，除了包含前期的调水工程风险管理目标之外，还包括实际报废费用小于计划报废费用、报废过程安全、更新后收益高于更新前收益。

本书主要研究调水工程运行风险管理，即调水工程全寿命周期中的中期——调水工程运行阶段。

3.9.3.2　调水工程运行阶段风险管理体系

从工程全寿命周期的角度定义工程风险，我们可以称之为广义上的工程风险，由于不同风险类型对风险的研究方式不同，故本书针对调水工程运行阶段的特点，需要定义一个狭义的调水工程风险。前面说过，风险是不确定决策问题中对损失不确定程度的一种表征，由于故障是调水工程的自然属性，是不可避免的，因此在调水工程运行阶段，研究调水工程风险的目的不是不计成本的杜绝风险，而是寻找风险大小及其影响因素，并采用定性和定量的方法表示，以减少决策过程中不确定因素的影响，并有效地控制和规避风险。

有人将工程风险定义为故障的可能性与故障后果的乘积，这也是大多数研究中的定义方式，即

$$R = P \times L \tag{3.2}$$

式中：R 表示设备风险；P 表示故障可能性；L 表示故障后果。

事实上，根据研究问题和决策目标的不同，工程风险还可以有其他的定义形式。美国机械工程协会（ASME）在核电厂的 RBM 理论中给出另一种不同的设备风险，在其定义下，故障导致核心事故的概率是故障后果，风险定义为故障发生的概率与故障导致事故的概率的积：

$$R_i = P_i \times I_i^{\beta} \tag{3.3}$$

式中：R_i 表示部件 i 的风险；P_i 表示部件 i 故障概率；I_i^{β} 表示部件 i 故障导致设备核心

部件故障的概率。

上述只与概率相关的风险定义，其潜在的假设是不同工程设备故障导致的损失在数量上相同或者相近，这样，风险的大小只由故障发生的概率决定。这种假设省去了后果大小的分析，简化了风险分析的程序。然而，这种假设与实际的工程并不相符，不同的工程设备故障造成的损失往往不一样。

为了便于分析故障后果，即故障造成的损失，通常将损失分为不同的类型。故障损失一般包括人员损失、财产损失、健康损失和环境损失四个方面。

（1）人员损失 L_1

设备故障导致的人员伤亡即为人员损失。人员损失的计量通常用伤亡人员的数量表示，也可以根据需要按照一定的折算标准将其用具体经济数量表示。

（2）财产损失 L_2

工程发生故障后，如果对其他相关工程或资产造成破坏或对生产带来影响，导致调水水量减少、水质降低，严重的故障会导致调水不能正常进行，这些减少的供水量和变差的供水水质折算的价值就是故障的财产损失。需要指出的是，财产损失一般采用经济指标计量，也可以利用德尔菲法通过专家得出估计值。

（3）健康损失 L_3

工程故障导致的事故对人员健康造成的伤害即为健康损失。损失的大小一般用工作在评价单元内的人员因职业病所造成的一年内经济费用的总和，包括职业病的治疗以及职业病的补贴等实际支出金额来计。

（4）环境损失 L_4

工程故障导致的环境破坏就是环境损失。由于环境破坏包括的类型比较多，如水体污染、空气污染，而且环境破坏程度在时间和空间上的影响很难准确计量，因此环境损失评估的主观性很强。

上述四种损失的综合就是总的故障损失。健康损失和环境损失不同于财产损失，不能用经济价值表示。因此，这四种损失的量纲各不相同，在计算总损失时需要进行技术处理。Khan 采用的方法是，首先确定故障后果的影响半径，然后根据损失与距离的关系得到无量纲的损失因子，计算总损失的时候采用均方的方法，避免了量纲问题。

通过上面的分析，我们将南水北调工程运行风险（R）的定义简述为：故障发生的概率（P）与故障后果（L）之积，即

$$R = P \times L \tag{3.4}$$

总的来说，整个调水工程寿命周期的风险管理内容很多，但是对调水工程面临的每一种风险进行管理主要包括三个部分，即工程风险分析、工程风险评价、工程风险控制，这三个部分是一个互相联系的过程，如图 3.12 所示。

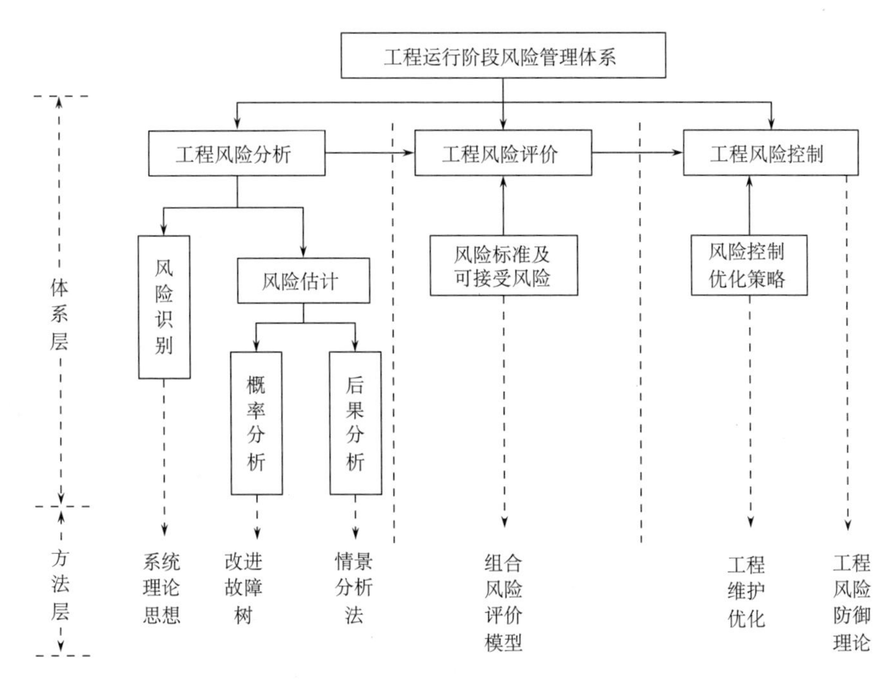

图 3.12 调水工程运行阶段风险管理体系图

3.9.3.3 调水工程运行阶段风险管理的过程

风险管理的类型很多，但是每一种风险管理的过程也是基本类似的，在这里，我们参考《风险分析与安全评价》中使用的一个风险管理的过程示意图来表示调水工程运行风险管理的过程（罗云等，2004），如图 3.13 所示。

在图 3.13 中，第一部分是确认风险的存在，也就是识别风险。它是风险管理的第一步。必须用系统科学的方法来识别各种风险，强调识别的全面性。不论是关于安全方面的还是经济方面的，都要对客观存在的、尚未发生的潜在风险加以识别，需要我们进行周密系统的调查分析、综合归类，揭示潜在的风险及其性质等。

第二部分是对识别出来的潜在风险进行衡量，对每一种风险发生的可能性及损失的范围与程度进行估计和衡量。衡量风险通常是运用概率论和数理统计方法对损失频率和损失严重程度的资料进行科学的风险分析。但全部依靠数量方法进行风险管理还存在很多有待完善的地方，所以还需要借助于其他手段共同进行潜在风险的衡量。例如，依靠南水北调管理人员、领导专家和工程的设计建设者等的直觉判断和经验等。此外，通常很多时候需要借助于计算机进行辅助管理。

第三部分是在前面两部分结果的基础上进行风险管理策略的选择，风险管理策略主要分为财务类的处理策略和非财务类的处理策略两大类。财务类的处理策略主要包括获得收益所必须提前储备的风险补偿金，以及为了分散风险而使用的保险费用等，这主要是损失发生后的财务处理和经济补偿措施。非财务类的处理策略主要包括政府法令、调水工程运行管理规章、法律合同、技术措施等用以降低或避免风险的措施，力图在损失

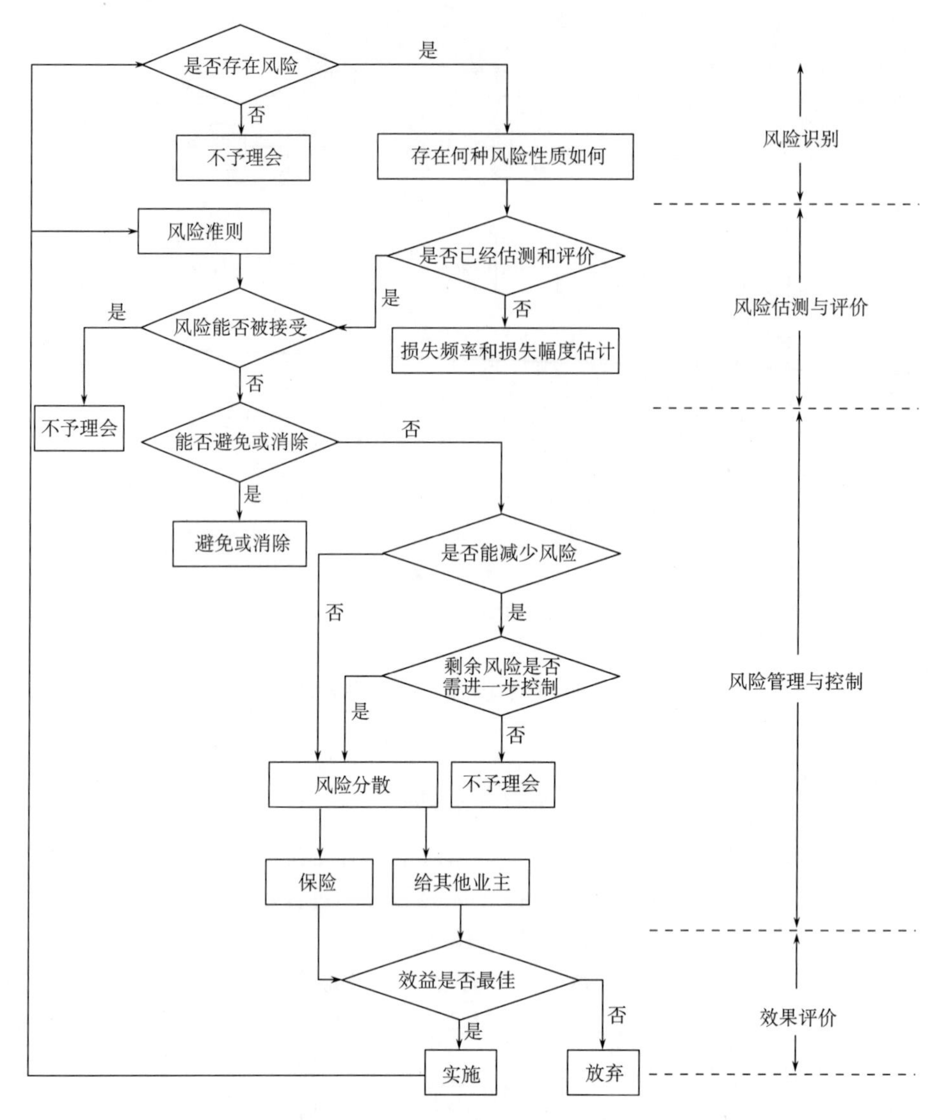

图 3.13　调水工程风险管理过程

发生前达到控制或消除损失的措施。

第四部分是在前面三个部分的行动结束之后，对行动的效果进行评估。通过对风险管理决策的结果评价可以对风险管理行为进行总结，并为下一次风险管理措施的选择提供反馈意见，为风险管理过程不断修正、寻优提供依据。它能起到协调风险管理各个阶段的行为的作用，使之互相配合，以便最大程度地接近或达到风险管理的目标。

3.9.3.4　南水北调工程运行阶段风险控制程序

风险控制就是在风险分析和风险评价的分析结果基础之上，对于不可容忍的风险，深入系统地进行原因分析，通过制定和实施管理措施、策略性方法和技术性方法等三大类控制计划，将风险降低到可接受水平上的过程。

在如图 3.14 所示的南水北调工程运行阶段风险控制程序中，我们可以看到，南水北调工程运行阶段的风险控制过程主要分为四个部分。

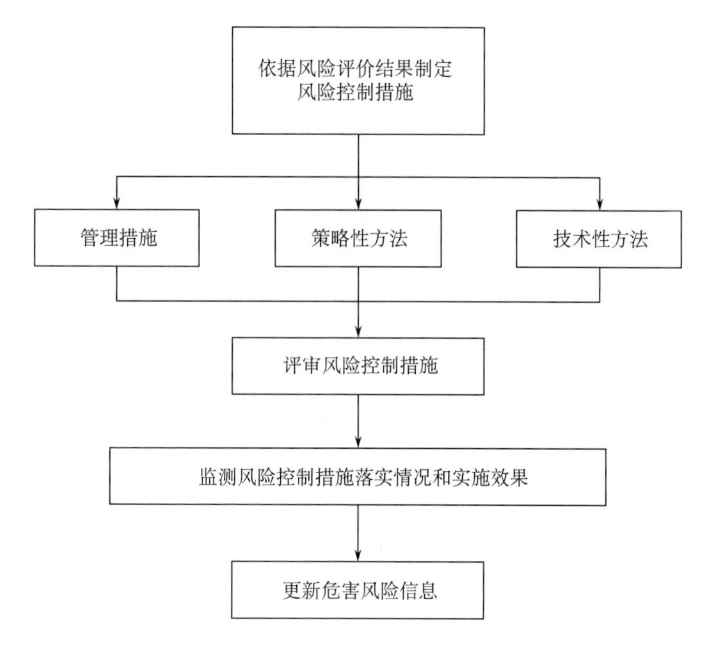

图 3.14　风险控制过程示意图

第一部分，在风险评价的结果基础上，在三大类控制方法中选择适当的控制方法制定控制方案草案。

第二部分，对风险控制方案草案由各相应风险评价小组（也可委托相关科研人员、专家等）进行评审，各级管理者组织有关人员，对风险控制措施进行再次的评价，进行可行性论证。在确认实施部门能按措施要求实施的基础上实施风险控制方案。

第三部分，对复杂的风险控制方案的实施过程和结果实行绩效监视和测量。若效果未达到要求，应重新制定风险控制方案；如果能够达到要求，则将此种控制方式列入调水管理内部的风险控制体系。

第四部分，更新危害风险信息。通过评审，确定是否需要更新危害风险信息及内容，使调水工程的运行管理者随时掌握调水工程整个复杂系统的风险状况。

3.9.3.5　南水北调工程运行阶段风险管理框架

过去风险管理的目标强调的是控制带来损失的风险，其后果要么为零，要么为负。在现代风险管理框架中，风险不仅仅是损失的缔造或分配，也可能是收益的创造与分配；风险管理的目标不是纯粹的追求风险最小化，而是寻求风险与收益的最佳平衡点。

南水北调工程运行风险管理包含八个相互关联的要素。这些要素来源于调水管理层管理调水工程的方法，并与管理过程合成一个整体。

① 内部环境。内部环境包含组织的风格，它确定了组织人员如何看待和处理风险的基础，是其他要素的基础。内部环境具体包括风险管理哲学、风险偏好、董事会、诚实度和道德价值观、组织结构、胜任能力、人力资源政策与实务、权责分配。

② 目标设定。在管理层辨别影响其目标实现的潜在事项之前，必须有目标。调水运行风险管理要求管理层设定目标，选择的目标需要能够支持组织的使命并与组织使命相一致，并与其风险偏好相一致。

③ 事项识别。即识别那些影响组织目标实现的内外部事项，并区分为风险和机会。机会将被考虑进管理层的战略或目标设定过程中。

④ 风险评估。必须对风险加以分析，考虑其发生的可能性以及影响，并作为确定这些风险应如何加以管理的基础。应当对固有风险和残存风险加以评估。

⑤ 风险应对。管理层应在不同的风险应对（包括回避、接受、降低、分担风险）中做出选择，从而采取一系列与组织的风险容忍度和风险偏好相一致的行动。

⑥ 控制活动。应建立相关的政策和程序，以确保风险应对策略得到有效的执行。控制活动通常包括两个要素：确定应从事何种活动的政策和执行政策的程序。

⑦ 信息与沟通。应当按照特定的格式和时间框架来识别、捕捉相关信息并加以传递沟通，从而使人们可以履行其职责。有效的沟通存在于较广泛的意义上，包括向下、向上以及不同部门之间的交互沟通。

⑧ 监控。整个调水工程运行风险管理都应当加以监控并根据需要做出调整。监督可以通过持续性的管理活动、单独评价或者二者同时来实现。

对于这八个要素，南水北调工程运行风险管理不是一个严格的序列过程，即一个要素仅影响下一个要素，而是一个多方向的、相互影响的过程，任何要素都可以且确实影响其他的要素。

然而，由于调水外部环境的复杂性，风险问题出现的随机性，风险后果控制的不稳定性以及一些非市场信号的体制因素干扰，南水北调工程运行风险管理不断面临新的挑战。伴随着经济技术的进步以及南水北调工程运行环境的复杂化，构建全面风险管理体系已经成为完善南水北调工程未来运行时内部控制制度和治理机制的重要内容。风险管理框架又叫风险模型，是用来反映风险管理过程和内容的程序图。南水北调工程运行的风险源存在于多个不同的方面，目前归类为工程、水文、环境、经济和社会五个方面。通过这五个方面的风险进行规划，提出要求。然后进行识别与评估，辨识和量化南水北调工程运行风险，得出一个明确规定的判定分类框架。在这基础上评价南水北调工程运行的影响过程，最后进行风险处理，实施一系列管理措施，减轻或消除风险所带来的不期望后果。

针对风险管理的方法和步骤，很多人提出了自己的见解，本书基于南水北调工程运行风险管理的认识，将调水工程运行风险管理分为七个阶段，如图 3.15 所示。

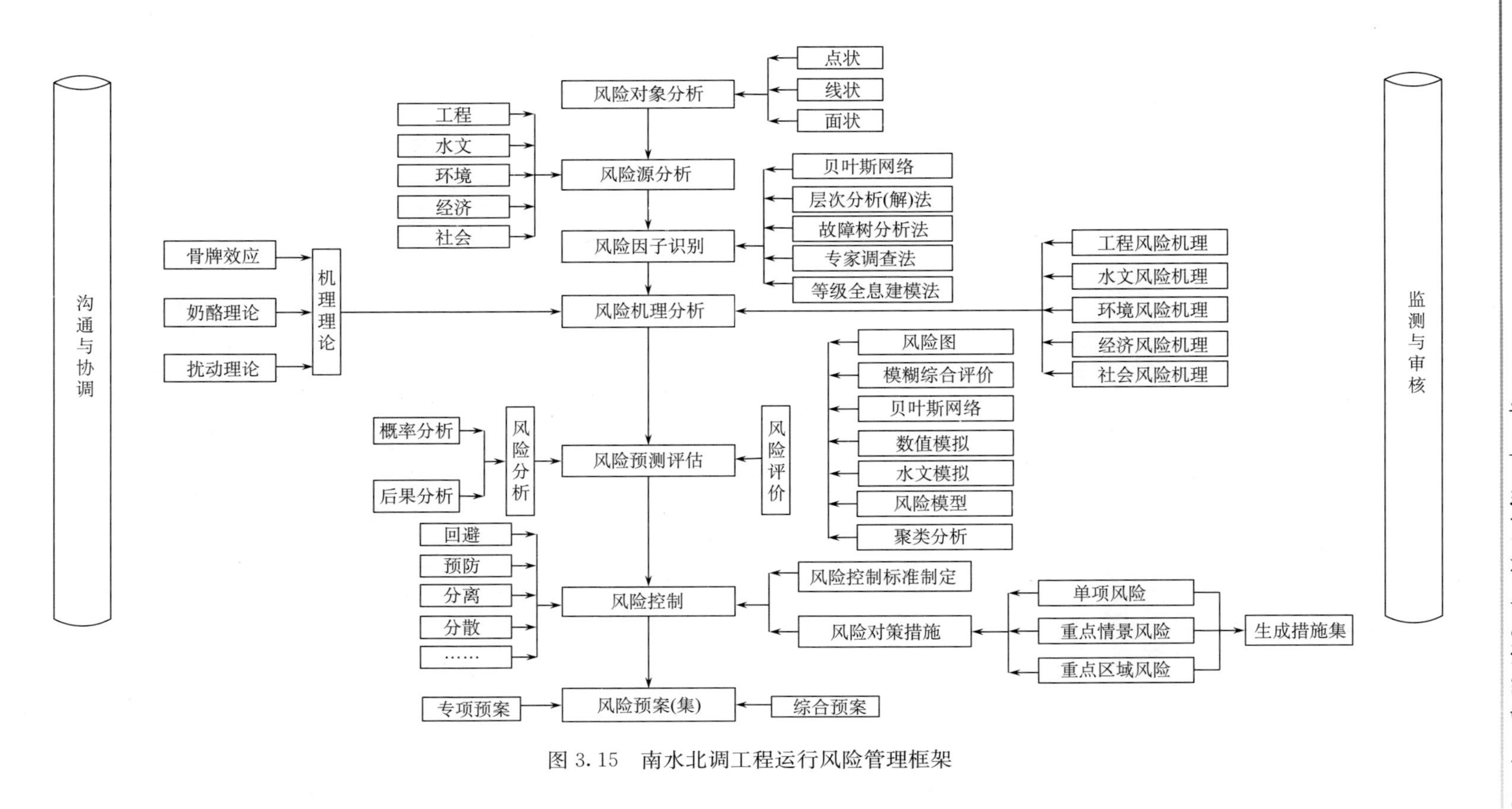

图 3.15　南水北调工程运行风险管理框架

第四章 南水北调工程运行风险因子识别

风险识别是风险管理的第一步，是对项目所面临的及潜在的风险加以判断，归类和鉴定风险性质的过程，包括对所有可能的风险事件来源和结果进行实事求是的调查、严格的分类，并恰如其分的评价其严重程度。由于各种类型的风险都会威胁整个系统的安全运行过程，因此必须采取有效的方法和途径进行系统风险的因子识别。南水北调工程作为一个“三类五源”的风险体系，其具体的风险作用对象根据空间特点细分为点状、线状和面状三类；工程、水文、环境、经济和社会五个风险源或单一或组合作用于三类风险对象，影响整个工程的正常运行。

4.1 风险因子识别方法

影响南水北调工程正常运行的风险源来自工程、水文、环境、经济和社会五个方面，每个专项风险源又受若干风险因子的影响，为了反映复杂风险因子之间的相互作用，采用贝叶斯网络进行综合风险因子识别。五个专项风险因子识别根据其风险因子特点，分别进行识别，各专项风险因子识别方法如表 4.1 所示。

表 4.1 专项风险因子识别方法

风险因子类别	风险因子识别方法	风险因子类别	风险因子识别方法
工程风险	层次分析(解)法	经济风险	专家调查法
水文风险	故障树分析法	社会风险	等级全息建模法
环境风险	故障树分析法	综合风险	贝叶斯网络

4.1.1 综合风险因子识别方法

贝叶斯网络（Bayesian network，BN），又称概率网络、信度网、因果图等，是概率分析与图论相结合的产物，是一种有向无环图，用于不确定知识的表达与推理。贝叶斯网络可以用来处理贯穿于应用数学和工程中的不确定性和复杂性问题。贝叶斯网络直观地表示为一个因果关系图，图中节点表示问题域中的随机变量，节点间的有向边表示变量之间的因果关系，变量间的影响程度由网络中依附在父、子节点对上的条件概率来表示。贝叶斯网络最明显的特征是它的因果型的组织结构所带来的能够表示出配置的改变并对之做出反应的能力。近年来，贝叶斯网络以其坚实的概率论基础，提供了一种自然的表示因果信息的方法。

贝叶斯网络具有如下显著优点：①贝叶斯网络是概率论和图论有机结合的产物，一方面，它可以将人类所拥有的因果知识直接用有向图自然直观地表示出来；另一方面，也可以将统计数据以条件概率的形式融入模型。这样，贝叶斯网络就能够将人类的先验知识和后验的数据无缝地结合，克服了框架、语义网络等模型仅能表达处理定量信息的弱点和神经网络等方法不够直观的缺点。②贝叶斯网络与一般知识表示方法不同的是对于问题域的建模，当条件或行为等发生变化时，贝叶斯网络可以方便地针对条件的改变进行网络模块的重新配置。③贝叶斯网络中没有确定的输入或输出节点，节点之间是相互影响的，任何节点观测值的获得或者对于任何节点的干涉，都会对其他节点造成影响，并可以利用贝叶斯网络推理来进行估计与预测。④贝叶斯网络能够处理不完备的数据集。神经网络的输入输出一经确定，就必须获得所有的输入值后才能进行计算输出值，在只有部分输入量值时就不能进行处理，更无法由输出变量的值反向推导出输入变量的值。而贝叶斯网络的任意节点都可以作为输入，其他任意节点都可以作为输出。⑤贝叶斯网络通过学习，可以获得信息间的复杂关系，反映各个变量之间的因果关系及概率关系。贝叶斯网络实质上是在模拟潜藏在环境中起作用的因果机制（董立岩，2007；张连文、郭海鹏，2006；Erto and Giorgio，2002；Wood，1975）。

贝叶斯网络的构建是一项比较复杂的、困难的工作，它没有现成的规矩，只能根据面临的实际问题，依靠领域专家的经验建立。贝叶斯网络构建的主要任务包括确定网络拓扑结构和确定网络中各个节点的条件概率分布。应用贝叶斯网络进行风险因子识别主要的工作就是确定网络拓扑结构。通常贝叶斯网络拓扑结构构建主要有两种方式：一是根据专家知识，手动建立网络模型拓扑结构；二是通过对研究实际问题数据库的学习，自动获取贝叶斯网络。由于南水北调工程目前还处于建设阶段，缺乏运行期的实际问题数据，因此采用第一种方式来建立风险因子的网络拓扑结构。在对应用领域具体问题建立贝叶斯网络的时候，有如下环节需要考虑：

（1）问题的定义

任何一个领域要建立贝叶斯网络都要对实际的应用背景有所了解，这是不可缺少的环节。具体内容包括相应学科常识的了解，所研究内容本身以及其周边相关问题的研究，相关人员的建网目的分析等。

（2）变量选择

选择变量也就是选择所要分析领域各种可能会对结果产生影响的变量，这些变量往往与该领域具体要探讨的变量或者因素有关系。变量之间也可能会有贝叶斯网络能够体现的相互独立或者相互依赖关系。这些变量的确定有很多影响因素，如相应领域专家的意见、变量相关的数据丰富程度、变量相关数据的可获得性和可量化性，等等。其中非常重要的一环就是专家的意见，因为专家对相应领域比较了解，他们能够说出哪些变量之间可能存在依赖关系。

（3）实际建网

基于上述两个环节，最后得到贝叶斯网络。得到贝叶斯网络后要听从相关领域专家的反馈意见，看网络是否符合实际问题的情形。如果网络不能很好地反映应用领域的问题，要重新对上述步骤进行考核，然后重复有改动步骤以后的步骤，直到建立令人满意的合理的贝叶斯网络。

4.1.2 专项风险因子识别方法

4.1.2.1 工程风险因子识别方法

层次分析法是将半定性、半定量的决策问题转化为定量问题的有效途径，即决策过程将各个因素进行分解，形成层次化的分析模型，通过两两因素的相对比较，经过一致性判断，确定各决策问题的重要性权重或相对优劣的排序值，从而为分析和预测事物的发展提供可比较的定量依据，具有实用性、系统性、简洁性等优点。层次分析法是美国著名的运筹学专家、匹兹堡大学教授 T. L. Saaty 于 20 世纪 70 年代提出的层次排序法（AHP 法），原理简单，有较严格的数学依据，广泛应用于复杂系统的分析与决策。

层次分析法是把复杂问题分解成各个组成因素，又将这些因素按支配关系分组形成递阶层次结构。首先把系统问题条理化、层次化，构造出一个层次分析的结构模型。在模型中，复杂问题被分解，分解后各组成部分称为元素，这些元素又按属性分成若干组，形成不同层次。同一层次的元素作为准则对下一层的某些元素起支配作用，同时它又受上面层次元素的支配。层次可分为下面三类：

（1）最高层

这一层次中只有一个元素，它是问题的预定目标或理想结果，因此也叫目标层。

（2）中间层

这一层次包括要实现目标所涉及的中间环节中需要考虑的准则。该层可由若干层次组成，因而有准则和子准则之分，这一层也叫准则层。

（3）最底层

这一层次包括为实现目标可供选择的各种措施、决策方案等，因此也称为措施层或方案层。

上层元素对下层元素的支配关系所形成的层次结构被称为递阶层次结构。当然，上一层元素可以支配下层的所有元素，但也可只支配其中部分元素。递阶层次结构中的层次数与问题的复杂程度及需要分析的详尽程度有关，可不受限制。每一层次中各元素所支配的元素一般不要超过九个，因为支配的元素过多会给两两比较判断带来困难。层次结构的好坏对于解决问题极为重要。当然，层次结构建立得好坏与决策者对问题的认识是否全面、深刻有很大关系。

4.1.2.2 水文风险因子识别方法

故障树分析法（fault tree analysis，FTA）就是通过对可能造成系统故障的各种因素（包括硬件、软件、环境、人为因素等）进行分析，画出逻辑关系图（即故障树），从而确定系统故障原因的各种可能组合及其发生概率，并计算系统故障概率，根据分析结果采取相应的纠正措施，以提高系统可靠性的一种设计分析方法。FTA 把系统不希望发生的事件（故障状态）作为故障树的顶事件，用规定的图形符号（事件符号与逻辑符号）来表示，找出导致这一不希望发生事件所有可能发生的直接因素（包括硬件、软件、环境、人为因素）和原因，它们是处于过渡状态的中间事件，并由此逐步深入分析，直到找出事件的基本原因，即故障树的底事件为止。简单地说，故障树就是以顶事件为根，若干中间事件和基本事件（底事件）为干支的倒树因果逻辑关系图，如图 4.1 所示。

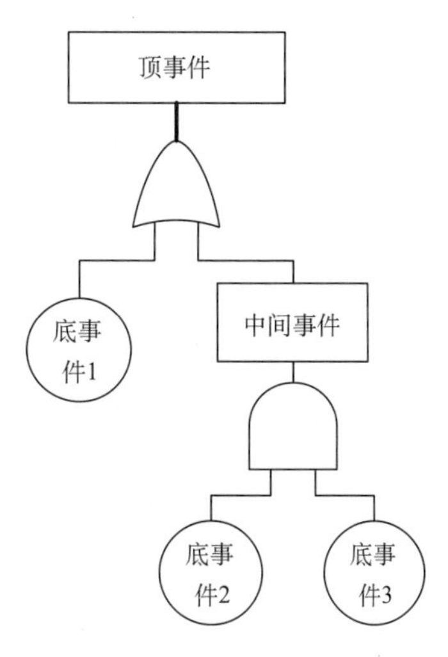

图 4.1　故障树示意图

FTA 最早是由美国贝尔实验室的 H. A. Watson 和 D. F. Hansl 于 20 世纪 60 年代首先提出的，并用于“民兵”导弹的发射系统控制，取得良好的效果。此后，许多人对故障树分析的理论与应用进行了研究。1974 年，美国原子能管理委员会主要采用故障树分析商用原子反应堆安全性的报告发表，进一步推动了对故障树分析法的研究与应用。目前，FTA 是公认的对复杂系统进行安全性、可靠性及风险分析与管理的一种有效方法，在核工业、航空、航天、机械、电子、兵器、船舶、化工等各工程领域都得到了广泛应用。

在故障树分析中，建树的关键是要掌握所分析的系统功能逻辑关系、故障模式及影响程度。建树完善与否直接影响定性分析和定量计算结果是否正确。因此，构建故障树首先要分析系统各个组件的功能、结构、原理、故障状态、故障因素及其影响等，根据研究的对象确定一个顶事件，然后由此开始，依次找出各级事件的全部可能的直接原因，并用故障树的相应符号表示各类事件及其逻辑关系，直至分析到各类底事件为止。一般按如下五个步骤进行建树。

（1）熟悉系统

收集有关系统的技术资料，对系统的功能、结构原理、故障状态、故障因素及其影响等进行详细、全面的了解，这是建树的基础工作。

（2）确定顶事件

顶事件是指系统不希望发生的故障事件。一个系统可能有多个不希望发生的事件，但一个故障树只能从一个不希望事件开始分析，这就要选择与设计、分析目的最相关的事件作为建树的起始事件，作为顶事件。

（3）构造故障树

由顶事件出发，逐级找出各级事件的全部可能的直接原因，并用故障树的符号表示各类事件及其逻辑关系，直至分析到底事件为止。建树的途径一般分为人工建树和计算机辅助建树两类。前者采用演绎法对系统的各级故障事件进行逻辑推理；后者则主要是通过各种算法来定性和定量描述各级事件的逻辑关系，并借助计算机来完成这一复杂的运算。

（4）简化故障树

当故障树构成后，还必须从故障树的最下级开始，逐级写出上级事件与下级事件的逻辑关系式，直到顶事件为止。结合逻辑运算算法做进一步分析运算，删除多余事件。

（5）定性分析

定性分析主要是确定故障树的最小割集，即基本事件对顶事件产生影响的组合方式与传递途径，找出系统的薄弱环节。

4.1.2.3　环境风险因子识别方法

与水文风险因子识别方法相同，采用故障树分析法。

4.1.2.4　经济风险因子识别方法

专家调查法是以专家为索取信息的重要对象，各领域的专家运用专业方面的理论与丰富经验找出各种潜在的风险并对其后果做出分析与估计。这种方法的优点是在缺乏足够统计数据和原始资料的情况下，做出定量的估计，缺点主要表现在易受心理因素的影响。

（1）头脑风暴法

头脑风暴法由美国人奥斯本于1939年首创，1953年经过总结经验后问世。该方法通过专家之间的互相交流，在头脑中进行智力碰撞，产生新的智力火花，使专家的论点不断集中和精化。采用专家小组会议形式进行，参加的人数不能太多，一般五六个人，多则十来人，大家就某一个具体问题发表个人意见，畅所欲言，集思广益。

（2）德尔菲法

德尔菲法起源于20世纪40年代末期，最初由美国兰德公司首先使用，很快就在世界上盛行起来，现在此法的应用已遍及经济、社会、工程技术等各领域。用德尔菲法进行风险预测和识别的过程是由项目风险小组选定与该项目有关的领域和专家，并与这些适当数量的专家建立直接的函询联系，通过函询收集专家意见，然后加以综合整理，再匿名反馈给各位专家，再次征询意见。这样反复经过四至五轮，逐步使专家的意见趋向一致，作为最后预测和识别的根据。在运用此法时，要求在选定的专家之间相互匿名，进行统计处理并带有反馈地征询几轮意见，经过数轮征询后，专家们的意见相对收敛，趋向一致。

4.1.2.5　社会风险因子识别方法

等级全息建模（HHM）是一种全面的思想和方法论，其目的在于从多视角、多维度来获取和展现一个系统的内在特征和本质，反映其客观面貌。HHM是Haimes在20

世纪 80 年代提出的（Haimes and Kaplan，2002；Haimes，1981），但直至近期才得以较广泛地应用到风险研究中。HHM 方法必须建立一个特殊的图标形式，在实际应用中研究者根据需要具体建立，其中鱼骨图应用最为广泛。鱼骨图是由日本质量控制兼统计专家石川馨（Kaoru Ishikawa）教授提出，其最初的目的是用于改进车间的质量控制工作。他认为，鱼骨图是一种非常有用的系统化工具，可以帮助查找、挑选和记录生产中质量变化的原因，同时又可以有条理地表述出这些原因之间的相互关系。从 1943 年鱼骨图在质量控制领域的首次运用到现在，鱼骨图已不再仅仅局限于质量控制领域的应用，而得以扩展到各行各业的许多方面，用来分析概括发生的各种问题以及挖掘导致这些问题产生的根本原因（宋晖，2007；Howarth，1995）。鱼骨图因形如鱼骨而得名，它以图表的形式清晰地指出造成某个问题的原因以及各级原因之间的等级关系，如图 4.2 所示。

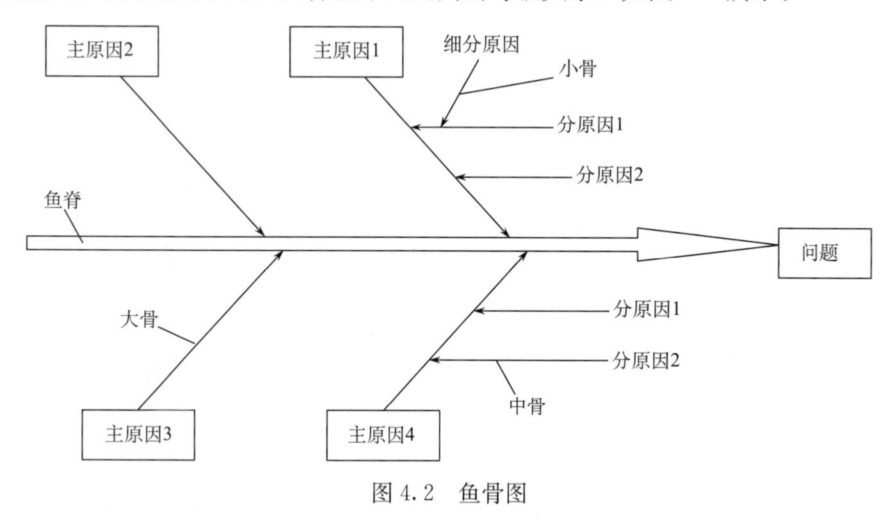

图 4.2　鱼骨图

由图 4.2 可以看出，正中央的空白箭头指向所要分析的问题，问题称为鱼头，空白箭头则称为鱼脊；与鱼脊相连的箭头称为大骨，表示导致问题发生的主要原因；与大骨相连的箭头称为中骨，表示对主原因产生影响的次级原因，以此，做出更为细致的分析。

4.2　南水北调东线工程运行风险因子识别

4.2.1　东线运行点状作用对象风险因子识别

东线工程运行风险点状作用对象主要包括提水系统和长江取水水源，其中提水系统运行风险源主要来自工程，长江取水水源运行风险源主要来自水文方面，东线运行点状作用对象的风险因子结构如图 4.3 所示。

4.2.1.1　长江取水水源风险因子识别

南水北调工程水源区的水文风险可以分为两大类：洪水风险和缺水风险。对于调水工程来说，对缺水风险的大小更加关注。在缺水水文风险识别中，以发生缺水风险事件

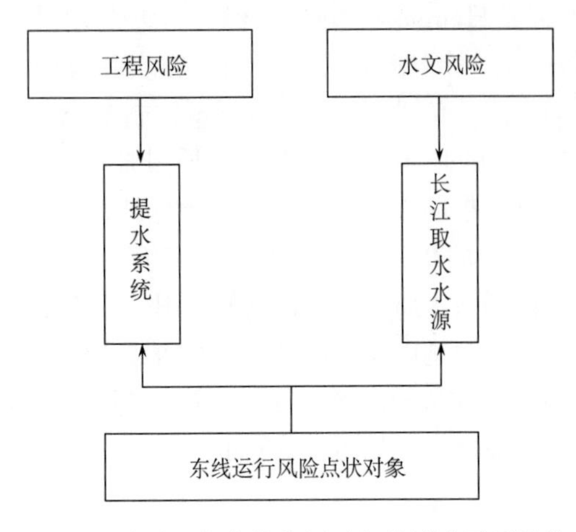

图 4.3　东线运行点状作用对象的风险因子结构

作为顶事件，这里的缺水是针对南水北调工程可调水量不能满足受水区需调水量来考虑的。导致缺水风险产生的原因有很多，从调水工程的角度出发，水源区供水水文风险发生的主要原因是水源区可调水量不足。水源区可调水量不足主要是由水源区径流减少造成的。另外，水库调度不当、下游需水增大、其他调水工程等也会对水源区可调水量产生一定的影响。影响径流减少的因素包括降水、蒸发、下垫面变化、水源区用水及其他调水工程等，其中降水和蒸发是最主要的两个因素。长江取水水源风险因子识别结果如图 4.4 和表 4.2 所示。

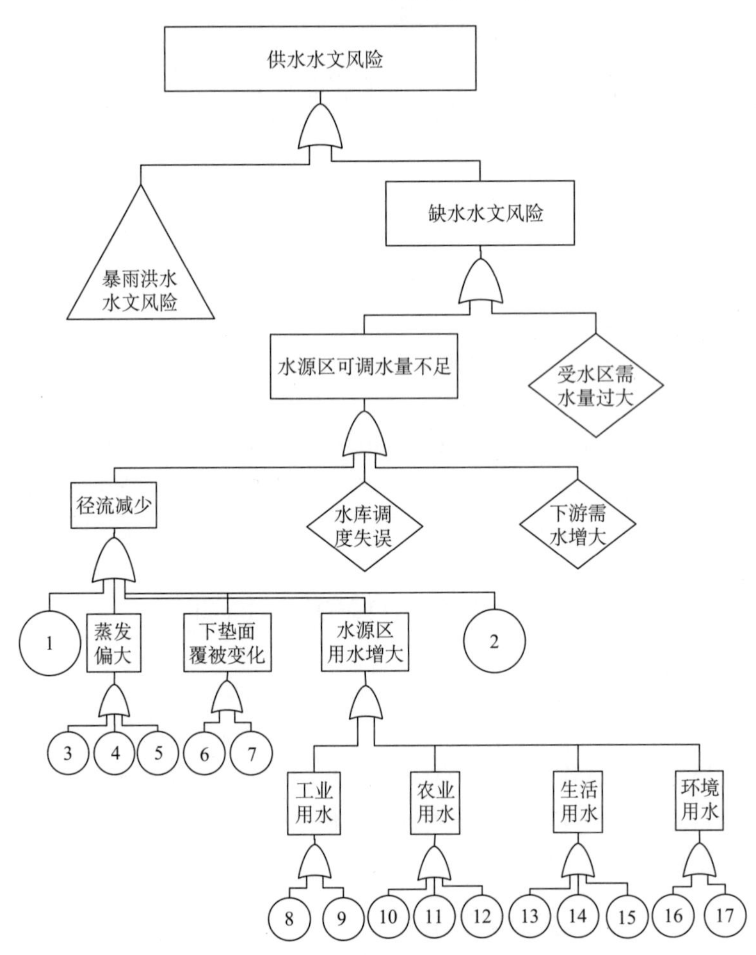

图 4.4　东线长江取水水源水文风险因子识别结果

其中序号代表的事件如表 4.2 所示

表 4.2　供水水文风险识别故障树基本事件

序号	事　件	序号	事　件
1	降雨减少	10	耕地面积增加
2	其他调水工程	11	种植结构调整
3	气温升高	12	灌溉水利用效率
4	风速增大	13	人口增加
5	饱和水汽压差增大	14	城区建设规模扩大
6	林地草地减少	15	人均生活用水定额增加
7	城区面积扩大	16	城市绿化面积增加
8	工业规模增大	17	河湖面积增加
9	工业结构调整		

4.2.1.2　提水系统风险因子识别

南水北调东线工程提水系统主要由一期工程新建的 21 座泵站及江苏省现有的 13 座泵站，共 160 台套装机构成。提水系统的主要风险因子有两大类：①泵站系统提水效率；②泵站系统工程安全。在水泵运行过程中，出水量的变化、水泵需要扬程的变化、电压波动、水泵陈旧等均可使系统提水效率发生变化，总体来说，可以归纳为三个方面：运行条件、设备质量和技术状况。影响工程安全的主要因素包括工程位置、洪水水位和堤高在内的防洪条件（姜蓓蕾等，2009）。东线提水系统的风险因子识别结构如图 4.5 所示。

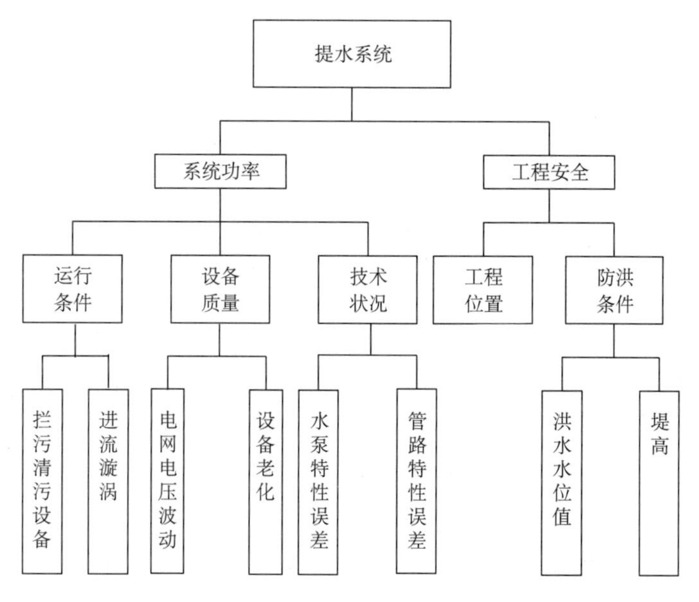

图 4.5　南水北调东线提水系统的风险因子识别结构

4.2.2　东线运行线状作用对象风险因子识别

东线工程运行风险的线状作用对象主要包括输水河道和穿黄工程，其中输水河道运行风险源主要来自工程、环境、社会三个方面，穿黄工程运行风险源主要来自工程、社会两个方面。东线运行线状作用对象风险因子结构如图 4.6 所示。

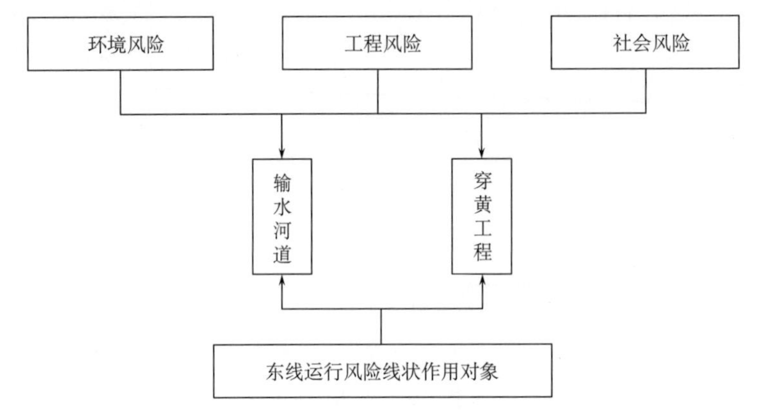

图 4.6　东线运行线状作用对象风险因子结构

4.2.2.1　输水河道风险因子识别

输水河道运行风险源主要来自工程、环境以及社会三个方面。

(1) 工程风险因子识别

东线工程输水河道在运行期间，承担着输水、泄洪、航运等多重任务，故无论输水期还是汛期，部分渠线将保持高水位运行，高水位甚至洪水是诱使工程失事的最直接因素；根据泄洪和输水功能的不同，部分河道水流流向改变甚至不定，加上水位骤起骤落，极易导致工程失事；东线工程在苏北皂河—宿迁—骆马湖一带穿越我国东部深大断裂郯庐断裂，Ⅷ度以上区间渠线长达 90km，地震、地质灾害也是工程运行不可回避的外部因素之一。

工程的外来荷载如洪水、水流条件及地质灾害等，是影响工程安全的最重要外部因素。输水河道工程作为人工产物，是一个复杂的系统工程，工程主要由堤基、堤身以及穿堤建筑物如涵闸等组成。工程在设计、施工、运行和管理过程中存在众多不确定性，是导致工程风险的内在因素，每个环节的运行好坏都将直接导致堤防工程风险水平的改变。在对工程进行风险识别时，必须结合堤防的失事模式，通过分析工程运行外部环境和各个环节中的风险因素，预测工程可能发生的险情，才能得到较全面、完整的风险因子体系。

工程最常见、最典型的失事模式为漫顶失事、渗透失事和失稳失事三种（邢万波，2006；王洁，2006；丁丽，2006；张秀勇，2005）。漫顶失事主要是由于工程设计、施工和运行误差导致堤防高度不足或遭遇超标准洪水、堤前洪水位过高造成洪水漫过堤防。渗透失事源于土体的渗透坡降大于临界坡降，在渗透力的作用下，堤防发生渗透变形。失稳失事主要为堤防滑坡，以边坡滑动发生的位置可划分为临水面滑坡、背水面滑坡和崩岸三种。临水面滑坡多发生在高水位退水期或在出现过崩岸、坍塌险情的堤段；背水面滑坡多发生在汛期高水位或出现渗透破坏险情堤段；崩岸在汛期和非汛期均可能出现，主要发生在临水坡滩地较陡的堤段。

从堤防自身结构方面来看，筑堤材料特性和工程结构形式对工程的运行安全起着极为重要的作用。筑堤材料透水性是决定工程渗流速度，影响工程渗透破坏的主要因素，渗透系数越大堤防越容易发生渗透变形。东线输水河道堤防和调蓄湖泊堤防多为人工就近取土填筑而成，且修筑历史时期不同，技术水平也不同，导致堤防土质类别、土粒级配随处而异，极为不均匀。对堤基而言，堤基条件是一个很重要的风险因素，主要表现为堤基地层结构即基础的天然强度。工程沿线地层结构较为复杂，岩性局部变化大，物理力学指标相差悬殊，堤基类型较多，存在渗透变形、地震液化、不均匀沉陷及失稳等安全隐患。若工程曾发生过决口险情，在填堵中用到的秸料等杂物，易形成低强度基础。老口门堤基作为一种专门地质结构，由于堵口时填料物质复杂，既有干口填堵的素填土，又有抢险时的秸料、块石等，存在不均匀沉陷及失稳风险。对堤身而言，堤防的断面形式、防渗体类型、堤身材料级配、密实度和渗透性等因素对工程运行的风险均有不同程度的影响（顾慰慈，2006；曹云，2005）。

在工程施工阶段，施工质量是直接影响工程风险的重要因素。南水北调东线工程输水河道、调蓄湖泊多是利用原有堤防调蓄防洪，大多数堤防都是在原有民垸、旧堤基础上逐步加高培厚而成的。堤基未做处理，堤身则在不同历史时期、不同技术水平条件下分阶段填筑而成，极大地受限于当时的社会状况和技术条件。施工缺乏统一质量控制管理，存在填筑土料不纯、土料含水量控制不严、内外边坡过陡、分期施工新旧土结合面处理不当、碾压密实度不高等施工质量问题，易产生各种不均匀体，使得工程产生不均匀沉陷和裂缝。一旦经历洪水，堤身易产生渗水，引发堤防渗透失事、失稳失事等风险。堤防填筑质量的关键指标是干密度和含水量，可以将其作为堤防施工质量控制的风险因素。施工进度的控制也是质量控制的一种方式，为了抢进度加快填筑速度，极易造成堤防质量问题。

堤防的加固情况是影响堤防工程运行风险的重要施工因素，加固措施得当可以明显降低堤防出险概率。东线工程对原有堤防除险加固措施主要是护坡和防渗处理。护坡对风险的影响主要取决于护坡方式（包括膜袋混凝土、混凝土块、砌石护坡、生物护坡、黏土护坡等）以及防护效果。防渗处理对风险的影响取决于防渗形式，如截渗墙形式（通常有混凝土、水泥土以及土工膜等截渗墙形式），放淤固堤、加高、帮宽、灌浆等，若采用截渗墙，则采用哪种类型的截渗墙，不同的加固方式对降低风险的效果也不同。在加固施工过程中，对软夹层、防渗处理施工不连续、防渗体搅拌不均匀等也易造成堤身质量缺陷。

在运行阶段，工程安全更涉及防洪系统的上拦下排，以及连接建筑物的运行状况。上游湖泊的调蓄调度方式、下游河道及排洪工程的运行情况等均是决定工程是否能安全运行的关键因素，其主要表现为上游湖泊控泄流量是否与河道工程规划设计标准相一致，下游河道是否存在河道障碍、能否顺利行洪、泄洪能力是否满足设计要求。堤防工程运行有别于大坝的重要特征是堤前水位无法通过控泄调节，而水位的陡涨陡落极易造成堤防崩岸、滑坡及内水外渗等险情。连接建筑物主要为穿堤涵闸，是堤防工程安全运行的结构薄弱点。在经受上游水位长期浸泡后，穿堤涵闸可能在堤防背水坡发生渗漏现象。若涵闸伸缩缝止水失效，将使沿洞壁的纵向与横向渗流连接，洞内外漏水连通，渗流出口处土体湿润或渗水，形成漏洞或塌坑的情形。此外，堤防运行中受自然和人为活动破坏很显著，如人类的不合理采煤、开采地下水，植物根系及动物掏挖等，易形成堤基堤身质量隐患，一旦遭遇洪水就可能诱发险情，进而危及堤防的安全。

堤防工程在运行过程中管理质量的好坏则间接影响着堤防在抵御洪水时风险的大小。堤防的日常维护管理主要包括巡堤检查堤防有无隐患，渗流出口保护情况如何，制止一些损害堤防安全的人为活动，有效解决一些不安全因素，等等。在特殊运行期如高水位且持续时间较长时，若堤身碾压较差，临水坡脚浸水软化，有可能引起滑坡，所以必须对堤面加强检查观测，必要时及时采取对应的除险加固措施，以防堤防失事；持续暴雨期，在有隐患的部位，由于雨水入渗和风浪冲击，可能产生局部滑坡。规范的运行管理、明确的堤防运行状况、有效的维修加固等对降低堤防失事风险十分重要和必要。此外，抢险能力也是堤防管理的一个重要组成部分，间接影响堤防风险大小，在有充分的应急预案和合理的调度方案的情况下，抢险及时、措施得当，出险堤段也可能转危为安。

由以上分析，输水河道工程运行风险因子层次结构如图 4.7 所示。

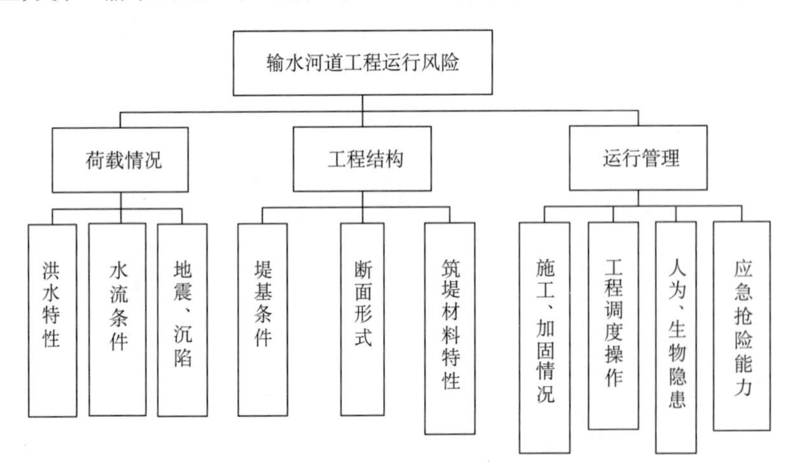

图 4.7 东线输水河道工程运行风险因子层次结构

(2) 环境风险因子识别

东线调水一期工程从长江取水，经由 1000 多公里输水至东平湖，在其输水途中，不可避免地会汇入许多杂质（溶解性的、胶态的和悬浮的）。随着现代工业和农业的发展，越来越多的有害化学品被广泛应用，极大地威胁水环境，有各种突发性事故排放引起的水体污染问题，也有径流丰枯变化引起的水环境问题，都可能造成严重的水质污染问题。东线工程运行环境风险可以进一步划分为突发性水环境风险和非突发性水环境风险。

东线输水线路长，水量大。在设计时需要考虑水体自净和稀释，允许排入水体的污染物在一定程度上充分利用环境容量，依据《南水北调东线工程治污规划》① 要求实施。但是，在这种情况下，一旦水体受到不确定性和非线性等种种复杂因素的影响时（如径流丰枯变化），其自净能力将发生变化，那么水体的污染物浓度就有可能超过水体环境容量而造成污染性事故，这就形成了非突发性水环境风险。非突发性水环境风险主要包括水文条件变化、引水源头水质波动、人为调度不力、污水的连续排放和非点源污染等类型的原因造成的水质指标不满足水质标准。东线输水河道非突发性水环境风险因子如图 4.8 所示，该故障树的基本事件如表 4.3 所示。

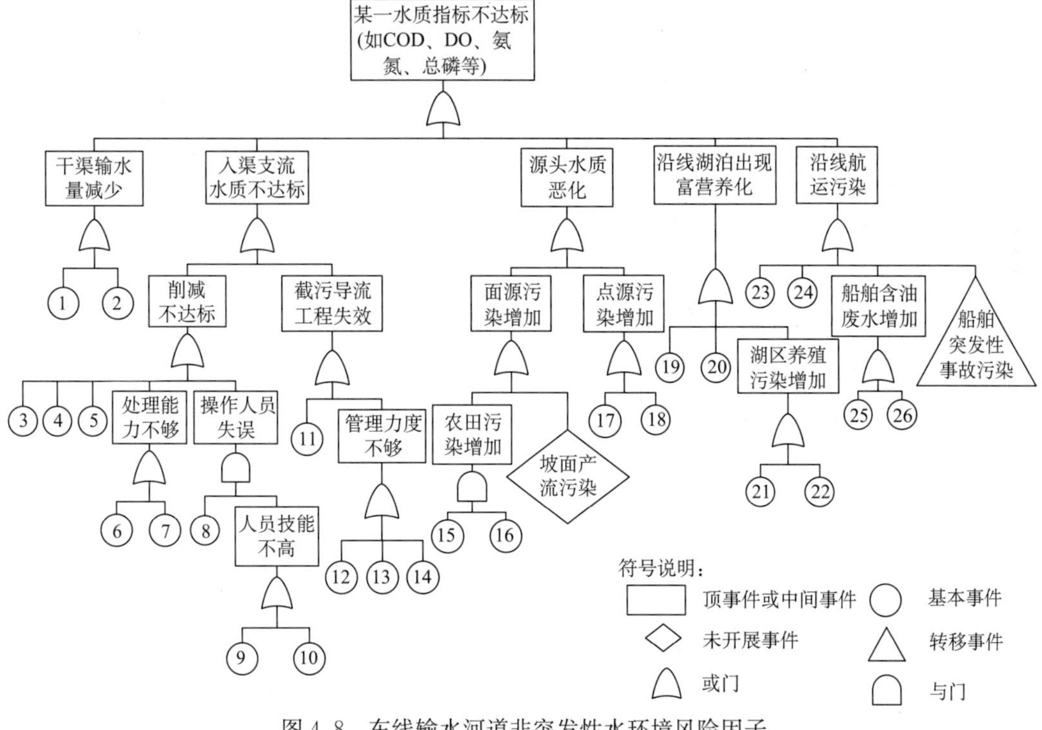

图 4.8　东线输水河道非突发性水环境风险因子

其中序号代表的事件如表 4.3 所示

表 4.3　东线输水河道环境风险识别故障树基本事件

序号	事　　件	序号	事　　件
1	降雨减少	7	设计错误
2	区间丰枯不匹配	8	监督力度不够
3	污水厂收纳污染物浓度增加	9	无最低上岗要求
4	处理设施老化	10	掌握的知识不够
5	处理工艺设计不合理	11	降雨频率超过工程设计标准
6	污水量增加	12	管理体制不健全

① 国家环保总局环境规划院，中国环境科学研究院，水利部淮河水利委员会，水利部海河水利委员会，国家城市给水排水工程技术研究中心. 南水北调东线工程治污规划. 2001 年 12 月

续表

序号	事　　件	序号	事　　件
13	管理人员责任心不强	20	渔民生活污染增加
14	管理资金缺乏	21	养殖量增加
15	上游农田面积增加	22	投饵增加
16	上游化肥使用过度	23	航运垃圾堆场污染
17	工业溶剂使用过度	24	船员生活污染
18	工业污水排放增加	25	挂浆机船的自身缺陷
19	底泥污染	26	舱底少量含油污水的非法排放

突发性水环境风险主要是由于自然灾害、核污染事件、船舶溢油事件、有毒化学品的泄漏以及污水的非正常大量排放等引起的污染物突然增加，进入水体中，从而造成一些环境危害。为避免这些突发性水环境风险的发生，必须在潜在环境风险源演变成真正的环境风险之前对其进行研究，对主要的风险因子进行识别，从而采取有利的措施对其进行管理与控制，减少其带来的风险损失，保障人民的生活健康（张羽，2006；曾光明等，2002；贾永志，2001；Aaron et al.，1986）。根据南水北调东线工程运行期的特点以及周围的环境影响因素，本书对船舶溢油事故、有毒化学品的泄漏事故以及污水的非正常大量排放事故等突发性环境风险进行分析研究，采用故障树分析法对每种突发事故进行风险识别，从而筛选出主要的影响因子，为环境风险管理提供依据。

船舶溢油事故的故障树以船舶溢油为顶事件，逐步分解直到不能分解的底事件为止（金海明，2006），如图 4.9 所示。该故障树的基本事件如表 4.4 所示。

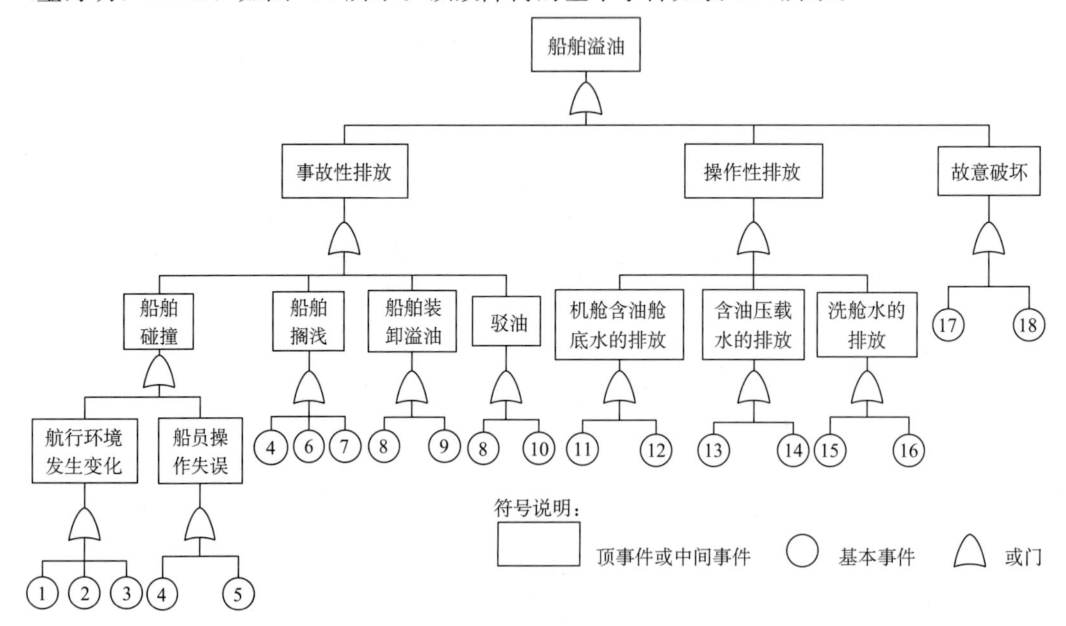

图 4.9　船舶溢油事故风险识别故障树

其中序号代表的事件如表 4.4 所示

表 4.4　船舶溢油事故风险识别故障树基本事件

序号	事　　件	序号	事　　件
1	能见度变小	10	输油管路出现故障
2	交通密度大	11	机舱设计的自身缺陷
3	通讯状况不好	12	含油舱底水的非法排放
4	对环境不熟悉	13	违反运输操作要求
5	技能不高	14	船舶动力装置的技术管理要求存在缺陷
6	违章操作	15	操作人员素质不高
7	船舶出现故障	16	船舶的管理水平不高
8	作业人员失误	17	环境保护的意识不强
9	装置密封不好	18	管理人员责任心不强

以有毒化学品泄漏为顶事件，逐步分解其原因，直到不能分解为止。建立的具体故障树如图 4.10 所示。该故障树的基本事件如表 4.5 所示。

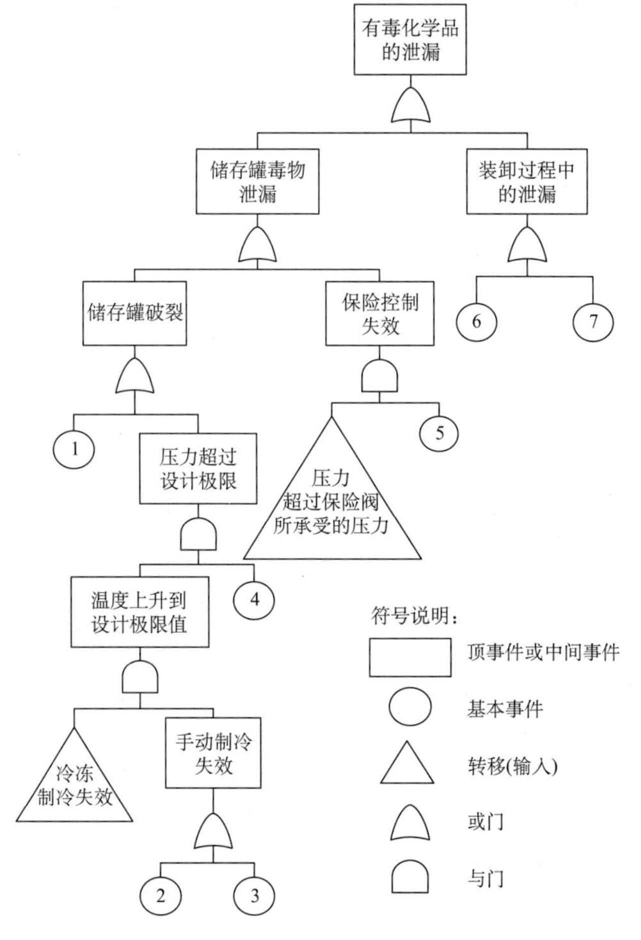

图 4.10　有毒化学品泄漏事故风险识别故障树
其中序号代表的事件如表 4.5 所示

表 4.5 有毒化学品泄漏事故风险识别基本事件

序号	事　　件	序号	事　　件
1	正常操作压力下储存罐破裂	5	由于没有水而无法冷却
2	水管堵塞	6	作业人员失误
3	操作者无反应	7	储存罐密封不好
4	安全阀不能开启		

污水非正常排放以污水非正常排放作为顶事件，考虑引起该事故的所有潜在因素，逐层分析，直至找到最底层的事件为止，具体如图 4.11 所示。该故障树的基本事件如表 4.6 所示。

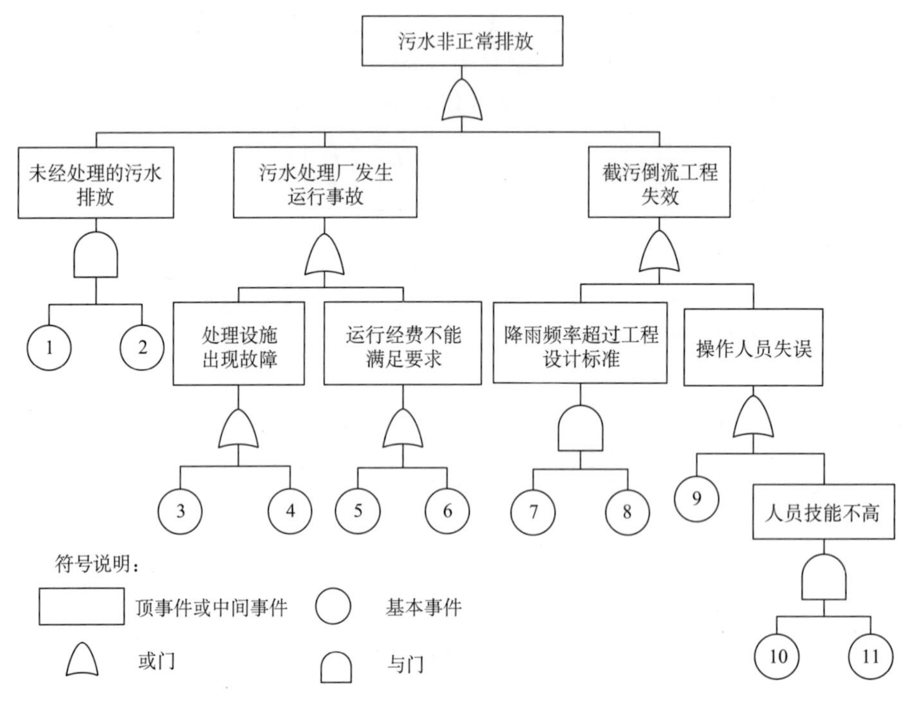

图 4.11 污水非正常排放突发性水环境风险识别故障树

其中序号代表的事件如表 4.6 所示

表 4.6 污水非正常排放突发性水环境风险识别故障树基本事件

序号	事　　件	序号	事　　件
1	污水增加	7	降雨频率大
2	处理能力低	8	设计标准偏低
3	处理设施老化	9	监督力度不够
4	设备闲置	10	缺乏培训
5	污水处理费制定不合理	11	掌握的知识不够
6	污水处理费不能及时收取		

（3）社会风险因子识别

南水北调工程运行社会风险可以从运作环节和管理流程两个视角来进行分析（冯必扬，2004）。从运作环节的角度，整个南水北调工程的运行主要涉及水源、输水、工程设施以及用水四大部分。换句话说，影响南水北调工程顺畅运行的主要原因即来自这四个方面。其中，水源方面的影响因子包括移民、环境意识、生态意识、利他意识和生产发展（梁福庆，2008）；输水方面的影响因子包括水事纠纷、受水方和水源方的合作危机、环境意识、生态意识、水质的人为破坏及与运河产业的冲突；工程与设施方面的影响因子包括硬件与农业的冲突、硬件与工业的冲突、硬件与渔业的冲突、硬件与交通的冲突、硬件与城市用地的冲突、环保设施的不足及硬件损毁的潜在风险；用水方面的影响因子包括制水问题、配水问题、水价问题、用户群行为、物价波动、社会经济状况及需求方“抵制”。运作环节风险因子分析鱼骨图如图 4.12 所示。

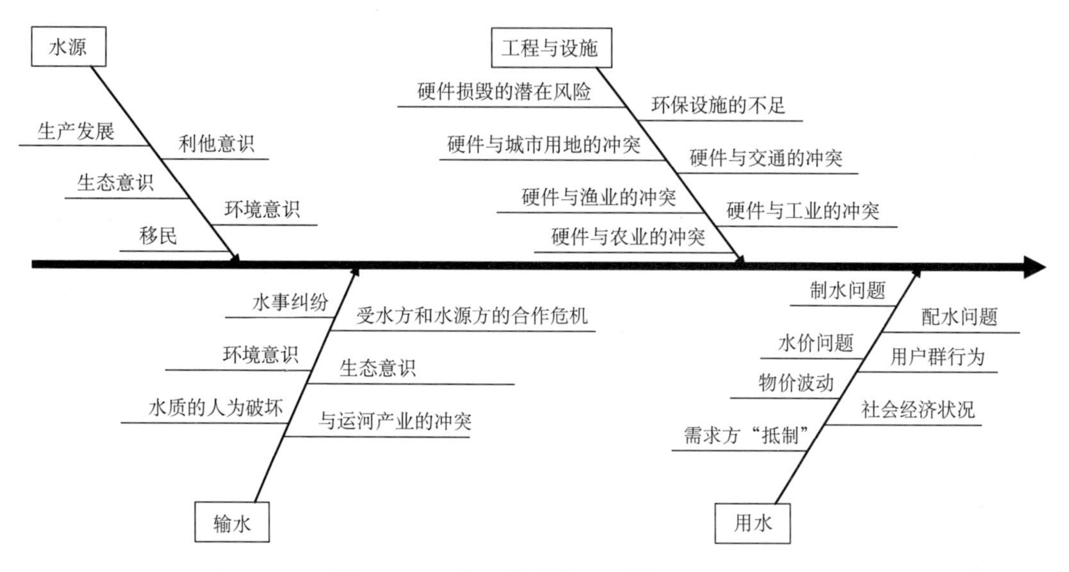

图 4.12　运作环节风险因子分析鱼骨图

南水北调工程可以视为是一个系统运转的企业，故我们可以换一个视角，从管理流程的角度来分析。结合一般企业的管理与工程的实际情况，主要影响工程顺畅运行的因素包括财务、人力资源、市场、技术和运送五个方面。其中，财务方面的影响因子包括筹资风险、投资风险、资金营运风险、流动性风险和收益分配风险；人力资源方面的影响因子包括人才流动与流失、员工积极性缺失、员工损公利己、招聘风险、绩效管理风险、薪酬管理风险、欺诈性合谋和跨文化管理风险（常虹，2005；胡震云等，2005）；市场方面的影响因子包括跨市场价格问题、经济周期、宏观政策及产量风险；技术方面的影响因子包括技术标准、技术突变、设备选型、工程质量、设计缺陷以及零部件供给问题；运送方面的影响因子包括多节点问题、输水里程问题、水量损失及水质风险（王慧敏等，2008）。管理流程风险因子分析鱼骨图如图 4.13 所示。

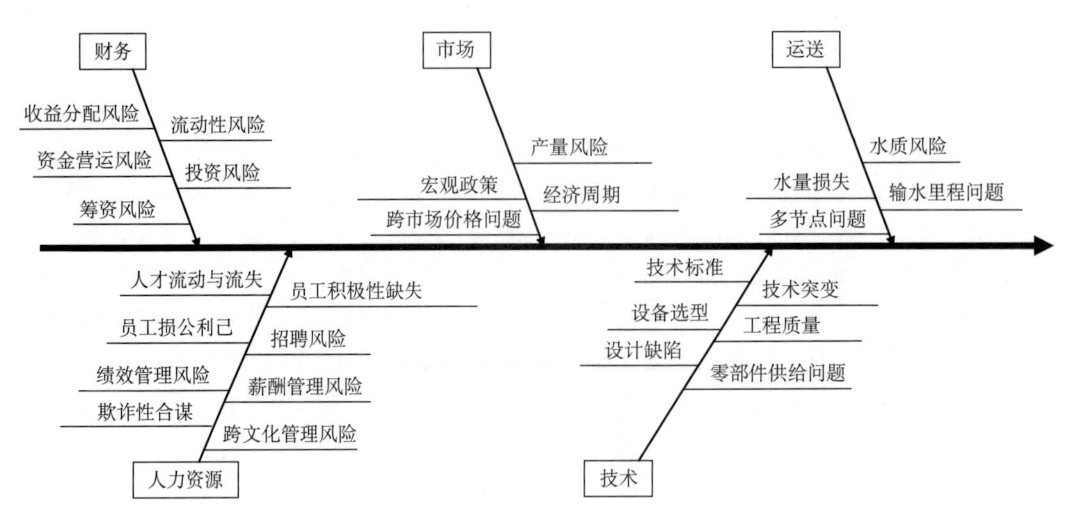

图 4.13　管理流程风险因子分析鱼骨图

在以上初次识别的基础上通过问卷发放的形式进行社会风险因子的再识别，在问卷设计方面，项目组主要想筛选出一定数目风险程度较高的因子，所以问卷设计的目的为在图 4.12 和图 4.13 中 2 根鱼骨的 9 个方面的 52 个因子中找出 10 个风险程度最高的因子。项目组成员结合相关的文献以及课题组和相关专家的讨论，并在结合鱼骨图做出的初步风险因子的基础上，进行问卷的初步设计。设计出来的问卷，针对 52 个因子分别就风险发生的可能性和危害性两个方面进行调查。项目组发放初次识别的问卷一共 540 份，回收了 531 份，回收率为 98.3%。通过对问卷结果统计分析，分别得出风险发生危害性最大和风险发生可能性较高的前十个因子，结果分别如表 4.7 和表 4.8 所示。

表 4.7　风险发生可能性较高的前十个因子

排名	因　子	频数
1	移民安置的遗留问题及移民的后期扶持等工作不到位	285
2	由于输水里程过长，意外事故导致水质恶化的可能性增加	187
3	输水过程中因水质、水量等问题引起的调水沿线交界地区的水事纠纷	184
4	输水沿线对水质的人为破坏	165
5	水源地的社会生产发展对水质的破坏	160
6	受水方和水源方只关注自身利益缺乏协商从而导致双方产生合作危机	151
7	发生旱涝灾害的情况下，输水调度不当所引发的供需矛盾甚至灾难	148
8	输水过程中调水工程的多节点间协调困难导致工程运行不畅	147
9	输水里程过长，意外事故导致水量损失的可能性增加	145
10	输水沿线不同地区的市场物价水平不同，提高买卖行为的复杂性	144

表 4.8　风险发生危害性较大的前十个因子

排名	因　子	频数
1	由于输水里程过长，意外事故导致水质恶化的可能性增加	320
2	发生旱涝灾害的情况下，输水调度不当所引发的供需矛盾甚至灾难	269
3	水源地的社会生产发展对水质的破坏	240
4	输水沿线对水质的人为破坏（比如私排污水等）	218
5	工程质量不达标影响工程正常运行	183
6	工程运行期间发生工程坍塌等事故引起工程运行瘫痪所带来的社会影响	180
7	输水过程中沿线地区公众的生态环境保护意识淡薄导致水质破坏	177
8	工程的设计缺陷或考虑不充分导致工程建成后的运行不畅	175
9	移民安置的遗留问题及移民的后期扶持等工作不到位	147
10	工程运行机构工作人员道德缺失或态度不端正导致工作发生失误或事故	145

将表 4.7 中风险发生可能性较高的前十个因子和表 4.8 中风险发生危害性较大的前十个因子进行风险期望值整合，最终得出表 4.9 南水北调工程社会风险的十个因子。

表 4.9　南水北调工程的社会风险因子

基本社会关系	序号	影　响　因　子
人与水	1	输水过程中因水质、水量等问题引起的调水沿线交界地区的水事纠纷
	2	利益集团之间非市场化的博弈行为，行政力量对水市场的干扰
	3	水源地的社会生产发展对水质的破坏
人与工程	4	工程运行中资金流的失控，如非法挪用等
	5	工程运行机构工作人员道德缺失或态度不端正导致工作发生失误或事故
	6	移民安置的遗留问题及移民的后期扶持等工作不到位
水与工程	7	发生旱涝灾害的情况下，输水调度不当所引发的供需矛盾甚至灾难
	8	输水里程过长，意外事故导致水量损失的可能性增加
	9	工程质量不达标影响工程正常运行
	10	输水沿线水质遭破坏的风险

（4）综合风险因子识别

东线输水河道综合风险因子识别采用贝叶斯网络法。根据上述输水河道工程风险、环境风险、社会风险的专项风险因子识别结果，基于贝叶斯网络理论，可以确定输水河道综合风险为网络的第一层节点，工程风险、环境风险、社会风险为网络的第二层节点，漫顶、渗透破坏、失稳破坏、非突发性环境风险、突发性环境风险、运作环节、管理流程为网络的第三层节点，干渠输水量减少、入渠支流水质不达标、源头水质恶化、沿线湖泊富营养化、沿线航运污染、船舶溢油事故、有毒化学品泄漏事故和污水非正常排放为网络的第四层节点，共计 19 个风险节点。定义好节点后，接下来是根据网络中的节点构建网络结构。影响输水河渠综合风险的因素有工程风险、环境风险和社会风险，因此分别各有一条有向边从工程风险、环境风险和社会风险指向输水河渠综合风险因子节点。而工程风险和环境风险一旦发生，也势必会对输水河渠沿线的社会风险造成一定的影响，所以各有一条有向边从工程风险和环境风险指向社会风险。根据以上分析，在确定节点以及节点之间相互依赖关系后，可以构建如图 4.14 所示的输水河道综合风险因子识别贝叶斯网络结构图。

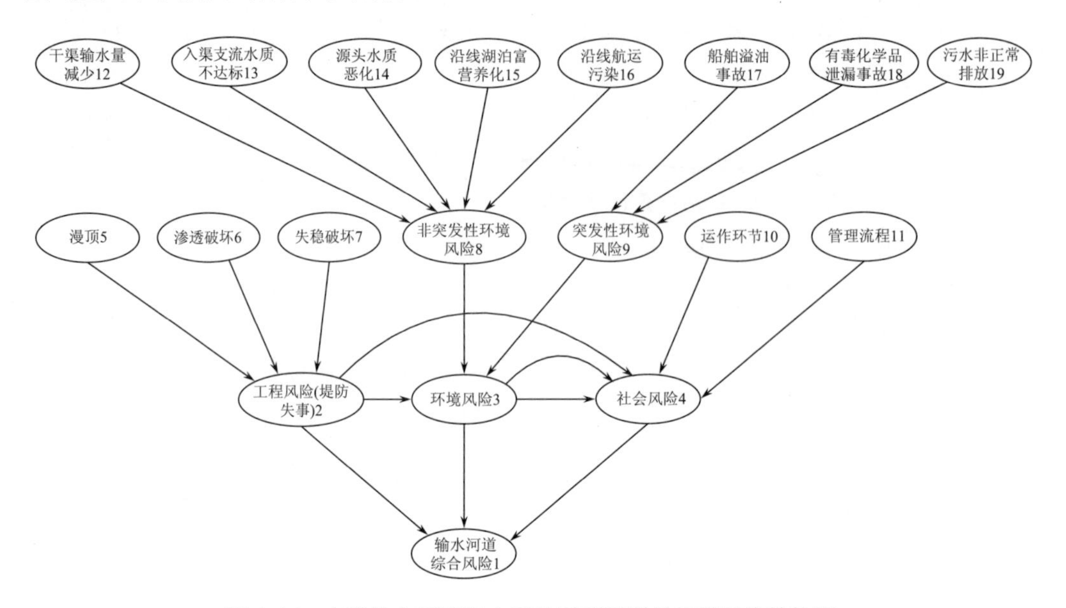

图 4.14 东线输水河道综合风险因子识别贝叶斯网络结构图

4.2.2.2 穿黄工程风险因子识别

东线穿黄工程运行风险源主要来自工程和社会两个方面。

(1) 工程风险因子识别

穿黄工程的风险主要界定为由于隧道安全性出现故障，不能满足输水需求。因此，穿黄隧道的风险因子主要有几个方面：工程本身引起的风险，如隧道突水、突泥等，以及工程外在因素引起的风险，如顶部地面塌陷、穿越煤层开采地区地基塌陷等。

(2) 社会风险因子识别

与输水河道社会风险因子相同，此处不再赘述，详见 4.2.2.1 节 (3)。

(3) 综合风险因子识别

东线穿黄工程综合风险因子识别采用贝叶斯网络法。根据上述穿黄工程运行工程风险、社会风险的专项风险因子识别结果，基于贝叶斯网络理论，可以确定穿黄工程综合风险为网络的第一层节点，工程风险、社会风险为网络的第二层节点，突水突泥、地面地基塌陷、运作环节和管理流程为网络的第三层节点，共计 7 个风险节点。定义好节点后，接下来是根据网络中的节点构建网络结构。造成穿黄工程综合风险的因素是工程风险和社会风险，因此各有一条有向边从工程风险和社会风险指向穿黄隧道综合风险节点，而导致工程风险的因素，一般是由突水突泥和地面地基塌陷引起的，因此突水突泥和地面地基塌陷是工程风险节点的父节点。其他节点之间的依赖关系也可以按照上述方法来确定。根据以上分析，在确定了节点以及节点之间相互依赖关系后，可以构建如图4.15所示的穿黄工程综合风险因子识别贝叶斯网络结构图。

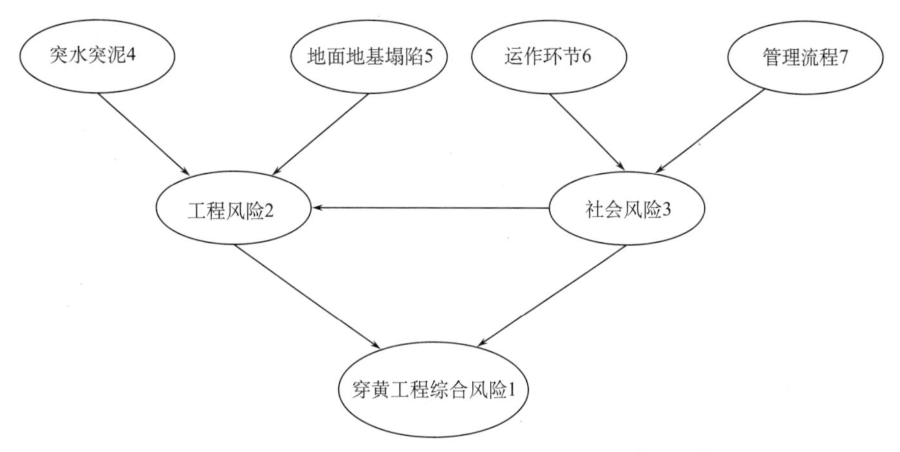

图 4.15　穿黄工程综合风险因子识别贝叶斯网络结构图

4.2.3　东线运行面状作用对象风险因子识别

东线运行风险面状作用对象主要包括4个调蓄湖泊和21个地级受水城市，其中，调蓄湖泊运行风险源主要来自工程、环境和社会三个方面，受水城市运行风险源主要来自水文和经济两个方面。综上所述，东线运行面状作用对象风险因子结构如图4.16所示。

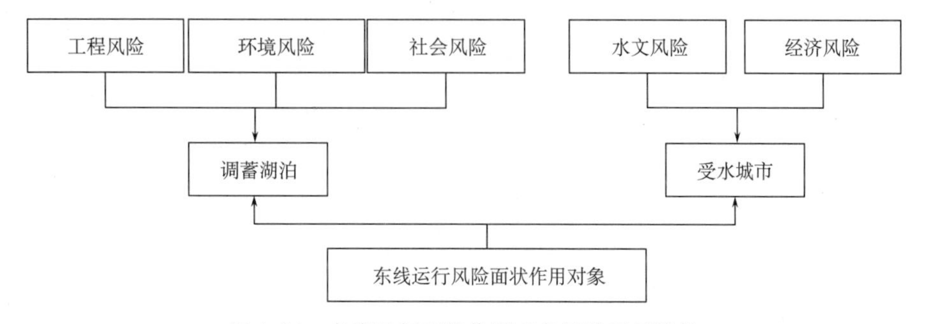

图 4.16　东线运行面状作用对象风险因子结构

4.2.3.1　调蓄湖泊风险因子识别

南水北调东线工程的调蓄系统主要是指输水沿线包括洪泽湖、骆马湖、南四湖和东平湖在内的四大天然湖泊，其运行风险源主要来自工程、环境、社会三个方面。

（1）工程风险因子识别

调蓄系统的工程风险界定为天然湖泊堤防失事及渗漏严重，不能满足规划的调蓄要求。调蓄系统水情工情较南水北调东线工程建设前有较大改变。工程建设前调蓄系统的运行主要分为汛期及非汛期，工程运行期间则主要为汛期和输水期。根据南水北调东线一期工程调度运行方案可知，调蓄系统汛期工况较之前改变甚微，而输水期则意味着湖泊堤防将长期遭遇高水位浸泡，尤其是4月和5月，如东平湖，正处于汶河来洪高峰期（韩成银等，2002）。因此，除荷载情况需添加风浪作用、移除水流条件外，上述输水系统中河道工程运行风险评价层次结构同样适用于湖泊的工程风险识别。调蓄系统综合风险因子识别结果如图4.17所示。

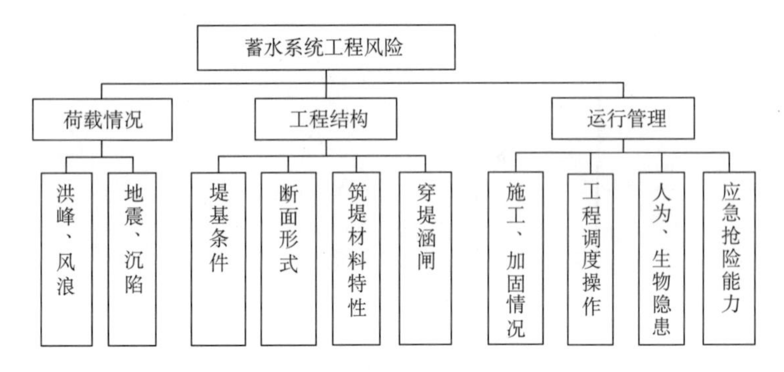

图4.17　调蓄系统综合风险因子识别结果

（2）环境风险因子识别

调蓄湖泊环境风险与输水河渠环境风险一样，包括非突发性环境风险和突发性环境风险，非突发性环境风险以水质风险发生为顶事件，采用故障树分析法对调蓄湖泊非突发性环境风险进行识别，分析主要的风险因子，逐层分析湖泊水质超标的原因，直到事件不能分解为止。具体构建的故障树如图4.18所示。突发性环境风险因子与输水河道相同，具体见4.2.2.1节（2）。

（3）社会风险因子识别

与输水河道社会风险因子相同，具体见4.2.2.1节（3）。

（4）综合风险因子识别

东线调蓄湖泊综合风险因子识别采用贝叶斯网络法。根据上述调蓄湖泊运行工程风险、环境风险、社会风险的专项风险因子识别结果，基于贝叶斯网络理论，可以确定调蓄湖泊综合风险为网络的第一层节点，工程风险、环境风险、社会风险为网络的第二层节点，漫顶、渗透破坏、失稳破坏、非突发性环境风险、突发性环境风险、运作环节、管理流程为网络的第三层节点，水质不达标和湖泊富营养化为网络的

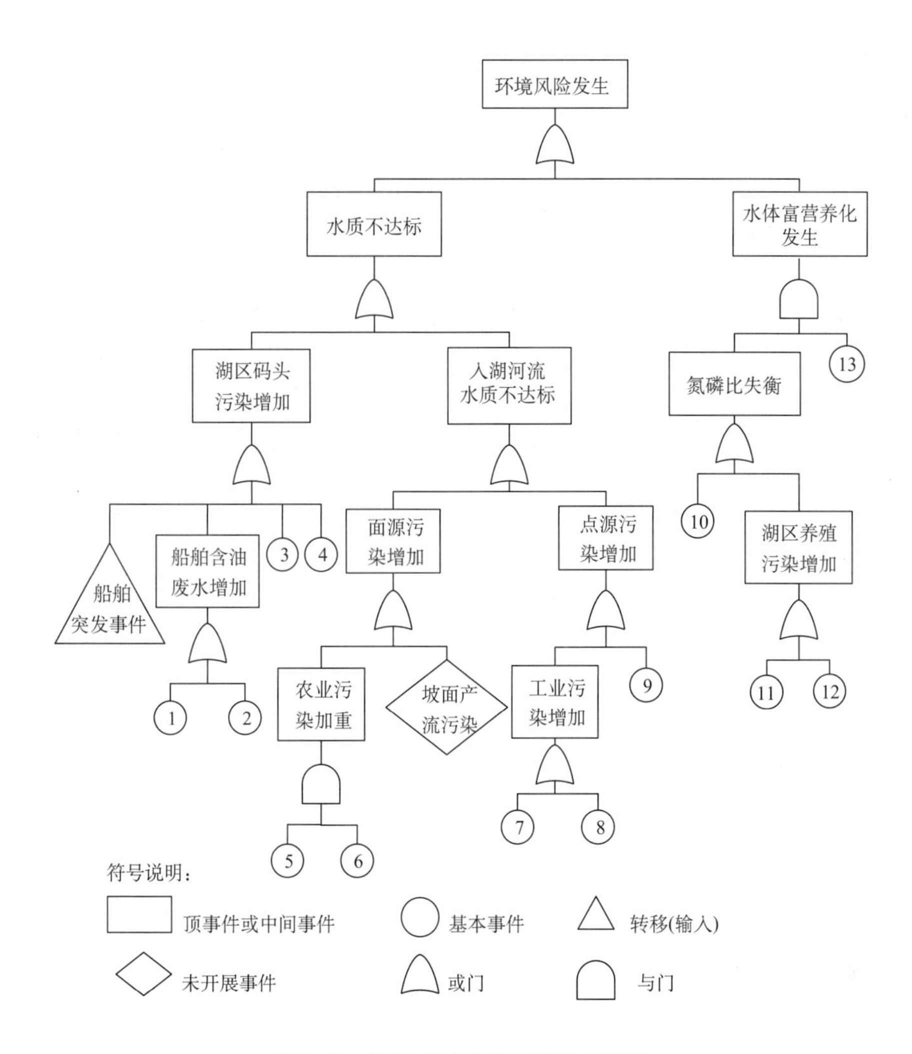

图 4.18　湖泊非突发性环境风险因子

其中序号代表的事件如表 4.10 所示

表 4.10　湖泊环境风险识别故障树基本事件

序号	事　　件	序号	事　　件
1	挂浆机船自身缺陷	8	工业污水增加
2	舱底少量含油污水非法排放	9	城市生活污水增加
3	航运垃圾堆场污染	10	底泥污染加重
4	船员生活污染	11	投饵增加
5	农田面积增加	12	养殖量增加
6	化肥使用过度	13	水温变化
7	工业溶剂使用过度		

第四层节点，共计 13 个风险节点。定义好节点后，接下来是根据网络中的节点构建网络结构。无论是工程风险、环境风险还是社会风险，只要其中一个环节出现了问题，就可以判定调蓄湖泊综合风险发生，因此各有一条有向边从工程风险、环境风险和社会风险节点指向调蓄湖泊综合风险节点。一旦工程风险出现问题，无论是漫顶、渗透还是失稳破坏，都会影响整个工程，从而影响整个调水工程水质水量变化，引发环境风险，因此有一条有向边从工程风险指向环境风险。其他节点之间的依赖关系也可通过上述方法类似确定。根据以上分析，在确定了节点以及节点之间相互依赖关系后，可以构建如图 4.19 所示的东线调蓄湖泊综合风险因子识别贝叶斯网络结构图。

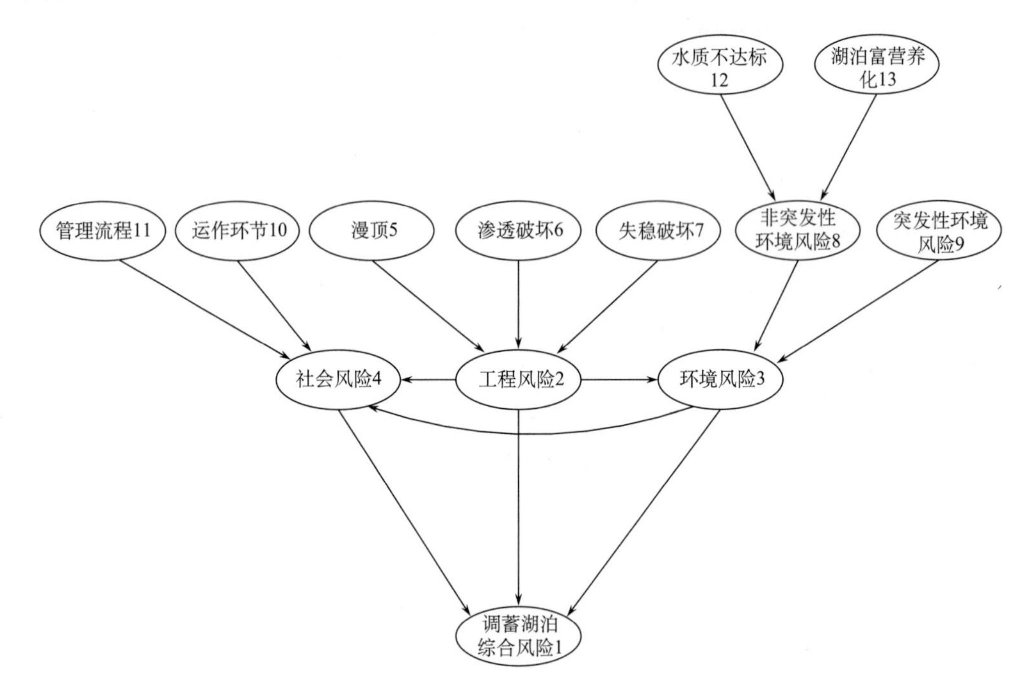

图 4.19　东线调蓄湖泊综合风险因子识别贝叶斯网络结构图

4.2.3.2　受水城市风险因子识别

南水北调东线运行期间，受水城市风险源主要来自水文和经济两个方面。

(1) 水文风险因子识别

受水城市水文风险可以进一步分为两类：需水水文风险和供需协调水文风险。

南水北调东线一期工程的建设目标是解决调水线路沿线和山东半岛的城市及工业用水，改善淮北部分地区的农业供水条件，并在北方需要时，提供农业和部分生态环境用水。与中线不同的是，除了城市及工业用水，农业用水（江苏）和生态环境用水也是需要考虑的重点之一。因此，东线需水水文风险的来源包括工业、生活、农业和生态环境需水，由于农业和生态环境用水的变化波动较大，受不确定性因素的影响，风险很大，是重点考虑的风险源（康绍忠等，1996）。采用故障树方法得到的受水城市需水水文风险因子识别，结果如图 4.20 和表 4.11 所示。

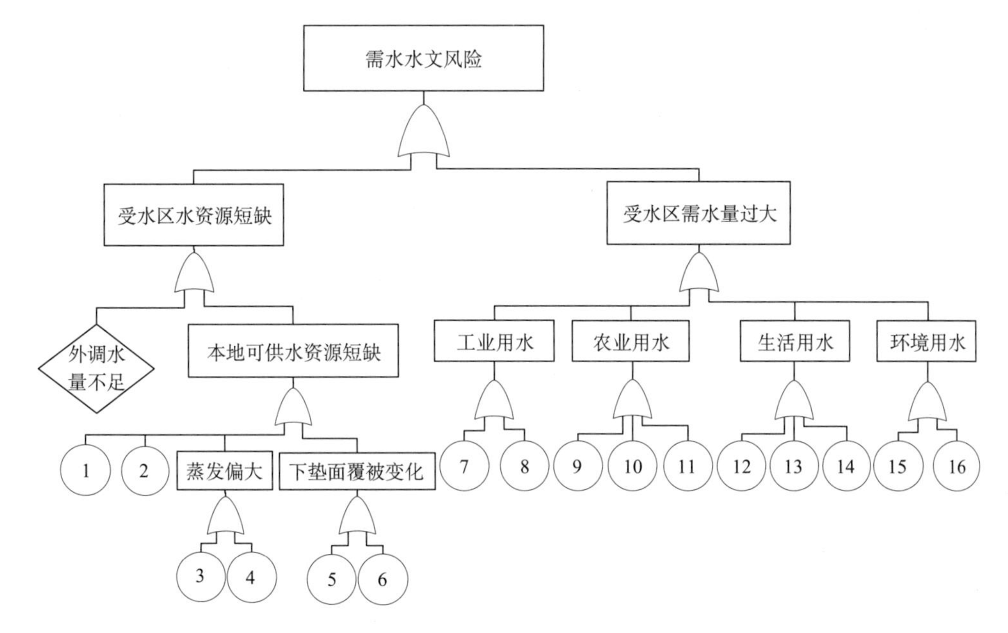

图 4.20 需水水文风险因子识别的故障树

其中序号代表的事件如表 4.11 所示

表 4.11 需水水文风险识别故障树基本事件表

序号	事　件	序号	事　件
1	降雨减少	9	耕地面积增加
2	水库蓄水量不足	10	种植结构调整
3	温度升高	11	灌溉水利用效率降低
4	风速增大	12	人口增加
5	林地草地减少	13	城市化水平提高
6	城区面积扩大	14	人均生活用水定额增加
7	人均 GDP 增加	15	城市绿化面积增加
8	工业万元产值耗水量增加	16	河湖面积增加

供需协调水文风险是在供水和需水的基础上，考虑二者的同步性和遭遇情况来分析其可能发生的风险。另外还需要考虑输水线路发生事故所造成的供需不协调风险。水源区与受水区之间存在丰丰、丰枯、枯丰和枯枯遭遇的情况，其中丰丰、枯枯遭遇对调水最为不利，南丰北丰则可能引起不需要调水的风险，南枯北枯则引起无水可调的风险，因此在进行风险因子识别的过程中重点是分析可能导致这两种遭遇发生的因子。南水北调输水线路很长，沿线跨越多个河流水系，修建了大量的输水、

控水、蓄水等水工建筑物，加上气候、地形、地貌的复杂性和实际运行管理的不确定性，产生一些水毁事故恐怕在所难免，一旦这类事故发生就会对整个供水系统或局部供水产生重要影响，导致供需不协调。采用故障树方法得到的供需协调水文风险因子识别结果如图 4.21 和表 4.12 所示。

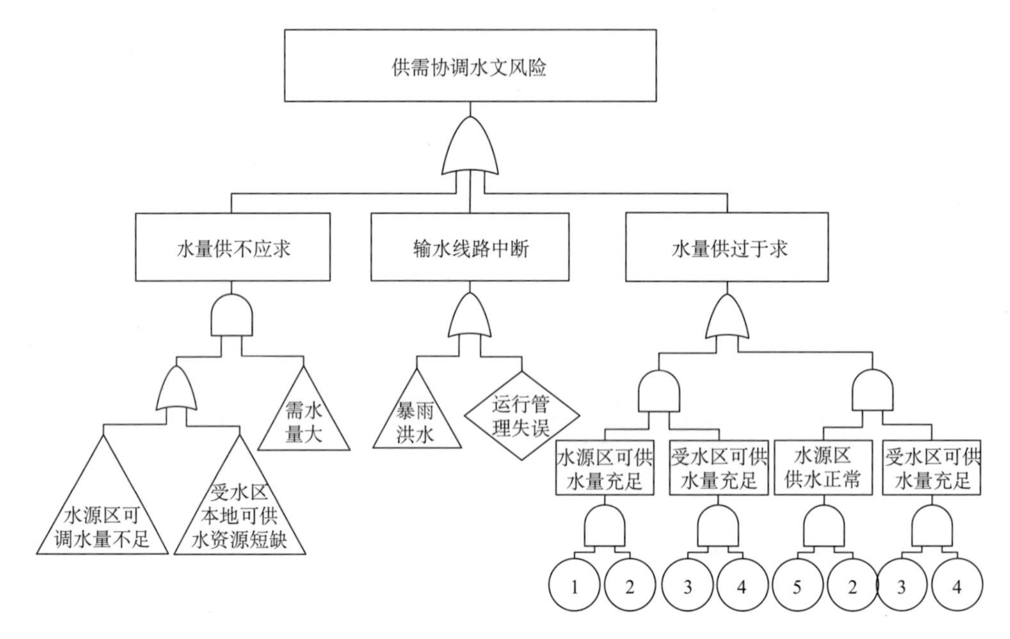

图 4.21　供需协调水文风险因子识别的故障树
其中序号代表的事件如表 4.12 所示

表 4.12　供需协调水文风险识别故障树基本事件表

序号	事　　件	序号	事　　件
1	水源区降水多，遭遇丰水年	4	水源区蓄水量不增加或增加不大
2	水源区蓄水量增加不大	5	水源区遭遇平水年
3	受水区降水多，遭遇丰水年		

（2）经济风险因子识别

经济风险主要来源于法律、法规和政策变化，市场需求变化，资源开发与利用，技术的可靠性，工程方案，融资方案，组织管理，环境与社会，外部配套条件等一个方面或几个方面的共同影响①。南水北调工程风险一方面是由于前期阶段评价不足引起的，另一方面是由于运行管理阶段的客观因素造成的；同时风险的发生既有项目本身的因素，也有外部环境的因素。根据经济风险来源分析，识别南水北调经济风险因素。在政策风险方面，包括受水区水资源费变化风险、贷款利率变化风险、抽水电价上涨风险、

① 水利部天津水利水电勘测设计研究院．国内已建重点调水工程经济风险调研报告．2005 年 12 月

管理费用增加风险；在市场风险方面，包括受水区水价变动风险、居民收入变动风险、经济发展变动风险；在资源风险方面，包括水源区水文风险和受水区水文风险。南水北调经济风险来源及主要风险因素如图 4.22 所示。

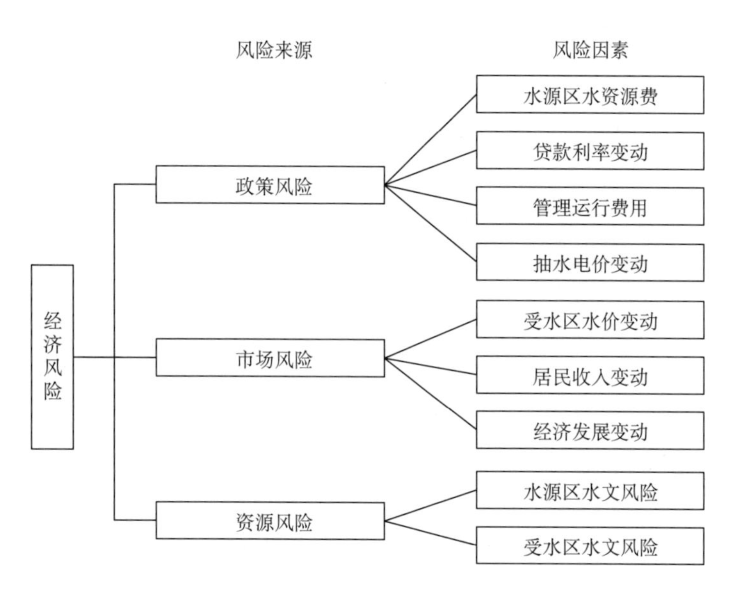

图 4.22　经济风险来源及主要风险因素

（3）综合风险因子识别

东线受水城市综合风险因子识别采用贝叶斯网络法。根据上述东线工程运行期间受水城市水文风险、经济风险的专项风险因子识别结果，基于贝叶斯网络理论，可以确定受水城市综合风险为网络的第一层节点，水文风险、经济风险为网络的第二层节点，受水区需水水文风险、供需协调水文风险、政策风险、市场风险、资源风险为网络的第三层节点，受水区水资源短缺、受水区需水量过大、水量供求关系（包括水量供不应求、水量供过于求和水量供求平衡三种情况）和输水线路中断为网络的第四层节点，共计 12 个风险节点。定义好节点后，接下来是根据网络中的节点构建网络结构。影响受水区面系统综合风险的因素主要是水文风险和经济风险，因此各有一条有向边从水文风险和经济风险指向综合风险因子节点。而水文风险主要考虑受水区需水水文风险和供需协调风险，因此分别各有一条有向边从这两个风险因子节点指向水文风险因子节点。其他各个风险节点之间的依赖关系也可以通过上述方法确定。根据以上分析，在确定了节点以及节点之间相互依赖关系后，可以构建如图 4.23 所示的受水城市综合风险因子识别贝叶斯网络结构图。

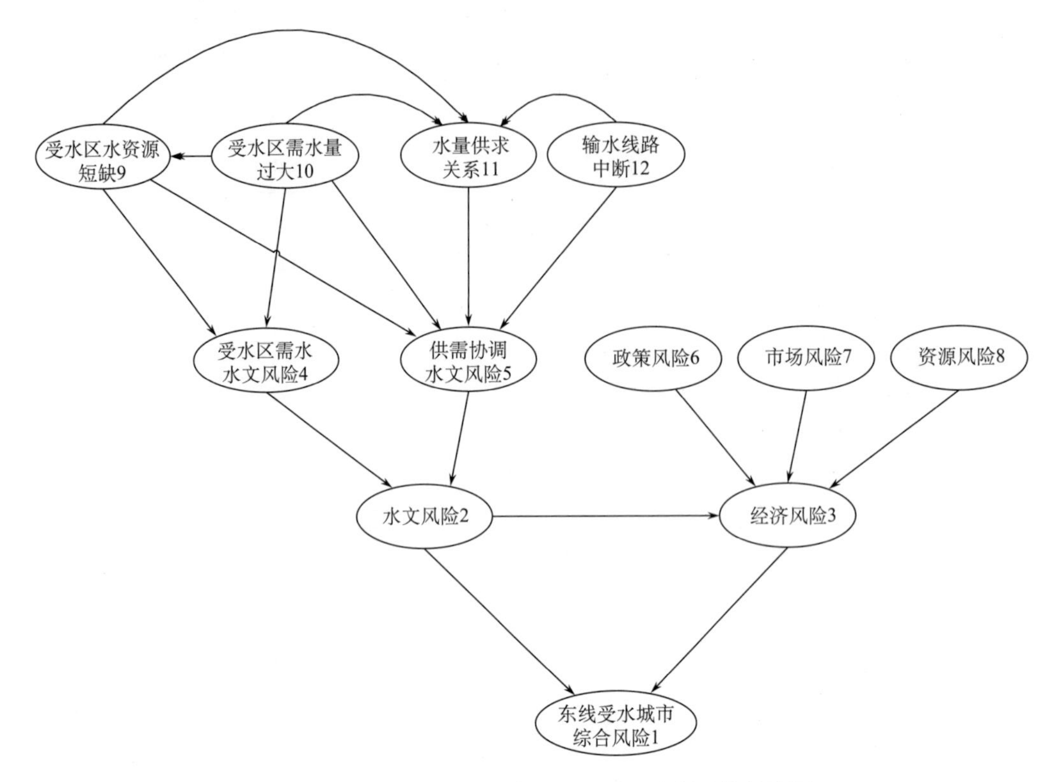

图 4.23　受水城市综合风险因子识别贝叶斯网络结构图

4.3　南水北调中线工程运行风险因子识别

4.3.1　中线运行点状作用对象风险因子识别

南水北调中线工程运行的点状风险作用对象主要包括交叉建筑物和控制建筑物，其中交叉建筑物重点研究河渠交叉建筑物和公路交叉建筑物。河渠交叉建筑物和控制建筑物运行风险源主要来自工程，公路交叉建筑物运行风险源主要来自环境事故。综上所述，中线运行点状作用对象风险因子结构如图 4.24 所示。

4.3.1.1　公路交叉建筑物风险因子识别

公路交叉建筑物承担一定的交通运输功能，当运送有毒有害化学物品的车辆一旦发生交通事故，势必会对整个交叉建筑物周围的水质造成影响，引发交叉建筑物的环境事故风险。通过对造成交通事故原因的分析发现，天气、时段是主要因素，道路上的车流量和车速同样是发生交通事故的重要原因。而一旦发生交通事故，泄漏速率将直接影响到有毒有害化学物品在河道河渠中的扩散速率，因此泄漏率也是最终影响综合风险的一个重要因子。

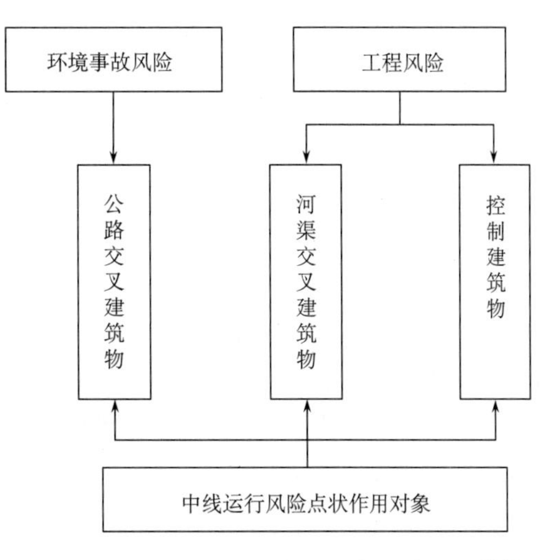

图 4.24 中线运行点状作用对象风险因子结构

基于贝叶斯网络理论可以确定公路交叉建筑物环境事故风险为网络的第一层节点，交通事故和泄漏率为网络的第二层节点，车流量、车速、天气和时段为网络的第三层节点，共计 7 个风险节点。定义好节点后，接下来是根据网络中的节点构建网络结构。交通事故发生后，会引发突发性的环境风险，因此有一条有向边从交通事故节点指向综合风险节点。时段不一样时，道路上的车流量和车速也不相同。换句话说，车流量的多少和车速的大小在不同的时段是不同的，因此时段节点是车流量节点和车速节点的父节点。另外，车辆行驶的速度除了因时段而异外，还受到道路车流量的制约，因此有一条有向边从车流量节点指向车速节点。根据以上分析，在确定了节点以及节点之间相互依赖关系后，可以构建如图 4.25 所示的公路交叉建筑物环境事故风险因子识别贝叶斯网络结构图。

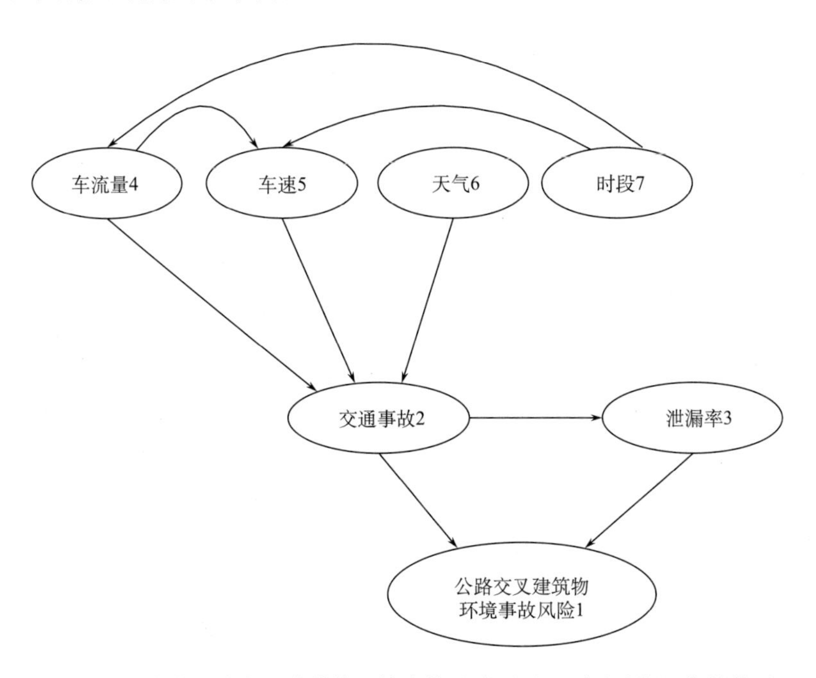

图 4.25 中线公路交叉建筑物环境事故风险因子识别贝叶斯网络结构图

4.3.1.2 河渠交叉建筑物风险因子识别

中线输水工程交叉断面以上集水面积在 $20km^2$ 以上的大型河渠交叉建筑物多达 164 座，另外还有 9 座隧洞[①]。如此众多的交叉建筑物很难保证不出现问题，渡槽、隧洞、倒虹吸等水工建筑物由于出现裂缝、沉陷、冲刷与磨蚀等原因，建筑物结构破坏、倒塌、渗漏等现象时有发生，严重影响了中线输水工程效益的发挥。因此，交叉建筑物的风险分析是中线输水工程风险分析的重要组成部分。交叉建筑物系统主要是指南水北调中线工程输水干渠与沿途的河流、铁路、公路相交的交叉建筑物。交叉建筑物主要包括河渠交叉建筑物、左岸排水建筑物、渠渠交叉建筑物、铁路交叉建筑物、公路交叉建筑物、分水口门、节制闸、退水闸、排冰闸、隧洞。根据交叉建筑物的规模以及交叉建筑物的主要风险源，在本书中，交叉建筑物系统主要是指河渠交叉建筑物，根据建筑物的结构形式，可以分为渡槽、倒虹吸、涵洞三大类。

借鉴结构可靠度理论中对结构可靠的定义（王卓甫等，1998；赵国藩，1984），将交叉建筑物失效定义为交叉建筑物在预定的使用期限内，不能满足设计所预期的各种功能要求。交叉建筑物设计所预期的各种功能要求可分为安全性、适用性、耐久性三类。安全性是指交叉建筑物必须保持其整体及构件稳定；适用性是指交叉建筑物能保证中线工程按照预期设计要求正常输水；耐久性是指工程具备一定的耐久性能（冯广志等，2004）。因此，可以从交叉建筑物系统功能入手，识别影响交叉建筑物系统功能的各种风险因子。

对导致交叉建筑物功能失效的情况进行归类，可将风险因子分为暴雨洪水、地质灾害、低温冻融、人为因素四大类。暴雨洪水风险是指因暴雨等原因产生的洪水超过渡槽、排洪渡槽、排洪涵洞、河道倒虹吸的排洪能力对干渠产生威胁或因洪水及其携带物冲刷、冲击等作用引起交叉建筑物破坏的事件。引起暴雨洪水风险事件的暴雨事件或洪水事件定义为暴雨洪水风险因子。地质灾害风险是指因地震或不利工程地质条件引起的交叉建筑物失效事件。引起地质灾害风险事件的地震或不利工程地质条件定义为地质灾害风险因子。低温冻融风险是指因低温引起地基土体冻胀消融造成建筑物破坏或低温条件下，空气中的水、二氧化碳等物质对混凝土材料的侵蚀加剧，导致材料老化加速的事件。引起低温冻融风险的低温冻融作用定义为低温冻融风险因子。人为因素风险是指由于设计差错、施工质量低下等原因，造成交叉建筑物水头损失过大、过流能力不足、材料抗老化能力差等，甚至工程失稳的事件。引起人为因素风险的人为因素定义为人为因素风险因子（宋轩等，2009；熊启钧等，2006；李惠英等，2005；竺慧珠等，2004；贺海挺等，2004）。图 4.26 为河渠交叉建筑物的系统功能与风险因子识别结果。

中线工程穿越我国几个重点暴雨区，63.8 特大暴雨和 75.8 特大暴雨均发生在输水沿线区域，因此在河渠交叉建筑物整体工程风险研究的基础上，针对暴雨洪水风险因子

① 长江水利委员会长江勘测规划设计研究院．南水北调中线工程设计报告：第四分册　总干渠河渠交叉建筑物（一）．2005

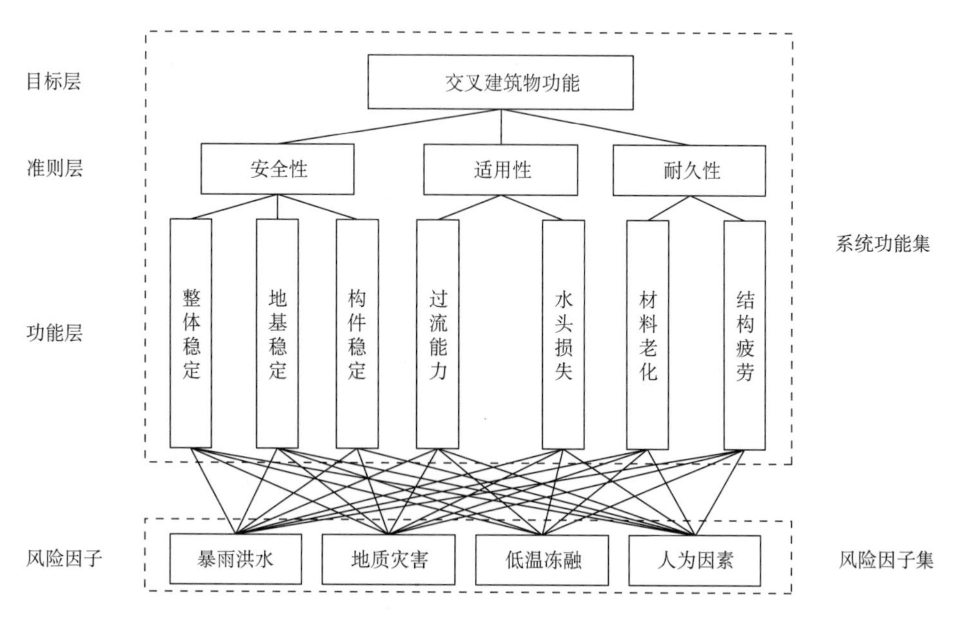

图 4.26　河渠交叉建筑物的系统功能与风险因子识别结果

进行深入研究。由暴雨形成洪水的风险因子主要为天气系统、下垫面及暴雨的时空分布。

(1) 天气系统

天气系统是暴雨产生的主要原因，夏季中线工程沿线受西太平洋副热带高压的控制，容易产生暴雨。

(2) 下垫面

暴雨的产生主要取决于天气系统，也受下垫面特别是地形的影响。总干渠西侧绵亘着伏牛山、嵩山和太行山，我国夏季盛行的东南季风在这些山脉的迎风坡被抬高，使得对流发展形成降水。下垫面对洪水的形成也起着直接的影响。下垫面不同，形成的洪水也完全不同。

(3) 暴雨的时空分布

暴雨的时空分布主要包括暴雨中心的位置、暴雨中心的移动路径、暴雨历时等特性。河渠交叉建筑物暴雨洪水水毁风险因子识别结果如图 4.27 所示。

4.3.1.3　节制闸控制系统风险因子识别

南水北调中线的控制性建筑物工程主要包括分水口门、节制闸和退水闸。分水口门的作用是向供水目标供水；节制闸分段布置，用于调节总干渠水位和流量；退水闸用于保证总干渠安全，满足检修要求。考虑到主要研究任务为南水北调中线工程的安全运

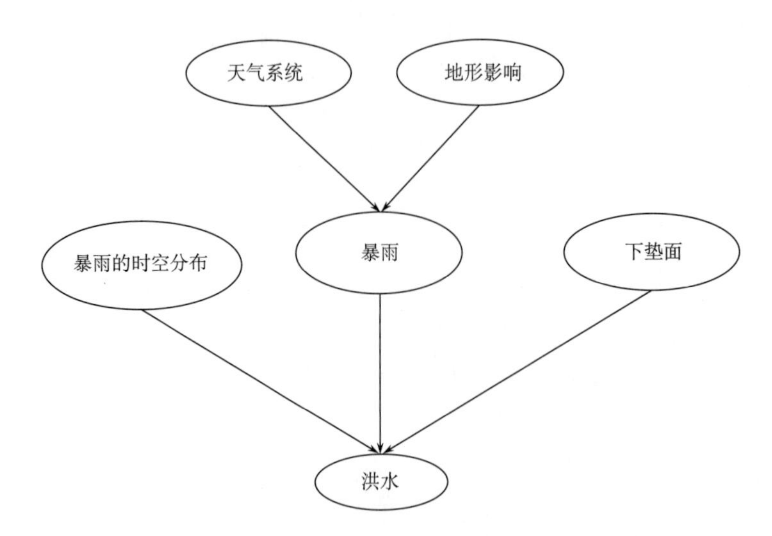

图 4.27　河渠交叉建筑物暴雨洪水水毁风险因子识别结果

行，分水口的正常运行更大意义上在于提高用水户获取调水的保障性，其安全性对工程的安全运行影响不大，因此，下面所提的控制性建筑物主要是指南水北调中线沿线的控制性闸门。

对闸门来说，其失事形式主要是指闸门失效，无法达到控制水位和流量的目的。闸门面临的风险因子有以下四种。

(1) 电源风险因子

电源风险因子主要是指闸门的电源备用情况。在闸门需要启闭的时候，若常规电源失效，且无备用电源，那么闸门的启闭将得不到保障。

(2) 人工开启的可靠性

电源一旦失效以后，闸门的启闭需要依赖人工开启，此时，人工开启的可靠性显得尤为重要，一旦闸门无人工开启条件或人工开启可靠性太低，那么闸门的控制作用将完全失效。

(3) 闸门的启闭机状况

闸门启闭机的设计参数与闸门的强度、刚度和稳定性是否一致，启闭机的开启和关闭是否流畅，这些都与闸门的启闭有很强的联系。

(4) 闸门维护管理状况

闸门管理需要制定严格的管理制度和操作性很强的操作程序。若缺乏管理制度和操作程序，就很容易出现由于人为因素造成闸门启闭的失效。

图 4.28 是闸门风险因子识别结构。

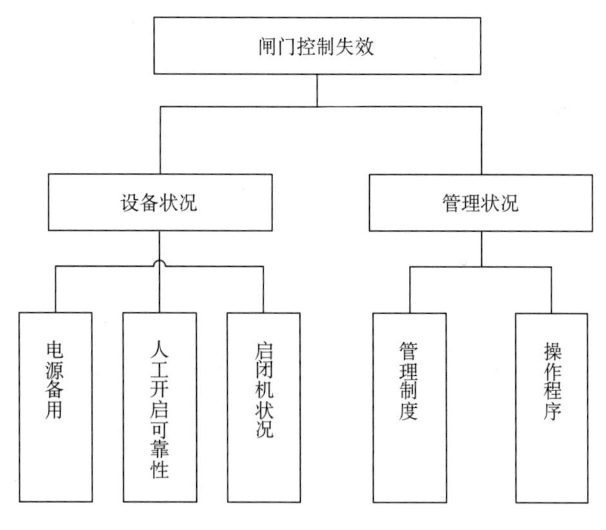

图 4.28　闸门风险因子识别结构

4.3.2　中线运行线状作用对象风险因子识别

中线工程运行风险线状作用对象主要包括输水干渠和穿黄穿漳工程，两者运行风险源主要来自工程和社会两个方面。综上所述，中线运行线状作用对象风险因子结构如图 4.29 所示。

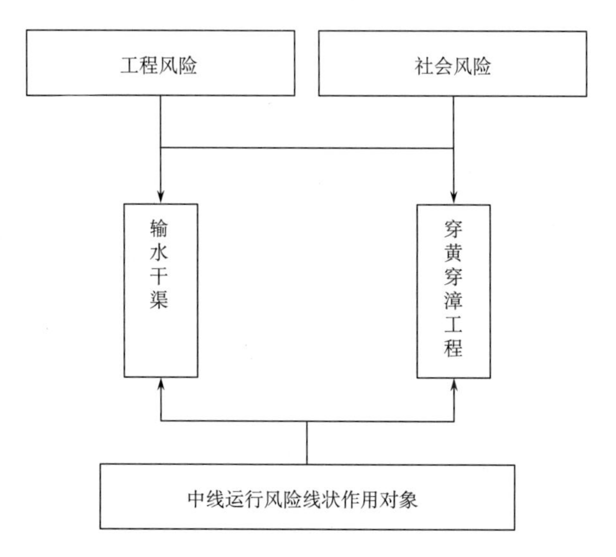

图 4.29　中线运行线状作用对象风险因子结构

4.3.2.1 输水干渠风险因子识别

南水北调中线运行期间，输水干渠风险源主要来自工程和社会两个方面。

(1) 工程风险因子识别

输水干渠工程系统主要是指输水总干渠沿线除去交叉建筑物以外的明渠输水工程和北京、天津段的暗渠输水工程，且不包含输水总干渠中的穿黄、穿漳隧道工程。根据明渠的四种破坏模式：漫顶、沉陷、失稳和冻害，分析确定明渠的失效风险因子。影响明渠漫顶的风险因子主要有渠坡失效、渠顶高程和渠道水位；影响明渠沉陷的主要风险因子有材料老化、渠深和渠基础特性；影响失稳的主要风险因子有材料老化、地基缺陷和水位骤变；影响冻害的主要风险因子有材料的抗冻性、外界温差及渠道内的水流流速。如图 4.30 所示。暗涵系统风险因子识别同明渠系统，但在破坏模式上有细微差别，明渠为漫顶失事，暗涵不存在漫顶失事，而是渗漏失事（贺海挺，2005；陈进等，2005）。其他三种的失效模式在暗涵系统中同样存在，各类失效模式的风险因子也类似（填方和挖方的失效差别隐含在具体的风险因子中。例如，渠坡稳定性这个风险因子中包括对明渠填方和明渠挖方两种类型）。

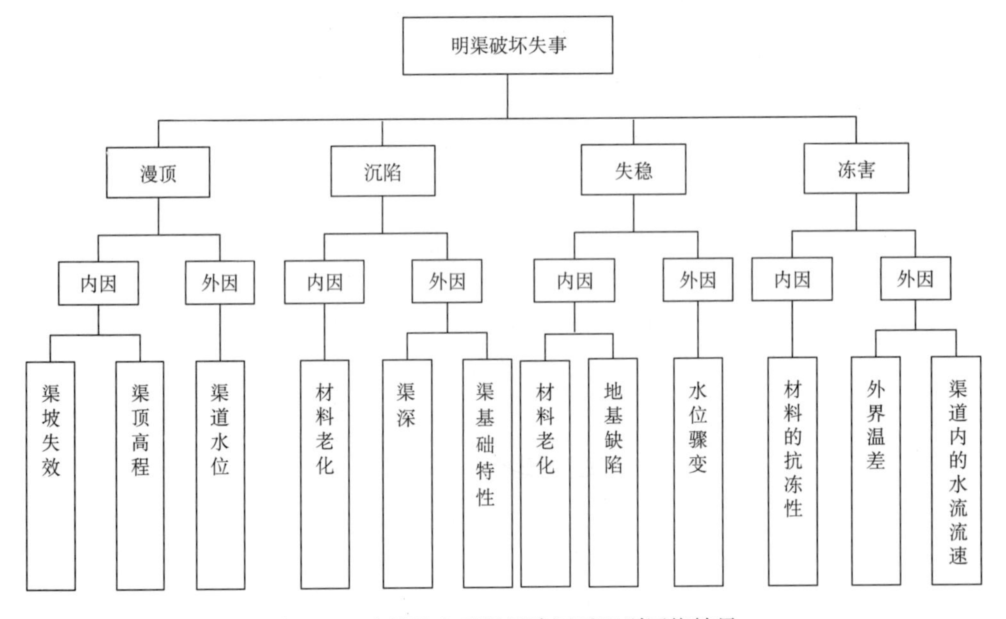

图 4.30 中线输水干渠风险因子识别网络结果

(2) 社会风险因子识别

中线输水干渠社会风险因子与东线输水河道相同，见 4.2.2.1 节 (3)。

(3) 综合风险因子识别

中线输水干渠综合风险因子识别采用贝叶斯网络法。根据上述中线工程运行期间输水干渠工程风险、社会风险的专项风险因子识别结果，基于贝叶斯网络理论，可以确定输水干渠综合风险为网络的第一层节点，工程风险和社会风险为网络的第二层节点，漫顶（暗涵为渗漏）、沉陷、失稳、冻害、运作环节和管理流程为网络的第三层节点，共计 9 个风险节点。定义好节点后，接下来是根据网络中的节点构建网络结构。在明渠综合风险的影响因子中，重点需要关注的是明渠和暗涵的工程风险，工程风险一旦发生，必然会造成输水沿线的社会风险，对整个调水工程的运作环节也会带来重要的影响，因此工程风险各有一条有向边分别指向社会风险因子节点和运作环节因子节点。同样，漫顶（渗漏）、沉陷、失稳、冻害和运作环节等风险节点之间的相互关系也可以根据上述方法确定。根据以上分析，在确定了节点以及节点之间相互依赖关系后，可以构建如图 4.31 所示的输水干渠综合风险因子识别贝叶斯网络结构。

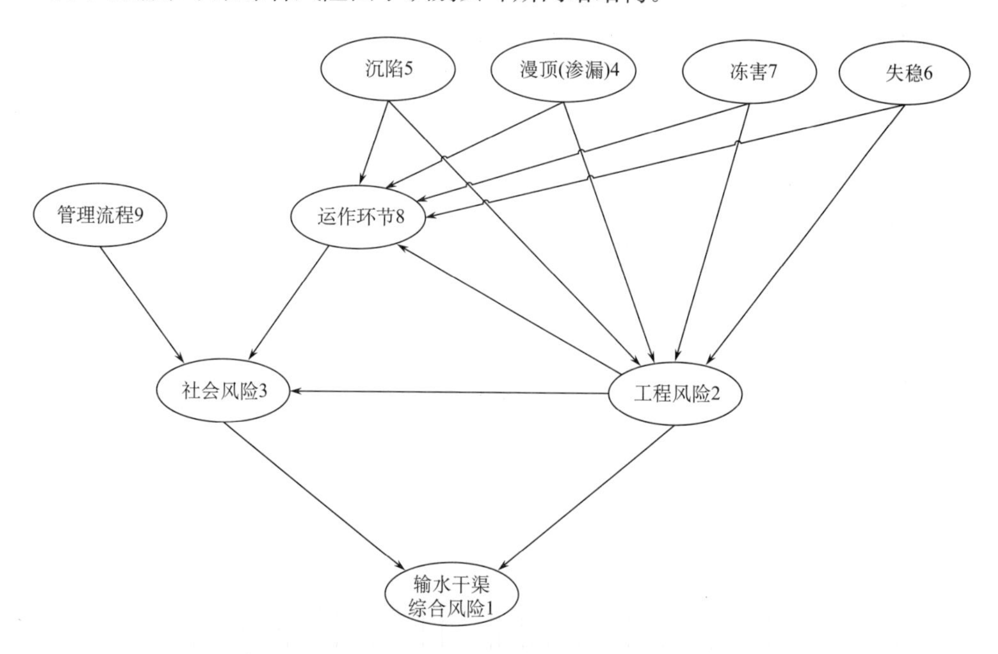

图 4.31　输水干渠综合风险因子识别贝叶斯网络结构

4.3.2.2　穿黄穿漳工程风险因子识别

南水北调中线运行期间，穿黄穿漳工程风险源主要来自工程和社会两个方面。

(1) 工程风险因子识别

穿黄穿漳隧道的风险主要界定为由于隧道安全性出现故障，不能满足输水需求。因此，穿黄穿漳隧道的风险因子主要有几个方面：工程本身引起的风险，如隧道突水突泥等，以及工程外在因素引起的风险，如顶部地面塌陷、穿越煤层开采地区地基塌陷等。

此外，中线工程穿越我国著名的暴雨区，穿黄穿漳隧道失事风险还包括由暴雨洪水所致的水毁风险。穿黄穿漳隧道工程风险因子识别结果如图 4.32 所示。

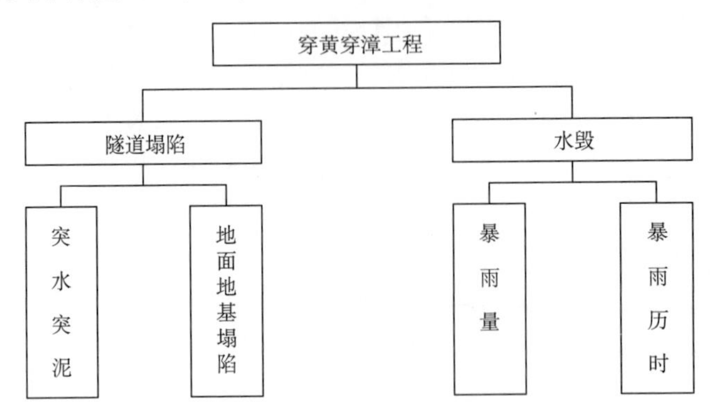

图 4.32　穿黄穿漳隧道工程风险因子识别结果

(2) 社会风险因子识别

与东线输水河渠社会风险因子相同，见 4.2.2.1 节 (3)。

(3) 综合风险因子识别

中线穿黄穿漳工程综合风险因子识别采用贝叶斯网络法。根据上述中线工程运行期间穿黄穿漳工程的工程风险、社会风险的专项风险因子识别结果，基于贝叶斯网络理论，可以确定穿黄穿漳工程综合风险为网络的第一层节点，工程风险和社会风险为网络的第二层节点，隧道塌陷、隧道水毁风险、运作环节、管理流程为网络的第三层节点，突水突泥、地面地基塌陷、暴雨量和暴雨历时为网络的第四层节点，共计 11 个风险节点。定义好节点后，接下来是根据网络中的节点构建网络结构。造成穿黄穿漳隧道综合风险的因素为工程风险和社会风险，因此各有一条有向边从工程风险和社会风险指向综合风险节点。工程风险主要是由隧道塌陷和隧道发生水毁风险两个方面引起的，因此各有一条有向边从隧道塌陷风险和隧道水毁风险因子节点指向穿黄穿漳隧道综合风险节点，而导致隧道塌陷的因素，一般是由突水突泥和地面地基塌陷引起的，同时如果隧道发生水毁风险，必然会引起隧道的塌陷，因此突水突泥、地面地基塌陷和隧道水毁风险因子节点是隧道塌陷节点的父节点。其他节点之间的依赖关系也可以按照上述方法确定。根据以上分析，在确定了节点以及节点之间相互依赖关系后，可以构建如图 4.33 所示的穿黄穿漳工程综合风险因子识别贝叶斯网络结构。

4.3.3　中线运行面状作用对象风险因子识别

中线工程运行风险的面状作用对象主要包括丹江口水库水源区和 19 个地级受水城市，其中丹江口水源区运行风险源主要来自水文和社会两个方面，受水城市运行风险源主要来自水文和经济两个方面。综上所述，中线运行面状作用对象风险因子结构如图 4.34 所示。

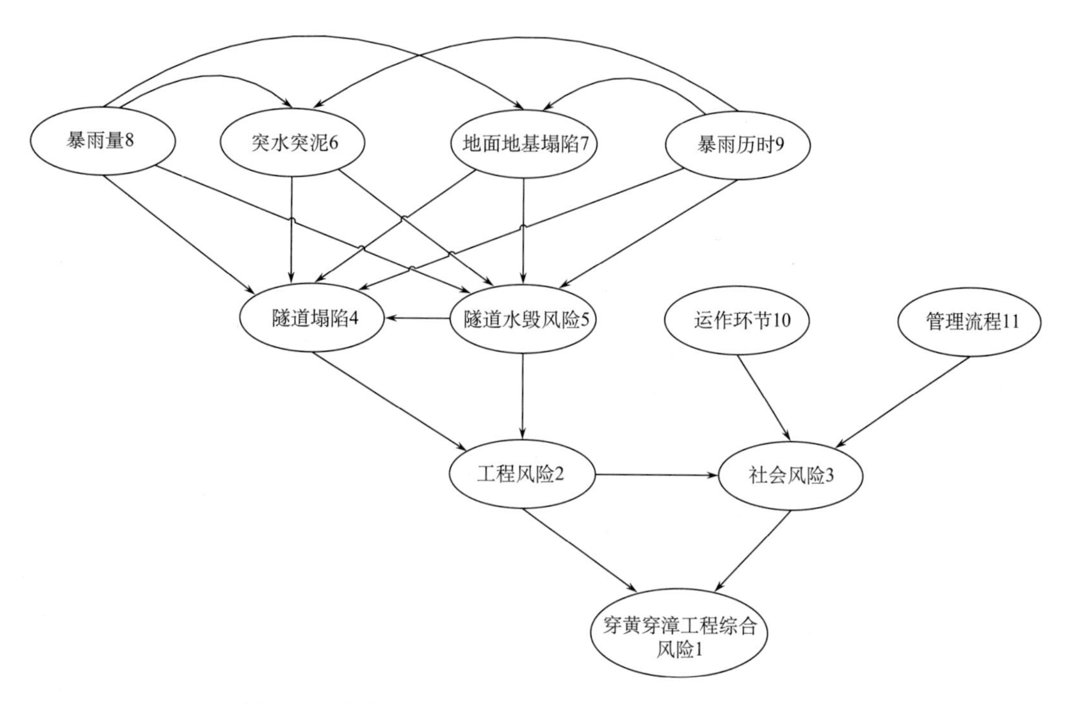

图 4.33　穿黄穿漳工程综合风险因子识别贝叶斯网络结构

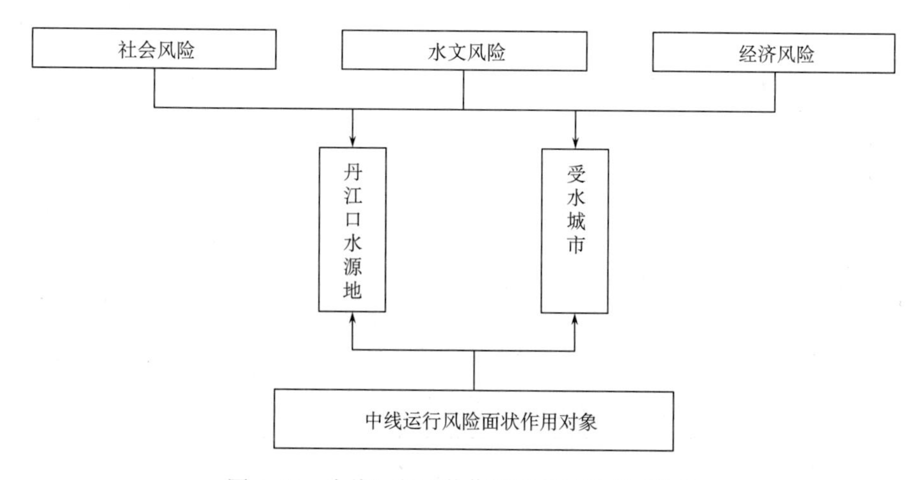

图 4.34　中线运行面状作用对象风险因子结构

4.3.3.1　丹江口水源地风险因子识别

南水北调中线运行期间，丹江口水源地风险源主要来自水文和社会两个方面。

(1) 水文风险因子识别

丹江口水源地水文风险主要为供水水文风险，其因子与东线长江取水水源相同，具体见 4.2.1.1 节。

(2) 社会风险因子识别

与东线输水河道社会风险因子相同，具体见 4.2.2.1 节 (3)。

(3) 综合风险因子识别

中线丹江口水源地综合风险因子识别采用贝叶斯网络法。根据上述中线工程运行期间丹江口库区水文风险、社会风险的专项风险因子识别结果，基于贝叶斯网络理论，确定水源区综合风险为网络的第一层节点，缺水水文风险和社会风险为网络的第二层节点，受水区需水过大、水源区可调水量不足、运作环节、管理流程为网络的第三层节点，径流减少、下游需水过大、水库调度失误、其他调水工程用水为网络的第四层节点，共计 11 个风险节点。定义好节点后，接下来是根据网络中的节点构建网络结构。引起水源区综合风险的主要因素是缺水水文风险，而水源区一旦缺水，势必会造成水源区的社会风险，因此，有一条有向边从缺水水文风险因子节点指向社会风险因子节点。其他各个风险节点之间的依赖关系也可以通过上述方法确定。根据以上分析，在确定了节点以及节点之间相互依赖关系后，可以构建如图 4.35 所示的丹江口水源区综合风险因子识别贝叶斯网络结构。

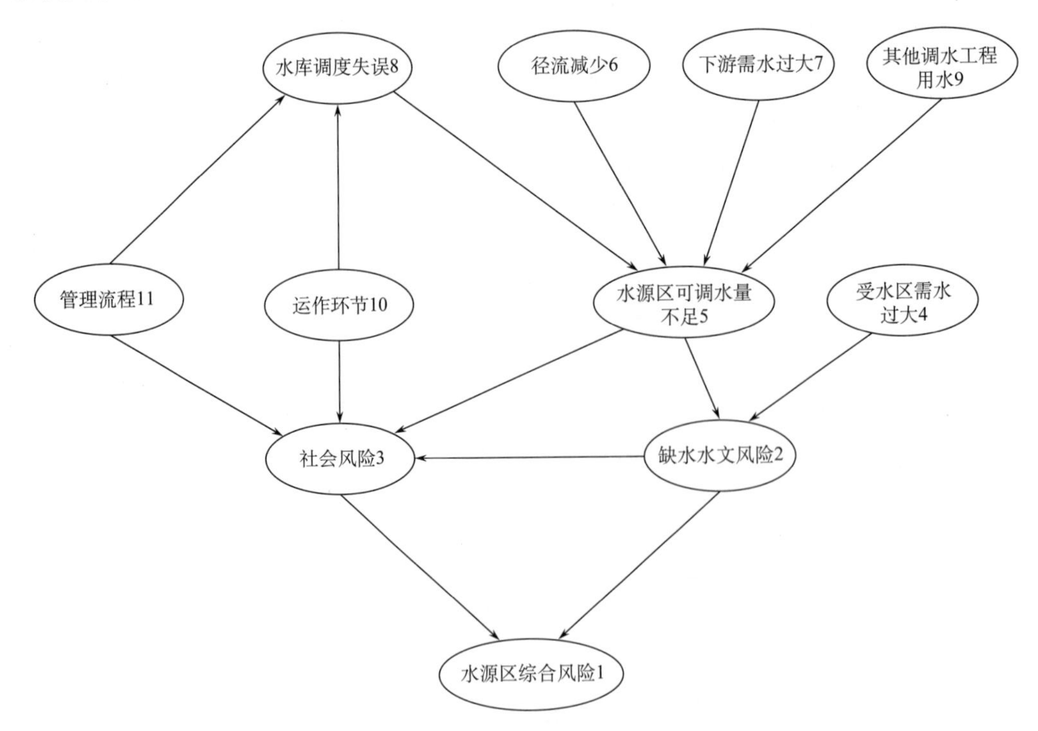

图 4.35　丹江口水源区综合风险因子识别贝叶斯网络结构

4.3.3.2　受水城市风险因子识别

南水北调中线 19 个受水城市运行风险因子与东线受水城市相同，见 4.2.3.2 节。

第五章　南水北调工程运行风险机理分析

5.1　风险机理理论

对风险发生原因的分析由来已久，人们在生活、生产活动中难免有事故发生，为了控制风险，减少损失，人们开始不断探索事故发生的规律，相继提出很多理论来阐明事故为什么会发生、事故是怎么样的，所以被称为事故致险理论。早期的事故致险理论一般认为事故的发生仅与一个原因或几个原因有关，考虑得相对来说比较简单。这一时期以法默尔（Farmer）的事故频发理论和海因里希（Heinrich）的事故法则为代表。到了第二次世界大战以后，事故判定技术和人机工程学的发展使事故频发理论出现了新发展。随后，各种事故的表面原因逐步走向更深层次的原因，即从人的不安全行为、物的不安全状态等直接原因向管理缺陷等深层次原因发展。这些理论中比较有代表性的有骨牌理论、奶酪理论和扰动理论。

（1）骨牌理论

骨牌理论是 20 世纪 20 年代间，由著名的美国工业安全工程师海因里希发展而成，也称为多米诺骨牌理论。该理论认为，意外事故的发生，与人为因素有关系。意外事故的发生，依据其因果关系，由 5 张骨牌构成，即事物固有属性与社会环境、人为失误、危险动作或缺陷、事故和伤害，如图 5.1 所示。

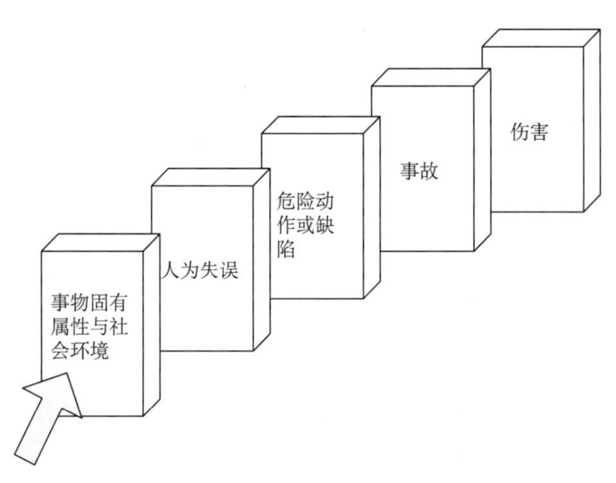

图 5.1　骨牌理论示意图

骨牌理论特别强调三项重点：第一，每一个事故的发生，始于事物固有属性及不良的社会环境，终于伤害；第二，移走前四张骨牌的任何一张，均可防止伤害产生；第三，移走第三张骨牌“危险动作”是预防伤害产生的最佳方法。对于第三张骨牌，海因里希进一步补充说明，危险动作在事故产生的原因上，比危险的物质条件更为重要，因此，人员的安全教育训练是该理论着重的风险控制措施（宋明哲，2003）。

该理论强调人为失误是风险事件发生的主要原因，实际是强调了风险的可控性；事实上，有些风险事件的发生，与人为失误无关，且是不可控的，如地震、洪水等。

（2）奶酪理论

奶酪理论也被称为瑞森模型，是由瑞士人瑞森（Reason）于1997提出来的一种事故发生原因的连锁关系。所谓“奶酪理论”即以每一片奶酪代表风险事件发生的某一环节，如某一机械设备、操作功能或作业程序等，而每一片奶酪的空洞即代表此环节可能发生风险的事故点，当某一项失误点发生时，即表示光线可穿透该片奶酪，若多片奶酪的空洞正好成一直线，可让光线穿透时，则系统风险事故发生，如图5.2所示。奶酪理论认为，预防事件的发生可以从两个角度来考虑：一是减少每个环节的失误点；二是在每个环节之间增加屏障措施（Cox and Tait，1993）。

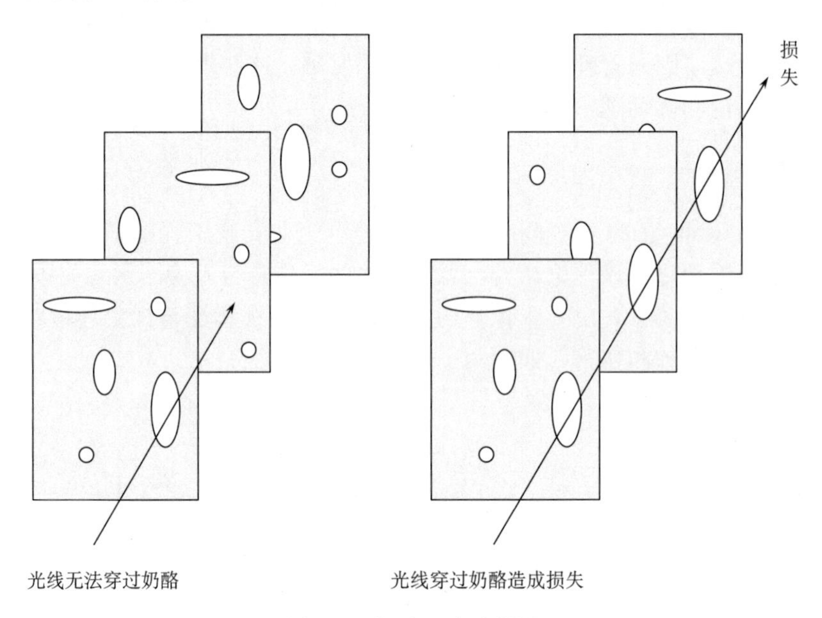

图5.2　奶酪理论示意图

（3）扰动理论

本尼尔（Benner）认为，事故过程包含着一组相继发生的事件。所谓事件是指生产活动中某种发生的事物一次瞬间的或重大的情况变化，一次已经避免或已经导致另一事件发生的偶然事件。因而，可以把生产活动看成是一组自觉地或不自觉地指向某种预期或不测结果相继出现的事件，它包含生产系统元素间的相互作用和变化着的外界影响。这些相继事件组成的生产活动是在一种自动调节的动态平衡中进行的，在事件的稳定运动中向预期的结果方向发展。

事件的发生一定是某人或某物引起的，如果把引起事件的人或物称为“行为者”，则可以用行为者和行为者的行为来描述一个事件。在生产活动中，如果行为者的行为得当，则可以维持事件过程稳定进行；否则，可能中断生产，甚至造成伤害事故（罗云等，2004）。

生产系统的外界影响是经常变化的，可能偏离正常的或预期的情况。这里称外界影响的变化为扰动，扰动将作用于行为者。当行为者能够适应不超过其承受能力的扰动时，生产活动可以维持动态平衡而不发生事故。如果其中的一个行为者不能适应这种扰动，则自动动态平衡过程被破坏，开始一个新的事件过程，即事故过程。该事件过程可能使某一行为者承受不了过量的能量而发生伤害或损失；这些伤害或损失事件可能依次引起其他变化或能量释放，作用于下一个行为者，使下一个行为者承受过量的能量，发生串联的伤害或损失。当然，如果行为者能够承受冲击而不发生伤害或损坏，则依据行为者的条件、事件的自然法则，过程将继续进行。

扰动理论，将事故看成由相继事件过程中的扰动开始，以伤害或损坏为结束的过程。因此，风险控制应防止扰动的产生，在其产生后则应尽快消除或降低由此带来的不良影响。

（4）风险事件三要素理论

本研究对这些风险机理分析理论进行了归纳和总结，认为风险对象、风险因子和致险环境是风险事件形成的三要素。风险作用对象是在风险事件中整体或局部受到直接或间接损失的事物，以南水北调工程为例，工程风险的对象为工程本身以及沿线居民人身财产安全、受水区的经济效益等。风险因子是指可能导致风险事件发生的源事件或初始事件，如暴雨洪水可能会引起工程风险、污水排放过量可能会导致环境风险。风险因子是风险事件的驱动力，致险环境是风险事件发生的必要条件，如图 5.3 所示。

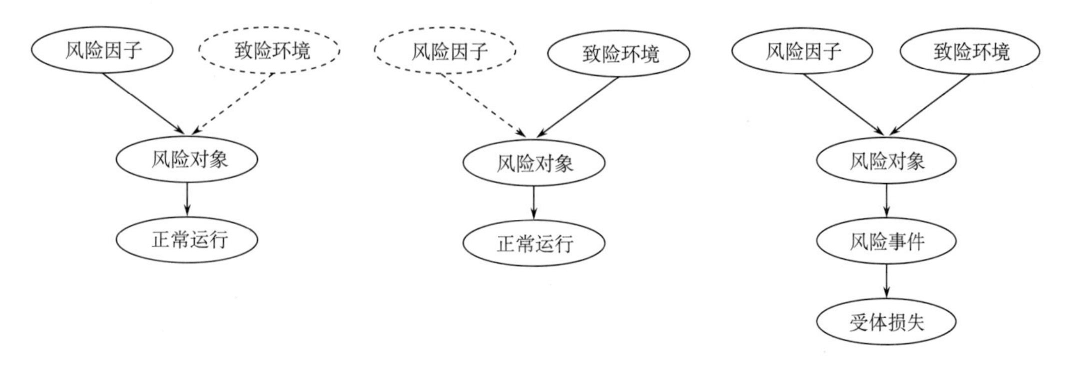

图 5.3　风险事件发生三要素

风险机理分析是在风险识别的基础上，分析风险损失事件的形成机理，要重点分析风险因子驱动风险事件发生机理和致险环境形成机理。风险机理分析是对风险识别的深化，也是风险评估和制定风险控制的依据。要以风险事件三要素理论为基础，对工程风险、水文风险、环境风险、经济风险、社会风险进行机理分析。

5.2 工程风险机理分析

5.2.1 东线工程风险机理分析

5.2.1.1 提水系统工程风险机理分析

南水北调东线工程提水系统主要由一期工程新建的21座泵站及江苏省现有的13座泵站，共160台套装机构成。

本书主要是识别影响东线工程正常运行的风险因子，将提水系统运行工程风险界定为由于内因和外因引起的提水系统的提水水量不能满足规划要求，即在受水区有需水要求时，提水系统不能满足水量要求；以及对部分自身存在防洪要求的泵站，在受到洪水冲击时，不能正常运行的风险。因此，主要从以下两个方面分析提水系统的风险因子。

(1) 泵站系统提水效率降低

在水泵运行过程中，出水量的变化、水泵需要扬程的变化、电压波动、水泵陈旧等均可使系统提水效率发生变化。总体来说，可以归纳为三个方面：运行条件、设备质量和技术状况。

运行条件对泵站提水效率的影响主要表现为：①拦污清污设备。泵站进水流道前设置拦污栅拦截污物，拦污栅及污物阻力形成栅前后水位差。排涝期来流污物较多，如果清污设备不完善，水位差最大可达2.0～3.0m。泵站来流污物量适中，清污设备较好与较差的泵站拦污栅水位差分别为0.5～1.0m、1.5～2.0m。水头损失造成扬程改变，从而影响泵站提水功率。②进流漩涡。前池水位低，来流有旋时，叶轮需要克服反旋或利用正旋做功，扬程增大（反旋）或减小（正旋），而流量变化不大，因此，水力功率随之增大或减小，而水泵出口能量基本不变。

设备质量影响泵站提水效率主要表现为：①电网电压波动。电网电压波动，端部电压低于额定电压时，电动机额定输出功率减小。如果额定电压时电动机处于满负荷工作状态，则降压后就会过载，影响泵站提水效率。②设备老化、磨阻增加。由于电机设备老化，泵站提水效率降低。根据江苏省江水北调近40年的运行现状来看，泵站系统存在一定程度的老化现象，电机功率在运行过程中存在一定程度的衰减。

技术状况对泵站提水效率表现为：①水泵特性误差。通常水泵叶片角度越大，轴功率越大。制造安装、调节显示造成水泵叶片角度误差，同时叶片形状误差也会造成水泵实际性能与设计性能的差异。②管理、维护状况。根据调查，泵站的年运行时间在10～150天不等，平日对泵站管理和维护十分重要。例如，淮安三站规定运行满5年或12 000小时后，进行检修，每年进行定期状态检修，汛期前进行安检。若有关管理部门不能及时对泵站进行管理、维护，则易造成泵站工况点变化，影响提水效率。

（2）泵站系统工程安全

南水北调东线工程部分泵站需要具有一定的防洪功能，以保障其在汛期的正常运行。影响泵站工程安全的主要有河道洪水水位和河堤堤高两个因素。在泵站系统中，建立站身防洪的泵站有淮安四站、金湖、泗阳、刘老涧二站、睢宁二站、皂河二站、邳州站、刘山、台儿庄、解台、韩庄、二级坝、八里湾、淮安二站、皂河一站。建立防洪圈堤的有宝应、洪泽、万年闸、长沟、邓楼。对修建引水渠的泵站而言，影响其安全运行的因素主要是洪水漫堤威胁泵站安全性；对其他类型而言，工程安全的风险因子主要为河道最高洪水水位。

5.2.1.2　输水系统工程风险机理分析

（1）输水河道工程风险机理分析

输水河道是南水北调东线工程最重要也最容易发生风险的部分。为了更好地掌握输水河道的风险因子作用机理，这里从工程运行的各个环节入手分析风险因子的作用机理。

• 关于工程材料与结构性态

南水北调东线工程堤防通常是为防止季节性洪水而填筑的土堤，历时较长，大多为人工就近取土填筑而成，出险和破坏时有发生。首先，堤身土质类别、土粒级配情况复杂，随处而异，极为不均匀。由于大堤都是在不同历史时期、不同技术水平条件下分阶段建设而成，因而堤身隐患多。堤身隐患概括地说是指裂缝和生物破坏产生的洞穴、施工中产生的不均匀体等，这些隐患与筑堤材料及当时建设技术水平等因素有关。土堤裂缝成因主要有：①淤区不断加高、加宽，在荷载作用下产生不均匀沉陷，致使淤区附近堤身产生纵裂缝；②施工质量差，涂料干缩失水形成；③新旧土结合部处理得不好，堤身发生不均匀蛰陷；④长期遭水浸泡，退水后遇持久干旱。洞穴的形成主要是动物（灌、狐、鼠）掏挖和树根腐烂形成，其中动物洞穴隐患发生的概率较大。软弱层多为堤防溃决形成，在填堵过程中，常采用秸料等杂物，随着岁月推移，形成低强度基础。上述这些隐患是运河大堤存在的一些现象。在高水位运行下，或者遭遇洪水，这些隐患就可能引发险情，进而危及堤防的安全，对这些隐患进行探测、安全改造是南水北调东线工程建设的重要内容。其次，堤基情况复杂，老口门多，存在渗透变形、液化、不均匀沉陷等安全隐患。

再者，堤身虽经过多次加高培厚和除险加固，但仍有部分工程标准偏低，一些险点险段亟待处理。这些都是威胁堤防稳定的风险因素。堤身风险因素主要从堤防的断面形式、物质材料组成、填土的密实程度和渗透性考虑。从断面形式看，堤防有斜坡式堤、直墙式堤或直斜复合式堤等，按防渗体形式分有单一断面的均质堤、土心墙堤、土斜墙堤、土工膜心墙堤、土工膜斜墙堤及防洪墙堤等。均质堤的自身稳定风险取决于堤坡坡比、堤身材料的级配、密实度、渗透性等因素。心墙堤及斜墙堤除填土的质量好坏之外，还和心墙与堤身的接触面处理的情况有关。

从堤防的基础条件和地层结构来看，南水北调东线沿运河地层结构较为复杂，各种物理力学指标相差悬殊，岩性局部变化也大，堤基类型众多。现在就一般的地层结构分类来看，有单层结构、双层结构和多层结构三类。事实上，再根据堤基土材料的不同还可细分成更多类别。特别地，老口门分属于专门的一种地质结构。单层结构中，当堤基组成为透水性大的土质（如砂壤土或粉细沙）时，堤基的风险问题是渗漏和渗透变形，当遇到强地震时，还有发生液化的可能。当堤基由较厚的透水性较小的黏土、壤土组成时，一般不易发生渗透变形，但当堤基土为不良土质如膨胀土时，堤基就存在长期稳定的问题，当其中夹杂有湖相、海相淤泥质土层时，就有不均匀沉陷及滑动变形等风险。对于双层结构堤基，当上部分土的透水性大于下部分土时，易发生渗透变形；反之，上部分土的透水性小于下部分时，堤基通常较稳定。多层结构堤基情况复杂，视土层具体分布而异。对于老口门堤基，堵口时填料物质复杂，既有干口填堵的素填土，也有抢险时的秸料、块石等，此类堤基存在不均匀沉陷及滑动风险。

- 关于工程施工

从众多大坝失事的案例中可以看出，施工质量问题是导致大坝溃决的重要因素之一。施工质量问题也是直接影响堤防风险的重要因素。由于历时较长，运河沿线堤防施工质量良莠不齐。原有堤防的施工大多缺乏统一的质量控制管理，存在有填料不纯、填料含水量控制不严、堤体坡度过陡、分期施工结合面处理不当、堤体填筑厚度不均、碾压不密实等施工质量问题，从而导致堤防产生不均匀沉陷，产生裂缝。当经历洪水时，堤身出现渗水，可引发滑坡风险事件。

堤防施工中容易造成堤身质量的缺陷表现在对软夹层、防渗处理施工不连续、防渗体搅拌不均匀等。堤防工程影响质量的两个关键问题是筑堤的土料和压实问题，堤防填筑质量的关键指标是干密度和含水量，可以将其作为堤防施工质量控制的风险因素。施工进度的控制也是质量控制的一种方式，为了抢进度加快填筑速度，极易造成堤防质量问题。对于不良的土料级配，如黏粒含量大的土料，在发生堤前水位骤降的情况下，极易引发滑坡风险。当堤防有防渗措施时，防渗体、排水及护坡处理的质量问题也是堤防风险因素的所在。

针对原有堤防存在的各种问题，对堤防进行除险加固是减少堤防风险的重要措施。护坡对风险的影响取决于护坡的方式（护坡方式包括膜袋混凝土、混凝土块、砌石护坡、草皮护坡、黏土护坡等）以及护坡的效果，加固这一风险因素取决于其采用的方式，如是否采用截渗墙（通常有混凝土、水泥土以及土工膜等方式筑截渗墙），防淤固堤、加高、帮宽、灌浆等，若采用截渗墙，则不同类型的截渗墙和不同的加固方式对减少风险的效果也不同。

- 关于工程运行

一般的防洪系统都是“上拦下排，两岸分滞”的防洪工程体系，具体到南水北调东线，上拦工程主要是沿线湖泊的调蓄作用；下排工程主要是指堤防工程、险工、河道整治工程；两岸分滞是指下游两岸开辟的滞洪区、分洪区。而堤防工程是整个防洪体系中的重要组成部分。堤防运行出险不仅与堤防自身条件有关，也和与其连接的建筑物的运行状况有关。连接的建筑物有涵闸等，不少涵闸在经受上游水位长期浸泡后，常在堤防背水坡发生渗漏现象，也有穿堤涵洞式水闸接头伸缩缝止水失效而使沿洞壁的纵向与横向渗流连接，洞内外漏水连通，渗流出口处土体湿润或渗水，以致形成漏洞或塌坑的情形。

河势是决定堤防是否出现被洪水顶冲的关键因素，河势的主要决定因素是河道是否为游荡性河道、有无控导工程、是否是二级悬河以及漫滩的可能性。河势的改变是危及堤防稳定的风险因素。河道障碍会造成河势变化，如某一河段由于中梗等未拆除造成阻水，使得河势坐弯后直冲堤防，造成重大险情。堤防运行中冲刷情况也是一个重要的风险因素。冲刷主要体现在冲刷坑深度和冲刷发展的速度，具体由是否顺利行洪、风险淘刷等因素决定。堤防运行的安全状况还可能受上游湖泊、水库的调度方式影响，如上游控泄流量与河道工程规划设计标准不一致，则可能导致重大险情。此外，堤防运行中还受到动物侵害对堤防质量的影响，灌、狐、鼠等动物对堤防的掏挖形成动物洞穴隐患发生的概率较高。

堤防工程运行区别于大坝的一个重要特点是河水的陡涨陡落，堤前水位无法通过大坝的控泄调节，而水位的陡涨陡落却极易造成堤防崩岸、滑坡及内水外渗等险情。

- 关于工程管理

堤防在运行过程中管理质量的好坏间接影响堤防在抵御洪水时风险的大小。各处堤防的管理体制及管理现状千差万别，往往是重要的堤段或是险情多发堤段，被投入了大量的物力、财力用于堤防维修、加固、运行管理，而未出现重大问题或非重要保护区范围的堤防，往往被轻视或疏于管理，它们也许就成为下一次险情的易发堤段。

堤防的日常管理维护非常重要，日常管理包括巡堤检查堤防有无隐患、制止一些损害堤防安全的人为活动、有效解决一些不安全因素，等等。然而，对于以下特殊运行期的情况，管理、监测是否有效对降低堤防失事的风险显得更加重要和必要。如高水位且持续时间较长时，若堤身碾压较差，临水坡脚浸水软化，有可能引起滑坡，所以必须对堤面加强检查观测，必要时及时采取对应的除险加固措施，以防堤防失事；持续暴雨期，在有隐患的部位，由于雨水入渗和风浪冲击，可能产生局部滑坡；施工期，填土含水量高、施工速度快的均质堤也较容易引起滑坡，应加强检查观测。

现代化的河道管理信息系统的建立是降低堤防失事和维护堤防安全运行的重要保障。它能为防汛、堤防管理和河道整治工程建设和岸线资源控制利用的现代化管理提供服务。它涉及河道的基础信息、水利工程、沿线岸线等各类信息。信息系统建设的成功将大大提升堤防管理的现代化水平，它将以快捷、迅速、准确地了解堤防风险状况的优势来引导河道管理的科学决策。

此外，抢险条件和物资供应的能力也是堤防管理的一个重要组成部分，是影响堤防风险大小的一个因素。

(2) 穿黄穿漳工程风险机理分析

穿黄工程的风险主要界定为由于隧道安全性出现故障，不能满足输水需求。因此，引起穿黄隧道风险的原因主要有几个方面：工程本身潜在的风险，如隧道突水突泥等，以及工程外在因素引起的风险，如顶部地面塌陷、穿越煤层开采地区地基塌陷等。

5.2.1.3　调蓄系统工程风险因子作用机理分析

与输水系统相似，调蓄系统的风险主要来自堤防风险，其风险因子的作用机理见5.2.1.2节（1）。

5.2.2　中线工程风险机理分析

5.2.2.1　交叉建筑物工程风险机理分析

中线工程的交叉建筑物可分为渡槽、倒虹吸和涵洞三大类。这三大类交叉建筑物受到暴雨洪水、地质灾害、低温冻融、人为因素等风险因子的作用，可能会出现多种失效模式，大致可分为整体滑移与失稳、渗漏水、结构裂缝三类，可以从这三类失效模式入手，分析风险因子对交叉建筑物的作用机理。图5.4对交叉建筑物的失效模式与失效原因进行了概括和总结。

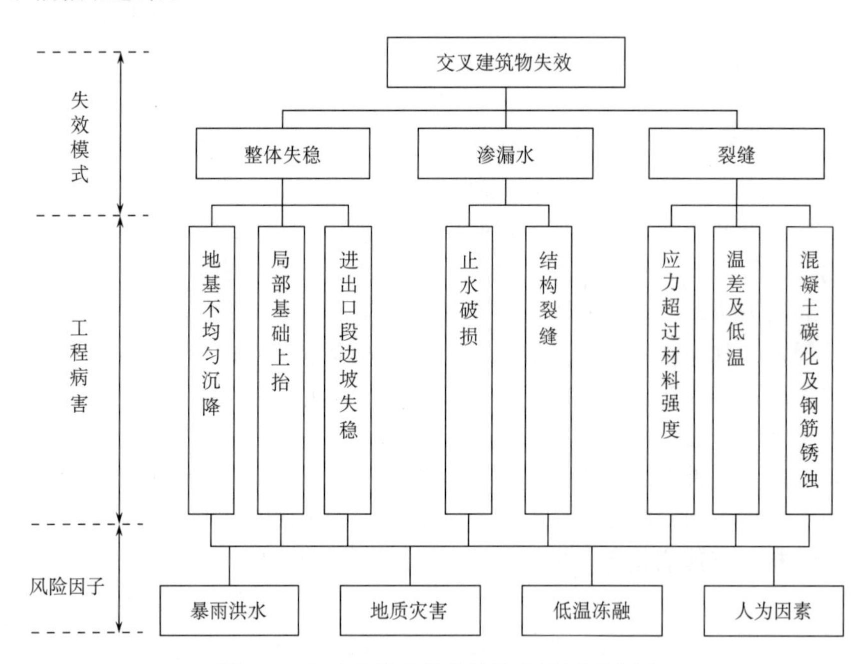

图5.4　交叉建筑物的失效模式及原因分析

（1）整体滑移与失稳

整体滑移与失稳是指整个结构或结构的一部分作为刚体失去平衡，如滑动、倾覆等。导致交叉建筑物发生整体滑移与失稳的主要因素是地基不均匀沉降、局部基础上抬、进出口段边坡失稳。

诱发地基不均匀沉降等现象出现的原因主要是洪水和地震。洪水来临时，交叉建筑物的基础及由填方而成的进出口渐变连接段通常要遭受不同程度的冲刷。对基础的冲刷将改变基础与地基的接触条件，导致地基应力状况变化，致使地基产生不均匀沉陷，由此引发一系列的破坏，最终导致交叉建筑物整体破坏。对填方边坡的冲刷，可能引起边坡失稳，继而使整个填方段冲毁、交叉建筑物无法运行。由地震产生的惯性力使建筑物产生竖直与水平方向的加速度，以及砂土液化等问题，也容易使交叉建筑发生整体性破坏。另外，设计施工过程地质勘测的不细致、地基处理的不到位，都是导致交叉建筑物出现整体失稳的突出原因。

渡槽遇到超标准洪水时，水位超过槽身底部高程，在水流的浮托力和冲击力的共同作用下，再加上水流携带的漂浮物对槽身的撞击，槽身极易发生滑移失稳以及倾覆。对于排洪渡槽，当出现超标准洪水时，洪水可能从槽顶漫溢，水流从高处下落，对基础及岸坡产生冲蚀，威胁地基安全。渡槽属于地上结构，地震惯性力对其破坏作用远大于倒虹吸与涵洞（竺慧珠等，2004；夏富洲，2000）。

倒虹吸风险主要来自上部河床受到水流的冲击作用而出现的侵蚀现象，一旦河床防护设施抵抗不住水流的冲刷力，将遭受冲刷破坏，直至失去平衡而引起管节错位等，形成险情。倒虹吸属于有压输水管道，如果冬季管内水体结冰，不仅会影响倒虹吸的过流能力，还将导致混凝土结构的破坏，而严重的冻胀作用在混凝土结构内产生的巨大拉应力，对管身结构来说可能是毁灭性的（李惠英等，2005）。

暗渠从天然河流底部穿过，跨度通常较大，地基的性质可能有较大的变化，如遇清基不彻底、分缝不合理等原因，使得洞身坐落于沉降相差较大的地基上，则会使洞身出现裂缝等一系列问题，严重的最终将导致洞身坍塌，使整个工程完全丧失功能，造成巨大的经济和社会损失。当天然河道发生超标准洪水时，洪水从河道内漫出，不仅破坏暗渠周围土体，从高处落入暗渠进出口段的水流还将对暗渠底板和地基产生严重侵蚀，并使暗渠内流量加大，流速加快，加速冲刷，可在一次洪水过程中使暗渠坍塌。

就天然河流从总干渠底部穿越的排洪涵洞而言，地基的不均匀沉降也是其发生坍塌的主要原因。当发生超标准洪水时，河道流量大于涵洞排泄量，排洪涵将遭受漫顶、水流冲击等破坏，最终冲毁坍塌。倒虹吸、涵洞属于地下结构，由于地下管道受周围介质约束，不易产生共振效应，且受地震惯性力的影响小，破坏主要来自回填土的变形，震害远比地上结构小（熊启钧等，2006）。

（2）渗漏水

渗漏水可分为止水破水渗漏以及裂缝渗漏。止水破损的原因有：止水材料自身的自然老化、基础不均匀沉陷变形、结构形式不当、施工质量问题及人为破坏等引起止水破损。渗漏不仅损失水量而且会对基础及岸坡产生冲蚀，危及整体稳定。此外，裂缝漏水加速钢筋锈蚀、降低材料强度，从而加速裂缝发展，增加渗漏。

地基不均匀沉降会导致渡槽伸缩缝的止水破损，特别是槽身与进出口建筑物之间的接缝止水，一旦破损，不仅会造成水量漏失，还可能造成岸坡滑塌影响渡槽安全。目前，已建渡槽的接缝漏水已成为严重威胁渡槽安全运行和水量浪费的突出问题。

倒虹吸与涵洞属于地下建筑，其渗漏水原因与渡槽基本一致，主要是管节沉陷导致止水破损以及老化等原因产生的结构裂缝。

（3）结构裂缝

混凝土结构出现裂缝的根本原因是结构应力超过材料的抗拉强度。导致这种状况的因素有：①荷载引发裂缝。结构承受洪水、地震等引起的静、动荷载性荷载，并且超过了混凝土的应力设计标准。②结构设计不合理引发裂缝。混凝土结构外形设计欠合理，造成应力集中，引发裂缝。③冰冻灾害引发裂缝。混凝土由于温度降低造成长度缩短，结构中产生拉应力；混凝土表面温度降低过快还会产生内表温差，使表面开裂。④干缩裂缝。混凝土在空气中硬化时，由于水分蒸发，混凝土体积收缩，引发裂缝。这主要和混凝土配方以及施工工艺有关。

渡槽的裂缝一般发生在输水槽身和支承结构上，是渡槽结构上最常见的破损形式。对于大型渡槽，日照温度变化和秋冬季的骤然降温引起的温度应力容易产生结构裂缝。这两种温度作用的特点是周期短，不会引起渡槽结构产生大位移，但却能产生很大的局部温度应力。当大气骤然降温时，结构外表面温度迅速降低，形成内高外低的温度分布，在结构内部产生较大的拉应力。夏季，渡槽因温差导致裂缝的风险也较大。夏季太阳辐射强度较大，混凝土温度升高得较快，而槽内水体温度相对较低，这样在槽身的侧墙和底板内外都产生了较大的温差。

（4）失效模式特点与关联作用

从失效模式来看，三大类交叉建筑物虽各有其特性，但是它们的失效模式可以概括为结构整体破坏、渗漏水、结构裂缝三种。结构整体破坏通常是由灾难性事件（洪水、地震）、设计施工中致命缺陷所致。一旦发生，不仅工程完全丧失原有功能，还将带来巨大的经济损失、人员伤亡以及社会名誉的损伤。尤其是对于南水北调中线工程来说，一处交叉建筑物失事则会影响整个中线输水线路，造成的经济损失不可估量。渗漏水通常由结构裂缝、材料老化、设计施工考虑不周引起，发生时，工程部分失效。渗漏水量不大时，工程仍可继续运行，但是渗漏水会引发裂缝扩大、钢筋锈蚀等其他形式的破坏，甚至结构整体破坏。结构裂缝是所有混凝土建筑物的常见病，广泛存在于各类混凝土建筑物中，由混凝土材料本身的特性和外部环境等多种因素引起。裂缝的出现不可避免，不严重的裂缝对工程的正常运行并不产生影响，但是裂缝会加速混凝土的老化，引起混凝土中钢筋锈蚀。特别是对于水工建筑物，有些裂缝会破坏混凝土结构的水密性，影响混凝土抵抗冻融破坏和环境侵蚀破坏的能力；关键性的裂缝还会使结构强度大打折扣，使整个工程处于极度不安全状态。

结构整体破坏、渗漏水和结构裂缝这三种失效模式各有特点，同时互相联系。结构整体破坏通常发生概率很小，但破坏发生损失巨大，难以挽回；渗漏水有可能发生，破坏发生后，如能及时补救，损失不大，如不能及时采取措施，有可能导致结构整体破坏；结构裂缝在各类水工混凝土建筑中都会出现，裂缝出现时，对工程功能影响甚小，但如不采取措施阻止裂缝恶化，同样可以引起结构整体破坏。三种失效模式后果由严重到轻微，发生的概率由小到大，从难以挽回到可以补救。这三种失效模式的建立，不仅是考虑到这三种失效模式发生时，工程功能或多或少地受到影响，还考虑到发生时必须采取补救措施，以减少损失或阻止损失的发生。三种失效模式特点与关联作用如图 5.5 所示。

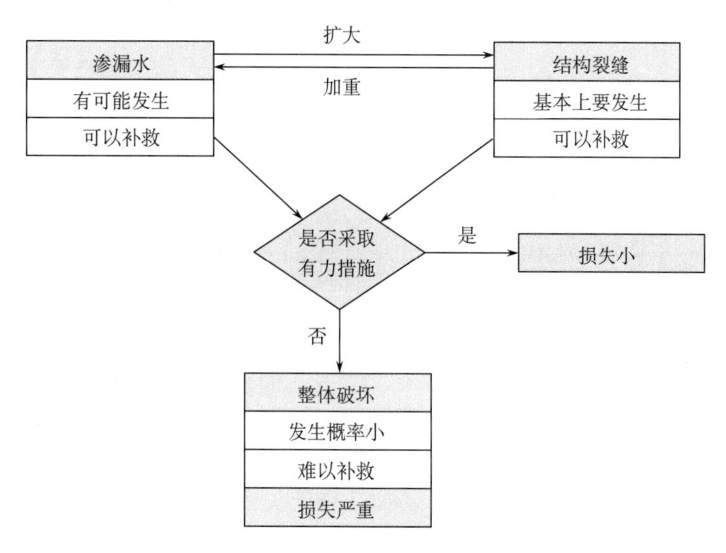

图 5.5　失效模式的特点与关联作用

5.2.2.2　输水干渠系统工程风险机理分析

明渠渠道的破坏模式主要有漫顶、沉陷失事、失稳失事，下面从明渠渠道的破坏模式入手分析风险因子的作用机理。

造成漫顶失事的主要原因是渠道自身的特性，对明渠漫顶风险来说，就是渠顶的高程，高程与最大洪水位的差值越大，发生漫顶的风险越大；渠道漫顶失事的外部因素主要是荷载的大小，对漫顶失事风险而言，渠道控制闸门出现操作失误等原因，出现渠道内水量溢出，造成漫顶。

造成沉陷失事的内在因素主要是指建筑材料的特性，包括混凝土老化、钢筋锈蚀等材料老化因素，渠道的抗力随着材料的老化而逐渐减小，最终可能导致渠道沉陷失事。外在因素主要是指荷载的作用，包括两个方面：一是上部荷载的增大及持续时间过长，导致渠道沉陷；二是渠道下部的地质条件有缺陷，地基的承载能力不足，导致渠道沉陷失事。

渠道失稳失事风险主要是指滑坡、管涌两类失事模式。其主要内在因素包括渠道抗滑力矩，其主要取决于渠道材料、渠道结构的抗滑特性，外在因素包括加赋在渠道上的荷载大小和渠道地基的抗滑特性（或地基土体的冲刷的难易性）。水位的骤变大小是影响荷载的主要因素，渠道地基的抗滑特性主要通过渠道土体的物理参数表示，若地基土层存在膨胀土、黄土状土等特殊土体，将导致地基承载能力下降，引起渠道失稳失事风险。图 5.6 是明渠系统风险因子识别网络结构。

暗涵系统风险机理同明渠系统，但在破坏模式上有细微差别，明渠为漫顶失事，而

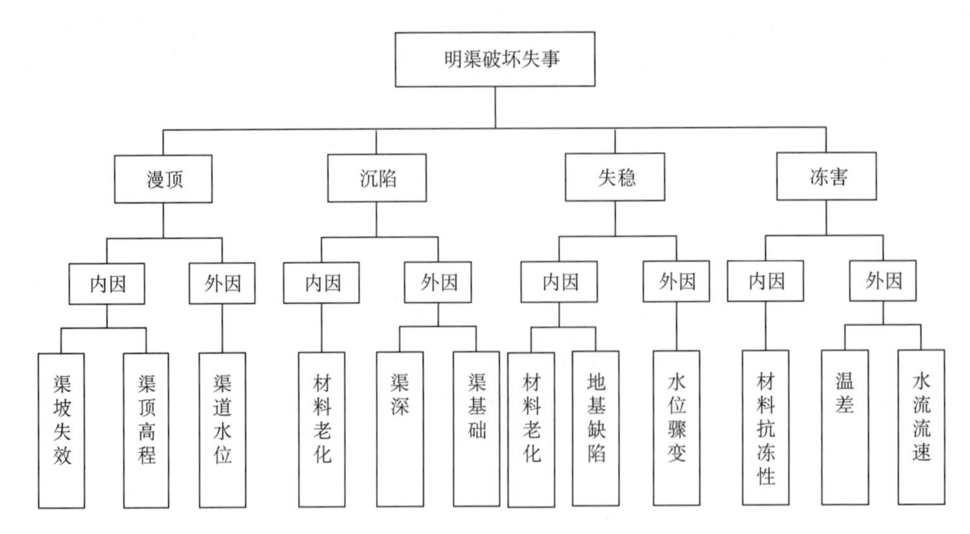

图 5.6 明渠系统风险因子识别网络结构

暗涵不存在漫顶失事，而是渗漏失事。其他三种的失效模式在暗涵系统中同样存在。

5.2.2.3 穿黄穿漳系统工程风险机理分析

穿黄穿漳工程系统的风险机理同东线的穿黄工程，具体见 5.2.1.2 节（2）。

5.2.2.4 控制建筑物工程风险机理分析

南水北调中线的控制性建筑物工程主要包括分水口门、节制闸和退水闸。本研究的控制性建筑物主要是指南水北调中线沿线的控制性闸门。

对闸门来说，其失事形式主要是指闸门失效，无法达到控制水位和流量的目的。引起闸门失效的原因主要有电源风险、人工开启的可靠性、闸门的启闭机状况和闸门维护管理状况四项。其形成的原因在风险因子识别中已有解释。

5.3 水文风险机理分析

5.3.1 水源区供水水文风险机理分析

通过水源区供水水文风险因子的识别过程可知，供水水文风险是否发生受到降雨、径流、蒸发、下垫面变化、水利工程及人类活动等诸多不确定性因素的影响，这些因素中既有自然因素，也有人为因素。这些风险因子本身就是不确定的，其自身的不确定性又导致了目标风险的不确定性（刘年丰等，2004；梁忠民，2001）。为进一步找出导致风险发生的因子，下面将从水文循环的自然过程和社会过程出发，分析风险因子导致水文风险发生的作用机理。

水文循环的自然过程是指地球上各种形态的水，在太阳辐射、地心引力等作用下，通过蒸发、水汽输送、凝结降水、下渗以及径流等环节，不断地发生相互转换和周而复始运动的过程。陆地表层系统中的水循环包含大气降水在地表系统、次地表系统和土壤与含水层系统中的循环运动。常年河流中的径流即来自这三个子系统。在地表系统中，降水、地表径流、下渗、土壤水、蒸散发是产流和水分损失的决定性环节。地表系统还可以进一步划分为三个子系统，即植被子系统、人工建筑子系统和土壤子系统。这些系统相应于截留、填洼和滞蓄等损失。这些损失则成为大气系统或地下系统的水分来源。

水文循环的社会过程是指人类从自然界获取水资源，经工业、农业、生活、生态环境等活动利用后又排放到自然界中的整个过程。水文循环的社会过程旨在突出人类开发利用水资源对自然水循环的影响。

水源区供水水文风险重点是研究缺水风险，下面对缺水水文风险因子的作用机理进行分析。从水循环的自然过程和社会过程可知，南水北调工程水源区的缺水水文风险的核心就是可调水量不足，不能满足受水区的用水需求。水源区可调水量的多少取决于水源区径流量、调水区下游需水量的多少，水库调度失误也会对可调水量产生一定的影响。若下游工业、农业、生活、生态环境、航运用水等持续增加，而上游来水则并没有相应增加，根据首先满足水源区供水这一原则，势必要求下泄更多的水以满足下游生活、生产等活动的需要，那么水源区可调水量就会大大减少。在正常来水情况下，如果发生水库的运行调度失误或出于防洪目的，将水库兴利库容提前腾出，结果并没有出现预期的来水，则会导致水库蓄水不足，同样情况下，可调水量也会减少，其减少量则根据调度失误的大小而定。水源区上游来水的径流大小是水源区可调水量是否达到预期的决定性因素，也是影响可调水量大小的直接因素。而上游来水量大小与降水、蒸散发、下垫面变化、水源区用水量和其他调水工程密切相关，其中降水、蒸散发是对径流影响最大的。

（1）降水

降水是径流形成的首要环节。降落在河槽水面上的雨水，除蒸发外可直接形成径流。流域中的降水如遇植被，则被截留一部分。降在流域地面上的雨水渗入土壤，当降雨强度超过土壤下渗能力时就会直接产生地表积水，并填蓄于大小坑洼，蓄于坑洼中的水渗入土壤或被蒸发。坑洼填满后即形成从高处向低处流动的坡面流。坡面流多呈沟状或片状，从产流地点到河网的流程不长，因此坡面汇流历时较短。坡面流汇集到河槽，然后沿河槽纵向流动至控制断面，形成径流。自降水开始至形成坡面流和河槽集流的过程中，渗入土壤中的水使土壤含水量增加并产生自由重力水，在遇到渗透率相对较小的土壤层或不透水的母岩时，就会在此界面上蓄积并沿界面坡向流动，形成地下径流（表层流和深层地下流），最后汇入河槽或湖、海之中。通过径流的形成过程，不难看出降水的重要作用，降水减少是径流减少的最直接因素。

此外，降水的时空分布特征对一定范围内的径流也有很大的影响。在时间上，中线水源区年降水主要集中在6～9月，这4个月降水量占全年的60%以上，在此期间的降水多形成暴雨洪水，短时间内超过一定的水量就只能白白放掉，无法被人类生产和生活利用；空间分布上，中线水源区——汉江发源于秦岭南麓，流域中上游多山地丘陵，降水空间分布具有显著的空间分异特征，呈现出“西多东少、南多北少”的空间分异态势，从西南向东北逐渐递减。在丹江口库区的西南部，形成了降水的几个高值中心，而在丹江口库区的西北，则形成了降水的几个低值中心。

（2）蒸散发

在径流形成过程中，流域因降水而得到水分，又因蒸发而失去水分。从根本上来说，蒸散发是径流过程中唯一的损失量，因为下渗到土壤中的那部分水量，最终不是成为径流量就是耗于蒸散发。蒸散发根据蒸发面的不同可分为水面蒸发、土壤蒸发和植物散发（或植物蒸腾）。其中，水面蒸发是研究陆面蒸发的基本参证资料。影响水面蒸发的因素有气温、水面温度、水汽饱和差、风速等。气温尤其是水面温度为水分子运动提供能量来源，温度越高，水分子运动越活跃，从蒸发面跃入空气的水分子越多，蒸发就越大。根据道尔顿定律，水的蒸发量与湿度饱和差成正比，即空气湿度饱和差越大，蒸发就越大。除温度与饱和差以外，促进蒸发的主要作用还有空气的紊动。当刮风时，蒸发迅速增加，风速越大，蒸发面上的水汽分子会很快扩散，把将要饱和的水汽冲淡了，因而大大促进了蒸发面的蒸发。对土壤蒸发来说，主要影响因素是气象因素和土壤含水量。植物散发过程比较复杂，主要是发生在植物茎叶上的一种蒸腾现象，与土壤环境、植物生理和大气环境之间均存在密切关系。研究中以水面蒸发为主要考虑对象，其他类型的蒸散发参考水面蒸发。

（3）下垫面变化

从降水落下开始，径流的形成就要受到流域下垫面的影响。在具有植被覆盖的区域，降雨首先被植物冠层截留，通过蒸散发损失掉，冠层截留损失的水量大小和植被的最大叶面积指数有关，不同的植被覆盖类型其冠层截留量差别十分明显，比如森林和草地。在没有植被覆盖的裸露地区，降水落到地面首先向地下渗漏，降雨强度大于土壤下渗能力或土壤含水量达到田间含水量时才能形成产流；流域各处产生的净雨在汇集的过程中又会受到地形的影响，如坡度、河道弯曲程度、洼地等，它们虽然不会直接导致径流的减少，但是会延长径流到达流域出口的时间，增加水面蒸发量，最终使径流减少。

概括来说，流域下垫面改变对径流形成有两种影响：一种是增加地表径流的形成，如城市下垫面的扩大，将提高径流形成率；另一种是减少地表径流的形成，如水土保持工程、集雨工程、坡改梯和兴修水利工程等。根据相关实验研究成果，以草地为主要覆被的小流域年径流系数较林地小流域径流系数略大，而且植被覆盖度越高，单位面积产流越小。从中线水源区下垫面变化情况来看，主要是林地向其他土地利用类型的转化，其中向草地转化可能会引起产流系数的增加，而向旱田等方向转移则会减少区域产流系数，由此可以看出中线水源区下垫面变化包括增加地表径流产水和减少地表产水两个方面的效应。总体看来，区域下垫面变化的减水效应将略大于其增水效应。

（4）水源区用水量

水源区用水量主要是工业、农业、生活用水，但随着对生态环境的日益重视，城市生态环境用水也在考虑范围之内。一般来说，农业用水最多，同时受自然和人为因素的影响，用水量波动也最大。

（5）其他调水工程

由于存在外流域从水源区上游水系引水造成可调水量减少的情况，因此，这也是需要考虑的因素之一。在中线水源区的汉江上游，根据《陕西省水中长期供求计划报告》①，将从汉江北岸支流褒河、胥水河、金钱河、子午河、旬河、乾佑河六条支流上分别提引水穿过秦岭输水到关中地区，远期还将进一步从汉江干支流调水。

5.3.2　受水区需水水文风险机理分析

受水区的需水水文风险主要是区域城市发展对水资源需求过大造成的。对于南水北调工程来说，其供水任务首先是城市生活及工业，其次才是农业和生态环境。其中，中线工程只对北京地区及天津的商品菜田供水，其他受水区只提供生活和工业用水；东线工程则需要负责江苏、安徽地区近 200 万 hm^2 的农田灌溉用水，在有余水的情况下对山东部分地区提供农业灌溉用水。

（1）农业用水

农业用水量的大小取决于气象条件、降水状况、地下水补给利用状况、可利用水资源状况、作物种植结构、作物种植面积、灌溉系统状况、灌溉方式和耕作模式等多种因素，其中气象、降水、地下水、可利用水资源都是由区域的自然条件决定的，而不是由人类活动所主导，因此这里不再进一步展开分析。作物种植结构、作物种植面积、灌溉系统状况、灌溉方式和耕作模式这些因子则是由人类活动所主导，下面逐一进行分析其对农业用水变化的作用：①作物种植结构。不同种类作物的需水模式和绝对数量的差异表现在许多方面。一是不同作物的生育过程所处的时期不同，如有的主要在冬春生长，有的则主要在夏秋生长。不同的环境条件使得需水量出现较大差别。二是不同作物生存所要求的水分环境不同，有的作物耐旱，可以在缺水条件下生长，有的作物则喜湿，要求在较湿润的条件下种植，这会造成需水量的很大不同。三是不同作物的需水特性也有明显差异，比如小麦、大豆等作物在日出后蒸腾速率便迅速增加很快到达较高数值，并在日落前仍保持在较高的水平；玉米、谷子等作物蒸腾速率的迅速增加出现在 11 时左右，到 16 时则急剧下降，峰值持续时间明显要短。表现在作物生长盛期的平均日需水量上，前者需水量要比后者高 1 倍多。②作物种植面积。种植面积的多少直接影响着农业需水量。其他条件不变，种植面积增加则农业需水量自然增加。另外，高耗水作物的种植面积增加，在总的种植面积不变的情况下，农业需水量也会显著增加。③灌溉系统状况。灌溉系统状况对作物灌溉用水的影响主要体现在用水效率上。灌溉系统从水源处引水，经过一系列的渠道或管道将水输送到田间入水口处（或喷头、滴头处），再经过

① 陕西省计划委员会，陕西省水利厅. 陕西省水中长期供求计划报告. 1997 年 10 月

田间灌水畦或沟（或是通过喷头和滴头）分配至整个田间，这个过程中有多个环节存在水量损失，包括渠道渗漏、渠系建筑物漏水、水面蒸发、沿途植被耗水，以及田间灌水过程中的深层渗漏、跑水漏水和漂移损失等。在整个灌溉过程中，灌溉水量的损失率受多方面因素的影响，对于渠道输水灌溉，输水过程长，基质透水性强，输水过程中的水量损失率就比较高。通过衬砌，渠道的输水损失率会显著降低，如果将渠道输水改为管道输水，则输水损失率还可以大幅度降低，并控制在很低的水平上。在田间灌水环节上，灌水畦过长、过宽常会造成灌溉水大量损失，而长畦改短畦、宽畦适当改窄畦，以及长沟改短沟，都可以有效提高灌水效率，减少灌溉过程中的水量损失。④灌溉方式和耕作模式。灌溉方式的改变和地面覆盖措施（耕作模式）的使用是有可能影响作物需水状况的两个重要因子。目前，比较典型的新的灌溉方式有以滴灌为代表的局部灌溉和地下灌溉的实际应用。局部灌溉在供水时只湿润部分地表，使得棵间蒸发显著降低。而地下灌溉在良好的管理条件下，可以大大减少地表湿润的程度和时间，从而有效减少了棵间土壤蒸发。

(2) 工业用水

工业用水是工矿企业用于制造、加工、冷却、净化、洗涤等方面的水。工业用水在利用过程中一方面通过不同途径进行消耗（如蒸发、渗漏），另一方面以废水的形式排入自然界。通常，工业用水量随工业规模的变化或结构的调整而变化。

(3) 生活用水

生活用水是人类日常生活及其相关活动的总称。生活用水分为城镇生活用水和农村生活用水。现行的城镇生活用水包括居民住宅用水、市政公共用水、环境卫生用水等。农村生活用水包括农村居民用水、牲畜用水。生活用水量随人口、城区建设规模及人均生活用水定额的变化而变化。

(4) 生态环境用水

严格来说，生态环境用水量是指特定区域、特定时段、特定条件下生态环境系统总利用的水资源量。本研究主要是分析纳入人工供水系统内的生态环境用水的变化过程，因此，研究中所提生态环境用水均是指以城市供水系统为主要水源的园林、绿地、河湖等所需要的水量，主要受城市园林绿地面积及河湖面积影响。

5.3.3 供需协调水文风险机理分析

由于水文的波动性、随机性以及周期性特征，水源区与受水区之间存在多种丰枯遭遇情况，其中丰丰、枯枯遭遇对调水最为不利，也是供需协调水文风险研究的重要内容之一（张俊华，2000）。另外，由于输水线路过长，一旦在输水过程中发生一些事故或意外，可能导致供水中断，需水要求无法满足。总的来说，供需协调风险主要是由以下三类情景引起的。

（1）水量供不应求

水量供不应求是由两个方面造成的：一是可供水量不足；二是需水量大。其中可供水量包括从南水北调工程水源区的调水量和受水区本地可供水量。水源区可供水量及受水区需水量的分析可参考上述相关章节，这里不再赘述。其中，水源区和受水区同时遭遇枯水的情况是需要特别关注的，这种情况带来的风险往往比其他情况更大。由于受水区空间跨度比较大，在丰枯遭遇中各区域之间也存在同步异步之分，相关的统计分析结果表明，无论是东线还是中线受水区，多个区域甚至全部受水区同时遭遇枯水的情况在历史上也曾多次出现，此时的受水区缺水极为严重；若再遭遇连续枯水，则缺水形势会更加严峻，缺水带来的损失难以估计。

（2）水量供过于求

水量供过于求主要是水源区和受水区供水充足造成的，这样会导致工程的效益未能充分发挥，引发水量过多的风险。具体情况包括两大类：一是水源区与受水区的可供水量都十分充足；二是水源区可供水量达到正常水平，而受水区降水偏丰，可供水量十分充足。从南水北调工程效益的角度出发，研究中重点考虑水源区水量供过于求的情况。

（3）输水线路中断

考虑到南水北调工程输水线路长，气象、水文、工程、管理等多种不确定性因素共存，在运行管理过程中极有可能发生一些事故或故障，导致供需水的不协调。对于中线来说，由于其输水线路为人工开挖的渠道，且沿线与多条河流立交，跨越煤矿采空区，全线包括渡槽、倒虹吸等输水建筑物，在实现南水北调的同时，也埋下了地质灾害、水毁等潜在风险。中线是单线输水，沿线可调蓄湖泊、水库较少，一旦发生这类事故，就会使输水中断，影响受水城市的正常供水。东线是在原有河道的基础上实施调水，水毁风险没有中线那么突出，但是东线江苏境内河网密布、水系交叉，且淮河下游多受暴雨洪水的侵扰，沿线河道堤坝的防洪标准不高，仍然有多种风险存在。

5.4　环境风险机理分析

根据非突发性环境风险和突发性环境风险的特点，针对非突发性环境风险和突发性环境风险识别的故障树，分析非突发性环境风险和突发性环境风险的作用机理。

5.4.1　非突发性水环境风险机理分析

5.4.1.1　河网环境风险机理分析

根据图4.8建立的河网环境风险识别故障树所示，可以得到不同风险因子的作用过程，筛选出主要的风险因子，并分析其作用机理（毕军等，2006；许新宜等，2004；郭文成等，2001）。

河网环境风险故障树的顶事件是输水渠段水质不达标，其表示的是只要输水渠段某一个水质指标出现不达标的情况，河网就会发生水质风险，即输水渠道的水不能满足要求，就会对人们的健康造成一定的影响。根据洪泽湖—东平湖之间的渠段特点以及周围的环境特点，分析得出影响河网水质的原因有以下五项。

(1) 干渠输水量减少

假定进入河网的污水浓度是一定的，如果输水干渠中的输水量减少，干渠的稀释净化作用就会减小，污染物的浓度相对增加，这样就会引起水质的恶化，不能满足调水的水质要求。根据南水北调工程运行的情况可知，输水干渠中的调水量是根据受水区的需水要求而变化的，受水区需水少，则调水量也会相应减少，因此引起干渠输水量减少的主要因素有降雨量减少和区间丰枯不匹配。水源地降雨量的减少势必影响调水工程的可调水量，从而引起输水干渠水量的减少。区间丰枯不匹配是指水源地和受水地区的降水频率不匹配，就会出现丰丰、丰枯、枯丰、枯枯的情况，这里只考虑对输水干渠水量有影响的情况即丰丰、枯丰、枯枯。如果水源地处于丰水期，受水地区也处于丰水期，那么按照目前的用水需求，受水地区的缺水量就会相对减少，需要外调的水量也会相应减少，输水干渠的水量就会减少；如果水源地处于枯水期，受水地区处于丰水期，那么受水地区本身的水资源量就可以满足或者基本满足当地的用水需求，缺水量相对减少，引用南水北调的水资源量就会减少，输水干渠的水量也会随之减少；如果水源地和受水地区都处于枯水期，虽然受水地区需要外调的水资源量，但是水源地水量的减少不能为受水地区提供太多的水资源，故输水干渠的水量也会相应减少。

(2) 入渠支流水质不达标

在其他因素不变的情况下，入渠支流的水质不达标直接影响输水干渠的水质状况，会导致其出现不达标的情形。引起入渠支流水质不达标的原因主要有污水处理厂的削减不达标以及截污导流工程失效。污水处理厂削减不达标，排放的污水浓度不能满足出厂标准，直接排入输水干渠就会影响其水质状况。影响污水处理厂出水水质状况的因素有污水进厂浓度增加、处理设施老化、处理工艺设计不合理、污水处理能力不够以及操作人员失误。在其他因素不变的情况下，污水进厂浓度的增加，加大了处理的难度，超过了设计的污染负荷，从而导致出厂水质不达标。处理设施的老化同样会影响污水处理厂的处理效果，某些处理单元的处理设施出现老化的情况，就会影响该单元的出水水质，可能会引起某种指标出现超标的情况，最终导致出厂水质不达标。设计人员在设计工艺流程时，由于种种因素导致设计的流程不能满足处理厂的处理要求，影响污水中某些污染物的去除效率，出水水质不能满足国家规定的标准，影响输水干渠中的水质。在其他条件不变的情况下，污水量的增加超过了污水的处理能力，去除效率不高，导致削减不达标，同样，设计人员在设计过程中设计的污水处理能力偏小也会使削减效果不能满足要求。导致削减不达标的人为因素是操作人员失误，这主要是由监督力度不够，操作人员的技能不高引起的。而污水处理厂对工作人员没有最低的上岗要求以及操作人员自身掌握的知识不够都会导致操作人员技能不高，从而引起实际操作过程中出现失误的情况，导致削减不达标。

另一个导致入渠支流水质不达标的因素是截污导流工程失效。为了保证调水工程的水质，对主要污染源都采取了综合治理措施，即建设截污导流工程。一旦截污导流工程失效，进入输水干渠的污染物浓度就会增加，从而影响输水干渠的水质。引起截污导流工程失效的原因有降雨频率超过工程设计标准和管理力度不够。截污导流工程是根据当地污水排放量、污染物浓度以及当地的自然因素等特点来设计的，一旦降雨频率超过了工程的设计标准，势必会影响工程的拦截或导流效果，从而使支流的污染物浓度增加，输水干渠的水质不达标。而管理力度不够是导致截污导流工程失效的重要因素，管理体制不健全、管理人员责任心不强、管理资金缺乏则是导致管理力度不够的主要原因。

(3) 源头水质恶化

源头水质恶化在一定程度上也会引起输水干渠的水质不达标。影响源头水质的因素有面源污染和点源污染两种。面源污染主要有农田污染及坡面产流污染，其中农田污染增加是主要因素。随着人口的增加，需要开辟新的农田，耕作面积不断扩大，化肥使用量过度增加，从而引起农田污染不断加重。坡面产流污染主要是由于在产流过程中所携带的灰尘或其他污染物导致的，或者是由于水土流失过程中携带的部分污染物进入源头引起的水质恶化等，具体原因在此不做详细分析。点源污染主要考虑工业污染，引起工业污染增加的主要原因是在工业生产过程中溶剂的使用增加以及工业污水的排放量增加。

(4) 沿线湖泊水体富营养化

沿线湖泊水体出现富营养化同样会影响输水干渠的水质。导致水体富营养化的原因很多，在后面的湖泊环境风险识别中将有详细阐述。引起水体富营养化的因素主要有湖泊底泥污染、渔民的生活污染以及湖区养殖污染增加。而湖区养殖量的增加和投饵污染的增加是导致湖区养殖污染增加的主要原因。

(5) 沿线航运污染

输水干渠承担着不同的航运功能，在航运过程中，船舶造成的污染同样是导致输水渠道水质不达标的另一重要原因。航运污染主要包括航运垃圾的堆场污染、船舶含油废水的增加以及船舶突发事件的发生。船舶含油废水的排放主要由两个原因造成：一是挂桨机船本身的设计缺陷；二是船舱底部少量含油污水的非法排放。船舶突发事件属于突发性事故，在突发性水环境风险识别中将详细阐述其风险因子及作用机理。

5.4.1.2 湖泊环境风险机理分析

根据图 4.18 建立的湖泊环境风险识别故障树，分析南四湖环境风险因子的作用机理（何理，2002）。引起南四湖环境风险发生的因素主要有湖泊水质不达标和水体富营养化。

（1）湖泊水质不达标

湖泊水质不达标主要考虑的是除氮、磷浓度以外的其他离子的超标情况。根据南四湖的现状以及南水北调东线工程的相关研究资料分析，引起湖泊水质不达标的主要因素有湖区码头污染增加以及入湖河流水质不达标。湖区码头污染主要是船舶含油废水、船舶突发事故、船员生活污染及航运垃圾堆场污染引起的，而船舶含油废水是由挂浆机船自身的设计缺陷以及舱底少量含油废水非法排放导致的。船舶突发事故将在突发水环境风险因子机理中详细阐述。

引起湖泊水质不达标的另一重要因素是入湖河流水质不达标。在其他条件不变的情况下，入湖河流的水质将直接影响湖泊的水质状况。一旦入湖河流的水质出现不达标的情况，在相同的条件下，湖泊的水质也必将出现不达标的情况。而引起入湖河流的水质不达标的主要因素是面源污染和点源污染。南四湖流域是以农业生产为主的，故农业污染是面源污染的主要来源，当然坡面产流污染也是面源污染的一种，这里仅考虑农业污染风险因子，坡面产流污染因子作为未开展事件，不做具体分析。农田面积的增加和化肥的过度使用是造成农业污染的主要因素，其中化肥的过度使用也会使湖泊水体中的营养物质浓度增加，从而导致富营养化，但是这里将化肥的过度使用纳入农业污染中考虑，在分析富营养化时不作为一个因素单独考虑。而点源污染则主要是工业污染和城市生活污染。工业生产过程中溶剂的过度使用以及工业污水的大量排放会直接引起工业污染的增加，从而引起河流水质不达标。城市生活污水未经处理或者处理不达标直接排入河流，同样会引起河流的水质不达标。

（2）水体富营养化

水体富营养化是沿线调蓄湖泊环境风险发生的重要因素。根据富营养化发生的条件及机理可知，仅增加氮、磷浓度不一定能引起水体富营养化，水体富营养化需要打破原来的平衡，同时需要外因的催化，如水温升高等。有些水体的氮含量是有限的，额外增加氮浓度，就会引起水体发生富营养化；另外一些水体的磷含量是有限的，增加磷浓度就有可能引发富营养化，当然还需要外因的催化作用。一旦水体中氮或磷浓度增加，会促进水体中藻类迅速繁殖，生长周期变短。当藻类植物及其他浮游生物死亡后被微生物分解，不断消耗水中的溶解氧，同时不断产生硫化氢等气体，导致水质恶化，造成鱼类或其他生物大量死亡。而藻类和浮游生物残体在腐烂过程中，又把氮、磷等营养物质释放到水中，供新的一代藻类等生物利用。根据南四湖周围的环境特点，引起氮磷比失衡的因素主要是湖泊底泥污染加重以及湖区养殖污染增加。而湖区养殖量的增加和投放饵料的增加导致湖区养殖污染在不断增加。

5.4.1.3　环境风险因子传播机理分析

不管是河网非突发性环境风险还是调蓄湖泊的非突发性环境风险，只要非突发性环境风险发生，都会对输水干渠的水质造成一定的影响，使其发生变化，水质不一定能满足调水工程的要求。这就需要从传播途径来分析环境风险因子的作用过程，从而制定相应的管理措施来预防非突发性环境风险的发生，减小环境风险带来的损失。

当某些环境风险因子发生变化时，水体质量也会随之发生变化。输水干渠中的污染物在水体稀释自净的作用下，水体中的污染物含量开始衰减，随着时间的延长，水体中的污染物浓度减小，此时，如果没有其他因素作用的话，水质将会发生好转，但是一旦其他作用因素在那个时刻发生变化，水体中的污染物浓度将会增加，从而影响水质。

水体中含有一部分以污染物为食的微生物，当水体中污染物浓度增加时，该类微生物繁殖速度加快，数量增加，大大消耗了水体中的污染物，同时也打破了水体中的生态平衡，导致部分耗氧微生物的生存条件发生变化，水质恶化。

5.4.1.4　环境风险对作用对象的机理分析

一旦环境风险发生，输水干渠的水质就发生了重大的变化，如果不能及时处理，则会对环境和生态系统造成极大的危害。

输水干渠的水质发生变化后，首先威胁到的是水体中的微生物，尤其是好氧微生物。好氧微生物在生存环境发生变化后，繁殖速度减慢，在没有充足的溶解氧环境下容易死亡。其次，水质发生变化后，如果没有及时得到控制，没有及时关闭取水口，没有通知有关部门采取处置措施，人们在取用受到污染的水后，将其用于农田灌溉，那么，农作物将受到污水的作用，产量会发生变化，同时，污水中的污染物会在农作物中进行富集，对农作物不会产生较大的影响，但是如果人们食用这些受到污染的农作物，将会对身体造成一定的影响，尤其是在长时期的累积作用下，人们的身体健康将会受到威胁。

因此，在非突发性环境风险发生后，有关部门一定要及时发出通知、预警，以免对环境和人类造成严重的危害。

5.4.2　突发性水环境风险机理分析

5.4.2.1　船舶溢油事故风险机理分析

船舶溢油事故一旦发生，对水体的危害就非常大，如果不及时处理，影响范围会随着水体的流动而不断扩大，将会使更大范围的水体受到污染，影响周围人们的身体健康。在船舶事故发生之前，就要对潜在的风险因子进行分析，找出主要的风险因子，对其进行监视，以减少事故带来的损失。

船舶溢油事故的主要来源是：事故性排放、操作性事故以及故意破坏三个重要因素。下面详细分析这三个因素的作用机理。

（1）事故性排放

事故性排放主要是由于船舶发生碰撞、搁浅等严重事故时的油类污染，或者是在装卸过程和驳油过程中出现的油类泄漏污染。这些都属于突发性事故，瞬时会对水体产生污染，危害比较大。船舶发生碰撞的主要原因是由于船舶在航行过程中周围环境发生了变化或者是船员在操作中的失误引起的。影响船舶运行的环境变化因素主要有能见度、交通密度和通信状况。能见度变小、交通密度变大、通信状况不好都会造成船舶在航运过程中发生碰撞事件。船员操作中的失误是导致船舶碰撞事故发生的重要因素，其中船员对环境不熟悉、操作技能不高是造成操作失误的主要原因。船舶搁浅也是引起船舶溢油事故发生的原因之一。船舶搁浅主要是由于船员对周围环境不熟悉，没有及时发现浅水区，或者是发现浅水区，没有及时作出决策导致的。船员的违章操作同样会导致船舶发生搁浅事故。此外，船舶本身出现的故障，如主机、舵发生故障，船舶失去操纵能力，也会引起船舶出现搁浅事故。船舶在装卸过程中出现的油类污染也是船舶溢油事故性污染中的重要因素。在装卸过程中，作业人员的失误是导致油类污染发生的主要原因，同样储存油类的装置密封不严也会引起油类物质溢出，对水体造成污染。导致船舶溢油事故的另一个重要的事故性污染就是驳油。驳油过程中发生油类污染的原因是输油管路出现故障，主要是对接软管接缝的破裂，软管过长被扭结或软管过短被扯裂等。另外一个引起驳油出现污染的原因是作业人员的操作失误。根据相关资料分析，大型油轮发生驳油事故的概率较小。

（2）操作性事故

操作性事故主要是指船舶在航行过程中，由于操作的需要，排放一部分机舱含油舱底水、含油压载水和洗舱水所引起的油类污染。舱底水一般是船舶机械在运转过程中需要排放的一些污水，含有燃料油、润滑油等，这主要是由于机舱设计的自身缺陷以及操作人员的非法排放引起的。舱底水排放的数量与船舶的类型、吨数、船龄和保养状态等因素有关。压载水是船舶卸货或空载进航时，或货船油舱燃料油用完后，为保持船体平衡而注入船舱的海水或淡水。压舱水由卸货港注入或航行途中注入，在装货港排放放空以便装货。含油压舱水的排放主要是运输的操作要求和船舶动力装置的技术管理要求的。洗舱水主要是由于冲洗船舱排放的污水，也含有一定的油类物质。洗舱水本该集中起来送到污水处理厂处理，但是由于操作人员的素质不高和船舶的管理水平不高随处排放，造成环境的污染。

（3）故意破坏

故意破坏是指人为因素引起的油类污染，主要是由于人们的环境保护意识薄弱、管理人员失职引起的。这个因素在船舶溢油事故中占的比例比较小，发生的概率也很小。

通过对船舶溢油事故的风险源作用机理进行分析，了解到船舶溢油事故发生的来源以及主要的风险因子，接下来分析船舶溢油事故的传播途径以及对象的作用机理。

一旦船舶溢油事故发生，油类污染物在环境因素的影响下发生扩散、乳化、蒸发和沉降等过程，在不同的环境因素情况下，作用的过程也是不同的。油类污染物进入水体后，其行为受物理、化学、生物等过程影响，是一个时间函数。一般认为，沸点低于37℃的石油分馏物几天之内就可以全部蒸发掉，新鲜原油在2～3天内可以蒸发掉25％～30％。在溢油事故发生以后，受重力、惯性力、黏性力以及表面张力的共同作用，油在水中扩散，扩散是一个非常复杂的过程。

船舶溢油事故发生不仅对水质造成污染，同时对生态也造成一定的影响。溢油污染常常造成海鸟的大量死亡。鱼类因呼吸困难而窒息死亡，虾幼体也会因为受到油类的污染而大量死亡。船舶溢油事故严重影响了水生生物的生存环境，渔业产值也会急剧下降。此外，如果该事故没有得到及时处理，通过取水口的传播，对水体的利用途径有一定的影响。若用污染的水体灌溉农作物或蔬菜等，将会对其造成影响。虽然这样不会立即表现出污染的症状，但通过累积效应，将会对人体的健康造成危害。因此，在船舶溢油事故发生后，需要及时对油类污染事故进行处理，否则后果很严重。

5.4.2.2　有毒化学品的泄漏事故风险机理分析

有毒化学品泄漏事故发生的概率较低，一旦事故发生，将造成严重的污染后果，影响人们的身体健康。在该事故发生之前需要对引发事故的所有风险因子进行分析，研究不同风险因子的作用机理，为制定合理的保护措施及管理措施奠定基础。

本项目研究的有毒化学品泄漏事故主要从两个方面来考虑风险源：一是储存罐发生故障导致的有毒物质泄漏；二是在装卸过程中发生的泄漏。在装卸过程中发生的有毒物质泄漏与船舶装卸过程发生的泄漏原因几乎是相同的，只是污染物不同，故考虑装卸过程中的泄漏事故发生的主要原因是作业人员在操作过程中的失误，以及储存有毒化学品的设备出现密封不好的情况。

下面重点分析储存罐发生故障导致的有毒化学品的泄漏。为使一个容纳有毒化学品的储存罐不发生泄漏，需要通过一个水循环冷却系统制冷，当储存罐中的压力超过某一阈值，储存罐的安全阀自动起保护作用，通过安全阀将有毒物质引入充满水体的吸收池内。如果储存罐发生泄漏，一个原因是储存罐破裂或被腐蚀，另一个重要的原因就是保险控制失效。引起储存罐破裂的因素有正常操作压力下储存罐破裂，这可能是储存罐老化或其他原因导致。另一个引起储存罐破裂的原因是储存罐内压力超过了设计极限。而储存罐的温度上升到设计极限值和安全阀不能开启这两个因素共同作用才能导致压力过大，从而超过设计极限。在此过程中，如果冷冻制冷系统失效，同时手动制冷也失效，则会引起温度不断升高，从而超过设计的极限值，引发储存罐破裂。手动制冷失效是由水管堵塞或者操作人员无反应导致的，而冷冻制冷失效的原因是整个设备的制冷过程中某个部件失效造成的。另一个引起有毒化学品泄漏的主要原因就是保险控制系统失效，这是由于储存罐内压力过高，超过了保险阀所能承受的压力，而此时由于没有水又无法冷却这两个因素共同作用的结果，从而使容纳有毒化学品的储存罐发生泄漏，引起突发性污染事故的发生。

针对有毒化学品泄漏事故的发生来源，可以进一步分析该事故发生后的传播途径以及对作用对象所产生的影响，为制定防范措施奠定基础。

有毒化学品泄漏事故一旦发生，对周围环境就会造成一定的影响，其在水体中的稀释扩散问题比一般污染物在水体中的扩散稀释过程更加复杂。有毒化学品的泄漏如果不能及时处理，可能会引起火灾、爆炸等二次事故，这时造成的危险会更大，损失也更严重，如果人们长时间地暴露在这种环境中，对身体是极大的伤害。有毒化学品泄漏流入水体后，对水质造成很大的影响。一旦人们饮用有毒化学物质污染的水体，对身体健康也会有很大的威胁。

5.4.2.3　污水非正常排放事故风险机理分析

污水非正常排放事故一旦发生，会直接影响输水干渠中的水质，使水体中污染物浓度急剧增加，从而影响到取水口的水质，危害人们的健康。因此，要分析该事故发生的风险源、传播途径以及对象的情况，分析不同风险因子的作用机理。

根据图4.11建立的事故风险识别故障树，可以分析污水非正常排放事故发生的主要原因有未经处理的污水大量排放、污水处理厂发生运行事故以及截污导流工程失效这三个方面，下面详细阐述事故风险源的作用机理。

(1) 未经处理的污水大量排放

在正常情况下，污水都会经过污水处理厂的处理，出水达到标准后，才可以排入输水干渠。但是在污水量增加而污水处理厂设计的处理能力不高的情况下，污水就没办法全部进行处理，不得不将一部分污水直接排放，这样就会对水质造成一定的影响。此外，由于部分企业为了一时的利益，减少污水处理的费用，在某一时间内将没有经过处理的污染突然排入河流中，这对输水干渠的水质有很大的威胁。

(2) 污水处理厂发生运行事故

污水处理厂运行事故发生，将会导致污水处理力度不够，无法达到国家规定的标准，若一时间无法修复该事故，将会导致污水排入输水干渠中，影响干渠的水质。污水处理厂运行事故发生的主要原因有污水处理设施出现故障和运行经费不能满足要求。污水厂处理设施出现故障可能是由于处理设施运行时间较长，长期在满负荷状态下运行，一些零件出现老化的状况，这样就会导致处理设施出现故障。另外，某些处理设施处于闲置状况，作为备用设备，一旦使用这些处理设施又不能很好地产生作用，这样也会出现故障问题，从而影响污水处理厂的运行效果。而引起污水处理厂运行事故发生的另一原因是运行经费不能满足要求，这样会使污水处理厂长期处于低负荷状态运转，很容易在运行时出现事故。运行费用制定的不合理以及相关费用不能及时收取是造成运行经费不能满足要求的主要原因。

(3) 截污导流工程失效

截污导流工程在正常运行情况下，可以将污水处理至达标要求，保证进入输水干渠的水质不会超标，但是一旦截污导流工程失效的话，就不能保证水质达到要求，而且部分污水可能未经处理就直接排入干渠中，所以截污导流工程失效是引起污水大量排放的主要原因。如果降雨频率大，工程的设计标准偏小，降雨频率大于工程的设计标准就会引起截污导流工程出现失效的状况。另外，操作人员的失误也是引起截污导流工程失效的另一重要因素。操作人员的失误主要有两种情况：一是监督力度不够；二是人员的技能不高，这主要是由于个人掌握的知识不够或者是管理部门没有对人员进行培训，操作人员无法掌握难度较大的技能造成的。

污水一旦非正常排放，进入输水干渠中，将会直接引起水质的变化，对周围的环境也会造成影响，如污水的臭味对周围的空气造成很大的影响，会污染周围的空气，影响人们的身体健康。此外，人们从取水口取出的水用于蔬菜灌溉、农业灌溉以及家禽畜的养殖，这些食物将受到污水的污染，一旦人们食用这些食物，也会对身体健康造成影响。如果污水中含有汞、镉等元素，饮用污水的生物会把这些元素富集起来，人们食用这些物质后也会把这些元素在体内积累起来，积累的浓度一旦超过某一限度，就会引发各种疾病而死亡。工业如果使用受到污染的水后，将会对工业设备造成破坏，影响工业产品的质量。

污水非正常排放会对水体中的水生生物造成危害，某些生物可能会因为中毒而死亡，而另一些耐污染或以污水中的元素为食的生物会大量繁殖，这样就会打破水体中生物之间的平衡，同样水体中的溶解氧含量也会逐渐变低，水体的质量也会慢慢下降，水的用途就会慢慢消失。

5.5 经济风险机理分析

5.5.1 经济风险破坏机制分析

经济风险主要危及的是管理子系统和财务系统，长距离复杂调水工程在运行中出现的亏损，究其原因主要是缺乏对相关经济风险的剖析与防范。虽然经济风险不会造成工程破坏等问题，但是一旦经济系统发生波动，将会给项目的收益状况造成冲击，致使收益不能满足还贷费用及运行成本，使得项目运行难以为继，给项目的经济收益带来严重损失。

5.5.2 各种经济风险机理

(1) 受水区水资源费征收风险

一般认为，水资源是一种存在于自然状态的公共资源，其价格应只包含向用户收取的存蓄、管理、输送和处理的成本，南水北调工程包含全部这些要素，南水北调通水后由相关管理机构向受水区的受益者收取水费完全符合市场经济规律。目前，南水北调工程水价构成中没有考虑水资源费，随着各项制度的完善、建立，可能将收取水资源费补偿水源区，这样必然会提高南水北调的供水水价，从而造成用水部门的需水量减少，给南水北调工程的经济收入带来风险。

(2) 贷款利率风险

南水北调投资结构中，东线30%来源于国家财政预算拨款、25%是南水北调基金，另外还有45%通过银行贷款筹集；中线35.35%来源于国家财政预算拨款、14.65%是南水北调基金，50%通过银行贷款筹集，在贷款偿还期内，利率的提高将直接导致还贷额增加，从而使项目支出增加，给项目收益带来风险。

(3) 管理运行费用风险

南水北调工程投资巨大，在其较长的运行管理期内，修缮费用和管理费用将是项目主要支出的一部分，这部分费用的变动将直接影响项目的收益状况。事实上，大多数水利工程在其运行期内由于项目收益得不到保障，无力进行项目修缮工作，致使项目损毁严重。南水北调工程虽然在可行性研究中已经考虑了修缮费用和管理维护费用，但是由于项目巨大，运行期长，难以进行可靠的预测，一旦管理不善或通货膨胀等因素造成修缮费用和管理费用增加，将给项目的正常运行及财务体系造成巨大压力，同时费用问题将会进一步导致工程维修不到位，产生工程风险，缩短项目的寿命周期。

(4) 抽水电价风险

南水北调东线受水区地势高于水源区，需要逐级扬水实现输水的目的，中线北京段也需要提水，因此，电费支出将是可变成本的重要组成部分，目前规划南水北调扬水用电实行优惠电价，如果电价提高，则相应可变成本会随之增加，造成成本与收益不相匹配，不能保证预期收益，甚至出现亏损。

(5) 受水区水价变动风险

水不是完全市场化的商品，目前还没有形成按照供求平衡定价的机制，但目前我国水价普遍偏低，不论从补偿供水成本还是从节约用水考虑，在南水北调受水区水价逐步上涨是必然的趋势，从需求角度，虽然水是生活必需品，没有替代物品，相对来讲水的需求缺乏弹性，但是目前各地用水过程中普遍存在浪费现象，水价的提高必然会促进用水节约，从而减少对南水北调水量的需求，给调水项目造成风险。

(6) 居民收入变动风险

南水北调的一个重要目的是满足城市居民生活用水，城镇居民收入将直接影响用水户对用水支出的承受能力，如果居民收入增长缓慢或者水费支出占居民收入比重较大，那么根据用水需求的价格规律，生活需水量必然要减少，从而造成受水区对南水北调水需求的减少。

(7) 经济发展水平风险

水资源是保障地区经济发展的重要资源之一，同时经济发展水平也会影响对水资源的需求。经济风险发生对南水北调管理过程有两个方面的影响，一是如果受水区经济发展规模没有达到预期水平，那么地区内部整体的需水增长量将减少，从而影响对南水北调调水的需求量；二是企业经济发展缓慢，将影响企业对水费的支付能力，也会造成用水需求降低。

(8) 水文风险

水文变动一方面会影响地区的可供水量，另一方面也会影响需水量，供水和需水变化将直接影响受水区对南水北调水量的需求，从而引起项目收益变动，给项目造成风险。

经济风险因子及作用机理如表 5.1 所示。

表 5.1　经济风险因子及作用机理

风险因子	作　用　机　理
受水区水资源费变动	征收水资源费将直接导致调水价格的提高，进而影响受水区的供水价格，从而造成需水量的变动，影响项目财务收益
贷款利率变动	还贷期内利率提高将造成还贷额增加，从而提高项目运行成本，影响项目财务收益
管理运行费用	管理运行费用增长直接导致总成本增加，影响项目收益
抽水电价变动	电费支出将是可变成本的重要组成部分，目前规划南水北调扬水用电实行优惠电价，如果电价提高，则相应可变成本会随之增加，使项目利润减少
受水区水价变动	受水区水价变动将引起用水部门用水需求的变化，影响南水北调调水量，影响项目财务收益
居民收入变动	居民收入将影响水费支出的承受能力，从而引起对水的支付意愿变化，影响受水区对南水北调水量的需求，进而影响南水北调财务收益状况
经济发展水平	水资源是保障地区经济发展的重要资源之一，受水区经济发展规模将直接影响对水资源的需求量，同时也会影响用水部门的支付能力，造成南水北调项目财务收益变动
水文风险	水文变化将直接影响南水北调的可调水量，因此把水文丰枯遭遇与经济风险统一考虑

5.6　社会风险机理分析

5.6.1　社会风险的传导与放大

传导性是南水北调工程运行社会风险特征之一，而在对南水北调工程运行社会风险机理分析时，就不能不分析其传导机制的作用。通过对南水北调运行期各种风险的分析，结合风险传导理论，从各风险传导的风险源、风险表征、风险载体、传导路径等传导关键要素出发详细阐述南水北调工程系统风险的传导机制，找出其他四种风险向社会风险传导的路径，为下一步对影响南水北调运行的风险进行有效管理建立基础。

在奈特于 1921 年发表《风险、不确定性与利润》以后，国内外理论界对风险及其管理进行了大量研究，对系统内风险的动态研究也进行了大量的探索，尤其是关于企业的风险传导。对于风险传导机制，狭义的理解，是企业在受到外部环境和内部系统中的风险源干扰后，使某部门的不确定性进行转移或扩散，最终导致企业生产经营目标的偏离，这样的过程称为风险传导；广义上来讲，企业之间存在利益的相关性，致使构成利益链的企业群之间必然也存在风险的相关性。

南水北调工程运行后，工程风险、水文风险、经济风险以及环境风险的发生会引发社会风险，所以这几种风险对社会风险都会产生一个传导效应，进而引发社会不稳定，影响工程运行（徐高洪，2007）。图 5.7 是南水北调工程运行社会风险传导的简单模型。

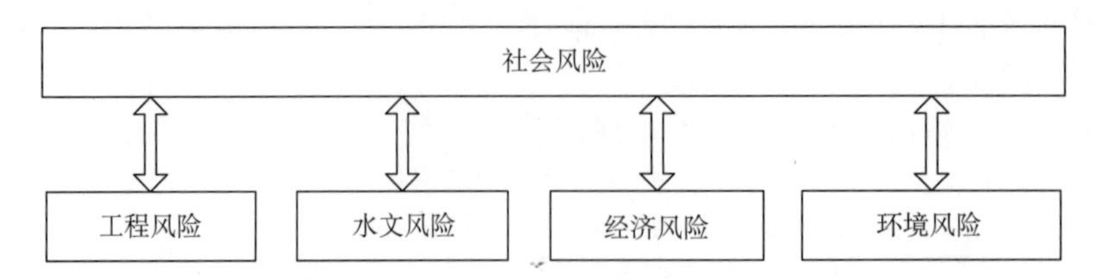

图 5.7　南水北调工程运行社会风险传导的简单模型

风险因素在传导过程中会产生耦合作用，导致风险从一个因子传导到下一个因子以后会产生放大现象。南水北调工程运行时，有些因子在传导过程中会发生放大效应，对工程运行产生更大的威胁。图 5.8 是关于南水北调工程社会风险传导过程中的放大现象。

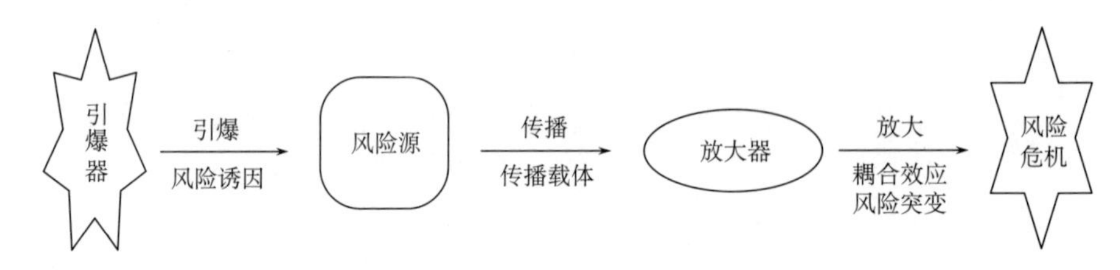

图 5.8　南水北调工程社会风险传导放大图

南水北调社会风险的发展主要是指当可能引起社会风险的事件发生以后，可能会发生扩散，由于其本身的突发性和不可控性，事件可能蔓延到更大的空间以及其烈度会加强。

按照 Dombrowsky 的理解，灾难或重大突发事件给社会形成的危害有限，但灾难或重大突发事件一旦扩散将引发社会连锁响应，给社会造成严重危害。依据这一思路，对可能发生的各种不同类型的重大突发事件进行分析和模拟，可得到简化的南水北调社会风险事件扩散路径，如图 5.9 所示。

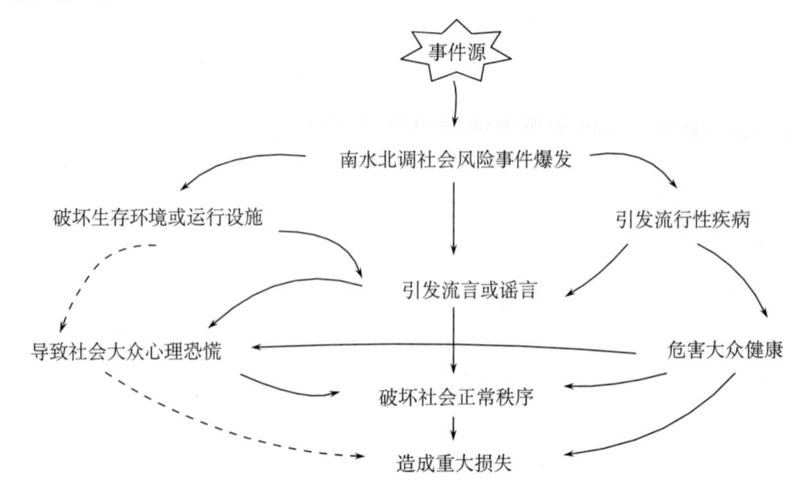

图 5.9　南水北调社会风险事件爆发扩散图

各类重大突发事件源（如洪灾源、地震源、恐怖活动前期、瘟疫源和生产事故源等）因自然系统或社会系统的能量释放和突变，将引发不同种类重大突发事件的爆发。这种爆发又将引发一系列的其他事件，最终导致重大突发事件发生。重大突发事件扩散的后期，流言或谣言、社会大众心理恐慌和破坏社会正常秩序三种事件之间会相互作用和相互影响，形成放大式扩散效应。如果对“破坏社会正常秩序”进行细分，其还可以分为物质匮乏、经济衰退、社会组织不能正常运转、生产停顿和交通瘫痪等事件。这些次生事件之间，次生事件与流言或谣言、社会大众心理恐慌之间也会产生相互扩散和放大反应。此外，扩散过程中的流行性疾病、流言或谣言、社会大众心理恐慌和破坏社会正常秩序等事件，还可能引发其他地区的重大突发事件。重大突发事件扩散路径的模拟表明，重大突发事件的扩散过程极为复杂，次生事件的形成往往与多种先发事件相关联，如果不中断所有次生事件被引发的扩散路径，任何单一路径的中断都不能阻止重大突发事件的扩散。

针对南水北调工程运行社会风险来说，南水北调工程的复杂性与特殊性，其社会风险的发生有可能是由其他风险如工程风险、水文风险、环境风险以及经济风险传导过来，使得社会风险最终爆发时具有混合性。根据重大突发事件的演化方式来划分，社会风险的传导过程可以分为以下四类。

（1）辐射式扩散

辐射式扩散是指由某一风险突发事件的发生同时引起多种、多起社会风险突发事件发生的扩散方式。它是重大突发事件产生的社会影响在多个维度上的发散和叠加。

（2）连锁式扩散

与多米诺骨牌效应类似，连锁式扩散是指两起或多起突发事件因先后次序关系而接连发生的扩散方式，即先发事件是次生事件的诱发因素。连锁式扩散存在于重大突发事件扩散的整个过程中，是重大突发事件扩散中最普遍的扩散方式。从整体来看，重大突发事件中的任何次生事件都是连锁式扩散中的一环。

（3）循环式扩散

循环式扩散是指某一事件的爆发能够引发若干其他事件，被引发的事件又对原有事件产生叠加影响，形成共同放大的效应，因此又可以称为放大式扩散。

（4）迁移式扩散

迁移式扩散是指部分次生事件通过媒介的位移，在其他地区引发新的重大突发事件的扩散方式。如公共卫生突发事件由于患者的位移，在其他地区扩散形成新的公共卫生重大突发事件。

5.6.2 社会风险机理体系

针对南水北调工程运行而言，其社会风险的演化主要是指事件在发生、发展过程中性质、类别、级别、物质及化学形式、范围及区域等各种变化过程。南水北调社会风险的演化主要就是指引起南水北调社会风险发生变化的这一系列事件，其在性质、类别等变化过程中会影响到其他事件的产生，从而引发更多的社会风险事件，导致南水北调的运行不通畅。我们将突发事件的演化大致分为转换机理、蔓延机理、衍生机理和耦合机理四种形式。其机理的体系如图 5.10 所示。

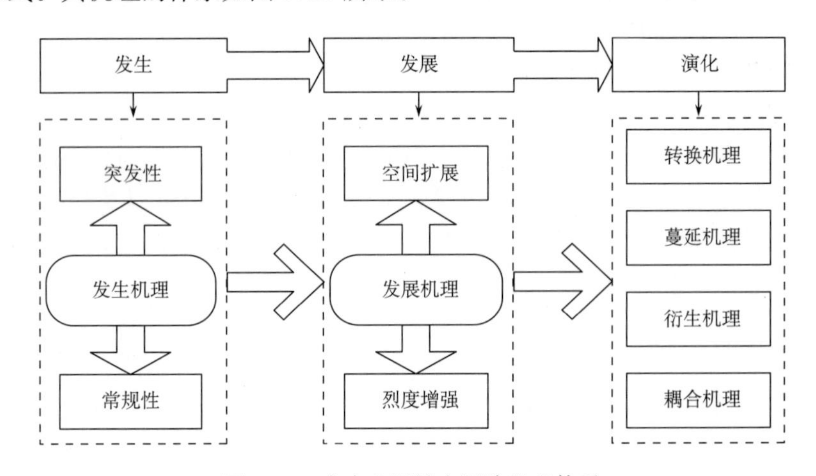

图 5.10 南水北调社会风险机理体系

(1) 转换机理

突发事件的转换指的是由于一定的逻辑关系，某种突发事件的发生、发展转换成另一种事件的发生。南水北调社会风险的产生在很大程度上就是转换而成的，比如说水质问题，转换成缺水的问题，同时，其转换的逻辑有一定的关系，前者与后者之间又存在一定的相关联系，若前类突发事件的发生引发后一类事件发生后就结束则转换具有承接性。

(2) 蔓延机理

南水北调社会风险的蔓延机理是指在一定环境介质下自身趋势性的发展。如南水北调东线沿线水体污染问题，会从上游慢慢流向下游，从而导致水污染的蔓延。可能会由于水体污染，引起饮水困难、环境破坏，导致人们的心里恐慌。其产生形式可能为间歇性蔓延、持续性蔓延和反复性蔓延。另外一种情况就是，可能会诱发蔓延到其他的事件。如果突发事件不能得到有效的应对和及时的处理，往往会诱发社会问题，从而导致社会事件。

(3) 衍生机理

衍生机理主要就是指事件的发生引起了另一事件的发生，这些都是衍生出来的突发事件。比如水体的污染本身就是一个突发事件，在此情况下，若得不到很好的控制、若污染物的浓度加重等，就可能引起水域的动植物死亡，这就是衍生出来的突发事件。

(4) 耦合机理

耦合机理是指两个或两个以上因素共同作用导致突发事件进一步加剧。由耦合程度分为强耦合、中度耦合、弱耦合。耦合的内容上有物理形式上的耦合、数据或信息的耦合。

突发事件耦合的重要特征是事件之间的相互作用，其中一突发事件在另一事件的作用下发展演化，后者反过来又影响前者，从而改变整个势态，正是这种相互作用将在不同环境条件下产生各种各样的突发事件的耦合现象。

南水北调工程运行社会风险的演化，最终会因为种种原因，引起社会的恐慌，在以上的扩散图基础之上，本书引用陈安的群体行为特征图，如图 5.11 所示。

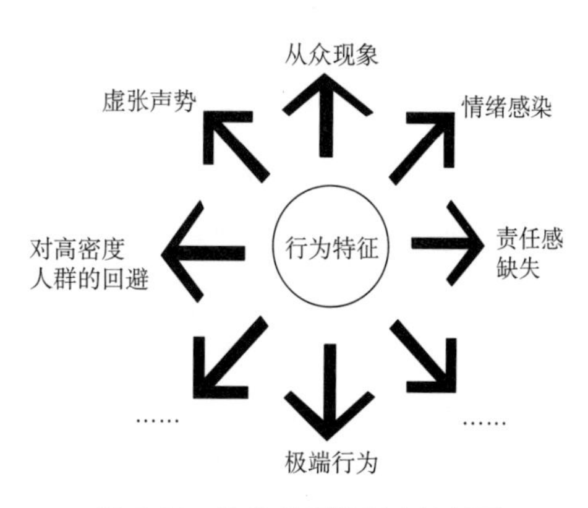

图 5.11　演化的群体行为特征图

根据风险传导机制，南水北调工程运行社会风险是在众多风险的基础上演化出来的，因此当我们倒推回来寻找社会风险发生的原因时，往往很难判断它究竟是由哪一个或哪些风险传导过来，而且也很难预测社会风险发生的时间。但是风险传导不会改变风险发生的空间性，即南水北调工程运行社会风险可以进行空间分段分析。

5.7　风险因子关联机理分析

南水北调工程系统巨大，风险因子众多，而这些风险因子之间存在互相诱发和放大的关系，这种情况的出现会加重社会经济的损失。

5.7.1　工程风险与经济、环境风险关联分析

工程风险是指在工程风险因子的作用下，工程失效或部分失效从而不能发挥预定的功能，造成社会经济损失。工程风险诱发经济、环境风险。

(1) 工程风险诱发经济风险

经济风险是指经济系统发生波动，给项目的收益状况造成冲击，致使收益不能满足

还贷费用及运行成本，使得项目运行难以为继，给项目的经济收益带来严重损失。工程失效不仅使工程项目的收益大为降低，还会大幅度增加工程的维修费用，给工程运营方造成巨大损失。

（2）工程风险诱发环境风险

工程风险诱发环境风险主要是指中线工程交叉建筑物失效，使污染物质进入天然河流，从而对天然河流的环境系统产生扰动，并有可能产生负面的环境影响。

5.7.2 水文风险与经济、环境风险关联分析

水文风险是指在一定的时空范围内，水文事件（洪水或干旱）可能造成损失的概率及其不利后果。水文风险包括水源区供水水文风险、受水区需水水文风险和供需协调水文风险。

（1）水文风险诱发经济风险

水源区缺水或受水区不需水时，工程将无法获得收益，造成经济损失，诱发经济风险。

（2）水文风险诱发环境风险

干旱发生时，水体减少，稀释能力下降，进而引发水质恶化、水体富营养化等，造成环境损失。

5.7.3 环境风险与经济风险关联分析

水体质量下降，使水体质量无法达到受水区用水户的用水标准，将影响工程收益。另外，对水环境的治理，需要投入大量资金，抬高了运营成本，容易引发经济风险。

5.7.4 社会风险与工程、水文、经济和环境风险关联分析

（1）工程、水文、经济和环境风险诱发或放大社会风险

南水北调工程运行社会风险具有传导性，表现在南水北调工程运行的其他风险，如工程风险、环境风险、水文风险、经济风险等都有可能诱发社会风险，即风险因子通过工程风险、环境风险等传导到社会风险。例如，水质问题，应该是属于环境风险，但是它又可以作为社会风险的因子，由于水质不达标，导致工程的输水区与受水区之间产生矛盾，这种矛盾就会影响工程的正常运行，从而导致社会风险的发生。由此可以得出，南水北调工程运行的社会风险因子具有复杂性和多样性，即其社会风险的产生源是复杂多样的。

（2）社会风险诱发或放大工程、经济和环境风险

具体表现在南水北调工程运行后，会引发相应的社会问题，而这些社会问题同时又会影响南水北调工程的正常运行。社会环境中的其他一些不稳定的因素，如果影响了南水北调工程的正常运行，则同时又会影响到社会的稳定发展。例如，南水北调工程运行后，各当事人由于水量分配不均，或者水价不合理，相互之间存在物质利益的冲突，从而引发激烈的水事纠纷，将影响社会稳定；同时，由于水事纠纷，可能出现工程附近地区的治安混乱，出现断电、往水里排污等过激行为，从而影响工程的正常运行。

第六章　南水北调工程运行风险预测评估方法

南水北调工程作为一个整体的风险作用对象，是一个由点、线、面三个子系统作用对象组成的复杂巨系统，影响工程正常运行的风险源来自工程、水文、环境、经济和社会五个方面。针对南水北调工程运行这一“三类五源”的复杂风险系统，从风险作用对象的空间维度特性着手，按照每一个空间作用对象所涉及的风险源，根据该风险源的特点采取相应的方法对其运行风险进行预测评估。

6.1　南水北调工程运行点状作用对象风险预测评估方法

南水北调工程复杂巨系统中的点状风险作用对象包括东线水源工程、东线提水系统、中线河渠交叉建筑物、中线公路交叉建筑物和中线控制建筑物。其中，东线水源工程的运行风险主要是供水水文风险，通过对比分析东线调水规模与长江大通站的多年径流过程进行分析；中线公路交叉建筑物运行风险源主要来自环境事故，其他三类点状风险作用对象的运行风险主要为工程风险。本节重点介绍其预测评估方法。

6.1.1　东线提水系统工程风险预测评估方法

为直观地表示南水北调东线各梯级泵站的风险大小，采用在风险图上投影的方式来表达南水北调东线13级梯级泵站的风险性。风险图的横坐标为失效事件风险率等级，坐标标度为(0,5]，概率等级越高，表示该失效事件发生的概率可能性越高；风险图的纵坐标为失效后果，通过梯级泵站的设计流量来反映，坐标标度为(0,400]，设计流量越高，表示泵站失效发生后引起的损失等级越高。图6.1为东线提水系统风险示意图。

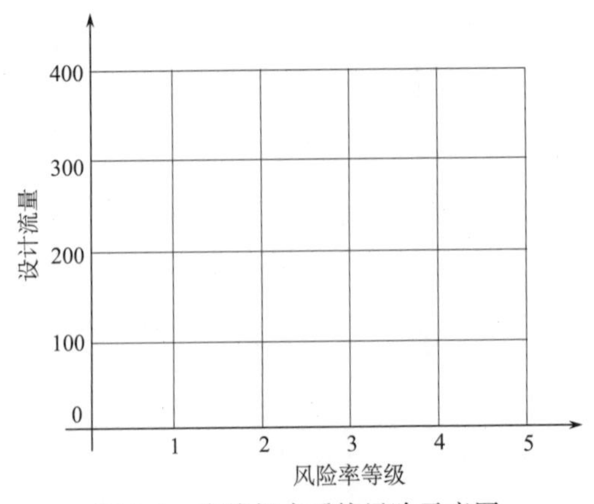

图6.1　东线提水系统风险示意图

提水系统风险率的确定采用基于指标体系的模糊综合评判法。根据南水北调东线工程运行的特点和风险因子识别结果，从提水系统工程安全的目标层出发，根据提水系统风险因子识别结果，确定提水系统风险评价的准则层和指标层，如表 6.1 所示。提水系统工程安全风险评价指标体系如图 6.2 所示。

表 6.1　提水系统风险分析评价结构表

目　标　层	准　则　层	指　标　层
提水系统工程安全	设备质量	泵站机组备用比例
		泵站使用年限等级
	技术状况	泵站管理维护状况
	泵站系统工程安全	地基特性等级
		防洪条件等级

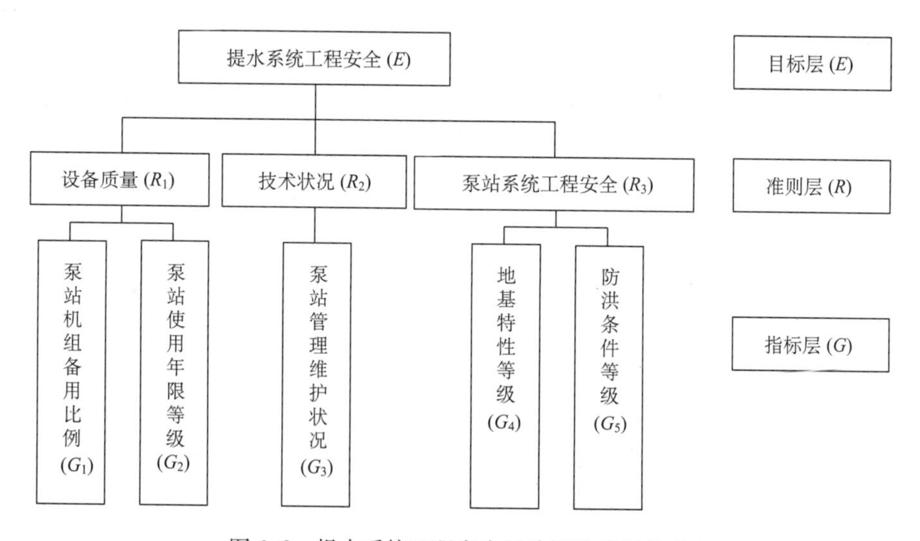

图 6.2　提水系统工程安全风险评价指标体系

针对东线提水系统风险率评价指标体系中五大风险指标，通过文献资料调研及专家咨询，根据东线工程的实际情况建立单一风险因子评价标准分级如表 6.2 所示。

表 6.2　提水系统风险分析评价标准分级

标准指标	一级	二级	三级	四级	五级
泵站机组备用比例	>50%	(15%,50%]	(10%,15%]	(5%,10%]	(0,5%]
泵站使用年限等级	[0,1)	[1,10)	[11,15)	[15,20)	=20 年
管理维护状况	完善的管理维护制度，并制定应急预案	完善的管理维护制度	较完善的管理维护制度	初步的管理维护制度	无

续表

标准指标	一级	二级	三级	四级	五级
地基特性等级	采用天然地基，边坡稳定性好	可采用天然地基，边坡稳定性较好，承压水的影响较大	存在边坡稳定性较差和承压水的影响，地基承载力基本满足要求	地基承载力不足、边坡稳定性差、砂层承压水影响大、局部地基在设计烈度时具有液化可能性	地基承载力不足、边坡稳定性差、砂层承压水影响大、地基在设计烈度时具有液化可能性、无工程处理措施
防洪条件等级	设计标准：两百年一遇及以上，或不承担防洪任务	设计标准：百年一遇	设计标准：五十年一遇	设计标准：二十年一遇	无确切的水文设计标准

根据各提水梯级的实际状况按表 6.2 的标准获取各单一风险因子的评价值后，再采用模糊数学评价法进行综合评估，分析评价提水系统的风险率。采用 1～9 标度法，通过一致性检验获取各准则层的指标权重如表 6.3～表 6.5 所示。

表 6.3 设备质量准则层各指标权重值

R_1	G_1	G_2	W（权重）
G_1	1	5	0.8333
G_2	1/5	1	0.1667

表 6.4 泵站系统工程安全准则层各指标权重值

R_3	G_4	G_5	W（权重）
G_4	1	3	0.25
G_5	1/3	1	0.75

表 6.5 三个准则层指标权重值

E	R_1	R_2	R_3	W（权重）
R_1	1	5	3	0.6486
R_2	1/5	1	1/2	0.1216
R_3	1/3	2	1	0.2298

6.1.2 中线河渠交叉建筑物工程风险预测评估方法

建筑物失效实际上是风险因子的荷载超过了建筑物的抗力，使得建筑物整体或局部破坏，丧失全部或部分功能。因此，通过考察风险因子系统对交叉建筑物功能系统的影响来评估交叉建筑物的风险率。根据对交叉建筑物功能系统和风险因子系统的分析，考虑风险因子对交叉建筑物的作用，采用层次分析法分别针对中线工程交叉建筑物中的渡槽、倒虹吸和涵洞建立风险评价层次结构，如图 6.3～图 6.5 所示。

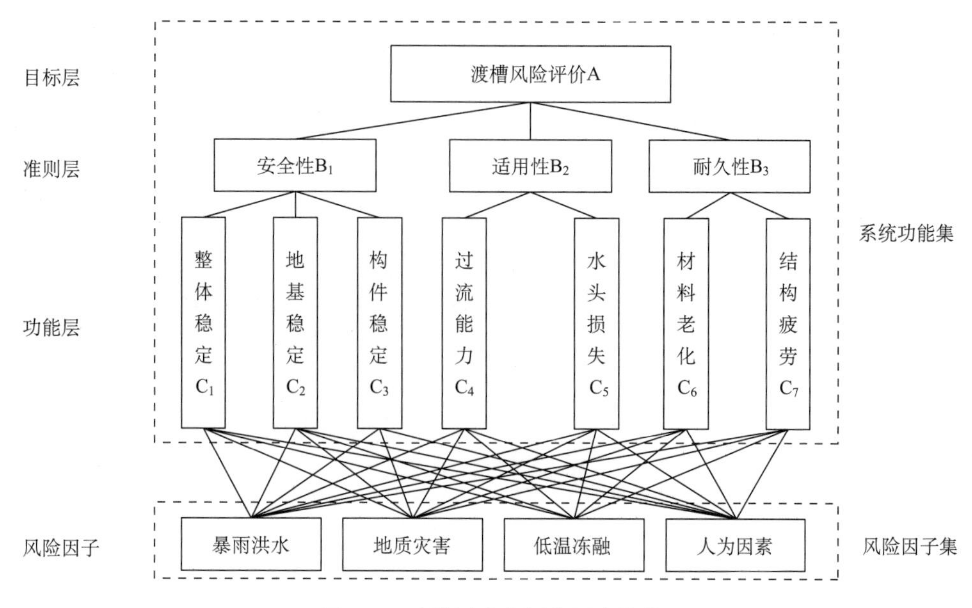

图 6.3 渡槽风险率评价层次结构

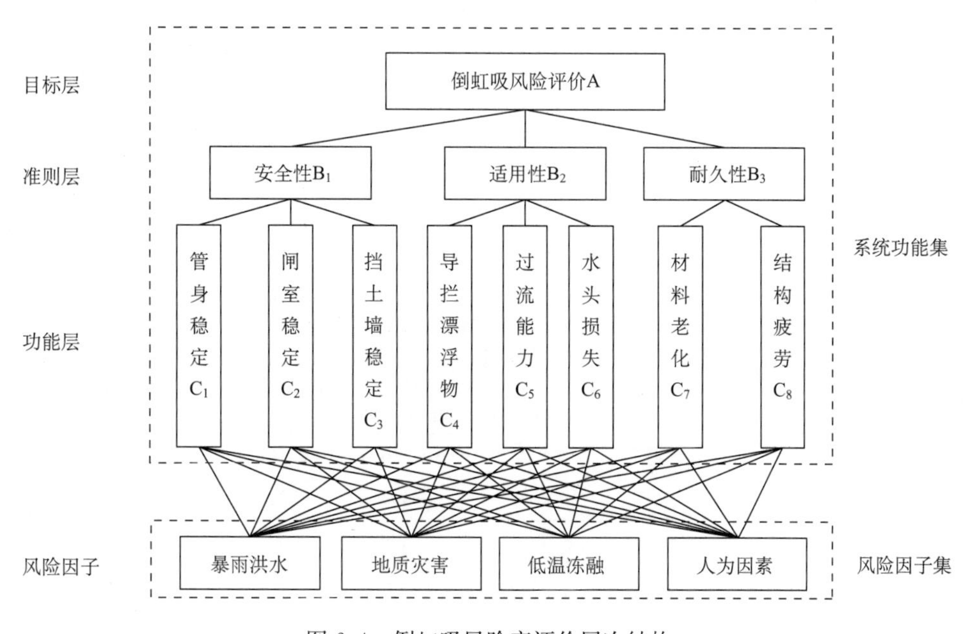

图 6.4 倒虹吸风险率评价层次结构

系统功能权重的确定是对系统各子功能的重要性进行比较判断，给出各子功能对系统功能影响的权重。准则层权重的确定可以采用结构工程领域对安全性、适用性和耐久性三者重要性的判断。由于功能层比较因素均小于或等于三个，可在参考灌区建筑物老

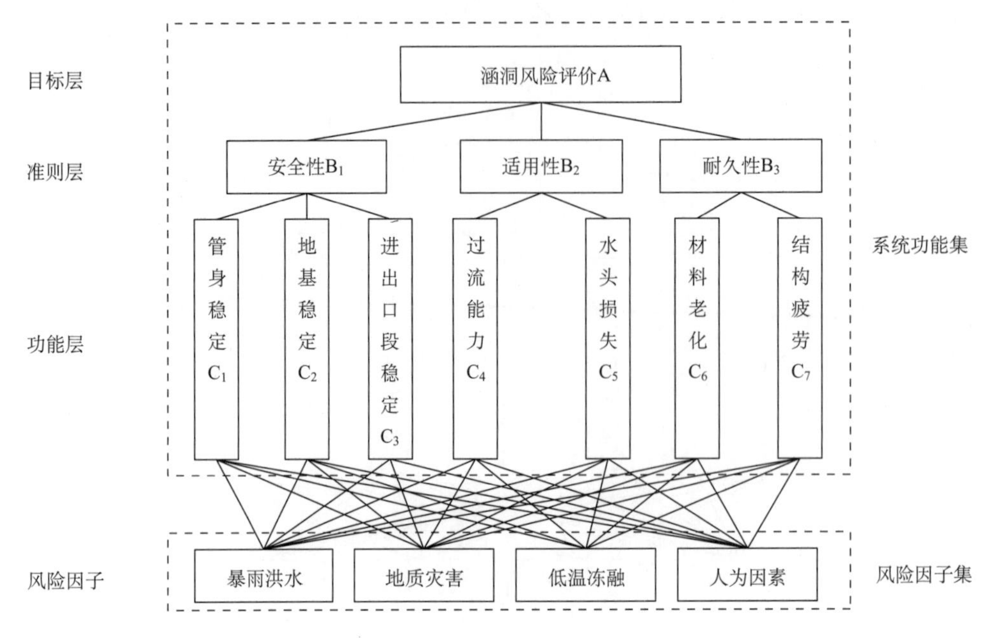

图 6.5 涵洞风险率评价层次结构

化病害评价中对功能层指标的重要性判断的基础上，结合中线工程的实际情况，直接赋权。不同交叉建筑物的不同子功能受到各种风险因子影响的程度不同，评价时需要区别对待。风险因子作用权重的确定是比较各风险因子对特定的系统功能影响程度大小的判断，可通过构造判断矩阵的方法确定各风险因子的相对重要性权重。通过咨询水工结构领域专家，构造各种风险因子对系统功能影响程度的判断矩阵，确定各交叉建筑物风险因子作用权重。基于上述方法，最终南水北调中线交叉建筑物运行风险率层次结构模型中各层指标的权重如表 6.6～表 6.8 所示。

表 6.6 渡槽功能系统权重

系统功能				风险因子			
准则层	准则层权重	功能层	功能层权重	暴雨洪水	地质灾害	低温冻融	人为因素
安全性	0.65	整体稳定	0.35	0.450	0.450	0.050	0.050
		地基稳定	0.35	0.036	0.321	0.321	0.321
		构件稳定	0.3	0.329	0.329	0.013	0.329
适用性	0.20	过流能力	0.3	0.036	0.036	0.036	0.893
		水头损失	0.7	0.036	0.036	0.036	0.893
耐久性	0.15	材料老化	0.7	0.036	0.036	0.036	0.893
		结构疲劳	0.3	0.329	0.329	0.013	0.329

表 6.7　倒虹吸功能系统权重

系统功能				风险因子			
准则层	准则层权重	功能层	功能层权重	暴雨洪水	地质灾害	低温冻融	人为因素
安全性	0.65	管身稳定	0.35	0.321	0.321	0.036	0.321
		闸室稳定	0.35	0.083	0.750	0.083	0.083
		挡土墙稳定	0.3	0.250	0.250	0.250	0.250
适用性	0.20	导拦漂浮物	0.1	0.456	0.074	0.014	0.456
		过流能力	0.3	0.456	0.074	0.014	0.456
		水头损失	0.6	0.036	0.036	0.036	0.893
耐久性	0.15	材料老化	0.7	0.036	0.036	0.036	0.893
		结构疲劳	0.3	0.329	0.329	0.013	0.329

表 6.8　涵洞功能系统权重

系统功能				风险因子			
准则层	准则层权重	功能层	功能层权重	暴雨洪水	地质灾害	低温冻融	人为因素
安全性	0.65	管身稳定	0.35	0.321	0.321	0.036	0.321
		地基稳定	0.35	0.083	0.750	0.083	0.083
		进出口段稳定	0.3	0.250	0.250	0.250	0.250
适用性	0.20	过流能力	0.3	0.456	0.074	0.014	0.456
		水头损失	0.7	0.036	0.036	0.036	0.893
耐久性	0.15	材料老化	0.7	0.036	0.036	0.036	0.893
		结构疲劳	0.3	0.329	0.329	0.013	0.329

风险由风险率和风险后果两者组合而成，交叉建筑物失效后果评估参考目前广被采用的美国国防部 1993 年的《系统安全计划要求》：M：1-STD-882C 中系统失效后果的评价基准，结合中线工程交叉建筑物的实际情况，建立中线工程交叉建筑物失效后果评价基准，如表 6.9 所示。

表 6.9　交叉建筑物失效后果评价基准

影响程度	等级	定义
灾难性的	(4,5]	系统完全失效，人员伤亡，严重的社会、经济、环境损失
重大的	(3,4]	系统主要功能失效，短期内不能恢复，造成重大社会、经济损失
严重的	(2,3]	系统主要功能失效，但能较快恢复，造成一定的社会、经济损失
中等的	(1,2]	系统功能受到影响，能较快恢复，对社会、经济影响不大
可以忽略的	(0,1]	系统功能受到较小影响，几乎不影响社会、经济

按照表6.9中的后果评价基准对交叉建筑物各子功能失效后果进行评价分级，建立交叉建筑物子功能失效后果评价，如表6.10所示。

表6.10　交叉建筑物子功能失效后果评价

失效功能	失效模式	失效后果	评价等级
稳定性	闸室失稳、进出口段失稳、槽身失稳、基础失稳等	系统完全失效，有可能造成人员伤亡；输水中断，且短期内不能恢复；造成严重的社会不利影响	重大的4.5
适用性	渗漏水、过流能力不能满足、设计要求水头损失过大等	系统功能受到影响；输水可能短期中断或达不到设计要求；社会不利影响较小	中等的2.5
耐久性	裂缝、表层混凝土剥蚀等	系统功能受到较小影响，输水不会中断，正常养护修复，其经济社会影响可以忽略	可以忽略的0.5

针对交叉建筑物四大风险因子，参考大坝风险定性评价标准，结合南水北调中线工程的实际情况，建立各风险因子评价基准，如表6.11所示。

表6.11　单因子风险率评价基准

风险因子	评价内容	参考评语及等级范围				
		低(0,1]	较低(1,2]	一般(2,3]	较高(3,4]	高(4,5]
暴雨洪水	洪水发生的频率和强度	不太可能发生洪水灾害，没有发生过较大的暴雨或洪水，防洪满足要求	有可能会发生洪水灾害，发生过较大的暴雨或洪水，防洪基本满足要求	偶尔发生洪水灾害，发生过比较罕见暴雨或洪水，防洪条件一般	多次发生洪水灾害，发生过比较罕见暴雨或洪水，防洪条件较差	经常发生洪水灾害，发生过罕见暴雨或洪水并造成严重损失，防洪条件差
地质灾害	地震和工程地质条件	距地震带很远，区域基本没有发生大地震的可能或场区没有工程地质问题，工程安全有较高保证	距地震带较远，区域发生大地震的可能很小或存在工程地质问题，采取相应措施可以基本保证工程安全	虽位于地震带附近，但活动水平不高，影响较小或存在工程地质问题，采取相应措施可以降低风险	位于地震带附近，且活动水平较高，若发生地震会受到较大影响或存在较大工程地质问题，即使采取措施仍有可能发生危险	处于地震带内，且活动水平高，未来有发生大地震的可能或存在重大工程地质问题，即使采取措施仍有较大可能发生危险
低温冻融	冻土和低温冻融破坏	区域无冻土分布，冬季温度基本在0℃以上	工程地有短时冻土分布，冬季平均气温为0℃左右	工程地有季节性冻土分布，或冬季偶尔出现－20℃的低温	工程地较为寒冷，有多年冻土分布，或冬季可能出现－20℃的低温	工程位于高寒地区，多年冻土发育，或冬季经常出现－20℃的低温
人为因素	工程设计和施工质量	设计和施工精细，工程质量高	设计和施工质量有保证	设计和施工质量有一定保证	设计和施工质量保证不高	设计和施工质量没有保证

通过风险率层次分析评价模型可以得到第 i 工程段、第 j 种系统功能失效的风险率评级 r_{ij}，因而第 i 工程段的失效后果评级 C_i 可以表示为

$$C_i = \sum_{1}^{j=n} \frac{r_{ij} c_j}{\sum_{1}^{j=n} r_{ij}} \quad (i = 1,2,3\cdots;\ j = 1,2,3\cdots) \tag{6.1}$$

式中：c_j 为第 j 种系统功能的失效后果；n 为系统功能的个数。

此外，针对交叉建筑物运行工程风险四大因子中的暴雨洪水，针对该区域历史上曾经发生的“63.8”和“75.8”特大暴雨，选择典型河渠交叉建筑物采用贝叶斯网络评估其暴雨洪水风险，为中线工程在运行期间可能遭遇的类似特大暴雨所面临的风险提供科学参考。

贝叶斯网络是基于概率推理的图形化网络，而贝叶斯公式则是这个概率网络的基础。一个贝叶斯网络是一个有向无环图（directed acyclic graph，DAG），由代表变量的节点及连接这些节点的弧段构成，而弧段是有向的，不构成回路。没有输入的点称为根节点，一段弧的起始节点称为其末节点的父节点，而后者称为前者的子节点，没有子节点的称为叶节点。节点代表随机变量，节点间的有向边代表节点间的相互关系（由父节点指向其后代节点），用条件概率进行表达关系强度，没有父节点的用先验概率进行信息表达。贝叶斯网络是概率论和图论相结合的产物，它一方面用图论的语言直观提示问题的结构，另一方面又按照概率论的原则对问题的结构加以利用，降低推理的计算复杂度。贝叶斯网络的构造方法有两种：一种是通过数据分析获得；另一种是通过咨询专家手工构造。无论哪种构造方法，都包括两个步骤：先确定网络结构，再确定网络参数。贝叶斯网络的参数，即各变量的概率分布，可以由大量历史的样本数据统计分析得到，也可由相关领域专家长期的知识或经验总结主观给出，或者根据具体情况事先假设给定。

通过分析暴雨洪水风险机理，结合收集到的资料情况，确定单个交叉建筑物的主要风险因子有暴雨量、暴雨历时、洪峰和交叉建筑物。人工构造贝叶斯网络主要依据变量之间的因果关系，依据前面选定的四个主要风险因子确定它们之间的因果关系：洪峰是交叉建筑发生破坏的原因，暴雨是产生洪峰的原因，而暴雨量和暴雨历时是决定暴雨大小的因子，据此建立如图 6.6 所示的贝叶斯网络，其中的交叉建筑物节点表示某种交叉建筑物，如倒虹吸、渡槽或涵洞等。

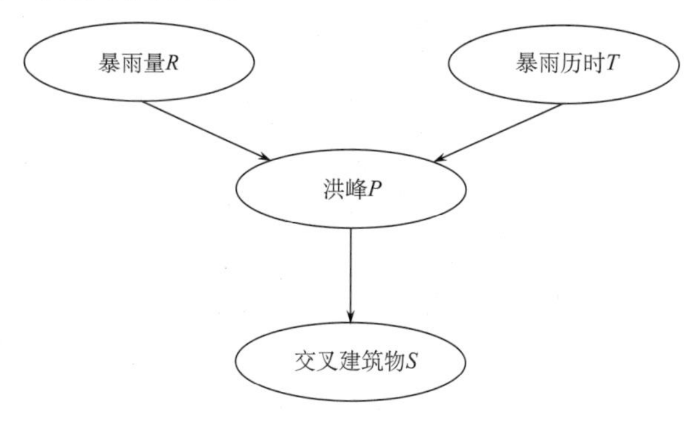

图 6.6　交叉建筑水毁风险贝叶斯网络模型

6.1.3 中线公路交叉建筑物环境风险预测评估方法

6.1.3.1 贝叶斯网络条件概率的推理形式

风险因子识别部分针对中线公路交叉建筑物发生运载有毒化学品的车辆事故倾倒进入输水干渠的风险建立了相应的贝叶斯网络推理模型。推理是当网络中其他节点的值已知的情况下，计算网络中任意节点的概率值。贝叶斯网络的推理原理基于贝叶斯概率理论，推理过程实质上就是概率计算过程。贝叶斯网络利用随机变量间的条件独立性，将一个联合概率分布直观地表达为一个图形结构和一系列的条件概率表，经消元（消除变量）计算可求出任一变量的概率分布（边缘分布）或部分变量的概率分布。在已知某些变量（证据变量）取值的情况下，可计算感兴趣的节点变量或节点变量集合（查询变量）的条件概率分布。最基本和最主要的条件概率的推理形式有诊断推理、因果推理、支持推理三种。

（1）诊断推理

结论推知原因——由底向上的推理（diagnostic or bottom-up inference）。目的是在已知结果时，找出产生该结果的原因。已知发生了某些结果，经推理计算，得到造成该结果的发生原因和发生概率。该推理常用在病理诊断、故障诊断中，目的是找到疾病发生、故障发生的原因。

（2）因果推理

原因推知结论——由顶向下的推理（causal or top-down inference）。目的是由原因推导出结果。已知一定的原因（证据），经推理计算，求出在该原因下结果发生的概率。

（3）支持推理

辩解推理——提供解释以支持所发生的现象（explaining away）。目的是对原因之间的相互影响进行分析。该推理是贝叶斯网络推理中的一种合理而有趣的现象。

6.1.3.2 贝叶斯网络的精确概率推理算法

根据对推理精确性的不同要求，现有的推理算法可以分为两类：一类是精确推理算法，即要求概率计算必须精确；另一类是近似推理算法，即在不改变计算结果正确性的前提下降低计算精度从而简化计算复杂性。精确推理算法适用于结构简单网络规模小的贝叶斯网络，近似推理算法主要用于网络结构复杂且规模较大的贝叶斯网络。根据南水北调中线的资料状况，采用精确推理算法探索贝叶斯网络推理在南水北调中线运行风险预测评估中的应用。

贝叶斯网络的精确概率推理算法主要包括多树算法、联合树算法、消元算法、符号概率推理算法、弧反向/节点消除算法、微分算法等。

（1）多树算法

多树算法（polytree algorithm）是20世纪80年代由Pearl提出的。该算法的主要思想是直接利用贝叶斯网络的结构给每一个节点分配一个处理机，每一个处理机利用相邻节点传递来的消息和存储于该处理机内部的条件概率表进行计算，以求得自身的后验概率，并将计算结果向其余相邻节点传播。在实际计算中，贝叶斯网络接收到证据后，证据节点的信度值发生变化，该节点的处理机将这一改变向它的相邻节点传播，相邻节点的处理机接收到传递来的消息后重新计算自身的信度，然后将结果向自己的其余相邻节点传播，如此继续直到证据的影响传遍所有的节点为止。此算法的计算时间和空间复杂度是关于网络节点数量的多项式，但它只适用于单连接网络，由于通常情况下父节点的数量较少，因而计算简单快速。对于多连接网络，由于消息传递的双向性，消息会在无向环路中循环传递而无法进入稳态，得不到最终结果。

（2）联合树算法

联合树算法（junction tree algorithm）的主要思想是首先将贝叶斯网络转换为一个联合树（其中的节点称为团），然后通过消息传递来进行信度计算，消息会依次传遍联合树的每一个节点，最终使联合树满足全局一致性，此时，团节点的能量函数就是该节点包含的所有变量的分布函数。联合树算法是目前应用最广的贝叶斯网络精确推理算法，适用于单连接和多连接叶斯网络的计算，但是对于大型贝叶斯网络，由于需要进行大量图形变换，计算速度会明显下降。

（3）消元算法

消元算法（elimination algorithm）是针对联合概率分布的组合爆炸问题提出的。该算法基于组合优化的思想，首先利用联合概率计算的链式乘积规则和条件独立性将联合概率分解为参数化形式的条件概率表的乘积；然后对公式进行变换，改变求和时节点的消元顺序及求和与乘积运算的先后顺序，以达到减少运算量的目的；最后按照变换后的公式进行运算。消元算法的主要优点是简单通用，主要缺点是一次只能计算一个节点的信度值。该算法的关键在于消元顺序，但寻找最优消元顺序是一个非线性问题。

（4）符号概率推理算法

在实践中，条件概率分布的精确数值往往是不可用的或无效的，如专家给出的估计值是一个范围而不是精确的数值，符号概率推理算法（symbolic probabilistic inference）正是针对这种情况提出的。符号概率推理在计算上与数值推理类似，但只考虑参数本身而不考虑参数的值，将概率推理看成是组合优化问题，或最优因式分解问题，给出概率的解析表达式。符号概率推理通常采用启发式搜索算法，在给定概率分布集合中寻找最优的因式分解，在本质上和消元算法是一致的。

(5) 弧反向/节点消除算法

弧反向/节点消除算法(arc reversal / node reduction algorithm)需要对网络进行一系列的操作,运用贝叶斯规则使得连接反向,这个过程持续进行直到网络缩减到被询问的节点与证据节点为直接的父子关系为止,此时,概率推理变得异常简单。对于连接关系非常复杂的网络,需要修改大量节点的条件概率分布,因而会导致推理速度明显下降。

(6) 微分算法

作为联合树算法的扩展,微分算法(differential algorithm)首先将贝叶斯网络表示为一个包含节点状态指示变量和条件概率变量的多项式,然后通过计算多项式中各个变量的偏导数来进行概率推理。该算法的关键在于计算多项式中各个变量的偏导数,为了提高计算的效率,可以将多项式转化为运算电路,然后对该电路进行微分运算。已有研究表明,在某些情形下,指数级规模的多项式可以用线性规模的运算电路来表示。但对于一般情形,运算电路的规模仍然难以控制。

上述每一类算法中又有许多不同形式的变体、修正、混合等,如在消元算法中有桶消元法和一般消元法等。除了上述一般的精确推理算法之外,还存在一些用于特殊场合的精确推理算法,如用于 Noisy OR 的两层次网络的 QuickScore 算法、用于探索分布中的局部结构的因果独立算法等。

6.1.4 中线控制建筑物工程风险预测评估方法

借鉴大坝风险评价中的闸门失效概率估计表,定性判断中线工程控制建筑物的失效风险等级。表 6.12 为闸门失效概率估计表。

表 6.12 闸门失效概率估计表

风险率等级	定性评价	依 据	单门失效概率
1	闸门系统非常可靠	1. 有多套电源,有备用电源,人工开启可靠 2. 经验算,闸门强度、刚度和稳定性、启闭机启闭能力满足要求 3. 汛前、汛后均有认真检查,发现问题能及时上报、维护和检修 4. 检查中未发现有闸门开启失败的情况,运用记录中从未发生过闸门打不开的情况 5. 有严格的管理制度和操作性很强的程序	0.000 001~0.0001 (可由专家根据经验在 0.000 001~0.0001 之间考虑过)
2	闸门系统可靠	1. 有多套电源,有备用电源,人工开启可靠 2. 经验算,闸门强度、刚度和稳定性、启闭机启闭能力满足要求 3. 汛前、汛后均有认真检查,发现问题能及时维护和检修 4. 检查中曾发现有闸门开启失败的情况,运用记录中从未发生过闸门打不开的情况 5. 有较严格的管理制度和操作性很强的程序	0.0001~0.01

续表

风险率等级	定性评价	依　　据	单门失效概率
3	闸门系统可靠性一般	1. 有电源和有备用电源，人工开启可靠 2. 经验算，闸门强度、刚度和稳定性、启闭机启闭能力基本满足要求 3. 汛前、汛后均有较认真检查，发现问题能及时维护和检修 4. 检查中曾发现有闸门开启失败的情况，运用记录中发生过闸门开启故障的情况 5. 有较好的管理制度和可操作的程序	0.01～0.1
4	闸门系统不可靠	1. 有电源，无有备用电源，可人工开启 2. 经验算，闸门强度、刚度和稳定性、启闭机启闭能力虽满足要求，但老化严重，启闭机无保护 3. 汛前、汛后虽有检查，但不能及时维护和检修 4. 检查中曾多次发现有闸门开启失败的情况，运用记录中发生过多次闸门故障 5. 有管理制度，但程序操作性不强	0.1～0.5
5	闸门系统很不可靠	1. 有电源，无有备用电源，人工开启不可靠 2. 经验算，闸门强度、刚度和稳定性、启闭机启闭能力均不满足要求，且老化严重，启闭机无保护 3. 汛前、汛后虽有检查，但基本流于形式，也不能及时维护和检修 4. 运用中发生过多次闸门故障事故 5. 无管理制度，程序操作性不强	0.5～0.99

6.2　南水北调工程运行线状作用对象风险预测评估方法

南水北调工程复杂巨系统中的线状风险作用对象包括东线输水河渠、中线输水干渠及穿黄穿漳工程，其中东线输水河渠运行风险主要源自工程、环境和社会三个方面，中线输水干渠运行风险主要源自工程和社会两个方面，穿黄穿漳工程运行风险主要源自工程和社会两个方面。因此，南水北调工程运行线状作用对象风险可以进一步分为线状对象工程风险、线状对象环境风险及线状对象社会风险。

6.2.1　线状作用对象工程风险预测评估方法

南水北调工程线状风险作用对象包括东线输水河道、中线输水干渠及穿黄穿漳工程，本节将阐述这三类线状风险对象工程运行风险预测评估方法。

6.2.1.1　东线输水河道工程风险预测评估方法

风险定义为失事概率与失事损失的乘积，采用风险评价矩阵方法通过组合风险概率等级和失事后果，对东线输水河渠风险进行预测评估，如表 6.13 所示。风险等级划分成五类：风险低、风险较低、风险中等、风险较高和风险高。

表 6.13 系统风险评价基准表

失事后果 \ 发生概率	大 (4,5]	较大 (3,4]	中等 (2,3]	较小 (1,2]	小 (0,1]
Ⅳ灾难性	风险高	风险高	风险较高	风险较高	风险中等
Ⅳ重大	风险高	风险较高	风险中等	风险中等	风险较低
Ⅲ严重	风险较高	风险中等	风险中等	风险较低	风险较低
Ⅱ中等	风险较高	风险中等	风险较低	风险较低	风险低
Ⅰ轻微	风险中等	风险较低	风险较低	风险低	风险低

(1) 失效风险率分析模型

参照模糊综合评价法及层次分析法的运算步骤（刘莉、谢礼立，2008；黄俊等，2007；刘云、王亮，2006；阮本清等，2005），运用层次-模糊综合评估模型对工程运行风险率进行评估。根据工程风险因子识别结果，建立的风险因子层次结构如图 6.7 所示。

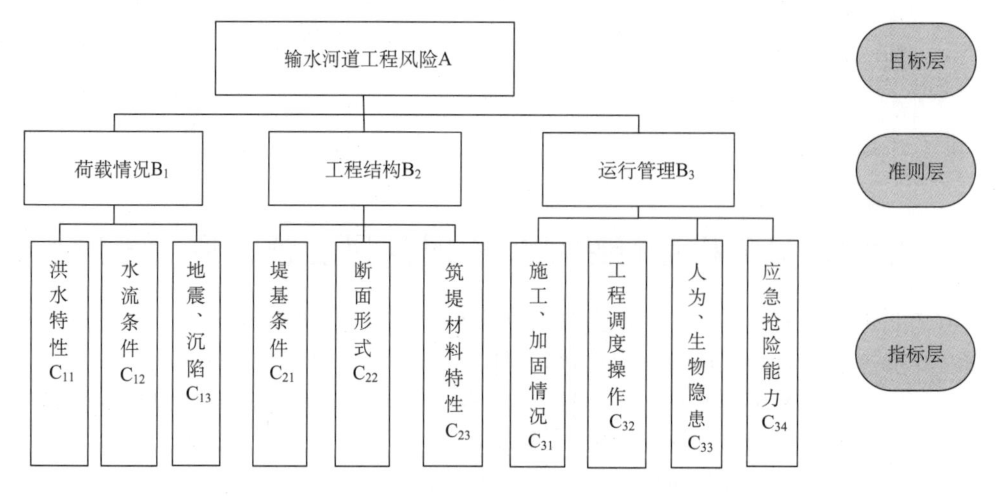

图 6.7 输水河道工程运行风险因子层次结构图

系统风险评价是建立在各系统单因子风险估计基础上的，因此针对各系统建立单因子风险估计基准以对各系统单因子进行风险估计。输水河道单因子风险估计基准如表 6.14 所示。

根据输水系统风险评估的层次结构，以及专家对风险因子两两相对重要性的判断，采用层次分析法求取评价权重向量如表 6.15 所示。

表 6.14　输水河道单因子风险估计基准表

因子	评价内容	参考评语及等级范围				
		标准 (0,1]	基本达标 (1,2]	部分达标 (2,3]	基本未达标 (3,4]	完全未达标 (4,5]
洪水特性	超标洪水	不发生	基本不发生	近年内发生过	近年内发生过数次	频发
水流条件	输水水位、水势	水位、水流流向无变化	水位、水流流向基本无变化	河道水位有一定变化，水流流向不变	河道水位有较大变化，水流流向不变	河道水位有较大变化，水流流向不定
地震、地面沉陷	工程所在区域地震烈度，地面沉陷	位于地震烈度Ⅵ级以下地区，不用设防已满足抗震安全；地面沉陷不发生	位于地震烈度Ⅵ级以下地区，不用设防已满足抗震安全；地面沉陷基本不发生	地震烈度Ⅵ级以上，但基本不可能引发渗透破坏、地震液化问题；地面沉陷有可能发生	地震烈度Ⅶ级以上，发生过地震，可能存在地震液化问题；局部地区存在地面沉陷	地震烈度Ⅷ级以上，多次发生过地震，很可能存在地震液化问题；地面沉陷大面积发生
堤基条件	堤脚、堤基结构致密性，软弱夹层，大面积可液化土层	无软弱夹层，不存在大面积可液化饱和无黏性土层和少黏性土层	较致密、夹有少量软弱夹层，基本不存在大面积可液化土层	较致密，夹有少量软弱夹层，局部存在大面积可液化土层	较不结实，结构松散，夹有多层软弱夹层，存在大面积可液化土层	不结实，结构松散，有多层软弱夹层或由松散石头堆积，存在大面积可液化土层
断面形式	堤顶高程、边坡坡比、护坡、防渗	坡比满足设计规范，有较大裕度，护坡合理有效，防渗体系完整，无堤顶高程不足可能	坡比满足设计规范，护坡较合理有效，防渗体系较完整，基本无堤顶高程不足的可能	局部边坡较陡，护坡厚度不够，防渗体系不完整或破坏，可能存在堤顶高程不足	边坡较陡，护坡厚度不够，防渗体系不完整或破坏，堤顶高程不足的可能性较大	边坡陡立，无护坡，防渗体系极不完整或被严重破坏，堤顶高程不足
筑堤材料特性	筑堤材料的密实性及渗透性	密实，渗流性态正常	较密实，渗流性态基本正常	局部地区孔隙较多，渗流性态基本正常，但未经高水位考验	局部地区不密实，某些部位渗流异常，有向不利方向发展趋势	松散，渗流异常，渗流量逐年增加，超过某一水位后渗流量明显增加
施工、加固	施工质量评价、加固措施合理性	施工质量评价为 A；加固措施全面、合理	施工质量评价为 A；加固措施较全面、合理	施工质量评价为 B；局部加固措施	施工质量评价为 C；局部加固措施	施工质量评价为 C；无截渗墙等加固措施
工程调度操作	堤防等级、日常巡查制度及汛前、汛后检查制度，洪水调度方案	一级堤防，有严格巡查制度，能及时抢护维修；无调度失误事故发生，已经经过多次考验	二级堤防，有较严格的制度，基本能及时抢护维修；基本无调度失误事故发生，已经受过多次考验	三级堤防，有巡检制度，但抢护维修不及时；调度方案未经考验，下游泄量是否满足要求未知	四级堤防，有巡检制度，但抢护维修不及时，调度方案未经考验，下游泄量不满足设计要求	五级堤防，虽有巡检制度，但抢护维修不及时，管理制度不严格，无洪水调度方案

续表

因子	评价内容	参考评语及等级范围				
		标准 (0,1]	基本达标 (1,2]	部分达标 (2,3]	基本未达标 (3,4]	完全未达标 (4,5]
人为、生物隐患	决口抢筑、生物洞穴以及人类不恰当活动引起的隐患	没有，不影响工程安全运行	基本没有，不影响工程安全运行	局部存在，对工程安全运行不大	大量存在，对工程安全运行影响显著	大量存在，严重威胁工程安全运行
抢险能力	应急预案、抢险物资供应状况、交通运输条件	应急预案周密，可操作；抢险物资供应充足；通信、交通条件良好	应急预案较周密、可操作；抢险物资供应较充足；通信、交通条件较好	有应急预案，但未经考验；有抢险物资储备；有交通运输条件	有初步的应急预案，无抢险物资储备，交通不便，部分防汛道路不通	无应急预案，无抢险物资储备，缺乏防汛道路，难以进行机械抢险

表 6.15 层次分析法计算输水系统风险因子判断矩阵权重值结果

判断矩阵	权重值				一致性指标值
	W_1	W_2	W_3	W_4	
$\boldsymbol{A}$	0.430	0.325	0.245		0.0007
$\boldsymbol{B}_1$	0.474	0.368	0.158		0
$\boldsymbol{B}_2$	0.360	0.360	0.280		0
$\boldsymbol{B}_3$	0.272	0.145	0.202	0.381	0.003

最后参考我国大坝安全评价惯例确定各系统运行风险率等级，将工程运行风险率评价等级分为五级。从 5 级到 1 级是风险率逐渐减小的过程。具体的风险评价等级取值与相应的风险描述如表 6.16 所示。

表 6.16 南水北调东线工程各系统运行风险率评价基准表

风险率评语	小	较小	中等	较大	大
评价等级取值	(0,1]	(1,2]	(2,3]	(3,4]	(4,5]
发生频率	罕见的	偶然的	可能的	预期的	频繁的
发生频率描述	风险极难出现一次	风险不大会出现	风险可能会发生	风险会不止一次发生	风险会频频发生
相应风险概值	0.0001～0.000 001	0.01～0.001	0.1～0.01	0.5～0.1	0.99～0.5

(2) 失效后果分析模型

参考水利工程建设重大质量与安全事故应急预案中的事故等级划分，将风险影响程度划分为五个等级：灾难性、重大、严重、中等和轻微。考虑到风险的表达形式为风险率及失事后果的组合，为与风险率评价等级相区别，失事后果影响等级取值以

[Ⅰ,Ⅱ,Ⅲ,Ⅳ,Ⅴ]表示，在评估计算时，等价于[1,2,3,4,5]，具体描述如表6.17所示。

表6.17　南水北调东线工程各系统风险失事后果评价基准

影响程度	影响程度取值	说　明
灾难性	Ⅴ	风险导致难以补偿的损失（死亡、1000万元以上）及（或）超过2个月的延误
重大	Ⅳ	风险导致相当大而可补偿的损失（1000万元以内）及（或）2个月的延误
严重	Ⅲ	风险导致可补偿的损失（100万元以内）及（或）2周内的延误
中等	Ⅱ	风险导致少量损失（10万元以内）及（或）5天内的延误
轻微	Ⅰ	风险并不导致延误或明显损失

受资料限制，对输水河道失事造成的后果损失进行定量分析估算存在很大的难度，采用表6.17中的补偿损失量级对输水河道失效后果进行评级，其可操作性具有很大难度。为了能较定量地分析失事后果，在对输水河段进行失事后果分析时，参考各河道的河段长度，进行划分。失事后果等级划分结果能表征各河道之间的相对后果等级大小，并不具有绝对含义；但其可以代表各系统内部的相对风险等级大小，故采用河段长度表征失事后果也具有一定的代表性。

6.2.1.2　中线输水干渠工程风险预测评估方法

采用风险投影图法来预测评估中线输水干渠风险，风险图的横坐标为失效事件发生的概率等级，坐标标度为（0,5]，概率等级越高，表示该失效事件发生的概率可能性越高；风险图的纵坐标为失效事件发生后引起的损失等级，坐标标度为（0,5]，损失等级越高，表示失效事件发生后引起的损失程度越高。图6.8为风险图的示意图。

根据失效风险概率分析模型和失效后果分析模型，可以计算得出南水北调中线输水干渠各工程段的失效概率等级和失效后果等级，通过将输水干渠各段的失效概率等级和后果等级数值在风险图上的投影，比较确定输水干渠各段的风险大小。

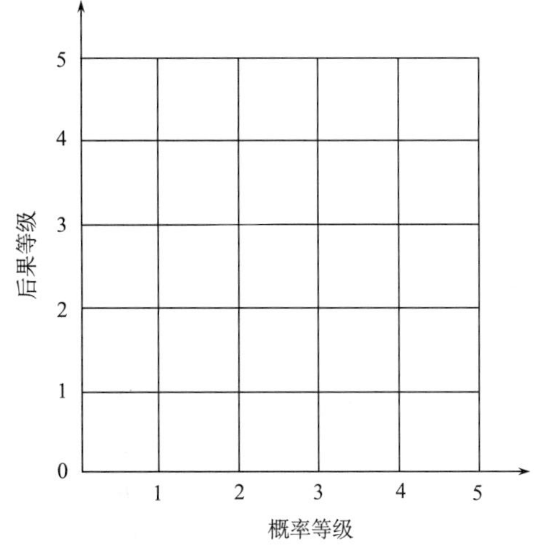

图6.8　风险图的示意图

(1) 失效风险概率分析模型

根据风险因子识别结果，输水干渠明渠的主要失事模式有漫顶、沉陷和失稳三大类，暗渠的主要破坏模式有渗漏、沉陷和失稳三大类。考虑渠道明渠各段由闸门控制渠道内的输水流量和相应水位，漫顶失事风险发生的概率极小，在此不进行仔细分析，而暗渠的渗漏破坏模式将主要对工程效益的发挥有所影响，对暗渠工程的安全性威胁较小，因此明渠和暗渠的主要破坏模式为沉陷和失稳。通过对这两个破坏模式的风险作用机理的分析，确定输水河渠工程风险事件主要有三类：冰情引发工程失效事件、渠坡不稳定和渠道地基不稳定。

对冰情事件，采用由 Bameich 于 1996 年进行改进的概率对照表进行风险率等级评估，具体如表 6.18 所示。参照大坝失稳事件的概率估算表，得到渠坡不稳定事件发生的概率估计表如表 6.19 所示。参照大坝失稳事件的概率估算表，得到渠道地基不稳定事件发生的概率估计表如表 6.20 所示（李雷等，2006）。

表 6.18 冰情事件发生概率对照表

概率等级	ANCOLD 修改过的概率对照表（Bameich，1996）	
	定性描述	概率
5（经常）	事件肯定要发生	1
4（很可能）	在已有的资料中发生过	0.1
3（也许）	事件没有发生的记录或偶尔发生过	0.01
2（稀少）	事件没有发生的记录，难以想象会有类似情况发生，但在特殊情况下可能发生一次	0.001
1（极不可能，但无法从物理概念排除）	事件没有发生的记录，在任何情况下都不会有类似的情况发生	0.0001

表 6.19 渠坡不稳定事件发生概率估计表

概率等级	定性评价	依据	滑坡概率
5（经常）	渠坡不稳定事件极有可能发生	1. 渠道所在渠段边坡高度超过 15m 2. 所在渠段中存在中、强膨胀性土的高渠坡（高度大于 10m） 3. 渠段存在软土夹层或饱和砂土层 4. 渠坡稳定性总体评价为极差，工程建设过程中，未对渠道边坡进行工程处理	0.5～0.99
4（很可能）	渠坡不稳定事件很有可能发生	1. 渠道所在渠段边坡高度超过 15m 2. 所在渠段存在中、强膨胀性土的高渠坡（高度大于 10m） 3. 渠段存在软土夹层或饱和砂土层 4. 渠坡稳定性总体评价为较差，工程建设过程中，对渠坡进行工程处理	0.1～0.5
3（也许）	渠坡不稳定事件基本不可能发生	1. 渠道所在渠段边坡高度超过 15m 2. 所在渠段存在中、强膨胀性土的高渠坡（高度大于 10m） 3. 渠段存在软土夹层或饱和砂土层 4. 渠坡稳定性总体评价为差，工程建设过程中，对渠坡进行工程处理	10^{-2}～10^{-1}

续表

概率等级	定性评价	依　据	滑坡概率
2（稀少）	渠坡不稳定事件不可能发生	1. 渠道所在渠段边坡高度不超过15m 2. 所在渠段存在弱膨胀性土的高渠坡（高度大于10m），工程建设过程中，对膨胀土进行工程处理 3. 渠段不存在软土夹层或饱和砂土层 4. 渠坡稳定性总体评价为好	$10^{-4}\sim10^{-2}$
1（极不可能，但无法从物理概念排除）	渠坡不稳定事件极不可能发生	1. 渠道所在渠段边坡高度不超过15m 2. 所在渠段不存在中、强膨胀性土的高渠坡（高度大于10m） 3. 渠段不存在软土夹层或饱和砂土层 4. 渠坡稳定性总体评价为好	$10^{-6}\sim10^{-4}$

表6.20　渠道地基不稳定事件发生概率估计表

概率等级	定性评价	依　据	渠坡不稳定破坏概率
5（经常）	渠道地基不稳定事件极有可能发生	1. 渠道地基存在膨胀土，膨胀性判为强，工程建设中未对其进行工程处理 2. 渠道地基中存在湿陷性黄土状土，湿陷性判为强，工程建设中未对其进行工程处理 3. 渠道地基存在饱和性砂土，饱和砂土振动液化等级为中等，工程建设中，未进行工程处理 4. 所在渠段地震烈度高于Ⅶ度	0.5～0.99
4（很可能）	渠道地基不稳定事件很有可能发生	1. 渠道地基存在膨胀土，膨胀性判为强，工程建设中对其进行工程处理；或地基存在中等膨胀性的膨胀土，工程建设中未对其进行处理 2. 渠道地基中存在湿陷性黄土状土，湿陷性判为强，工程建设中对其进行工程处理，或存在湿陷性为中、中—强的黄土状土，在工程中未对其进行处理 3. 渠道地基存在饱和性砂土，饱和砂土振动液化等级为中等，在工程建设中，对其进行处理，或饱和砂土振动等级为轻微，但工程建设中，未对其进行处理 4. 所在渠段地震烈度为Ⅶ度，地震动峰加速度为0.2g	0.1～0.5
3（也许）	渠道地基不稳定事件基本不可能发生	1. 渠道地基存在膨胀土，膨胀土膨胀等级判为中等膨胀土，工程建设过程中，对膨胀土进行工程处理，或膨胀土膨胀等级判为弱性，但在工程建设过程中，未对其进行工程处理 2. 渠道地基存在湿陷性黄土状土，黄土状土湿陷性判为中、中—强，工程建设中，对其进行工程处理，或黄土状土湿陷性判为弱，但在工程建设过程中，未对其进行工程处理 3. 渠道地基存在饱和性砂土，渠道饱和砂土振动液化等级判为轻微，在工程建设中，对饱和砂土进行处理，或饱和砂土振动液化等级判为可能，但在工程中未处理 4. 所在渠段地震烈度为Ⅶ度，地震动峰加速度小于0.15g 5. 所在渠段下伏存在未开采的煤矿矿区，或存在煤矿采空区，但煤矿停采时间较短，地面变形未达到稳定	$10^{-2}\sim10^{-1}$

续表

概率等级	定性评价	依据	渠坡不稳定破坏概率
2（稀少）	渠道地基不稳定事件不可能发生	1. 渠道地基存在膨胀土，膨胀土膨胀等级判为弱性，工程建设过程中，对膨胀土进行工程处理 2. 渠道地基存在湿陷性黄土状土，黄土状土湿陷性判为轻微，工程建设中，对其进行工程处理 3. 渠道地基存在饱和性砂土，渠道饱和砂土振动液化的等级判为可能，在工程建设中对饱和砂土进行处理 4. 所在渠段地震烈度不高于Ⅵ度 5. 所在渠段下伏存在煤矿采空区，煤矿停开时间超过3～5年，地面变形趋于稳定	10^{-4}～10^{-2}
1（极不可能，但无法从物理概念排除）	渠道地基不稳定事件极不可能发生	1. 渠道地基不存在膨胀土 2. 渠道地基不存在湿陷性黄土状土 3. 渠道地基无饱和性砂土 4. 所在渠段地震烈度低于Ⅵ度	10^{-6}～10^{-4}

注：渠道地基不稳定事件的发生与四个因素有关：膨胀土性质、湿陷性黄土状土存在及性质、饱和砂土液化可能性以及工程处理措施实施。在进行概率估计判断时，对各条依据采用从重原则。

设定变量 x_i 代表地点第 i 渠段，其中，$i=1,\cdots,9$，变量 f_j 代表第 j 类失效事件，其中，$j=1,2,3$，且定义：f_1 为冰情引发工程失效事件，f_2 为渠坡不稳定事件，f_3 为渠基不稳定。根据失效概率初筛分析，可以得到在第 i 渠段发生第 j 类失效事件的概率等级 $P(x_i,f_j)$，$P(x_i,f_j)$的可能取值为1、2、3、4、5。定义 $P(x_i,F)$代表在第 i 渠段发生工程失效综合风险的概率等级，其中，$F\supseteq(f_1,f_2,f_3)$。

中线输水总干渠渠段工程失效的三类事件：冰情引发工程失效事件、渠坡不稳定事件和渠基不稳定事件的发生基本是相互独立的，且中线输水总干渠工程总体上是一个串联工程，因此，任何一个断面破坏或是任何一种失效事件发生都会导致第 i 渠段发生工程失效风险，故 $P(x_i,F)$取 $P(x_i,f_j)$中的最大值，即 $P(x_i,F)=\max[P(x_i,f_j)]$ $(j=1,2,3)$。

(2) 失效后果分析模型

中线输水总干渠失效造成两个直接后果：输水中断和干渠内水量溢出。输水中断将直接影响中线输水沿线分水口门的分水。虽然中线工程沿程有闸门对流量和水位进行控制，但在明渠失效至两端闸门进行输水控制之间，干渠内水量溢出还会对附近行政区设施或大型交通设施造成一定的负面影响。

影响输水中断造成负面效果的因素主要有分水口门的规模、供水目标所在地区及用水户的用途。影响水量溢出造成后果的主要因素有破坏点附近的行政区级别等级、破坏点与附近大型交通线路的相对距离。

根据上述的定性分析，建立失效后果分析模型如下：

$$L(x_{i,k})=f[L_{\text{in}}(x_{i,k}),L_{\text{of}}(x_{i,k})] \tag{6.2}$$

式中：$L(x_{i,k})$代表第 i 渠段第 k 个子工程段失效造成的后果；$L_{\text{in}}(x_{i,k})$和变量$L_{\text{of}}(x_{i,k})$

分别代表第 i 渠段第 k 个子工程段输水中断和干渠内水量溢出造成的后果。即总失效后果是输水中断造成的后果损失和干渠内水量溢出造成的后果损失的函数。

输水中断后果是工业损失和城镇生活损失的函数，即 $L_{\text{in}}(x_{i,k})=f(L_{\text{ind}},L_{\text{living}})$，渠道内水溢出造成的后果是行政区域等级级别、破坏点与大型交通铁路设施的距离的函数，即 $L_{\text{of}}(x_{i,k})=f[A(x_{i,k}),T(x_{i,k})]$。失效综合后果是上述两类失效后果的线性叠加，即第 i 渠段第 k 个子工程段总的失效后果 $L(x_{i,k})$ 表示为：$L(x_{i,k})=\omega_5 L_{\text{in}}(x_{i,k})+\omega_6 L_{\text{of}}(x_{i,k})$，其中，$\omega_5$ 和 ω_6 分别是输水中断引起后果和干渠内水量溢出引起后果的权重。考虑到年内不同时段，如春灌、秋灌用水期及汛期三个不同时期，子工程段失稳造成两类风险后果的权重不同，一般来说，年内春灌期、秋灌期两个时期内，受水区农业需水较高，若在此段时期内输水中断，会造成城镇生活和工业用水供水不足，从而挤占农业和生态用水，引起农业灌溉供水不足，因此，在此两段时期内，输水中断造成的失效后果相对更为严重，渠道内水量溢出造成的失效后果相对较小；在汛期，受水区供需矛盾较为缓和，但防洪、防涝任务艰巨，若在此段时期内，工程失效引起干渠内水量溢出可能会加重地区防洪、防涝任务，而引起的输水中断造成受水区供水不足的后果相对较小。因此，在进行失效综合后果分析时，在权重中加入时间因素，总失效后果表示为

$$L(x_{i,k})=\omega_5(t_n)L_{\text{in}}(x_{i,k})+\omega_6(t_n)L_{\text{of}}(x_{i,k}) \quad (n=1,2,3) \tag{6.3}$$

$n=1$ 时，为春灌、秋灌期，即每年 3～4 月、9～10 月；

$n=2$ 时，为汛期，即每年的 7～8 月；

$n=3$ 时，为其他时间，即每年的 1～2 月、5～6 月、11～12 月。

在 $n=1$ 时，根据上述分析，$L_{\text{in}}(x_{i,k})$的比重将大于 $L_{\text{of}}(x_{i,k})$的比重，同时，考虑两类失效后果等级的严重性比例，对 $\omega_5(t_3)$和 $\omega_6(t_3)$的取值如下：

$\omega_5(t_1)=0.6$

$\omega_6(t_1)=0.4$

在 $n=2$ 时，根据上述分析，$L_{\text{in}}(x_{i,k})$的比重将小于 $L_{\text{of}}(x_{i,k})$的比重，同时，考虑两类失效后果等级的严重性比例，对 $\omega_5(t_3)$和 $\omega_6(t_3)$的取值如下：

$\omega_5(t_2)=0.4$

$\omega_6(t_2)=0.6$

在 $n=3$ 时，$\omega_5(t_3)$和 $\omega_6(t_3)$取等权重值：

$\omega_5(t_3)=0.5$

$\omega_6(t_3)=0.5$

将 $n=1$、$n=2$ 和 $n=3$ 时不同的权重取值计算方法代入式（6.3）中，得到失效综合风险等级。

6.2.1.3 穿黄穿漳工程风险预测评估方法

穿黄穿漳工程运行总体风险通过对资料的定性概要分析获得。此外，针对工程风险中的重点风险因子——暴雨洪水进行深入研究，本节重点阐述其预测评估方法。

选用穿黄穿漳工程段所在地区的气象因子及气候区特性、水工建筑物及穿越河流的数量、该区域历史暴雨洪水发生情况、区段地形是否有利于发生洪水以及各区段

工程特点作为评价因子，对其暴雨洪水风险综合评价。采用层次分析法中的判断矩阵法，确定各评价因子的权重。各指标的权重为：$B=[B_1\quad B_2\quad B_3\quad B_4]^{\mathrm{T}}=[0.078\quad 0.201\quad 0.520\quad 0.201]^{\mathrm{T}}$，此即为所求的特征向量，分别代表四个评价因子，$u_1$ 为子段所在气候区的气象条件有利于暴雨发生；u_2 为子段内的穿越大型河流及其水工建筑物的数量是否存在较大风险；u_3 为子段历史上是否为暴雨多发地区；u_4 为子段沿线地形是否有利于洪水发生的相对权重。

利用模糊数学综合评价中线工程暴雨洪水风险性，依据最大隶属度原则，选择最大的隶属度所对应的第 i 个评价等级作为综合评价的结果。即假设 $\mathrm{Max}[B]=b_i$，则判定评价对象属于第 i 等级。对穿黄穿漳工程暴雨洪水风险进行五级评定：高风险、风险较高、风险中等、风险较低、风险低。

6.2.2　线状作用对象环境风险预测评估方法

环境线状风险作用对象主要是东线输水河渠，其在运行过程中涉及的因素较多，故环境风险的作用因子也很多，而且它们都具有不确定性、模糊性的特点（杜锁军，2006；曹希寿，1994）。为了更准确地评判环境风险，采用水环境系统数值模拟方法和模糊综合评判方法，对环境线状风险进行定量评估（李如忠等，2003，2004，2007；Gupta et al.，2002；胡国华等，2002；胡国华、夏军，2001；胡二邦，2000）。

6.2.2.1 河网水环境数值模拟方法

南水北调东线水环境系统污染负荷与水质响应模型所依据的基本方程为水流方程和水质方程。具体阐述如下：

（1）圣维南方程组及其求解

连续性方程

$$\frac{\partial A}{\partial t}+\frac{\partial Q}{\partial s}=q \tag{6.4}$$

式中：A 为过水断面面积，m^2；t 为时间，s；s 为河渠长，m；Q 为流量，m^3/s；q 为旁侧入流，m^3/s。

动量方程

$$g\frac{\partial z}{\partial s}+\frac{\partial v}{\partial t}+v\frac{\partial v}{\partial s}+g\frac{v^2}{C^2R}=0 \tag{6.5}$$

式中：z 为水位，m；v 为流速，m/s；C 为谢才系数，$\mathrm{m}^{1/2}/\mathrm{s}$；$R$ 为水力半径，m；g 为重力加速度，$\mathrm{m/s}^2$；其他符号意义同前。

应用 Preissmann 隐式格式将运动方程和动量方程离散，可得圣维南方程组的求解矩阵方程。对于河网结构组成的求解矩阵可以应用三级解法来求解。其求解步骤为：①将每河段的圣维南方程组隐式差分得河段方程；②将每一河段的河段方程依次消元求出首尾断面的水位流量关系式；③将上步求出的关系式代入汊点连接方程和边界方程得到以各汊点水位（下游已知水位的边界汊点除外）为未知量的求解矩阵；④求解此矩阵得各汊点的水位；⑤将汊点水位代入对应方程式得汊点各断面的流量；⑥回代河段方程得所有断面的水位流量。

（2）水质模型控制方程与求解

假定垂向和横向是均匀的，则可得到一维的水质组分运移方程：

$$\frac{\partial}{\partial t}(AC)=\frac{\partial}{\partial x}\left(-U_xAC+E_xA\frac{\partial C}{\partial x}\right)+A(S_L+S_B)+AS_K \tag{6.6}$$

式中：A 为河道的横断面面积，m^2；S_L 为点源和面源，$g/(m^3\cdot d)$；S_B 为边界负荷，$g/(m^3\cdot d)$；S_K 为源汇项，$g/(m^3\cdot d)$；其他符号意义同前。

水质模型因子考虑 DO、BOD_5、COD 和 NH_3-N 四个，方程中的源汇项 S_K，只考虑耗氧微生物参与的 BOD_5、有机物化学物质 COD 和 NH_3-N 的氧化衰减反应，并认为该反应符合一级反应动力学，即 $\sum S_i=-K_1L$ 。此外，引起水体中溶解氧 DO 减少的原因，只是由 BOD_5、COD 和 NH_3-N 的氧化降解引起的，其综合减少速率与 BOD_5、COD 和 NH_3-N 的降解速率相应成正比关系，水体中的复氧速率与氧亏值成正比。氧亏值是指溶解氧浓度与饱和溶解氧浓度的差值（Janssena et al.，2003；Staples et al.，2001）。

河网的水质模拟，与河道水质模拟最大的区别在于汊点的水质模拟，需要在汊点处取一个控制体分析。考虑交叉口控制体积内污染物的对流输运和污染源排放，并在交叉口引入均匀混合假设。水质模型与水动力模型耦合求解。

通过建立水环境系统模拟模型，计算得到 BOD_5、COD、NH_3-N 和 DO 指标的浓度变化过程，依据地表水水环境质量标准的Ⅲ类水体要求，可以得到以上四个指标在所有计算时段内所有河段计算断面浓度不达标的频次。因此，根据统计计算理论和方法，可得不同指标的风险发生概率的计算式：

$$f=\frac{\text{不达标的次数}}{\text{模拟河段总的断面次数}}\times 100\% \tag{6.7}$$

对于不同河段综合的风险发生概率，采用单因子评价法判定风险发生与否。这样对于任意断面的任何时段，只要有一个指标不满足水质标准要求，就认为风险发生。因此，河段综合风险概率的计算式为

$$f=\frac{\text{综合不达标的次数}}{\text{模拟河段总的断面次数}}\times 100\% \tag{6.8}$$

6.2.2.2　模糊综合评判方法

根据前面分析的非突发性水环境风险识别，筛选出主要的作用因子，并依据评估指标体系建立的原则，建立非突发性水环境风险评估指标体系（常玉苗、赵敏，2007；顾传辉，2001）。南水北调东线工程运行时，反映输水干渠非突发性水环境风险的因素有很多，有些因素较难量化，有些则是间接反映环境风险发生的情况，不是直接反映指标。本项目拟从直接反映非突发性水环境风险的角度来考虑，即水量、水质变化来分析，建立非突发性水环境风险评估指标体系。根据指标体系建立的原则以及南水北调东

线工程运行的特定环境，非突发性水环境风险评估体系分为四个一级指标：干渠输水量、入渠支流污染指数、源头或湖泊水质状况和航运污染指数。干渠水量的变化直接影响了干渠水体的自净能力，从而影响污染物在水体中的稀释、扩散等过程，导致水体中水质发生变化，引发环境风险的发生。干渠水质变化及流入干渠的源头或湖泊水质的变化则直接反映水体中污染物的状况，反映环境风险发生的情况。具体如图 6.9 所示。

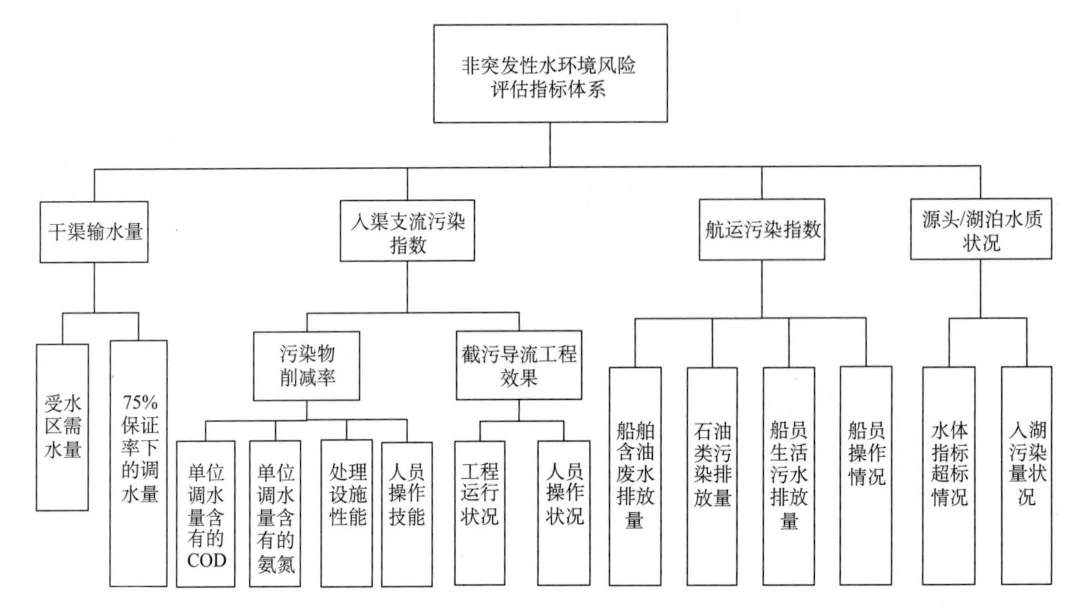

图 6.9 输水干渠非突发性水环境风险评估指标体系

根据南水北调运行中的非突发性水环境风险的特点，采用多级模糊综合评价的方法进行评估，具体过程如下：

(1) 确定因素集 U 和评价集 V

根据前面建立的非突发性水环境风险评估指标体系，对因素集 U 进行划分，即

$U=\{U_1, U_2, U_3, U_4\}$

$=$ {干渠输水量，入渠支流污染指数，航运污染指数，源头/湖泊水质状况}

式中：$U_1=\{u_{11},u_{12}\}$={不同保证率下的调水量，受水区需水总量}；$U_2=\{u_{21},u_{22}\}$={污染物削减率，截污导流工程效果}；$U_3=\{u_{31},u_{32},u_{33},u_{34}\}$={船舶含油废水排放量，石油类污染排放量，船员生活污水排放量，船员操作状况}；$U_4=\{u_{41},u_{42}\}$={水体指标超标情况，入湖污染量情况}。

评价集的确定按照环境风险的特点分为五级，即

$V=\{V_1,V_2,V_3,V_4,V_5\}$

$=$ {极低风险，低风险，中风险，高风险，极高风险}

(2) 环境风险隶属度分级标准

指标隶属度表征某评价指标隶属于环境风险危害性水平的程度，其值在 0～1。表

6.21 列出了各评价指标隶属度的分级标准。

表 6.21　评价指标隶属度分级标准

指　　标	单位	隶　属　度				
		0.1	0.3	0.5	0.7	0.9
不同保证率下的调水量	m^3/s	>200	200～150	150～100	100～50	<50
受水区需水总量	亿 m^3	>20	20～15	15～10	10～5	<5
单位调水量含有的COD	t/a	<10	10～17	17～24	24～31	>31
单位调水量含有的氨氮	t/a	<0.5	0.5～1.0	1.0～1.5	1.5～2.0	>2.0
处理设施性能		非常好	好	一般	差	很差
人员操作技能		非常好	好	一般	差	很差
工程运行状况		非常好	好	一般	差	很差
人员操作状况		非常好	好	一般	差	很差
船舶含油废水排放量	万 t/a	<5	5～15	15～25	25～35	>35
石油类污染排放量	t/a	<25	25～50	50～75	75～100	>100
船员生活污水排放量	万 t/a	<20	20～40	40～60	60～80	>80
船员操作状况		非常好	好	一般	差	很差
水体指标超标情况		较轻	轻	一般	严重	非常严重
入湖污染量情况		较轻	轻	一般	严重	非常严重

(3) 建立各指标的权重

评价指标按类别分层次分配权重。一层四个指标中，入渠支流污染指数、航运污染指数各为 0.3，其余两个指标各为 0.2。二层指标、三层指标的权重分配如表 6.22 所示。

6.2.3　线状作用对象社会风险预测评估方法

社会线状风险作用对象包括东线输水河渠和中线输水干渠，对于其运行社会风险来说，定量分析所依据的数据资料难以获得，并且由于社会风险的特殊性，其量化工作本身就很困难，因此采取定性分析与定量评价相结合的方式来进行社会风险的评价。

对于南水北调工程运行社会风险定性分析采用问卷调查的方法，问卷调查的对象主要为熟悉南水北调工程的相关方面的专家。问卷调查的内容主要为第一次问卷调查出来的南水北调工程运行社会风险十个影响因子，针对十个因子引发社会风险的可能性和危害性两个方面来综合评价。通过专家打分的方式来获取社会风险十个影响因子的可能性

表 6.22 评价指标权数分配

一级指标	权重	二级指标	权重	三级指标	权重
干渠输水量	0.2	75%保证率下的调水量	0.3		
		受水区需水总量	0.7		
入渠支流污染指数	0.3	污染物削减率	0.6	单位调水量含有的COD	0.2
				单位调水量含有的氨氮	0.2
				处理设施性能	0.4
				人员操作技能	0.2
		截污导流工程效果	0.4	工程运行状况	0.5
				人员操作状况	0.5
航运污染指数	0.3	船舶含油废水排放量	0.2		
		石油类污染排放量	0.3		
		船员生活污水排放量	0.2		
		船员操作状况	0.3		
源头/湖泊水质状况	0.2	水体指标超标情况	0.5		
		入湖污染量情况	0.5		

和危害性的量化指标。风险的程度采用的是五标度法，由高到低分别为极高、较高、一般、较低和极低。由于东、中线的情况差别较大，风险程度也有很大差别，所以要对南水北调工程东线和中线分开进行调查。对问卷结果的定量分析具体步骤如下：

① 对所选取的样本进行问卷调查，对东线和中线十个因子发生的可能性和危害性两个方面进行专家问卷调查并统计结果。

② 对问卷调查结果进行定量分析，对风险程度的五标度，分别用 5、4、3、2、1 来对应，即极高用 5 来表示、较高用 4 来表示、一般用 3 来表示、较低用 2 来表示、极低用 1 来表示。

③ 确定东线和中线工程社会风险因子可能性和危害性的定量化指标值，并将结果在风险图中表示出来；并对社会风险因子进行双重标准过滤与评级。

通过对问卷的统计分析，获得十个风险因子在各分段上的指标值，然后采用如下的二级评判模型对社会风险进行分段评价。

$$Y = \sum \bar{\omega}_i \times B_i \tag{6.9}$$

$$B_i = \lambda_1 \times C_1 + \lambda_2 \times C_2 \quad (i = 1,2,\cdots,10) \tag{6.10}$$

式中：Y 表示南水北调东线社会风险综合评价值，值的区间为 0～5，将其划分为五个等级，5 级为风险高（风险值区间 4～5）、4 级为风险较高（风险值区间 3.5～4）、3 级为风险中等（风险值区间 2.5～3.5）、2 级为风险较低（风险值区间 1.5～2.5）、1 级为风险低（风险值区间 0～1.5）；B_i（$i=1,2,\cdots,10$）表示南水北调东线工程社会风险十个风险因子的严重性程度值；$\bar{\omega}_i$（$i=1,2,\cdots,10$）为十个因子的权重，且满足条件

$\sum_{i=1}^{10}\tilde{\omega}_i = 1$；$C_1$ 表示风险因子发生的可能性；C_2 表示风险因子发生的危害性；λ_1 表示风险因子发生的可能性权重；λ_2 表示风险因子发生的危害性权重。由于风险值是由风险发生的可能性与危害性两方面构成，所以对其赋予的权重一样，因此 $\lambda_1=\lambda_2=0.5$。

在模型的因子权重设定方面，采用两两比较法，各因子相对于其他因子的评分值，在综合三位专家意见的基础上，分别对东线工程和中线工程的社会风险因子权重作出判断，如表 6.23 和表 6.24 所示。

表 6.23　东线工程运行社会风险因子权重计算

	F_1	F_2	F_3	F_4	F_5	F_6	F_7	F_8	F_9	F_{10}	a_i	w_i
F_1	1	1	1	1	1	1	0	1	1	0	8	0.15
F_2	0	1	0	1	1	0	1	1	1	0	6	0.11
F_3	0	1	1	1	1	1	1	0	1	1	8	0.15
F_4	0	0	0	1	0	1	0	1	0	0	3	0.05
F_5	0	0	0	1	1	0	0	0	1	0	3	0.05
F_6	0	1	0	0	1	1	1	1	1	0	6	0.11
F_7	1	0	0	1	1	0	1	1	1	1	7	0.13
F_8	0	0	1	0	1	0	0	1	0	0	3	0.05
F_9	0	0	0	1	0	0	0	1	1	0	3	0.05
F_{10}	1	1	0	1	1	1	0	1	1	1	8	0.15

注：F_1～F_{10}代表十个因子，a_i 为 F_i 因子与其他因子重要度比较得分合计（重要得 1 分，不重要得 0 分），w_i 为 F_i 因子权重（i=1,2,3,4,5,6,7,8,9,10），$w_i = a_i/\sum a_i$。

表 6.24　中线工程运行社会风险因子权重计算

	F_1	F_2	F_3	F_4	F_5	F_6	F_7	F_8	F_9	F_{10}	a_i	w_i
F_1	1	1	0	1	1	1	0	1	1	1	8	0.15
F_2	0	1	0	1	1	0	1	0	1	1	6	0.11
F_3	1	1	1	1	1	1	1	1	1	1	10	0.18
F_4	0	0	0	1	1	0	0	1	0	0	3	0.05
F_5	0	0	0	0	1	0	0	0	0	0	1	0.02
F_6	0	1	0	1	1	1	1	1	1	1	8	0.15
F_7	1	0	0	1	1	0	1	1	0	0	5	0.09
F_8	0	1	0	0	1	0	0	1	0	0	3	0.05
F_9	0	0	0	1	1	0	1	1	1	0	5	0.09
F_{10}	0	0	0	1	1	0	1	1	1	1	6	0.11

注：表注同表 6.23。

6.2.4　线状作用对象综合风险预测评估方法

在各单项运行风险预测评估的基础上，进行综合风险分析的目的是为了能够识别出综合风险管理的优先对象并辨识出主导的单项风险，为风险防控措施的设计和布局（对风险管理的优先对象和主导单项风险重点安排风险防控措施）提供依据，提高风险防控措施的针对性。南水北调东线工程运行线状风险作用对象包括穿黄工程和输水河道，中线工程运行线状风险作用对象包括穿黄穿漳工程和输水干渠。对于穿黄穿漳工程，综合风险分析只需要简单的两两对比就可以判定风险的优先管理对象。对于东线的输水河道和中线的输水干渠空间分段数量多，要识别优先的风险管理对象和主导的单一风险，简单的两两比较难以满足要求。在国内外相关文献调研的基础上，采用多元聚类进行南水北调中线输水干渠和东线输水河道运行风险的综合分析，其中每一个空间分段对应聚类分析中的一个观测记录，每一个单一风险对应一个聚类变量。

聚类分析是对样品或变量进行分类的一种多元统计方法，目的在于将相似的事物归类。通过聚类可以将一个对象集划分为若干组，使同一组内的数据对象具有较高的相似度，而不同组中的数据对象是不相似的。相似或不相似的定义基于属性变量的取值确定，一般采用各对象间的距离来表示。聚类分析包括两个基本内容：模式相似性的度量和聚类算法。模式相似性度量重要的是定义模式之间特征的相似程度（包括距离测度，如欧氏距离、马氏距离等）、相似测度（包括相似系数等），匹配测度（包括 Tanimoto 测度等）。这些度量表示的是模式之间的距离。而聚类算法种类繁多，常用的主要有最大最小距离算法、系聚类法、动态聚类法、模糊 C-均值聚类算法、ISODATA 算法、最小张树聚类法，等等。模糊 C-均值（fuzzy C-means）聚类算法是当前聚类分析中的主流算法，它以最小类内平方误差和为聚类准则，计算每个样本属于各模糊子集（聚类）的隶属度，通过目标函数极小化的必要条件之间的 Pickard 迭代来实现算法。聚类分析包括以下几个步骤：①定义样品之间的距离，以及类与类之间的距离；②令每个观测记录自成一类；③计算类与类之间的距离，并将距离最近的两个类合并成一个类；④类的数目等于预先设定的聚类个数，聚类结束。

此外，在风险因子识别环节建立了东线输水河道综合运行风险贝叶斯网络，由于目前南水北调工程还处于建设阶段，本阶段研究采用专家判断法设定底节点的先验概率和节点之间的条件概率表，探索贝叶斯网络推理法在东线输水河道综合运行风险预测评估中的应用，展现其应用前景。随着东线工程进入运行期后，相关运行数据的积累可以对现阶段研究中设定的先验概率和条件概率予以更新，重新对其运行风险进行预测评估。有关贝叶斯网络推理方法的介绍见中线公路交叉建筑物环境事故风险预测评估方法（6.1.3 节）。

6.3　南水北调工程运行面状作用对象风险预测评估方法

南水北调工程运行风险面状作用对象包括东线调蓄湖泊、东线受水城市、中线丹江口水源地、中线受水城市。其中调蓄湖泊运行风险主要源自工程、环境和社会三个方面，受水城市运行风险主要源自水文和经济两个方面，中线丹江口水源地运行风险主要源自水文和社会两个方面。因此，南水北调工程运行面状对象风险根据风险源的不同可以进一步细分为工程风险、水文风险、环境风险、经济风险和社会风险。

6.3.1　面状作用对象工程风险预测评估方法

面状作用对象工程风险预测评估主要针对东线工程的洪泽湖、骆马湖、南四湖以及东平湖四个调蓄湖泊进行。调蓄湖泊的工程风险预测评估方法与东线输水河渠采用的技术方法总体相同，对相同之处本节不再赘述，仅阐述不同之处。

调蓄系统工程失事风险率模糊层次评估指标体系如图 6.10 所示。单因子风险估计基准如表 6.25 所示。

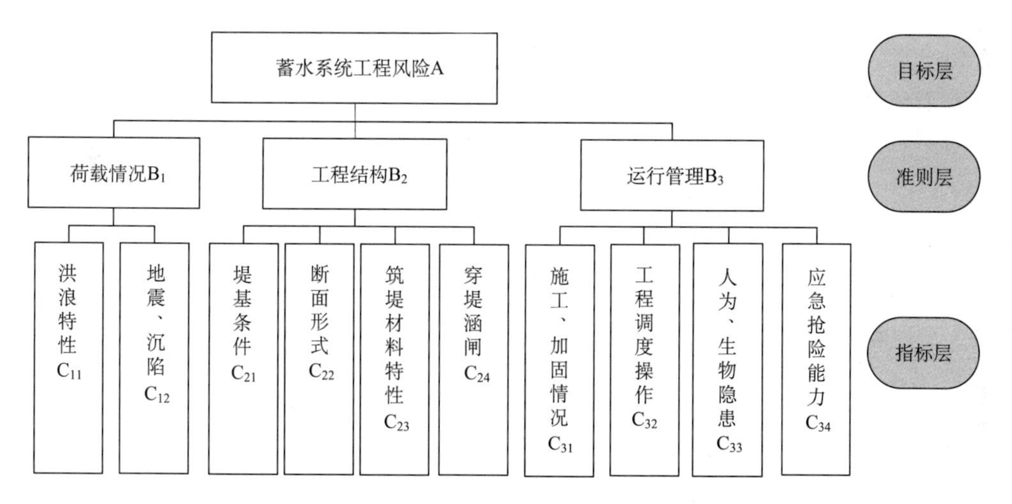

图 6.10　调蓄系统工程运行风险率评估指标体系图

表 6.25　调蓄系统单因子风险估计基准

因子	评价内容	参考评语及等级范围				
		标准 (0,1]	基本达标 (1,2]	部分达标 (2,3]	基本未达标 (3,4]	完全未达标 (4,5]
洪浪特性	超标洪水、风浪	不发生	基本不发生	近年内发生过	近年内发生过数次	频发
地震、地面沉陷	工程所在区域地震烈度，地面沉陷	位于地震烈度Ⅵ级以下地区，不用设防已满足抗震安全；地面沉陷不发生	位于地震烈度Ⅵ级以下地区，不用设防已满足抗震安全；地面沉陷基本不发生	地震烈度Ⅵ级以上，但基本不可能引发渗透破坏、地震液化问题；地面沉陷有可能发生	地震烈度Ⅶ级以上，发生过地震，可能存在地震液化问题；局部地区存在地面沉陷	地震烈度Ⅷ级以上，多次发生过地震，很可能存在地震液化问题；地面沉陷大面积发生

续表

因子	评价内容	参考评语及等级范围				
		标准 (0,1]	基本达标 (1,2]	部分达标 (2,3]	基本未达标 (3,4]	完全未达标 (4,5]
堤基条件	堤脚、堤基结构致密性，软弱夹层，大面积可液化土层	无软弱夹层，不存在大面积可液化饱和无黏性土层和少黏性土层	较致密，夹有少量软弱夹层，基本不存在大面积可液化土层	较致密，夹有少量软弱夹层，局部存在大面积可液化土层	较不结实，结构松散，夹有多层软弱夹层，存在大面积可液化土层	不结实，结构松散，有多层软弱夹层或由松散石头堆积，存在大面积可液化土层
断面形式	堤顶高程、边坡坡比、护坡、防渗	坡比满足设计规范，有较大裕度，护坡合理有效，防渗体系完整，无堤顶高程不足可能	坡比满足设计规范，护坡较合理有效，防渗体系较完整，基本无堤顶高程不足的可能	局部边坡较陡，护坡厚度不够，防渗体系不完整或破坏，可能存在堤顶高程不足	边坡较陡，护坡厚度不够，防渗体系不完整或破坏，堤顶高程不足的可能性较大	边坡陡立，无护坡，防渗体系极不完整或被严重破坏，堤顶高程不足
筑堤材料特性	筑堤材料的密实性及渗透性	密实，渗流性态正常	较密实，渗流性态基本正常	局部地区孔隙较多，渗流性态基本正常，但未经高水位考验	局部地区不密实，某些部位渗流异常，有向不利方向发展趋势	松散，渗流异常，渗流量逐年增加，超过某一水位后渗流量明显增加
穿堤涵闸	设计是否满足规范要求	满足且有较大裕度	稍低	基本满足	不满足	远不满足
施工、加固	施工质量评价、加固措施合理性	施工质量评价为A；加固措施全面、合理	施工质量评价为A；加固措施较全面、合理	施工质量评价为B；局部加固措施	施工质量评价为C；局部加固措施	施工质量评价为C；无截渗墙等加固措施
工程调度操作	堤防等级、日常巡查制度及汛前、汛后检查制度，洪水调度方案	一级堤防，有严格巡查制度，能及时抢护维修；无调度失误事故发生，已经经过多次考验	二级堤防，有较严格的制度，基本能及时抢护维修；基本无调度失误事故发生，已经受过多次考验	三级堤防，有巡检制度，但抢护维修不及时；调度方案未经考验，下游泄量是否满足要求未知	四级堤防，有巡检制度，但抢护维修不及时，调度方案未经考验，下游泄量不满足设计要求	五级堤防，虽有巡检制度，但抢护维修不及时，管理制度不严格，无洪水调度方案
人为、生物隐患	决口抢筑、生物洞穴以及人类不恰当活动引起的隐患	没有，不影响工程安全运行	基本没有，不影响工程安全运行	局部存在，对工程安全运行不大	大量存在，对工程安全运行影响显著	大量存在，严重威胁工程安全运行
抢险能力	应急预案、抢险物资供应状况、交通运输条件	应急预案周密，可操作；抢险物资供应充足；通信、交通条件良好	应急预案较周密、可操作；抢险物资供应较充足；通信、交通条件较好	有应急预案，但未经考验；有抢险物资储备；有交通运输条件	有初步的应急预案，无抢险物资储备，交通不便，部分防汛道路不通	无应急预案，无抢险物资储备，缺乏防汛道路，难以进行机械抢险

根据专家对风险因子两两相对重要性的判断，采用层次分析法求取评价权重向量如表 6.26 所示。

表 6.26　调蓄系统风险因子权重值

判断矩阵	权重值				一致性指标
	W_1	W_2	W_3	W_4	
A	0.388	0.367	0.245	—	0.0004
B_1	0.721	0.279	—	—	0.0000
C_2	0.295	0.278	0.250	0.177	0.0023
D_3	0.272	0.131	0.237	0.360	0.0416

在采用上述模糊综合评判法对四个调蓄湖泊进行定性风险评估之后，选择资料相对完备的东平湖二级湖堤探索定量评价其风险率。根据风险识别结果，堤防工程主要失事模式有漫顶、渗透和失稳失事三种，对湖泊工程而言，漫顶失事主要表现为洪浪漫溢，工程的综合风险率由各单项风险率组成。

洪浪漫溢率以浪高 Z 超过 x（m）的概率进行表征：

$$P\{Z>x\}=1-\int_0^{\sqrt{x}}\frac{1}{2v_0 y\sqrt{\alpha}}\mathrm{e}^{-\frac{y}{v_0\sqrt{\alpha}}}2y\mathrm{d}y=1+\int_0^{\sqrt{x}}\mathrm{e}^{-\frac{y}{v_0\sqrt{\alpha}}}\mathrm{d}\left(-\frac{y}{v_0\sqrt{\alpha}}\right)=\mathrm{e}^{-\frac{\sqrt{x}}{v_0\sqrt{\alpha}}} \quad (6.11)$$

式中：Z 为高出静水位的风浪高，m；v_0 为平均风速，km/h；$y=\sqrt{z}$；$\alpha=\frac{F}{KD}$，其中 D 为平均水深，m；F 为风的吹程，km；K 为经验系数，对于封闭水域 $K=3626$ 可作为参考值。

堤防工程渗透风险产生原因主要由于比降 J 大于临界比降 j_c，故工程渗透风险功能函数可以表达为

$$P_j=P(J>j_c)=1-P(J\leqslant j_c)=1-\int_0^{j_c}f(J)\mathrm{d}J \quad (6.12)$$

式中：$f(J)$为渗透坡降的概率密度分布函数，与水头的关系最大，不同的水头 $f(J)$也不同，因此还需要考虑水头差的随机性，即考虑洪水位的随机性。$f(J)$ 可写为 $f(J,H)$，为渗透坡降 J 与洪水位 H 的联合概率密度函数。

土堤边坡失稳是由于荷载的滑动力矩 M_S 大于抗滑力矩 M_R。工程边坡失稳风险率 P_S 可表示为

$$P_S=P\left[\frac{M_S}{M_R}>1\right]=P\left[\frac{M_R}{M_S}\leqslant 1\right]=P[F\leqslant 1] \quad (6.13)$$

在漫溢、渗透、失稳失事风险率计算完成后，综合风险的计算应通过分析各失事模式间的相关关系，利用 Ditlevsen 窄界限范围公式进行合成。从保守的角度考虑，假定给定水位情况下各失事模式相互独立，则湖堤的综合失事风险率可以表示为

$$P_{综合}=P_{漫溢}+P_{渗透}+P_{失稳} \quad (6.14)$$

6.3.2　面状作用对象水文风险预测评估方法

水文面状风险作用对象主要包括东中线受水城市和中线丹江口水源地。其中受水城市水文风险主要包括需水水文风险和供需协调水文风险，中线丹江口水源地水文风险主要是供水水文风险。

6.3.2.1　受水城市需水水文风险预测评估方法

根据南水北调东线和中线调水工程规划，南水北调东线主要向黄淮海平原东部和山东半岛供水，主要供水目标是解决调水线路沿线和山东半岛城市及工业用水，改善淮北地区的农业供水条件，并在北方需要时，向农业和生态供水。南水北调中线的供水目标是北京、天津、河北、河南四省市主要城市的生活、工业供水为主，兼顾生态和农业用水。生活和工业用水受到水文因素的影响很小，而农业和生态用水与水文过程密切相关，因此受水区需水水文风险以农业需水风险和生态需水风险为主。

(1) 农业需水水文风险预测评估方法

根据南水北调规划确定的灌溉面积和2005年区域实际种植结构，采用1951～2000年长系列月降水条件分析受水区需水变化过程及变化特征，并与规划设计确定的农业灌溉需水进行对比分析，研究需水过程的波动以及不同降水水平年需水变化对工程运行可能产生的灌溉需水水文风险。其中，农业灌溉需水量计算采用的方法如下（黄梦琪，2007；段爱旺等，2004）：

$$I_G = 10\sum_{i=1}^{n} I_{Ni}\frac{A_i}{\eta_g} \tag{6.15}$$

式中：I_G为农田用水定额（农田综合毛灌溉定额），m^3/hm^2；A_i为第i种作物的种植面积，hm^2；η_g为灌溉水利用效率；I_{Ni}为第i种作物净灌溉需水量，mm；n为作物种类。

式（6.15）中，农田净灌溉定额即单位面积灌溉需水量I_N是采用大田的水量平衡原理进行计算的，该平衡方程式为

$$I_N = f(ET, Pe, Ge, \Delta W) \tag{6.16}$$

对于旱田：$I_{Ni} = ET_{ci} - Pe - Ge_i + \Delta W$

对于水稻：$I_{Ni} = ET_c + F_d + M_o - Pe$

式中：ET_{ci}为i作物的需水量，mm；ΔW为生育期内逐月始末土壤储水量的变化值，mm；Pe为作物生育期内的有效降雨量，mm；Ge_i为i作物生育期内的地下水利用量，mm；F_d为稻田全生育期渗漏量，mm；M_o为插秧前的泡田定额，mm。

(2) 生态需水水文风险预测评估方法

采用受水区沿线长系列（1951～2000年）降水资料，分析受水区城市生态环境需水量；并与2010年规划生态环境需水进行对比分析，研究需水过程的波动以及不同降水水平年需水变化对工程运行可能产生的生态环境需水水文风险。生态环境需水主要包

括城市河湖换水、园林绿地用水等。其中城市河湖换水包括水面蒸发需水、渗漏需水、河道基流需水、维持湖泊水面需水量、污染物稀释净化需水、园林绿地用水等。

1）水面蒸发需水量

$$W_e = A_1 E_e \tag{6.17}$$

式中：W_e 为河湖水面蒸发需水量，m^3/a；A_1 为河湖水面面积，hm^2；E_e 为河湖水面蒸发量，mm/a。

2）渗漏需水量

当河湖水位高于地下水位时，通过底部渗漏和岸边侧渗将向地下水补水。可采用经验公式计算：

$$W_1 = KA_1 \tag{6.18}$$

式中：W_1为河湖渗漏水量，m^3；K 为经验取值或系数；A_1为河湖水面面积，m^2。

3）河道基流年需水量

城市河流的水流速度一般较小，有些河流基本上就是死水，为维持城市水体的流动性，城市河流必须保持一定的流速。在数据缺乏的情况下，假定城市人工河道的横断面平均宽度为 8m，断面平均深度为 2m，断面面积为 $16m^2$，断流天数控制为零。每年保持河流一定流速和流量所需水量的计算可采用下面的公式：

$$W_R = \frac{A_2 v T}{10\ 000} \tag{6.19}$$

式中：W_R为河道基流年需水量，万 m^3；A_2为河道平均断面面积，m^2；v 为流速，m/s；T 为径流时间，T=365d=31 536 000s。

4）维持湖泊水面需水量

为保证湖泊、河流的正常存在及功能的发挥，在水位略有变化的情况下，保持河湖常年存蓄一定的水量，此水量是水体发挥生物栖息地和娱乐场所功能存在的前提条件，是生态环境需水的重要组成部分。其需水量为

$$W_L = A_1 H \tag{6.20}$$

式中：W_L 为维持湖泊水面需水量，m^3；H 为湖泊平均水深，m；A_1 为湖泊水面面积，m^2；

5）污染物稀释净化需水量

由于目前城镇河湖污染严重，大多情况下达不到景观用水的标准，因此为提高河湖稀释净化污染物的功能，使水质达到用水的最高标准，需要人工补充清洁水。将污染物稀释净化需水量计算在内，将显著增大城市生态环境需水量。

$$W_D = \left(\frac{C_i}{C_{oi}}\right) Q_i \tag{6.21}$$

式中：W_D为污染物稀释净化需水量，m^3/a；C_{oi}为达到用水水质标准规定的第 i 种污染物浓度，mg/L；C_i为实测河流第 i 种污染物浓度，mg/L；Q_i为 90%保证率最枯月平均流量，m^3/s；C_i/C_{oi}为污染指数（计算 W_D 时，取污染指数最高的污染物进行计算）。

6）园林绿地用水量

园林绿地用水量为

$$W_{绿} = \frac{1}{10\,000} q_{绿} A_{绿} \tag{6.22}$$

式中：$W_{绿}$ 为绿地生态需水量，万 m^3；$q_{绿}$ 为绿地生态需水，m^3/hm^2；$A_{绿}$ 为绿地面积（可直接采用统计数据），hm^2。

6.3.2.2 供需协调水文风险预测评估方法

供需协调水文风险主要是由于水源区和受水区的旱涝遭遇和径流丰枯遭遇引起的，因此通过分析旱涝遭遇和年径流丰枯遭遇即可以预测评估供需协调水文风险（Fernandez and Sales,1999a，1999b）。旱涝遭遇分析采用1470～2000年共计531年的旱涝等级资料，将每年旱涝情况分为五个等级：涝、偏涝、正常、偏旱和旱。中线分析包括汉江流域水源区与汉江流域受水区、淮河上游受水区、海河南系受水区和海河北系受水区旱涝遭遇，以及受水区内部不同区域之间的百年尺度旱涝遭遇情况。东线分析长江水源区与淮河流域、沂沭河、胶东、徒骇马颊河和海河受水区旱涝遭遇，以及受水区内部不同区域之间的遭遇情况。

年径流丰枯遭遇分析主要采用工程涉及区域内的水资源三级分区1956～2000年共45年的径流资料，时间以年为尺度。空间上中线研究区域划分为汉江流域水源区、淮河流域受水区、黄河流域受水区、海河南系受水区和海河北系受水区五个水文区。空间上东线研究区域划分为长江流域水源区、淮河流域受水区、沂沭泗河流域、胶东诸河受水区、徒骇马颊河受水区五个水文区。考虑到遭遇情况对调水风险管理的影响，重点分析不利于调水的组合，进行丰、平、枯三级一共九种遭遇组合的计算分析。

6.3.2.3 水源地供水水文风险预测评估方法

用流域分布式水文模型SWAT，结合规划确定的下游用水和工程建设方案，针对未来气候变化、水资源情势的变化、人类活动的影响预测评估南水北调中线水源区供水水文风险。SWAT（Soil and Water Assessment Tool）模型是由美国农业部农业研究局（ARS）开发的流域尺度模型，可用于模拟地表水、地下水水量和水质，预测土地管理措施对不同土壤类型、土地利用方式和管理条件的大尺度复杂流域的水文、泥沙和农业化学物质的影响。SWAT模型是一个具有物理机制，以日为时间步长，可进行流域尺度连续长时段模拟的分布式水文模型。SWAT模型首先根据下垫面和气候因素将研究区域细分为若干个子流域或网格单元，然后在每一个子流域上应用传统的概念性模型来推求净雨，再进行汇流计算，最后求得流域出口断面的流量。SWAT水循环的陆面部分即产流和坡面汇流，控制着每个子流域内主河道的水、沙、营养物质和化学物质等输入量；水面部分即河网汇流过程，决定了水、沙等物质从河网向流域出口的输移过程（刘昌明等，2006；Anselmo et al.，1996）。SWAT模型结构包含从降雨到径流的各个重要环节，如图6.11所示。

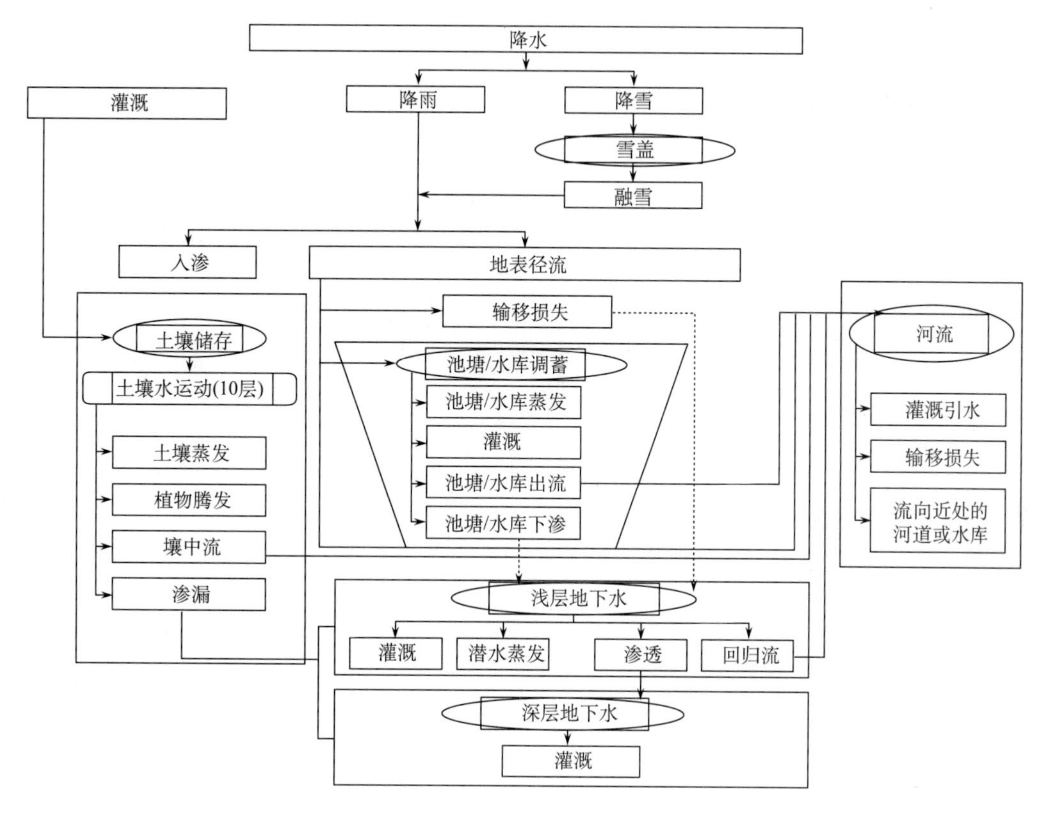

图 6.11　SWAT 模型结构示意图

其基本框架是将研究流域划分为若干个单元，在每个计算单元上建立水文物理概念模型，先进行水文单元的坡面产汇流计算，最后通过汇流网络将单元流域连接起来。

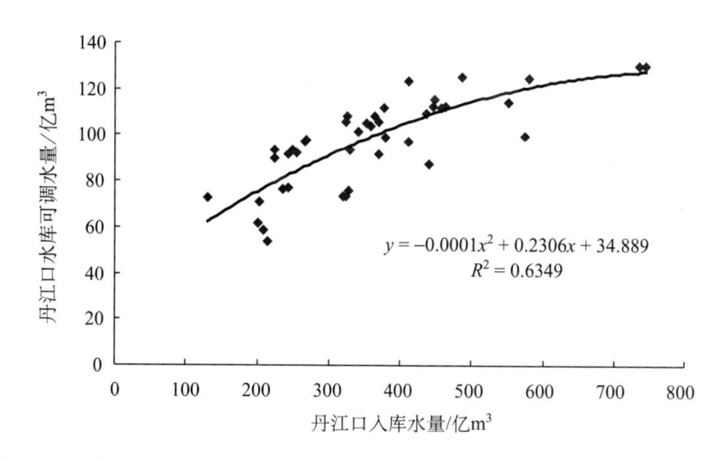

图 6.12　南水北调中线水源区丹江口水库入库水量与可调水量相关关系

采用率定检验过的丹江口库区SWAT水文模型，针对气候变化、土地利用变化、人工取用水变化和调水工程等供水水文风险因素，预测评估中线供水水文风险。其中，气候变化情景采用区域气候模式（RegCM2）模拟预测得到的研究区未来降水、气温变化结果；土地利用变化情景采用1990年与2000年的土地利用图作为模型的输入，预测评估不同土地利用状况下的径流变化；人工取用水变化考虑 $p=50\%$，75%，95%三种情况下丹江口库区以上总用水量和耗水量的变化；调水工程考虑陕西省“南水北调”工程规划东、中、西三条调水线路的调水量。综合上述各种因素，预测丹江口库区入库水量的减少，再通过入库水量和可调水量的相关关系（图6.12）预测可调水量的减少量。

6.3.3　面状作用对象环境风险预测评估方法

环境面状风险对象主要是东线四个调蓄湖泊，其运行过程中涉及的因素较多，故环境风险的作用因子也很多，而且它们都具有不确定性、模糊性的特点。为了更准确地评判环境风险，采用水环境系统数值模拟方法和模糊综合评判方法对调蓄湖泊环境风险进行定量评估。

6.3.3.1　湖泊水环境数值模拟

（1）浅水动力学方程组及其求解

由以上推导可知浅水方程组的连续方程和运动方程。忽略紊动项的影响，并用 u 表示 x 方向的流速 U_x，用 v 表示 y 方向的流速 U_y，将浅水方程组简化为：
连续方程

$$\frac{\partial H}{\partial t}+\frac{\partial(uH)}{\partial x}+\frac{\partial(vH)}{\partial y}=q \tag{6.23}$$

动量守恒方程

x 方向上
$$\frac{\partial u}{\partial t}+u\frac{\partial u}{\partial x}+v\frac{\partial u}{\partial y}+g\frac{\partial z}{\partial x}-fv=\frac{\tau_{wx}}{\rho}-\frac{\tau_{bx}}{\rho} \tag{6.24}$$

y 方向上
$$\frac{\partial v}{\partial t}+u\frac{\partial v}{\partial x}+v\frac{\partial v}{\partial y}+g\frac{\partial z}{\partial y}+fu=\frac{\tau_{wy}}{\rho}-\frac{\tau_{by}}{\rho} \tag{6.25}$$

初始条件

$$H(x,y,t)\big|_{t=0}=H_0(x,y)\quad (x,y)\in G$$

（2）水质模型方程组及其求解

根据质量守恒原理，各项作用引起单元体积内污染物的增（减）量相加必然等于该单元体内污染物在 dt 时段内的变化量，因此，可以建立均衡单元体的水质迁移转化的微分方程。由于在浅水流动中，离散作用（离散系数）比分子扩散作用（分子扩散系数）、紊动扩散作用（紊动扩散系数）大得多，后者与前者相比，常常可以忽略。因此，平面二维水质方程的数学模型为

$$\frac{\partial(CH)}{\partial t}+\frac{\partial(uCH)}{\partial x}+\frac{\partial(vCH)}{\partial y}-\frac{\partial}{\partial x}\left(E_x\frac{\partial CH}{\partial x}\right)-\frac{\partial}{\partial y}\left(E_y\frac{\partial CH}{\partial y}\right)$$
$$+H\sum S_i+F(C)=0\quad(x,y)\in G,\quad t>0\tag{6.26}$$

式中：C 为求解污染物的浓度，g/m^3，即 mg/L；H 为水深，m；t 为时间，h；u，v 为 x，y 方向上的速度分量，m/s；E_x，E_y 为 x，y 方向上的离散系数，m/s^2；S_i 为源汇项，$g/(m^2\cdot s)$；$F(C)$为反应项。

通过建立水环境系统模拟模型，计算得到 BOD_5、COD、NH_3-N 和 DO 指标的浓度变化过程，依据地表水水环境质量标准的Ⅲ类水体要求，可以得到以上四个指标在所有计算时段内所有计算测站浓度不达标的频次。因此，根据统计计算理论和方法，可得不同指标的风险发生概率的计算式为

$$f=\frac{\text{不达标的次数}}{\text{模拟总次数}}\times 100\%\tag{6.27}$$

对于不同测站综合的风险发生概率，采用单因子评价法判定风险发生与否。这样对于任意断面的任何时段，只要有一个指标不满足水质标准要求，就认为风险发生。因此，河段综合风险概率的计算式为

$$f=\frac{\text{综合不达标的次数}}{\text{模拟总次数}}\times 100\%\tag{6.28}$$

6.3.3.2　模糊综合评判方法

根据调蓄湖泊的特点以及环境风险识别得出的主要风险因子，在指标体系建立原则的指导下，建立调蓄湖泊的非突发性水环境风险的评价体系。考虑到直接表征环境风险的主要指标就是水质污染状况，而引起水质污染状况的有三种情况：一是湖泊自身的水质发生变化，原因主要是自身的富营养化以及湖内养殖的污染；二是入湖支流的水质受到污染，从而影响湖泊的水质；三是航运污染，由于东线工程的湖泊都承担着一定的航运功能，在航运过程中难免会发生事故，这些也会造成湖泊的水质发生变化（黄圣彪等，2007；黄永生，2003）。因此，采用表征这些因素的指标来衡量调蓄湖泊非突发性水环境风险，具体如图 6.13 所示。

根据目前掌握的资料以及收集的资料，采用模糊综合评判的方法对调蓄湖泊的非突发性水环境风险进行评估，具体过程与输水河渠的计算过程相似，在此不再赘述，表 6.27 和表 6.28 分别为指标隶属度分级标准、指标权重分配表。

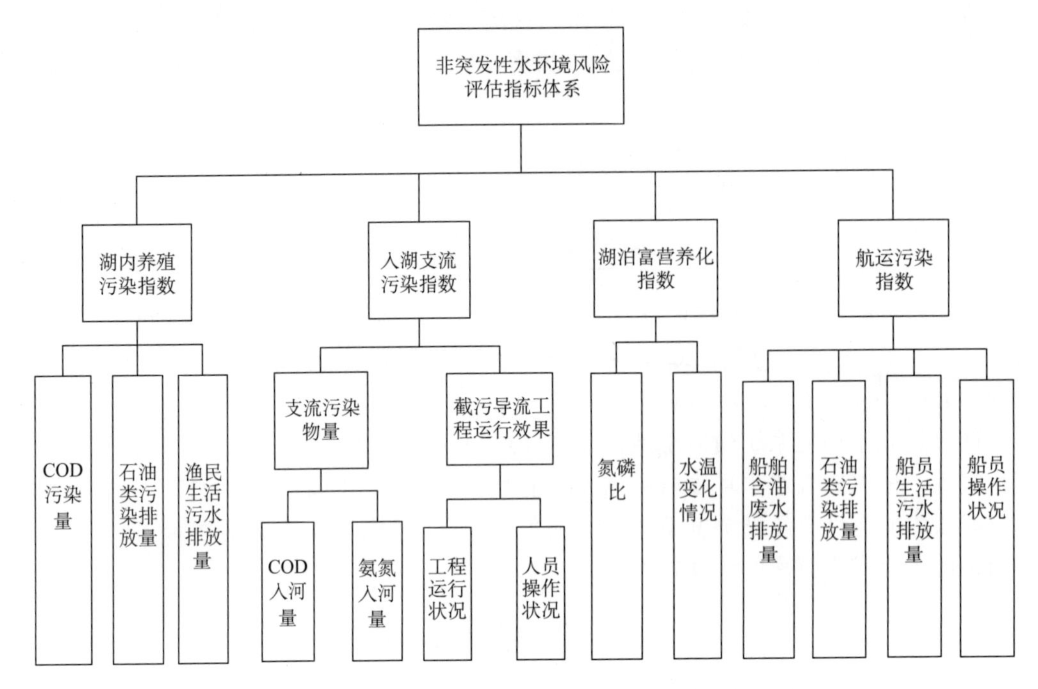

图 6.13 调蓄湖泊非突发性水环境风险评估指标体系

表 6.27 各评价指标隶属度分级标准

指　　标	单位	隶　属　度				
		0.1	0.3	0.5	0.7	0.9
COD 污染量	t/a	＜100	100～200	200～300	300～400	＞400
石油类污染排放量	t/a	＜25	25～50	50～75	75～100	＞100
渔民生活污水排放量	万 t/a	＜20	20～40	40～60	60～80	＞80
COD 入河量	t/a	＜100	100～500	500～900	900～1300	＞1300
氨氮入河量	t/a	＜50	50～100	100～150	150～200	＞200
工程运行状况		非常好	好	一般	差	很差
人员操作状况		非常好	好	一般	差	很差
氮磷比		11.8～15.5	10.8～11.8；15.5～16.5	9.8～10.8；16.5～17.5	8.8～9.8；17.5～18.5	＜8.8；＞18.5
水温变化情况		较小	小	一般	大	较大
船舶含油废水排放量	万 t/a	＜5	5～15	15～25	25～35	＞35
石油类污染排放量	t/a	＜25	25～50	50～75	75～100	＞100
船员生活污水排放量	万 t/a	＜20	20～40	40～60	60～80	＞80
船员操作状况		非常好	好	一般	差	很差

表 6.28　各评价指标权重分配表

一级指标	权重	二级指标	权重	三级指标	权重
湖内养殖污染指数	0.2	COD 污染量	0.3		
		石油类污染排放量	0.4		
		渔民生活污水排放量	0.3		
入湖支流污染指数	0.3	支流污染物量	0.6	COD 入河量	0.5
				氨氮入河量	0.5
		截污导流工程运行效果	0.4	工程运行状况	0.5
				人员操作状况	0.5
湖泊富营养化指数	0.3	氮磷比	0.5		
		水温变化情况	0.5		
航运污染指数	0.2	船舶含油废水排放量	0.3		
		石油类污染排放量	0.3		
		船员生活污水排放量	0.2		
		船员操作状况	0.2		

6.3.4　面状作用对象经济风险预测评估方法

经济面状风险作用对象主要为东中线的受水城市，南水北调经济风险评价采用定量分析方法，利用蒙特卡罗模拟技术对南水北调经济风险进行模拟，分析经济风险发生的概率及后果。选取识别出的经济风险因子作为经济风险评价的输入变量，确定各风险因子的概率分布，为各风险因子独立抽取随机数，进一步转化为各风险因子的抽样值，形成一组经济风险评价基础数据，建立动态经济风险评价模型，评价受水城市的售水量风险，作为经济风险评价指标。

6.3.4.1　南水北调经济风险模型单元划分

（1）模型单元划分

南水北调东线工程和中线工程管理部门是独立的实体，因此开展经济风险评价也针对东线工程和中线工程分别开展。研究以地市级行政区为研究单元，分别确定在不同风险因子影响下，各受水区的需调水量和调水水价，并汇总形成东线工程和中线工程的调水收益[①~④]。根据南水北调实际调水过程，南水北调工程的单元划分及调水路线如图 6.14 所示。

① 水利部长江水利委员会长江勘测规划设计研究院．南水北调中线一期工程可行性研究总报告第十三篇：“经济评价”．水利部长江水利委员会，2005

② 水利部长江水利委员会长江勘测规划设计研究院．南水北调中线一期工程可行性研究总报告附件 5：“投资估算报告”．水利部长江水利委员会，2005

③ 中水淮河工程有限责任公司等．南水北调东线第一期工程可行性研究总报告专题报告 6：投资估算（上、下册）

④ 中水淮河工程有限责任公司等．南水北调东线第一期工程可行性研究总报告专题报告 7：经济分析

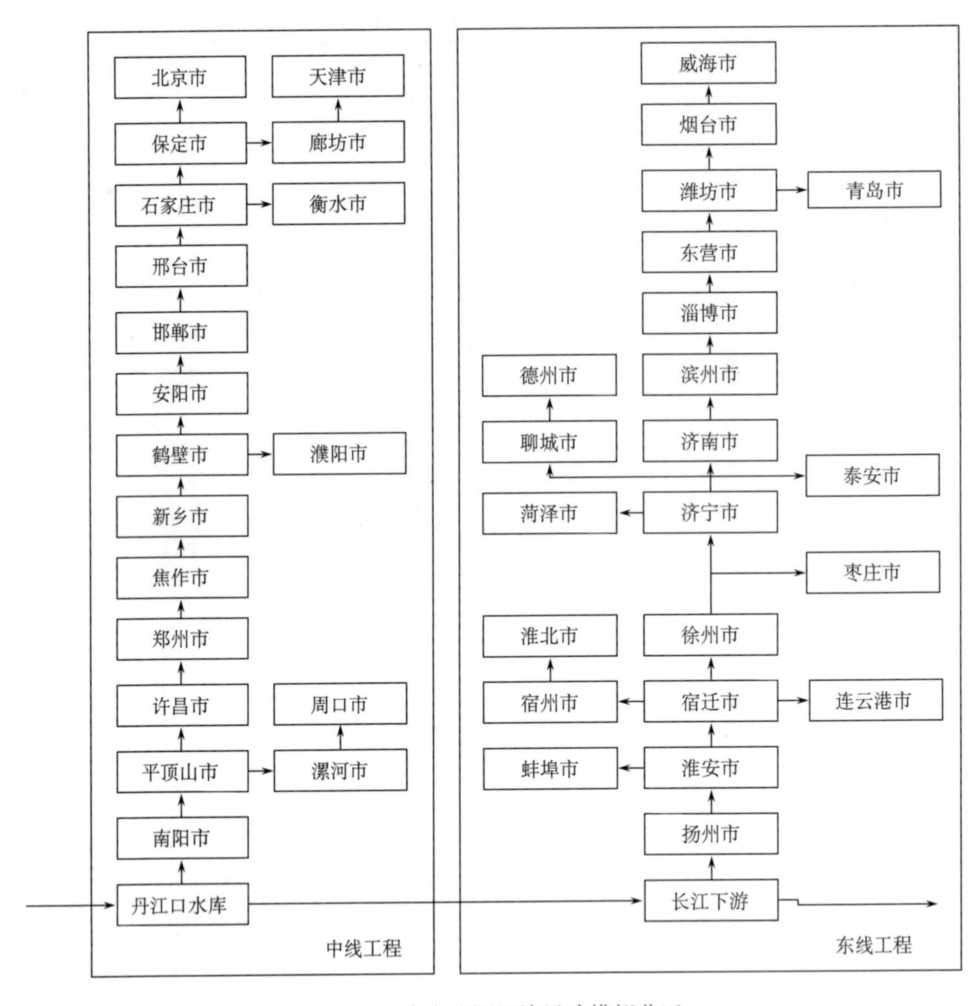

图 6.14　南水北调经济风险模拟分区

(2) 典型年选取

南水北调经济风险评价涉及社会经济发展预测、需水分析、南水北调工程调水费用、调水收益测算等内容，需要以设定的基准年为基础来开展研究，根据南水北调工程建设的进展，预计在 2015 年前建成通水，此次研究部分内容以可行性研究报告为基础，为了保持一致性，以 2015 年为典型年开展研究。

6.3.4.2　南水北调经济风险模型结构

南水北调动态经济风险模拟模型是本次研究的重点，其核心是对南水北调调水过程进行模型概化，用数学方程来表述调水过程中的经济关系，建立起经济风险因子与评价指标的数量关系，分析风险因子组合概率下的风险后果（国家发展和改革委员会、建设部，2005）。模型由四个模块组成，包括调水水价分析模块、需水分析模块、水资源配置模块和调水工程财务分析模块。各模块的输入、输出以及模块之间的关系如图 6.15 所示。

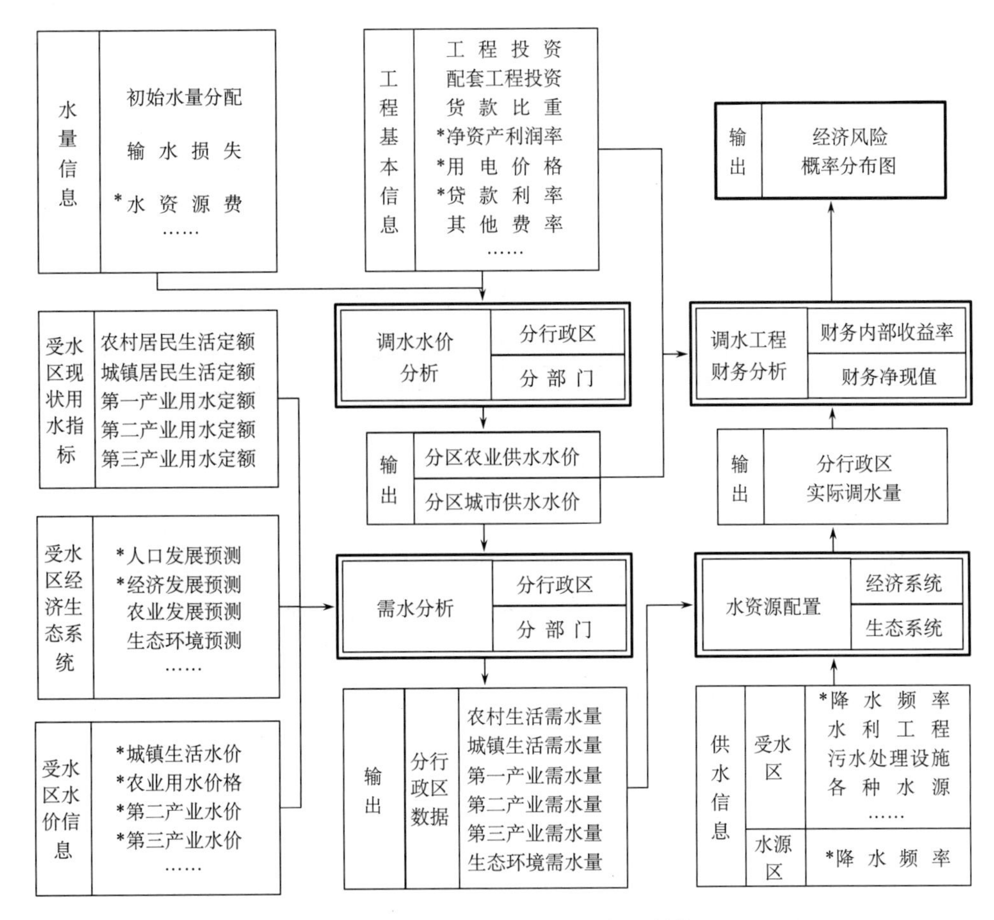

图 6.15　动态经济风险模拟模型结构

*表示具有重要影响的输入变量，需要分析该变量的概率分布

调水水价分析模块的作用是分析各行政区分部门的调水水价，模型的输入是初始调水水量分配、水量损失、工程投资、影响工程运行费用的变量等信息，输出是各行政区分部门的水价。在调水水价分析模块中，水资源费、净资产利润率、用电价格、贷款利率是影响水价输出结果的风险因子。

需水分析模块的作用是分析在不同的水价、社会经济发展水平等条件下，各受水地市的水资源需求量，模型输入为社会经济、现状用水量、用水水价等信息，输出是各行政区分部门的需水量。在需水分析模块中，水价、经济发展、居民收入等因素是影响需水的风险因子。

水资源配置模块是在考虑受水区当地水供需平衡的基础上，分析各受水区对南水北调水量的需求。模型输入是降水特征、需水量、供水量等信息，输出是分行政区对调水的需求量。该模块中水文风险是影响输出结果的风险因子。

调水工程财务分析模块的作用是分析不同调水水量状况下南水北调工程的财务收益，输入是调水运行费用、调水水价和调水水量等信息，输出是财务内部收益率和财务净现值指标。

6.3.4.3 南水北调经济风险模型概化

根据模型结构构建南水北调经济风险模拟模型，模型中主要约束和方程如下：

(1) 约束条件——水量约束

$$\sum_{i=1}^{n} W_{\mathrm{d}}^{i} \leqslant Wss(rain_{\mathrm{s}}) \tag{6.29}$$

式中：W_{d}^{i} 表示南水北调供各地市的水量；$Wss(rain_{\mathrm{s}})$表示不同水文年水源区可调水量。

(2) 成本和收益概率分布

1) 选取经济风险因子组合

$$plan_{i} = random(P_{\mathrm{w}}, inc, enc, rate, cost_{\mathrm{m}}, ele_{\mathrm{p}}, W_{\mathrm{f}}, rain_{\mathrm{s}}, rain_{\mathrm{t}}) \tag{6.30}$$

式中：P_{w} 表示受水区水价；inc 表示受水区居民收入水平；enc 表示受水区经济发展水平；$rate$ 表示贷款利率；$cost_{\mathrm{m}}$ 表示运行管理费用；ele_{p} 表示抽水电价；W_{f} 表示水源区水资源费；$rain_{\mathrm{s}}$ 表示水源区降水频率；$rain_{\mathrm{t}}$ 表示受水区降水频率。

2) 经济风险因子组合概率

$$prob_{i} = prob(P_{\mathrm{w}}, inc, enc, rate, cost_{\mathrm{m}}, ele_{\mathrm{p}}, W_{\mathrm{f}}, rain_{\mathrm{s}}, rain_{\mathrm{t}}) \tag{6.31}$$

3) 水源区供水量

$$Wss = Wss(rain_{\mathrm{s}}) \tag{6.32}$$

4) 受水区供水量

$$Wst = Wst(rain_{\mathrm{t}}) \tag{6.33}$$

5) 受水区需水量

$$Wdt = wdt(P_{\mathrm{w}}, inc, enc, W_{\mathrm{f}}, rain_{\mathrm{t}}) \tag{6.34}$$

6) 调水量

$$W = min(Wss, Wdt\text{-}Wst) \tag{6.35}$$

7) 调水收益

$$profit = P_{1} \cdot W + P_{2} \cdot W \tag{6.36}$$

式中：P_{1} 表示容量水价；P_{2} 表示计量水价。

8) 调水总费用

$$cost = cost_{\mathrm{f}} + cost_{\mathrm{m}} \tag{6.37}$$

式中：$cost_{\mathrm{f}}$ 表示固定成本；$cost_{\mathrm{m}}$ 表示可变成本。

(3) 财务评价

1) 财务内部收益率

$$Firr = firr(profit, cost) \tag{6.38}$$

2）财务净现值

$$Fnpv = fnpv(profit, cost) \tag{6.39}$$

3）利息备付率

$$ICR = \frac{EBIT}{BI} \tag{6.40}$$

式中：$EBIT$ 表示息税前利润；BI 表示计入总成本费用的应付利息。

4）偿债备付率

$$DSCR = \frac{(EBITDA - T_{AX})}{PD} \tag{6.41}$$

式中：$EBITDA$ 表示息税前利润加折旧和摊销；T_{AX} 表示企业所得税；PD 表示应还本付息金额。

6.3.5 面状作用对象社会风险预测评估方法

社会面状风险作用对象主要包括东线调蓄湖泊和中线丹江口水源地，其运行风险预测评估方法与社会线状风险预测评估方法相同，详见 6.2.3 节。

6.3.6 面状作用对象综合风险预测评估方法

南水北调东线工程运行面状风险包括调蓄湖泊运行风险和受水区风险，中线工程运行面状风险包括丹江口水库运行风险和受水区风险。对于东线的调蓄湖泊，数量仅为 4 个，且空间位置特定，综合面风险分析只需要简单的两两对比就可以判定风险的优先管理对象。对于工程运行中受水区风险，空间数量多，东线受水城市 21 个，中线受水城市 19 个，要识别优先的风险管理对象和主导的单一风险，简单的两两比较难以满足要求。在国内外相关文献调研的基础上，采用多元聚类分析法。有关多元聚类的介绍，此处不再赘述。

此外，在风险因子识别环节建立了受水城市综合运行风险贝叶斯网络，有关贝叶斯网络推理方法的介绍详见中线公路交叉建筑物环境事故风险预测评估方法（6.1.3 节）。

第七章　南水北调东线工程运行风险预测评估

南水北调东线工程运行风险作为一个“三类五源”的复杂风险体系，其点状风险作用对象主要包括取水口水源工程——长江水源地和提水系统，线状风险作用对象主要包括输水河渠及穿黄工程，面状风险作用对象主要包括调蓄湖泊和受水城市。总体来说，东线工程运行风险源自工程、水文、环境、经济和社会五个方面，但具体到不同的风险对象，其风险源有所不同，将根据其具体的风险源组合对运行期风险进行预测评估。

7.1　东线运行点状作用对象风险预测评估

南水北调东线工程运行风险点状对象主要包括取水口水源工程——长江水源地和提水系统，根据综合风险识别结果，长江水源地运行风险源主要为供水水文风险，提水系统运行风险源主要为工程风险。

7.1.1　长江水源地供水水文风险预测评估

南水北调东线工程水源主要为长江干流。长江流域面积大，径流年内和年际波动不大，长江大通水文站多年平均径流量为9560亿m^3，即使特枯水年径流量也超过6000亿m^3，如图7.1所示。依据东线工程调水规模72亿～115亿m^3，仅占特枯水年径流量的不到2%，即便考虑今后流域用水量增加和来水衰减问题，产生供水水文风险的概率也比较小。

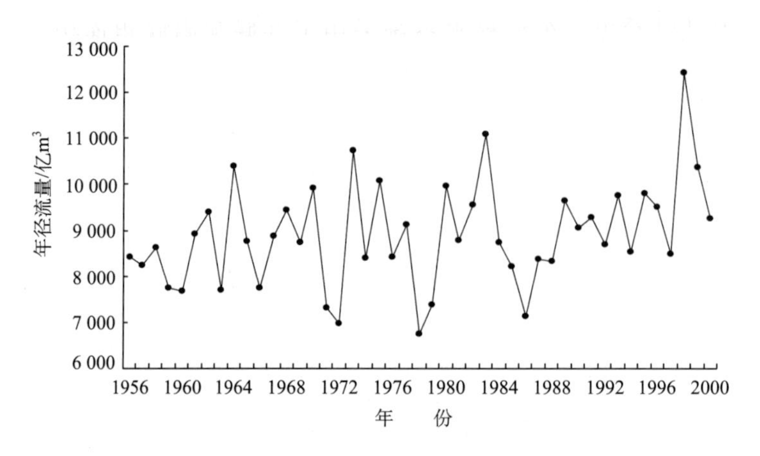

图7.1　1956～2000年长江大通站年径流过程

依据东线工程规划，第一期和第二期工程抽江流量较小，即便在枯水期也无需采取避让措施，而第三期工程在长江大通站流量小于 10 000m^3/s 时，为防止长江调水增加导致长江口盐水入侵威胁，将限制抽江流量不超过江都站现有设计规模，即400m^3/s。据统计，在长江 1956～2000 年系列中，枯水年为 22 年，有 78 旬流量小于10 000m^3/s，其中最枯年份为 1978 年，避让旬数为 8 旬（图 7.2）。

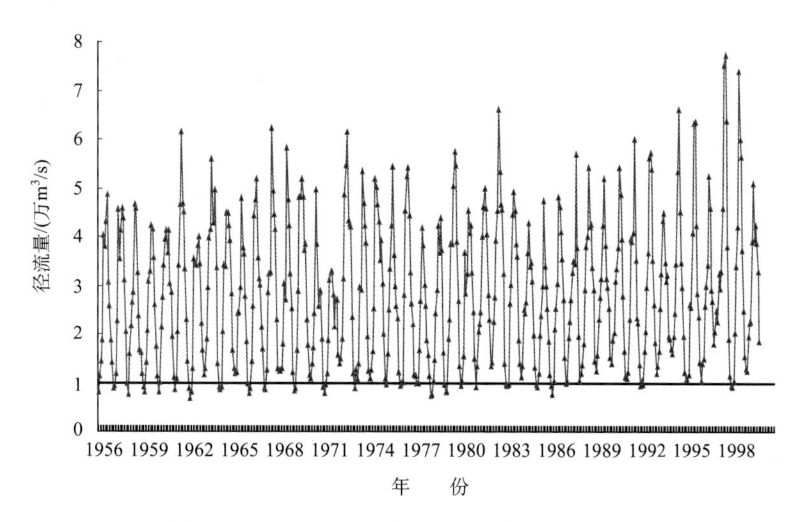

图 7.2　1956～2000 年长江大通站月径流过程

另外，长江三峡工程的建成还将加大下游枯水季节流量，对调水更为有利。由此可以看出，东线调水工程水源区的水量风险发生概率较低。

7.1.2　提水系统工程风险预测评估

东线提水系统由 13 个梯级、22 个泵站枢纽、34 座泵站组成。东线工程提水系统泵站枢纽概化示意图如图 7.3 所示。

从图 7.3 中可以看出，东线提水系统采用了并联和串联相连接的方式，东平湖以南，采用运河线和运西线并联的方式进行提水，自二级坝站以后，为串联形式。

7.1.2.1　风险率评估

依据 6.1.1 节建立的提水系统风险率评估指标体系，通过对东线提水系统泵站机组备用状况、使用年限、管理维护状况、地基特性及防洪条件的调查分析，得到各梯级泵站各风险因子等级值如表 7.1～表 7.5 所示，采用 6.1.1 节提及的风险率等级评判方法对提水系统的风险率等级进行计算。

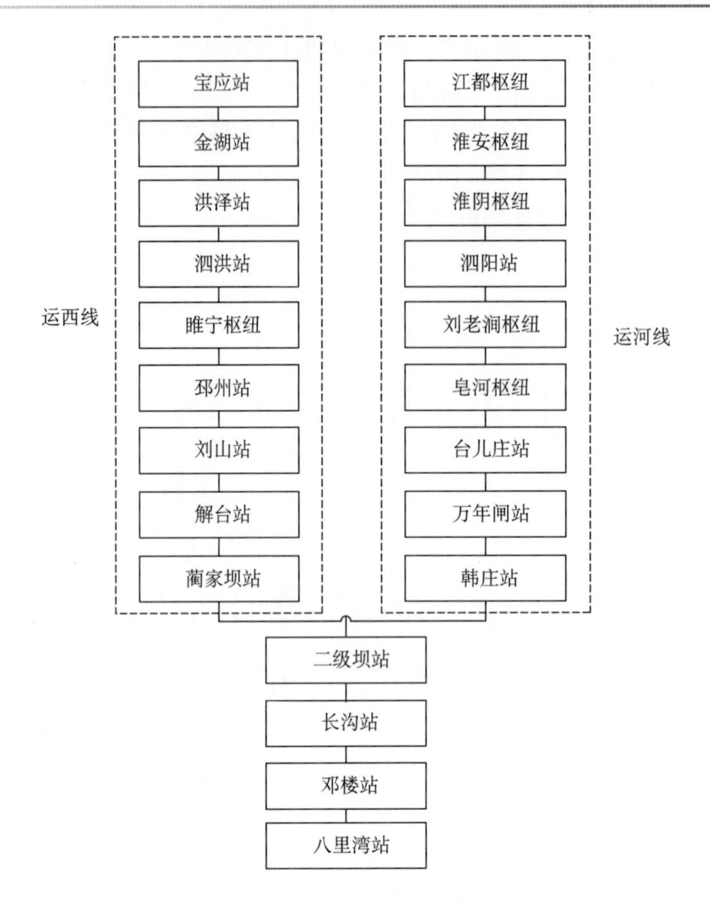

图 7.3　东线提水系统泵站枢纽概化示意图

表 7.1　南水北调东线工程梯级泵站机组备用比例风险因子等级表

梯级	运河线泵站	备用比例/%	备用比例等级	运西线泵站	备用比例/%	备用比例等级
1	江都站	9～33	3	宝应站	25	2
2	淮安站	6～63	3	金湖站	20	2
3	淮阴站	9	4	洪泽站	20	2
4	泗阳站	13	3	泗洪站	20	2
5	刘老涧站	25	2	睢宁站	25	2
6	皂河站	20	2	邳州站	25	2
7	台儿庄站	20	2	刘山泵站	20	2
8	万年闸站	20	2	解台站	20	2
9	韩庄站	20	2	蔺家坝站	25	2
10	二级坝站				20	2
11	长沟站				25	2
12	邓楼站				25	2
13	八里湾站				20	2

表 7.2　南水北调东线工程 13 级梯级泵站使用年限风险因子等级表

梯级	运河线泵站	使用年限等级评估值	运西线泵站	使用年限等级评估值
1	江都站	2.31	宝应站	2
2	淮安站	2.76	金湖站	2
3	淮阴站	1.62	洪泽站	1
4	泗阳站	1.25	泗洪站	1
5	刘老涧站	2.13	睢宁站	1.35
6	皂河站	4.18	邳州站	1
7	台儿庄站	1	刘山泵站	1
8	万年闸站	1	解台站	2
9	韩庄站	1	蔺家坝站	1
10	二级坝站			1
11	长沟站			1
12	邓楼站			1
13	八里湾站			1

表 7.3　南水北调东线工程 13 级梯级泵站管理维护状况风险因子等级表

梯级	运河线泵站	管理维护状况等级评估值	运西线泵站	管理维护状况等级评估值
1	江都站	2	宝应站	2
2	淮安站	2	金湖站	2
3	淮阴站	2	洪泽站	2
4	泗阳站	2	泗洪站	2
5	刘老涧站	2	睢宁站	2
6	皂河站	2	邳州站	2
7	台儿庄站	2	刘山泵站	2
8	万年闸站	2	解台站	2
9	韩庄站	2	蔺家坝站	2
10	二级坝站			2
11	长沟站			2
12	邓楼站			2
13	八里湾站			2

表 7.4　南水北调东线工程 13 级梯级泵站地基特性风险因子等级表

梯级	运河线泵站	地基特性等级评估值	运西线泵站	地基特性等级评估值
1	江都站	2	宝应站	1
2	淮安站	1.69	金湖站	3
3	淮阴站	2	洪泽站	1
4	泗阳站	2	泗洪站	1
5	刘老涧站	1	睢宁站	2
6	皂河站	1.82	邳州站	3
7	台儿庄站	2	刘山泵站	2
8	万年闸站	2	解台站	1
9	韩庄站	1	蔺家坝站	3
10	二级坝站			3
11	长沟站			3
12	邓楼站			4
13	八里湾站			4

表 7.5　南水北调东线工程 13 级梯级泵站防洪条件风险因子等级表

梯级	运河线泵站	防洪条件等级评估值	运西线泵站	防洪条件等级评估值
1	江都站	2.31	宝应站	2
2	淮安站	1.83	金湖站	2
3	淮阴站	2.62	洪泽站	2
4	泗阳站	2.25	泗洪站	2
5	刘老涧站	2.56	睢宁站	2.35
6	皂河站	2	邳州站	2
7	台儿庄站	2	刘山泵站	2
8	万年闸站	2	解台站	2
9	韩庄站	2	蔺家坝站	2
10	二级坝站			2
11	长沟站			2
12	邓楼站			2
13	八里湾站			2

采用 6.1.1 节中介绍基于模糊综合评判的效用函数法，计算得到各泵站的风险指标值，具体如表 7.6 所示。相应的风险率评价标准如表 7.7 所示。可以看出，东线工程的 13 级梯级泵站中，大部分梯级泵站的风险率等级都在 2～3，属于风险率较低级别。在 13 级梯级泵站中，风险率等级评价结果最劣的为淮阴枢纽，其综合风险等级评价结果为 3.4。究其原因，主要是由于淮阴枢纽的三个泵站的单机流量为 $30m^3/s$ 和 $34m^3/s$，

与江都枢纽和淮安枢纽不同，淮阴枢纽不存在小流量的单机组，因此，淮阴枢纽的备用机组比例较低，仅为9%，根据该指标的评价标准，其风险率等级为4级，风险较高。

表7.6 南水北调东线工程13级梯级泵站风险率评价结果表

梯级	运河线泵站	风险率等级评估值	运西线泵站	风险率等级评估值
1	江都站	2.66	宝应站	1.98
2	淮安站	2.63	金湖站	2.02
3	淮阴站	3.37	洪泽站	1.95
4	泗阳站	2.63	泗洪站	1.95
5	刘老涧站	2.08	睢宁站	2.02
6	皂河站	2.04	邳州站	2.00
7	台儿庄站	1.97	刘山泵站	1.98
8	万年闸站	1.97	解台站	1.98
9	韩庄站	1.95	蔺家坝站	2.00
10	二级坝站			2.00
11	长沟站			2.00
12	邓楼站			2.02
13	八里湾站			2.02

表7.7 南水北调东线工程提水系统风险率评价标准表

风险率评价等级取值	[0,1)	[1,2)	[2,3)	[3,4)	[4,5]
风险率等级描述	风险低	风险较低	风险中等	风险较高	风险高

7.1.2.2 风险等级评估

风险由风险率和风险后果两者组合而成，提水系统失效风险后果通过设计流量反映，设计流量越大、失效风险后果也越大。表7.8是南水北调东线工程提水系统各梯级泵站的设计流量与风险率评价结果表。

表7.8 南水北调东线工程提水系统各梯级泵站的设计流量与风险率评价结果表

梯级	运河线泵站	设计流量/(m^3/s)	风险率等级评价值	运西线泵站	设计流量/(m^3/s)	风险率等级评价值
1	江都站	400	2.66	宝应站	100	1.98
2	淮安站	300	2.63	金湖站	150	2.02
3	淮阴站	300	3.37	洪泽站	150	1.95
4	泗阳站	230	2.63	泗洪站	120	1.95
5	刘老涧站	230	2.08	睢宁站	110	2.02

续表

梯级	运河线泵站	设计流量/(m^3/s)	风险率等级评价值	运西线泵站	设计流量/(m^3/s)	风险率等级评价值
6	皂河站	175	2.04	邳州站	100	2.00
7	台儿庄站	125	1.97	刘山泵站	125	1.97
8	万年闸站	125	1.97	解台站	125	1.98
9	韩庄站	125	1.95	蔺家坝站	75	2.00
10	二级坝站				125	2.00
11	长沟站				100	2.00
12	邓楼站				100	2.02
13	八里湾站				100	2.02

根据风险概率等级和梯级泵站流量的不同组合结果，划定风险评价标准，确定风险等级划分成五类：风险低、风险较低、风险中等、风险较高、风险高。各风险级别的组成如表 7.9 所示。

表 7.9 东线工程提水系统风险评价标准

<table>
<tr><th>概率等级
设计流量/(m^3/s)</th><th>5</th><th>4</th><th>3</th><th>2</th><th>1</th></tr>
<tr><td>(300, 400]</td><td>风险高</td><td>风险较高</td><td>风险中等</td><td>风险较低</td><td rowspan="4">风险低，基本无影响</td></tr>
<tr><td>(200, 300]</td><td>风险较高</td><td>风险中等</td><td>风险较低</td><td rowspan="2">风险低，基本无影响</td></tr>
<tr><td>(100, 200]</td><td>风险中等</td><td colspan="2">风险较低</td></tr>
<tr><td>(0, 100]</td><td>风险较低</td><td colspan="3">风险低，基本无影响</td></tr>
</table>

通过将各个梯级泵站的风险率及设计流量投影在横轴为以设计流量表征后果等级，纵轴为泵站失效概率等级的风险图上，同时与评价标准结合，可以得到各梯级泵站的风险评价结果。各梯级泵站的风险评价结果如表 7.10 所示。

从表 7.10 中可以看出，在南水北调东线工程提水系统 13 级梯级泵站中，淮阴枢纽的风险性最高，风险等级为中等，由于淮阴枢纽不存在小流量的单机组，其机组备用比例较低，从而导致了淮阴枢纽的风险率等级较高，加之其位于 13 级梯级泵站的第三级，承担的提水流量较大，故淮阴枢纽的风险性最高；其次是江都枢纽、淮安枢纽，风险等级为较低；其余的梯级枢纽风险等级均为低。表 7.11 为南水北调东线工程 13 级梯级泵站的风险评价结果。

从结果上看，淮阴枢纽的风险率等级较高，其综合风险评价等级为中等，是 13 级梯级泵站中最高的，风险性最大。江都枢纽和淮安枢纽处于 13 级梯级枢纽的水源区，而且其设计流量大，分别承担了第一级梯级枢纽和第二级梯级枢纽总设计抽水量的 80%和 66.7%，因此，尽管该两级梯级枢纽风险率等级不高，但该两个梯级枢纽的风险等级也是 13 级梯级枢纽中次高的。

表 7.10　东线工程各梯级泵站的风险评价结果

设计流量/(m³/s) \ 概率等级	5	4	3	2	1
(300, 400]		3	1, 2		
(200, 300]			4, 5		
(100, 200]			6, 11, 14, 15	7~9, 16, 17, 19~22	12, 13
(0, 100]				10, 18	

注：表中序号为泵站编号，具体为：

编号	泵站	编号	泵站	编号	泵站	编号	泵站
1	江都站	7	台儿庄站	13	泗洪站	19	二级坝站
2	淮安站	8	万年闸站	14	睢宁站	20	长沟站
3	淮阴站	9	韩庄站	15	邳州站	21	邓楼站
4	泗阳站	10	宝应站	16	刘山泵站	22	八里湾站
5	刘老涧站	11	金湖站	17	解台站		
6	皂河站	12	洪泽站	18	蔺家坝站		

表 7.11　南水北调东线工程 13 级梯级泵站的风险评价结果

梯级	运河线泵站	风险等级	运西线泵站	风险等级
1	江都站	风险较低	宝应站	风险低
2	淮安站	风险较低	金湖站	风险低
3	淮阴站	风险中等	洪泽站	风险低
4	泗阳站	风险低	泗洪站	风险低
5	刘老涧站	风险低	睢宁站	风险低
6	皂河站	风险低	邳州站	风险低
7	台儿庄站	风险低	刘山泵站	风险低
8	万年闸站	风险低	解台站	风险低
9	韩庄站	风险低	蔺家坝站	风险低
10	二级坝站			风险低
11	长沟站			风险低
12	邓楼站			风险低
13	八里湾站			风险低

7.2 东线运行线状作用对象风险预测评估

南水北调东线工程运行线状风险对象主要包括输水河道及穿黄工程，根据4.2.2节综合风险识别结果，输水河道运行风险源主要来自工程、环境和社会三个方面；穿黄工程运行风险源主要来自工程和社会两个方面。

7.2.1 输水河道运行风险预测评估

根据4.2.2.1节综合风险识别结果，东线工程运行过程中，输水河道风险主要源自工程、环境和社会三个方面。

7.2.1.1 工程风险预测评估

工程在东平湖以南主要采用京杭运河为主干线，部分河段增设分干线输水。运河线主要连接河段为高水河、里运河、中运河以及韩庄运河，输水至南四湖。分干线主要为

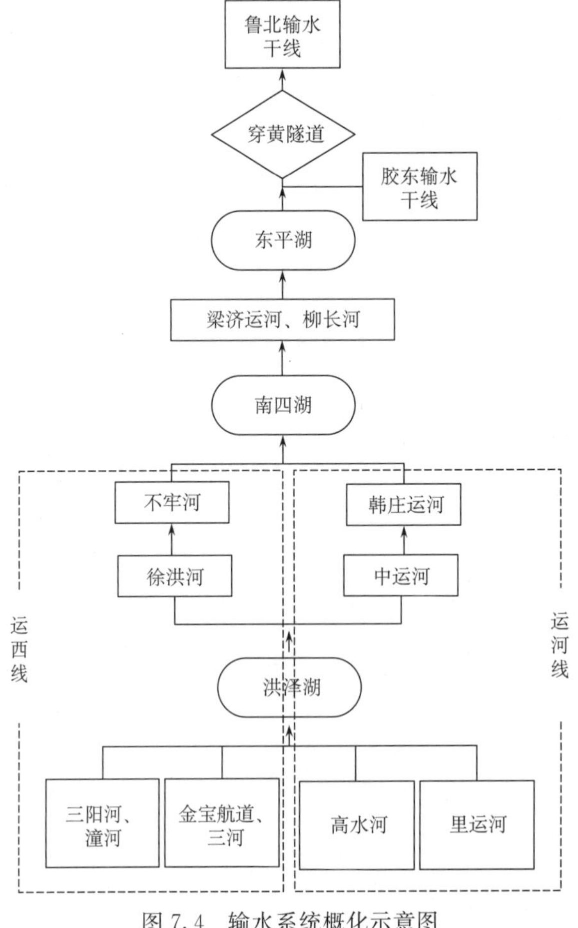

图7.4 输水系统概化示意图

三阳河、潼河、金宝航道和三河，从三河入洪泽湖后通过徐洪河汇入中运河，后由不牢河输水入南四湖。运河线与分干线在南四湖交汇后，由梁济运河输水入东平湖。东线工程输水过东平湖后分为两路：一路穿黄河，经小运河输水至德州大屯水库，输水路线长173.49km；另一路向东经新辟的胶东地区输水干线接引黄济青渠道，向胶东地区供水，胶东输水干线长239.78km。输水系统概化示意图如图7.4所示。

（1）失事风险率预测评估

在已有资料的基础上，参照单因子风险估计基准，应用专家打分法对单因子的隶属度进行评价。得出各河道工程单因子风险估计值，如表7.12所示。

表7.12 输水河道运行单因子风险估计值

风险因子 / 河道	C_{11}	C_{12}	C_{13}	C_{21}	C_{22}	C_{23}	C_{31}	C_{32}	C_{33}	C_{34}
高水河	2.5	2.5	0.5	3.5	1.5	2.5	2.5	3.5	3.5	2.5
里运河	1.5	3.5	0.5	1.5	3.5	2.5	2.5	1.5	3.5	1.5
中运河	1.5	3.5	0.5	1.5	1.5	3.5	2.5	2.5	3.5	1.5
韩庄运河	1.5	2.5	3.5	1.5	4.5	0.5	2.5	2.5	3.5	1.5
三阳河、潼河	2.5	3.5	0.5	0.5	2.5	2.5	2.5	3.5	2.5	2.5
金宝航道	2.5	2.5	0.5	2.5	0.5	1.5	2.5	3.5	2.5	2.5
徐洪河	2.5	3.5	3.5	1.5	0.5	1.5	2.5	2.5	2.5	1.5
不牢河	1.5	2.5	0.5	2.5	2.5	2.5	2.5	3.5	2.5	0.5
梁济运河、柳长河	2.5	1.5	2.5	2.5	3.5	1.5	1.5	3.5	0.5	0.5
胶东输水干线河道	1.5	1.5	1.5	1.5	0.5	0.5	1.5	3.5	0.5	0.5
鲁北输水河道	1.5	0.5	2.6	1.5	0.5	0.5	1.5	3.5	0.5	0.5

将单因子风险估计值乘以相应的权重值，逐层合成，即可求得输水河道运行综合风险率评价，如表7.13所示。从计算结果来看，输水河道中高水河风险率最高，鲁北输水河道风险率最小。

表7.13 输水河道综合风险率计算结果

河段名称	高水河	里运河	中运河	韩庄运河	三阳河、潼河	金宝航道	徐洪河	不牢河	梁济运河、柳长河	胶东输水干线河道	鲁北输水河道
风险率	2.45	2.24	2.13	2.26	2.32	2.07	2.19	2.01	2.05	1.22	1.14

（2）失事后果评估

根据6.2.1.1节（2）中提出的失事后果评估准则及简化原则和方法，通过聚类分析，得出的输水河道失事后果等级如表7.14所示。

表 7.14 输水河道失事等级划分结果

河道名称	河段长度/km	失事后果等级
高水河	15.2	1
韩庄运河	42.81	2
金宝航道	66.88	
不牢河	71.2	
梁济运河、柳长河	79.17	
三阳河、潼河	82	
里运河	119.65	3
徐洪河	120	
鲁北输水河道	173.49	
中运河	176.73	4
胶东输水干线河道	239.78	5

(3) 工程风险综合评估

根据 6.2.1.1 节风险评价基准表，得出各输水河道的风险等级如表 7.15 所示。

表 7.15 输水河道工程风险等级划分

河道名称	综合风险等级	风险率等级评估值	失事后果等级
高水河	风险低	2.45	1
里运河	风险较低	2.24	3
中运河	风险中等	2.13	4
韩庄运河	风险较低	2.26	2
三阳河、潼河	风险较低	2.32	2
金宝航道	风险较低	2.07	2
徐洪河	风险较低	2.19	3
不牢河	风险较低	2.01	2
梁济运河、柳长河	风险较低	2.05	2
胶东输水干线河道	风险中等	1.22	5
鲁北输水河道	风险较低	1.14	3

7.2.1.2 环境风险预测评估

根据东线河网系统水动力、水质模拟结果，可得沿线 28 个河段每个计算断面在所有计算时段的 BOD_5、COD、NH_3-N 和 DO 指标的浓度值，参照《地表水环境质量标准》(GB3838-2002) 可知四个指标的地表水Ⅲ类水质标准值分别为 4mg/L、6mg/L、1mg/L、5mg/L。针对每一个指标统计每个河段的每个计算断面在所有计算时段不满足

Ⅲ类水质标准的频次，也就是浓度不达标的次数，然后可以计算四个指标中任意一个指标浓度不达标的概率。同理，根据单因子评判法，统计所有断面在所有时段水体水质浓度不达标的次数，可以计算河流断面综合不达标的概率。相应的计算结果如表7.16所示。这个浓度不达标的概率，就是单个指标在不同渠段水环境风险发生的概率，以及四个指标综合引起输水渠段水环境风险发生的概率。

表7.16　东线工程一期工程各模拟河段超标概率分析计算结果

河段序号	河/渠段	分类超标概率/%				总超标概率/%
		BOD_5	COD	NH_3-N	DO	
1	夹江芒稻河	0.0	0.0	0.0	0.0	0.0
2	江都—宝应段	0.1	1.7	2.2	0.6	2.2
3	江都—宜陵—宝应段	0.1	0.3	1.0	1.0	1.2
4	金宝航道	0.0	0.0	1.0	0.0	1.0
5	三河	0.0	0.1	0.5	0.0	0.5
6	运西河	2.4	0.1	4.0	3.8	3.6
7	北运西闸—淮安四站段	4.2	3.9	6.1	4.5	6.5
8	北运淮安段	3.7	2.9	6.7	3.3	7.6
9	淮安淮阴段	7.2	0.0	7.8	7.6	8.0
10	苏北灌溉总渠段	5.5	2.4	8.6	4.7	9.0
11	二河段	6.1	2.4	8.0	7.2	8.2
12	淮阴泗阳段	6.4	1.6	8.3	6.3	8.9
13	泗阳刘涧段	0.0	0.8	2.4	0.2	2.5
14	刘老涧—皂河段	0.0	3.0	8.0	0.0	8.2
15	骆马湖—房亭河段	0.6	2.8	0.6	1.7	3.0
16	洪泽湖—泗洪段	0.0	0.1	0.0	1.6	1.6
17	泗洪—睢宁段	0.7	0.5	2.2	0.6	2.3
18	睢宁—邳州段	0.0	0.2	1.9	0.8	2.1
19	房亭河—大王庙段	6.3	8.4	1.1	6.9	9.2
20	大王庙—台儿庄段	3.9	4.3	6.0	1.7	6.4
21	大王庙—刘山站段	4.8	3.9	4.9	0.0	5.6
22	台儿庄—万年闸段	3.5	2.9	7.2	3.1	7.8
23	万年闸—韩庄站段	7.5	5.4	10.0	5.6	10.0
24	刘山站—解台站段	8.8	7.9	12.1	4.3	12.1
25	解台站—蔺家坝段	9.3	11.2	10.0	3.8	11.4
26	南四湖—长沟段	10.9	11.5	14.0	7.5	14.0
27	长沟站—邓楼站段	10.9	10.2	13.7	10.6	13.7
28	邓楼站—八里湾段	11.0	9.3	10.7	10.9	11.4

由河网水环境风险评估计算结果可知，东线沿线输水渠段中引起水环境风险发生的主要因子是 NH_3-N 指标的不达标，28个输水渠段中有26个渠段有不同程度的浓度不

达标导致水环境风险发生，其概率范围为0.0%～14.0%，其次是COD_{Mn}和BOD_5指标不达标的概率较高。从沿线区域来看，风险发生的区域都是污染源排放量较大的区域，如江苏境内的淮安、淮阴境内的北运西闸—淮安四站段、北运西闸—淮安段、淮安淮阴段、苏北灌溉总渠段、淮阴泗阳段；山东境内的韩庄运河、不牢河、梁济运河段。从时间上来看，江苏境内的水质风险主要发生在1～4月，山东境内在调水的各个月份都有不同程度的水质风险。此外，对表7.16中输水河道水环境风险进行聚类分析，分析结果如表7.17所示。

表7.17　东线输水河道环境风险分类

环境风险分类	梯级分段	环境风险（超Ⅲ类水百分比）
1	夹江芒稻河	0.0
	江都—宜陵—宝应段	1.2
	金宝航道	1.0
	三河	0.5
	洪泽湖—泗洪段	1.6
2	江都—宝应段	2.2
	运西河	3.6
	泗阳刘涧段	2.5
	骆马湖—房亭河段	3.0
	泗洪—睢宁段	2.3
	睢宁—邳州段	2.1
3	北运西闸—淮安四站段	6.5
	大王庙—台儿庄段	6.4
	大王庙—刘山站段	5.6
4	北运淮安段	7.6
	淮安淮阴段	8.0
	苏北灌溉总渠段	9.0
	二河段	8.2
	淮阴泗阳段	8.9
	刘老涧—皂河段	8.2
	房亭河—大王庙段	9.2
	台儿庄—万年闸段	7.8
5	万年闸—韩庄站段	10.0
	刘山站—解台站段	12.1
	解台站—蔺家坝段	11.4
	南四湖—长沟段	14.0
	长沟站—邓楼站段	13.7
	邓楼站—八里湾段	11.4

从分类结果来看，处于第一类的输水河道环境风险相对低，处于第二类的输水河道环境风险相对较低，处于第三类的输水河道环境风险相对中等，处于第四类的输水河道环境风险相对较高，处于第五类的输水河道环境风险相对高。

此外，根据模糊综合评判指标体系，依据收集的资料，分析得出六个河段的各指标值，具体如表7.18所示。

表7.18　各河段指标值

指标 \ 河段		长江—洪泽湖	洪泽湖—骆马湖	骆马湖—南四湖	南四湖—东平湖	胶东段	鲁北段
不同保证率下的调水量/(m^3/s)	50%	157.45	183.39	110.15	56.97	37.76	21.29
	70%	292.65	222.84	107.92	78.23	40.09	21.29
	90%	305.54	189.20	122.17	73.68	38.94	21.29
受水区需水总量/亿m^3		20.65	17.9	11.07	2.28	8.76	4.25

续表

指标＼河段		长江—洪泽湖	洪泽湖—骆马湖	骆马湖—南四湖	南四湖—东平湖	胶东段	鲁北段
单位调水量含有的COD/(t/a)	50%	28.82	30.54	21.42	16.68	0	0
	70%	15.51	25.13	21.86	12.14	0	0
	90%	14.85	29.60	19.31	12.89	0	0
单位调水量含有的氨氮/(t/a)	50%	3.30	0.09	0.72	0.75	0	0
	70%	1.77	0.07	0.73	0.55	0	0
	90%	1.70	0.08	0.65	0.58	0	0
处理设施性能		好	好	一般	一般	好	好
人员操作技能		好	好	一般	好	好	好
工程运行状况		好	好	一般	一般	非常好	非常好
人员操作状况		好	好	一般	一般	非常好	非常好
船舶含油废水排放量/(万 t/a)		44.52	18	6.43	0.82	—	—
石油类污染排放量/(t/a)		45.01	87.73	31.33	4.00	—	—
船员生活污水排放量/(万 t/a)		153.19	61.94	22.12	2.82	—	—
船员操作状况		一般	一般	好	好	—	—
水体指标超标情况		较轻	轻	一般	严重	轻	轻
入湖污染量情况		轻	一般	一般	严重	轻	轻

依据表 7.18 中各指标的值，采用模糊综合评判方法评估出的各河段环境风险指数如表 7.19 所示。

表 7.19　各河段综合评判结果

河段		长江—洪泽湖	洪泽湖—骆马湖	骆马湖—南四湖	南四湖—东平湖	胶东段	鲁北段
综合评判结果	50%	0.406	0.4172	0.4328	0.4624	0.2796	0.2946
	70%	0.3564	0.3892	0.4328	0.4624	0.2796	0.2946
	90%	0.3564	0.4172	0.4328	0.4624	0.2796	0.2946
风险标准值	50%	2.03	2.09	2.16	2.31	1.40	1.47
	70%	1.78	1.95	2.16	2.31	1.40	1.47
	90%	1.78	2.09	2.16	2.31	1.40	1.47

注：风险标准值是根据综合评判结果在 0～5 区间倍比放大得出的。

根据南水北调东线工程的运行特点以及环境风险的特点，将风险标准值按照以下分级：0～1 为极低风险区；1～2 为低风险区；2～3 为中风险区；3～4 为高风险区；4～5 为极高风险区。据此可知，在 50%保证率的情况下，长江—洪泽湖、洪泽湖—骆马湖、骆马湖—南四湖、南四湖—东平湖、胶东段、鲁北段六个河段分别属于：中风险区、中风险区、中风险区、中风险区、低风险区、低风险区；在 70%保证率的情况下，六个河段分别属于：低风险区、低风险区、中风险区、中风险区、低风险区、低风险区；在90%保证率的情况下，六个河段分别属于：低风险区、中风险区、中风险区、中风险区、低风险区、低风险区。

7.2.1.3 社会风险预测评估

空间上来看，南水北调东线工程从江苏省扬州附近的长江干流引水，利用京杭大运河及与其平行的河道向北输水，连通洪泽湖、骆马湖、南四湖、东平湖作为调蓄水库，途经江苏省、安徽省、山东省、河北省以及天津五省市。针对调查问卷识别出来的东线十个社会风险因子来说，根据南水北调东线的历史情况，将东线工程社会风险分为三大段来进行管理控制，三大段划分如下：

江苏段，包括长江—洪泽湖段以及洪泽湖—骆马湖段。

江苏山东交界段，包括骆马湖—南四湖段。

山东段，包括南四湖—东平湖、鲁北输水线路、胶东输水线路及穿黄工程。

(1) 江苏段社会风险

根据江苏段（长江—洪泽湖段以及洪泽湖—骆马湖段）问卷调查结果，统计分析出十个主要风险因子可能性与危害性的值，利用二级评判模型对东线工程江苏段进行社会风险的综合评价。通过计算得出江苏段社会风险十个影响因子的严重性程度为3.1，3.5，3.3，3.4，3.3，2.7，2.9，3.0，3.5，5.0，如表7.20所示。

表7.20 江苏段社会风险影响因子评价表

基本社会关系	序号	社会风险因子	可能性	危害性	严重性
人与水关系	1	输水过程中因水质、水量等问题引起的调水沿线交界地区的水事纠纷	2.00	4.30	3.1
	2	利益集团之间非市场化的博弈行为，行政力量对水市场的干扰	3.80	3.25	3.5
	3	水源地的社会生产发展对水质的破坏	3.10	3.45	3.3
人与工程关系	4	工程运行中资金流的失控，如非法挪用等	2.95	3.75	3.4
	5	工程运行机构工作人员道德缺失或态度不端正导致工作发生失误或事故	4.05	2.65	3.3
	6	移民安置的遗留问题及移民的后期扶持等工作不到位	2.55	2.75	2.7
水与工程关系	7	发生旱涝灾害的情况下，由于输水调度不当引发的供需矛盾，甚至灾难	2.05	3.75	2.9
	8	由于输水里程过长，意外事故导致水量损失的可能性增加	2.80	3.15	3.0
	9	工程质量不达标影响工程正常运行	3.20	3.75	3.5
	10	输水沿线水质遭破坏的风险	5.00	5.00	5.0

根据公式 $Y=\sum\tilde{\omega}_i\times B_i$ 得出东线江苏段的综合风险值为 3.38，按照等级划分属于 3 级，为风险中等。

根据上述统计的社会风险的可能性分值和危害性分值，通过矩阵程序将其放入矩阵中，并且结合矩阵的单元格配以相应的风险严重性等级，具体单元矩阵如图 7.5 所示。

	经常 (5)	可能 (4)	偶尔 (3)	很少 (2)	不可能 (1)
极高 (5)	10				
较高 (4)		2、3、9	4、7、8		
一般 (3)	1、5		6		
较低 (2)					
极低 (1)					

图 7.5　南水北调东线工程江苏段运行社会风险矩阵

（2）江苏山东交界段社会风险

根据经过修正后的江苏山东交界段（骆马湖—南四湖段）十个因子可能性与危害性的值，利用二级评判模型对东线工程江苏段进行社会风险的综合评价。通过计算得出江苏山东交界段社会风险十个影响因子的严重性程度为 4.7，3.7，3.1，3.4，3.3，3.3，3.7，3.0，3.5，4.8，如表 7.21 所示。

表 7.21　江苏山东交界段社会风险影响因子评价表

基本社会关系	序号	社会风险因子	可能性	危害性	严重性
人与水关系	1	输水过程中因水质、水量等问题引起的调水沿线交界地区的水事纠纷	5.00	4.30	4.7
	2	利益集团之间非市场化的博弈行为，行政力量对水市场的干扰	4.20	3.25	3.7
	3	水源地的社会生产发展对水质的破坏	2.80	3.45	3.1
人与工程关系	4	工程运行中资金流的失控，如非法挪用等	2.95	3.75	3.4
	5	工程运行机构工作人员道德缺失或态度不端正导致工作发生失误或事故	4.05	2.65	3.3
	6	移民安置的遗留问题及移民的后期扶持等工作不到位	3.80	2.75	3.3

续表

基本社会关系	序号	社会风险因子	可能性	危害性	严重性
水与工程关系	7	发生旱涝灾害的情况下，由于输水调度不当引发的供需矛盾，甚至灾难	3.60	3.75	3.7
	8	由于输水里程过长，意外事故导致水量损失的可能性增加	2.80	3.15	3.0
	9	工程质量不达标影响工程正常运行	3.20	3.75	3.5
	10	输水沿线水质遭破坏的风险	4.60	5.00	4.8

根据公式 $Y=\sum\bar{\omega}_i\times B_i$ 得出东线江苏山东交界段的综合风险值为 3.80，按照等级划分属于 4 级，为风险较高。

根据上述统计的社会风险的可能性分值和危害性分值，通过矩阵程序将其放入矩阵中，并且结合矩阵的单元格配以相应的风险严重性等级，具体单元矩阵如图 7.6 所示。

	经常 (5)	可能 (4)	偶尔 (3)	很少 (2)	不可能 (1)
极高 (5)	1，10				
较高 (4)		2、3、9	4、7、8		
一般 (3)	5		6		
较低 (2)					
极低 (1)					

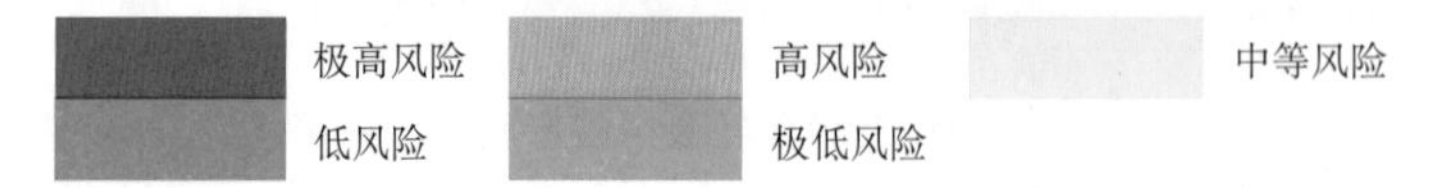

图 7.6 南水北调东线工程江苏山东交界段运行社会风险矩阵

(3) 山东段社会风险

根据经过修正后的山东段（南四湖—东平湖、鲁北输水线路、胶东输水线路以及穿黄工程）十个因子可能性与危害性的值，利用二级评判模型对东线工程江苏段进行社会风险的综合评价。通过计算得出山东段社会风险十个影响因子的严重性程度为 3.2，3.5，3.1，3.4，3.3，2.7，3.3，3.0，3.5，4.2，如表 7.22 所示。

根据公式 $Y=\sum\bar{\omega}_i\times B_i$ 得出南水北调东线工程山东段的综合风险值为 3.35，按照等级划分属于 3 级，为风险中等。

表 7.22　山东段社会风险影响因子评价表

基本社会关系	序号	社会风险因子	可能性	危害性	严重性
人与水关系	1	输水过程中因水质、水量等问题引起的调水沿线交界地区的水事纠纷	2.10	4.30	3.2
	2	利益集团之间非市场化的博弈行为，行政力量对水市场的干扰	3.80	3.25	3.5
	3	水源地的社会生产发展对水质的破坏	2.80	3.45	3.1
人与工程关系	4	工程运行中资金流的失控，如非法挪用等	2.95	3.75	3.4
	5	工程运行机构工作人员道德缺失或态度不端正导致工作发生失误或事故	4.05	2.65	3.3
	6	移民安置的遗留问题及移民的后期扶持等工作不到位	2.55	2.75	2.7
水与工程关系	7	发生旱涝灾害的情况下，由于输水调度不当引发的供需矛盾，甚至灾难	2.85	3.75	3.3
	8	由于输水里程过长，意外事故导致水量损失的可能性增加	2.80	3.15	3.0
	9	工程质量不达标影响工程正常运行	3.20	3.75	3.5
	10	输水沿线水质遭破坏的风险	3.40	5.00	4.2

根据上述统计的社会风险的可能性分值和危害性分值，通过矩阵程序将其放入矩阵中，并且结合矩阵的单元格配以相应的风险严重性等级，具体单元矩阵如图 7.7 所示。

	经常 (5)	可能 (4)	偶尔 (3)	很少 (2)	不可能 (1)
极高 (5)	10				
较高 (4)		2、3、9	4、7、8		
一般 (3)	1、5		6		
较低 (2)					
极低 (1)					

图 7.7　南水北调东线工程山东段运行社会风险矩阵

根据上述的三个南水北调东线工程运行期社会风险矩阵，可以看到风险因子10输水沿线水质遭破坏的风险在三段中都属于极高风险因子，该因子的风险发生可能性都是经常，发生危害性极高；风险因子1（输水过程中因水质、水量等问题引起的调水沿线交界地区的水事纠纷）在江苏与山东交界段属于极高风险因子，而在江苏段和山东段都属于高风险因子，这是由于在江苏与山东交界段该因子发生的可能性极高，而在江苏省和山东省省内，发生的可能性都相对较小；风险因子5（工程运行机构工作人员道德缺失或态度不端正导致工作发生失误或事故）为高风险因子，经常发生但是发生后危害性一般；风险因子6（移民安置的遗留问题及移民的后期扶持等工作不到位）为低风险因子；其他六个风险因子为中等级别风险因子。

7.2.1.4　综合风险聚类分析

南水北调东线输水河渠在工程运行期间承受的风险包括工程风险、环境风险和社会风险，为了在风险管理中针对不同的梯级分段采用更具针对性的管理对策，通过多元聚类分析和根据各梯级所承受的风险组合特点进行分类。工程风险采用的是定性的风险分级，按照风险高、较高、中等、较低、低分别赋予风险值5、4、3、2、1，值越大风险越大；环境风险和社会风险均为定量表征指标，值越大风险越大。南水北调东线输水河渠综合运行风险如表7.23所示。

针对南水北调东线输水河渠运行的工程风险、环境风险和社会风险采用多元聚类分析，分析结果如表7.24和图7.8所示。

从综合风险聚类结果来看，处于第一类风险的河段工程风险较低，环境风险相对低，社会风险中等；处于第二类风险的河段工程风险较低，环境风险相对较低，社会风险中等；处于第三类风险的河段工程风险中等，环境风险相对较低，社会风险中等或较高；处于第四类风险的河段工程风险较低，环境风险相对高，社会风险较低；处于第五类风险的河段工程风险较低，环境风险相对较高，社会风险较高。

7.2.1.5　贝叶斯网络推理在韩庄运河段输水河渠综合风险的应用

基于4.2.2.1节（4）建立的东线输水河道综合风险因子贝叶斯网络，选择韩庄运河段输水河渠探讨贝叶斯网络推理在风险率计算中的应用。将每个节点的状态空间划分为如下情况：

X_1：{ Yes,No }，分别表示韩庄运河段输水河渠综合风险发生和综合风险未发生。

X_2：{ Yes,No }，分别表示工程风险发生和工程风险未发生。

X_3：{ Yes,No }，分别表示环境风险发生和环境风险未发生。

X_4：{ Yes,No }，分别表示社会风险发生和社会风险未发生。

X_5：{ Yes,No }，分别表示韩庄运河河段发生漫顶和未发生漫顶事故。

X_6：{ Yes,No }，分别表示韩庄运河河段渗透破坏事故发生和未发生。

X_7：{ Yes,No }，分别表示韩庄运河河段失稳破坏发生和未发生。

X_8：{ Yes,No }，分别表示非突发性环境风险发生和非突发性环境风险未发生。

X_9：{ Yes,No }，分别表示突发性环境风险发生和突发性环境风险未发生。

X_{10}：{ Yes,No }，分别表示工程运行环节风险发生和工程运行环节正常。

X_{11}：{ Yes,No }，分别表示管理流程环节出现问题和管理流程运行正常。

X_{12}：{ Yes,No }，分别表示干渠输水量减少和干渠输水量正常。

X_{13}：{ Yes,No }，分别表示入渠支流水质达标以及水质不达标。

X_{14}：{ Yes,No }，分别表示沿线湖泊发生富营养化和沿线湖泊未发生富营养化。

表 7.23　南水北调东线输水河渠运行风险

河道分段	梯级分段	省级分段	工程风险	环境风险	社会风险
里运河	江都—宝应段	江苏段	2	2.2%	3.38
	运西河		2	3.6%	3.38
	北运西闸—淮安四站段		2	6.5%	3.38
	北运淮安段		2	7.6%	3.38
	淮安淮阴段		2	8.0%	3.38
三阳河、潼河	江都—宜陵—宝应段		2	1.2%	3.38
金宝航道	金宝航道		2	1.0%	3.38
	三河		2	0.5%	3.38
徐洪河	洪泽湖—泗洪段		2	1.6 %	3.38
	泗洪—睢宁段		2	2.3 %	3.38
	睢宁—邳州段		2	2.1%	3.38
中运河	淮阴泗阳段		3	8.9%	3.38
	泗阳刘涧段		3	2.5%	3.38
	刘老涧—皂河段		3	8.2%	3.38
	骆马湖—房亭河段	江苏山东交界段	3	3.0%	3.80
	房亭河—大王庙段		3	9.2%	3.80
韩庄运河	大王庙—台儿庄段		2	6.4%	3.80
	台儿庄—万年闸段		2	7.8%	3.80
	万年闸—韩庄站段		2	10.0%	3.80
不牢河	大王庙—刘山站段		2	5.6%	3.80
	刘山站—解台站段		2	12.1%	3.80
	解台站—蔺家坝段		2	11.4%	3.80
梁济运河	南四湖—长沟段	山东段	2	14.0%	3.35
	长沟站—邓楼站段		2	13.7%	3.35
	邓楼站—八里湾段		2	11.4%	3.35
胶东输水干线河道			3	5%	3.35
鲁北输水河道			2	5%	3.35

注：胶东段和鲁北段环境风险率根据其模糊综合评判结果相应估算。

表 7.24 南水北调东线输水河渠运行综合风险聚类结果

综合风险分类	梯级分段	工程风险	环境风险	社会风险
1	江都—宝应段	2	2.2%	3.38
	运西河	2	3.6%	3.38
	泗洪—睢宁段	2	2.3%	3.38
	睢宁—邳州段	2	2.1%	3.38
	江都—宜陵—宝应段	2	1.2%	3.38
	金宝航道	2	1.0%	3.38
	三河	2	0.5%	3.38
	洪泽湖—泗洪段	2	1.6%	3.38
2	北运西闸—淮安四站段	2	6.5%	3.38
	北运淮安段	2	7.6%	3.38
	淮安淮阴段	2	8.0%	3.38
	鲁北输水河道	2	5.0%	3.35
3	骆马湖—房亭河段	3	3.0%	3.8
	泗阳刘涧段	3	2.5%	3.38
	刘老涧—皂河段	3	8.2%	3.38
	胶东输水干线河道	3	5.0%	3.35
	房亭河—大王庙段	3	9.2%	3.8
	淮阴泗阳段	3	8.9%	3.38
4	邓楼站—八里湾段	2	11.4%	3.35
	南四湖—长沟段	2	14.0%	3.35
	长沟站—邓楼站段	2	13.7%	3.35
5	大王庙—台儿庄段	2	6.4%	3.8
	台儿庄—万年闸段	2	7.8%	3.8
	大王庙—刘山站段	2	5.6%	3.8
	万年闸—韩庄站段	2	10.0%	3.8
	解台站—蔺家坝段	2	11.4%	3.8
	刘山站—解台站段	2	12.1%	3.8

X_{15}：{ Yes,No }，分别表示源头水质恶化和源头水质状况良好。

X_{16}：{ Yes,No }，分别表示沿线航运发生污染和沿线航运未发生污染。

X_{17}：{ Yes,No }，分别表示船舶溢油事故发生和船舶溢油事故未发生。

X_{18}：{ Yes,No }，分别表示有毒化学品泄漏状况发生和未发生。

X_{19}：{ Yes,No }，分别表示有污水非正常排放和污水正常排放。

基于上述各单项风险的专题研究成果，通过专家打分总结各个节点的先验概率和条

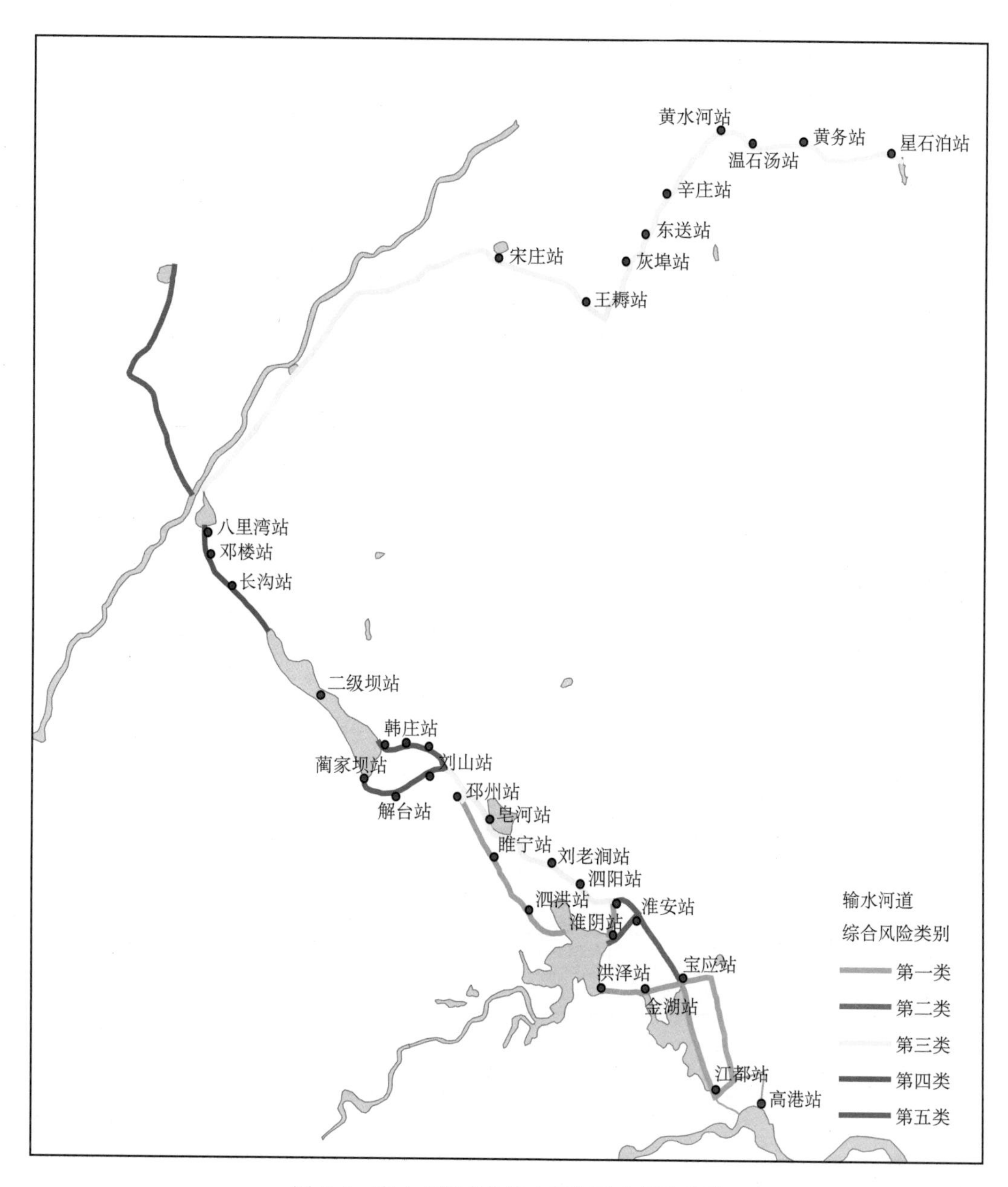

图 7.8　南水北调东线输水河渠综合风险分类

件概率，可以得到根节点的先验概率如表 7.25 所示，中间节点 X_1、X_2、X_3、X_4、X_8 和 X_9 的条件概率表分别如表 7.26～表 7.31 所示。

表 7.25 根节点的先验概率

X_5	Yes	No	X_5	Yes	No
$P(X_5)$	0.0001	0.9999	$P(X_{13})$	0.05	0.95
X_6	Yes	No	X_{14}	Yes	No
$P(X_6)$	0.0001	0.9999	$P(X_{14})$	0.001	0.999
X_7	Yes	No	X_{15}	Yes	No
$P(X_7)$	0.0001	0.9999	$P(X_{15})$	0.00001	0.99999
X_8	Yes	No	X_{16}	Yes	No
X_{10}	Yes	No	$P(X_{16})$	0.000001	0.999999
$P(X_{10})$	0.005	0.995	X_{17}	Yes	No
X_{11}	Yes	No	$P(X_{17})$	0.007	0.993
$P(X_{11})$	0.005	0.995	X_{18}	Yes	No
X_{12}	Yes	No	$P(X_{18})$	0.0000001	0.9999999
$P(X_{12})$	0.002	0.998	X_{19}	Yes	No
X_{13}	Yes	No	$P(X_{19})$	0.0000001	0.9999999

表 7.26 节点 X_1 的条件概率表（CPT）

父 节 点			$P(X_1 \mid X_4, X_3, X_2)$	
X_4	X_3	X_2	Yes	No
Yes	Yes	Yes	1	0
		No	0.7	0.3
	No	Yes	0.5	0.5
		No	0.2	0.8
No	Yes	Yes	0.8	0.2
		No	0.5	0.5
	No	Yes	0.3	0.7
		No	0	1

表 7.27 节点 X_2 的条件概率表（CPT）

父 节 点			$P(X_2 \mid X_5, X_6, X_7)$	
X_7	X_6	X_5	Yes	No
Yes	Yes	Yes	1	0
		No	0.6	0.4
	No	Yes	0.7	0.3
		No	0.3	0.7

续表

父节点			$P(X_2\|X_5,X_6,X_7)$	
X_7	X_6	X_5	Yes	No
No	Yes	Yes	0.7	0.3
		No	0.3	0.7
	No	Yes	0.4	0.6
		No	0	1

表 7.28　节点 X_3 的条件概率表（CPT）

父节点			$P(X_3\|X_2,X_9,X_8)$	
X_2	X_9	X_8	Yes	No
Yes	Yes	Yes	1	0
		No	0.4	0.6
	No	Yes	0.7	0.3
		No	0.1	0.9
No	Yes	Yes	0.9	0.1
		No	0.3	0.7
	No	Yes	0.6	0.4
		No	0	1

表 7.29　节点 X_4 的条件概率表（CPT）

父节点				$P(X_4\|X_3,X_2,X_{11},X_{10})$	
X_3	X_2	X_{11}	X_{10}	Yes	No
Yes	Yes	Yes	Yes	1	0
			No	0.75	0.25
		No	Yes	0.75	0.75
			No	0.5	0.5
	No	Yes	Yes	0.8	0.2
			No	0.55	0.45
		No	Yes	0.55	0.45
			No	0.3	0.7
No	Yes	Yes	Yes	0.7	0.3
			No	0.55	0.45
		No	Yes	0.55	0.45
			No	0.2	0.8
	No	Yes	Yes	0.5	0.5
			No	0.25	0.75
		No	Yes	0.25	0.75
			No	0	1

表 7.30 节点 X_8 的条件概率表 (CPT)

父节点					$P(X_8 \mid X_{12}, X_{13}, X_{14}, X_{15}, X_{16}, X_{17})$	
X_{16}	X_{15}	X_{14}	X_{13}	X_{12}	Yes	No
Yes	Yes	Yes	Yes	Yes	1	0
				No	0.85	0.15
			No	Yes	0.6	0.4
				No	0.45	0.55
		No	Yes	Yes	0.75	0.25
				No	0.6	0.4
			No	Yes	0.35	0.65
				No	0.2	0.8
	No	Yes	Yes	Yes	0.9	0.1
				No	0.75	0.25
			No	Yes	0.5	0.5
				No	0.35	0.65
		No	Yes	Yes	0.65	0.35
				No	0.5	0.5
			No	Yes	0.25	0.75
				No	0.1	0.9
Yes	Yes	Yes	Yes	Yes	0.9	0.1
				No	0.75	0.25
			No	Yes	0.5	0.5
				No	0.35	0.65
		No	Yes	Yes	0.65	0.35
				No	0.5	0.5
			No	Yes	0.25	0.75
				No	0.1	0.9
	No	Yes	Yes	Yes	0.8	0.2
				No	0.65	0.35
			No	Yes	0.4	0.6
				No	0.25	0.75
		No	Yes	Yes	0.55	0.45
				No	0.4	0.6
			No	Yes	0.15	0.85
				No	0	1

表 7.31　节点 X_9 的条件概率表（CPT）

父节点			$P(X_9 \mid X_{19}, X_{18}, X_{17})$	
X_{19}	X_{18}	X_{17}	Yes	No
Yes	Yes	Yes	1	0
		No	0.65	0.35
	No	Yes	0.8	0.2
		No	0.45	0.55
No	Yes	Yes	0.55	0.45
		No	0.2	0.8
	No	Yes	0.35	0.65
		No	0	1

确定了根节点的先验概率以及中间节点的条件概率表后，利用 Hugin 软件计算南水北调东线工程韩庄运河输水河段综合风险发生概率为 0.79%，风险发生可能性一般。

贝叶斯网络能进行因果推理，在给定证据条件下求顶端事件发生的概率。在韩庄运河输水河道漫顶事故情况发生时（$P(X_5=\text{Yes})=100\%$），整个输水河道综合风险发生的概率由原来的 0.79%上升为 13.99%。

贝叶斯网络的另外一个重要功能为对系统进行故障诊断，利用贝叶斯网络的双向推理技术，既可以计算组合风险因素条件下的综合风险发生的概率，又可以计算综合风险发生条件下各个风险因素的后验概率，并能方便找出导致综合风险发生的最可能组合，使计算分析更加直观灵活。在建立的贝叶斯网络模型中，如果韩庄运河输水河段综合风险发生，那么每个可能诱发综合风险的风险因素的后验概率就可以计算出来，各个节点的后验概率相对于先验概率的变化度是不同的，此处变化度定义为 $r=\frac{|p_1-p_2|}{p_1}\times 100\%$，其中 p_1 表示先验概率，p_2 表示后验概率（只考虑风险结果为 Yes 的情况）。所有节点的变化度如表 7.32 所示。

从表 7.32 中可以看出，韩庄运河输水河段发生环境风险的可能性最大、社会风险次之，而发生工程风险的可能性最小。因此需要重点关注该河段内的环境风险。同时，在相同条件下，由于节点 X_8 的变化度大于节点 X_9 的变化度，所以，在诱发环境风险的影响因子中，非突发性环境风险的作用因子占的比重稍微偏大，在做风险预案以及预警的时候，需要对该河段的非突发性环境风险重点对待。

基本事件发生概率、条件概率作为韩庄运河输水河段综合风险贝叶斯网络推理模型定量分析的基础，需要大量基础数据的支持，有些还需要通过实验获得。由于南水北调工程还处于建设阶段，缺乏运行期的相关资料，因此本阶段研究网络节点先验概率及条件概率主要是在各专题单项风险研究成果的基础上通过专家咨询予以确定，尝试这一探索性研究的主要目的是展现贝叶斯网络在南水北调工程运行风险评估中的应用前景。随

表 7.32 各个节点后验概率相对于先验概率的变化率

各节点	p_1/%	p_2/%	变化度/%	各节点	p_1/%	p_2/%	变化度/%
X_2	0.00933	0.48	5044.70	X_{11}	0.5	3.67	634
X_3	1.31	93.36	7026.72	X_{12}	0.2	1.48	640
X_4	0.64	41.68	6412.5	X_{13}	5	86.29	1625.80
X_5	0.01	0.18	1700.00	X_{14}	0.1	1.17	1070.00
X_6	0.01	0.16	1500	X_{15}	0.001	0.005 28	428
X_7	0.01	0.16	1500	X_{16}	0.0004	0.000 528	32.00
X_8	2.06	88.17	4180.10	X_{17}	0.7	5.9	742.86
X_9	0.25	5.47	2088	X_{18}	0.000 01	0.000 052 8	428
X_{10}	0.5	3.67	634	X_{19}	0.000 01	0.000 106	960

着南水北调工程的投入运行，运行资料将得到不断的补充，利用这些基础数据就可以让贝叶斯网络自动地进行结构学习和参数学习，使贝叶斯网络得到进一步完善，从而为风险管理和决策提供更加可靠、合理和精确的决策支持。

7.2.2 穿黄工程运行风险预测评估

根据综合风险识别结果，东线工程运行过程中，穿黄工程风险主要源自工程和社会两个方面。

7.2.2.1 工程风险预测评估

穿黄工程为南水北调东线控制性工程，主要包括穿黄隧洞以及进出口闸门、埋涵等工程。由于工程水文、地质条件复杂，国内外尚无先例可循，隧洞突水、突泥以及围岩稳定问题则主要依托穿黄勘探试验洞的工程运行情况进行分析。对探洞的防渗阻水工程失事机理及运行工况进行分析，认为穿黄隧洞发生突水、围岩稳定性下降可能性较高；进出口闸门、滩地埋涵等工程失事风险率较低。由于隧洞涌水可能产生渗流，冲刷堤基、威胁黄河大堤安全，造成险工坝岸垮坝，失事后果重大，风险较高。

7.2.2.2 社会风险预测评估

穿黄工程位于山东省境内，因此其运行风险总体上与山东段社会风险相同，风险综合值为3.35，按照等级划分属于3级，为风险中等，风险评估结果详见7.2.1.3节(3)。

7.3 东线运行面状作用对象风险预测评估

南水北调东线运行风险面状作用对象主要包括4个调蓄湖泊和21个受水地级市，根据综合风险识别结果，调蓄湖泊运行风险源主要来自工程、环境和社会三个方面；受水区运行风险主要来自水文和经济两个方面。

7.3.1　调蓄湖泊运行风险预测评估

南水北调东线工程的调蓄系统主要是指输水沿线洪泽湖、骆马湖、南四湖和东平湖四大天然湖泊。洪泽湖约形成于公元12世纪，有“悬湖”之称，湖底高程在10.00～11.00m，比下游里下河地区高4～8m，汛期洪水位一般为12～13m，最高可达16m以上，洪水仅凭湖东洪泽湖大堤抵挡，“堤堰有建瓴之势”，洪水威胁较大。洪泽湖大堤北起淮阴码头镇，南至盱眙张庄高地，全长67.26km，宽8～20m。其中淮阴县境内（码头至顺河）长23.61km，堤顶高程18.5～19.0m；洪泽县境内（顺河至三河闸）长42.5km，堤顶高18.5～19.5m；盱眙县境内（三河闸至张庄）长1.15km，堤顶高17.5m。另外，北端码头镇以北至废黄河高地3.38km，南端张庄2.1km为大堤延续段，总长72.73km。骆马湖位于沂河末端，中运河南侧，承接南四湖、沂河干流、邳苍地区5.1万km^2面积的来水，主要入湖河道有沂河、中运河，多年平均入湖径流量67.2亿m^3，汛期6～9月为49.96亿m^3，占74.3%。最大年径流量为1963年187亿m^3，汛期151.97亿m^3。湖区南北长20km，东西宽16km，周长70km，一般湖底高程为20.0m，最低为19.0m。汛限水位为22.5m，警戒水位为23.5m。正常蓄水位23.0m时，湖面面积为375km^2，平均水深3.32m，最深等深线东南部水深5.5m，容积为9.0亿m^3。南四湖属浅水性湖泊，位于江苏与山东交界处，南北狭长125km，东西宽6～25km，周边长311km，承接着53条河道的来水，有较大入湖河道22条，流域面积3.17万km^2，其中湖西地区为2.18万km^2，湖东地区为0.86万km^2，湖面面积0.13万km^2。总库容53.7亿m^3，防洪库容47.31亿m^3，兴利库容17.02亿m^3，兴利调节库容11.28亿m^3。以1958年修建的二级坝枢纽为界，分为上级湖和下级湖。上级湖包括南阳、独山及部分昭阳湖，湖底最低高程为32.3m，死水位32.8m，南北长67km，在南水北调东线工程中的作用主要为输水通道，水位稳定在34.50m。下级湖包括部分昭阳湖及微山湖，湖底最低高程为29.0m，南北长58km，死水位为31.3m，调洪演算得设计洪水位为36.3m，100年一遇洪水位为36.62m，300年一遇洪水位为37.29m，1957年型洪水位（相当于90年一遇）为36.5m，为南水北调东线重要调蓄湖泊，蓄水位将抬高到33.50m。东平湖是南水北调东线工程黄河以南最后一个调蓄湖泊，同时也是黄河下游的重要分滞洪工程，为黄河由宽河道进入窄河道的转折点；原是黄河、汶河洪水汇集而成的天然湖泊，1951年正式开辟为滞洪区，开始有计划地自然分滞洪；1958年修建了围坝，成为河湖分家并有效控制的东平湖水库；1963年改为单一滞洪运用的滞洪区，其主要作用是削弱黄河洪峰，调蓄黄河、汶河洪水，控制黄河艾山站下泄流量不超过10 000m^3/s。东线工程运行后，老湖区主要担负调水调蓄功能，并保护柳长河输水工程和梁济运河。根据综合风险识别结果，东线工程运行过程中，调蓄湖泊的风险主要源自工程、环境和社会三个方面。

7.3.1.1 工程风险预测评估

(1) 失事风险率预测评估

在已有资料的基础上(马强,2008;贾德旺等,2007;秦爱香等,2002;史展、周凤阳,2002),参照6.3.1节确定的单因子风险估计基准,应用专家打分法对调蓄湖泊工程运行风险率评价指标体系中单因子的隶属度进行评价,得出各湖泊工程单因子风险估计值如表7.33所示。

表7.33 湖泊工程运行单因子风险估计值

湖泊名称\风险因子	C_{11}	C_{12}	C_{21}	C_{22}	C_{23}	C_{24}	C_{31}	C_{32}	C_{33}	C_{34}
洪泽湖	3.58	1.1	2.08	2.1	3.32	1.9	2.28	0.7	3.46	2.52
骆马湖	1.56	3.42	1.36	1.36	1.1	0.64	1.14	0.48	1.18	0.92
南四湖	1.72	2.26	2.32	2.44	0.96	2.22	1.58	1.64	3.54	2.38
东平湖	2.44	1.46	1.84	3.28	3.06	2.7	3.24	3.06	1.32	2.18

将单因子风险估计值乘以相应的权重值,逐层合成,即可求得各湖泊工程运行综合风险率评价值,如表7.34所示。

表7.34 湖泊工程运行综合风险率

湖泊名称	洪泽湖	骆马湖	南四湖	东平湖
综合风险率	2.59	1.48	2.03	2.41

从风险率评价结果来看,四个湖泊的运行风险率排序分别为:洪泽湖最高,东平湖次之,南四湖再次之,骆马湖最小。洪泽湖、东平湖及南四湖风险率评价值均介于2~3之间,风险发生概率介于0.1~0.01之间,风险率等级为中等。骆马湖风险率评价值介于1~2之间,风险发生概率介于0.01~0.001之间,风险率等级为较小。但导致各湖泊风险率的原因均不相同,这一点从单因子估计结果可以看出。洪泽湖的主要致险因子为洪浪特性、筑堤材料以及人为、生物隐患,表现为洪水漫顶、堤防渗漏以及历史决口抢筑留下的隐患;骆马湖主要致险因子为地震因素;南四湖主要致险因子是人为、生物隐患,而东平湖的主要致险因子为断面形式、筑堤材料、施工加固情况及工程调度操作。

(2) 失事后果预测评估

失事后果主要考虑工程风险的影响程度,判断风险是局部的、短时间内可采取一般措施排除的事故,还是将在较长时间内影响调水工程运行或带来较大损失的事故。而如地震险情等,出现概率较小,一旦出现将带来较大损失的事件,则应该有应急预案。

根据各湖泊工程的致险因子类型、保护范围、保护区地形、堤防等级，以及调蓄水的重要程度，参照6.3.1节确定的工程失事后果评价基准表，给出各湖泊失事后果区间：洪泽湖为4～5；骆马湖2～3；南四湖4～5；东平湖3～4。

(3) 工程风险综合评估

根据6.3.1节确定的风险评价基准表，得出各调蓄湖泊的风险等级如下：东平湖、南四湖及洪泽湖风险均为中等；骆马湖风险较低，主要致险因子为地震。

从工程风险的时间分布看，调蓄系统工程运行主要为汛期和输水期。汛期调蓄系统工程运行工况较东线工程建设前改变甚微，工程风险主要为伴随洪水的风浪漫溢、渗透失事及失稳失事等，由于工程建设过程中对穿堤涵闸及其他建筑物进行重建或加固，对调蓄湖泊的部分险工段进行防渗处理，在汛期相同运行工况情况下，各湖泊风险等级均有一定程度的降低。在输水期，湖泊堤防将长期遭遇高水位浸泡，工程风险将呈现盆形曲线分布，即在试运行及运行初期，工程险情得到充分暴露，工程风险较高，主要为渗透、失稳失事以及高水位运行条件下采煤沉陷段堤防产生新的沉陷等。随着工程的积极加固及合理维护，工程进入稳定运行期，工程风险逐渐降低并在较长时间内趋于稳定。在工程的老化期如穿堤涵闸止水失效、混凝土碳化严重等，风险曲线可能会急剧升高，工程处于事故较频繁发生阶段，此时则需要对工程进行较全面的检修、加固，采取有效工程措施以降低风险。

(4) 典型湖泊工程风险率预测评估

在上述针对四个调蓄湖泊进行定性整体风险评估后，选择资料相对完备的东平湖探索定量评估其运行工程风险率。东平湖主要工程为西北库岸山间冲积平原上填筑的玉斑堤、卧牛堤、昆腊堤和金昆堤等围堤及南部冲积平原上隔断新、老湖区的二级湖堤。从地理位置、调度运用原则以及历史险情来看，二级湖堤是东平湖最主要也是最重要的堤防。东平湖的安全运行主要取决于二级湖堤的运行情况。

在对二级湖堤进行风浪漫溢风险分析时，根据各区水深、风区长度、主要风向、风速等的差异，将二级湖堤分为三段进行分析。金山坝（桩号6＋650）以西水深较小，取桩号4＋580为计算点。刘口排灌站（桩号21＋840）以东为大清河入湖口门，水深较小，取桩号24＋100为计算点。中间水深大，风区长，根据历史越浪情况以及堤走向选取了四个计算点，相应桩号分别为11＋800、15＋000、16＋500、21＋620（高峰，2005；李洪书等，2005；马强，2008）。当东平湖水位超过43.5m时二级湖堤曾出现过风浪损堤和漫溢现象。按现洪水水位分别为43.5m、44.0m、44.5m、45.0m、45.5m、46.0m、46.5m和47.0m时，计算发生漫溢的概率。表7.35列出不同洪水位下风浪漫溢概率。

由表7.35可知，二级湖堤工程存在较大的风浪漫溢风险，且在蓄水位为45.5m后，工程风浪漫溢风险急剧增加。

表 7.35 不同洪水水位下二级湖堤风浪漫溢概率（单位：%）

洪水位	43.5m	44.0m	44.5m	45.0m	45.5m	46.0m	46.5m	47.0m
4+580	—	—	—	1.7429	1.8034	2.1161	2.8637	4.6616
11+800	1.1189	1.1577	1.2660	1.4684	1.8183	2.4309	3.5797	6.0415
14+580	1.5697	1.6185	1.7569	2.0140	2.4532	3.2082	4.5884	7.4461
16+500	1.3787	1.4249	1.5523	1.7886	2.1933	2.8932	4.1845	6.8918
21+620	1.8354	1.8839	2.0331	2.3141	2.7940	3.6144	5.1001	8.1333
24+100	1.4621	1.4959	1.6154	1.8472	2.2500	2.9506	2.2455	6.9603

选择蓄水位为 46.00m 高水位，背水坡距地面 0.5m 高度为渗出点进行渗透失事风险率计算，即 $P_{jH_0=46.00}$，将 j_c 和背水面出口最大渗透坡降 J 看成服从正态分布、相互独立的随机变量，用蒙特卡罗法随机模拟进行求解，抽样样本次数 $k=10^5$。渗透风险率计算结果如表 7.36 所示。

表 7.36 各点渗透破坏失事概率值

断面桩号	背水坡距地面 0.5m 高度处出逸比降 J 均值	允许出逸比降 j_c 均值	失事概率/%
8+200	0.201	0.494	0.0025
9+250	0.224	0.494	0.0060
11+800	0.243	0.494	0.0079
16+050	0.267	0.494	0.0124
22+400	0.195	0.494	0.0019
24+500	0.279	0.494	0.0169
26+450	0.274	0.494	0.0152

由表 7.36 可知，二级湖堤在设计蓄水位 46.0m 条件下渗透失事风险率较小。

在分析运行中的二级湖堤的失稳风险率时，选取蓄水位为 46.0m 情况下的两种运行工况进行计算：稳定渗流期的背水坡及骤降到水位 45.0m 降落期的临水坡。在渗流稳定情况下，采用有效应力法，在水位降落时，采用总应力法。利用蒙特卡罗法产生随机变量 c，ϕ，γ 和 γ_m 的随机数，然后选取其中一组随机数进行稳定分析，应用“土石坝边坡稳定分析程序（STAB）”计算得稳定安全系数。抽样样本次数 $k=10^5$，统计安全系数小于等于 1 的次数，除以抽样样本总数即得到该工况下堤坡失稳风险概率。计算成果如表 7.37 所示。

由表 7.37 可知，二级湖堤在设计蓄水位 46.0m 条件下失稳失事风险率较小。

在水位 $H_0=46.0\text{m}$ 的情况下：

$$P_{综合} = 3.6144\% + 0.0169\% + 0.1187\% = 3.7500\%$$

$P_{综合}$=3.7500%=0.0375 介于风险概值（0.1,0.01］区间，采用对数内插值，得二级湖堤综合风险率评价等级为 2.426。

表 7.37　各点失稳失事风险率计算结果

断面桩号	渗流稳定情况下稳定安全系数均值	失事概率/%	水位降落期稳定安全系数均值	失事概率/%
8+200	1.542	0.0464	2.625	0.0147
9+250	1.535	0.0522	2.746	0.0131
11+800	1.593	0.0369	3.879	0.0085
16+050	1.171	0.1187	3.183	0.0046
22+400	1.284（有淤区）	0.0774	3.004	0.0039
24+500	1.276（有淤区）	0.0933	1.367	0.0860
26+450	1.409	0.0805	2.813	0.0112

7.3.1.2　环境风险预测评估

根据 6.3.3.2 节模糊综合评判指标体系，依据收集的资料，分析得出四个调蓄湖泊的各指标值，具体如表 7.38 所示。

表 7.38　调蓄湖泊各指标值

指　　标	洪泽湖	骆马湖	南四湖	东平湖
COD 污染量/(t/a)	216.7	76.65	335.31	199.48
石油类污染排放量/(t/a)	118.49	6.00	100.37	21.57
渔民生活污水排放量/(万 t/a)	108.35	38.33	167.65	99.73
COD 入河量/(t/a)	880	12 106	17 237	8 437
氨氮入河量/(t/a)	34	999	2872	460
工程运行状况	好	非常好	一般	好
人员操作技能	好	非常好	一般	好
氮磷比	54.9	111.1	158.2	460.2
水温变化情况	较小	小	一般	一般
船舶含油废水排放量/(万 t/a)	9.64	2.09	2.3	—
石油类污染排放量/(t/a)	163.76	19.01	11.19	—
船员生活污水排放量/(t/a)	33.18	7.19	7.90	—
船员操作状况	好	非常好	一般	—

根据 6.3.3.2 节模糊综合评判方法计算各调蓄湖泊的风险指数如表 7.39 所示。

表 7.39　调蓄湖泊环境风险综合评判结果

河段	洪泽湖	骆马湖	南四湖	东平湖
综合评判结果	0.456	0.406	0.636	0.488
风险标准值	2.28	2.03	3.18	2.44

注：风险标准值是根据综合评判结果在 0～5 区间倍比放大得出的。

根据南水北调东线工程的运行特点以及环境风险的特点，将综合评判的结果按照以下分级：小于 2 为低风险区；2～2.2 为较低风险区；2.2～2.5 为中风险区；2.5～2.75 为较高风险区；大于 2.75 为高风险区。据此可知，四个调蓄湖泊分别属于中风险区、较低风险区、高风险区、中风险区。

此外，根据对南四湖湖泊水环境的模拟，采用以小时为时段，以一年为总模拟期。理论上可以记录每个单元格的流速和浓度变化过程，但是实际上数据存储不允许，而且分析也不需要。因此，以湖泊水体的六个监测点（其中下级湖有微山岛、二级坝站下两个监测站点，上级湖有二级坝站上、沙堤、独山村、前白口四个监测站点）来反映整体的水质状况，记录分析全年 8760 个时段的浓度变化过程，按照地表水水环境质量标准统计 COD 和 NH_3-N 的浓度不达标的次数，同理依照河网水环境风险评估的风险概率计算方法可以求得湖泊水环境中单一指标浓度不达标的概率和综合不达标的概率。具体计算结果如表 7.40 所示。

表 7.40　南四湖湖区监测站点超标概率分析计算结果

序号	站　名	地理坐标	不达标次数		分类不达标概率		总概率
			NH_3-N	COD_{Mn}	NH_3-N	COD_{Mn}	
1	微山站	(1125544；3792677)	604	297	6.9	3.4	6.9
2	二级坝闸下	(1092852；3863854)	666	780	7.6	8.9	9.2
3	二级坝闸上	(1082921；3875441)	596	1007	6.8	11.5	11.7
4	沙堤	(1082507；3902753)	1191	1113	13.6	12.7	13.9
5	独山村	(1064712；3918892)	727	885	8.3	10.1	10.2
6	前白口	(1053540；3948273)	902	841	10.3	9.6	11.4

在湖泊水体环境中模拟的两项指标中，六个断面都有不同程度的不达标。NH_3-N 指标导致发生水环境风险的概率为 6.9%～13.6%；COD_{Mn}指标导致发生水环境风险的概率为 3.4%～12.7%。因此，供水水质存在一定程度上的风险。从湖泊水体分区来看，上级湖存在的水环境风险较大，尤其是沙堤监测站附近的水域 NH_3-N 和 COD_{Mn}两个指标导致水环境风险发生的概率在湖泊水体内最大。这主要是上级湖汇入湖泊水体的河流较多，排入的污染源较大，水体水量相对下级湖偏小。下级湖的二级坝站下监测站点 NH_3-N 和 COD_{Mn}两个指标不达标的概率较大，主要是由于湖西污染源的汇入。从年内时间分配来看，各个监测点 NH_3-N 指标不达标主要集中在 1～4 月，这主要是受到入湖来水水质不好的影响；各个监测点 COD_{Mn}指标不达标主要在 1 月、5～7 月，这是受到入湖来水水质不好和汛期 COD_{Mn}排放量大量增加的影响。

7.3.1.3　社会风险预测评估

洪泽湖和骆马湖处于江苏省境内，因此其社会风险总体上与江苏段整体社会风险一致，综合风险值为 3.38，按照等级划分属于 3 级，为风险中等。南四湖属于江苏山东交界区域，因此其社会风险总体上和江苏与山东交界段整体社会风险一致，综合风险值为3.80，按照等级划分属于4级，为风险较高。东平湖处于山东省境内，因此其社会风险总体上与山东段整体社会风险一致，综合风险值为3.35，按照等级划分属于3级，为风险中等。风险评估结果详见7.2.1.3节。

下面介绍调蓄湖泊之间综合风险比较。

依据上述对四个调蓄湖泊的工程风险、环境风险和社会风险的预测评估，结果如表7.41所示。从表7.41中可以看到，骆马湖的综合风险是最低的，南四湖的综合风险是最高的，洪泽湖和东平湖的综合风险均为中等。

表7.41　调蓄湖泊综合风险

湖泊	工程风险	环境风险	社会风险	综合风险
洪泽湖	中等	中等	中等	中等
骆马湖	较低	较低	中等	较低
南四湖	中等	高	较高	较高
东平湖	中等	中等	中等	中等

7.3.2　受水城市运行风险预测评估

根据南水北调东线总体规划的安排和水资源合理配置的要求，结合输水沿线各省市对水量、水质的要求，东线第一期工程的供水范围大体分为三片：①江苏省里下河地区以外的苏北地区和里运河东西两侧地区，安徽省蚌埠市、淮北市以东沿淮、沿新汴河地区、山东省南四湖、东平湖地区；②山东半岛；③黄河以北山东省徒骇马颊河平原（简称为黄河以南片、山东半岛片和黄河以北片）。第一期工程供水区内分布有淮河、海河、黄河流域的21座地级以上城市，包括济南、青岛、徐州等特大城市和聊城、德州、滨州、烟台、威海、淄博、潍坊、东营、枣庄、济宁、菏泽、扬州、淮安、宿迁、连云港、蚌埠、淮北、宿州等大中城市。根据4.2.3.2节综合风险识别结果，在东线工程运行过程中，受水城市的风险主要包括水文风险和经济风险。

7.3.2.1　水文风险预测评估

根据综合风险因子识别结果，中线运行期间受水城市水文风险主要源自需水和供需协调两个方面。

（1）需水水文风险预测评估

根据南水北调东线和中线调水工程规划，南水北调东线主要向黄淮海平原东部和山东半岛供水，主要供水目标是解决调水线路沿线和山东半岛城市及工业用水，改善淮北地区的农业供水条件，并在北方需要时，解决农业和生态供水。生活和工业用水受到水文因素影响很小，而农业和生态用水与水文过程密切相关，因此受水区需水水文风险以农业需水风险和生态需水风险为主。

1）农业灌溉需水风险

南水北调东线受水区规划农业灌溉区域为江苏省的扬州市、淮安市、宿迁市、连云港市和徐州市以及安徽省的蚌埠、淮北市和宿州市，主要分布在淮河中下游区域。根据南水北调东线水量调配规划，江苏、安徽规划 2010 水平年农业灌溉需水量为 97.23 亿 m^3。根据南水北调规划确定的灌溉面积和 2005 年区域实际种植结构，采用 1951～2000 年长系列月降水条件，分析受水区八个地级市需水变化过程及变化特征，并与规划设计确定的农业灌溉需水进行对比分析，研究需水过程的波动以及不同降水水平年需水变化对工程运行可能产生的水文风险。通过对比可以发现，东线需水量是一个沿规划需水量不断上下波动的变化过程，如图 7.9～图 7.14 所示。其中有 19 个年份的实际需水量超过规划需水量，其中，1966 水平年的需水量比规划水量多 32.71 亿 m^3，占规划需水量的 33.6%；相反，1990 水平年的需水量比规划水量少 23.66 亿 m^3，占规划需水量的 24.3%。需水过程的高低变化必然要求供水也随之变化，一旦供水与需水不能保持同步性，就会产生需水无法满足或超过用水需求，带来调度运行的需水水文风险。

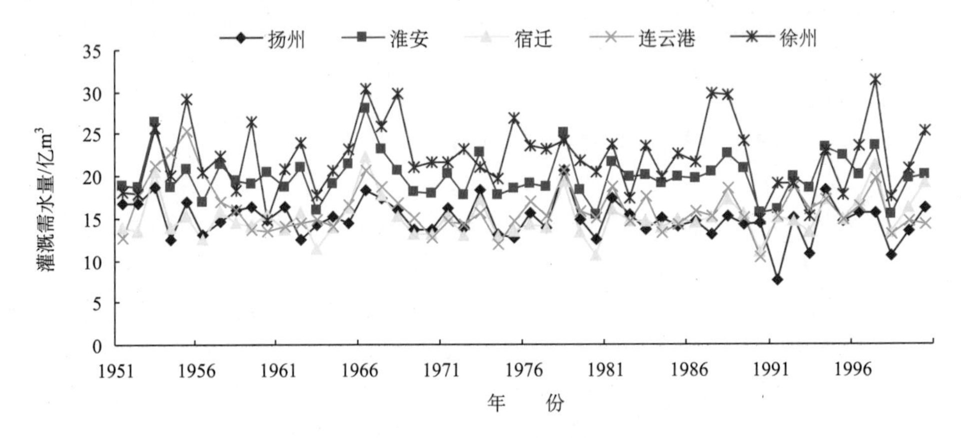

图 7.9　江苏省受水区农业灌溉需水年过程

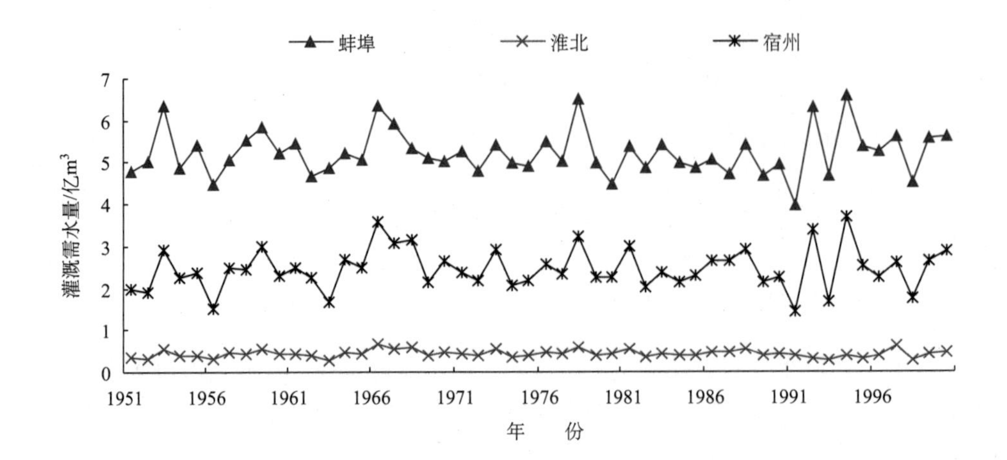

图 7.10　安徽省受水区农业灌溉需水年过程

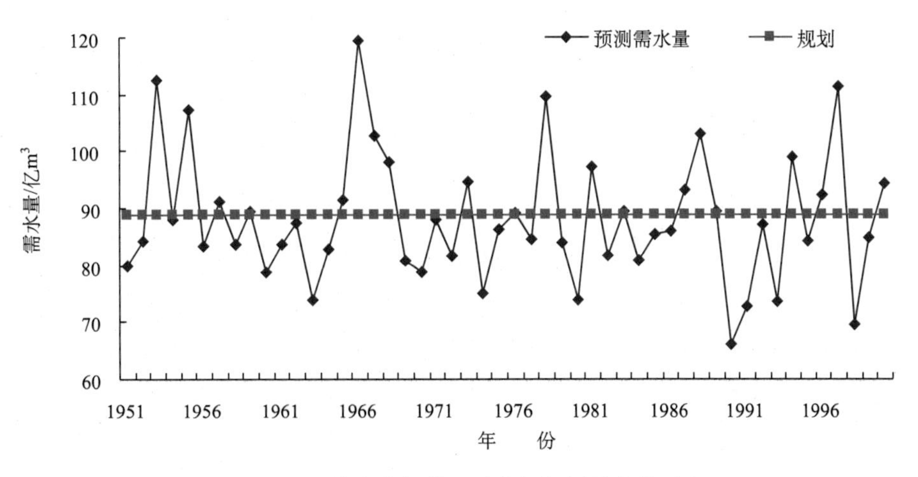

图 7.11　江苏省多年灌溉需水与规划需水量对比

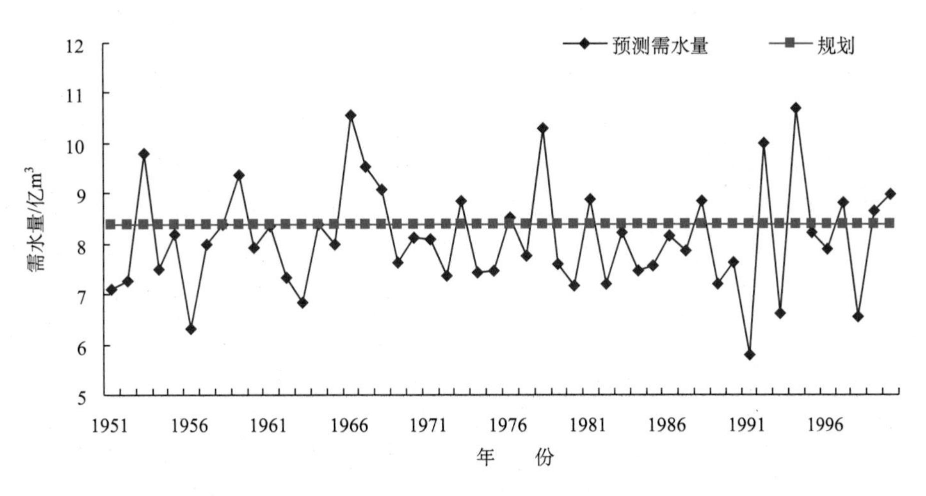

图 7.12　安徽省多年灌溉需水与规划需水量对比

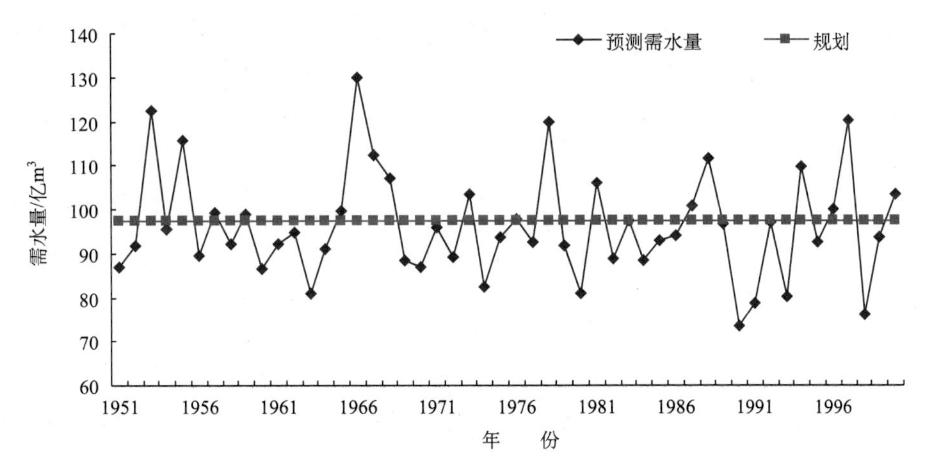

图 7.13　东线受水区长系列农业灌溉需水量

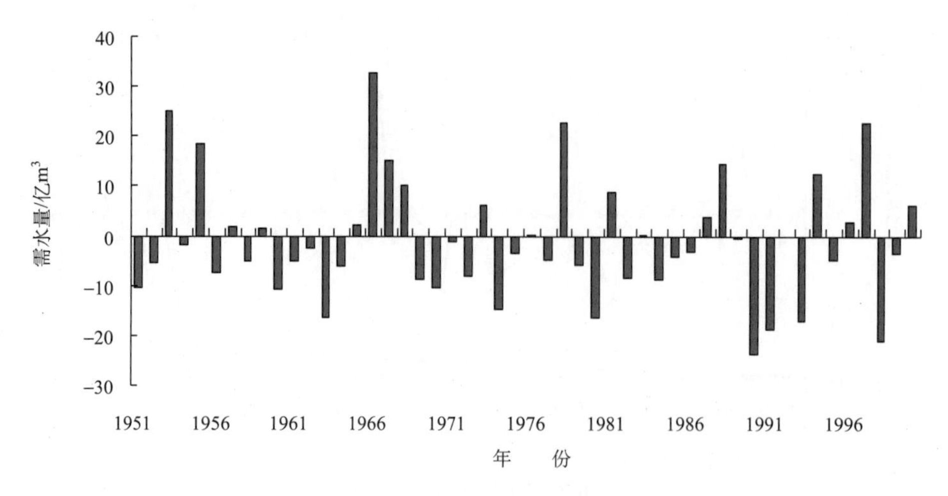

图 7.14　东线受水区长系列灌溉需水量与规划量的差值

2）生态环境需水风险

南水北调东线受水区生态环境需水主要是市区园林绿地需水、河湖换水以及部分城市的地下水回灌用水等。采用受水区沿线长系列（1951～2000 年）降水资料，根据规划 2010 年生态环境规划需水，分析受水区城市生态环境需水量。根据南水北调工程城市水资源规划，2010 水平年东线受水区域城市生态环境需水量约为 9.9 亿 m^3。通过对比可以发现，生态环境需水量随着气象、水文的变化而沿规划需水量不断上下波动，如图 7.15 所示。

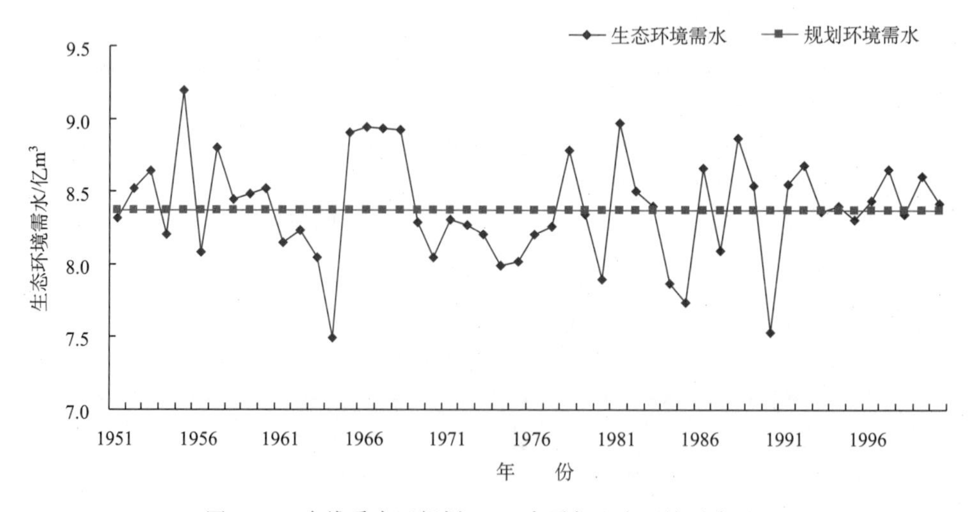

图 7.15　东线受水区规划 2010 水平年生态环境需水量

各受水地级市生态环境需水量的变化如图 7.16～图 7.18 所示，可以看到，山东省 13 个受水城市中，济南和青岛城市化水平较高，对于园林绿化的需求也明显高于其他地区城市，2010 水平年生态环境需水量分别为 1.06 亿 m^3、1.08 亿 m^3。江苏省 5 个受

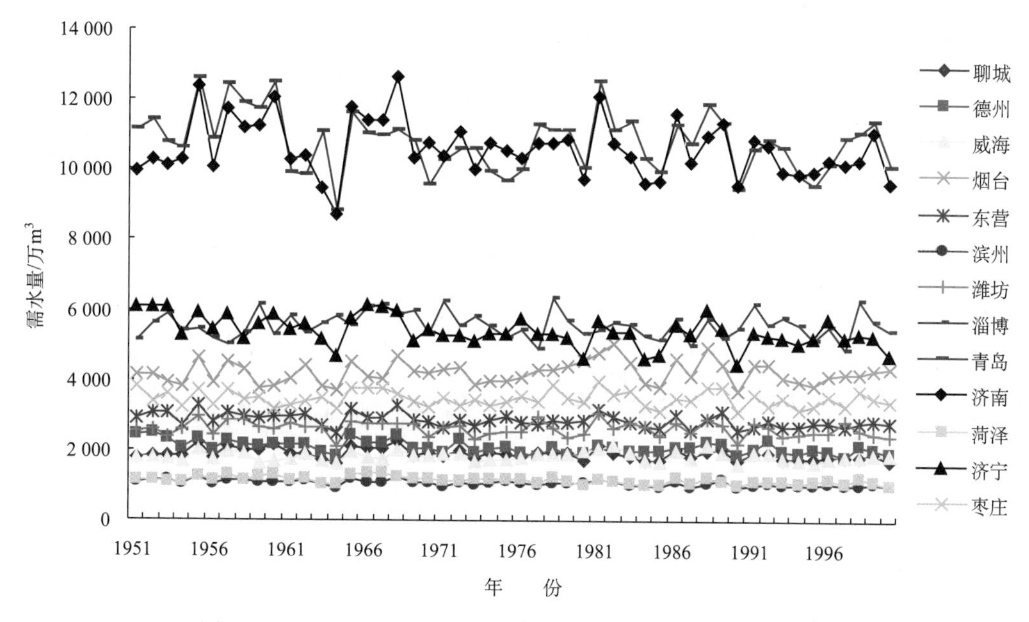

图 7.16　山东省各受水城市规划 2010 水平年生态环境需水量

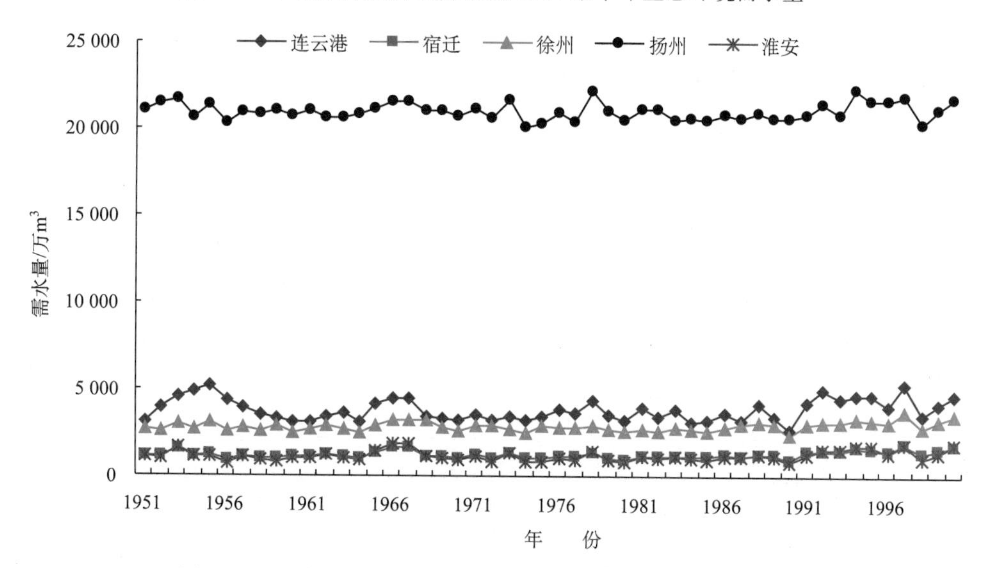

图 7.17　江苏省各受水城市规划 2010 水平年生态环境需水量

水城市中，扬州城市化水平较高，对于园林绿化等用于生态环境的水资源需求也明显高于其他城市，2010 水平年生态环境需水量约为 2.1 亿 m³。安徽省 3 个受水城市中，蚌埠市对园林绿化等用于生态环境的水资源需求也明显高于其他城市，2010 水平年生态环境需水量约为 0.58 亿 m³。

3）需水水文风险分析

实际需水量序列的波动变幅反映了需水水文风险的大小，标准差反映了数据序列中数据点偏离均值的离散程度，可以作为衡量受水地级市需水水文风险的大小。东线各受水地级市的预测需水量标准差如表 7.42 所示。

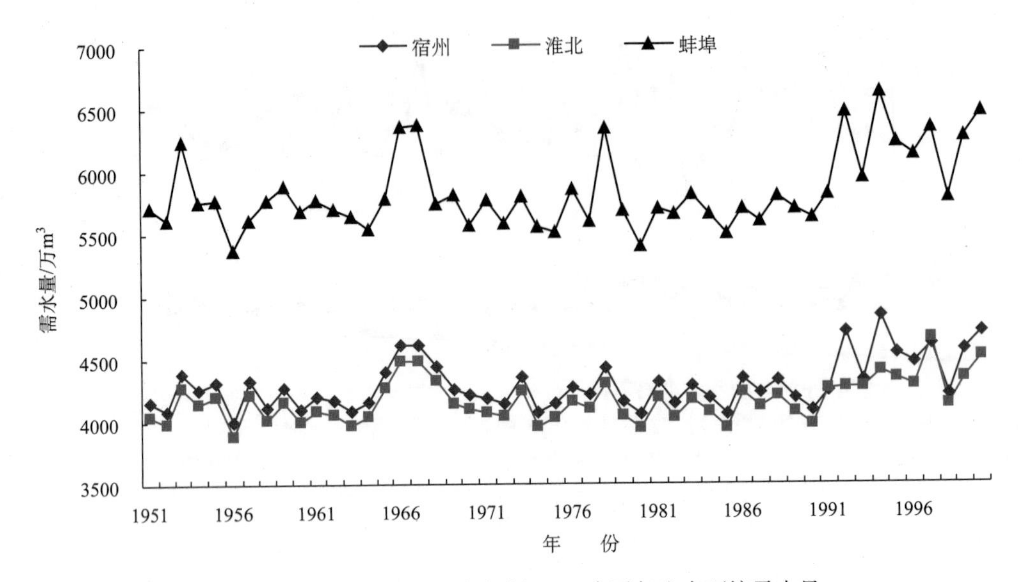

图 7.18 安徽省各受水城市规划 2010 水平年生态环境需水量

表 7.42 南水北调东线受水地级市需水量标准差

省 区	受水城市	需水标准差/万 m^3	省 区	受水城市	需水标准差/万 m^3
山东省	聊城	139.56	山东省	济宁	413.76
	德州	168.43		枣庄	216.43
	威海	135.93	江苏省	扬州	494.77
	烟台	315.08		淮安	315.39
	东营	177.36		宿迁	221.96
	滨州	66.41		连云港	634.36
	潍坊	198.42		徐州	274.91
	淄博	367.11	安徽省	蚌埠	305.05
	青岛	846.52		淮北	165.18
	济南	811.09		宿州	194.90
	菏泽	82.69			

对表 7.42 中以需水标准差作为风险表征指标的需水水文风险进行聚类分析，分析结果如表 7.43 所示。

从分类结果可以看出，处于第一类的受水城市需水水文风险相对低，处于第二类的受水城市需水水文风险相对偏低，处于第三类的受水城市需水水文风险相对中等，处于第四类的受水城市需水水文风险相对偏高，处于第五类的受水城市需水水文风险相对高。

表 7.43　东线受水城市需水水文风险聚类结果

需水水文风险分类	受水城市	需水水文风险值（需水标准差）/万 m^3	需水水文风险分类	受水城市	需水水文风险值（需水标准差）/万 m^3
1	山东省菏泽市	82.69	3	安徽省蚌埠市	305.05
	山东省滨州市	66.41		江苏省淮安市	315.39
2	安徽省宿州市	194.9		江苏省徐州市	274.91
	安徽省淮北市	165.18		山东省烟台市	315.08
	山东省枣庄市	216.43	4	山东省济宁市	413.76
	山东省聊城市	139.56		江苏省扬州市	494.77
	山东省德州市	168.43		山东省淄博市	367.11
	江苏省宿迁市	221.96	5	江苏省连云港市	634.36
	山东省东营市	177.36		山东省青岛市	846.52
	山东省威海市	135.93		山东省济南市	811.09
	山东省潍坊市	198.42			

（2）供需协调水文风险预测评估

供需协调水文风险主要是由于水源区和受水区的旱涝遭遇和径流丰枯遭遇引起的，其中旱旱遭遇或者枯枯遭遇对调水是最不利的组合，其遭遇频率可以作为供需协调水文风险的表征指标。

1）淮河流域受水区

百年旱涝遭遇分析表明，调水不利的组合遭遇（两者同为枯或偏枯，下同）频率16.7%（表7.44）。

表 7.44　淮河受水区与长江流域水源区旱涝遭遇频率（单位：%）

旱涝遭遇频率			淮河流域受水区					
			旱涝等级					
			涝	偏涝	正常	偏旱	旱	Σ
长江水源区	旱涝等级	涝	4.0	2.6	0.8	0.9	0.2	8.5
		偏涝	4.3	12.4	6.0	4.3	1.4	28.4
		正常	2.3	8.7	14.1	7.2	2.4	34.7
		偏旱	0.8	4.3	4.7	9.2	3.0	22.0
		旱	0.4	0.6	0.9	1.5	3.0	6.4
Σ			11.8	28.6	26.5	23.1	10.0	100.0
供需协调水文风险（表格中灰色底纹部分之和）						16.7		

年径流丰枯遭遇分析表明，调水不利的组合遭遇频率13.4%（表7.45）。

表7.45　淮河受水区与长江水源区丰枯遭遇频率（单位：%）

丰枯遭遇频率			淮河受水区					
			丰枯等级					
			丰	偏丰	正常	偏枯	枯	Σ
长江水源区	丰枯等级	丰	2.3	2.2	0.0	2.2	0.0	6.7
		偏丰	2.2	13.4	11.1	2.2	2.2	31.1
		正常	0.0	11.1	4.5	11.1	2.2	28.9
		偏枯	4.4	0.0	8.9	6.7	2.2	22.2
		枯	0.0	2.2	4.4	2.2	2.3	11.1
Σ			8.9	28.9	28.9	24.4	8.9	100.0
供需协调水文风险（表格中灰色底纹部分之和）						13.4		

2）沂沭河受水区

百年旱涝遭遇分析表明，调水不利的组合遭遇频率12.2%（表7.46）。

表7.46　沂沭河受水区与长江流域水源区旱涝遭遇频率（单位：%）

旱涝遭遇频率			沂沭河受水区					
			旱涝等级					
			涝	偏涝	正常	偏旱	旱	Σ
长江水源区	旱涝等级	涝	2.6	1.7	2.4	1.2	0.6	8.5
		偏涝	5.8	6.0	8.3	5.6	2.6	28.3
		正常	3.8	7.7	12.1	7.5	3.6	34.7
		偏旱	2.1	4.3	6.4	6.0	3.2	22.0
		旱	0.8	0.6	2.1	1.7	1.3	6.5
Σ			15.1	20.3	31.3	22.0	11.3	100.0
供需协调水文风险（表格中灰色底纹部分之和）						12.2		

年径流丰枯遭遇分析表明，调水不利的组合遭遇频率13.3%（表7.47）。

表 7.47　沂沭泗河受水区与长江水源区丰枯遭遇频率（单位：%）

丰枯遭遇频率			沂沭泗河受水区 丰枯等级					
			丰	偏丰	正常	偏枯	枯	Σ
长江水源区	丰枯等级	丰	0.0	2.2	2.2	2.3	0.0	6.7
		偏丰	4.4	6.7	13.3	2.3	4.4	31.1
		正常	0.0	6.7	6.7	13.3	2.2	28.9
		偏枯	6.7	4.4	2.3	4.4	4.4	22.2
		枯	2.2	0.0	4.4	4.4	0.1	11.1
Σ			13.3	20.0	28.9	26.7	11.1	100.0
供需协调水文风险（表格中灰色底纹部分之和）						13.3		

3）胶东诸河受水区

百年旱涝遭遇分析表明，调水不利的组合遭遇频率9.4%（表7.48）。

表 7.48　胶东诸河受水区与长江流域水源区旱涝遭遇频率（单位：%）

旱涝遭遇频率			胶东诸河受水区 旱涝等级					
			涝	偏涝	正常	偏旱	旱	Σ
长江水源区	旱涝等级	涝	0.9	1.3	4.1	1.8	0.4	8.5
		偏涝	3.2	5.3	13.7	4.5	1.7	28.4
		正常	3.0	7.2	13.6	7.3	3.6	34.7
		偏旱	1.5	3.8	9.4	5.3	2.1	22.1
		旱	0.2	1.1	3.0	0.9	1.1	6.3
Σ			8.8	18.7	43.8	19.8	8.9	100.0
供需协调水文风险（表格中灰色底纹部分之和）						9.4		

年径流丰枯遭遇分析表明，调水不利的组合遭遇频率4.4%（表7.49）。

表 7.49　胶东诸河受水区与长江水源区丰枯遭遇频率（单位：%）

丰枯遭遇频率			胶东诸河受水区 丰枯等级					
			丰	偏丰	正常	偏枯	枯	Σ
长江水源区	丰枯等级	丰	0.0	4.4	0.0	0.0	2.2	6.6
		偏丰	6.7	6.7	6.6	6.7	4.4	31.1
		正常	0.0	6.7	6.7	8.9	6.7	29.0
		偏枯	0.0	15.6	4.4	2.2	0.0	22.2
		枯	0.0	2.2	6.7	2.2	0.0	11.1
Σ			6.7	35.6	24.4	20.0	13.3	100.0
供需协调水文风险（表格中灰色底纹部分之和）						4.4		

4）徒骇马颊河受水区

百年旱涝遭遇分析表明，调水不利的组合遭遇频率12.8%（表7.50）。

表7.50 徒骇马颊河受水区与长江流域水源区旱涝遭遇频率（单位：%）

旱涝遭遇频率			徒骇马颊河受水区 旱涝等级					
			涝	偏涝	正常	偏旱	旱	Σ
长江水源区	旱涝等级	涝	1.9	3.0	1.5	1.5	0.6	8.5
		偏涝	4.5	7.0	7.5	5.8	3.6	28.4
		正常	4.3	7.6	9.0	8.5	5.3	34.7
		偏旱	2.6	4.5	4.7	7.0	3.2	22.0
		旱	0.4	1.1	2.3	1.7	0.9	6.4
Σ			13.7	23.2	25.0	24.5	13.6	100.0
供需协调水文风险（表格中灰色底纹部分之和）						12.8		

年径流丰枯遭遇分析表明，调水不利的组合遭遇频率11.1%（表7.51）。

表7.51 徒骇马颊河受水区与长江水源区丰枯遭遇频率（单位：%）

丰枯遭遇频率			徒骇马颊河受水区 丰枯等级					
			丰	偏丰	正常	偏枯	枯	Σ
长江水源区	丰枯等级	丰	0.0	4.4	2.2	0.0	0.0	6.6
		偏丰	4.4	8.9	11.1	6.7	0.0	31.1
		正常	4.5	4.4	8.9	11.1	0.0	28.9
		偏枯	0.0	6.7	6.7	8.9	0.0	22.3
		枯	2.2	0.0	6.7	2.2	0.0	11.1
Σ			11.1	24.4	35.6	28.9	0.0	100.0
供需协调水文风险（表格中灰色底纹部分之和）						11.1		

5）海河南系受水区

百年旱涝遭遇分析表明，调水不利的组合遭遇频率8.1%（表7.52）。

表 7.52　海河南系受水区与长江流域水源区旱涝遭遇频率（单位：%）

旱涝遭遇频率			海河南系受水区					
			旱涝等级					
			涝	偏涝	正常	偏旱	旱	Σ
长江水源区	旱涝等级	涝	0.9	2.3	3.6	1.5	0.2	8.5
		偏涝	1.7	8.7	10.5	6.2	1.3	28.4
		正常	3.2	7.7	14.7	7.0	2.1	34.7
		偏旱	1.7	5.6	7.7	4.9	2.1	22.0
		旱	0.9	1.9	2.5	0.9	0.2	6.4
Σ			8.4	26.2	39.0	20.5	5.9	100.0
供需协调水文风险（表格中灰色底纹部分之和）						8.1		

从旱涝遭遇的情况来看，水源区与受水区同步频率变化较大，长江淮河约 42.7%，其他各区则低于 30%。不利于调水工程运行调度的水源区与受水区“枯枯”遭遇组合频率为 8%～16%。在空间尺度上，区域变化差异不明显；在时间尺度上，20 世纪发生偏旱和旱的频率高于前几个世纪；在遭遇组合上，以长江淮河遭遇频次最高，呈现由南向北递减的趋势；同时，连续、大范围的干旱发生的可能性仍然存在，但较中线要低一些。

从径流遭遇情况来看，中线水源区与各受水区的同步遭遇频率从 15%到 29%不等，同步遭遇频率较低；区域间的变化比较平稳，说明各受水区都面临缺水的风险；全线多区域径流同丰同枯的情况在近 50 年已发生多次，需要提防这种极端状况对于调水的不利影响。

(3) 综合水文风险分析

假定需水水文风险和供需协调水文风险均服从正态分布，先将其正态标准化处理为无量纲的风险值，值越大风险越大，然后进行等权求和评估综合水文风险，评估结果如表 7.53 所示。

表 7.53　南水北调东线受水区综合水文风险

水资源分区	受水城市	需水水文风险（正态标准化处理值）	供需协调水文风险（正态标准化处理值）	综合水文风险值
淮河	江苏省扬州市	0.83	1.16	2.00
	江苏省淮安市	0.02	1.16	1.18
	安徽省蚌埠市	−0.03	1.16	1.13
	安徽省宿州市	−0.53	1.16	0.63
	安徽省淮北市	−0.67	1.16	0.50

续表

水资源分区	受水城市	需水水文风险（正态标准化处理值）	供需协调水文风险（正态标准化处理值）	综合水文风险值
沂沭河	江苏省宿迁市	−0.41	0.44	0.03
	江苏省连云港市	1.47	0.44	1.91
	江苏省徐州市	−0.17	0.44	0.27
	山东省枣庄市	−0.43	0.44	0.01
	山东省济宁市	0.46	0.44	0.91
	山东省菏泽市	−1.04	0.44	−0.60
胶东诸河	山东省济南市	2.27	−1.30	0.97
	山东省淄博市	0.25	−1.30	−1.05
	山东省东营市	−0.61	−1.30	−1.92
	山东省潍坊市	−0.52	−1.30	−1.82
	山东省青岛市	2.44	−1.30	1.13
	山东省烟台市	0.02	−1.30	−1.29
	山东省威海市	−0.80	−1.30	−2.10
徒骇马颊河	山东省聊城市	−0.78	0.22	−0.57
	山东省德州市	−0.65	0.22	−0.44
	山东省滨州市	−1.12	0.22	−0.90

对表7.53的综合水文风险值进行聚类分析，分析结果如表7.54所示。

表7.54 东线受水城市综合水文风险分类

综合水文风险分类	受水城市	综合水文风险值	综合水文风险分类	受水城市	综合水文风险值
1	山东省东营市	−1.92	3	山东省枣庄市	0.01
	山东省潍坊市	−1.82		安徽省宿州市	0.63
	山东省威海市	−2.10		安徽省淮北市	0.50
2	山东省德州市	−0.44	4	山东省济南市	0.97
	山东省聊城市	−0.57		江苏省淮安市	1.18
	山东省淄博市	−1.05		山东省青岛市	1.13
	山东省滨州市	−0.90		山东省济宁市	0.91
	山东省菏泽市	−0.60		安徽省蚌埠市	1.13
	山东省烟台市	−1.29	5	江苏省连云港市	1.91
3	江苏省徐州市	0.27		江苏省扬州市	2.00
	江苏省宿迁市	0.03			

从分类结果可以看到，处于第一类的受水城市综合水文风险相对低，处于第二类的受水城市综合水文风险相对较低，处于第三类的受水城市综合水文风险相对中等，处于

第四类的受水城市综合水文风险相对较高，处于第五类的受水城市综合水文风险相对高。

7.3.2.3　经济风险预测评估

南水北调工程运行经济风险的核心在于运行期内受水区的实际售水量能否达到规划调水量，如果能够达到，其盈利能力应该能得到保障，如果不能达到，则盈利能力会受到很大影响。因此，在对受水区水资源供需平衡分析基础上，预测运行期内实际售水量的波动，可以作为经济风险的表征指标。

（1）受水城市需水量分析

考虑生活、第一产业、第二产业、第三产业及生态需水的特点，各受水区需水量主要受水价、社会经济发展规模、降水频率三种因素的影响，不同的风险因子变动将影响区域水资源的需求量。在各种风险因子组合情景下，分别计算各地区的总需水量，受水区总需水量概率分布如图 7.19 所示。结果表明，东线受水区最大需水量为 491.2 亿 m^3，但发生的概率只有 0.94%，最小需水量为 410.2 亿 m^3，最大值和最小值差 81.0 亿 m^3，约占最大总需水量的 16.5%。

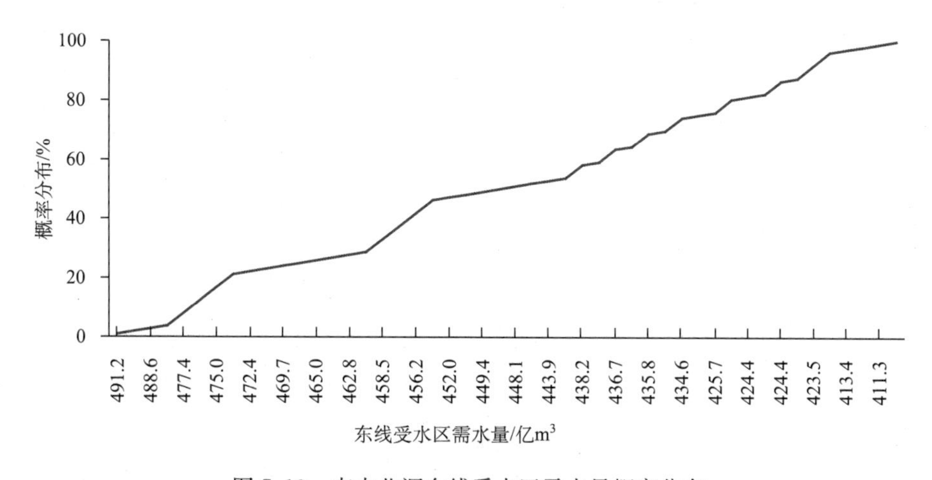

图 7.19　南水北调东线受水区需水量概率分布

（2）受水城市可供水量分析

可供水量是水资源供需平衡分析的基础。可供水量能反映区域水资源的余缺情况，并能适应不同发展水平的供需分析，在水资源规划中，可供水量的分析与计算是水资源供需平衡的重要组成部分。综合南水北调受水区地表水资源、地下水资源和其他可利用水资源量，在分析明确地表水和地下水利用过程中的水量转化关系后，可从地表水资源可利用量与地下水可开采量之和中扣除地下水可开采量本身中的重复利用水量，以及地表水资源可利用量与地下水可开采量之间的重复利用水量，考虑其他可利用水资源量，得出各受水区可供水量，如表 7.55 所示。

表 7.55 南水北调东线受水区 2015 年供水量

编号	行政区	不同频率水资源可利用量/亿 m³			
		25%	50%	75%	95%
1	江苏省扬州市	14.03	12.86	12.26	10.97
2	江苏省淮安市	22.52	21.00	19.19	17.13
3	江苏省宿迁市	21.44	20.14	18.61	16.86
4	安徽省蚌埠市	15.04	14.25	13.28	12.31
5	安徽省宿州市	22.96	21.87	20.92	19.94
6	安徽省淮北市	5.97	5.70	5.27	5.05
7	江苏省连云港市	17.46	15.99	14.25	12.27
8	江苏省徐州市	28.52	27.24	26.13	24.98
9	山东省枣庄市	11.94	11.17	9.51	8.98
10	山东省济宁市	39.08	37.53	33.21	30.84
11	山东省菏泽市	40.44	39.78	39.78	38.33
12	山东省济南市	23.35	22.46	21.84	20.79
13	山东省滨州市	25.24	24.23	22.77	21.91
14	山东省淄博市	16.37	15.56	14.52	13.72
15	山东省东营市	16.54	15.85	15.33	14.62
16	山东省潍坊市	30.09	28.09	22.73	19.38
17	山东省青岛市	16.15	14.91	12.05	9.83
18	山东省烟台市	20.29	18.66	14.96	12.02
19	山东省威海市	7.98	7.20	5.92	4.33
20	山东省聊城市	29.78	29.16	28.87	28.23
21	山东省德州市	33.50	32.78	32.29	31.60

(3) 受水城市售水量风险评估

在受水区需水分析、供水分析的基础上，利用层次分析法模拟水文丰枯遭遇、水价、受水区经济发展等不同风险组合情景下受水区对南水北调的需求量，经过整理，各地市对南水北调的需求量（售水量）概率分布如图 7.20 所示。从图 7.20 中可见，南水北调东线售水量波动较小，最大售水量为 40.4 亿 m³，为规划调水量的 112.1%；最小售水量为 27.9 亿 m³，占规划调水量的 77.5%；达到规划调水水量 36.01 亿 m³ 的概率为 30.9%。

对南水北调各受水区售水量进行统计分析，计算各地区的售水量均值及方差，如表 7.56 所示。从表 7.56 中可以看到，南水北调东线受水区有 4 个地市售水量均值为零，分别是安徽省宿州市、山东省的枣庄市、菏泽市和泰安市，安徽省的蚌埠市和淮北市、山东省的济宁市、烟台市和威海市也有调水量为零的年份，这些地市售水量达不到规划

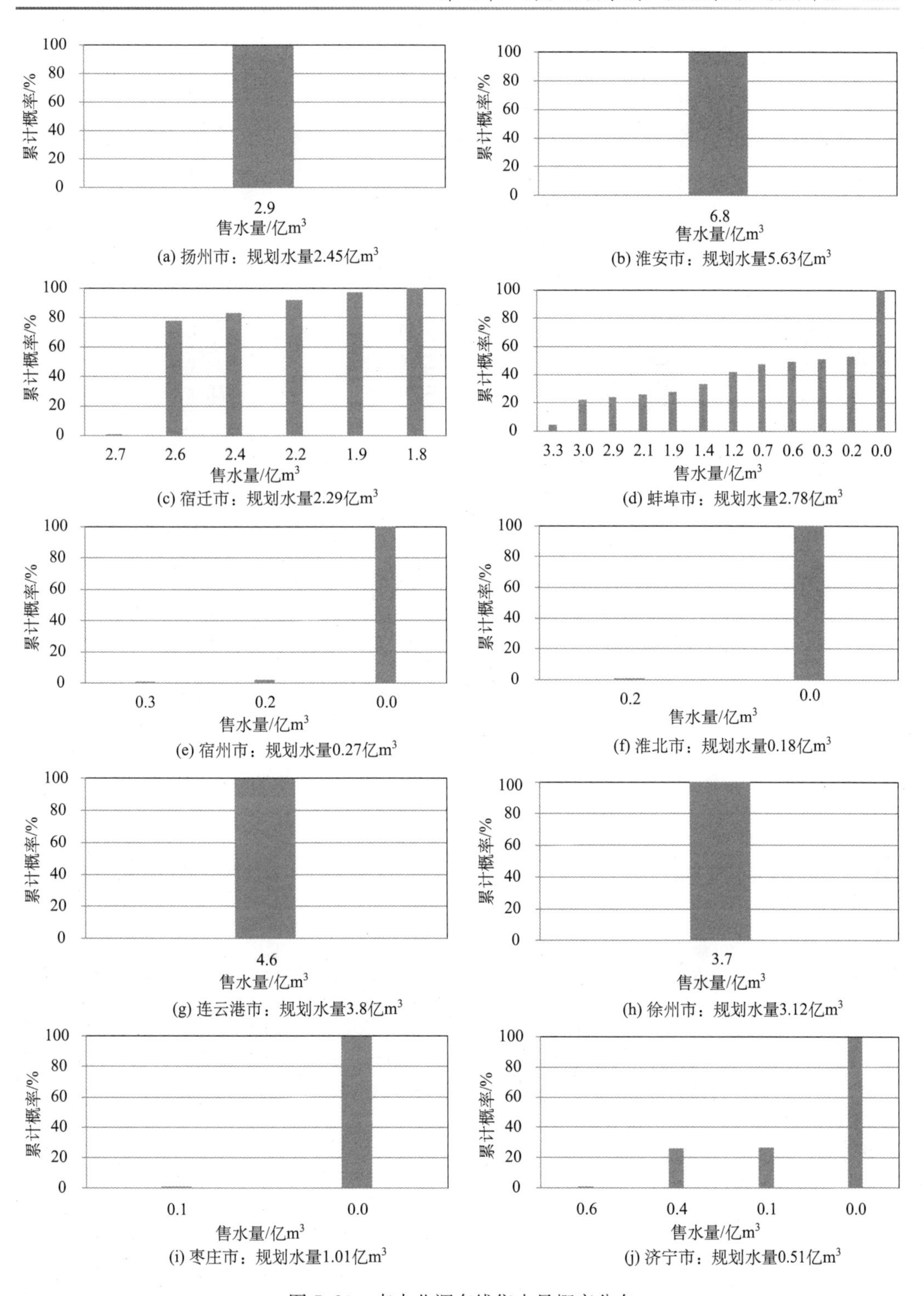

图 7.20 南水北调东线售水量概率分布

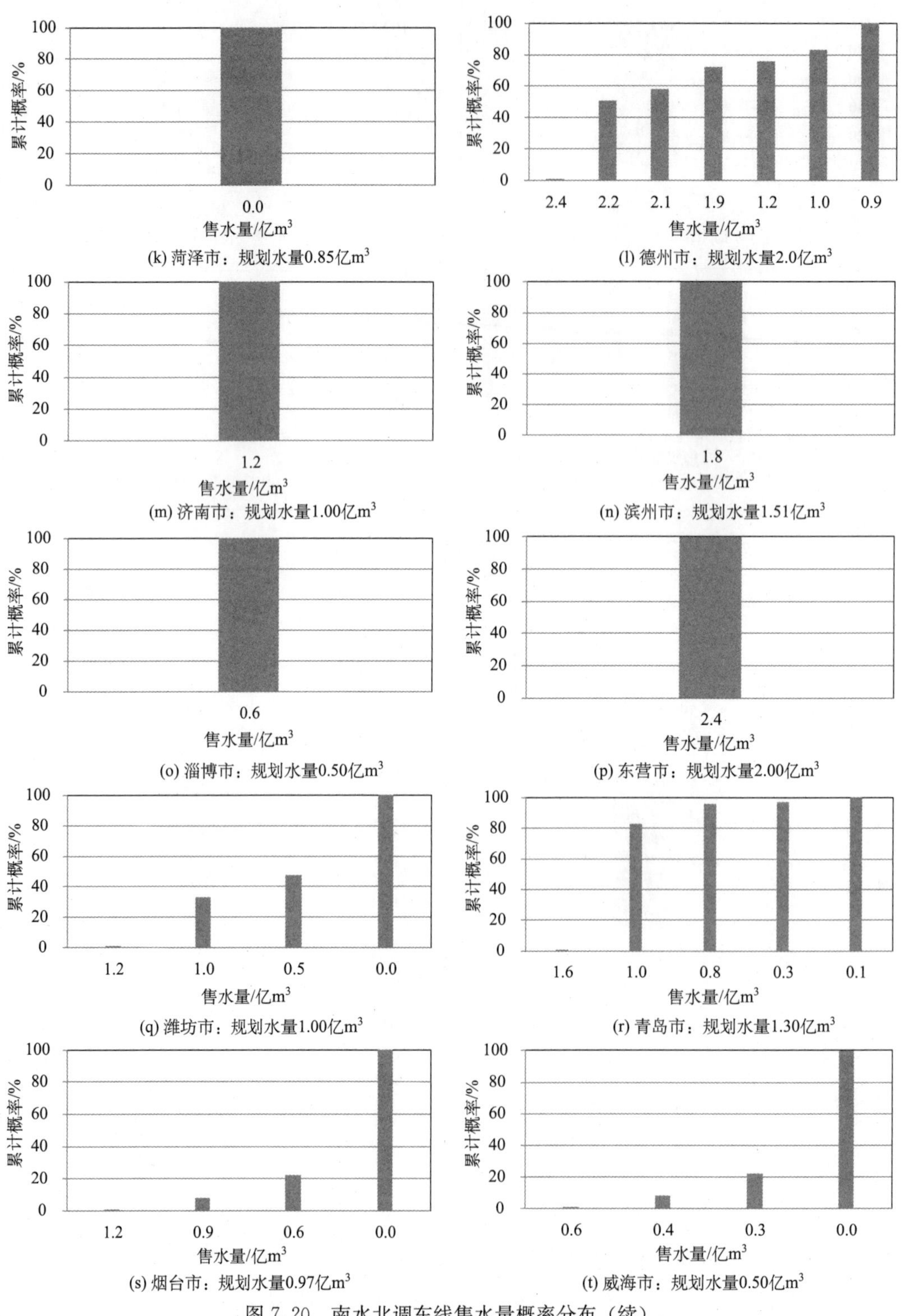

(k) 菏泽市：规划水量0.85亿m^3

(l) 德州市：规划水量2.0亿m^3

(m) 济南市：规划水量1.00亿m^3

(n) 滨州市：规划水量1.51亿m^3

(o) 淄博市：规划水量0.50亿m^3

(p) 东营市：规划水量2.00亿m^3

(q) 潍坊市：规划水量1.00亿m^3

(r) 青岛市：规划水量1.30亿m^3

(s) 烟台市：规划水量0.97亿m^3

(t) 威海市：规划水量0.50亿m^3

图 7.20 南水北调东线售水量概率分布（续）

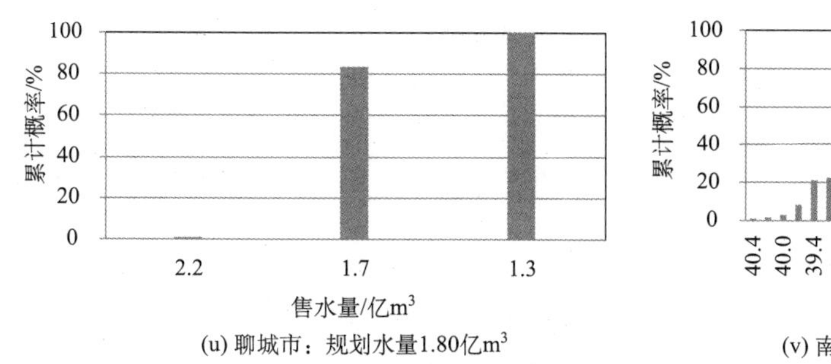

(u) 聊城市：规划水量1.80亿m³

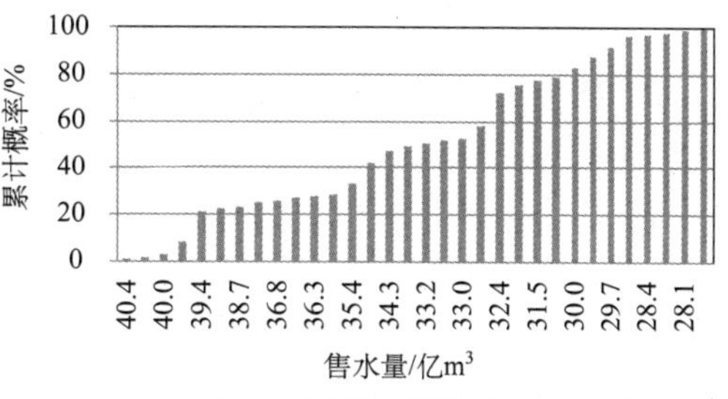

(v) 南水北调东线：规划水量36.01亿m³

图 7.20　南水北调东线售水量概率分布（续）

调水量的风险较大，从而给项目收益造成风险；售水量均值达到或超过规划调水量的地市有 11 个，分别是江苏省的扬州市、淮安市、宿迁市、连云港市和徐州市，山东省的济南市、滨州市、淄博市、东营市、青岛市和聊城市，德州市的售水量均值也基本达到规划调水量，这些地市发生经济风险的概率较小，基本能够达到预期收益。分析各地市售水量分布的方差，除安徽省蚌埠市、山东省的潍坊市和德州市外，其他地市不同风险情景下售水量波动幅度较小，售水量基本稳定。从南水北调东线整体分析，东线售水量均值为 34.3 亿 m^3，达到了规划调水量的 95.2%，基本能够实现预期的调水规模，总体风险较小。

表 7.56　南水北调东线受水区售水量特征值

序号	地　区	规划水量/亿 m^3	售水量均值/亿 m^3	售水量最大值/亿 m^3	售水量最小值/亿 m^3	售水量方差
1	江苏省扬州市	2.45	2.94	2.94	2.94	0.00
2	江苏省淮安市	5.63	6.76	6.76	6.76	0.00
3	江苏省宿迁市	2.29	2.62	2.75	1.76	0.08
4	安徽省蚌埠市	2.78	1.15	3.34	0.00	1.81
5	安徽省宿州市	0.27	0.00	0.28	0.00	0.00
6	安徽省淮北市	0.18	0.12	0.22	0.00	0.01
7	江苏省连云港市	3.80	4.56	4.56	4.56	0.00
8	江苏省徐州市	3.12	3.74	3.74	3.74	0.00
9	山东省枣庄市	1.01	0.00	0.10	0.00	0.00
10	山东省济宁市	0.51	0.16	0.61	0.00	0.07
11	山东省菏泽市	0.85	0.00	0.00	0.00	0.00
12	山东省济南市	1.00	1.20	1.20	1.20	0.00
13	山东省滨州市	1.51	1.81	1.81	1.81	0.00
14	山东省淄博市	0.50	0.60	0.60	0.57	0.00
15	山东省东营市	2.00	2.40	2.40	2.40	0.00
16	山东省潍坊市	1.00	0.53	1.20	0.00	0.31
17	山东省青岛市	1.30	1.39	1.56	0.13	0.17
18	山东省烟台市	0.97	0.21	1.16	0.00	0.15
19	山东省威海市	0.50	0.10	0.60	0.00	0.04
20	山东省聊城市	1.80	2.05	2.16	1.26	0.07
21	山东省德州市	2.00	1.94	2.40	0.79	0.36
22	东线	36.01	34.28	40.37	27.92	13.62

进一步对各地市售水量数据进行分析，以售水量均值/规划调水量作为横坐标，以超过售水量均值点的概率作为纵坐标，绘制各地市售水量分布点阵，如图 7.21 所示。从图 7.21 中可以看到，南水北调东线工程，江苏省包括扬州市、淮安市、宿迁市、连云港市和徐州市均位于第一象限，售水量能够达到预期的调水量，风险很小；山东省的东营市、淄博市、济南市、滨州市位于第一象限的顶点，售水量均达到或超过规划供水量，风险很小，聊城市和德州市位于第一象限中上部，也基本能够达到规划供水量，风险较小；山东省的青岛市位于第四象限右侧，售水量均值大于能够达到规划调水量，但是水量分布达到或超过均值的数据点仅占 42%，存在一定的风险；同理，山东省潍坊市和安徽省淮北市也位于第四象限，但风险要大于青岛市；其他地市均位于第三象限，无论是售水量还是售水保证率均较小，这些地市发生经济风险的概率较大。

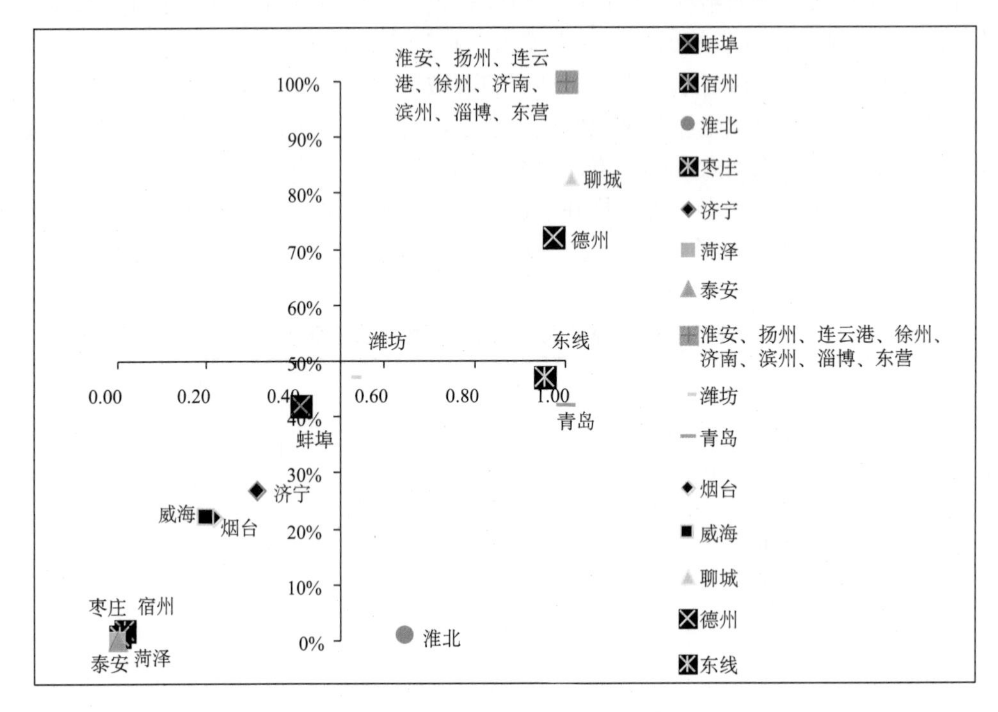

图 7.21　南水北调东线风险分布

售水量均值/规划调水量 L 反映了预期售水量占规划供水量的比重，取值范围为 0～1，超过售水量均值点的概率 P 反映了售水量达到或超过均值的保证率，取值范围为 0～1。本次研究取 $5\times(1-L\cdot P)$ 作为评价各受水地市风险的指标，依据上述风险，该数值越高说明地区的风险越大，反之越小，东线各受水地市经济风险指标值如表 7.57 所示。将数值分为五个区间，以此定义为低、较低、中等、较高和高五个风险等级。各受水地市发生售水量不能达到规划调水量的风险如表 7.58 所示。

7.3.2.4　综合风险聚类分析

东线一期工程 21 个受水地级市在工程运行期间承受水文风险和经济风险，为了能在风险管理中更具针对性，通过多元聚类分析对受水城市所承受的风险组合特点进行分类。表 7.59 列出了东线 21 个受水地级市的风险状况。

表 7.57　南水北调东线各受水地级市经济风险评估指标值

序号	地　区	风险指标	序号	地　区	风险指标
1	江苏省扬州市	0	12	山东省济南市	0
2	江苏省淮安市	0	13	山东省滨州市	0
3	江苏省宿迁市	0.85	14	山东省淄博市	0
4	安徽省蚌埠市	4.15	15	山东省东营市	0
5	安徽省宿州市	5	16	山东省潍坊市	3.75
6	安徽省淮北市	4.95	17	山东省青岛市	2.9
7	江苏省连云港市	0	18	山东省烟台市	4.75
8	江苏省徐州市	0	19	山东省威海市	4.8
9	山东省枣庄市	5	20	山东省聊城市	0.85
10	山东省济宁市	4.6	21	山东省德州市	1.5
11	山东省菏泽市	5			

表 7.58　南水北调东线行政区风险等级

风险等级	低	较低	中等	较高	高
风险区间	0～1.0	1.0～2.0	2.0～3.0	3.0～4.0	4.0～5.0
地市	扬州市 淮安市 宿迁市 连云港市 徐州市 济南市 滨州市 淄博市 东营市 聊城市	德州市	蚌埠市 潍坊市 青岛市	济宁市 烟台市 威海市	宿州市 淮北市 枣庄市 菏泽市

表 7.59　南水北调东线受水地级市的风险状况

水资源分区	受水城市	水文风险	经济风险
淮河	江苏省扬州市	2.00	0
	江苏省淮安市	1.18	0
	安徽省蚌埠市	1.13	4.15
	安徽省宿州市	0.63	5
	安徽省淮北市	0.50	4.95

续表

水资源分区	受水城市	水文风险	经济风险
沂沭河	江苏省宿迁市	0.03	0.85
	江苏省连云港市	1.91	0
	江苏省徐州市	0.27	0
	山东省枣庄市	0.01	5
	山东省济宁市	0.91	4.6
	山东省菏泽市	−0.60	5
胶东诸河	山东省济南市	0.97	0
	山东省淄博市	−1.05	0
	山东省东营市	−1.92	0
	山东省潍坊市	−1.82	3.75
	山东省青岛市	1.13	2.9
	山东省烟台市	−1.29	4.75
	山东省威海市	−2.10	4.8
徒骇马颊河	山东省聊城市	−0.57	0.85
	山东省德州市	−0.44	1.5
	山东省滨州市	−0.90	0

将受水城市综合水文风险和经济风险进行聚类分析，聚类结果如表 7.60 和图 7.22 所示。

表 7.60　南水北调东线受水区综合风险聚类

综合风险分类	受水城市	水文风险	经济风险
1	山东省德州市	−0.43	1.5
	山东省聊城市	−0.57	0.85
	山东省淄博市	−1.1	0.0
	山东省滨州市	−0.90	0.0
	山东省东营市	−1.91	0.0
2	江苏省徐州市	0.27	0.0
	江苏省宿迁市	0.03	0.85
3	山东省济南市	0.97	0.0
	江苏省连云港市	1.92	0.0
	江苏省扬州市	1.99	0.0
	江苏省淮安市	1.19	0.0

续表

综合风险分类	受水城市	水文风险	经济风险
4	山东省菏泽市	−0.60	5.0
	山东省烟台市	−1.28	4.75
	山东省潍坊市	−1.81	3.75
	山东省威海市	−2.10	4.8
5	山东省青岛市	1.13	2.9
	山东省枣庄市	0.01	5.0
	安徽省宿州市	0.63	5.0
	安徽省淮北市	0.49	4.95
	山东省济宁市	0.91	4.6
	安徽省蚌埠市	1.13	4.15

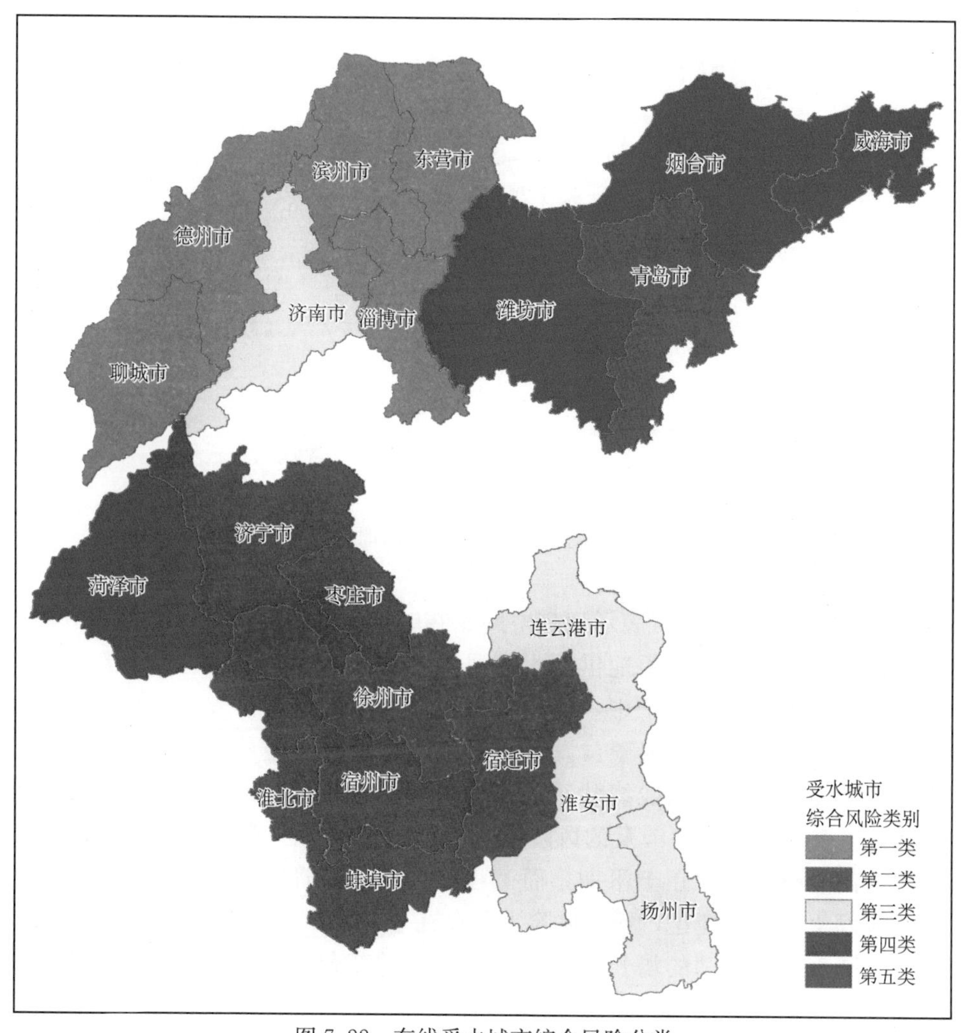

图 7.22　东线受水城市综合风险分类

从受水区综合风险聚类结果来看，属于第一类风险的地区，水文风险相对较低或低，经济风险总体低；属于第二类风险的地区，水文风险相对中等，而经济风险低；属于第三类风险的地区，水文风险相对较高或高，而经济风险低；属于第四类风险的地区，水文风险相对较低或低，而经济风险总体高（除潍坊市经济风险较高外）；属于第五类风险的地区，水文风险相对中等或较高，经济风险总体高（除青岛市中等之外）。

7.4　东线运行风险时空组合分析

南水北调东线工程是一个长距离的调水工程，整个工程涉及沿线诸多的流域及行政区域，因此运行风险在空间上存在差异。同时，由于季节的差异，在时间上（例如，丰水期、枯水期）的运行风险在具体的风险因子组成上也存在不同。因此，南水北调东线运行风险从整体上是一个空间和时间上的三维运行风险，其概念如图7.23所示。

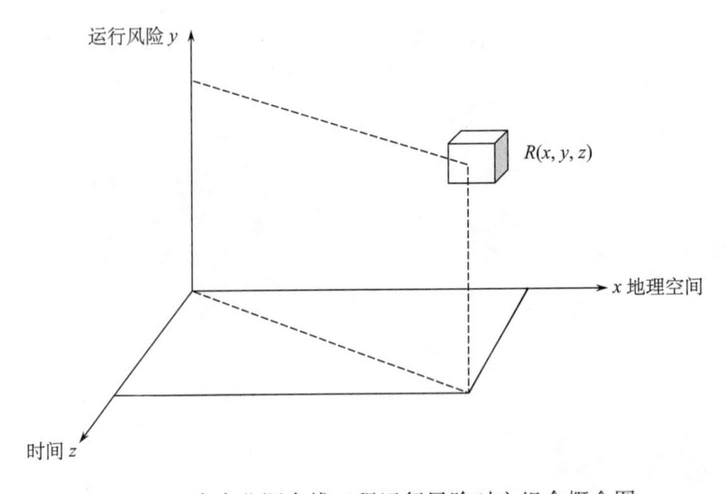

图7.23　南水北调东线工程运行风险时空组合概念图

图7.23中，$R(x,y,z)$点表示地理空间 x 在时期 z 的运行风险 y 的状况。针对南水北调东线点系统，长江水源地供水水文风险存在于非汛期枯季，但风险很小；在提水系统运行的主要风险因子中，工程安全主要考虑的是防洪安全，因此其主要存在于汛期，而其他几个风险因子：设备质量和运行条件会随着运行时间的增长而相应发生一定的变化。针对东线线状系统，输水河渠运行存在的工程风险、环境风险和社会风险，其中工程风险涉及的风险因子（荷载情况、工程结构及运行管理）中，荷载情况中的暴雨洪水存在于汛期，而工程结构和运行管理状况会随着运行时间的增长而相应发生一定的变化，环境风险主要存在于非汛期枯季东线向北供水的时期，社会风险会随着运行时间的增长而相应发生一定的变化；穿黄工程运行中存在的工程风险和社会风险所涉及的风险因子在年内季节上不存在太多差异，其状况会随着运行时间的增长而相应发生一定的变化。针对东线面状系统，四大调蓄湖泊运行中

存在的工程风险、环境风险和社会风险，其时间特点与输水河渠相同，不再赘述；21个受水地级市需水水文风险在汛期与非汛期之间会因为受水城市运行年份当年本地水资源量的丰枯特点而有所不同，一般来说，汛期主要是实际需水低于规划需水，非汛期主要是实际需水高于规划需水，供需协调水文风险中对调水最不利的旱旱组合主要存在于非汛期，经济风险随着东线运行时间的增长和受水城市经济社会发展出现的变化而相应发生一定的变化。

第八章　南水北调中线工程运行风险预测评估

南水北调中线工程运行风险作为一个“三类五源”的复杂风险体系，其点状风险作用对象主要包括交叉建筑物和控制建筑物，线状风险作用对象主要包括输水干渠及穿黄穿漳工程，面状风险作用对象主要包括水源地丹江口库区和受水城市。总体来说，中线工程运行风险源自工程、水文、环境、经济和社会五个方面，但具体到不同的风险作用对象，其风险源有所不同，将根据其具体的风险源组合对运行期风险进行预测评估。

8.1　中线运行点状作用对象风险预测评估

南水北调中线工程运行风险点状作用对象主要包括交叉建筑物和控制建筑物，根据综合风险识别结果，交叉建筑物运行风险源包括工程风险和突发性环境风险，控制建筑物运行风险源主要为工程风险。

8.1.1　交叉建筑物运行风险预测评估

南水北调中线一期工程总干渠与大量的江、河、沟、渠相交，全线共有河渠交叉建筑物164座。其中，梁式渡槽17座，涵洞式渡槽9座，排洪渡槽6座，渠道倒虹吸100座，河道倒虹吸17座，排洪涵洞8座，暗渠7座；河渠交叉建筑物运行风险源主要为工程风险。此外，中线干渠与沿线的公路交叉，共布置737座跨渠公路桥，其运行风险源主要为突发事故性环境风险。

8.1.1.1　河渠交叉建筑物运行风险预测评估

（1）工程失效风险率预测评估

参考大坝风险定性评价标准，结合南水北调中线工程的实际情况，建立单因子风险评价基准，如表8.1所示。

通过对南水北调中线7个工程段中的暴雨洪水、地质灾害、低温冻融和人为管理因素条件的分析（详见《南水北调东中线运行工程风险管理研究》），比对风险评价基准，得到如表8.2所示各单因子的失效风险率。

表 8.1　单因子风险率评价基准

风险因子	评价内容	参考评语及等级范围				
		低 (0,1]	较低(1,2]	一般 (2,3]	较高 (3,4]	高(4,5]
暴雨洪水	洪水发生的频次和强度	不太可能发生洪水灾害，没有发生过较大的暴雨或洪水，防洪满足要求	有可能会发生洪水灾害，发生过较大的暴雨或洪水，防洪基本满足要求	偶尔发生洪水灾害，发生过比较罕见暴雨或洪水，防洪条件一般	多次发生洪水灾害，发生过比较罕见暴雨或洪水，防洪条件较差	经常发生洪水灾害，发生过罕见暴雨或洪水并造成严重损失，防洪条件差
地质灾害	地震和工程地质条件	距地震带很远，区域基本没有发生大地震的可能或场区没有工程地质问题，工程安全有较高保证	距地震带较远，区域发生大地震的可能很小或存在工程地质问题，采取相应措施可以基本保证工程安全	虽位于地震带附近，但活动水平不高，影响较小或存在工程地质问题，采取相应措施可以降低风险	位于地震带附近，且活动水平较高，若发生地震会受到较大影响或存在较大工程地质问题，即使采取措施仍有可能发生危险	处于地震带内，且活动水平高，未来有发生大地震的可能或存在重大工程地质问题，即使采取措施仍有较大可能发生危险
低温冻融	冻土和低温冻融破坏	区域无冻土分布，冬季温度基本在0℃以上	工程地有短时冻土分布，冬季平均气温0℃左右	工程地有季节性冻土分布，或冬季偶尔出现−20℃的低温	工程地较为寒冷，有多年冻土分布，或冬季可能出现−20℃的低温	工程位于高寒地区，多年冻土发育，或冬季经常出现−20℃的低温
人为因素	工程设计和施工质量	设计和施工精细工程质量高	设计和施工质量有保证	设计和施工质量有一定保证	设计和施工质量保证不高	设计和施工质量没有保证

表 8.2　南水北调中线交叉建筑物运行单因子风险率

河　段	暴雨洪水风险率评估值	地质灾害风险率评估值	低温冻融风险率评估值	人为因素风险率评估值
陶岔—沙河南	4.5	0.5	0.5	0.5
沙河北—黄河南	4.5	1.5	0.5	0.5
黄河北—漳河南	4.5	4.5	1.5	0.5
漳河北—古运河	4.5	3.5	2.5	0.5
古运河—北拒马河	2.5	2.5	2.5	0.5
北京段	1.5	4.5	2.5	0.5
天津段	2.5	2.5	2.5	0.5

总干渠沿线有雨季集中、暴雨历时较短、强度大等特点。多年平均情况，汛期为6～9月，雨量占全年降水量的比重为：唐白河地区60%左右，淮河流域60%～70%，海河流域70%～80%，越往北越集中；唐白河地区及淮河流域地区6月即出

现暴雨，海河流域则主要集中在7、8两月。沿线特大暴雨则一般集中发生在7月下旬至8月上中旬，越往北此特点表现得越突出（田为民，2006）。夏季暖湿气流北上西进，同时北方冷空气活动频繁，冷暖空气剧烈交绥，加上有利的地形影响，常常形成强度很大的暴雨。沿线最大24小时点暴雨量一般在200mm以上，最大可达400～1000mm。淮河著名的“75.8”特大暴雨洪水，暴雨中心林庄24小时降雨量1060mm，最大3天暴雨量为1605mm；位于总干渠左侧伏牛山南坡的方城郭林暴雨中心最大24小时暴雨量为1054.7mm。淮河流域沙颍河水系鲁山豹子沟1968年7月14日最大24小时点雨量为479mm。发生在太行山东麓的河北“63.8”暴雨洪水，邢台地区内丘县獐狐站最大7天降水量达2050mm，创我国内陆地区7天降水最高纪录（最大24小时暴雨量为951mm）。从上述可以看到，中线河渠交叉建筑物工程风险因子中暴雨洪水风险非常突出，因此采用贝叶斯网络方法特别针对“63.8”和“75.8”这两场特大暴雨评价其暴雨洪水风险率，为中线工程运行期在遭遇类似暴雨时的风险提供科学参考。

根据《海河流域南运河、子牙河、大清河水系1963年8月洪水调查报告》和《南水北调中线一期工程可行性研究总报告附件一：水文气象报告：输水分册》中的实测“63.8”特大暴雨资料，按照以上原则，选择洺河、七里河、白马河、泜河、唐河、瀑河、南拒马河7条河流作为典型河流进行研究。依据第六章构造的贝叶斯网络，采用专家经验法和部分历史数据确定贝叶斯网络各节点的参数。暴雨量（R）因为是依据重现期划分，所以其先验概率根据皮尔逊-Ⅲ型频率曲线积分得到，如表8.3所示。

表8.3 暴雨量（R）的先验概率

状态		<100年一遇	100～200年一遇	200～300年一遇	>300年一遇
阈值/mm	3d	≤478	478<R≤559	559<R≤607	R>607
	24h	≤291	291<R≤334	334<R≤360	R>360
符号		R_1	R_2	R_3	R_4
先验概率		0.99	0.005	0.0017	0.0033

暴雨历时（T）的先验概率和洪峰（P）的条件概率因为没有实际样本资料，只能采用专家知识法来确定。分别见表8.4和表8.5。

表8.4 暴雨历时（T）的先验概率

状态/h	≤24	24<T≤72	>72
符号	T_1	T_2	T_3
先验概率	0.6	0.3	0.1

交叉建筑物节点的条件概率借鉴大坝安全评价的方法。利用美国垦务局提出的转换表确定交叉建筑物节点处的条件概率，如表8.6所示。

表 8.5　洪峰（P）的条件概率

R	T	P			
		P_1（<100 年一遇）	P_2（100～200 年一遇）	P_3（200～300 年一遇）	P_4（>300 年一遇）
R_1	T_1	1	0	0	0
R_2	$T1$	0.4	0.6	0	0
R_3	T_1	0.05	0.4	0.55	0
R_4	T_1	0	0	0.45	0.55
R_1	T_2	1	0	0	0
R_2	T_2	0.8	0.2	0	0
R_3	T_2	0.1	0.7	0.2	0
R_4	T_2	0	0	0.3	0.7
R_1	T_3	0.9	0.1	0	0
R_2	T_3	0.6	0.4	0	0
R_3	T_3	0.05	0.45	0.50	0
R_4	T_3	0	0	0.2	0.8

表 8.6　交叉建筑物（S）的条件概率

洪峰（P）	交叉建筑物（S）	
	安全（S_1）	毁坏（S_2）
P_1（<100 年一遇）	1	0
P_2（100～200 年一遇）	0.5	0.5
P_3（200～300 年一遇）	0.01	0.99
P_4（>300 年一遇）	0.001	0.999

基于以上确定的贝叶斯网络结构和节点参数，根据“63.8”暴雨的资料，评价出 7 条典型河流 3 天和 24 小时两种历时下的水毁风险概率，如表 8.7 所示。

表 8.7　63.8 暴雨典型河流两种历时下的水毁风险概率

河流	3d		24h	
	安全（S_1）	毁坏（S_2）	安全（S_1）	毁坏（S_2）
洺河	0.9	0.1	0.99	0.01
七里河	0.0037	0.9963	0.7	0.3
白马河	0.0037	0.9963	0.7	0.3
泜河	0.0037	0.9963	0.2555	0.7445
唐河	0.452	0.548	0.7	0.3
瀑河	1	0	1	0
南拒马河	1	0	1	0

据原水利电力部淮河水利委员会于1979年3月编印的《淮河流域洪汝河、沙颍河水系1975年8月暴雨洪水调查报告》及《南水北调中线一期工程可行性研究总报告附件一》查得“75.8”特大暴雨实测资料，按照与“63.8”特大暴雨类似的原则选择澧河、沙河、北汝河作为研究对象。降雨量（R）先验概率根据皮尔逊-Ⅲ型频率曲线积分得到，如表8.8所示；洪峰（P）的条件概率表根据专家经验确定，如表8.9所示；交叉建筑物的条件概率仍然采用美国垦务局提出的概率转换表，如表8.10所示；降雨时间（T）的先验概率根据专家经验确定如表8.11所示。

表8.8　暴雨量（R）的先验概率

状态		<100年一遇	100～200年一遇	200～300年一遇	>300年一遇
阈值/mm	3d	≤525	$525<R\leqslant600$	$600<R\leqslant645$	$R>645$
	24h	≤364	$364<R\leqslant410$	$410<R\leqslant437$	$R>437$
符号		R_1	R_2	R_3	R_4
先验概率		0.99	0.005	0.0017	0.0033

表8.9　洪峰（P）的条件概率

R	T	P			
		P_1（<100年一遇）	P_2（100～200年一遇）	P_3（200～300年一遇）	P_4（>300年一遇）
R_1	T_1	1	0	0	0
R_2	T_1	0.3	0.7	0	0
R_3	T_1	0	0.4	0.6	0
R_4	T_1	0	0	0.2	0.8
R_1	T_2	1	0	0	0
R_2	T_2	0.8	0.2	0	0
R_3	T_2	0.1	0.5	0.4	0
R_4	T_2	0	0	0.1	0.9
R_1	T_3	0.95	0.05	0	0
R_2	T_3	0.7	0.3	0	0
R_3	T_3	0.05	0.55	0.4	0
R_4	T_3	0	0	0.1	0.9

表8.10　交叉建筑物（S）的条件概率

洪峰（P）	交叉建筑物（S）	
	安全（S_1）	毁坏（S_2）
P_1（<100年一遇）	1	0
P_2（100～200年一遇）	0.5	0.5
P_3（200～300年一遇）	0.01	0.99
P_4（>300年一遇）	0.001	0.999

表 8.11　暴雨历时（T）的先验概率

状态/h	≤24	24<T≤72	>72
符号	T_1	T_2	T_3
先验概率	0.5	0.4	0.1

基于以上确定的贝叶斯网络结构和节点参数，根据“75.8”暴雨的资料，评价出 7 条典型河流 3 天和 24 小时两种历时下的水毁风险概率，如表 8.12 所示。

表 8.12　75.8 暴雨典型河流两种历时的水毁风险

河流名称	3d		24h	
	安全（S_1）	毁坏（S_2）	安全（S_1）	毁坏（S_2）
北汝河	1	0	1	0
沙河	1	0	1	0
澧河	0.0019	0.9981	0.206	0.794

（2）工程失效风险预测评估

根据各工程段单因子风险评价结果，利用风险率层次评价和失效后果评价模型，得出沿线三大类交叉建筑物综合风险评价结果，如表 8.13 和表 8.14 所示。

表 8.13　交叉建筑物风险评价计算结果

工　程　段	渡　槽		倒　虹　吸		涵　洞	
	风险率	失效后果	风险率	失效后果	风险率	失效后果
陶岔—沙河南	1.54	3.29	3.01	3.38	1.91	3.35
沙河南—黄河南	1.94	3.41	3.1	3.39	2.23	3.43
黄河北—漳河南	3.21	3.43	3.37	3.36	3.23	3.59
漳河北—古运河南	3.21	3.43	3.37	3.36	3.23	3.59
古运河南—北拒马河	1.89	3.13	1.95	3.18	1.87	3.38
北京干渠段			1.49	3.06	2.17	3.49
天津干渠段			1.95	3.18	1.87	3.38

表 8.14　交叉建筑物风险评价等级

工　程　段	渡　槽		倒　虹　吸		涵　洞	
	风险率	失效后果	风险率	失效后果	风险率	失效后果
陶岔—沙河南	较低	重大的	较高	重大的	较低	重大的
沙河南—黄河南	较低	重大的	较高	重大的	中等	重大的
黄河北—漳河南	较高	重大的	较高	重大的	较高	重大的
漳河北—古运河南	较高	重大的	较高	重大的	较高	重大的
古运河南—北拒马河	较低	重大的	较低	重大的	较高	重大的
北京干渠段			较低	重大的	中等	重大的
天津干渠段			较低	重大的	较低	重大的

从风险评价的结果看，各工程段的交叉建筑物的失效后果均为重大的，原因是南水北调中线工程所有建筑物处于串联系统中，任何一个建筑物失效，均会对整个系统功能产生影响。黄河北—漳河南、漳河北—古运河南工程段交叉建筑物风险率等级较高，原因是这两个工程段发生暴雨洪水和地震的可能性较大，而这两个风险因子是交叉建筑物安全的主要威胁。天津段交叉建筑物风险较低，原因是该交叉建筑物处于河流中下游，不容易出现陡涨陡落、来势凶猛的破坏性洪水，且该工程的交叉建筑物为倒虹吸和涵洞，均为地下建筑物，受到地震影响较小。

8.1.1.2　公路交叉建筑物运行风险预测评估

根据综合风险因子识别结果，公路交叉建筑物运行风险主要为突发性环境事故风险，基于4.3.2.1节建立的公路交叉建筑物突发性环境事故风险贝叶斯网络进行风险评估。将贝叶斯网络每个节点的状态空间划分为如下情况：

X_1：{ Yes,No }，分别表示交叉建筑物综合风险发生和综合风险不发生。

X_2：{ Yes,No }，分别表示交通事故发生和交通事故未发生。

X_3：{ 0～15,15～150,150～1500,>1500}，分别表示泄漏率在0～15，15～150，150～1500，>1500几个区间内。

X_4：{ True,False }，分别表示车流量1000辆/h以上和1000辆/h以内。

X_5：{ Normal,Abnormal }，分别表示车速正常和车速超出规定最大车速。

X_6：{ Good,Bad }，分别对应于天气状况良好和天气状况恶劣两种情况。

X_7：{ Busy,Not Busy }，分别表示时段繁忙和时段不繁忙两种情况。

表8.15是国外对交通事故中油罐车泄漏概率的统计结果，鉴于中国目前尚无这方面的研究资料，故可将表8.15数据作为参考。

表8.15　公路交通事故中油罐车的泄漏率

泄漏量/kg	特定事故的泄露概率	
15～150	0.021	合计0.064
150～1500	0.011	
>1500	0.032	

通过专家打分，总结各个节点的先验概率和条件概率，可以得到根节点的先验概率如表8.16所示。中间节点X_1、X_2、X_3、X_4和X_5的条件概率表分别如表8.17～表8.21所示。

表8.16　根节点的先验概率

X_6	Good	Bad
$P(X_6)$	0.8	0.2
X_7	Busy	Not Busy
$P(X_7)$	0.25	0.75

表 8.17　节点 X_1 的条件概率表（CPT）

父节点		$P(X_1 \mid X_2, X_3)$	
X_2	X_3	Yes	No
Yes	0～15	5.0×10^{-8}	0.999 999 95
	15～150	1.0×10^{-7}	0.999 999 9
	150～1500	1.0×10^{-7}	0.999 999 9
	＞1500	1.0×10^{-7}	0.999 999 9
No	0～15	1.0×10^{-9}	0.999 999 99
	15～150	0	1
	150～1500	0	1
	＞1500	0	1

表 8.18　节点 X_2 的条件概率表（CPT）

父节点			$P(X_2 \mid X_6, X_4, X_5)$	
X_6	X_4	X_5	Yes	No
Good	False	Normal	0.05	0.85
		Abnormal	0.07	0.93
	True	Normal	0.11	0.89
		Abnormal	0.13	0.87
Bad	False	Normal	0.08	0.92
		Abnormal	0.14	0.86
	True	Normal	0.15	0.85
		Abnormal	0.18	0.82

表 8.19　节点 X_3 的条件概率表（CPT）

父节点	$P(X_3 \mid X_2)$	
X_2	Yes	No
0～15	0.936	1
15～150	0.021	0
150～1500	0.011	0
＞1500	0.032	0

表 8.20　节点 X_4 的条件概率表（CPT）

父节点	$P(X_4 \mid X_7)$	
X_7	False	True
Busy	0.1	0.9
Not Busy	0.8	0.2

表 8.21 节点 X_5 的条件概率表（CPT）

父节点		$P(X_5 \mid X_4, X_7)$	
X_4	X_7	Normal	Abnormal
False	Busy	0.8	0.2
	Not Busy	0.6	0.4
True	Busy	0.95	0.05
	Not Busy	0.7	0.3

确定了根节点的先验概率以及中间节点的条件概率表后，利用 Hugin 软件计算南水北调中线公路交叉建筑物综合风险发生概率为 0.000 055 6%，风险发生可能性属于低等，但是一旦运输有毒化学品的车辆发生事故，会对整个输水工程的水质造成破坏性的影响，所以在考虑风险预案和防范时还是需要重点关注。

贝叶斯网络能进行因果推理，在给定证据条件下求顶端事件发生的概率。在天气条件差的情况下（$P(X_6=\text{Bad})=100\%$），整个交叉建筑物系统综合风险发生的概率由原来的 0.000 055 6%上升为 0.000 074%。

在建立的贝叶斯网络模型中，可以进行双向推理技术，如果交叉建筑物综合风险发生，那么每个可能诱发综合风险的风险因素的后验概率就可以计算出来，各个节点的后验概率相对于先验概率的变化度是不同的，此处变化度定义为 $r=\frac{|p_1-p_2|}{p_1}\times 100\%$，其中 p_1 表示先验概率，p_2 表示后验概率（只考虑风险结果为 False、Busy、Yes、Normal 或者 Good 的情况）。所有节点的变化度如表 8.22 所示。

表 8.22 各个节点后验概率相对于先验概率的变化率

	p_1/%	p_2/%	变化度/%
X_2	0.0873	0.8358	857.39
X_3	0.9944	0.8994	9.55
X_4	0.6250	0.5055	19.12
X_5	0.6988	0.6786	2.89
X_6	0.8	0.7337	8.29
X_7	0.25	0.3110	24.4

从表 8.22 中可以看出，交通事故是影响整个公路交叉建筑物综合风险的重要决定性因素。而在影响交通故事的三个风险因子中，尤其以车流量的大小最为关键，车流量大时很容易诱发交通事故风险。

基本事件发生概率、条件概率作为与公路交叉建筑物综合风险贝叶斯网络推理模型定量分析的基础，需要大量基础数据的支持，有些还需要通过实验获得。

8.1.2 控制建筑物工程风险预测评估

明渠段的节制闸按满足调节总干渠水位的要求确定，控制的渠段长度尽可能均衡，并与大型交叉建筑物相结合布置，其相对位置主要取决于大型交叉建筑物的结构形式、运用和检修要求。总干渠共设58座节制闸，其中西黑山节制闸专门为天津干渠分水调度运用而设置，其附近无大型交叉建筑物，因此单独布置在位于总干渠上的天津干渠西黑山分水口下游，其余节制闸均结合交叉建筑物布置。

明渠退水闸主要承担事故、检修退水的任务。退水闸设计流量为所处渠段设计流量的50%。从利于工程运用、管理和确保大型交叉建筑物的安全考虑，退水闸一般布置在大型交叉建筑物或节制闸的上游、总干渠的右岸，与大型交叉建筑物结合布置。总干渠共设置了49座退水闸，磁河古道、曲逆河中支和瀑河退水闸单独设计，其余的均和大型交叉建筑物联合布置。

根据《南水北调中线一期工程可行性研究报告》，大部分节制闸和退水闸与大型交叉建筑物一起修筑，形成水利枢纽。在退水闸中仅有磁河古道、曲逆河中支和瀑河退水闸单独修建，在节制闸中仅用于天津干线分水调度运用而设置的西黑山节制闸为单独修建。通过查阅各节制闸和退水闸的设计资料，各控制性建筑物的水力设计和闸室稳定性计算都能满足规范及设计要求，地基允许承载力均能满足闸门荷载要求。因此，根据6.1.4节确定的闸门失效概率评估表，确定中线控制建筑物的失效概率等级为2级，闸门系统风险较低。

8.2 中线运行线状作用对象风险预测评估

中线运行风险线状作用对象主要包括输水干渠和穿黄穿漳工程，根据综合风险因子识别结果，输水干渠运行风险源主要来自工程和社会两个方面；穿黄穿漳工程运行风险源主要来自工程和社会两个方面。

8.2.1 输水干渠风险预测评估

中线工程总干渠从河南省淅川县陶岔渠首枢纽开始，渠线大部分位于嵩山、伏牛山、太行山山前，京广铁路以西。渠线经过河南、河北、北京、天津四个省市，跨越长江、淮河、黄河、海河四大流域，线路总长1431.945km。总干渠总体设计中，共分成9段：陶岔—沙河南、沙河—黄河南、穿黄工程、黄河北—漳河南、穿漳工程、漳河北—古运河、古运河—北拒马河、北京段及天津段。根据4.3.2.1节综合风险因子识别结果，输水干渠运行风险源主要来自工程和社会两个方面。

8.2.1.1 工程风险预测评估

根据6.2.1.2节给出的中线输水干渠的破坏模式、失效风险概率以及失效后果分析模型，对中线渠道工程分段进行风险分析。

(1) 失效风险率预测评估

针对中线输水干渠的主要破坏事件：冰情引发工程失效事件、渠坡不稳定及渠道地基不稳定，通过分析各工程段的相关数据与资料，采用 6.2.1.2 节确定的概率等级表，分析得到各工程段失效风险率，如表 8.23～表 8.29 和图 8.1～图 8.6 所示。

表 8.23 陶岔—沙河南段工程失效风险率分析结果表

工程段	子工程段号	桩　号	分段长度/km	概率发生等级	最近的大型交叉河流及距离/km
陶岔—沙河南段	1.1	TS4＋234～5＋094	0.88	4	北排河（TS-4＋504）（－0.270）
	1.2	TS16＋434～18＋234	1.8	4	刁河（TS-14＋596）（1.838）
		TS19＋184～19＋784	0.6	4	—
	1.3	TS74＋275～76＋169	1.444	4	淇河（TS-74＋390）（－0.115）
	1.4	TS91＋264～93＋734	2.47	4	潦河（TS-88＋021）（3.243）
	1.5	TS114＋310～115＋570	1.26	4	白河（TS-115＋233）（－0.923）
	1.6	TS127＋750～128＋850	1.1	4	小清河支流（TS-125＋641）（2.109）
		TS144＋250～144＋900	0.65		清河（TS-147＋652）（－3.402）
		TS154＋300～157＋700	3.5		—
		TS163＋000～165＋300	2.3		—
		TS172＋600～175＋400	2.8		—
	1.7	TS205＋750～237＋650	14.458	4	府君庙河（TS-207＋367）（－1.617）—淝河（TS-238＋178）（0.528）
	8	其他地段	—	2	—

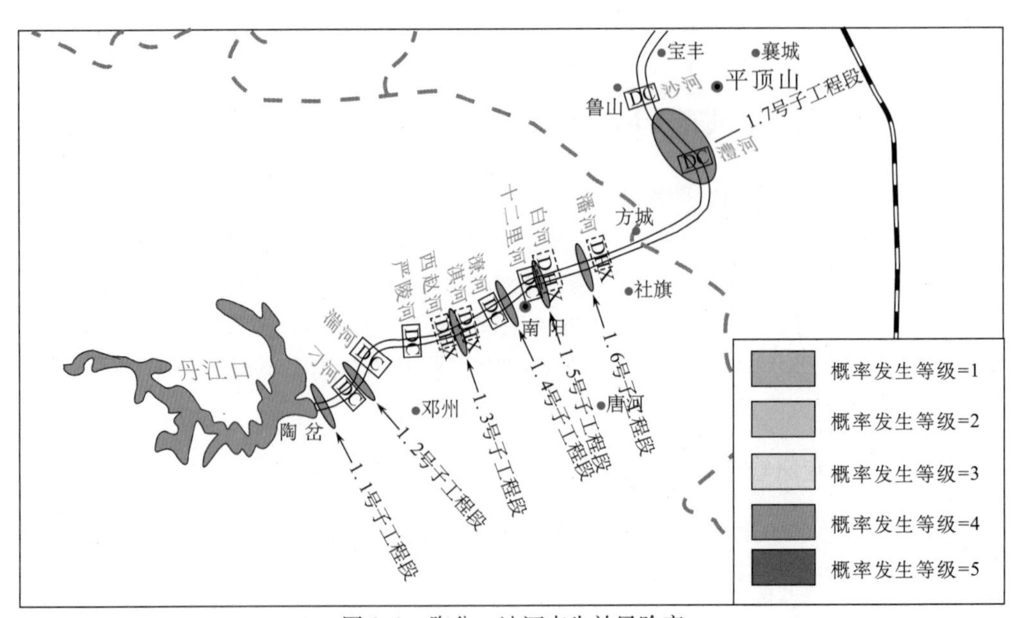

图 8.1 陶岔—沙河南失效风险率

表 8.24 沙河南—黄河南工程失效风险率分析结果表

工程段	子工程段号	桩 号	分段长度/km	概率发生等级	最近的大型交叉河流及距离/km
沙河南—黄河南	2.1	SH41+900～SH074+670	26.17	3	严陵河（TS-48+701）（−1.301）
	2.2	SH074+670～76+660	1.99	4	—
		SH078+265～81+071	2.806	4	—
	2.3	SH81+071～165+566	84.495	3	—
	2.4	SH165+566～167+815	2.249	4	丈八沟（SH-162+806）（2.760）
	2.5	SH230+002～234+748	4.746	4	枯河（SH-228+290）（−1.712）
	2.6	其他	—	2	—

表 8.25 黄河北—漳河南段子工程失效风险率分析结果表

工程段	子工程段号	桩 号	分段长度/km	概率发生等级	最近的大型交叉河流及距离/km
黄河北—漳河南段	3.1	HZ0+000～9+283	9.283	3	护城河（HZ-6+756）（−6.756）—沁河（HZ-9+261）（0.022）
		HZ10+500～14+600	4.1		新蒋沟河（HZ-13+890）（−3.390）
	3.2	HZ63+776～66+710	2.934	3	纸坊沟（HZ-66+715）（−2.939）
	3.3	HZ85+447～98+247	12.8	4	王村河（HZ-85+791）（−0.344）—黄水河（HZ-97+656）（0.591）
	3.4	HZ98+247～102+847	4.6	3	—
		HZ103+797～112+097	8.3		刘店干河（HZ-100+913）（9.648）
		HZ113+850～119+800	5.95		水蒲河（HZ-113+534）（0.316）
	3.5	HZ120+340～121+190	0.85	4	孟坟河（HZ-115+771）（4.569）
	3.6	HZ122+823～143+934	21.111	3	山庄河（HZ-126+554）（−3.731）—沧河（HZ-143+836）（0.098）
		HZ144+760～169+060	24.3		沧河（HZ-143+836）（0.924）—淇河（HZ-170+065）（−1.005）
	3.7	HZ169+060～179+460	10.4	4	淇河（HZ-170+065）（−1.005）—永通河（HZ-179+843）（−0.383）
		HZ183+560～188+725	5.165		汤河（HZ-194+838）（−11.278）
		HZ197+385～212+064	14.679		姜河（HZ-196+576）（0.809）—洪河（HZ-212+271）（−0.207）
		HZ224+531～232+131	7.6		安阳河（HZ-223+372）（−8.759）

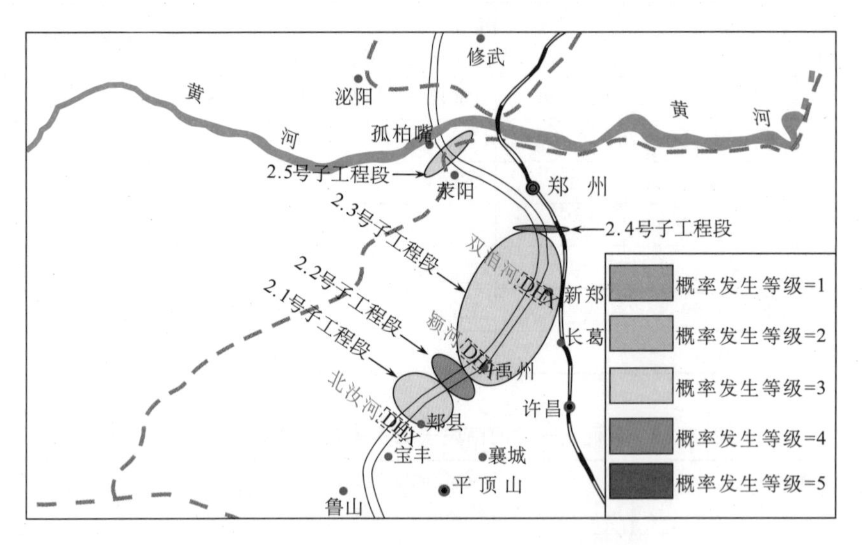

图 8.2　沙河南—黄河南段的失效风险率

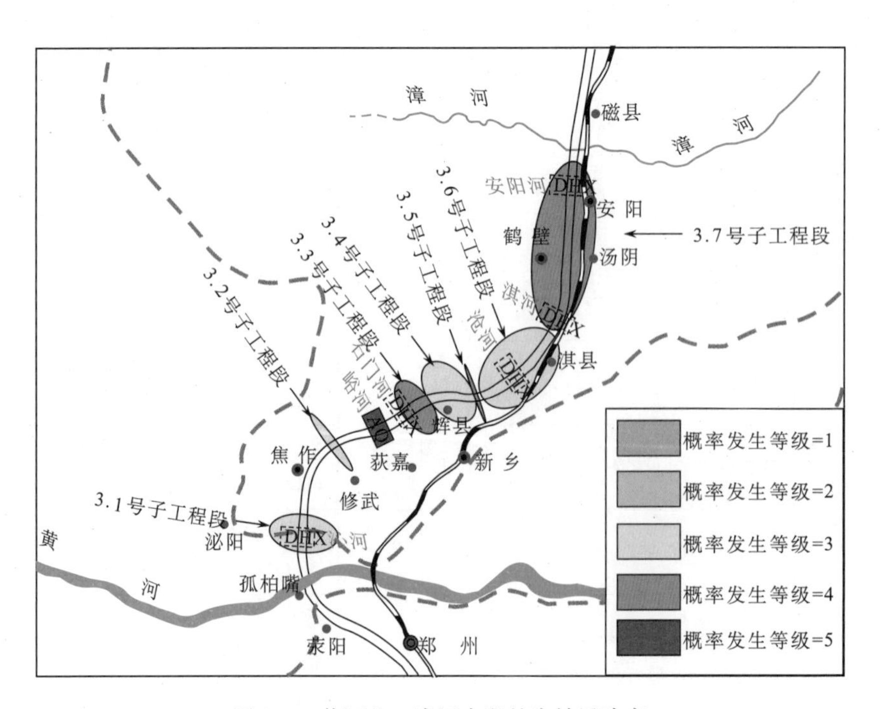

图 8.3　黄河北—漳河南段的失效风险率

表 8.26　漳河北—古运河段子工程失效风险率分析结果表

工程段	子工程段号	桩　　号	分段长度/km	概率发生等级	最近的大型交叉河流及距离/km
漳河北—古运河段	4.1	ZG0+000～1+835	1.835	3	双庙沟（ZG-4+816）（−4.816）
		ZG4+450～4+950	0.5		—
	4.2	ZG15+240～16+740	1.028	4	滏阳河（ZG-15+689）（−0.449）
		ZG27+125～29+105	1.98		牤牛南支（ZG-29+299）（−2.174）
		ZG35+281～38+966	3.685		石河（SH-37+228.2）（−1.9472）
		ZG54+047～55+397	1.35		胡坡河（SH-54+207）（−0.16）
		ZG57+647～58+947	1.3		肖河（SH-57+197）（0.45）
		ZG59+847～66+742	6.895		—
	4.3	ZG66+742～69+740	3	3	—
	4.4	ZG80+980～82+045	1.065	4	—
		ZG84+160～88+965	4.805		沙沟（ZG-82+425）（1.738）
	4.5	ZG88+965～96+819	7.854	3	南沙河（二）（ZG-95+927）（−6.962）
	4.6	ZG108+380～108+880	0.5	3	牛尾中支（ZG-106+194）（2.186）
	4.7	ZG136+060～142+057	5.997	3	李阳河（ZG-135+279）（0.781）
	4.8	ZG142+057～142+807	0.75	4	—
		ZG143+557～144+907	1.35		—
		ZG145+227～147+577	2.35		—
		ZG150+847～153+907	3.06		—
	4.9	ZG190+097～190+747	0.65	4	槐河（二）（ZG-190+547）（−0.450）

表 8.27　古运河—北拒马河段子工程失效风险率分析结果表

工程段	子工程段号	桩　　号	分段长度/km	概率发生等级	最近的大型交叉河流及距离/km
古运河—北拒马河段	5.1	GB00+000～30+672	30.672	3	—
	5.2	GB30+672～36+822	5.571	4	磁河（GB-31+444）（−0.772）
	5.3	GB36+822～65+715	28.893	3	—
	5.4	GB65+715～76+799	9.64	4	漠道沟（GB-66+468）（−0.753）—唐河（GB-74+844）（1.955）
	5.5	GB76+799～221+618	144.819	3	—
	5.6	GB221+618～227+391	5.108	4	南拒马河（GB-220+810）（0.808）—北拒马河（GB-223+712）（3.679）

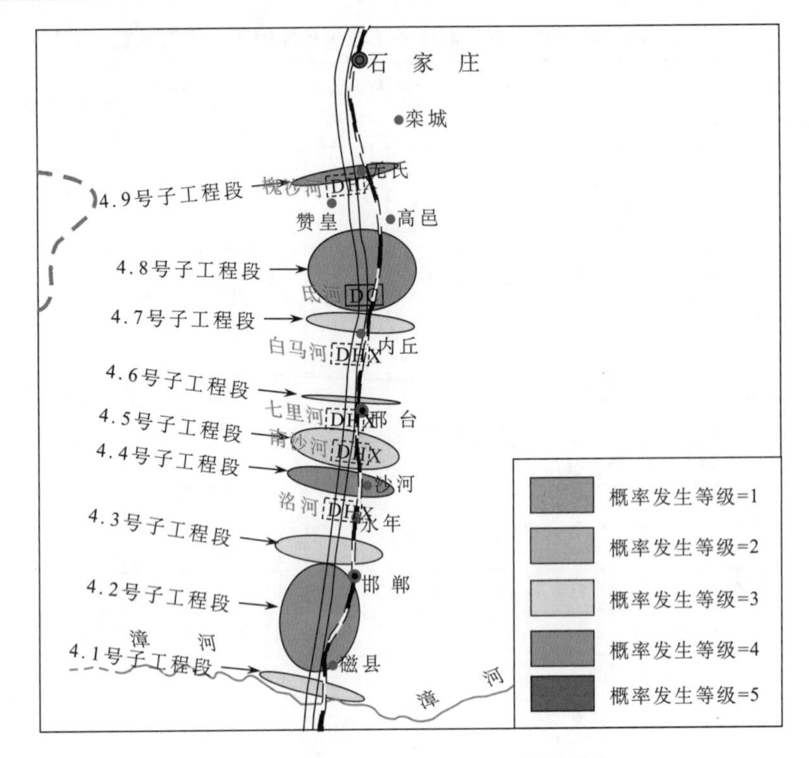

图 8.4　漳河北—古运河段的失效风险率

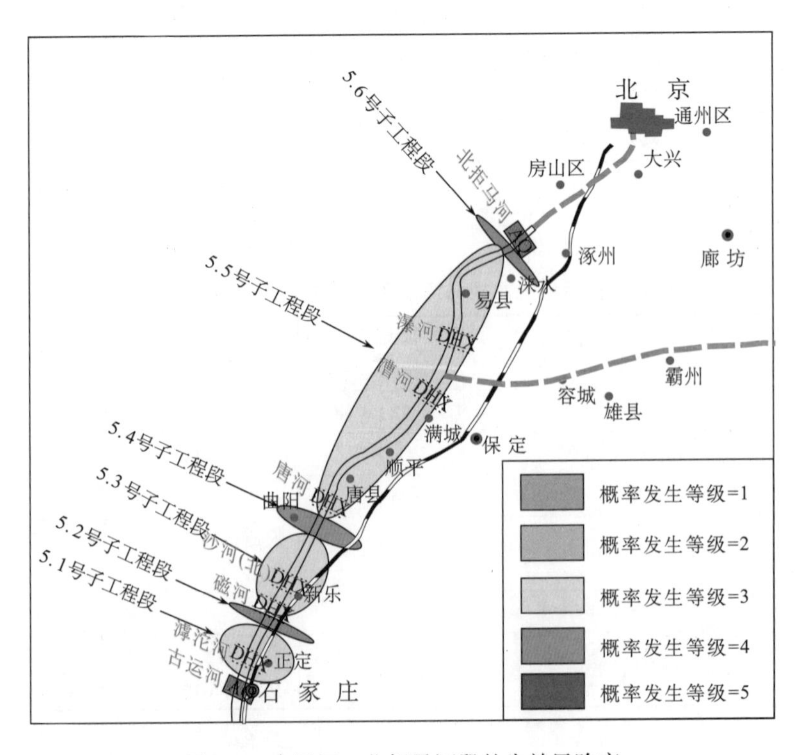

图 8.5　古运河—北拒马河段的失效风险率

表 8.28　北京段子工程失效风险率分析结果表

工程段	子工程段号	桩　　号	渠段长度/km	概率发生等级	最近的大型交叉河流及距离/km
北京段	6.1	BT17+059～19+409	2.35	2	
	6.2	BT49+409～52+059	2.65	3	

表 8.29　天津段子工程失效风险率分析结果表

工程段	子工程段号	桩　　号	渠段长度/km	概率发生等级	最近的大型交叉河流及距离/km
天津段	7.1	XW0+000～10+916	10.916	2	曲水河（XW3+253）(3.53) 中瀑河（XW8+452）(2.464)
	7.2	XW86+350～91+800	5.45	2	牤牛河（XW89+785）(3.435)
	7.3	XW134+350～147+900	13.55	2	子牙河（XW149+171）(14.821)

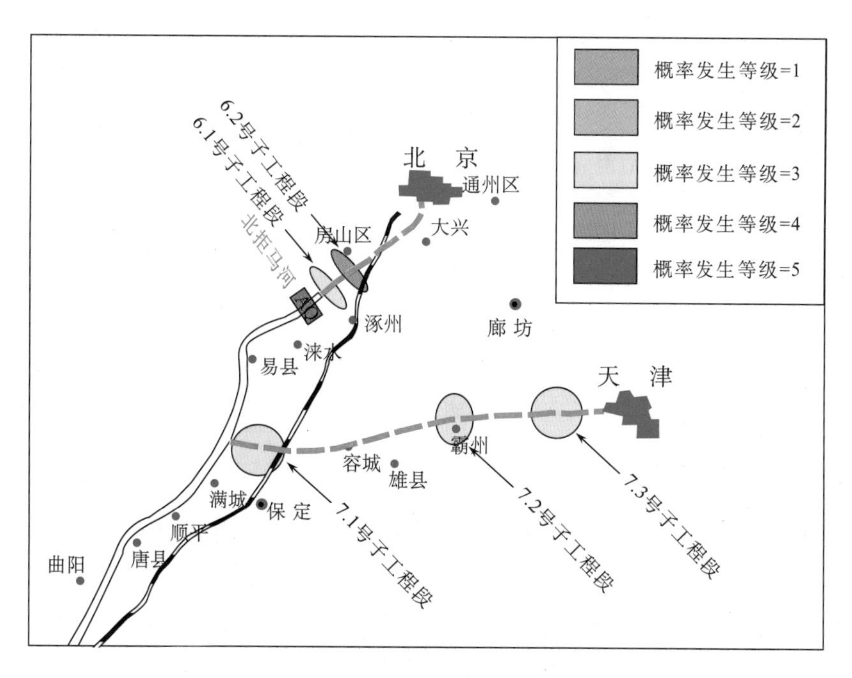

图 8.6　北京段、天津段的失效风险率

（2）失效综合后果分析

根据 6.2.1.2 节（2）中的综合失效后果分析模型，得到不同时段内南水北调中线工程各子工程段的失效综合后果等级评估值，具体如表 8.30 所示。

表 8.30 各子工程段风险分析结果表

子工程段	失效后果评估值			子工程段	失效后果评估值		
	春灌、秋灌期	汛期	年内其他时段		春灌、秋灌期	汛期	年内其他时段
1.1 号子工程段	3.40	2.60	4.33	4.1 号子工程段	3.88	4.03	3.99
1.2 号子工程段	3.40	2.60	4.33	4.2 号子工程段	3.48	3.43	3.46
1.3 号子工程段	3.40	2.60	4.33	4.3 号子工程段	2.80	2.70	2.77
1.4 号子工程段	4.00	3.50	4.17	4.4 号子工程段	2.84	2.76	2.81
1.5 号子工程段	3.13	2.42	3.92	4.5 号子工程段	3.16	3.24	3.21
1.6 号子工程段	3.13	2.42	3.92	4.6 号子工程段	3.26	3.59	3.62
1.7 号子工程段	3.13	2.42	3.92	4.7 号子工程段	3.22	3.53	3.55
2.1 号子工程段	3.40	2.82	3.78	4.8 号子工程段	2.92	3.08	3.05
2.2 号子工程段	3.13	2.42	3.92	4.9 号子工程段	2.60	2.60	2.60
2.3 号子工程段	3.93	3.62	3.94	5.1 号子工程段	3.02	3.53	3.78
2.4 号子工程段	3.40	3.10	3.42	5.2 号子工程段	2.93	3.40	3.60
2.5 号子工程段	3.20	2.80	3.33	5.3 号子工程段	2.53	2.80	2.83
3.1 号子工程段	3.07	2.60	3.31	5.4 号子工程段	2.04	2.23	2.24
3.2 号子工程段	3.07	2.60	3.31	5.5 号子工程段	1.80	1.87	1.85
3.3 号子工程段	3.07	2.60	3.31	5.6 号子工程段	1.27	1.40	1.42
3.4 号子工程段	3.20	2.80	3.33	6.1 号子工程段	1.27	1.40	1.42
3.5 号子工程段	3.07	2.60	3.31	6.2 号子工程段	1.64	1.96	2.16
3.6 号子工程段	3.73	3.60	3.70	7.1 号子工程段	1.00	1.00	1.00
3.7 号子工程段	3.84	3.98	3.94	7.2 号子工程段	1.40	1.60	1.67
				7.3 号子工程段	1.00	1.00	1.00

（3）输水干渠风险评价

根据风险概率等级和后果等级的不同组合结果，划定风险评价标准，确定风险等级划分成 5 类：风险低、风险较低、风险中等、风险较高、风险高。各风险级别的组成和具体描述如表 8.31 所示。

表 8.31 风险评价标准表

<table>
<tr><th rowspan="2">后果等级</th><th colspan="5">概率等级</th></tr>
<tr><th>5</th><th>4</th><th>3</th><th>2</th><th>1</th></tr>
<tr><td>[5,4)</td><td>风险高</td><td>风险较高</td><td>风险较高</td><td>风险中等</td><td>风险中等</td></tr>
<tr><td>[4,3)</td><td>风险较高</td><td>风险较高</td><td>风险中等</td><td rowspan="2">风险较低</td><td>风险较低</td></tr>
<tr><td>[3,2)</td><td>风险中等</td><td>风险中等</td><td>风险较低</td><td rowspan="2">风险低，基本无影响</td></tr>
<tr><td>[2,1)</td><td>风险较低</td><td>风险较低</td><td colspan="2">风险低，基本无影响</td></tr>
</table>

根据表 8.30 得到的各子工程段在年内不同时期的失效概率等级和失效后果等级，在风险图上进行投影，得到不同时期各子工程段的风险等级以及可接受程度。图 8.7 为春灌、秋灌时期各子工程段的风险图。图 8.8 为汛期各子工程段的风险图。图 8.9 为年内其他时段各子工程段的风险图。

概率等级 后果等级	5	4	3	2	1
[5,4)					
[4,3)		1.1~1.7, 2.2, 2.3, 2.5, 3.3, 3.5, 3.7, 4.2	2.1, 2.4, 3.1, 3.2, 3.4, 3.6, 4.1, 4.5~4.7, 5.1		
[3,2)		4.4, 4.8, 4.9, 5.2, 5.4	4.3, 5.3		
[2,1)		5.6, 6.2	5.5, 6.1, 7.1~7.3		

图 8.7　春灌、秋灌时期各子工程段的风险图

概率等级 后果等级	5	4	3	2	1
[5, 4)			4.1		
[4, 3)		1.4, 2.3, 3.7, 4.2, 4.8, 5.2	2.4, 3.6, 4.5~4.7, 5.1		
[3, 2)		1.1~1.3, 1.5~1.7, 2.2, 2.5, 3.3, 3.5, 4.4, 4.9, 5.4	2.1, 3.1, 3.2, 3.4, 4.3, 5.3		
[2, 1)		5.6, 6.2	5.5, 6.1, 7.1~7.3		

图 8.8　汛期各子工程段的风险图

概率等级 后果等级	5	4	3	2	1
[5,4)					
[4,3)		1.1~1.4, 2.3, 2.5, 3.7, 4.2, 4.8, 5.2	2.1, 2.4, 3.4, 3.6, 4.1, 4.5~4.7.5.1		
[3,2)		1.5~1.7, 2.2, 3.3, 3.5, 4.4, 4.9, 5.4	3.1, 3.2, 4.3, 5.3		
[2,1)		5.6, 6.2	5.5, 6.1, 7.1~7.3		

图 8.9　年内其他时段各子工程段的风险图

从图 8.7 中可以看出，大部分子工程段的工程风险都位于风险较低和风险中等的区域，仅有 14 个子工程段处于风险较高区域，如表 8.32 所示。在这 14 个子工程段中，大部分子工程段都位于第一、第二段。在春灌、秋灌期间，若中线工程南部工程失效，势必会影响更多的下游工程供水，工程失效的风险必然要比中线工程北部工程的风险大。

表 8.32　春灌、秋灌时期风险评估结果

子工程段号	失效概率等级	失效后果评估值	风险等级	子工程段号	失效概率等级	失效后果评估值	风险等级
1.1	4	3.40	风险较高	4.1	3	3.88	风险中等
1.2	4	3.40	风险较高	4.2	4	3.48	风险较高
1.3	4	3.40	风险较高	4.3	3	2.80	风险较低
1.4	4	4.00	风险较高	4.4	4	2.84	风险中等
1.5	4	3.13	风险较高	4.5	3	3.16	风险中等
1.6	4	3.13	风险较高	4.6	3	3.26	风险中等
1.7	4	3.13	风险较高	4.7	3	3.22	风险中等
2.1	3	3.40	风险中等	4.8	4	2.92	风险中等
2.2	4	3.13	风险较高	4.9	4	2.60	风险中等
2.3	4	3.93	风险较高	5.1	3	3.02	风险中等
2.4	3	3.40	风险中等	5.2	4	2.93	风险中等
2.5	4	3.20	风险较高	5.3	3	2.53	风险较低
3.1	3	3.07	风险中等	5.4	4	2.04	风险中等
3.2	3	3.07	风险中等	5.5	3	1.80	风险低
3.3	4	3.07	风险较高	5.6	4	1.27	风险较低
3.4	3	3.20	风险中等	6.1	3	1.27	风险低
3.5	4	3.07	风险较高	6.2	4	1.64	风险较低
3.6	3	3.73	风险中等	7.1	3	1.00	风险低
3.7	4	3.84	风险较高	7.2	3	1.40	风险低
				7.3	3	1.00	风险低

从图 8.8 中可以看出，在汛期，仅有 7 个子工程段位于风险较高区域中，如表 8.33 所示。其余工程段均位于风险较低和风险低的区域内。

表 8.33　汛期风险评估结果

子工程段号	失效概率等级	失效后果评估值	风险等级	子工程段号	失效概率等级	失效后果评估值	风险等级
1.1	4	2.60	风险中等	4.1	3	4.03	风险较高
1.2	4	2.60	风险中等	4.2	4	3.43	风险较高
1.3	4	2.60	风险中等	4.3	3	2.70	风险较低
1.4	4	3.50	风险较高	4.4	4	2.76	风险中等
1.5	4	2.42	风险中等	4.5	3	3.24	风险中等
1.6	4	2.42	风险中等	4.6	3	3.59	风险中等
1.7	4	2.42	风险中等	4.7	3	3.53	风险中等
2.1	3	2.82	风险较低	4.8	4	3.08	风险较高
2.2	4	2.42	风险中等	4.9	4	2.60	风险中等
2.3	4	3.62	风险较高	5.1	3	3.53	风险中等
2.4	3	3.10	风险中等	5.2	4	3.40	风险较高
2.5	4	2.80	风险中等	5.3	3	2.80	风险较低
3.1	3	2.60	风险较低	5.4	4	2.23	风险中等
3.2	3	2.60	风险较低	5.5	3	1.87	风险低
3.3	4	2.60	风险中等	5.6	4	1.40	风险较低
3.4	3	2.80	风险较低	6.1	3	1.40	风险低
3.5	4	2.60	风险中等	6.2	4	1.96	风险较低
3.6	3	3.60	风险中等	7.1	3	1.00	风险低
3.7	4	3.98	风险较高	7.2	3	1.60	风险低
				7.3	3	1.00	风险低

从图 8.9 中可以看出，在年内其他时段，有 10 个子工程段位于风险较高区域中，如表 8.34 所示。其余工程段均位于风险较低和风险低的区域内。

表 8.34　年内其他时段风险评估结果

子工程段号	失效概率等级	失效后果评估值	风险等级	子工程段号	失效概率等级	失效后果评估值	风险等级
1.1	4	3.00	风险较高	4.1	3	3.95	风险中等
1.2	4	3.00	风险较高	4.2	4	3.45	风险较高
1.3	4	3.00	风险较高	4.3	3	2.75	风险较低
1.4	4	3.75	风险较高	4.4	4	2.80	风险中等
1.5	4	2.78	风险中等	4.5	3	3.20	风险中等
1.6	4	2.78	风险中等	4.6	3	3.43	风险中等
1.7	4	2.78	风险中等	4.7	3	3.37	风险中等
2.1	3	3.11	风险中等	4.8	4	3.00	风险较高
2.2	4	2.78	风险中等	4.9	4	2.60	风险中等
2.3	4	3.78	风险较高	5.1	3	3.28	风险中等
2.4	3	3.25	风险中等	5.2	4	3.17	风险较高
2.5	4	3.00	风险较高	5.3	3	2.67	风险较低
3.1	3	2.83	风险较低	5.4	4	2.13	风险中等
3.2	3	2.83	风险较低	5.5	3	1.83	风险低
3.3	4	2.83	风险中等	5.6	4	1.33	风险较低
3.4	3	3.00	风险中等	6.1	3	1.33	风险低
3.5	4	2.83	风险中等	6.2	4	1.80	风险较低
3.6	3	3.67	风险中等	7.1	3	1.00	风险低
3.7	4	3.91	风险较高	7.2	3	1.50	风险低
				7.3	3	1.00	风险低

从南水北调中线工程陶岔—北拒马河段以及北京段、天津段的风险分析评价结果来看，大部分存在失效可能的渠道工程失效风险较低，属于可承受范围内，在运行过程中，加以适当的控制、监测和保护等措施，渠道工程能满足输水要求。对位于风险性较高区域内的子工程段，应当采取一定的措施降低运行风险等级，并且在运行过程中加强监测，发现问题及时解决。

8.2.1.2　社会风险预测评估

根据中线输水工程段问卷调查结果，统计分析出十个主要风险因子可能性与危害性的值，利用二级评判模型对中线工程输水工程段进行社会风险的综合评价。通过计算得出中线工程输水工程段社会风险十个影响因子的严重性程度为 2.8，3.5，3.3，3.4，3.4，3.5，3.3，3.0，3.5，2.9，如表 8.35 所示。

表 8.35　中线输水工程段社会风险影响因子评价表

基本社会关系	序号	社会风险因子	可能性	危害性	严重性
人与水关系	1	输水过程中因水质、水量等问题引起的调水沿线交界地区的水事纠纷	2.90	2.70	2.8
	2	利益集团之间非市场化的博弈行为，行政力量对水市场的干扰	3.80	3.25	3.5
	3	水源地的社会生产发展对水质的破坏	2.10	4.55	3.3

续表

基本社会关系	序号	社会风险因子	可能性	危害性	严重性
人与工程关系	4	工程运行中资金流的失控，如非法挪用等	2.95	3.75	3.4
	5	工程运行机构工作人员道德缺失或态度不端正导致工作发生失误或事故	4.05	2.65	3.4
	6	移民安置的遗留问题及移民的后期扶持等工作不到位	2.40	4.65	3.5
水与工程关系	7	发生旱涝灾害的情况下，由于输水调度不当引发的供需矛盾，甚至灾难	2.85	3.75	3.3
	8	输水里程过长，意外事故导致水量损失的可能性增加	2.80	3.15	3.0
	9	工程质量不达标影响工程正常运行	3.20	3.75	3.5
	10	输水沿线水质遭破坏的风险	3.00	2.80	2.9

根据公式 $Y=\sum \bar{\omega}_i \times B_i$ 得出中线工程输水工程段的综合风险值为 3.86，按照等级划分属于 4 级，为风险较高。

此外，通过矩阵程序，将可能性和危害性结合成一个“严重性”的概念。根据十个因子的可能性和危害性分值，将其放入矩阵中，并且结合矩阵的单元格配以相应的风险严重性等级，具体单元矩阵如图 8.10 所示。

	经常 (5)	可能 (4)	偶尔 (3)	很少 (2)	不可能 (1)
极高 (5)			3、6		
较高 (4)		2、9	4、7、8		
一般 (3)	5		1、10		
较低 (2)					
极低 (1)					

图 8.10 南水北调中线工程输水工程段运行社会风险矩阵

根据南水北调中线工程社会风险矩阵，可以看到风险因子 3（水源地的社会生产发展对水质的破坏）和风险因子 6（移民安置的遗留问题及移民的后期扶持等工作不到位）两个风险因子属于高风险因子，偶尔发生但是危害性极高；风险因子 5（工程运行机构工作人员道德缺失或态度不端正导致工作发生失误或事故）为高风险因子，经常发生但是发生后危害性一般；风险因子 1（输水过程中因水质、水量等问题引起的调水沿线交界地区的水事纠纷）和风险因子 10（输水沿线水质遭破坏的风险）两个因子为低风险因子，偶尔发生，发生后的危害性一般；其他五个风险因子的严重性程度为中等。

8.2.1.3　综合风险分析

南水北调中线输水干渠在工程运行期间承受的风险包括工程风险和社会风险。为了在风险管理中针对不同的分段采用更具针对性的管理对策，需要根据各分段所承受的风险组合特点进行分类。由于中线输水干渠各分段社会风险相同，等级划分属于4级，为风险较高，因此输水干渠综合风险分类完全由工程风险决定。

（1）春秋灌时期

春秋灌时期，南水北调中线输水干渠运行风险分类结果如表8.36和图8.11所示。

表8.36　春秋灌时期中线输水干渠运行风险分类

第一类				
1号工程段其他子段	2号工程段其他子段	3号工程段其他子段	4号工程段其他子段	5.5号子工程段
5.6号子工程段	5号工程段其他子段	6.1号子工程段	6号工程段其他子段	7.1号子工程段
7.2号子工程段	7.3号子工程段	7号工程段其他子段		
第二类				
2.4号子工程段	3.1号子工程段	3.2号子工程段	3.4号子工程段	3.6号子工程段
4.3号子工程段	4.4号子工程段	4.8号子工程段	4.9号子工程段	5.3号子工程段
5.4号子工程段	6.2号子工程段			
第三类				
2.5号子工程段	3.3号子工程段	3.5号子工程段	4.1号子工程段	4.2号子工程段
4.5号子工程段	4.6号子工程段	4.7号子工程段	5.1号子工程段	5.2号子工程段
第四类				
1.1号子工程段	1.2号子工程段	1.3号子工程段	1.4号子工程段	1.5号子工程段
1.6号子工程段	1.7号子工程段	2.1号子工程段	2.2号子工程段	2.3号子工程段
3.7号子工程段				

从综合运行风险分类中可以看到，处于第一、第二类的子工程段工程风险分别为低、较低，主要分布在黄河以北的区间；处于第三类的子工程段工程风险中等，主要分布在第3、4工程段，即黄河北—漳河南区间；处于第四类的子工程段工程风险较高，主要分布在第1、2工程段，即陶岔渠首—黄河南区间。总体上，中线输水干渠运行综合风险从陶岔渠首逐级减小。

（2）汛期

汛期，南水北调中线输水干渠运行风险分类结果如表8.37和图8.12所示。

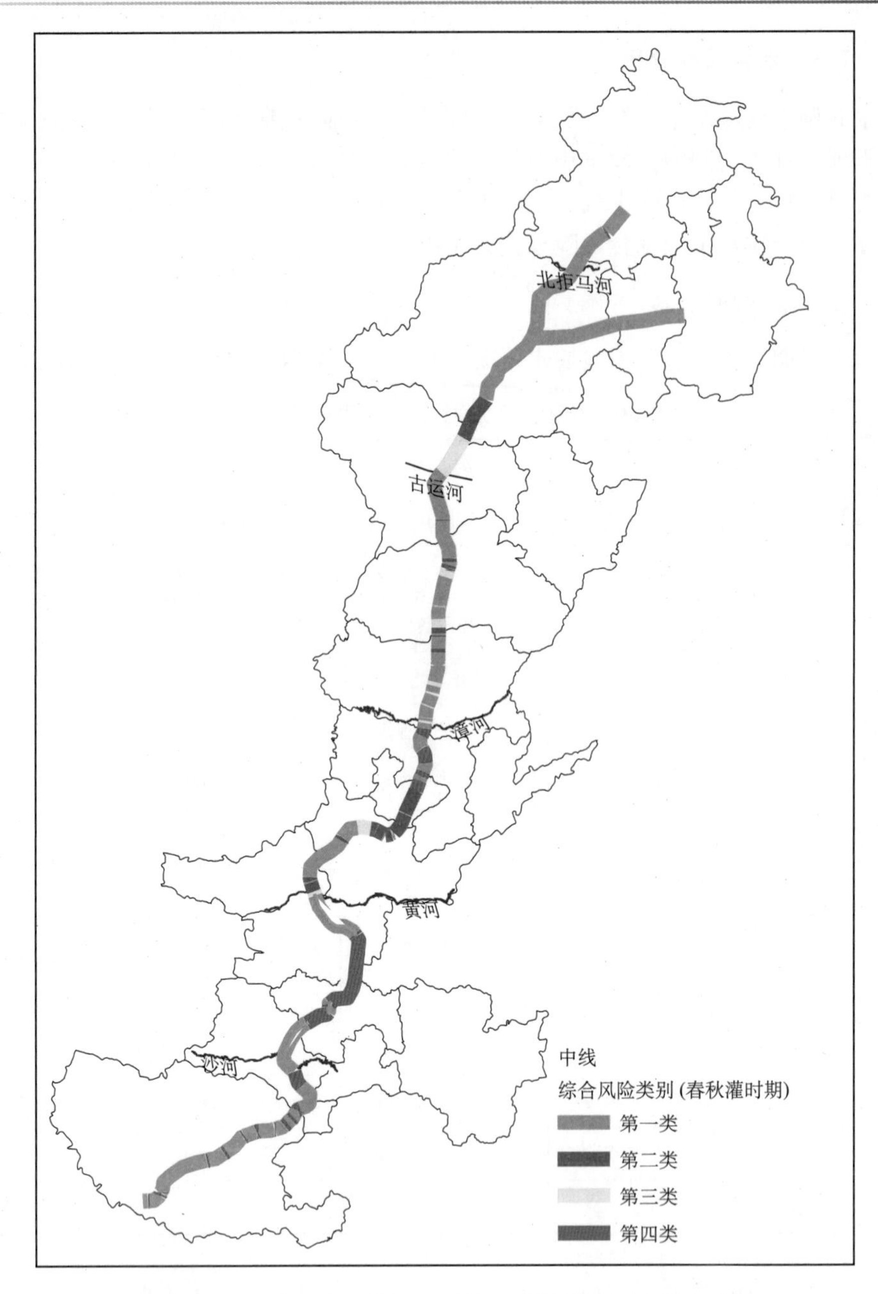

图 8.11　南水北调中线输水干渠春秋灌时期综合风险类别

从分类结果可以看出，处于第一类的子工程段工程风险低；处于第二类的子工程段工程风险较低；处于第三类的子工程段工程风险中等；处于第四类的子工程段工程风险较高。

(3) 年内其他时段

年内其他时段，南水北调中线输水干渠运行风险分类结果如表 8.38 和图 8.13 所示。

表 8.37　汛期中线输水干渠运行风险分类

第一类				
5.5 号子工程段	5.6 号子工程段	6.1 号子工程段	6.2 号子工程段	7.1 号子工程段
7.2 号子工程段	7.3 号子工程段	1 号工程段其他子段	2 号工程段其他子段	3 号工程段其他子段
4 号工程段其他子段	5 号工程段其他子段	6 号工程段其他子段	7 号工程段其他子段	
第二类				
2.4 号子工程段	3.1 号子工程段	3.2 号子工程段	3.4 号子工程段	3.6 号子工程段
4.3 号子工程段	4.4 号子工程段	4.8 号子工程段	4.9 号子工程段	5.1 号子工程段
5.3 号子工程段	5.4 号子工程段			
第三类				
1.1 号子工程段	1.2 号子工程段	1.3 号子工程段	1.5 号子工程段	1.6 号子工程段
1.7 号子工程段	2.1 号子工程段	2.2 号子工程段	2.5 号子工程段	3.3 号子工程段
3.5 号子工程段	4.1 号子工程段	4.2 号子工程段	4.5 号子工程段	4.6 号子工程段
4.7 号子工程段	5.2 号子工程段			
第四类				
1.4 号子工程段	2.3 号子工程段	3.7 号子工程段		

表 8.38　年内其他时段中线输水干渠运行风险分类

第一类				
1 号工程段其他子段	2 号工程段其他子段	3 号工程段其他子段	4 号工程段其他子段	5.5 号子工程段
5.6 号子工程段	5 号工程段其他子段	6.1 号子工程段	6.2 号子工程段	6 号工程段其他子段
7.1 号子工程段	7.2 号子工程段	7.3 号子工程段	7 号工程段其他子段	
第二类				
2.4 号子工程段	3.1 号子工程段	3.2 号子工程段	3.4 号子工程段	3.6 号子工程段
4.3 号子工程段	4.4 号子工程段	4.8 号子工程段	4.9 号子工程段	5.3 号子工程段
5.4 号子工程段				
第三类				
1.5 号子工程段	1.6 号子工程段	1.7 号子工程段	2.1 号子工程段	2.2 号子工程段
2.5 号子工程段	3.3 号子工程段	3.5 号子工程段	4.1 号子工程段	4.2 号子工程段
4.5 号子工程段	4.6 号子工程段	4.7 号子工程段	5.1 号子工程段	5.2 号子工程段
第四类				
1.1 号子工程段	1.2 号子工程段	1.3 号子工程段	1.4 号子工程段	2.3 号子工程段
3.7 号子工程段				

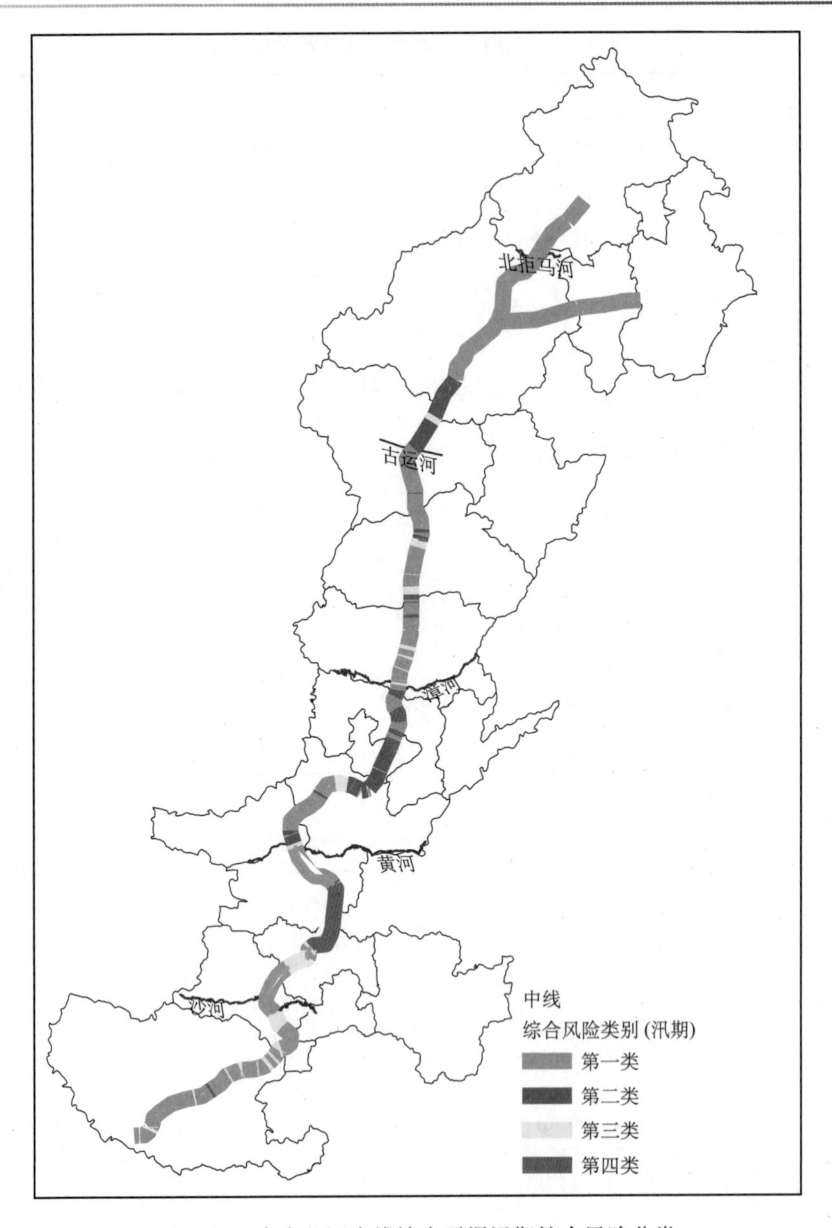

图 8.12 南水北调中线输水干渠汛期综合风险分类

从综合运行风险分类中可以看到，第 6、7 工程段（北京、天津段暗渠）综合运行风险均处于第一类，工程运行风险低；处于第二类的子工程段工程风险较低，主要分布在第 3～5 工程段，即黄河北—北拒马河区间；处于第三类的子工程段工程风险中等，第 1～5 工程段均有分布，没有明显的空间分布特征；处于第四类的子工程段工程风险较高，主要分布在第 1 工程段，即陶岔渠首—沙河南区间。

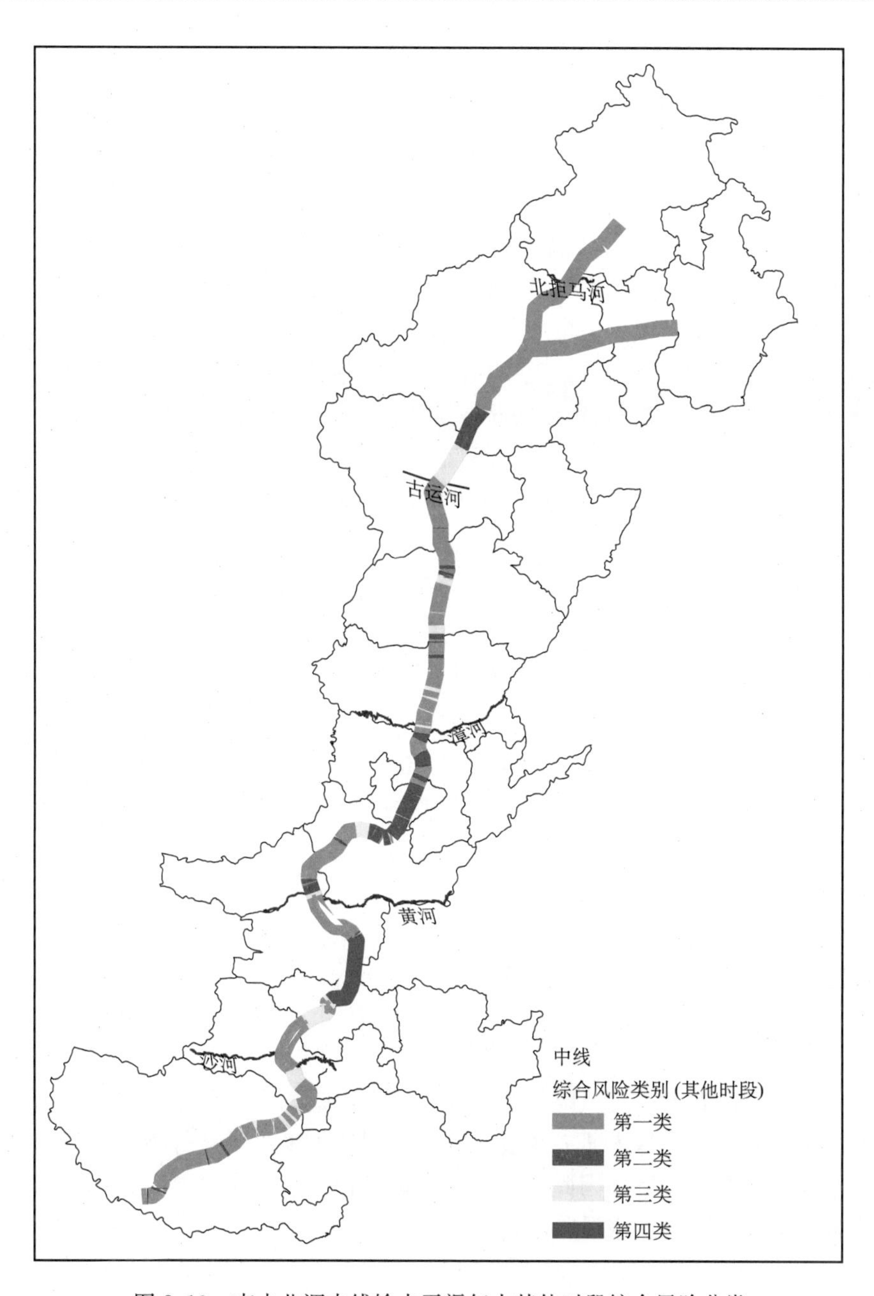

图 8.13　南水北调中线输水干渠年内其他时段综合风险分类

8.2.2　穿黄穿漳工程运行风险预测评估

穿黄穿漳工程为中线输水干渠穿越黄河、漳河的隧道，根据 4.3.2.2 节综合风险因子识别结果，其运行风险源主要来自工程风险和社会风险两个方面。

8.2.2.1　工程风险预测评估

穿黄穿漳工程为南水北调中线控制性工程，主要包括隧洞以及进出口闸门、埋涵等工程。由于工程水文、地质条件复杂，国内外尚无先例可循，隧洞突水突泥以及围岩稳定问题则主要依托勘探试验洞的工程运行情况进行分析。对探洞的防渗阻水工程失事机理及运行工况进行分析，认为隧洞发生突水、围岩稳定性下降可能性较高；进出口闸门、滩地埋涵等工程失事风险率较低。由于隧洞涌水可能产生渗流冲刷堤基威胁黄河大堤安全，造成险工坝岸垮坝，失事后果重大，风险较高。

暴雨洪水作为工程风险的一个重要风险因子，并且由于中线暴雨洪水非常突出，因此特别针对暴雨洪水风险进行深入的研究与评估。基于暴雨洪水水文风险综合评判体系，通过对该地区的气象因子及气候区特性、水工建筑物及穿越河流的数量、历史暴雨洪水发生情况、区段地形是否有利于发生洪水以及各区段工程特点进行评估，结果如下：

穿黄工程

$$B_1 = [0.2392 \quad 0.1352 \quad 0.3844 \quad 0.1005 \quad 0.1407]$$

最大隶属度 0.3844，暴雨洪水风险等级为风险一般。

穿漳工程子段

$$B_2 = [0.0922 \quad 0.2397 \quad 0.2917 \quad 0.3563 \quad 0.0201]$$

最大隶属度 0.3563，暴雨洪水风险等级为风险较低。

8.2.2.2　社会风险预测评估

穿黄穿漳工程与输水干渠社会风险相同，风险综合值为 3.86，按照等级划分属于 4 级，为风险较高，详细评估结果见 8.2.1.2 节。

8.2.2.3　穿黄穿漳工程运行风险比较

穿黄穿漳工程两者的工程风险均为较高，社会风险均为 4 级，但是从工程风险中的重点风险因子暴雨洪水的深入研究来看，穿黄工程暴雨洪水风险等级为一般，而穿漳工程暴雨洪水风险等级为较低。因此，总体上穿黄工程的运行风险要高于穿漳工程，主要表现在工程风险中的暴雨洪水风险因子上。

8.3　中线运行面状作用对象风险预测评估

南水北调中线运行风险面状作用对象主要包括水源地丹江口库区和 19 个受水城市，根据 4.3.3 节综合风险因子识别结果，水源地丹江口库区风险源主要来自供水水文风险和社会风险；受水区风险源主要来自水文风险和经济风险两个方面。

8.3.1　水源地丹江口库区风险预测评估

丹江口水库控制汉江 60％的流域面积，多年平均天然径流量 408.5 亿 m^3，考虑上游发展，预测 2020 年入库水量为 385.4 亿 m^3。丹江口水利枢纽在已建成初期规模的基础上，按原规划续建完成，坝顶高程从现在的 162m 加高至 176.6m，设计蓄水位由 157m 提高到 170m，总库容达 290.5 亿 m^3，比初期增加库容 116 亿 m^3，增加有效调节库容 88 亿 m^3，增加防洪库容 33 亿 m^3。根据综合风险因子识别结果，其运行风险源主要来自供水水文风险和社会风险两个方面。

8.3.1.1　供水水文风险预测评估

南水北调中线水源区供水水文风险从可调水量的减少可以反映出来，根据南水北调规划报告丹江口水库的入库水量过程以及入库水量与可调水量相关关系综合分析气候变化、土地利用变化、取用水变化和调水工程对丹江口水库可调水量的影响，评估结果如下。其中，情景 1、2、3 分别为汉江上游外调水量为最大 26.25 亿 m^3、规划量 16.65 亿 m^3（因中线从丹江口水库调水，陕西省南水北调中线最初规划的 23.25 亿～24.5 亿 m^3 调水方案可能无法通过上级部门审批，而 15 亿 m^3 的调水方案采用的可能性较大）、0（即上游不调水）三种情景（表 8.39）。

表 8.39　南水北调中线水源区可调水量风险的综合评估（单位：亿 m^3）

情景		影响因素			入库水量减少总量	可调水量减少
		气象	土地利用	调水		
2010 年	情景 1	2.5	0.12	26.25	28.87	4.7
	情景 2	2.5	0.12	16.65	19.27	3.1
	情景 3	2.5	0.12	0	2.62	0.4
2030 年	情景 1	7.1	0.36	26.25	33.71	5.4
	情景 2	7.1	0.36	16.65	24.11	3.9
	情景 3	7.1	0.36	0	7.46	1.2

综合情景分析的结果，2010 年丹江口库区可调水量减少量均值为 2.73 亿 m^3，2030 年可调水量减少量均值为 3.5 亿 m^3，将对南水北调中线工程水源区供水产生一定风险，并且随着工程运行时间的增长风险还将增大，需要提前采取相关的风险管理措施。

8.3.1.2　社会风险预测评估

根据中线输水工程段问卷调查结果，统计分析出十个主要风险因子可能性与危害性的值，利用二级评判模型对中线工程丹江口水源区段进行社会风险的综合评价。通过计算得出中线工程丹江口水源区段社会风险十个影响因子的严重性程度为 2.8，3.5，

4.6，3.4，3.4，4.7，3.3，3.0，3.5，2.9，如表 8.40 所示。

表 8.40　丹江口水源区社会风险影响因子评价表

基本社会关系	序号	社会风险因子	可能性	危害性	严重性
人与水关系	1	输水过程中因水质、水量等问题引起的调水沿线交界地区的水事纠纷	2.90	2.70	2.8
	2	利益集团之间非市场化的博弈行为，行政力量对水市场的干扰	3.80	3.25	3.5
	3	水源地的社会生产发展对水质的破坏	4.60	4.55	4.6
人与工程关系	4	工程运行中资金流的失控，如非法挪用等	2.95	3.75	3.4
	5	工程运行机构工作人员道德缺失或态度不端正导致工作发生失误或事故	4.05	2.65	3.4
	6	移民安置的遗留问题及移民的后期扶持等工作不到位	4.70	4.65	4.7
水与工程关系	7	发生旱涝灾害的情况下，由于输水调度不当所引发的供需矛盾甚至灾难	2.85	3.75	3.3
	8	由于输水里程过长，意外事故导致水量损失的可能性增加	2.80	3.15	3.0
	9	工程质量不达标影响工程正常运行	3.20	3.75	3.5
	10	输水沿线水质遭破坏的风险	3.00	2.80	2.9

根据公式 $Y=\sum \bar{\omega}_i \times B_i$ 得出中线工程丹江口水源区段的综合风险值为 4.27，按照等级划分属于 5 级，为风险高。

此外，根据上述统计南水北调中线水源区社会风险的可能性分值和危害性分值，通过矩阵程序，将可能性和危害性放入矩阵中，并且结合矩阵的单元格配以相应的风险严重性等级，具体单元矩阵如图 8.14 所示。

	经常 (5)	可能 (4)	偶尔 (3)	很少 (2)	不可能 (1)
极高 (5)	3、6				
较高 (4)		2、9	4、7、8		
一般 (3)	5		1、10		
较低 (2)					
极低 (1)					

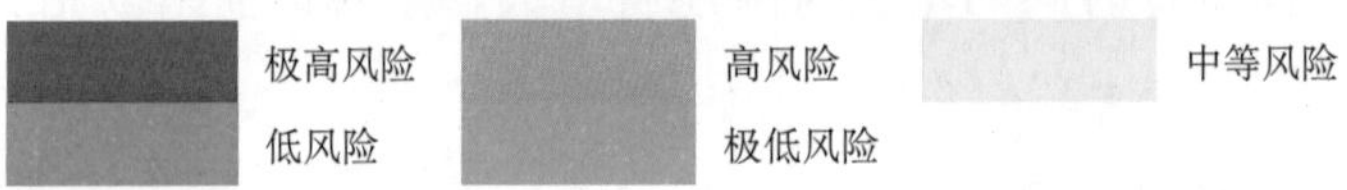

图 8.14　南水北调中线工程水源区段运行社会风险矩阵

根据社会风险矩阵，可以看到风险因子 3 和 6，即水源地的社会生产发展对水质的破坏和移民安置的遗留问题及移民的后期扶持等工作不到位，两个风险因子在水源区段属于极高风险因子，发生可能性都是经常，发生危害性极高；风险因子5，工程运行机构工作人员道德缺失或态度不端正导致工作发生失误或事故，为高风险因子，经常发生但是发生后危害性一般；风险因子1和10，即输水过程中因水质、水量等问题引起的调水沿线交界地区的水事纠纷和输水沿线水质遭破坏的风险这两个因子为低风险因子，偶尔发生，发生后的危害性一般；其他五个风险因子的严重性程度为中等。

8.3.2　受水城市风险预测评估

按照南水北调中线规划，南水北调中线主要向唐白河平原和黄淮海平原西中部供水，受水区国土面积约15万km^2。主要供水范围包括：北京市，天津市，河北省的邯郸、邢台、石家庄、保定、衡水、廊坊6个省辖市及14个县级市和65个县城，河南省的南阳、平顶山、漯河、周口、许昌、郑州、焦作、新乡、鹤壁、安阳、濮阳11个省辖市及7个县级市和25个县城。根据4.3.3.2节综合风险因子识别结果，受水城市风险源主要来自水文和经济两个方面。

8.3.2.1　水文风险预测评估

根据4.3.3.2节综合风险因子识别结果，中线运行期间受水城市水文风险主要源自需水和供需协调两个方面。

（1）需水水文风险预测评估

根据南水北调中线调水工程规划，中线的供水目标是北京、天津、河北、河南四省市主要城市的生活、工业供水为主，兼顾生态和农业用水。生活和工业用水相对平稳、季节波动小，受到水文因素影响很小，而农业和生态用水受降水的影响，与水文过程密切相关。因此，需水水文风险主要来自农业灌溉需水和生态环境需水两个方面。

- 关于农业灌溉需水水文风险

根据南水北调中线规划供水范围及供水目标，首先满足沿线受水城市的生活和工业用水，其次才是农业及生态环境用水。根据中线各受水城市水资源规划成果，中线调水中对农业进行供水的区域仅包括北京和天津。因此，本书中所提的中线农业需水也仅仅是指北京和天津受水区的部分农业灌溉需水。

根据规划，北京、天津规划2010水平年农业灌溉需水量约为14.62亿m^3。据《南水北调城市水资源规划报告》，2010水平年北京需南水北调水量约5.58亿m^3，多年平均需调水量12亿m^3，北调水将优先供城市生活和工业用水，同时也间接增加了农业可供水量。图8.15是中线受水区长系列农业灌溉需水量变化图，图8.16是实际需水量与规划量的差值。通过对比可以发现，中线需水量是一个沿规划需水量不断上下波动的变化过程，其中北京市灌溉需水变化较大。24个年份的实际需水量超过规划需水量，其中，1965水平年的需水量比规划水量多8.82亿m^3，占规划需水量的60.3%；相反，1956水平年的需水量比规划水量少5.92亿m^3，占规划需水量的40.5%。可见，中线农业灌溉需水受气候、水文因素影响很明显，使农业需水面临着过多或过少的风险。对于南水北调中线工程来说，水过多则造成资源浪费，水过少则导致农作物需水供应不足，进而使农业减产，造成经济损失。

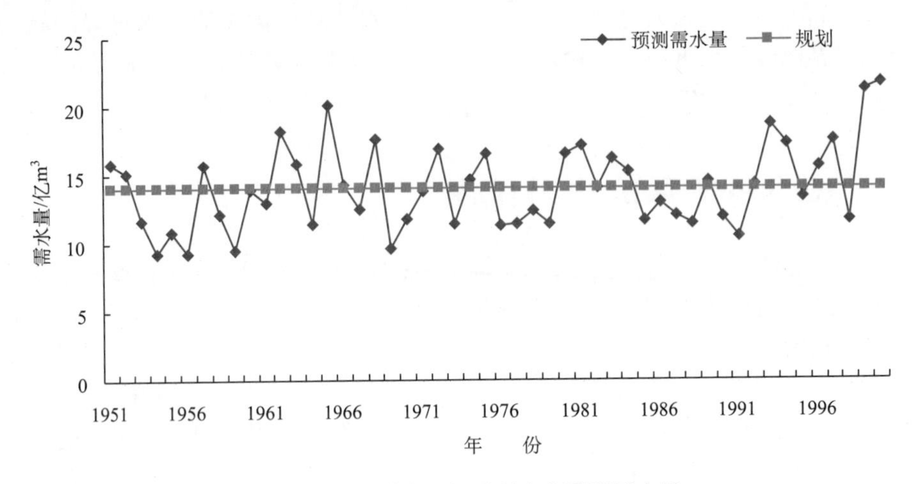

图 8.15 中线受水区长系列农业灌溉需水量

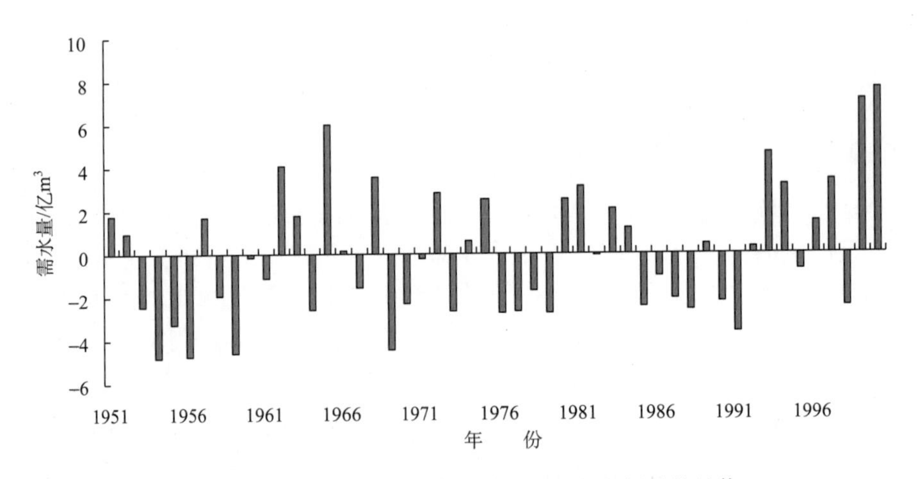

图 8.16 中线受水区长系列灌溉需水量与规划量的差值

从灌溉需水结果（见图 8.17）可以看出，中线受水区农业灌溉需水过程无论是年际变化还是年内变化都有较大的起伏，由于天津市只考虑 1.6 万 hm^2 的商品菜田用水，因此天津市农业需水的年际变化不是很大，北京市农业灌溉需水的波动较大，产生需水风险的可能性较大。以北京市为例，1951～2000 年长系列年灌溉需水量在 7.12 亿～21.03 亿 m^3，占规划需水量的 56.9%～168%。

● 关于生态环境需水水文风险

根据南水北调中线城市水资源规划，规划 2010 水平年生态环境需水量约为 23.37 亿 m^3。通过对比可以发现，生态环境需水量沿规划需水量上下波动较大，如图 8.18～图 8.22 所示。其中有 22 个年份的实际需水量超过规划需水量，其中，2000 年的需水

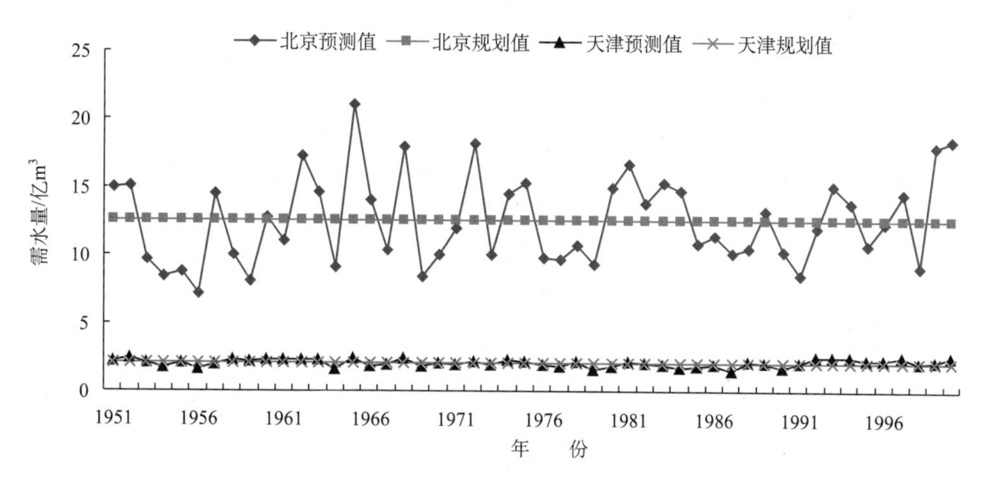

图 8.17　中线受水区多年农业灌溉需水与规划需水量对比

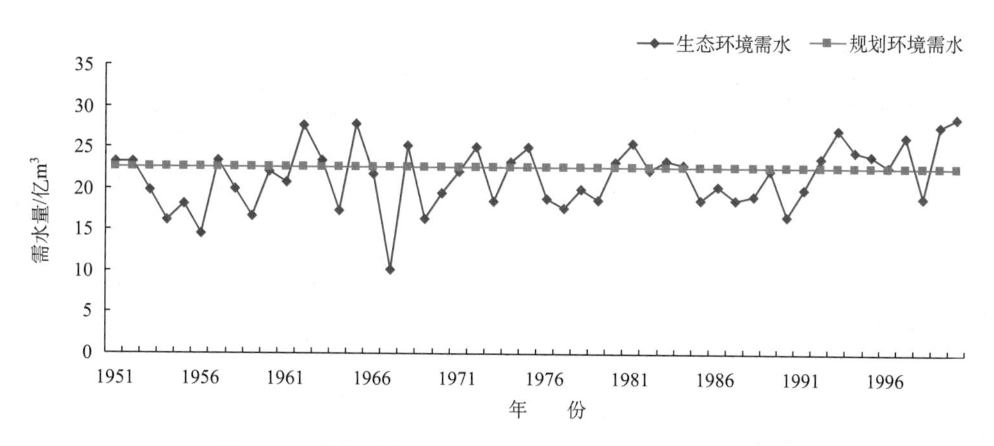

图 8.18　中线受水区规划 2010 水平年生态环境需水量

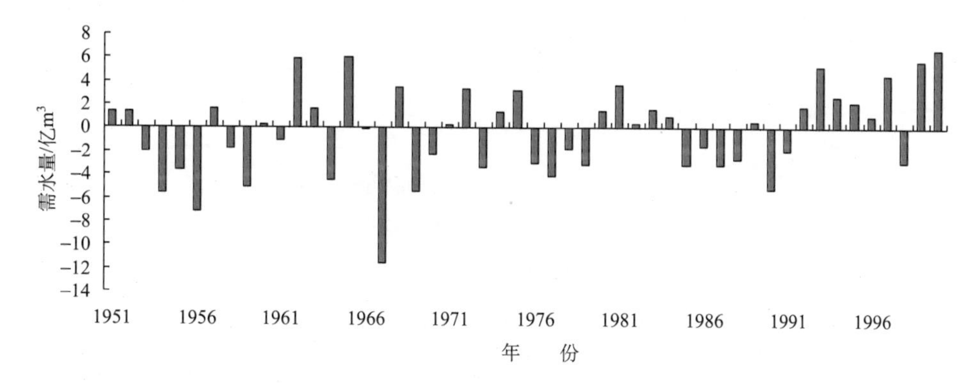

图 8.19　中线受水区规划 2010 水平年生态环境需水量与规划需水量差值

量比规划水量多 3.75 亿 m³，占规划需水量的 16.1%；相反，1990 水平年的需水量比规划水量少 2.29 亿 m³，占规划需水量的 9.8%。

根据南水北调城市水资源规划，天津市生态环境需水量仅考虑城市区域内的河湖需水量。河北省共有 7 座受水城市，其中，石家庄市对生态环境的水资源需求要明显高于其他城市，2010 水平年生态环境需水量约为 1.88 亿 m³。河南省共有 11 座受水城市，其中，郑州、新乡和安阳对生态环境的水资源需求要明显高于其他城市。北京市、天津市、河北省和河南省规划 2010 水平年生态环境需水量如图 8.20～图 8.22 所示。

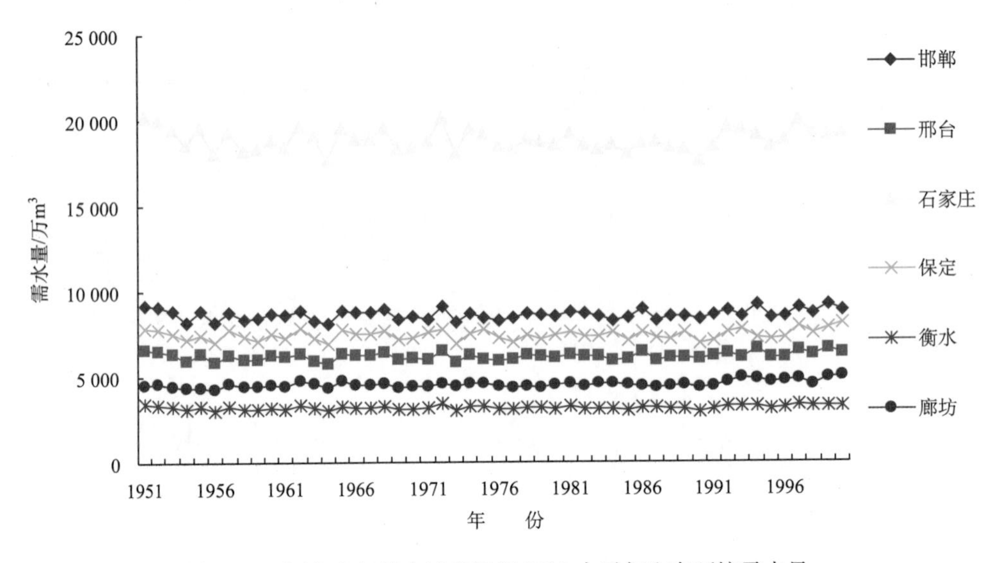

图 8.20　河北省各受水城市规划 2010 水平年生态环境需水量

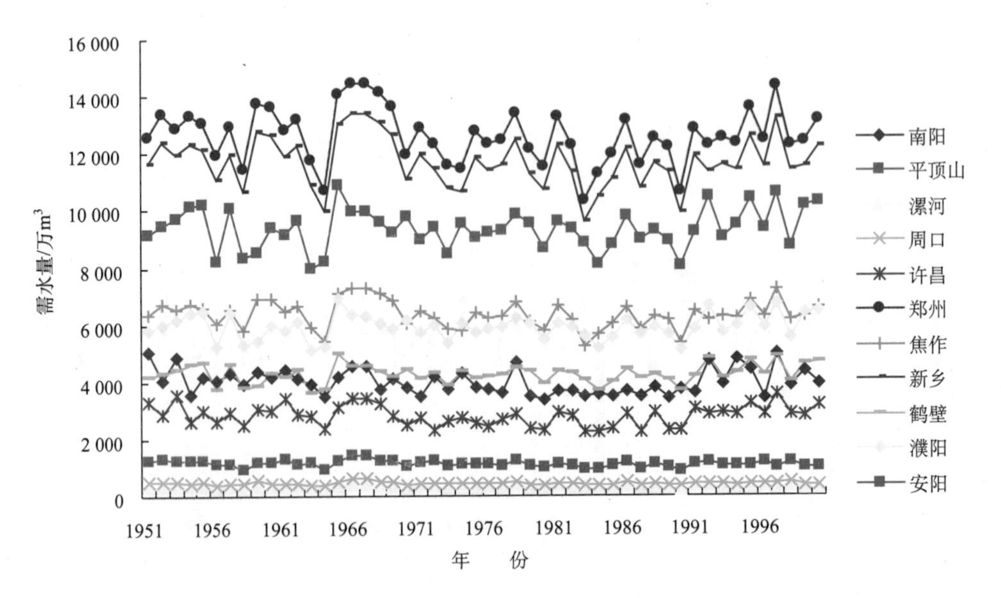

图 8.21　河南省各受水城市规划 2010 水平年生态环境需水量

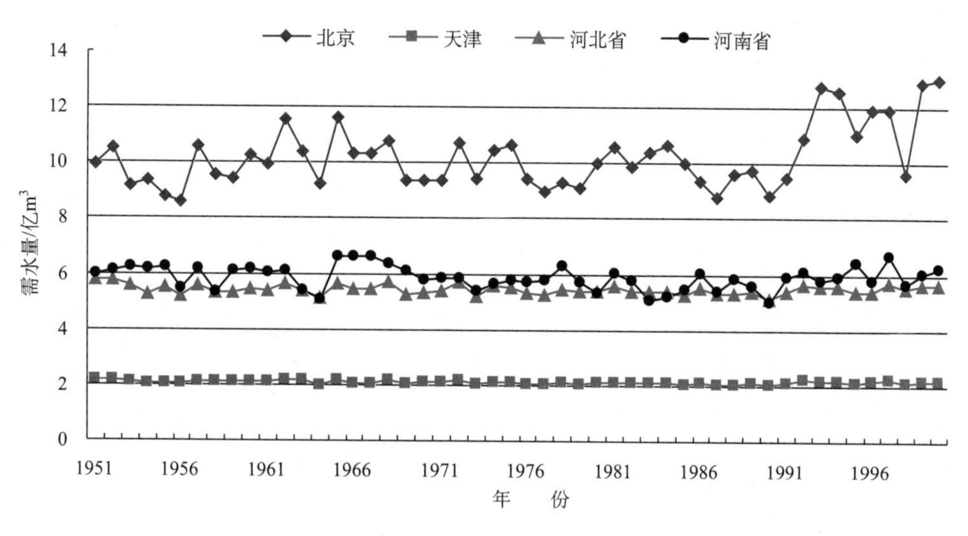

图 8.22 中线各受水区规划 2010 水平年生态环境需水年过程

• 关于需水水文风险分析

实际需水量序列的波动变幅即反映了需水水文风险的大小，标准差就反映了数据序列中数据点偏离均值的离散程度，可以作为衡量受水地级市需水水文风险的大小。中线各受水地级市的预测需水量和标准差如表 8.41 所示。

表 8.41 南水北调中线受水地级市需水水文风险

省 区	受水城市	需水标准差/万 m³	省 区	受水城市	需水标准差/万 m³
北京		11 193.70	河南省	漯河	32.78
天津		538.66		周口	58.32
河北省	邯郸	287.54		许昌	355.90
	邢台	206.25		郑州	965.95
	石家庄	628.10		焦作	485.32
	保定	286.96		新乡	884.51
	衡水	105.83		鹤壁	322.60
	廊坊	170.95		濮阳	434.57
河南省	南阳	454.27		安阳	701.25
	平顶山	131.50			

对表 8.41 中以需水标准差为风险表征指标的中线受水城市需水水文风险进行聚类分析，分析结果如表 8.42 所示。

表 8.42 中线受水城市需水水文风险聚类结果

需水水文风险分类	受水城市	需水水文风险（需水标准差/万 m³）	需水水文风险分类	受水城市	需水水文风险（需水标准差/万 m³）
1	河北省衡水市	105.83	3	河南省南阳市	454.27
	河北省廊坊市	170.95		河南省焦作市	485.32
	河南省周口市	58.32		河南省濮阳市	434.57
	河北省邢台市	206.25		河南省安阳市	701.25
	河南省漯河市	32.78		天津市	538.66
	河南省平顶山市	131.50		河北省石家庄市	628.10
2	河北省保定市	286.96	4	河南省郑州市	965.95
	河北省邯郸市	287.54		河南省新乡市	884.51
	河南省鹤壁市	322.60	5	北京市	11 193.7
	河南省许昌市	355.90			

从分类结果来看，处于第一类的受水城市需水水文风险相对低，处于第二类的受水城市需水水文风险较低，处于第三类的受水城市需水水文风险相对中等，处于第四类的受水城市需水水文风险较高，处于第五类的受水城市需水水文风险高。

（2）供需协调水文风险预测评估

供需协调水文风险主要是由水源区和受水区的旱涝遭遇和径流丰枯遭遇引起的，其中旱旱遭遇或者枯枯遭遇对调水是最不利的组合，其遭遇频率可以作为供需协调水文风险的表征指标。

汉江流域受水区。百年旱涝遭遇分析表明，调水不利的组合（两区同为偏旱、旱）遭遇频率 12.1%（表 8.43）。

淮河受水区。百年旱涝遭遇分析表明，调水不利的组合遭遇频率 11.4%（表 8.44）。

表 8.43 汉江流域受水区与水源区旱涝遭遇频率（单位：%）

旱涝遭遇频率			汉江流域受水区					
			旱涝等级					
			涝	偏涝	正常	偏旱	旱	Σ
汉江水源区	旱涝等级	涝	1.1	3.7	5.3	2.1	0.2	12.4
		偏涝	2.0	7.7	8.9	3.2	0.4	22.2
		正常	2.1	8.5	24.3	7.3	1.3	43.5
		偏旱	0.6	2.1	6.3	5.3	2.6	16.9
		旱	0	0	0.8	1.9	2.3	5.0
Σ			5.8	22	45.6	19.8	6.8	100.0
供需协调水文风险（表格中灰色底纹部分之和）						12.1		

表 8.44　淮河受水区与水源区旱涝遭遇频率（单位:%）

<table>
<tr><td colspan="3" rowspan="2">旱涝遭遇频率</td><td colspan="6">淮河受水区</td></tr>
<tr><td colspan="6">旱涝等级</td></tr>
<tr><td rowspan="6">汉江水源区</td><td rowspan="6">旱涝等级</td><td></td><td>涝</td><td>偏涝</td><td>正常</td><td>偏旱</td><td>旱</td><td>Σ</td></tr>
<tr><td>涝</td><td>3.0</td><td>3.8</td><td>3.4</td><td>1.9</td><td>0.4</td><td>12.5</td></tr>
<tr><td>偏涝</td><td>3.8</td><td>6.2</td><td>6.8</td><td>4.3</td><td>1.1</td><td>22.2</td></tr>
<tr><td>正常</td><td>2.8</td><td>9.4</td><td>19</td><td>8.9</td><td>3.4</td><td>43.5</td></tr>
<tr><td>偏旱</td><td>0.4</td><td>3.2</td><td>5.6</td><td>4.3</td><td>3.4</td><td>16.9</td></tr>
<tr><td>旱</td><td>0.2</td><td>0.2</td><td>0.8</td><td>1.3</td><td>2.4</td><td>4.9</td></tr>
<tr><td colspan="3">Σ</td><td>10.2</td><td>22.8</td><td>35.6</td><td>20.7</td><td>10.7</td><td>100.0</td></tr>
<tr><td colspan="6">供需协调水文风险（表格中灰色底纹部分之和）</td><td colspan="2">11.4</td><td></td></tr>
</table>

年径流丰枯遭遇分析表明，调水不利的组合遭遇频率 22.3%（表 8.45）。

表 8.45　淮河受水区与水源区丰枯遭遇频率（单位:%）

<table>
<tr><td colspan="3" rowspan="2">丰枯遭遇频率</td><td colspan="6">淮河受水区</td></tr>
<tr><td colspan="6">丰枯等级</td></tr>
<tr><td rowspan="6">汉江水源区</td><td rowspan="6">丰枯等级</td><td></td><td>丰</td><td>偏丰</td><td>正常</td><td>偏枯</td><td>枯</td><td>Σ</td></tr>
<tr><td>丰</td><td>4.4</td><td>2.2</td><td>2.2</td><td>0</td><td>0</td><td>8.8</td></tr>
<tr><td>偏丰</td><td>6.7</td><td>8.9</td><td>4.4</td><td>4.4</td><td>0</td><td>24.4</td></tr>
<tr><td>正常</td><td>2.2</td><td>8.9</td><td>11.1</td><td>8.9</td><td>0</td><td>31.1</td></tr>
<tr><td>偏枯</td><td>0</td><td>6.7</td><td>6.7</td><td>8.9</td><td>2.2</td><td>24.5</td></tr>
<tr><td>枯</td><td>0</td><td>0</td><td>0</td><td>6.7</td><td>4.5</td><td>11.2</td></tr>
<tr><td colspan="3">Σ</td><td>13.3</td><td>26.7</td><td>24.4</td><td>28.9</td><td>6.7</td><td>100.0</td></tr>
<tr><td colspan="6">供需协调水文风险（表格中灰色底纹部分之和）</td><td colspan="2">22.3</td><td></td></tr>
</table>

黄河受水区。年径流丰枯遭遇分析表明，调水不利的组合遭遇频率 19.9%（表 8.46）。

表 8.46　黄河受水区与水源区丰枯遭遇频率（单位:%）

<table>
<tr><td colspan="3" rowspan="2">丰枯遭遇频率</td><td colspan="6">黄河受水区</td></tr>
<tr><td colspan="6">丰枯等级</td></tr>
<tr><td rowspan="6">汉江水源区</td><td rowspan="6">丰枯等级</td><td></td><td>丰</td><td>偏丰</td><td>正常</td><td>偏枯</td><td>枯</td><td>Σ</td></tr>
<tr><td>丰</td><td>6.7</td><td>2.2</td><td>0</td><td>0</td><td>0</td><td>8.9</td></tr>
<tr><td>偏丰</td><td>2.2</td><td>13.4</td><td>4.4</td><td>4.4</td><td>0</td><td>24.4</td></tr>
<tr><td>正常</td><td>0</td><td>4.4</td><td>15.6</td><td>8.9</td><td>2.3</td><td>31.2</td></tr>
<tr><td>偏枯</td><td>0</td><td>4.4</td><td>6.7</td><td>11.1</td><td>2.2</td><td>24.4</td></tr>
<tr><td>枯</td><td>0</td><td>2.3</td><td>2.2</td><td>2.2</td><td>4.4</td><td>11.1</td></tr>
<tr><td colspan="3">Σ</td><td>8.9</td><td>26.7</td><td>28.9</td><td>26.6</td><td>8.9</td><td>100.0</td></tr>
<tr><td colspan="6">供需协调水文风险（表格中灰色底纹部分之和）</td><td colspan="2">19.9</td><td></td></tr>
</table>

海河南系受水区。百年旱涝遭遇分析表明，调水不利的组合遭遇频率10.1%（表8.47）。

表8.47 海河南系受水区与水源区旱涝遭遇频率（单位:%）

旱涝遭遇频率			海河南系受水区					
			旱涝等级					
			涝	偏涝	正常	偏旱	旱	Σ
汉江水源区	旱涝等级	涝	2.1	2.8	4.4	2.3	0.9	12.5
		偏涝	2.4	4.5	8.9	5.3	1.1	22.2
		正常	4.3	10.7	13.9	10.4	4.2	43.5
		偏旱	1.5	3.8	4.7	4.1	2.8	16.9
		旱	0.4	0.2	1.1	1.7	1.5	4.9
Σ			10.7	22.0	33	23.8	10.5	100.0
供需协调水文风险（表格中灰色底纹部分之和）						10.1		

年径流丰枯遭遇分析表明，调水不利的组合遭遇频率11.0%（表8.48）。

表8.48 海河南系受水区与水源区丰枯遭遇频率（单位:%）

丰枯遭遇频率			海河南系受水区					
			丰枯等级					
			丰	偏丰	正常	偏枯	枯	Σ
汉江水源区	丰枯等级	丰	2.3	2.2	0	4.4	0	8.9
		偏丰	4.4	4.4	8.9	6.7	0	24.4
		正常	2.2	11.1	11.1	4.5	2.3	31.2
		偏枯	2.2	6.7	8.9	2.2	4.4	24.4
		枯	0	6.7	0	0	4.4	11.1
Σ			11.1	31.1	28.9	17.8	11.1	100.0
供需协调水文风险（表格中灰色底纹部分之和）						11.0		

海河北系受水区。百年旱涝遭遇分析表明，调水不利的组合遭遇频率8.8%（表8.49）。

表 8.49 海河北系受水区与水源区旱涝遭遇频率（单位：%）

旱涝遭遇频率			海河北系受水区					
			旱涝等级					
			涝	偏涝	正常	偏旱	旱	Σ
汉江水源区	旱涝等级	涝	1.7	2.4	5.5	2.1	0.8	12.5
		偏涝	2.3	4.1	8.3	6.2	1.3	22.2
		正常	2.8	9.8	13.8	12.6	4.5	43.5
		偏旱	1.9	3.4	5.6	4.5	1.5	16.9
		旱	0.2	0.8	1.1	1.7	1.1	4.9
Σ			8.9	20.5	34.3	27.1	9.2	100.0
供需协调水文风险（表格中灰色底纹部分之和）						8.8		

年径流丰枯遭遇分析表明，调水不利的组合遭遇频率 8.8%（表 8.50）。

表 8.50 海河北系受水区与水源区丰枯遭遇频率（单位：%）

丰枯遭遇频率			海河北系受水区					
			丰枯等级					
			丰	偏丰	正常	偏枯	枯	Σ
汉江水源区	丰枯等级	丰	2.3	2.2	0	4.4	0	8.9
		偏丰	2.2	4.4	2.2	15.6	0	24.4
		正常	0	8.9	15.6	4.5	2.2	31.2
		偏枯	4.4	6.7	8.9	2.2	2.2	24.4
		枯	2.2	2.2	2.3	2.2	2.2	11.1
Σ			11.1	24.4	29.0	28.9	6.6	100.0
供需协调水文风险（表格中灰色底纹部分之和）						8.8		

从旱涝遭遇的情况来看，水源区与受水区同步遭遇频率变化不大，黄河以南 35%左右，黄河以北的海河流域则约为 25%；不利于调水的遭遇组合频率一般在 9%～12%，变化相对稳定。从时间上看，近五个世纪中，旱涝主要在 17 世纪和 20 世纪较高，且遭遇频率呈现由南向北递减的趋势。

从径流遭遇情况来看，同步遭遇频率从 24%～51%不等，区域变化比较大；对调水不利的遭遇频率为 9%～22%，较旱涝遭遇情况变化较大，这可能与资料系列的长短有一定的关系；长时间大范围的丰枯遭遇在近 50 年屡有发生，其潜在的风险应予关注。

（3）综合水文风险分析

假定需水水文风险和供需协调水文风险均服从正态分布，先将其正态标准化处理为无量纲的风险值，值越大风险越大，然后进行等权求和评估综合水文风险，评估结果如表 8.51 所示。

表 8.51 南水北调中线受水区综合水文风险

水资源分区	受水城市	需水水文风险（正态标准化值）	供需协调水文风险（正态标准化值）	综合水文风险值
汉江	河南省南阳市	−0.20	−0.38	−0.58
淮河	河南省平顶山市	−0.33	0.79	0.46
	河南省漯河市	−0.37	0.79	0.42
	河南省周口市	−0.36	0.79	0.43
	河南省许昌市	−0.24	0.79	0.55
	河南省郑州市	0.00	0.79	0.80
黄河	河南省焦作市	−0.19	1.58	1.39
	河南省新乡市	−0.03	1.58	1.55
	河南省濮阳市	−0.21	1.58	1.37
海河南系	河南省鹤壁市	−0.26	−0.75	−1.00
	河南省安阳市	−0.10	−0.75	−0.85
	河北省邯郸市	−0.27	−0.75	−1.02
	河北省邢台市	−0.30	−0.75	−1.05
	河北省衡水市	−0.34	−0.75	−1.09
	河北省石家庄市	−0.13	−0.75	−0.88
	河北省保定市	−0.27	−0.75	−1.02
	河北省廊坊市	−0.32	−0.75	−1.06
海河北系	北京市	4.11	−1.18	2.93
	天津市	−0.17	−1.18	−1.34

对表 8.51 中的综合水文风险值进行聚类分析，分析结果如表 8.52 所示。

表 8.52 中线受水城市综合水文风险聚类结果

综合水文风险分类	受水城市	需水水文风险
1	河北省邯郸市	−1.02
	河北省廊坊市	−1.06
	河北省保定市	−1.02
	河北省衡水市	−1.09
	天津市	−1.34
	河南省鹤壁市	−1.00
	河北省邢台市	−1.05
2	河南省南阳市	−0.58
	河南省安阳市	−0.85
	河北省石家庄市	−0.88
3	河南省周口市	0.43
	河南省平顶山市	0.46
	河南省郑州市	0.80
	河南省漯河市	0.42
	河南省许昌市	0.55
4	河南省新乡市	1.55
	河南省焦作市	1.39
	河南省濮阳市	1.37
5	北京市	2.93

从分类结果可以看到，处于第一类的受水城市综合水文风险低，处于第二类的受水城市综合水文风险较低，处于第三类的受水城市综合水文风险中等，处于第四类的受水城市综合水文风险较高，处于第五类的受水城市综合水文风险高。

8.3.2.2　经济风险预测评估

南水北调工程运行经济风险的核心在于运行期内受水区的实际售水量能否达到规划调水量，如果能够达到，其盈利能力应该能得到保障，如果不能达到，则盈利能力会受到很大影响。因此，在对受水区水资源供需平衡分析基础上，预测运行期内实际售水量的波动，可以作为经济风险的表征指标。

（1）受水城市需水量分析

考虑生活、第一产业、第二产业、第三产业及生态需水的特点，各受水区需水量主要受水价、社会经济发展规模、降水频率三种因素影响，不同的风险因子变动将影响区域水资源的需求量。在各种风险因子组合情景下，分别计算各地区的总需水量，受水区总需水量概率分布如图 8.23 所示。结果表明，中线受水区最大需水量为 427.26 亿 m^3，发生的概率也为 0.94%，需水量大于等于 362.04 亿 m^3 的概率为 100%，最大值和最小值差 65.2 亿 m^3，约占最大总需水量的 15.3%。

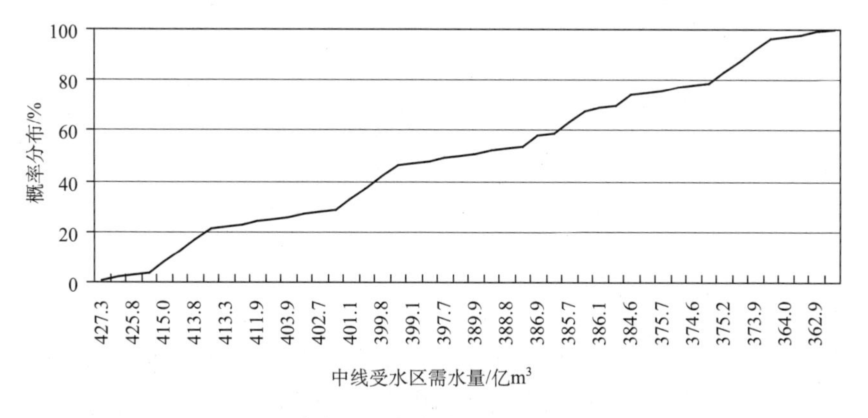

图 8.23　南水北调中线受水区需水量概率分布

（2）受水城市可供水量分析

可供水量是水资源供需平衡分析的基础。综合南水北调受水区地表水资源、地下水资源和其他可利用水资源量，在分析明确地表水和地下水利用过程中的水量转化关系后，可以从地表水资源可利用量与地下水可开采量之和中，扣除地下水可开采量本身中的重复利用水量，以及地表水资源可利用量与地下水可开采量之间的重复利用水量，考虑其他可利用水资源量，得出南水北调中线各受水区可供水量，如表 8.53 所示。

表 8.53 南水北调中线受水区 2015 年供水量

编号	行政区	不同频率水资源可利用量/亿 m³			
		25%	50%	75%	95%
1	河南省南阳市	52.01	38.69	31.52	25.57
2	河南省平顶山市	13.80	9.96	7.80	5.89
3	河南省漯河市	5.10	4.16	3.66	3.27
4	河南省周口市	22.83	19.10	17.45	16.49
5	河南省许昌市	7.32	6.10	5.47	4.98
6	河南省郑州市	13.61	11.58	10.61	9.95
7	河南省焦作市	8.99	7.96	7.39	6.91
8	河南省新乡市	20.74	18.74	17.57	16.48
9	河南省鹤壁市	4.57	3.59	3.16	2.91
10	河南省濮阳市	9.24	8.57	8.23	7.98
11	河南省安阳市	18.65	15.80	14.30	13.09
12	河北省邯郸市	24.30	22.77	21.28	20.26
13	河北省邢台市	16.99	16.43	15.63	15.30
14	河北省衡水市	13.73	12.77	10.70	10.09
15	河北省石家庄市	28.97	27.95	26.04	25.51
16	河北省保定市	32.26	30.56	29.05	27.84
17	河北省廊坊市	12.64	12.22	11.52	11.15
18	北京市	52.07	48.44	45.10	41.55
19	天津市	25.56	23.64	21.87	19.82

(3) 受水城市售水量风险评估

在受水区需水分析、供水分析的基础上，利用层次分析法模拟水文丰枯遭遇、水价、受水区经济发展等不同风险组合情景下受水区对南水北调的需求量，经过整理，各地市对南水北调的需求量（售水量）概率分布如图 8.24 所示。从图 8.24 中可见，中线售水量波动较大，预计最大售水量为 105.83 亿 m³，为规划调水量的 140.2%；最小售水量仅为 19.2 亿 m³，占规划调水量的 25.4%；预计中线达到规划调水量的概率为 19.8%。

对南水北调各中线受水区售水量进行统计分析，计算各地区的售水量均值及方差，如表 8.54。从表中可以看到，有两个地市售水量基本为 0.00，分别是新乡市和邯郸市，经济风险较大；售水量均值达到或超过预期调水量的地市有 6 个，分别是河南省的平顶山市、漯河市、许昌市和濮阳市，河北省的邢台市和石家庄市，这些地市基本能够达到预期的调水需求，风险较小；与南水北调东线相比，中线各地市售水量分布的方差普遍较大，不同风险情景下售水量波动幅度剧烈，以河南省南阳市为例，该地市售水量均

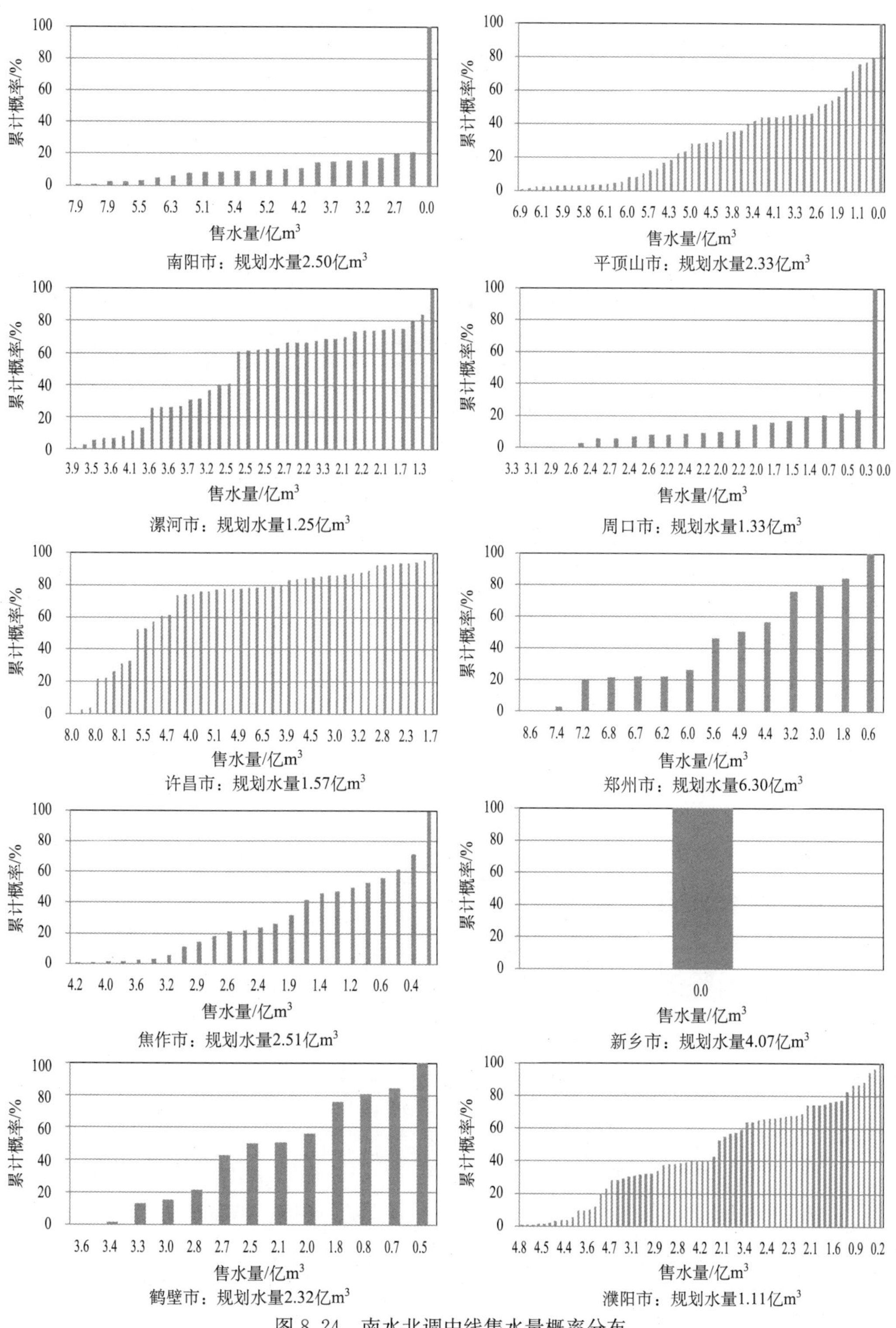

图 8.24　南水北调中线售水量概率分布

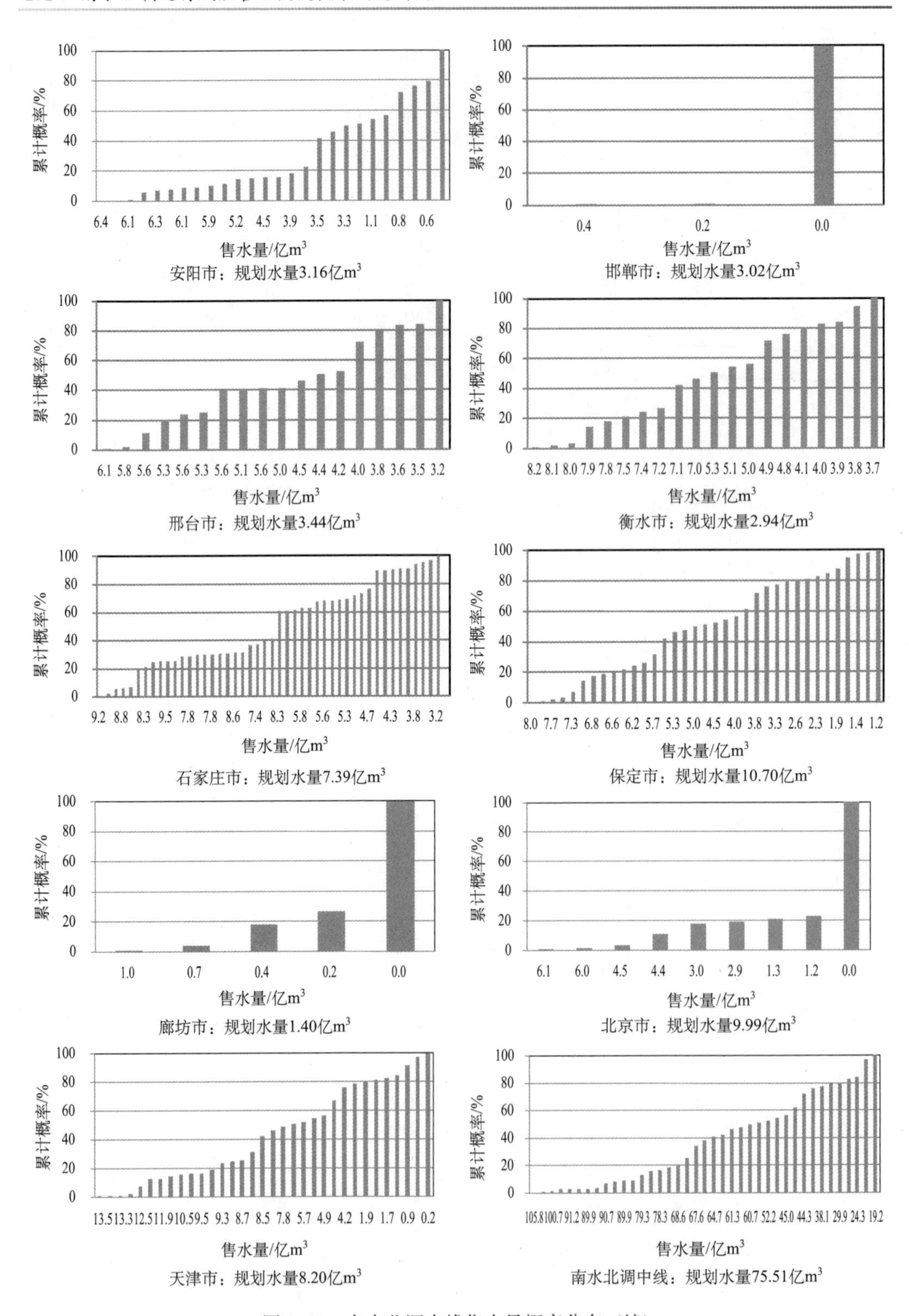

图 8.24　南水北调中线售水量概率分布（续）

值为 1.03 亿 m^3，最大售水量为 7.93 亿 m^3，最小售水量为 0.00，售水量方差为 4.98，年际间变化非常大，售水量受风险因素影响显著。从南水北调中线整体分析，中线售水量均值 55.38 亿 m^3，仅达到规划调水量的 73.3%；预计中线最大售水量为 105.83 亿 m^3，最小售水量仅为 19.15 亿 m^3，售水量分布的方差达到了 574.05，受风险因素影响非常大，很有可能发生售水量达不到预期规模、售水收入不足以补偿成本的情况，使得项目财务出现入不敷出的状况，带来严重的经济风险后果。

表 8.54　南水北调中线受水区售水量特征值

序号	地　　区	规划水量/亿 m^3	售水量均值/亿 m^3	售水量最大值/亿 m^3	售水量最小值/亿 m^3	售水量方差
1	河南省南阳市	2.50	1.03	7.93	0.00	4.98
2	河南省平顶山市	2.33	2.75	7.51	0.00	4.56
3	河南省漯河市	1.25	2.49	4.21	1.00	0.75
4	河南省周口市	1.33	0.48	3.27	0.00	0.93
5	河南省许昌市	1.57	5.54	8.11	1.66	3.14
6	河南省郑州市	6.30	4.97	8.61	0.60	5.13
7	河南省焦作市	2.51	1.36	4.21	0.00	1.70
8	河南省新乡市	4.07	0.00	0.00	0.00	0.00
9	河南省鹤壁市	2.32	2.19	3.56	0.47	0.99
10	河南省濮阳市	1.11	2.61	5.33	0.23	1.51
11	河南省安阳市	3.16	2.42	6.43	0.00	4.72
12	河北省邯郸市	3.02	0.01	0.41	0.00	0.00
13	河北省邢台市	3.44	4.61	6.14	3.19	0.77
14	河北省衡水市	7.39	6.03	8.22	3.62	2.72
15	河北省石家庄市	2.94	6.40	9.71	3.11	2.99
16	河北省保定市	10.70	4.74	8.01	1.18	4.33
17	河北省廊坊市	1.40	0.17	0.95	0.00	0.09
18	北京市	9.99	0.96	6.10	0.00	3.98
19	天津市	8.20	6.62	13.49	0.13	17.00
20	中线售水量	75.51	55.38	105.83	19.15	2.31

进一步对各地市售水量数据进行分析，以售水量均值/规划调水量作为横坐标，以超过售水量均值点的概率作为纵坐标，绘制各地市售水量分布点阵，如图 8.25 所示。从图 8.25 中可以看到，河南省的许昌市、濮阳市和漯河市，河北省的石家庄市和邢台市位于第一象限，售水量和售水保证率均比较大，风险较小；河南省的平顶山市、鹤壁市、郑州市、安阳市和焦作市，河北省的衡水市以及天津市位于第一象限和第三象限的交界处，售水量基本能够达到规划调水量，但是售水保证率较低，存在一定的风险；其他地市位于第三象限，售水量和售水保证率均较小，风险较大。

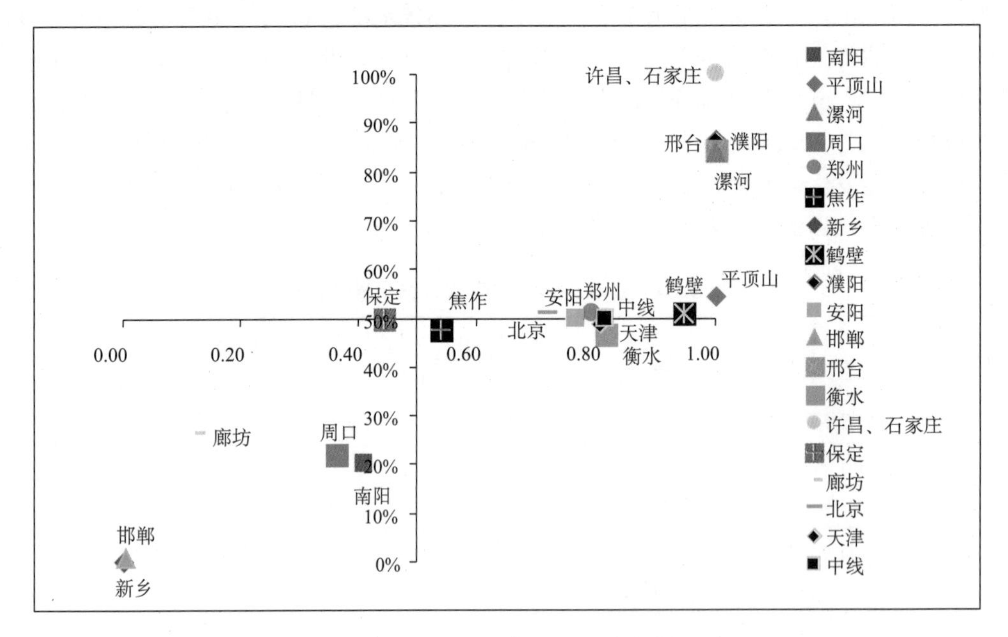

图 8.25 南水北调中线风险分布

售水量均值/规划调水量 L 反映了预期售水量占规划供水量的比重，取值范围为 0～1，超过售水量均值点的概率 P 反映了售水量达到或超过均值的保证率，取值范围为 0～1。本次研究取 $5\times(1-L\cdot P)$ 作为评价各受水地市风险的指标，依据上述风险，该数值越高说明地区的风险越大，反之越小，中线各受水地市经济风险指标值如表 8.55 所示。将数值分为五个区间，以此定义为低、较低、中等、较高和高五个风险等级，各受水地市发生售水量不能达到规划调水量的风险如表 8.56 所示。

表 8.55 中线各受水地市经济风险指标值

序号	地　区	风险指标	序号	地　区	风险指标
1	河南省南阳市	4.6	11	河南省安阳市	3.1
2	河南省平顶山市	2.3	12	河北省邯郸市	5
3	河南省漯河市	0.8	13	河北省邢台市	0.8
4	河南省周口市	4.6	14	河北省衡水市	3.1
5	河南省许昌市	0	15	河北省石家庄市	0
6	河南省郑州市	3	16	河北省保定市	3.9
7	河南省焦作市	3.7	17	河北省廊坊市	4.85
8	河南省新乡市	5	18	北京市	3.2
9	河南省鹤壁市	2.6	19	天津市	3.05
10	河南省濮阳市	0.65			

表 8.56　南水北调中线行政区风险等级

风险等级	低	较低	中等	较高	高
风险区间	0～1.0	1.0～2.0	2.0～3.0	3.0～4.0	4.0～5.0
地市	漯河市 许昌市 濮阳市 邢台市 石家庄市		平顶山市 郑州市 鹤壁市	焦作市 安阳市 衡水市 保定市 天津市 北京市	南阳市 周口市 新乡市 邯郸市 廊坊市

8.3.2.3　综合风险聚类分析

中线一期工程 19 个受水地级市（含北京、天津）在工程运行期间承受水文风险和经济风险，为了能在风险管理中更具针对性，通过多元聚类分析对受水城市所承受的风险组合特点进行分类。表 8.57 列出了中线 19 个受水地级市的风险状况。

表 8.57　南水北调中线受水区综合风险

水资源分区	受水城市	水文风险	经济风险
汉江	河南省南阳市	−0.58	4.6
淮河	河南省平顶山市	0.46	2.3
	河南省漯河市	0.42	0.8
	河南省周口市	0.43	4.6
	河南省许昌市	0.55	0.0
	河南省郑州市	0.80	3.0
黄河	河南省焦作市	1.39	3.7
	河南省新乡市	1.55	5.0
	河南省濮阳市	1.37	0.65
海河南系	河南省鹤壁市	−1.00	2.6
	河南省安阳市	−0.85	3.1
	河北省邯郸市	−1.02	5.0
	河北省邢台市	−1.05	0.8
	河北省衡水市	−1.09	3.1
	河北省石家庄市	−0.88	0.0
	河北省保定市	−1.02	3.9
	河北省廊坊市	−1.06	4.85
海河北系	北京市	2.93	3.2
	天津市	−1.34	3.05

将受水城市综合水文风险和经济风险进行聚类分析，聚类结果如表 8.58 和图 8.26 所示。

表 8.58 南水北调中线受水区综合风险聚类

综合风险	受水城市	水文风险	经济风险
1	河北省邢台市	−1.04	0.8
	河北省石家庄市	−0.88	0.0
2	河南省濮阳市	1.36	0.65
	河南省漯河市	0.42	0.8
	河南省许昌市	0.55	0.0
3	河南省安阳市	−0.85	3.1
	河北省衡水市	−1.08	3.1
	天津市	−1.34	3.05
	河南省鹤壁市	−1.00	2.6
4	河南省南阳市	−0.58	4.6
	河北省邯郸市	−1.01	5.0
	河北省廊坊市	−1.06	4.85
	河北省保定市	−1.01	3.9
5	北京市	2.93	3.2
	河南省新乡市	1.54	5.0
	河南省周口市	0.43	4.6
	河南省焦作市	1.38	3.7
	河南省平顶山市	0.46	2.3
	河南省郑州市	0.79	3.0

从受水区综合风险聚类结果来看，属于第一类风险的地区，水文风险低、经济风险低；属于第二类风险的地区，水文风险中等或较高，而经济风险低；属于第三类风险的地区，水文风险总体低，而经济风险较高；属于第四类风险的地区，水文风险总体低，而经济风险总体高；属于第五类风险的地区，水文风险在中等—高区域内、经济风险总体较高或高。

8.3.2.4 贝叶斯网络在北京市综合风险中的应用

基于 4.2.3.2 节（3）建立的南水北调工程受水区综合风险因子贝叶斯网络，选择南水北调中线受水区北京市探讨贝叶斯网络推理在风险率计算中的应用。将每个节点的状态空间划分为如下情况：

X_1：{ Yes,No }，分别表示受水区综合风险发生和综合风险不发生。

X_2：{ Yes,No }，分别表示水文风险发生和水文风险未发生。

X_3：{ Yes,No }，分别表示经济风险发生和经济风险未发生。

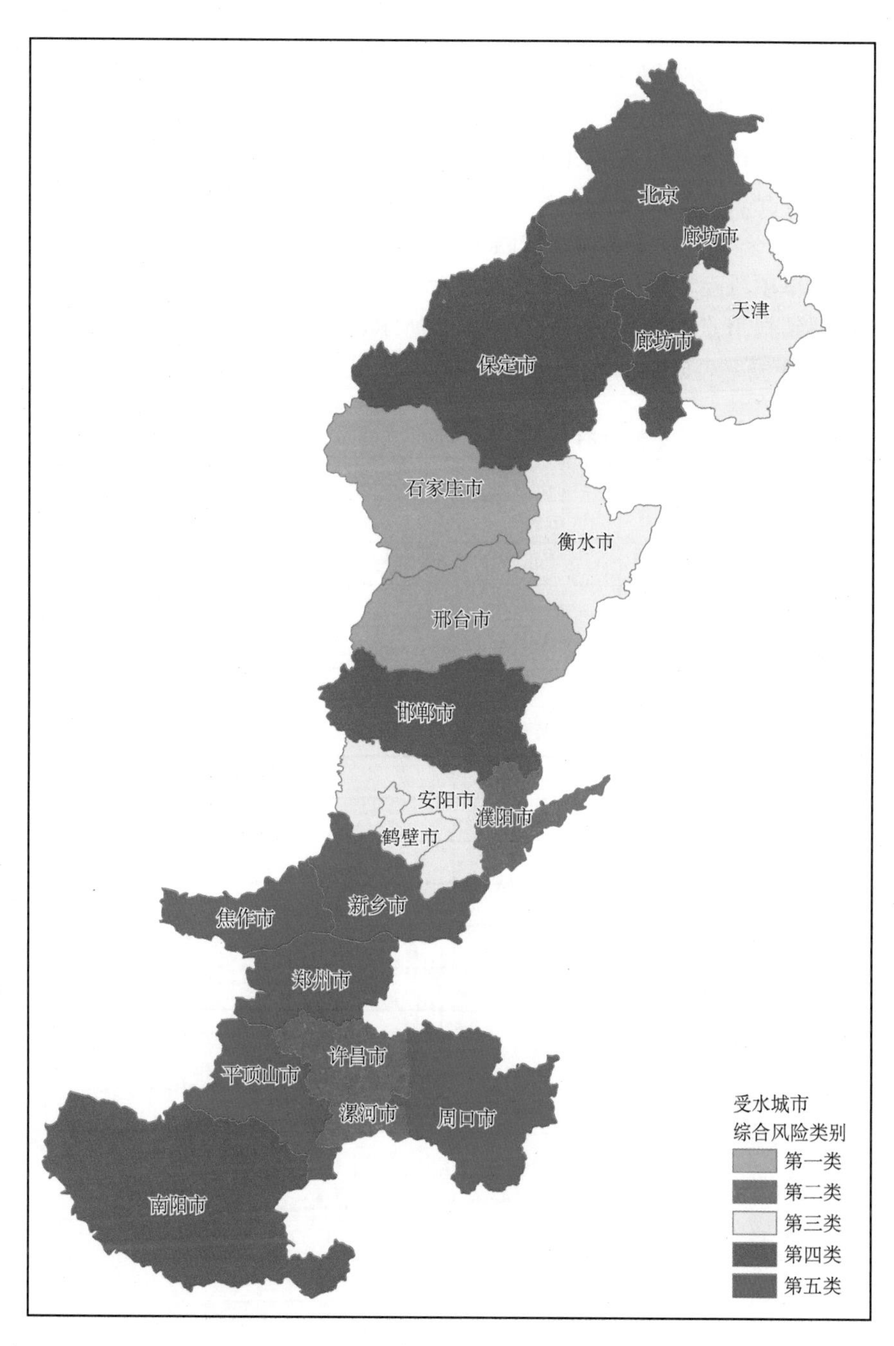

图 8.26　南水北调中线受水区综合风险聚类

X_4：{Yes,No}，分别表示受水区水文风险发生和受水区水文风险未发生。

X_5：{ Yes,No }，分别表示供需协调水文风险发生和供需协调水文风险未发生。

X_6：{ Yes,No }，分别表示政策风险发生和政策风险未发生。

X_7：{ Yes,No }，分别表示资源风险发生和资源风险未发生。

X_8：{ Yes,No }，分别表示市场风险发生和市场风险未发生。

X_9：{Yes,No }，分别表示受水区缺水和受水区不缺水。

X_{10}：{Yes,No}，分别表示受水区需水量过大和受水区需水量正常。

X_{11}：{ 0,1,2 }，分别表示受水区水量供大于求、受水区水量供小于求和受水区水量供求平衡三种情况。

X_{12}：{ Yes,No }，分别表示输水线路中断和输水线路正常运行。

基于上述单项风险专题研究成果，通过专家打分，总结各个节点的先验概率和条件概率，可以得到根节点的先验概率如表 8.59 所示，中间节点 X_1、X_2、X_3、X_4、X_5、X_9 和 X_{11}的条件概率表分别如表 8.60～表 8.66 所示。

表 8.59 根节点的先验概率

X_6	Yes	No	$P(X_8)$	0.005	0.995
$P(X_6)$	0.005	0.995	X_{10}	0	1
X_7	Yes	No	$P(X_{10})$	0.15	0.85
$P(X_7)$	0.005	0.995	X_{12}	Yes	No
X_8	Yes	No	$P(X_{12})$	0.01	0.99

表 8.60 节点 X_1 的条件概率表（CPT）

父节点		$P(X_1 \| X_2,X_3)$	
X_2	X_3	Yes	No
Yes	Yes	1	0
	No	0.5	0.5
No	Yes	0.5	0.5
	No	0	1

表 8.61 节点 X_2 的条件概率表（CPT）

父节点		$P(X_2 \| X_4,X_5)$	
X_5	X_4	Yes	No
Yes	Yes	1	0
	No	0.5	0.5
No	Yes	0.5	0.5
	No	0	1

表 8.62　节点 X_3 的条件概率表（CPT）

父节点				$P(X_3 \mid X_8, X_7, X_6, X_2)$	
X_2	X_8	X_7	X_6	Yes	No
Yes	Yes	Yes	Yes	1	0
			No	0.7	0.3
		No	Yes	0.7	0.3
			No	0.4	0.6
	No	Yes	Yes	0.7	0.3
			No	0.4	0.6
		No	Yes	0.4	0.6
			No	0.1	0.9
No	Yes	Yes	Yes	0.9	0.1
			No	0.6	0.4
		No	Yes	0.6	0.4
			No	0.3	0.7
	No	Yes	Yes	0.6	0.4
			No	0.3	0.7
		No	Yes	0.3	0.7
			No	0	1

表 8.63　节点 X_4 的条件概率表（CPT）

父节点		$P(X_4 \mid X_9, X_{10})$	
X_{10}	X_9	Yes	No
Yes	Yes	1	0
	No	0.5	0.5
No	Yes	0.5	0.5
	No	0	1

确定了根节点的先验概率以及中间节点的条件概率表后，利用 Hugin 软件计算南水北调中线受水城市北京综合风险发生概率为 8.57%，风险发生可能性一般。

贝叶斯网络能进行因果推理，在给定证据条件下求顶端事件发生的概率。在受水城市北京需水量过大时［$P(X_{10}=\text{Yes})=100\%$］，其综合风险发生的概率由原来的 8.57%上升为 30.47%。

在建立的贝叶斯网络模型中，进行双向推理。如果受水区综合风险发生，那么每个可能诱发综合风险的风险因素的后验概率就可以计算出来。各个节点的后验概率相对于

表 8.64 节点 X_5 的条件概率表（CPT）

父节点				$P(X_5 \mid X_{10}, X_{12}, X_{11}, X_9)$	
X_{10}	X_{12}	X_{11}	X_9	Yes	No
Yes	Yes	0	Yes	0.99	0.01
			No	0.825	0.175
		1	Yes	0.99	0.01
			No	0.85	0.15
		2	Yes	0.825	0.175
			No	0.75	0.25
	No	0	Yes	0.74	0.26
			No	0.575	0.425
		1	Yes	0.74	0.26
			No	0.6	0.4
		2	Yes	0.575	0.425
			No	0.5	0.5
No	Yes	0	Yes	0.74	0.26
			No	0.575	0.425
		1	Yes	0.74	0.26
			No	0.6	0.4
		2	Yes	0.575	0.425
			No	0.5	0.5
	No	0	Yes	0.49	0.51
			No	0.325	0.675
		1	Yes	0.49	0.51
			No	0.35	0.65
		2	Yes	0.325	0.675
			No	0	1

表 8.65 节点 X_9 的条件概率表（CPT）

父节点	$P(X_9 \mid X_{10})$	
X_{10}	Yes	No
Yes	0.5	0.5
No	0.01	0.99

表 8.66　节点 X_{11} 的条件概率表（CPT）

父节点			$P(X_{11}\|X_{10},X_9,X_{12})$		
X_{10}	X_9	X_{12}	0	1	2
Yes	Yes	Yes	0	0.99	0.01
		No	0.01	0.79	0.2
	No	Yes	0.01	0.97	0.02
		No	0.05	0.65	0.3
No	Yes	Yes	0.01	0.84	0.15
		No	0.05	0.65	0.3
	No	Yes	0.1	0.4	0.6
		No	0.25	0.05	0.7

先验概率的变化度是不同的，此处变化度定义为 $r=\frac{|p_1-p_2|}{p_1}\times 100\%$，其中 p_1 表示先验概率，p_2 表示后验概率（只考虑风险结果为 Yes 的情况）。所有节点的变化度如表 8.67 所示。

表 8.67　各个节点后验概率相对于先验概率的变化率

项目	p_1/%	p_2/%	变化度/%	项目	p_1/%	p_2/%	变化度/%
X_2	0.1517	0.9777	544.50	X_8	0.005	0.0137	174.00
X_3	0.0197	0.2073	952.28	X_9	0.0835	0.4394	426.23
X_4	0.1167	0.6233	434.10	X_{10}	0.15	0.6733	348.87
X_5	0.1867	0.8497	355.12	X_{11}	0.2139	0.2426	13.42
X_6	0.005	0.0137	174.00	X_{12}	0.01	0.0233	133
X_7	0.005	0.0137	174.00				

从表 8.67 中可以看出，受水城市北京发生经济风险的可能性要低于发生水文风险的可能性。

基本事件发生概率、条件概率作为受水区综合风险贝叶斯网络推理模型定量分析的基础，需要大量基础数据的支持，有些还需要通过实验获得。由于南水北调工程还处于建设阶段，缺乏运行期的相关资料，因此本阶段研究网络节点先验概率及条件概率主要是在各专题单项风险研究成果的基础上通过专家咨询予以确定，尝试这一探索性研究的主要目的是展现贝叶斯网络在南水北调工程运行风险评估中的应用前景。

8.4　中线运行风险时空组合分析

南水北调中线工程是一个长距离的调水工程，整个工程涉及沿线诸多的流域及行政区域，因此运行风险在空间上存在一个差异。同时，由于季节的差异，在时间上（如丰水期、枯水期）的运行风险在具体的风险因子组成上也存在不同。因此，南水北调中线运行风险从整体上是一个空间和时间上的三维运行风险，其概念如图 8.27 所示。

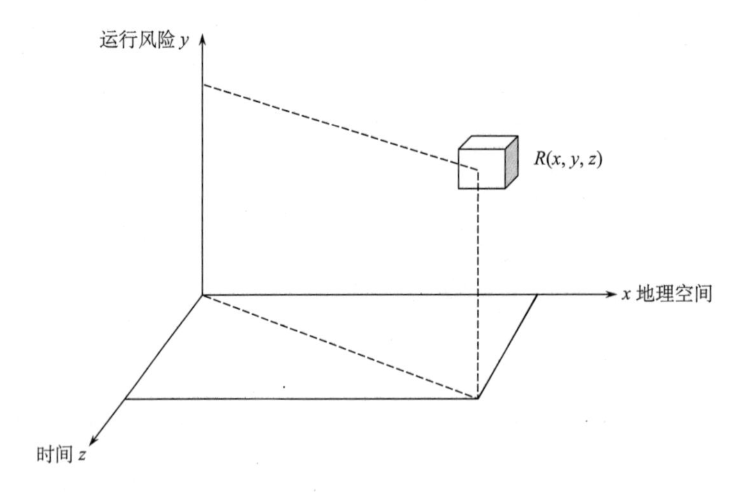

图 8.27　南水北调中线工程运行风险时空组合概念图

图 8.27 中 $R(x,y,z)$ 点，表示地理空间 x 在时期 z 的运行风险 y 的状况。针对南水北调中线点状系统，交叉建筑物沿输水干渠从南到北，其四大风险因子中，暴雨洪水风险存在于汛期，且重点分布于陶岔—古运河段，低温冻融风险存在于非汛期的冬季，其重点分布于漳河北—北京段和天津段；闸门等控制建筑物运行涉及的四个主要风险因子，即电源风险因子、人工开启的可靠性、闸门的启闭机状况和闸门维护管理状况会随运行时间的增长相应发生一定的变化。针对中线线状系统，穿黄穿漳工程运行中存在的工程风险、暴雨洪水风险和社会风险，其中暴雨洪水风险存在于汛期，而工程风险和社会风险会随运行时间的增长相应发生一定的变化。针对中线面状系统，水源地丹江口库区供水水文风险主要存在于非汛期枯季，而社会风险会随运行时间的增长相应发生一定的变化；19 个受水地级市（包括北京、天津）需水水文风险在汛期与非汛期之间会因为受水城市运行年份当年本地水资源量的丰枯特点而有所不同。一般来说，汛期主要是实际需水低于规划需水、非汛期主要是实际需水高于规划需水，供需协调水文风险中对调水最不利的旱旱组合主要存在于非汛期，经济风险会随中线运行时间的增长由受水城市自身经济社会发展出现的变化而相应发生一定的变化。

第九章　南水北调工程运行风险控制

9.1　风险控制理论基础

9.1.1　风险控制的概念和内涵

风险控制是指风险管理者在风险辨识和风险分析的基础上，针对所存在的风险因素，积极采取各种措施和方法，以消除风险因素或减少风险因素的危险性，在风险发生前，降低风险的发生概率；在风险发生后，将损失减少到最低程度。风险控制概念示意图如图 9.1 所示。风险控制的行为有两点：一是先做好计划，规避风险；二是接受风险，化险为利。前者在于去除风险以避免损失；后者则利用风险以谋求获得高回报机会。根据水利工程的特点，一般而言，风险控制的行为主要在于前者。

根据风险在人们现有综合能力的前提下是否处于可控范围内，可以将风险分为可以控制的风险和不可控制的风险。可以控制的风险是指人们可以利用现有的科学技术或经济手段采取相应措施消除、降低、控制风险。不可控制的风险是指对现存的风险，无法用现有的科学技术去控制它，如地震、海啸、火山爆发、天体坠落等自然灾害引起的工程风险，或者技术上可以控制风险但经济上却不可行。

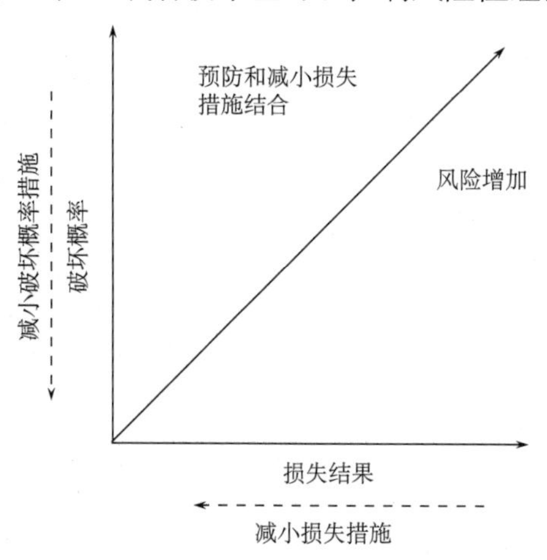

图 9.1　风险控制概念示意图

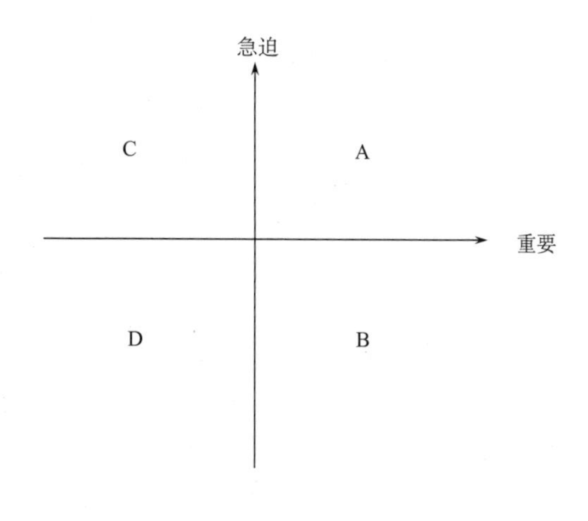

图 9.2　可控风险状态示意图

A 为重要又急迫的风险；B 为重要不急迫的风险；
C 为急迫不重要的风险；D 为既不重要又不急迫的风险

针对可控风险，根据风险的重要性和急迫性把风险状态分成四类，如图 9.2 所示。可以根据“分级控制”的原则，相应地采取措施应对不同的风险。

根据上述对风险状态的划分，结合南水北调工程特性，南水北调工程运行风险控制具体包括以下几个方面：①如果风险尚处于可控制的状态，判断风险处于 A、B、C、D 何种状态，分清轻重缓急，而后寻找适当的方法措施，消除、降低和控制风险。在此基础上，判断风险是否属于可承受类别，对不可承受的风险，迅速制定风险控制措施计划以降低风险，使其达到可承受程度；对可承受的风险，可保持相应的风险控制措施，并要进行不断监视，以防其风险变大至不可承受的范围。②如果风险处于不可控制的状态，那么在假定事故发生的情况下，预测事故发生的时间、地点，制定应急救援预案，准备好救援、抢救工作，事故发生过程中要统一指挥，协调各个相关部门，有条不紊地开展救援、善后工作。

9.1.2 风险控制策略

9.1.2.1 全过程控制策略

全过程控制是从潜在的风险源、诱发因子、发生过程以及后果影响的过程来分析，制定风险控制措施，减小风险带来的损失。根据这一过程，可以分为风险发生前和风险发生后两种控制模式，即“前端控制”和“末端控制”，其中“前端控制”主要是针对潜在的风险源、诱发因子等风险因子进行控制，在其演变成真正的风险源时，减小风险源的发生概率，控制其发生的规模；“末端控制”主要是在风险发生后，针对风险传播的过程以及对象的特点，制定相关的措施进行控制，以最快的速度控制风险，减小风险带来的各种损失。

（1）加强对潜在风险源的控制

风险源的控制是控制风险发生的基本前提。通过故障树或事故树方法识别潜在的风险源，从源头开始防患，往往可以起到事半功倍的效果。

（2）加强风险因子的控制

风险因子的控制是降低风险发生概率的重要策略之一。通过风险源的分析，归纳提取相应的风险因子，进行针对性的控制。

（3）加强风险传播过程的控制

风险传播过程的控制是全过程控制中的重要环节。加强监测工作，如发现有异常，立刻向上级反映，在很短的时间内采取相应的控制方法以减小风险的传播影响范围。

9.1.2.2 优先控制策略

优先控制策略主要是针对区域内风险危害的大小进行优先控制的措施。

（1）优先控制的风险区

在优先控制时，需要针对风险和危害均较大的区域进行优先控制，严格监测潜在风险源的变化，制定相应的控制措施，以降低风险发生的概率，减少风险损失。

（2）优先控制的风险事件

筛查风险和危害较大的事件进行优先控制。以突发性水环境风险和非突发性水环境风险为例，突发性水环境风险容易发现，但是危害较大，相对来说，非突发性水环境风险不易被人察觉，具有长期性、复杂性的特点，危害相对较小，但是长期作用也会有很大的影响。通过对两者的分析，突发性水环境风险事故是优先控制的风险事件，需要其优先控制，在较短时间内控制事故的影响范围，降低风险。

（3）优先控制的环节

从风险发生、传播过程，以及对作用对象产生的影响三个方面来分析，降低风险的重要环节是控制潜在风险源，因此这是优先控制的主要环节。潜在风险源的控制工作直接关系到风险发生的大小，以及造成的影响范围，因此，在风险尚未发生之前，需要加强对所有的潜在环境风险源进行控制，加强其监测工作，如发现异常，立刻采取措施进行控制，从源头降低风险。

9.1.3　风险控制方法

风险管理者进行风险控制所采取的措施和方法包括风险回避、风险预防、风险分离、风险分散、风险缓解、风险转移、风险自留和风险利用等。

风险回避：针对不同时间、不同区段风险类型及其影响，确定南水北调运行风险回避方案及其代价，研究风险回避计划的总体效用，确定南水北调实施风险回避策略所需资源的分配，包括费用、时间进度和技术，确定实行风险回避策略的人员及其责任，制定风险回避计划，提出风险回避策略建议。

风险预防：包括工程和非工程两个方面。工程技术包括制定风险预防措施防止风险因素出现，消除物质性风险威胁；制定风险预防措施减少已存在的风险因素，改变风险因素的基本性质；制定风险防范措施改善风险因素空间分布，将风险因素同人、财、物在时间和空间上隔离；定量化风险预防措施可以降低风险发生概率、减轻风险损失的效用，等等。非工程技术包括制定南水北调运行风险教育计划，对有关人员进行风险管理教育；制度化南水北调运行活动内容，减少不必要的损失等。

风险分离：指将各个风险分离间隔，以避免发生连锁反应或互相牵连。风险分离后，即使其中一个环节出现问题，损失也是小范围、小数量的。这种控制风险方法的目的是将风险局限在一定的范围内，即使风险发生其损失也不会波及此范围之外。

风险分散：指通过增加承受风险的作用对象以减轻某一个对象的风险的压力，使多个对象共同承受风险，从而使风险管理者减少风险损失。

风险缓解：需要采取迂回策略，将项目中每一个具体的风险都减轻到可接受的水平，以减缓南水北调运行整体风险。

风险转移：主要措施是担保和项目保险，其中项目保险是转移风险最常用的一种方法，具有防范风险的保障作用，有利于对南水北调运行风险的监管，有利于降低处理事故纠纷的协调成本，针对南水北调系统运行特点，借鉴国外工程保险先进理念，探讨南水北调运行风险投保的可行性和必要性，构建适合中国国情的南水北调运行保险制度框架。

风险自留：是指承认风险存在的事实并接受与其相关的风险，不做任何对风险加以控制的努力。该方法通常在下列情况下采用：①处理风险的成本大于承担风险所付出的代价；②预计某一风险发生可能造成的最大损失，风险管理者本身可以安全承担；③当采用其他的风险控制方法的费用超过风险造成的损失；④缺乏风险管理的技术知识，以至于自身愿意承担风险损失。根据南水北调风险因子评估成果，确定可以自留的风险因子；采用损失计入成本、借款补偿、建立风险基金等方式应对自留的风险因子。

风险利用：具有两面性，在南水北调风险机理研究和关键风险因子认知的基础上，分析风险因子利用的可能性和利用价值；分析利用风险的代价，客观检查和评估自身承受风险的能力。如果得失相当或得不偿失，则没有承担的意义，或者效益虽大，但风险损失超过自己的承受能力，也不宜硬性承担。对于可利用的风险因子，需要研究制定具体的措施和行动方案，既要研究充分利用、扩大战果的方案，又要考虑退却的部署，同时，密切监控风险变化，出现问题，及时转移或缓解。

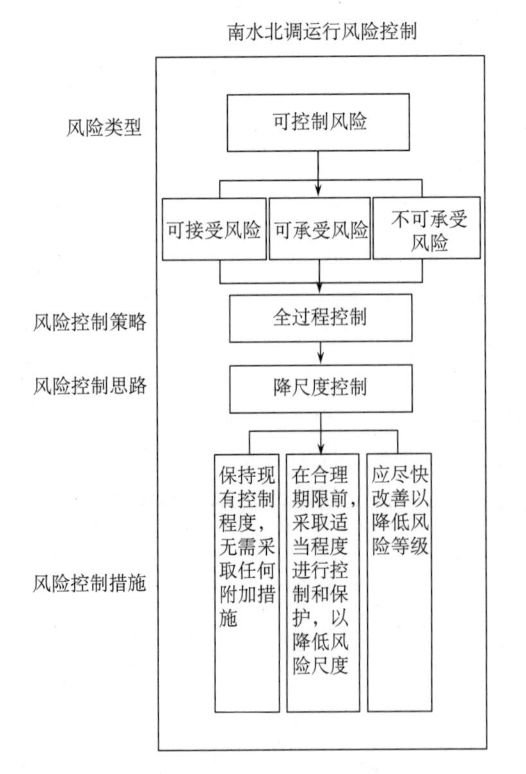

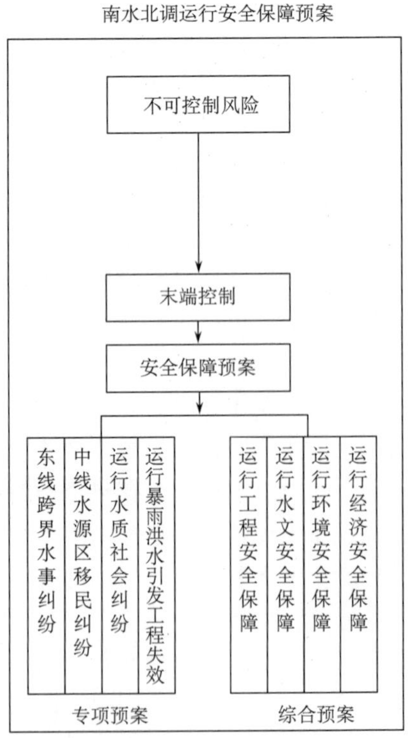

图 9.3　南水北调工程运行风险控制理论框架

南水北调运行管理条件复杂，不同时段、不同区段风险差异很大，即使是同一风险，在不同时间对不同区段的影响也是截然不同的。因此，需要针对南水北调运行过程可能发生的各类风险，在确定各类风险因子控制标准的基础上，研究风险控制措施及策略，以保障南水北调工程安全运行。

基于上述对风险控制的概念及内涵的分析，结合风险控制策略、风险控制方法等理论内容，建立南水北调工程运行风险控制的总体框架如图 9.3 所示。

9.2　南水北调工程运行风险控制标准

南水北调工程本身十分复杂，其运行管理受到多方面的影响，工程运行所面临的风险是客观存在的，人们无法回避或完全消除它，只有通过各种工程或非工程措施去降低它，并将其控制在某一合理和南水北调运行管理部门认为普遍能接受（或承受）的尺度内，该合理和南水北调运行管理部门普遍能够接受（或承受）的风险尺度即为南水北调工程风险控制标准。

目前，对大型跨流域调水工程风险控制标准的研究基本处于空白状态，即使在风险管理研究相对较多的大坝风险控制研究领域，风险控制标准的研究仍处于起步阶段（李雷等，2006；王本德、徐玉英，2001）。特别是结合我国水利工程的实际特点，研究和制定风险控制标准基本处于空白状态。此外，需要指出的是，与大坝的风险控制标准研究出发点不同，本书研究的风险控制标准是指研究确立对南水北调工程运行可接受风险标准，风险的来源为包括工程条件、水文条件、环境因素、经济及社会条件等外界因素，风险的作用对象为南水北调工程本身，而大坝风险控制领域所研究提出的风险控制标准主要是基于大坝溃坝对地区人民人身安全、地区及人民经济受损、区域社会环境破坏的风险分析，其风险源为大坝工程本身，风险对象为社会、经济、环境及人民等外界因素。本节主要针对来自工程、水文、生态、经济和社会五个风险源，设定可能影响南水北调工程正常安全运行的可控风险的控制标准。需要指出的是，随着工程实际运行时间的增长以及运行期间相关监测数据等资料的积累，风险控制标准将在实践中不断调整和完善。

在研究建立南水北调工程风险控制标准之前，有必要对风险的三种不同尺度：可接受风险、可承受风险及不可承受风险的概念进行界定。任何会受风险影响的部门，在风险控制机制不变的前提下，准备接受的风险称为可接受风险。可承受风险是指为了满足某地区急切用水需求，南水北调运行管理部门能够承受的风险。这种风险在一定的范围之内，不能忽略也不能置之不理，这种风险需要定期检查，并且如果允许，应该进一步减小这种风险。需要指出的是，可承受风险并不意味着可接受。不可承受风险，是指在任何情况下都难以接受的风险。

9.2.1　工程风险控制标准

南水北调作为特大型的长距离输水工程，工程系统的可靠性和安全性对工程的正常运行极为重要，本着“严格控制风险，减少不利影响”的原则，制定工程风险控制标准如下。

南水北调东线提水系统：依据提水系统的功能特性，提水系统的风险控制标准主要为判断各泵站的提水水量能否满足规划要求。具体的如表 9.1 所示。

表 9.1　南水北调东线提水系统的风险控制标准

风险尺度	提水系统提水水量描述
不可承受风险	各级可正常使用的泵站总流量小于该级设计流量的 80%
可承受风险	各级可正常使用的泵站总流量占该级设计流量的 80%～90%
可接受风险	各级可正常使用的泵站总流量不小于等于设计流量 90%

南水北调东线输水系统和调蓄系统：输水系统和调蓄系统的工程风险主要源自输水河道堤防及湖泊河堤的稳定性，参考我国大坝安全评价惯例，依据《堤防设计规范》(GB50286-98)，结合东线工程实际运行条件，建立工程系统的风险控制标准如表 9.2所示。

表 9.2　南水北调东线输水系统和调蓄的风险控制标准

风险尺度	工程运行状况描述	风险定性评价
不可承受风险	按现行规程、规范、标准和设计要求，堤防存在危及安全的严重缺陷，运行中出现重大险情的数量众多，必须立即采取除险加固措施	高、偏高
可承受风险	堤防功能和实际工况不能完全满足现行的规程、规范、标准和设计要求，可能影响工程正常使用，险情数量较多，需要进行安全性调查，确定对策	中等
可接受风险	各项监测数据及其变化规律处于正常状态，按照常规的运行方式和维护条件可以保证工程的安全性	低、偏低

南水北调中线交叉建筑物风险控制标准：考虑到南水北调中线工程为一串联工程，故根据交叉建筑物失效严重性的描述，建立其风险控制标准如表 9.3 所示。

表 9.3　南水北调中线交叉建筑物系统的风险控制标准

风险尺度	交叉建筑物失效严重性描述	风险定性评价
不可承受风险	系统完全失效，有可能造成人员伤亡；输水中断，且短期内不能恢复；造成严重的社会不利影响	高
可承受风险	系统功能受到影响；输水可能短期中断或达不到设计要求；社会不利影响较小	偏高、中等
可接受风险	系统功能受到较小影响，输水不会中断，正常养护修复，其经济社会影响可以忽略	低、偏低

南水北调中线干渠系统风险控制标准：南水北调中线干渠系统主要为人工渠道，其主要功能是满足设计规划的输水要求，故从干渠系统的工况出发，设定南水北调中线干

渠系统的风险控制标准如表 9.4 所示。

表 9.4　南水北调中线干渠系统的风险控制标准

风险尺度	工程运行状况描述	风险定性评价
不可承受风险	按现行规程、规范、标准和设计要求，干渠存在危及安全的严重缺陷，运行中出现重大险情的数量众多，必须立即采取除险加固措施	高
可承受风险	干渠实际工况不能完全满足现行的规程、规范、标准和设计要求，可能影响工程正常使用，险情数量较多，需要进行安全性调查，确定对策	偏高、中等
可接受风险	各项监测数据及其变化规律处于正常状态，按照常规的运行方式和维护条件可以保证工程的安全性	低、偏低

南水北调中线闸门风险控制标准：不考虑闸门的串联效应，仅对单个闸门设定风险控制标准（表 9.5）。

表 9.5　南水北调中线闸门的风险控制标准

风险尺度	闸门运行状况描述	风险定性评价
不可承受风险	无备用电源，人工开启不可靠，启闭机老化严重；不能及时维护与检修；运用中发生多次闸门故障事件；无管理制度	高
可承受风险	具体备用电源、人工开启较为可靠；基本能做到汛前、汛后检查，管理制度较为严格；检查中发现开启失败情况，但能及时进行修理	偏高、中等
可接受风险	具有备有电源、人工开启可靠；汛前、汛后能认真检查，有较为严格的管理制度和操作性很强的程序；检查中曾有开启失败情况，但未曾有闸门打不开情况	低、偏低

9.2.2　水文风险控制标准

东线需水风险控制标准：通过分析计算江苏、安徽、山东 1951～2000 年农业灌溉和生态用水总需水量与 2010 年规划总需水量的差值占规划需水量的比例，发现江苏省在过去 1951～2000 年中，有 92%的年份，其比例位于±10%范围内，其他年份，其比例均位于±15%范围内；安徽省在 1951～2000 年中，有 62%的年份，其比例位于±10%范围内，有 22%的年份，其比例位于±15%范围内，有 16%的年份，其比例位于±30%范围内；山东省在 1951～2000 年中，有 90%的年份，其比例位于±10%范围内，其余年份比例均位于±15%范围内。据此，设定东线需水控制标准如表 9.6 所示。

表 9.6　南水北调东线工程运行需水风险控制标准

风险尺度	需水情况描述
不可承受风险	实际需水量与规划需水量的差值占规划需水量的比例超过±15%
可承受风险	实际需水量与规划需水量的差值占规划需水量的比例介于±10%～±15%
可接受风险	实际需水量与规划需水量的差值占规划需水量的比例不超过±10%

东线供需协调风险控制标准：综合分析水源区和受水区的旱涝情况，建立旱涝遭遇风险控制标准如表 9.7 所示。

表 9.7　南水北调东线工程运行供需协调风险控制标准

风险尺度	旱涝情况描述
不可承受风险	水源区径流偏枯（相应频率大于 62.5%），受水区径流偏枯（相应频率大于 62.5%）
可承受风险	水源区径流偏枯（相应频率大于 62.5%），受水区径流偏丰（相应频率小于 37.5%）； 水源区径流偏丰（相应频率小于 37.5%），受水区径流偏丰（相应频率小于 37.5%）
可接受风险	水源区径流偏丰（相应频率小于 37.5%），受水区径流偏枯（相应频率大于 62.5%）

中线需水风险控制标准：通过分析计算北京、天津、河北、河南 1951～2000 年农业灌溉和生态用水总需水量与 2010 年规划总需水量的差值占规划需水量的比例，发现北京在过去 1951～2000 年中，有 76%的年份，其比例位于±10%范围内，有 10%的年份，其比例位于±15%范围内，有 14%的年份，其比例位于±30%范围内；天津在 1951～2000 年中，其比例均位于±6%范围内；河北省在 1951～2000 年中，其比例均位于±7%范围内；河南省在 1951～2000 年中，有 84%的年份，其比例位于±10%范围内，其余年份比例均位于±15%范围内。由此设定中线需水控制标准如表 9.8 所示。

表 9.8　南水北调中线工程运行需水风险控制标准

风险尺度	需水情况描述
不可承受风险	实际需水量与规划需水量的差值占规划需水量的比例超过±15%
可承受风险	实际需水量与规划需水量的差值占规划需水量的比例介于±10%～±15%
可接受风险	实际需水量与规划需水量的差值占规划需水量的比例不超过±10%

中线供需协调风险控制标准：同东线。

9.2.3　环境风险控制标准

通过分析历年输水干线水质监测结果不达标的频次，统筹考虑受水区对南水北调水的用途、不同用水户对水质的要求及南水北调工程整体对水质的要求，确定环境风险控制标准如表 9.9 所示。

表 9.9　南水北调工程运行环境风险控制标准

风险尺度	水质情况描述
不可承受风险	输水干线全年大于 25%的时间水质为Ⅳ类或劣于Ⅳ类
可承受风险	输水干线水质全年不少于 75%的时间为Ⅲ类或优于Ⅲ类，全年不超过 25%的时间水质为Ⅳ类或劣于Ⅳ类
可接受风险	输水干线水质全年大于 75%的时间为Ⅲ类或优于Ⅲ类，个别指标超标

需要指出的是，上述风险控制标准是针对非突发性环境风险而言的，对突发性水质污染事件所带来的风险，其属于不可控制范围内，需要采用启动应急预案的方法进行风险控制。

9.2.4　经济风险控制标准

根据上述对经济风险的因子识别结果，南水北调东线和中线具有相类似的经济风险，所以在本节制定经济风险控制标准时，东线和中线采用相同的控制标准。

售水量均值/规划调水量反映了预期售水量占规划供水量的比重，超过售水量均值点的概率反映了售水量达到或超过均值的保证率，取二者的乘积作为评价各受水地市风险的指标，该数值越低说明地区的风险越大，反之越小。根据这个概念，建立的经济风险控制标准如表 9.10 所示。

表 9.10　南水北调工程运行经济风险控制标准

风险尺度	经济指标描述	风险定性评价
不可承受风险	$A \cdot B$ 取值在 0～0.2	高
可承受风险	$A \cdot B$ 取值在 0.2～0.4	偏高、中等
可接受风险	$A \cdot B$ 取值在 0.6～0.8	低、偏低

注：A 为售水量均值/规划调水量的比值；B 为超过售水量均值点的概率。

9.2.5　社会风险控制标准

根据社会风险专题筛选出的十个主要风险因子结果，以及通过调查问卷分析得出的各十个风险因子的可能性和危害性取值，制定社会风险控制标准如表 9.11 所示。

表 9.11　南水北调工程运行社会风险控制标准

风险尺度	社会风险指标取值描述	风险定性评价
不可承受风险	$Y = \sum \bar{\omega}_i \times B_i \in [4,5]$	高

续表

风险尺度	社会风险指标取值描述	风险定性评价
可承受风险	$Y=\sum\bar{\omega}_i\times B_i\in(2,4)$	偏高、中等
可接受风险	$Y=\sum\bar{\omega}_i\times B_i\in(0,2]$	低、偏低

注：Y 为南水北调东线社会风险综合评价值；$\bar{\omega}_i(i=1,2,\cdots,10)$ 为十个因子的权重，且满足条件 $\sum_{i=1}^{10}\bar{\omega}_i=1$；$B_i$（$i=1,2,\cdots,10$）为南水北调东线工程社会风险十个风险因子的严重性程度值，B_i 的计算公式为：$B_i=\lambda_1\times C_1+\lambda_2\times C_2$（$i=1,2,\cdots,10$），$C_1$ 表示风险因子发生的可能性，C_2 表示风险因子发生的危害性，λ_1 表示风险因子发生的可能性的权重，λ_2 表示风险因子发生的危害性的权重。由于风险值是由风险发生的可能性与危害性两方面构成，所以对其赋予的权重一样，因此 $\lambda_1=\lambda_2=0.5$。

9.2.6 综合风险控制标准

综合风险控制标准的制定目的在于维持南水北调工程的安全运行，尽可能确保工程运行能够满足规划要求，能有效缓解中国北方缺水地区的水资源供需矛盾，因此，这就要求南水北调工程达到三个基本要求：工程能安全运行、工程输水量能基本满足用水需求和工程输水水质能基本满足用水水质要求。故在上述对分项风险控制标准设定的基础上，综合风险控制标准如表 9.12 所示。

表 9.12 南水北调工程运行综合风险控制标准

风险尺度	各项子风险尺度描述
不可承受风险	工程、水文、环境有一项子风险尺度达到不可承受尺度，综合风险即定义为不可承受尺度
可承受风险	工程、水文、环境的子风险尺度均低于不可承受风险，社会、经济中有一项或几项的子风险尺度为不可承受风险
可接受风险	工程、水文、环境的子风险尺度均为可接受风险；社会、经济的子风险尺度均不为不可承受风险

9.3 南水北调工程运行风险控制措施

9.3.1 南水北调工程运行风险控制的原则

(1) 全面控制原则

全面控制原则包括时间空间的双重概念，即对南水北调东线和中线整条线路及调水工程运行整个时段涉及的风险进行控制和管理。

(2) 动态控制原则

实时监测，及时发现风险隐患，迅速采取控制措施以防止事故的发生。通过对各种控制方法进行比较和效益分析，不断调整控制方案。

(3) 分级控制原则

分类管理，区别对待。风险控制系统组织结构复杂，必须建立较完善的安全多级递阶控制体系。重要又急迫的风险要首先控制，下面依次是重要不急迫、急迫不重要和既不重要又不急迫的风险，各控制方案之间相互反馈，以达到增强效果的作用。

(4) 多层次控制原则

多层次控制可以增加工程运行的可靠程度。通常包括六个层次：根本的预防性控制、补充性控制、防止事故扩大的预防性控制、维护性能的控制、经常性控制以及紧急性控制。各层次控制采用的具体内容随风险性质的不同而不同。

9.3.2 单项风险控制措施

9.3.2.1 工程风险控制措施

(1) 南水北调东线

● 关于提水系统风险控制对策

南水北调东线提水系统的大型泵站是南水北调东线的核心工程，其安全性是保障东线工程按设计畅通运行的重要保障。根据南水北调东线提水系统的风险评价结果以及工程安全监督的有关法规和制度，制定如下提水系统的风险控制技术及对策：注重泵站系统的巡视、维护和保养；进一步完善泵站枢纽管理体制；提高泵站自动化程度，保障工程效益发挥；定期进行地基监测，保障泵站的工程安全；提高泵站枢纽管理人员的素质，降低人为技术风险。通过以上风险管理措施，有效规避和降低泵站失效的风险，保障泵站的安全运行。

1) 注重泵站系统的巡视、维护和保养

由南水北调东线提水系统的风险评价结果看，在影响提水系统安全性的众多因素中，备用机组比例的大小对提水系统的安全性有重要作用。因此，为提高东线提水系统安全性，应注重泵站系统的巡视、维护和保养，进一步完善泵站枢纽的管理体制，严格执行制定的维护保养制度，确保泵站系统内工作机组和备用机组的运行安全。

① 完善并执行巡视检查制度。各泵站枢纽都制定了较完善的巡视检查制度，为确保泵站枢纽的安全运行，应严格执行所制定的巡视检查制度。

巡视检查项目包括供、排水泵和滤水器等设备。

检查供、排水泵的进出水管路和各闸阀连接的可靠性，有无漏水、漏气现象；机组运行过程中有无异常响声和不正常的振动；观察各压力仪表指示是否正确，工作是否正常；用手背触摸泵和电机的外壳，检查轴瓦温度及电机温度是否在允许范围内；检查泵填料松紧及滴水情况，允许有少许渗漏水；检查轴瓦处的油位，油质是否正常，周围不应有渗漏油的现象；检查电机电流值是否在规定范围内；排水泵运行时注意排水廊道水位下降情况，当泵停止运行时，是否伴有底阀关闭响声；定期检查排水廊道水位，观察浮子继电器、示流器、电动闸阀动作的可靠性。如发现异常情况，应立即停止运行，启动备用泵。

检查滤水器的各开关、指示灯位置是否指示正确，工作正常；检查滤水器连接是否可靠，管路系统有无渗漏水现象；定期检查滤水器自动控制装置运行是否正常。

② 完善并严格执行维修检修制度。南水北调东线提水系统每一级梯级泵站都备有大于等于1台套的备用机组。东线提水系统各级梯级泵站的运行时间大约为每年3个月，建议在非使用期，严格执行维修检修制度，严格做到改建、扩建泵站实行半年检修一次，新建泵站实行每年检修一次。各级泵站针对设备实际情况，制定大修和小修周期，对检修设备名称、设备规格型号、检修日期及责任人等检修记录进行备案。

③ 完善并严格执行泵站的清洁工作制度。泵站的清洁工作是保证泵站安全运行、节能、减少水泵磨损、延长机组寿命的重要工作之一。针对南水北调东线提水系统13级梯级泵站的性质不同，对改建、扩建的泵站，考虑到其工作环境相对较差，更应重视泵站的清洁工作，提高改建和扩建泵站的运行效率，减少泵站运行损耗，提高泵站运行保障和使用寿命；对新建泵站，不应忽视清洁工作，对泵站的清污、清淤设备注重保养，工作人员应掌握设备的关键技术，提高设备的使用效率，延长设备的使用寿命。

2）进一步完善泵站枢纽管理体制

完善的管理体制是保障泵站正常安全运行的重要因素。各梯级泵站应进一步完善和严格执行泵站的管理制度。包括：制定值班长、值班员的岗位责任制；泵站运行的值班制度；交接班制度；泵站自动化管理制度等。

确立泵站安全运行的责任人，采取责任人负责制度。责任人有义务保证泵站运行和检修质量，对人员安全和设备安全负责；责任人有权在紧急情况下决定停机或采取其他紧急措施，并组织人员进行抢修，防止事故的发生和扩大；责任人负责当班的安全保卫工作，有权根据运行情况对本班人员进行调度分工，检查本班运行情况，以确保运行质量。

制定并严格执行泵站运行的值班制度。值班人员应严格做到不迟到、不早退，不得擅自离开工作岗位，如遇特殊情况必须离开岗位，则必须得到值班班长同意；值班人员在工作时间内，应集中思想，认真操作，认真值班，杜绝值班时间睡觉、离岗、酒后值班等恶劣现象。值班人员要认真负责，确保设备的安全运行，在设备发生异常现象时，要及时发现，认真检查、分析，及时处理及上报值班班长。设备检修时，要精心操作，认真作业，确保检修质量。

确定人员交接班制度。在泵站24小时运行期间，严格执行交接班制度，确保设备在交接班时间段内的正常运行。交接班人员应提前做好交接班准备，将本班的重大事项及有关情况进行记录，并在交接班时间给交接班人员交代清楚，交接班双方应到现场进行一次巡查。在事故处理或进行重要操作时，交接班人员应相互协作，共同排除故障，待事故处理后，再进行交接手续。

制定泵站自动化管理制度。用于泵站自动化管理的微机监控设备和视频监控设备必须做到专机专用，值班人员不得进行与操作控制无关的工作，不允许对有关设置和参数进行修改。值班人员进行操作时，必须以相应的用户名和密码登录，交接班时，交班应及时退出，接班者应及时登录。

3）提高泵站自动化程度，保障工程效益发挥

目前，大部分泵站一般采用经验管理的办法，根据经验丰富的专家意见，对泵站进行定期检修和定期大修。这种管理手段不仅大大影响了泵站运行的经济效率，而且还存在一定的人为经验风险，建议向国外先进国家学习，提高泵站的自动化程度。引进先进的自动化设备，对泵站运行的各种指标进行长期自动跟踪、监测和记录，以便随时发现问题并予以解决，同时，提高泵站的自动化程度，实现自动跟踪后长期记录的泵站运行指标数据有利于泵站设备性能的进一步完善和水泵新技术的开发。此外，提高泵站自动化程度对完善泵站功能、发挥泵站效益、保障泵站的安全运行与维护有重要意义。

4）定期进行地基监测，保障泵站的工程安全

在南水北调东线提水系统的13级梯级泵站中，蔺家坝站、二级坝站及解台站所处的地区为压煤区域。尽管根据《南水北调东线规划报告》，在上述三个泵站的建站站址周围范围内禁止开采煤矿，以确保泵站的地基安全，但由于煤矿开采管理与泵站管理分属不同的主管机构，实际的煤矿禁采位置可能与规划的位置存在一定的偏差。而且，在上述泵站所在的区域，部分煤矿开采经营者为个体经济者，在利益的驱使下，煤矿开采业主极有可能在原规划规定的煤矿禁采区内进行采煤活动。因此，在该区域内存在一定的采空塌陷的风险。建议上述泵站在建设和运行过程中，除了采取必要的地基加固等工程措施外，还应定期进行地基监测，保障泵站的工程安全。

5）提高泵站枢纽管理人员的素质，降低人为技术风险

提高管理人员的素质，通过业务技能培训、基层人才培养等手段，进一步提高管理人员的专业知识和技能，并通过引入经验丰富的管理人员，提高泵站的运行安全度。特别通过提高管理人员的专业素质，及时发现泵站在运行过程中存在或潜在问题，并能正确处理突发事件，降低人为失误引起的泵站运行风险。

同时，在泵站枢纽管理结构方面，实现管理人员分工明确，以保证泵站运行管理的有条不紊及长期保持正常运转。例如，泵站的管理人员专业负责值班运行、小规模的检修和大规模的检查，而大规模的检修则由泵厂完成，泵站的清洁卫生工作则由专业人员承包完成等。确立梯级泵站管理层次的社会分工与协作对保障泵站的安全运行具有重要意义。

- 关于输水系统风险控制对策

堤防工程风险主要影响因子为人为穿堤采煤及地下水开采。针对堤防工程中存在的风险，提出采取非工程措施和工程措施并举的方法以降低堤防的工程失效风险。主要的非工程措施有：划分堤防安全等级；落实穿堤采煤报批手续，事前在预沉区内采取应对措施，确保堤防安全及完整；加强信息化建设，及时获得水情信息；实施堤防工程安全实时监测系统；制定堤防工程的保险等。主要的工程措施有：复合堤顶高程，对堤防进行加固、提高；当遭遇渗透风险时，提高堤身和堤基抵抗渗透破坏的能力，同时降低渗流的破坏能力；当遭遇边坡失稳风险时，采用“上部削坡与下部固脚压重”，对渗流作用引起的滑坡，采取“前堵后排”的工程措施。

1）非工程措施

① 划分堤防安全等级。由于堤防工程安全评估指标体系具有明显的层次性，故需要根据各指标对其上层指标的相对重要程度分别赋予不同的权数。根据《堤防工程设计规范》（GB50286-98）中规定的堤防工程划分级别，如表 9.13 所示。根据危险概率等级，将堤防工程分为五个等级，得出堤防工程安全等级；根据堤防工程的级别，确定堤防管理等级。

表 9.13 堤防工程级别划分表

防洪标准（重现期年）	>100	[50,100)	[30,50)	[20,30)	[10,20)
堤防工程的级别	1	2	3	4	5

② 加强信息化建设，及时获知水情信息。信息的及时、精确获知是弱化风险的重要工具。水利信息化工程，如降雨、洪水的自动观测与传输以及数字化流域等，都会极大地弱化洪水资源化的风险。如应用 GIS 技术、数据仓库技术、网络技术、动态仿真模拟技术、动态规划自动寻优技术等，以堤防信息管理系统、堤防工程风险分析系统和城市洪水风险管理系统等为堤防管理发挥作用。

③实施堤防工程安全实时监测系统。为弥补传统的拉网式检查的不足，争取防汛查险的主动性，为“抢早抢小”提供条件，在堤防重要部位布置相应的自动化监测仪器，以逐步实现监测的自动化和监测资料的实时分析，如对堤防重点堤段的临河水情、堤身滑坡、渗漏、穿堤建筑物、底板扬压力、土石接合部渗漏等进行监测，对护岸工程的根石走失、土心坍塌监测。在论证检测方案时，考虑实用性和先进性的要求，利用人工智能技术以及现代计算机软硬件技术，开发相应的监测资料评估系统，实现对监测资料进行科学管理和实时评估。

④ 制定关于堤防工程的保险。保险作为风险转移的一种方式，是应对工程项目风险的一种重要措施。工程项目保险即指业主，或承包人，或其他被保险人向保险人交纳一定的保险费，一旦所投保的风险事件发生，造成财产或人身伤亡时，则由保险人给予补偿的一种制度。美国从 20 世纪 50 年代就开始研究洪水保险，并制定出一系列的法规，以确保洪水保险的顺利实施，这对控制和减轻洪灾及帮助灾区恢复等起到了很好的作用。我国从 80 年代开始研究洪水保险，目前已在研究、试点或实行的洪水保险方式，大体可分为四种类型，即通用型洪水保险、定向型洪水保险、集资型洪水保险和强制型全国洪水保险。所以，针对堤防工程的特点制定并选择相应的保险也是一种重要且有效的风险应对措施。

2）工程措施

根据堤防工程的设计方法和机制特点对堤防进行工程上的加固、维护和决策，以此应对堤防工程所遭受的风险，达到风险规避、风险转移、风险缓解等目的。

如对于应对堤防水文风险的除险工作，首先要复核堤顶高程，检查其是否满足规范规定的要求。若不满足规范要求时需要对其进行加固、提高。同时，为了消除汛期风浪对堤顶和堤坡的冲刷险情，应对堤顶和堤坡未设坚固防护设施的堤段进行防护加固。堤顶防护中可结合交通要求修筑水泥混凝土或沥青混凝土路面或者设防浪墙抵御风浪。边坡防护中可进行灌砌石、浆砌石护坡以及干砌石护坡、混凝土护坡、模袋混凝土护坡、草皮护坡以及其他护坡等。

当遭遇渗透破坏风险时，除险加固应从两方面入手：一方面是提高堤身和堤基本身抵抗渗透破坏的能力，如采用提高堤身密实度、消除堤身堤基隐患、放缓边坡、贴坡排水、透水后戗或盖重等措施；另一方面是降低渗流的破坏能力，即降低渗流出口比降和堤身的浸润线，应遵循“前堵后排、反滤料保护渗流出口”的渗流控制原则，并根据工程地质条件、出险情况和堤防的重要程度选择合理的渗流控制措施。“前堵”就是在临水侧采取防（截）渗措施，如防渗铺盖、防渗斜墙和垂直防渗幕（墙）等；“后排”即在背水侧采取导渗和排水减压措施，如导渗沟、排水褥垫、排水减压沟、减压井等。

边坡失稳风险会使堤坝出现滑坡或脱坡，开始在堤坝顶部边坡上出现裂缝，随着裂缝的发展，形成滑坡。造成滑坡的原因是滑动力超过了抗阻力，所以滑坡抢护的原则应该是设法减少滑动力与增加抗阻力，其做法可以归纳为：“上部削坡与下部固脚压重”。对渗流作用引起的滑坡，必须采取“前堵后排”的措施。上部减载是在滑坡体上部削缓边坡。下部压重是抛石（或沙袋）固脚。堤坝临、背水坡滑坡都将危及安全，一般来说，高水位时期背水坡滑坡更为危险。必须指出，在处理滑坡险情时，如果江河水位很高，则抢护临水坡的滑坡要比背水坡困难得多，因此，为了避免贻误时机，造成灾害，应临、背坡同时进行。

• 关于调蓄系统风险控制对策

调蓄系统主要风险控制对策为：进一步落实河道险工段及在建工程的防汛责任；提高流域排洪通道防洪标准，减小防洪工程实际防洪泄洪能力与设计标准间差距；及时全面掌握防洪工程运行情况，扎实做好水闸工程维修，确保启闭灵活，运用自如；加快对采煤沉陷段应急处理及加固进程，确保堤防安全及完整；改进洪水预报方法，不断提高预报速度和精度。进一步完善抢险预案，落实抢险物料、队伍等度汛措施，明确防汛责任等。

具体的工程措施与非工程措施和输水系统类似，见输水系统风险控制对策。

（2）南水北调中线

• 关于非工程措施

1）加强建筑物安全性能的自动监测，提高自动监测水平

① 中线沿线河流水文特性、河床特性监测。特别是在汛期，应对总干渠堤顶高程、沿线河流洪水水位进行实时监测，以及时掌握沿线交叉河流洪水对总干渠交叉建筑物安全性的影响程度。对交叉建筑物的进出口防护、渡槽槽墩及倒虹吸工程所在河道的最大冲刷深度等项目进行定时监测，以降低河流冲刷对交叉建筑物安全性的风险。

② 交叉建筑物结构、地基安全性等项目的监测。包括交叉建筑物裂缝监测、水流对钢筋锈蚀程度监测、输水期应力监测、地基沉降监测等。

③ 对穿黄、穿漳系统设定常规监测和特殊监测的监测项目，采用新技术、新方法对河床变迁、水底面沉降变化、土体变形和应力、强震以及隧道纵向不均匀沉降等项目

进行监测。

④ 输水渠道特殊土体段应力应变监测。着重对膨胀土段、高边坡段等特殊土体渠段进行应力应变监测，实时监测，以了解掌握输水过程中，输水对渠道地基稳定性和边坡安全性的影响程度，及时发现问题，采取措施进行风险规避。

2）完善管理体制，保障工程安全

采用工程安全性能单位负责制。落实南水北调中线工程每一渠段安全性的负责单位，落实有关责任人，制定安全责任制度。责任单位和责任人有义务保证渠道的安全运行，对设备安全负责；责任人有义务和权利根据发现问题的严重性，决定应急预案等级，采取应急措施；责任人有权在紧急情况下决定采取相关紧急措施，并组织人员进行抢修，以防止事故的发生和扩大，并及时上报上级。

3）制定定期维护和维修计划

根据南水北调中线运行方案，每年设定固定的维修期。根据工程建筑物的等级，设定不同的维修周期。根据各建筑物的特性，制定维修内容和重点检测项目，确立维护维修计划。

4）制定应急抢险、加固和供水方案

提供组织体系设置、抢险流程制定、抢险预案制定与评估。制定抢险模拟演练、出险实时通知、抢险指挥调度、抢险实施反馈的工作流程。提供灾情评估、经济损失评估的建议方案。提出不同等级应急情况下的供水方案。

5）选取典型地段，进行风险控制决策分析

工程的风险性带有很大的不确定因素，根据工程的失事概率，制定风险控制预案同样具有很大的不确定性，同时，决策常常需要考虑非技术因素，如受到社会要求或经济条件、环境影响等。考虑到南水北调中线工程输水线路长、途经地区条件复杂，对整个南水北调中线工程进行风险控制决策预案分析的操作性较差，因此，建议选取重点地段，采用风险决策分析方法，制定风险决策模型。

6）根据风险评价结果，制定工程风险管理技术

根据水利工程建设项目风险管理技术，风险管理主要有内部风险控制、外部风险控制两大类。内部风险控制主要通过项目参与人员制定安全操作规程和应急保护程序，在工作中采取各种保证项目安全实施的方式来避免发生风险事故或减小损失。内部风险控制操作简单、反应灵敏、成本小，但是规模小、恢复生产的效率较低，无法应对不可避免的损失，适用于较小的风险和损失；外部风险控制可以把握较大规模的风险和事故，恢复生产的效率高，但是程序复杂，反应滞后，且一般成本较高，适用于较大的风险和损失。根据南水北调中线运行风险的评价结果及评价准则，建议综合风险性等级在较高以上的，可以采用外部风险控制的管理方法，降低风险。

● 关于工程措施

1）提高建筑物防洪标准及建筑物之间的关联性

根据可靠性理论，提高串联结构系统的安全性，可以通过增加关键建筑物的安全度和提高建筑物之间的相关性来实现。根据该理论，建议在试运行阶段后，对防洪标准设计不足的建筑物，提高其防洪标准，同时在关键部位采用并联结构或增加结构的冗余度

（或超静定数），以提高建筑物运行的可靠性，同时，在节制闸布置较稀疏的地段，增设节制闸，增加输水建筑物之间水量的相互关联性，可以提高整个系统的输水可靠性。

2）增加在线调节水库规模或个数，提高工程安全性

根据我国的暴雨中心分布图，建议在暴雨中心增加在线调节水库规模或个数，增加应急调度的灵活性，提高沿线暴雨洪水的调节能力，减少南水北调中线沿线暴雨区域对中线输水干线的洪水风险，提高输水建筑物的安全性能，同时，在北京和天津市增加水库，用于充蓄调节。

3）加强沿线渠道边坡的防护，降低渠道边坡失稳风险

在运行过程中，根据所发现的问题，采用表水防护、坡面防护和支挡防护相结合的加固措施，对膨胀土渠道边坡进行防护。采用排水防护、坡面防护加固、坡脚支挡和换土等措施对中线输水干渠的填方渠道进行防护。

9.3.2.2　水文风险控制措施

（1）一般性控制措施

从南水北调工程运行水文风险涉及的领域来分，其水文风险控制措施包括工程、管理、法制、行政、市场、宣传和教育等措施。这些措施在具体实施的过程中并不是孤立的，而是几种措施相结合，相互支撑，相互补充。

1）工程措施方法

利用现有或修建新的水利工程，如引水、提水、输水、蓄水和排水设施以及一些保护性工程，减低暴雨洪水导致的工程失效概率，保证调水目标的顺利实现。

2）管理措施方法

通过普及并提高水利工程的信息化水平，借助监控系统和监控网络可以实现对调水过程的实时控制，这样既能保证所调水量都能得到有效的利用，又能最大可能地满足受水区的用水需求，减少输水过程无谓的水量损失；在局部发生风险事故时，能够及时发现并采取有效措施以保证整个输水线路的安全，将损失降低到最小水平。目前，针对南水北调工程运行水文风险管理，可以采取的管理措施有：①建立统一的调水实时调度管理信息系统，实现水量调度的实时监测和反馈，提高应对突发风险事故的预防和控制能力；②建立南水北调运行风险管理系统，在完善现有信息化设施的同时，逐步建立风险管理基础数据库、风险预警系统和风险决策系统，实现风险信息的收集、整理、存储、模拟、评价、决策和防控措施的一体化；③提高工程管理人员的信息化系统操作能力，避免人为失误带来的风险。

3）法制措施方法

就南水北调工程来说，需要在《中华人民共和国水法》、《中华人民共和国防洪法》《中华人民共和国土地法》、《中华人民共和国森林法》等法规、条例的原则下，进一步制定《中华人民共和国灾害防治法》、《中华人民共和国风险灾害救助法》、《减灾征资制度》等切实可行的法律法规，以规范政府、部门、机构、社会团体以及个人在防灾、减灾、救灾及灾后建设中的责任和义务。

4）行政措施方法

目前，我国在应对自然灾害方面一直贯彻“以防为主，防救结合”的方针，国家各级相关行政单位及政府派出机构是具体防控措施的实施者和主导者，是防控措施能否取得理想成效的关键环节。针对南水北调工程运行中发生的需水不足、供需协调等水文风险，各级相关行政单位必须加大对相应管理机构管理行为的规范措施，以行政指令的方式予以实施，提高管理效率，同时，政府部门还应注重吸纳非政府组织、团体及个人参与风险防控的具体工作，以减轻自身的压力。

5）市场措施方法

因地制宜，合理制定水价，减少供需协调风险；加快防洪、抗旱保险的产业化进程，广泛吸纳社会资金参与防灾救灾，减少损失。

6）宣传和教育措施方法

借助“世界水日”、“中国水周”等节日定期向居民发放防洪抗旱等宣传手册；针对信息闭塞的农村，可以组织志愿者下乡宣传。

（2）针对性控制对策

- 关于南水北调东线的针对性控制对策

由于东线工程水源区供水量风险较小，而且调水规模可以根据需求进行机动调整，因此东线工程水文风险管理主要集中在对输水过程水量衰减的控制上，对输水河渠进行适当的整治，减少沿线输水损失，充分利用沿程调蓄工程，降低输水过程水量风险。

从区域上来讲，南水北调东线工程的水文风险管理主要关注以下两个地区：长江口和南水北调东线沿线湖泊地区。

南水北调东线工程水源主要为长江干流和输水沿线淮河与沂沭泗水系。长江流域面积大，径流年内和年际波动不大。另外，长江三峡工程的建成将加大下游枯水季的流量，对南水北调东线工程的运行更有利。因此，对长江口地区的水文风险管理措施主要集中在加强流量监测，一旦遇到长江干流流量极枯的月旬，南水北调东线抽水要进行避让。

南水北调东线沿线的湖泊是东线沿线进行水量调蓄的重要地区。在南水北调东线工程运行期间，沿线湖泊将处于高水位状态下，对南水北调东线沿线湖泊进行整治，提高湖泊堤防防洪能力，加大沿线湖泊调蓄能力。

除了上述两个重点区域外，还需关注东线工程的受水区水量风险，对其进行风险管理，具体措施主要包括：进一步开发可以利用的水源，建设相应的“开源”工程，提高城市本地的可供水能力。采取严格的“节流”措施，推广节水器具，提高水资源利用效率。提高城市污水处理水平，实现废污水回用。

- 关于南水北调中线的针对性控制对策

从区域来划分，中线工程水文风险管理措施包括三大部分：一是水源地的风险管理；二是输水沿线的风险管理；三是受水区的风险管理。中线工程的水源地主要是丹江口水库，供水水源单一，容易受到气候、水文等不确定性因素的影响，一旦遭遇枯水年，发生水资源短缺风险的概率极高。中线工程输水总干渠沿线与近千条河流相交，且穿过太行山、伏牛山区暴雨区，因此受到暴雨洪水威胁的风险较大。中线各个受水区，尤其是海河流域受水区，由于经济发展及城市化的需要，工业、农业、生活及生态环境用水极为紧张，潜在的水资源短缺风险较大。通过以上分析，针对中线工程存在的主要风险问题，可分别制定相应的措施。

水源地水量风险管理措施主要包括：①兴建水源地补水工程，如从三峡调水入丹江口水库方案；②提高丹江口水库调节能力，如加高大坝；③实行相关补偿工程，压缩水源区上下游用水量，如汉江下游引江济汉工程，控制丹江口水库用水增长。

输水沿线水文风险管理措施主要包括：①加强输水总干渠沿线交叉建筑物的安全监测；②对中线沿线特殊工程地段进行加固护理，如高边坡的加固；③建立沿线暴雨区域极端气候预警机制，提高洪水预报水平；④减少沿程输水损失，如对输水渠道实行全断面衬砌等；⑤实施水资源实时调度管理，提高水资源管理的信息化水平。

受水区水量风险管理措施主要包括：①因地制宜，针对各受水区实际，进一步开发可以利用的水源，建设相应的“开源”工程，提高城市可供水能力；②采取严格的“节流”措施，推广节水器具，提高水资源利用效率，加快节水型社会建设步伐；③提高城市污水处理水平，实现污水的达标排放，在改善城市水环境的同时，增加部分可供水量。

9.3.2.3　环境风险控制措施

(1) 常规防控措施

1) 减小风险区的污染企业，倡导清洁生产

不管是高风险区还是低风险区，污染企业排放的污水对调水工程的水质都是很大的威胁，必须加强风险区污染企业的管理，尽量减少污染企业的数量。在条件可行的情况下，企业应该采用清洁生产的方式，这样一方面可以减少污水的排放量，减少污染，另一方面，企业可以减少污水处理的费用，节约资源，可以充分利用已有的资源创造更大的利润。清洁生产应该是减小环境风险、降低损失的主要调控措施，从源头上减小风险的有力手段。

2) 加强截污导流工程的运行管理

截污导流工程的运行状况关系到南水北调工程运行期的水质。截污导流工程正常运转，进入输水干渠的水质有所保证，调水工程的水质超标情况发生的可能性就较小，影响危害也较小。因此，加强截污导流工程的运行管理，在某种程度上可以保证进入输水干渠中污染物的浓度，从而保证调水工程的水质。截污导流工程的运行管理不仅要加强工程的技术管理，还要提高操作人员的技能，在工程出现非正常运行时，应尽最大努力来排除故障，并及时通知有关部门做好相应的准备，以防风险发生时可以及时采取有效的行动。

3) 加强污水处理厂的监督

污水处理厂的正常运行，排放污水达到国家规定标准是保证南水北调工程输水干渠水质达到要求的重要因素。这不仅要加强污水处理厂的运行监督管理，也要定期对处理

设备进行检查，如果发现异常，需要立即采取行动排除。此外，污水处理厂的工作人员的操作技能也是保证污水处理厂出水水质达标的重要方面，这就要求工作人员严格按照操作流程来执行，如发现重大问题要及时向上级反映，保证污水处理厂的正常运转，减小排入输水干渠中污染物的浓度，降低风险发生的概率。此外，有些污水处理厂一直处于亏本的状态，资金不到位，不能保证处理设施的处理效率，出水水质受到严重影响，因此，相关部门也需要调查污水处理厂的运行状况，通过财政措施来维持污水处理厂的运转。

4）减少航运船舶，控制航运污染

南水北调工程输水干渠承担着一定的航运功能，而且扩大了原有的航运规模，过往船舶数量也在增加，船舶吨位也在增大，这给输水干渠的水质造成极大的威胁。为了减小环境风险发生的概率，降低损失，应该减少航运船舶，缩减航运的规模。同时，要定期地对船舶进行安全检查，减小船舶在航运过程中发生溢油事故的可能性，加强船舶操作人员的技能培训。此外，对船舶的通信设备也要定期地检查，以便在事故发生后的第一时间内可将信息传送出去，或者接收事故的信息，避免再次发生事故。

5）加强湖泊养殖的管理

湖泊养殖污染对调水工程水质是很大的威胁，为保证水质，需要加强沿线调蓄湖区的养殖管理，减少在养殖过程中产生的污染。主要的措施有控制湖区的养殖量、合理规划养殖区域、减少饵料的污染，同时要加强渔民的保护意识，不要将污染的废水排入湖区，否则一方面废水对养殖有影响，另一方面对湖泊的水质也会造成影响，容易引起水体发生富营养化。

6）增强作业人员的环境保护意识，提高操作技能

增强作业人员的环境保护意识、提高操作技能是保障调水工程在运行过程中减小环境风险的重要手段，不管是非突发性环境风险还是突发性环境风险，作业人员的环境保护意识和操作技能可以在很大程度上减小环境风险发生的可能性。这就需要加强作业人员的环保意识培训，加大宣传环境保护的重要性，不定期地开展技能培训班，提高作业人员在实际过程中的操作技能，同时需要开展环境风险发生的应急演练，提高风险发生后的处理效率，尽最大努力减少风险发生后的损失。

（2）东线水环境风险控制方案

通过对东线一期工程的水环境风险分析结果可知，由于调水过程的水量变化导致的污染物排放与水量变化不一致或者排放量太大是风险发生的最主要影响因素。因此，结合东线一期工程的排污情况，根据东线输水调度过程，保证输水水质主要是实现对沿线污染物的排放总量与排放方式的控制，并根据沿线污染物输移、转化过程，提出污染物排放总量的控制指标。各污染物总量控制指标根据达标排放的原则进行确定，根据污染物排放标准限值的要求，给定沿线污染物排放总量的控制指标。在本书研究中，沿线污染物的外排总量控制的指标主要有 BOD_5、COD、NH_3-N。

● 关于河网水环境风险控制方案分析

1）控制方案设计

水环境风险控制是从有风险因子作用引起水环境系统处于不安全的状态开始，一直

到风险作用于承受体，针对造成危害后果的整个过程的各个环节设计相应的控制方案和采取相应的控制对策。从水环境系统处于不安全的状态开始，污染物可能排放，污染物可能汇入输水水体的途径，汇入后污染物迁移转化的方式，直到在迁移转化过程中造成对象承受并产生危害后果，在这个过程中每一个环节都可以根据污染物在相应环境的作用机制和特点设计相应的控制方案。

因此，河流水环境风险控制方案设计主要体现在以下几个方面：①控制沿线污染物的产生和排放量。这就要求沿线生产工艺采用清洁生产的模式，在污染物总量排放较大的情况下，就需要加大污水处理力度。②减少或消除污染物的入河路径。对于面源，可以采用岸边生态带将其吸收净化；点源就需要规范管理，完善污水排放系统，将污水排往其他地方。③在水体的输移过程中，充分利用水体的自我降解和稀释能力。在某些时段通过加大输水流量来保证输水水质要求。④在水环境风险转向承受体的过程中，仍然可以采取一系列控制措施来减少风险发生的损失。

对于水环境风险的控制对策，可以采取3E对策。3E是指工程（engineering）、教育（education）和执法（enforcement）。其中：①工程对策。根据系统对污染事故发生的整个过程建立核查表，列出具体考虑对象在各个阶段上可能的防止污染传播的控制措施。水环境系统中，对污染物释放的控制措施包括：关闭、堵塞污染源的泄漏，引流入紧急备用缓冲池，调用水质较好的水体稀释及其他应急技术措施。②教育对策。对于作业职员要进行职业和岗位教育，定期培训，加强安全操作规范和应急反应训练。③法制对策。制定有关水环境系统安全的各类法规、监督条例、奖惩办法，是进行水环境系统风险管理的根本依据和有效保障。

2）管理措施

南水北调东线一期沿途路线长，空间跨度大，给管理上带来很大的困难。尽管水环境风险发生需要三个因素共同作用才具备条件，但是最关键的是风险源，即污染源。东线输水沿线排入水体的点源和降雨产流携带污染物对输水水体的水质产生明显的影响，因此，需要在排污口达标排放的情况下，满足输水水质的要求。同时，沿线面源调控对减少水质风险发生有非常重要的意义。根据东线实际情况分析，沿线主要控制污水中BOD_5、COD、NH_3-N的总含量，其中长江至洪泽湖以南段主要是BOD_5、NH_3-N指标的控制；洪泽湖至骆马湖段和骆马湖至南四湖段主要是NH_3-N指标的控制；南四湖至东平湖段是污染控制主要路段，三种污染指标的不达标程度都很严重。对于这些污染指标，主要管理防治措施如下：

① 源头减排是根本。从根本上，污染的防治需要从点源和面源入手，加强清洁生产、加强污水处理设施的建设。总之，减少入河污染物量是根本措施。

② 设计合理的河网水系与湖泊调度规则。在输水河渠中，如果出现水质不达标的情况，要充分利用东线湖泊调蓄的特点，利用湖泊中满足水质要求的水体供水，避免不达标的水体进入供水系统。通过这种合理控制拦截流量的调度方法可以减少不达标水体到达承受者。

③ 输水系统的统一管理。以满足供水水质要求为目标，研究设计相应的水体污水排放标准，使之与管理要求相适应。并且，东线水环境系统中的土地利用模式的管理需

要强化，以减少面源的汇入。

● 关于湖泊水环境风险控制方案

湖泊水体水环境风险的控制方案设计主体思想与河网水环境系统的基本相同，就是要按照湖泊水环境系统中风险源的产生，风险的传输途径和风险承受体的特点，风险控制方案设计做相应的调整。对于湖泊水环境系统，针对其污染源的特点，对于点源、面源和内源分别提出水环境风险的管理措施。

1）面源污染管理措施

南四湖湖泊形体狭长，湖岸东西两侧共有50多条河流汇入，湖泊汇水面积达三万多平方公里。根据东线工程治污规划，汇入面源较大的河流有东鱼河、城郭河、薛城小沙河、洙赵新河和韩庄运河等。在实施截污导流工程后，湖泊水体中水环境风险控制的重点是面污染源，控制的目标是减少COD和NH_3-N入湖总量，使这两个指标满足Ⅲ类水质标准。结合南四湖流域内面污染源产生和入湖的过程，其管理措施主要包括：①加强湖泊流域内农业结构调整和耕作管理，最主要的是农药、化肥的合理施用；②加强流域内城市道路清洁和雨水处理，减小降雨径流带入污染物总量；③建立南四湖滨湖带人工湿地和土地处理系统，减少污染物的入湖比例。

2）点源污染物管理措施

南四湖水环境风险控制的另一个重要方面是点污染源的控制。根据湖泊水体的监测数据和污染源的特点，点污染源的控制目标也是减少COD和NH_3-N入湖总量，使这两个指标满足Ⅲ类水质标准。根据点源产生与排放的特点，其管理措施主要包括几个方面：①积极推行清洁生产、污染源治理与产业结构调整，实现源头减排。②利用节水新技术，倡导绿色消费。③激励污染源的分散治理。由于湖泊地势低洼，而污水收集集中处理难度很大，需要在管网还没有覆盖的区域积极推广分散式污水处理。④加强污水处理厂及其污水收集系统建设。在建设污水处理厂的同时，应加强污水收集管网及配套设施的建设。

3）内源污染管理措施

南四湖流域内，内污染源的排放对湖泊水环境风险发生有不可忽视的作用。内污染源的控制目标是减少NH_3-N入湖总量，使其满足Ⅲ类水质标准。根据湖泊水体内污染源产生NH_3-N的过程，其管理措施主要包括：①适度湖内渔业养殖。因为拦网养鱼和鱼箱养鱼会导致大量的鱼饵、残余物造成营养物质进入，对湖体水质产生一定的影响。②利用生态学原理，促进湖泊水生生态系统健康发展，如调整鱼类种群结构，等等。

9.3.2.4 经济风险控制措施

南水北调运行经济风险控制目标是在对南水北调运行期的各种经济风险进行识别、估计的基础上，针对受水区水价、居民收入和经济发展水平、贷款利率、管理运行费用、抽水电价、水源区水资源费、水文等风险因子，从管理、市场、法律三个方面采取措施以控制工程运行费用、保证向受水区的供水量，维持工程售水收益，减轻风险因子变动对工程收益的影响，并针对潜在的突发风险，制定风险调度预案，最大限度地减轻风险可能带来的经济损失，将损失控制在项目经济能力可承受的范围内，保证南水北调工程经济、安全的运行。

在以往工程项目风险管理实践中，人们往往是针对施工建设期常见的经济风险，如通货膨胀导致原材料价格上涨、汇率浮动、分包商或供应商违约、业主违约、项目资金无保证、标价过低等，提出多种可行的应对策略或措施。但对南水北调工程而言，运行期才是建设项目作为一种产品竣工投入运行发挥效用的时期，该阶段的延续期长，经济风险因素来源于法律法规、政策变化、规划调整、经营决策、市场波动、信贷紧缩、技术进步和竞争力等各个方面，受水区水价、居民收入、经济发展水平、贷款利率、管理运行费用、抽水电价、水源区水资源费、水文等众多因素都会使工程经济效益产生很大的不确定性。相对建设期而言，南水北调工程运行期不确定因素更多、更复杂，潜在的经济风险更大。所以，南水北调运行经济风险控制就是要在风险回避、风险转移、风险预防、风险抑制、风险自留、风险应急等通用的风险控制方法中寻求更具有针对性、更加完善的风险控制措施。

巨额投资的经济风险是调水工程难以回避的事实，尽管南水北调工程的资金主要来自国家、地方政府和银行，但工程建设、运行、维护要由独立的法人来管理，法人要负责国有资产的保值增值、银行还贷、工程维修和安全运行。工程运行、维修的费用和工程资金的组成方式等会影响供水价格。反过来，水价的高低不仅影响用水需求，而且能够影响水费的收取总额，进而影响工程运行的效益，所以调水工程的经济风险不可忽视。对于南水北调工程而言，降低经济风险就是从根本上保证预期收益，降低或避免意外支出。

（1）管理措施

1）控制管理运行费用

运行期是南水北调工程发挥效益回收成本的时期，持续期较长，这期间的管理运行费用占总成本的比重较大，加强管理，实现有效的成本控制是降低经济风险的有力措施。该阶段成本风险因素主要是维护工程正常运行所投入的人力、物力的消耗等成本风险，包括原材料、燃料、动力、安全、维护、保养、闲置损失、管理人员工资、社会保障等。主要可以从以下两方面降低运行费用。

① 重视运行成本管理工作。东线工程运行期要消耗大量的电能，现享受优惠电价，但必须考虑未来价格上涨的风险，注重能源的节约，提高能源利用效率；重视运行中的人力、物力等成本管理工作，努力降低运行成本；采取有效措施，规避政策变动、市场波动对运营所带来的成本风险。以银行贷款利率为例，南水北调工程投资的45%来自银行贷款，还款利率的变动对工程经济指标影响较大，可与银行签订合理的还贷协议，售水收益好的年份多还贷，售水收益差的年份少还贷，以减小工程还贷压力。

② 提高工程运行效率。根据工程的特性，选择合理的运行模式，减少设备闲置，及时维护、改造、更新，保持工程的正常工作状态，以尽可能低的成本发挥它的功能，从而提高工程的运行效率。

2）加强供水量的保证

供水量是工程收益的来源，保证对受水区的供水量无疑是降低工程经济风险的有力措施。主要从以下三个方面入手。

① 南水北调水源区与受水区受气候、流域水文特性及人类活动等影响，流域水文特性存在随机性、不确定性和准周期性等多种变化，降水和径流特征也表现为丰枯交替变化，年际、年内变化较大。提高水源地径流预测的精度，一旦遭遇枯水年份时，充分利用水源地水库的多年调蓄能力，提前调蓄，加强水资源调度，增加枯水期供水量。

② 实行统一管理。从国外调水工程的成功经验来看，统一管理水资源很重要。目前，南水北调中线建设管理单位为中线干线建设管理局和中线水源公司，将干线和水源分开管理，这在建设期问题不大，但在运行期会给调度带来矛盾。另外，从丹江口引水后，输水线路上没有在线调节水库，两侧的水库除京石段应急供水工程中河北省的4座水库可与总干渠连接外，其他水库目前大都与总干渠无直接联系，而且这些水库的调度权均在地方。在运行调度中，目前多方管理的体制到运行期难免出现矛盾冲突，遇突发状况不利及时迅速的调度，供水效率不能保证。从国内十余个主要调水工程的运行管理经验看，东深供水、引黄济青等调水工程由超脱于各地方利益之外的具有较高级别的工程管理局对工程进行全线统一管理和调度，由管理局代表国家和上级政府协调各地方和各方面的利益，有利于工程的正常运行。南水北调运行期要借鉴这些成功调水工程的管理经验，避免工程条块分割管理，应尽早筹备建立水资源统一管理的方案，通过干线、沿线水库、配套工程以及受水区的统一管理、统一调度，有效协调各方利益和矛盾纠纷，提高供水保证率，充分发挥工程的效益。从目前实际情况看，南水北调工程实行统一管理可能存在一些难度，一旦多方管理不可避免，应就水量分配、水价制定、水费收缴等多方容易产生较大矛盾与分歧的环节，提前由矛盾双方的上级领导部门组织协商调节，达成协议，若意见不能统一，由上级部门实际调研后确定方案，强制执行。

③ 建立科学的水资源调度体系。提前制定科学合理的供水计划（年计划、月计划）以及运行调度中分水闸、泵站、节制闸的调度计划。鉴于受水区的用水需求在不断变化，因此工程可实行弹性供水，年际间丰水年少供，枯水年多供，年内丰水期少供，枯水期多供，争取达到水量平衡。南水北调引水线路长，在总干渠沿线缺少调蓄水库，因此要对干渠、支渠、灌区的引、用水量和引水过程进行严格控制，不能随意超用、欠用水。

3）合理规划供水水价

南水北调工程投入使用以后，外调水的价格必定会远高于受水区当地现行的水价。为确保外调水与当地水在市场中具有同等的竞争力，实现外调水和当地水的联合调度，必须实现地区水价统一。这就需要政府进行干预，合理提高受水区当地水源供水的综合价格。我国目前水资源费征收标准的形成机制还不合理，部分地区水资源费征收标准过低，甚至有些地区只是象征性地征收，水资源费征收制度的实施效果不佳，无法真正体现水资源的价值。因此，可以通过提高水资源费或征收水资源税来提高受水区的综合水价。提高了水价，不仅可以激励用水单位采取措施进行节水，增强人民群众的节水意识，还可以将收取的水资源费等补贴给南水北调工程管理方，调水成本就会提前得到部分补偿，这样实际的外调水售水水价就会比成本水价偏低，以至于跟当地水水价相当，使售水工作顺利展开，提高用水效率。

另外，南水北调工程的供水目标是城市生活和工业用水，用水过程较为稳定，但由于受水源地的影响，调水工程年供水量的年际间变幅较大。因此，南水北调工程宜采用两部制水价，即在确定的基本水量范围内，用水部门无论用水多少均需缴纳一定额度的基本水费，用以维持调水工程的基本运行，超过基本水量后的超额用水量按计量水价收取计量水费。基本水量应按调水工程多年平均供水量或实际供水量确定。为鼓励在丰、平水年用水部门多用水，增加调水工程的供水效益，计量水价可适当降低。

4）挖掘潜在用水需求

如果仅仅作为一个特大干旱的备用水源，在没有政策倾斜和扶持的情况下，作为一个供水企业由于缺乏水费收入将很难维持工程正常运转，更谈不上企业的良性循环和建设贷款的偿还。因此，就目前情况看，南水北调工程潜伏着缺乏供水机会带来的经营风险。

跨流域调水工程供水是当地重要的补给水源，当地水与外调水水价口径不统一，受市场需求影响，外调水与当地水使用的优先顺序就不能完全按照规划调度的要求来执行。因此，无论是从国家宏观战略利益还是从供水效益角度来考虑，都必须建立一套办法来约束用水户的用水需求，对不同的供水对象，采用合同契约管理办法来制约用水需求，保证供需双方买卖顺利进行。

南水北调供水目标以城市生活和工业为主，较高的水价才能保证工程收益。但当水源区丰水年，北方枯水年时，满足城市生活和工业外，过量的水可适当考虑农业和生态用水，即使是低价的出售，也是增加项目收益的途径，可以由国家适当补贴，作为一项惠农政策，同时改善受水区的生态环境。

（2）法律措施

世界上许多国家都非常重视跨流域调水工程建设与管理的立法，每一个调水工程，无论是立项、规划、投资、施工还是运行、管理都要通过立法，各阶段的工作都有相应的具体法律以及有法律效力的文件为依据，且能在实践中严格执行。我国很少针对一个调水工程制定法律，使我国的跨流域调水工程运行中出现的问题很难调解。建议从以下四个方面采取法律措施。

① 完善相关法律体系，加快取水许可制度的建设，限制开采地下水，涵养当地地下水，保证外调水优先使用，使地下水而非外调水成为特枯年份城市供水的补充水源和备用水源，避免工程运行期处于备用状态而被闲置。

② 完善水资源管理政策法规体系。推动水资源费征收标准的制定，完善水资源费征收体系，建立适应调水工程的统一管理体制的水政策法规体系，实现南水北调供、受水区水资源供需平衡和南水北调来水与本地水源的平衡利用。同时，创造适应市场运行的水资源保护、开发和利用的新机制，如全面征收水资源费、实施阶梯式水价、建立节约用水奖惩制度、严格控制开采地下水等措施，确立保护水资源的政策和执行水源保护区的保护措施等。

③ 国家应针对运行调度制定相关的、完善的法律法规，如工程运行调度管理条例等，对工程的运行调度给予指导性意见，以保障工程科学合理的运行调度。

④ 制定外调水取水管理制度，控制非计划取水。明渠输水方式为擅自取水提供了方便：在水位较高的渠段，可直接从渠道挖口或埋管自流取水；在水位较低的渠段，放置潜水泵取水也很方便。这种擅自取水的随意性不分地点、不分季节，会给管理带来很大的难度，使水量难以保证。尤其是在干旱、缺水季节或年份，这种争水现象将更为严重。长距离引水的成本水价本来就相对较高，非计划取水逃避水费的缴纳，势必加大调水成本，加重计划受水用户的负担。实践证明，任何防范措施都显得无济于事，只有形成法律法规，才能得以严格控制。

（3）市场措施

我国的调水工程长期处于计划指令、市场机制引入不足的管理环境中，使得工程运行管理成本过高，无法充分发挥效益。究其原因主要是因为长期处在政府的严格管制下，缺乏活力，政府失效严重。改变这一现状，只有引入市场机制，建立现代企业制度，才能保证跨流域调水工程的高效运行。具体措施如下：

① 根据南水北调工程运行成本变化状况以及受水区承受能力的提高，在国家有关法律法规允许的范围内，根据市场供需状况适时调整调水水价，保证项目收益。

② 与受水区签订长期的供水协议。在南水北调管理部门和受水区互利互惠的基础上，签订长期性的供水协议。这样，一方面保障受水区稳定的供水水源，另一方面保障南水北调管理部门的稳定收益。

③ 做好水价的分析工作，促进和协助政府的调价工作，与各市供水公司签订逐年的用水计划，建立容量水价和计量水价相结合的水价体系，分散工程经济风险，确保项目运行初期的财务安全。

④ 建立与受水区配套设施管理部门的协作。受水区的配套设施也涉及投资回收问题，提高配套设施利用率，保障投资回收也是管理部门的责任，南水北调管理部门可加强配套设施管理部门的协作，通过地区内部的水资源配置手段，促进受水区南水北调水的利用。

⑤ 利用衍生金融工具应对汇率波动。利用衍生金融工具来稳定企业的现金流量以规避经济风险，具有较强的操作性和可行性，很受西方各国跨国公司的青睐。如果经济风险通过生产管理和营销管理策略很难实施时，各种金融契约、合同则提供了一种灵活且经济的规避经济风险的方式。比如通过远期市场对企业预计的外币现金流量进行套期保值；通过货币期货合约、期权合约和金融互换来对企业的预计外币净现金流量进行保值等。即使是本国金融市场欠发达，一时很难找到较为理想的衍生金融工具时，也可根据企业自身的实际情况通过一定的合约安排，利用国外金融市场上的各种衍生金融工具来防范经济风险。例如，国际上比较流行的交叉套期保值方法便是如此。

⑥ 通货膨胀对工程的影响是直接的，主要有原材料成本增加，职工工资支出增加，使工程管理单位资金紧张，造成负债数大量增加，或是发行债券，或是增加借款，使资金成本越来越高，财务风险越来越高。抑制通货膨胀，不能一味被动的依靠市场、经

济、政治等外在因素的调节，而是要积极主动地提高自身的经营管理方式和理财水平，提高应对通货膨胀的能力。具体来说，工程管理单位抑制通货膨胀的影响，不单要在财务管理上把关，而且要在调动企业动力方面下功夫，重视非经济因素影响，改善组织结构，变粗放经营为集约经营，克服铺张浪费现象，改变技术落后局面，提高工时利用水平。

除了上述三方面措施外，南水北调工程的持续良性运行也离不开国家扶持，实行必要的政策倾斜。南水北调工程投资大、经济效益和社会环境效益显著，公益性强，但即使是向城市供水，在目前的市场环境和经济水平条件下，要完全按企业的投入产出规律运作并执行成本水价、获取合理的供水利润也是非常困难的。因此，政府应将南水北调工程作为提高受水区人民生活水平、改善生存、生态和投资环境的基础性设施，在调水工程供水水价受到调控、不能完全到位的情况下，应由地方政府对工程的投资、年运行费、水价和水量调配等方面给予必要的政策性倾斜与经济补偿，以降低调水工程的经济风险，保证调水工程的经济运行和良性管理，为促进地区经济发展发挥更大的作用。

9.3.2.5　社会风险控制措施

社会风险的控制措施不同于其他风险，对南水北调工程运行社会风险进行管理控制，主要在于通过设定管理组织结构，制定有关风险控制管理政策及风险控制政策的执行来达到对南水北调工程社会风险的有效控制。

(1) 风险控制管理组织机构的设定

通过对南水北调工程建设期组织管理体制的分析，设计其运行期的风险管理控制组织结构主要分为以下三个层次。

第一个层次，国家层面的领导机构，根据国务院公布的“三定”方案，由水利部负责承担南水北调工程的运行调度管理，因此，可以确定水利部是南水北调工程运行风险管理的国家层面领导机构，根据南水北调规划设计管理局上报水利部的“三定”方案报批稿，南水北调规划设计管理局承担南水北调运行的具体管理工作，包括承担拟订并实施南水北调年度水量分配、调度计划及应急水量调度预案的具体工作、参与南水北调工程水源区及工程沿线水污染防治和突发水污染事故的处理工作、承担南水北调工程的阶段性评价和运行安全管理工作。从全面风险管理系统的角度看，南水北调规划设计管理局是风险管理系统层级最高的机构，对各种风险负最终承担责任；成立风险管理委员会，专门负责制定风险管理战略、目标规划和基本方针，对工程运营风险进行全面统一的管理，为工程整体运营制定发展战略和日常经营提供重要决策支持与依据。

第二个层次，由中央政府授权的出资人代表和地方政府授权的出资人代表共同组建有限责任公司，公司承担所辖主体工程的风险管理，对全面风险管理委员会负责。主要负责传导、落实和执行各项具体风险管理目标，行使风险度量、风险评价、风险报告和风险预警等职能。

第三个层次，输水线路上具体的基层管理部门。基层管理机构设立风险管理小组，风险管理小组负责制定本部门的风险管理细则、办法，组织实施本系统各类风险控制活动，并向上一层级报告。

(2) 风险控制管理政策的制定

针对南水北调工程运行期社会风险管理政策制定问题，采用以复杂适应性系统理论为基础发展起来的基于 Agent 的社会学建模方法（Agent-based social simulation，ABSS）来模拟制定社会风险管理政策，建立相应的政策制定模型。其模型包括以下四个部分。

① Agent。它是 ABSS 的最重要组成部分，是系统中行为主体的计算机表达形式，具有自主性、灵活性、反应性、适应性等基本特征。在这里则表示政策制定的众多参与者，包括水利部调水局，工程沿线各省、直辖市成立南水北调工程建设领导小组及其办事机构，受水区以及输水区的水利主管部门等。这些参与者直接或间接地影响着上述建立的南水北调工程运行社会关系。

② 环境。它是 Agent 相互作用的媒介，环境通常随时空变化，主要受环境本身的动态特征其他要素及 Agent 的变化影响。在南水北调工程运行期社会风险管理政策制定过程中，环境是指南水北调工程运行期社会关系状况。

③ 相互作用。ABSS 中体现了两种相互作用，即 Agent 之间的作用和 Agent 与环境之间的相互作用。在南水北调工程运行期社会风险管理政策制定过程中，Agent 之间的作用可以表示为水利部调水局，工程沿线各省、直辖市成立南水北调工程建设领导小组及其办事机构，受水区以及输水区的水利主管部门等相互之间在调水事务方面的沟通协商、信息共享、买卖水等活动；Agent 与环境之间的相互作用可以表示为在不同时期（枯水期、丰水期）、不同地点（南水北调工程沿线各行政地区）各个 Agent 节水、防污、工程维修等活动。

④系统。通常有两种系统形成方式，预先设定和自动生成。预先设定的系统往往具有层次结构并在模拟中保持不变，而自动生成的系统则通过 Agent 在微观行为规则约束下的宏观表现来获得。

(3) 风险控制管理政策的执行及评价

政策执行是政策过程的一个重要阶段，是将政策目标转化为政策现实的唯一途径。政策执行的有效与否事关政策的成败。

南水北调工程是在准市场环境中运行，即对于初始调水量是在政府指导下根据各个受水区的实际情况分配的，而在初始水量确定后，南水北调工程沿线又可以根据各自的实际情况进行水量的再次交易，即进行市场调节。在南水北调工程运行期间，其社会风险管理政策的执行需要选择适当的政策工具。根据南水北调工程运行情况，针对南水北调工程运行期十个风险因子，政策工具选择应该遵循混合性工具为主，强制性工具为辅的原则。

在分析政策执行单位间纵向关系的基础上，结合南水北调实际情况，设计南水北调工程运行期社会风险管理政策执行模式如图 9.4 所示。

水利部南水北调规划设计管理局做出决定，启动了政策执行过程，这一决定通过其形式和内容约束着政策执行人员的选择和行为，地方南水北调管理处回应南水北调规划设计管理局下达的引导和约束的方式取决于地方南水北调管理处偏好以及地方南水北调管理处行为的能力。

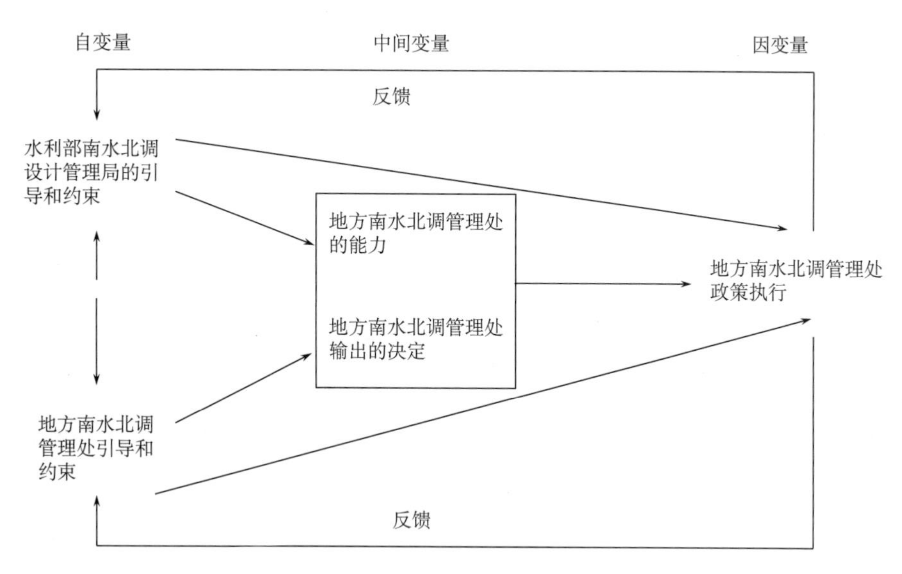

图 9.4　南水北调工程运行期社会风险管理政策执行模式

这一模式中，政策执行的影响因素依据其独立性分为三类。独立的自变量包括水利部南水北调设计管理局的引导和约束、地方南水北调管理处的引导和约束，这两者都是事先存在的。水利部南水北调设计管理局的引导与约束是通过法规与影响力来执行的，其决策内容包括政策类型、问题解决的急迫性、结果明确性的程度、法规的强制性、财力的配置等。地方南水北调管理处的引导和约束主要是三方面制度的互动：与南水北调工程相关的利益团体、地方南水北调办公室、地方行政部门。半独立的中间变量是由中央政府决策与地方政府决定共同影响的，地方南水北调管理处能力与地方南水北调管理处输出的决定是两个重要的中间变量，影响着因变量，即地方南水北调管理处政策执行。在政策执行过程中必然会有冲突产生，当政策无法达成目标或需要进行协调、合作时，即地方南水北调管理处政策执行情况又反馈回中央政府和地方政府作为其引导和约束因素。这一模式分析的重点在于政府间关系对政策执行的影响，突出强调了地方南水北调管理处的相对独立性，体现了一种综合的看法。

9.3.3　重点情景风险控制措施

9.3.3.1　水质纠纷风险控制措施

调水水质是南水北调工程成功的关键，也是社会各界一直关注的热点问题。为保障调水水质，落实国务院领导关于南水北调东线工程规划的指示，体现“先节水后调水，先治污后通水，先环保后用水”的原则，国家有关部门编制了南水北调东线工程治污规划。

从政策层面来看相关的水质纠纷管理控制政策，主要是两个方面，一是水质纠纷发生后，对污染水体方的处罚政策；二是水质纠纷发生后，污染水体方对因受污染水体影响的受害者的补偿政策。

现有的相关方面政策包括《中华人民共和国环境保护法》、《中华人民共和国水污染防治法》和《关于开展生态补偿试点工作指导意见》（环发［2007］130号）等法规政策。同时，各省市也针对自己的实际情况制定相应的处罚与补偿政策。

如江苏省颁发了《江苏省环境资源区域补偿办法》，在全国率先试点，进行跨界河流水质补偿。

河北省邯郸市出台的生态补偿机制的惩罚措施：在滏阳河、沼河、漳河、老漳河、留垒河5条河流21个跨界断面实行跨界断面水质目标考核，并对造成水体污染物超标的县（市、区）试行生态补偿金扣缴政策。上游排污污染下游，如果出境断面水质化学需氧量浓度超标2倍以上，将扣缴县（市、区）财政150万元。较突出的是，邯郸这次实施生态补偿机制，是根据出境水质监测化学需氧量超标的倍数不同，给予不同的财政罚款金额。

山西省为确保海河、黄河等重点流域水污染防治规划中目标如期实现，省政府办公厅下发了《关于进一步加强海河、黄河中上游流域水污染防治规划实施工作的通知》，要求各地进一步加大重点流域水污染防治工作力度，确保规划目标的完成，同时，实施生态补偿政策，向水质超标排放地市征收生态补偿金。

南水北调工程目前已有《南水北调工程水污染防治规划》，给出了南水北调工程9个关键水质问题、东线工程的主要水环境问题以及治理方案。山东省首次以地方立法的形式对南水北调工程沿线区域的水污染防治进行规范性约束，制定了《山东省南水北调工程沿线区域水污染防治条例》（以下简称《条例》）。《条例》规定污水处理厂不得超标排放污水，因设施改造或者技术检修等原因确需停止运行的，必须启动应急预案，并向当地建设和环境保护行政主管部门报告。对超标排放的污水处理厂，《条例》规定罚款5万元以上10万元以下。《条例》还突破性地引入了生态补偿机制。为保证调水水质，南水北调工程沿线区域实行了较其他地区更高的水污染物综合排放标准，沿线区域政府承担了更重的治污任务，治理成本加大；同时，沿线区域的相关企业、湖区渔民和农民承担了更为严格的水污染防治责任，其经济利益受到了不同程度的影响。《条例》在考虑沿线区域对南水北调工程水污染防治的实际付出和有益贡献基础上，并从兼顾公平的原则出发，规定了山东省人民政府应当建立沿线区域水污染防治生态补偿机制。

对于南水北调工程水质纠纷问题，要从引起纠纷的水质问题原因入手。引起南水北调工程水质纠纷的原因主要分为两类：一类是源头的水质问题；另一类是沿线的水质污染问题。源头的水质主要参照工程的环境风险与生态风险的控制策略进行管理与规避。管理沿线的水质污染问题主要在于东线工程沿线的污染治理和对沿线水质突发事件的规避与控制。

（1）制度建设方面

在处理水质问题引发社会纠纷时，相关的制度政策建设是从处罚和补偿两个方面来制定。

根据《中华人民共和国环境保护法》、《中华人民共和国水污染防治法》、《关于开展生态补偿试点工作指导意见》（环发［2007］130号）以及《南水北调工程水污染防治规划》等法规政策，同时依据南水北调工程的具体情况，结合山东省的《山东省南水北调工程沿线区域水污染防治条例》，建议南水北调工程水质纠纷相关的地方政府也制定相应的各地方的南水北调水污染防治条例，使得南水北调工程的水污染防治工作更加具体、更加有针对性。

（2）政策执行方面

首先是现有的政策的有效执行。

其次，当水质纠纷发生时，要做好该地区和周边地区水质纠纷的预警，预警开展的越早越好。对人民进行宣传教育，改变其思想观念，化解矛盾，抱有一种负责任的态度会使人民消除戒备心，有助于矛盾的化解。同时要开展各相关地区的沟通和协调，使各地区团结一心，共同应对危机。同时做好矛盾激化的应急准备，应急准备的越早越有助于矛盾的解决。

南水北调东线工程水质纠纷管理是针对东线工程沿线的水体污染发生以后，由于其本身的突发性和不可控性，事件可能蔓延到更大的空间范围和更高的烈度。南水北调东线工程复杂，若上游发生水体污染或者是相关的突发事件，将会通过水流流动，影响到整个区域。调水水质是成功实施东线工程的关键，一直是社会各界关注的热点问题。对于东线工程水质纠纷的管理控制重点在源头，即处理好沿线的水质问题，则相应的纠纷就不会存在。因此，东线沿线水质问题参照工程的环境风险与生态风险的控制策略进行管理与规避。

中线工程水源区的水质是中线工程的关键，也是社会各界关注的焦点。丹江口水库是南水北调中线的调水源头，所以一旦发生了水体污染事件，影响波及会更大，会严重影响整个中线的运行，使水库周边的居民用水得不到解决，引起很大的社会风险。水库周围生活着众多的居民，他们的衣、食、住、行、用都与水库有密切的关系，所以其在连锁式扩散、辐射式扩散方面更加明显，水体污染直接导致居民没有生活用水、养殖业受损、农作物不能正常灌溉等在多个维度上的发散和叠加；在循环式扩散方面，单一水体污染可能引起养殖业受损，鱼类等的大量死亡会加重水体的污染程度，形成恶性循环。由于水源区水质问题引发的社会风险，在进行管理控制的时候，也要从源头抓起，重点在于管理控制好水源区的水质。因此，这方面的管理控制政策参照环境风险的相关控制策略来执行。

9.3.3.2　船舶溢油事故控制措施

对于船舶溢油事故，最重要的工作在于防范措施，而事故一旦发生，将会造成很大的损失，因此，在事故未发生时，要尽最大的努力来做好防范工作。

（1）制定并完善相关法律

各航道管理部门应该根据《中华人民共和国内河交通安全管理条例》、《中华人民共和国危险化学品安全管理条例》、《船舶载运危险货物安全监督管理规定》（交通部 2003 年第 10 号）、《中华人民共和国船舶安全检查规则》（交通部令 1997 年第 15 号）、《船舶检验工作管理暂行办法》（交通部海事局［2000］586 号）、《关于建立水上交通险情报告制度的请示》（交通部、国家经贸委交海发〔2000〕57 号）、《防治船舶污染内河水域环境管理规定》（交通部 2005 年第 11 号令）等有关法律、法规，加强对船舶，特别是危险品运输船舶及码头的日常管理，杜绝事故隐患。

（2）加强对潜在风险因子的监测工作

在事故发生之前，对潜在的风险因子进行日常监测，防范事故的发生，如果该风险因子发生变化，要及时向上级反映，以保证事故发生后及时作出合理的应对方案。同时，对周围的风险因子调查，这些风险因子可能会随时间的变化而转化为潜在的风险因子，对这些因子也需要作出监测，制定相应的监测制度，采取一定的防范措施，以减小风险的发生。

（3）加强水源保护区的保护工作

在取水口及水源保护区周围设置警示牌，提醒周围船舶的操作人员加强安全意识；禁止装有危险品的船舶在以上区域航行；禁止船舶在以上区域锚泊或过驳；禁止船舶在以上区域排放任何污染物。同时，船舶加油站或服务区的设置应该离这些区域一定的距离，避免污染以上区域，以保证水质。

（4）加强专业人员的监测应急能力

为了对船舶溢油事故更好地控制与处理，应该组建专业应急队伍，加强专业人员的培训与演练，强化他们的应急能力，提高应急水平。同时，也要加强他们对科学知识的学习，提高他们的业务能力，避免出现一些不必要的错误。

9.3.3.3　有毒化学品泄漏事故控制措施

（1）完善化学品安全监督管理法律体系

目前，我国危险化学品的安全监督管理工作还在不断发展中，尚没有统一的管理方法和标准，而且管理部门分工也不是很明确，这对防范化学品的危害有很大的阻碍。为了能在化学品危害产生之前，对其采取相应的防范措施，就必须建立起完善的监督管理法律体系。在储存有毒化学品的区域，管理人员应根据《中华人民共和国危险化学品安全管理条例》，针对各个区域的特点，制定相应的管理条例。同时，根据环境防治法的相关规定，制定合理的化学品清除方案，以便在危险发生后及时处理，减小损失。

（2）加强储存罐区的管理工作

储存罐区的管理部门应该加强化学品的管理工作，出台相应的管理制度，要求所有的工作人员必须遵守。同时，在罐区安装特别的仪器和监测报警装置，加强储存罐区指标的监测工作，一旦监测结果超出了范围，就会及时发出警报，保证周围人员的安全撤离，以减小损失。另外，罐区应该配备齐全的消防器械及危险品处理材料，事故一旦发生，可以马上采取措施，等待专业人员来做进一步的处理。

（3）增强工作人员的安全意识

加强工作人员的安全意识，严格工作人员在《危险货物作业许可证》要求的适应范围内进行作业，加强对工作人员的技术培训，同时要进行安全培训教育，并建立相应的负责制度，工作人员管辖的范围发生事故时，工作人员要对其负责。此外，要定期向工作人员进行工作考核，增强他们的工作能力，定期补充相关的业务知识，保证事故发生的最小化。

9.3.3.4　污水非正常排放事故控制措施

（1）加强控制断面的监测工作

在工程正常运行条件下，加强控制断面的监测工作，监测各指标的变化情况，及时调查指标超标的原因。加强对周围的工业企业及污水处理厂的检查，监督污水处理厂及截污导流工程的运转状况，一旦发生事故，及时向上级反映。

（2）增强污水处理厂的管理工作

在污水处理厂安装在线监测警报装置，一旦污水处理厂由于设备损坏或操作失误引起的污水大量排放事故发生后，就立即发出警报，向上级汇报该事故。要不定期地检查污水处理厂的设备运转情况，保证其能正常使用，避免此类事故的发生。加强操作人员的技术培训，增加他们的环境保护意识，提高应对事故的能力，提高业务水平（万太本，1996）。

9.3.4　重点区域风险控制措施

9.3.4.1　东线工程东平湖二级湖堤运行风险控制措施

东平湖二级湖堤存在的问题主要为堤防级别过低、堤顶高程不足、石护坡破坏、堤身堤基质量隐患和堤顶宽度不足等。以下将针对这几个问题分别进行分析并提出相应的对策和建议。

（1）提高堤防级别

二级湖堤为新、老湖隔堤，按保护人口及耕地面积为Ⅲ等乡村防护区，相应堤防级别为4级堤防。南水北调东线工程的实施使得二级湖堤的作用发生较大变化，柳长河输水干渠穿越了新湖区，干渠上1座1级建筑物和62座2、3级建筑物均处于二级湖堤的保护范围，且东线还需要利用老湖进行调蓄，届时老湖将担负着防洪、蓄水、灌溉等多重作用，由单一滞洪湖泊转变为综合利用湖泊，二级湖堤不仅仅是新、老湖区的隔堤，而将成为水库围坝的一部分，是水库的主要建筑物，因此有必要重新分析二级湖堤的工程级别。根据《防洪标准》（GB50201-94）及《堤防工程设计规范》（GB50286-98）对二级湖堤工程级别进行分析，若按照单纯保护新湖区的人口、耕地面积来确定其堤防级别，仍为4级堤防；按保护南水北调东线柳长河输水干渠及蓄水功能来确定为1级堤防，防洪标准为100年一遇。考虑到黄河的防洪运用，且新湖区淹没对输水建筑物破坏程度较轻，对供水功能的影响也较小，近期二级湖堤的堤防级别可为2级堤防，防洪标准为50年一遇。

但老湖单独滞蓄汶河洪水时，根据戴村坝站设计洪量成果，50年一遇洪水12日洪量为16.41亿m^3，而老湖的总库容（包括死库容）只有11.94亿m^3，如果二级湖堤的防洪标准达到50年一遇，则老湖周边工程和大清河南北堤工程均不满足要求。考虑到二级湖堤现有的工程标准是防汶河10年一遇洪水的4级堤防，把防洪标准提高到50年一遇后，存在与现有其他工程不配套的实际困难，一时难以达到。因此，宜适当降低要求，分期实现，近期可采取如下办法处理：按2级堤防控制堤防超高、堤顶宽度、抗滑稳定安全系数；设计防洪水位仍采用46.0m，以后视情况，并积极创造条件达到2级堤防的防洪标准，同时跟进加强应急抢护预案，相应提高工程管理等级。

（2）提高堤防高程

东平湖二级湖堤近期较大洪水过程出现在2001年和2003年。在老湖水位只有44.38m、43.20m情况下，遭遇较大的风浪，波浪爬高与风壅水之和分别为3.1m、3.6m，出现建库以来严重和最严重的风浪漫溢险情。若工程遭遇设计洪水情况下，出现同等风力，二级湖堤堤顶高度将明显不足。对二级湖堤在蓄滞洪46.0m水位时的堤防超高进行计算，得堤顶欠高值为0.37～1.34m。因此，宜对湖堤采取土方加高或加设防浪墙，同时加固加修石护坡、坡脚设多棱体等防浪保护，坡面做粗糙不规则的混凝土面层，并有计划地采取生物措施，尽量消减坡浪爬高。

（3）加固石护坡

二级湖堤为干砌块石护坡，厚0.3m、碎石垫层厚0.15m。在2001年洪水中，桩号9+000～18+000堤段石护坡坍塌4处，长1090m，主要为砌石松动脱落、蛰陷，主要破坏区域为42.0～44.5m波浪变动区。2003年洪水期间由于东平湖高水位持续较长时间，又遇长时间的大风侵袭，造成二级湖堤石护坡损坏总面积30 671m^2，其中连续片状破坏29 295m^2，主要破坏区域为42.5～45.7m波浪变动区，工程堤段遭严重淘刷坍塌，出现石块走失、堤身淘刷等险情，湖侧排水沟80%～90%底端都有塌陷坑。

石护坡破坏原因主要有以下三个方面：①原设计厚度不满足现行规范要求；②实际风速超过设计风速；③施工质量存在问题。

对二级湖堤进行分析后，认为二级湖堤石护坡满足稳定要求。因此，2003年石护坡只出现大面积坍塌破坏，未出现整体失稳的滑动破坏情况。对原设计条件下的石护坡厚度进行计算，得护坡厚度应为0.35～0.36m，现状厚度（0.3m）偏小20%。若按

2003年的实际风速，计算石护坡安全厚度为0.39m，超过原设计厚度30%，原设计厚度不满足现行规范要求。金山坝以西堤段石护坡厚度大于30cm，不需要进行加固；金山坝以东堤段44.38m水位以上实际石护坡厚度小于计算厚度4～7cm，不满足规范要求，需要进行加固。

此外，部分石护坡施工质量存在问题，砌石石料厚度不够、护坡缝隙过大，导致护坡在波浪的冲击及负压作用下，极易遭到破坏。

根据石护坡的现状分析，结合护坡破坏原因，应对二级湖堤石护坡进行分段加固：2003年洪水中破坏较严重的部位，已经经过翻修，施工质量较好，在运行过程中加以巡查注意即可；对于金山坝以西桩号0＋000～6＋650堤段现状石护坡厚度满足要求，不进行加固；桩号15＋600～16＋000堤段41.5m高程以上护坡，是在原干砌石上高压喷护10cm厚混凝土护面，共2480m^2，在2003年洪水过程中仅破坏20m^2。主要为高程41.5m以下未喷护部分块石走失，引起相邻喷护部分块石移动、走失，其上混凝土喷护护面蛰陷破坏。由此可见该类护坡抗冲能力较强。由于桩号6＋650～26＋731堤段44.38m水位以上石护坡厚度均不满足要求，差4～7cm。对桩号6＋500～13＋000、19＋000～26＋731堤段石护坡，建议采用混凝土喷护措施加固；桩号13＋000～19＋000堤段护坡遭受风浪较大，宜拆除现有护坡采用混凝土砌块护坡；44.38m水位以下，石护坡厚度满足要求，只需对破坏严重的部位进行局部翻修。

(4) 加固堤身、堤基

二级湖堤堤身断面经过多次加培而成，而且还经过浸泡废弃阶段。各次加培施工条件不同，使得堤身的质量和土质不均匀，有以黏土为主的，也有以壤土为主的。堤基土的地层分布复杂多变，有以黏土为主的，也有以壤土为主的，还有黏土、壤土、砂壤土相互交错的情况。通过对二级湖堤渗透、失稳风险率的计算和对二级湖堤渗流稳定和抗滑稳定的安全校核，当老湖蓄水位为46.00m时，各典型断面均满足稳定要求。

但由于堤身在施工、运行过程中存在干裂缝、微裂缝、孔洞、积水等问题，对堤身渗透性、抗滑稳定性均有较大影响，而这些问题无法通过稳定计算反映出来，根据黄河大堤加固经验，建议对二级湖堤堤身进行压力灌浆加固。

(5) 加宽堤顶宽度

社会的进步使得工程抢险手段主要为机械化抢险，防汛交通对堤顶宽度的要求有了很大的变化，只有相适应的道路，才能使机械化抢险的优势发挥出来。在2003年二级湖堤抢险过程中，由于二级湖堤的堤顶宽度只有6m，硬化路面宽5m，为了避免车辆堵塞，实行了单项交通管制，将抢险物资运至指定地点。如果遭遇严重的险情，堤顶宽度不足，必将制约防汛抢险物料及人员的运输。

堤顶宽度的确定主要考虑堤身稳定要求、防汛抢险、物料储存、交通运输、工程管理等因素。确定堤顶宽度的原则是在满足《堤防工程设计规范》(GB50286-98)、《堤防工程管理设计规范》(SL171-96)的基础上，充分考虑防汛抢险交通、工程机械化抢险及工程正常运行管理的需要。

二级湖堤的堤顶必须具有一定的宽度，双车道可满足防汛交通和抢险的需要、满足工程正常运行和管理的需求。根据《公路工程技术标准》（JTJ001-97）三级公路双车道，公路行车道最小宽度为6m，考虑路沿石及堤肩的宽度，二级湖堤的堤顶宽度应加宽到8m，才能解决堤顶道路宽度不足的问题，从而保证道路问题不致影响防洪抢险物资的运输。

9.3.4.2 东线工程苏-鲁跨界水事纠纷风险控制措施

对于南水北调东线工程跨界水事纠纷，站在政府层面从组织结构方面、制度建设方面以及政策执行方面给予以下控制政策的建议。

(1) 组织结构方面

鉴于南水北调东线跨界水事纠纷的特点：社会性、跨行政区域性、交叉性和综合性、长期性和积累性等。江苏山东跨界处的纠纷究其根源主要为跨界区域政府之间缺乏对跨界水事纠纷管理的合作与责任机制，难以克服地方保护主义的消极影响。地方保护主义使得地方政府在水事纠纷处理中态度消极，因此就需要建立沟通与协商机制，这不仅要考虑到江苏省、山东省地方行政主管部门的意见，还要考虑到交界处用水户的意见以及国家总的方针、法规、政策。

南水北调东线工程运行管理过程中，为使化解水事纠纷的各项工作措施真正落到实处，要明确其中各部门的职责，科学合理地划分权利，避免职能的遗漏和重复。相关流域机构、东线工程管理部门积极与地方政府沟通，逐步完善属地为主、条块结合的水事纠纷调处机制和水事纠纷调处的内部协调机制。

在工作措施上，水利部、两省的政府及省水行政主管部门、南水北调东线江苏水源有限责任公司、南水北调东线山东干线有限责任公司等各级行政主管部门从防患于未然入手，加大从源头上预防和化解水事纠纷的力度，建立健全水事纠纷排查工作机制和工作制度，建立省际水事纠纷月报制度和边界地区水事活动的协商制度，坚持每月开展省际水事纠纷的排查工作并提出相应的解决措施和建议。

所建立的协商机制阐述如下：水利部、两省的政府及省水行政主管部门、南水北调东线江苏水源有限责任公司、南水北调东线山东干线有限责任公司针对冲突的协商，主要通过会议的方式来进行，以法律文件的方式保证解决方案的执行，根据冲突的原因，会有环保部门或者交界处用水户参与协商。协商主要流程见图9.5。其中中央相关部委和国务院在其中起着指导作用；水利部调水局与各级政府部门进行沟通，并制订可行方案，协同各级政府监督方案的实施。

(2) 制度建设方面

1) 对现有法律体系的完善

目前，水事纠纷的主要处理依据是水利部2004年颁布的《省际水事纠纷预防和处理办法》。该办法从省际水事纠纷的处理机构、预防、处理、执行与监督几个方面做了

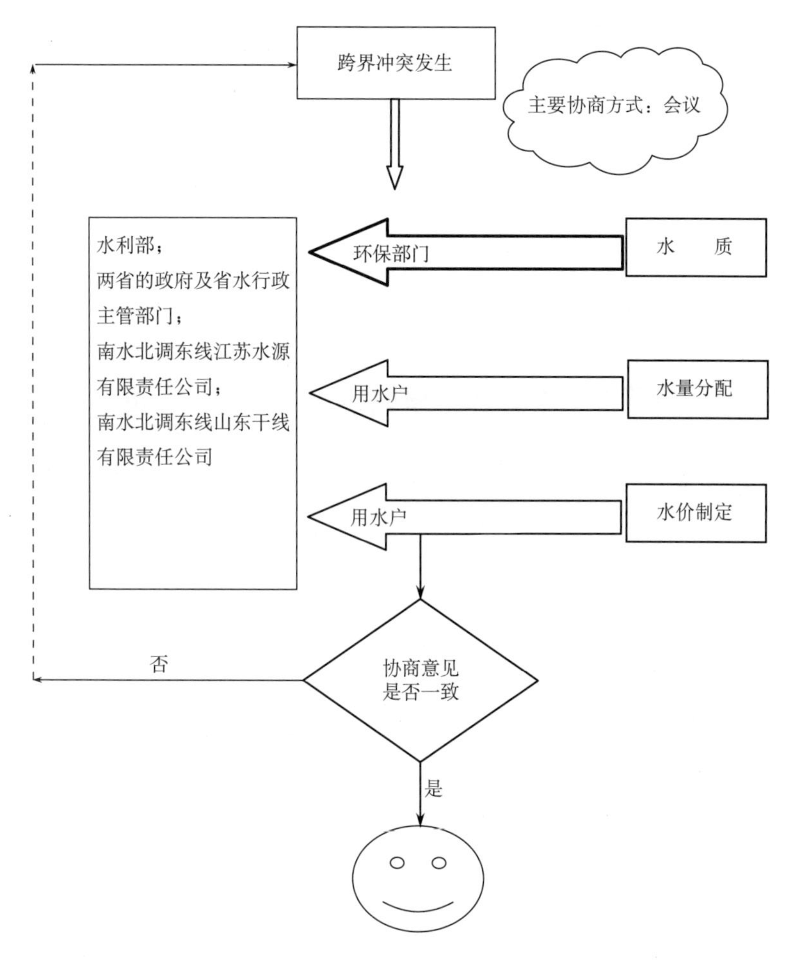

图 9.5　东线工程水事纠纷协商主要流程图

详细的规定。该办法规定了处理省际水事纠纷应当贯彻预防为主、预防与处理相结合的方针，按照有利于边界地区的社会稳定和经济发展、有利于水资源可持续利用的原则，由纠纷各方本着互谅互让、团结治水的精神，尊重历史，面对现实，公平合理地协商解决。经纠纷各方协商未达成协议的，由水利部或水利部所属流域管理机构（以下简称流域管理机构）处理。必要时，报国务院裁决。

其他相关的法规条例有《水法》、《环境保护法》、《污染防治法》、《防洪法》、《河道管理条例》等，这些法律专门针对如何处理水事纠纷制定了相应的原则规定。以上法律法规只是对如何处理水事纠纷给出了原则性的指导方针，并没有涉及具体的处理方法和内容，对各相关部门和组织也没有做出具体的职能划分。

基于以上的这种情形，针对东线工程跨界水事纠纷问题，建议水利部制定《南水北调东线工程跨界纠纷预防和处理办法》，根据具体情况，主要规定东线工程水事纠纷的处理原则，建立起详细的处理水事纠纷的程序及办法，对各相关机构部门的职能也应做出具体的规定。除了要制定出相应的法律法规以预防水事纠纷的发生外，还要加强水事纠纷发生后该如何处理的条文制定，真正做到有法可依、有章可循。

同时，在水事纠纷的预防方面，水利部应该在水资源的管理与分配方面也进行立法，并且要严格执行水质管理的相关法规，通过立法保障水资源分配、管理与水质管理的有效执行。

2）重视政府主导的力量

南水北调工程就其本质来说，是一项大型的基础设施工程，其运行的好坏关系着国民经济的发展与社会的稳定，因此，政府在工程的运行过程中要起着重要的主导作用。针对由于南水北调水的水价过高，调水区有可能拒绝接受从被调水区带来的南水北调水，从而引发社会风险这一问题，政府要做主要工作。可以在工程运行初期，以财政补贴的方式，鼓励调水区使用南水北调水，调水区通过补贴方式使用南水北调水提高了人民的生活水平，改善了调水区的生态环境，享受到了使用南水北调水的好处后，自然会愿意花钱买水，这样工程就可以正常运转起来。

3）建立和发挥水权制度

水权制度除了具有预防跨行政区水事纠纷的功能外，对解决跨行政区水事纠纷也具有重要价值。采用水资源使用权转让、建立水资源交易市场等市场机制是解决不同行政区水事纠纷的一个有效途径。随着区域经济的不断发展，实现各行政区水资源初始产权的公平划分，对于解决跨行政区水事纠纷具有重要意义。我们已有运用水权制度来解决跨界纠纷的案例，如 2001 年漳河上游管理局运用水权水市场理论，实施跨省有偿调水，有效地解决了河南、河北多年存在的跨行政区水事纠纷。

建立完备的水权制度有利于发挥经济手段，特别是所有权和价格机制在优化配置水资源方面的作用，建立具有社会主义特色的水资源市场机制，将有利于解决南水北调、向缺水地区供水等水权纠纷和水利益合理分配问题；有利于更合理地开发利用水资源，节约和保护水资源，防止水资源的污染、浪费和枯竭，实现水资源的可持续开发利用，促进经济、社会和环境的协调、可持续发展。设定水权制度的理想立法模式是由物权法和水法规共同进行规制。有关法规应在理念和规范设计上给水权留下成长空间，承认水权为物权的一种，并将其定位为特殊的用益物权，至于水权制度的具体内容则应由相关的水法规来规定。

南水北调东线工程是江苏省江水北调工程的扩大和延伸，其运行与管理具有准市场特性，既包括市场化模式，又有政府行政干预。东线工程运行跨界水事纠纷主要是指两省关于水量配置、水质以及水价制定方面的矛盾，建立水权制度是水量合理配置，水价公平制定以及水质问题处理的有效手段。因此，应在东线工程建立完善完备的水权制度，明确交界处各省的水资源使用权，在政府主导的前提下，实施南水北调水的交易市场机制。在市场机制正常运行的前提下，可以考虑对东线工程使用基于水期权交易的水资源配置方式，使水权交易变得更加方便、可行，大大减少水权交易买、卖方的风险，降低水资源配置的成本，并且能够解决传统理论和方法难以处理的问题。

（3）政策执行方面

1）建立信息管理系统，科学预防和控制水事纠纷

基于行政处理水事纠纷的效率原则、效益原则和法律效力原则，建立南水北调东线江苏山东水事信息管理系统，该系统囊括江苏段、江苏山东交界段、山东段等东线全线的所有水事信息和政策信息，对信息实行实时更新，提供实时、准确的信息给各方，为东线工程的信息查询、水事管理提供一个先进的、多方位的信息平台，使决策、管理人员以及协调人员，结合各种可能的新技术对东线工程江苏山东段出现的各种边界水事问题进行科学有效的规划、管理、决策，使有限的信息资源发挥最大的效益。

此信息系统对今后的水事管理、边界水事纠纷的处理和协调工作提供了及时、准确、直观的可靠依据，具有可行性和具体操作性。协调各方关系，变纠纷事后调处为事前预防，提前介入，主动协调，发挥流域管理机构的作用，也有利于维护行政处理结果的权威性、法律约束性，节约和减少处理跨行政区水事纠纷的社会总成本。不仅可以减轻管理人员的劳动强度，大大减少人为误差、提高工作效率，更好地为水事纠纷调处工作服务，也使水事管理工作更趋科学化、规范化和现代化。

2）加强宣传教育

宣传教育主要从思想方面出发，改变东线沿线地区人民的思想偏差，预防水事纠纷的发生。在调水区，主要宣传重点在改变人民的思想偏差，转变调水会吃亏的思想。在江苏与山东交界地区，强调利用多种形式加强水利普法宣传，引导群众依法反映合理诉求、依法解决水事纠纷。宣传教育应坚持由事后调处向预防为主、预防与调处相结合转变，就能有效防止纠纷的发生；只要从解决相关群众最关心的利益关系入手，就能稳定各方；只要营造遵守法律、依法办事的社会风尚，就能做到长远见效。

9.3.4.3　中线工程水源区移民纠纷风险控制措施

南水北调工程现有的征地移民政策与体制已经最大程度地体现了“以人为本”的思想，在政策制定过程中充分考虑了现有其他水利水电工程和南水北调工程的实际情况，充分考虑了新老移民，充分考虑了生产资料较少的移民与安置区原有农民人均占有生产资料的相对平衡。

因此，对于中线工程水源区移民问题引发社会风险控制策略重点包括以下两点。

（1）制度建设方面

完善南水北调移民的后期扶持方面的相关条例与法规。移民是一项长期的工程，移民的顺利搬迁只是移民工作的第一步，如何让移民能够融入新的生活环境，保证移民地区的社会稳定与经济发展是移民工作的重要内容，也是移民后期扶持工作的主要目的。

对于南水北调移民而言，由于其规模大、影响远，因此有必要建立相关的条例与法规来规定与保障后期扶持工作的顺利进行。相关内容包括区县级以上地方人民政府负责编制本行政区域的水库移民后期生产、生活扶持规划，并报上一级人民政府或者其移民管理机构批准后具体实施；地方各级人民政府及其有关部门负责对移民进行科学文化知

识和实用技术的培训；监督评估单位对移民安置后生产、生活的恢复情况进行跟踪监测评估；各级审计、监察机关对水库移民后期扶持资金的拨付、使用及管理情况进行审计、监察和监督，等等。

(2) 政策执行方面

首先是现有移民政策的有效执行。南水北调工程现有移民政策的有效执行是控制南水北调中线水源区社会风险的主要策略之一。因为政策执行是政策过程的一个重要阶段，是将政策目标转化为政策现实的唯一途径。政策执行的有效与否事关政策的成败。

其次是移民工作中政府角色的合理定位。南水北调工程移民是一项长期、艰巨、复杂的系统工程。其移民问题的处理主要采用政府行为，即移民的政府负责制。移民工作不仅是南水北调工程建设运行的前提，而且关系到区域经济发展和社会稳定。移民工作的实施主体在今后一段时间内仍只能是地方各级政府。通过各级政府在移民安置实施工作中发挥组织领导和指导监管作用，才能确保移民工作顺利完成。水库移民工作实行政府行为保障了国家在财力有限的情况下，政府能够集中国家财力、人力、资源等方面的力量，有力推进移民搬迁安置和工程建设的顺利进行及圆满完成。因此，政府在南水北调中线工程水源区社会风险管理中要合理定位，避免出现在水库移民工作中，一些地方政府机构往往用水库移民补偿安置经费来减少本级财政的开支，尽可能多地“留用”移民补偿安置资金等现象。

9.3.5　南水北调工程运行风险控制措施集

综合上述各风险子类别的风险控制措施，分别归纳出南水北调东线和中线的风险控制措施集，如表 9.14 和表 9.15 所示。

表 9.14　南水北调东线风险控制措施集

风险类别	工程措施	非工程措施
工程	定期进行地基监测，保障泵站的工程安全	划分堤防安全等级，实施堤防工程安全实时监测系统
	对堤防进行工程上的加固、维护和决策	加强信息化建设，及时获知水情信息
	加快对采煤沉陷段应急处理及加固进程，确保堤防安全及完整	加快对采煤沉陷段应急处理及加固进程，确保堤防安全及完整
	扎实做好水闸工程维修，确保启闭灵活	进一步落实河道险工段及在建工程的防汛责任
		扎实做好水闸工程维修，确保启闭灵活，运用自如
水文	修建水利工程，如引水、提水、输水、蓄水和排水设施以及一些保护性工程	建立统一的调水实时调度管理信息系统及南水北调运行风险管理系统
	兴建水源地补水过程	提高工程管理的信息化系统
	对输水渠道实行全断面衬砌，减少沿程输水损失	加强风险管理的立法
		加强对广大群众的宣传、教育

续表

风险类别	工程措施	非工程措施
环境	兴建截污导流工程	减小风险区的污染企业，倡导清洁生产
		加强截污导流工程的运行管理，加强污水处理厂的监督
		减少航运船舶，控制航运污染
	兴建污水处理厂	加强湖泊养殖的管理
		增强作业人员的环境保护意识，提高操作技能
经济	提高工程运行效率	加强管理，降低可变成本
		两部制水价，预先签订售水协议
		推动水资源费征收标准的制订，完善水资源费征收体系
		与银行签订合理还贷协议，收益好的年份多还，收益差的年份少还
		建立会计信息系统、财务预算制度与控制制度
社会		完善法律建设，建立水权制度
		建立沟通与协商机制，明确分工、建立责任制度
		建立信息管理系统，科学预防和控制水事纠纷
		后期扶持工作

表 9.15　南水北调中线风险控制措施集

风险类别	工程措施	非工程措施
工程	提高建筑物防洪标准及建筑物之间的关联性	加强建筑物安全性能的自动监测，提高自动监测水平
		完善管理体制，保障工程安全
	增加在线调节水库规模或个数，提高工程安全性	制订定期维护和维修计划
		制订应急抢险、加固和供水方案
	加强沿线渠道边坡的防护，降低渠道边坡失稳风险	选取典型地段，进行风险控制决策预案分析
		根据风险评价结果，制定工程风险管理技术
水文	兴建水源地	实行相关补偿工程，压缩水源区上下游用水量，以控制丹江口水库用水增长
	加高大坝，提高丹江口水库调节能力	加强输水总干渠沿线交叉建筑物的安全监测
	对中线沿线特殊工程地段进行加固处理	建立沿线暴雨区域极端气候预警机制，提高洪水预报水平
	通过对输水渠道实行全断面衬砌等措施以减少沿程输水损失	实施水资源实时调度管理，提高水资源管理的信息化水平
	进一步开发可以利用的水源，建设相应的“开源”工程	采取严格的“节流”措施，推广节水器具，加快节水型社会建设步伐
		提高城市污水处理水平，实现污水的达标排放

续表

风险类别	工程措施	非工程措施
环境	流域治污工程	合理制订渔业发展规划、加强用水管理
		尽快成立汉江经济带开发管理机构，实行统筹调度、统一管理
		落实生态环境保护规划，预防为主、保护优先、防治结合
	农业生态工程	划分保护区，建设生态监测系统
		进一步加大宣传力度，增加人们的生态保护意识
社会	同东线	同东线
经济	同东线	同东线

第十章　南水北调工程运行安全保障预案

10.1　安全保障预案的制定原则及分类

安全保障预案的制定是将宏观风险控制管理方案落实于南水北调工程运行风险管理实践中的必要手段，是主要针对南水北调工程运行过程中发生的不可控制风险事件而制定的末端控制策略。安全保障预案的制定是一个典型的多时空的决策过程，其制定的主要目标是风险事后损失最小化。

10.1.1　预案的制定原则

（1）科学发展原则

南水北调工程运行安全保障预案的制定要坚持以人为本，把提高人民生活质量、保障经济社会发展用水需求作为落脚点，在充分考虑水资源和水环境承载能力的基础上，统筹考虑受水区生活、生产、生态用水需求和调出区的水资源状况，优化调水方案，做到顾全大局，统筹兼顾，促进经济、社会、资源、环境协调发展，实现人与自然和谐相处。南水北调工程以供水为主，在实际运用中根据工程承担任务的主次关系和轻重缓急情况，结合各种工程与非工程措施的配合运用，以供水效益最大为准则进行统一调度。

（2）系统性原则

系统性原则包括相关性、层次性、整体性和综合性。南水北调工程不是一个单纯的调水工程，而是一项庞大而又复杂的系统性工程，其运行安全所涉及的众多方面因素不是孤立存在的。按照系统论的观点，风险是多因素共同作用的结果，在安全保障预案中，要有效地进行风险预防和控制，就必须运用系统工程的观点，跨学科的采用各种方法研究和解决各种系统问题。这就要求预案体系的构建必须考虑各子系统的相互联系和影响，科学选择风险防控和灾后恢复措施，以提高系统的整体效果为原则。其中，相关性是指要运用系统论的相关性原理不断分析，研究全面的风险控制措施集；层次性是指各种层次的风险对应不同的风险控制方案，层次之间要相互适应并具有一致性；整体性是指不仅要注意各类防控措施的内在联系，而且要注意整体的功能和目标；综合性是指不仅要有事前的风险控制预案，还要有事后的减灾保障机制，事前与事后综合，才能更为客观和全面。

（3）整体利益优先原则

我国北方水少，尤其是黄河流域上中游地区水资源不足，严重影响该地区经济社会的可持续发展，调水对北方地区的经济社会发展是雪中送炭，但对调出区的经济社会发展，尤其是调水河段临近地区的经济社会发展会有一定的影响。要从全国的大局出发，站在南北方协调发展的高度，保障国家经济社会发展的全面、协调和可持续。供水工程输水距离很长，工程沿线经济、环境、气候等存在较大差异，当遭遇旱情等特殊情况，导致水量紧缺或输水中断时，本着局部服从整体，整体照顾局部的原则，使灾害损失降到最低程度。

（4）可持续性原则

制定风险控制措施时应注意资源节约、环境友好。调水对调出区相关河段产生一定的生态影响是不可避免的，这是南水北调工程的一种生态成本。把调水对生态环境的影响作为重要制约因素，使调水规模与生态建设及环境保护相协调，在调水过程中，加强监测与保护，尽量减少或避免调水对生态环境的影响。要认真研究各种生态补偿措施，努力把对调出区的生态影响降低到最小。

（5）可操作性原则

预案的设计和制定要求目的明确、条目清晰，能方便风险管理者参照和套用，要考虑现行风险控制水平，并且有利于系统安全的改进。另外，其内容不应太繁、太细，要简洁明了，否则会给管理者带来不必要的麻烦。

（6）重点突出原则

一切调度活动都必须建立在保证工程、环境、水文、社会和经济安全的基础上。风险控制的措施选择要全面，但应该区别主次、轻重，要突出当前全局性而又极为关键的风险问题，以保证重点和集中力量控制住那些发生频率高、后果严重的风险。

（7）动态性原则

预案的制订不仅要反映一定时期内调水系统安全的实际情况，而且还要跟踪其变化情况，以便及时发现问题，防患于未然。此外，预案的制订应随着风险价值观念的变化不断调整；否则，可能会因不合时宜而导致决策失误。历史规律中也隐含着将来的发展趋势，安全保障预案需要经过实践的检验，不断改进和提高。

10.1.2 预案的分类

从功能与目标角度，将预案划分为综合预案和专项预案。

（1）综合预案

综合预案从总体上阐述调度方针、政策、调度组织机构及相应的职责、风险控制的思路等。综合预案应全面考虑管理者的责任和义务，并说明紧急情况下风险防控救援体系的预防、准备、应急和恢复等过程的关联。通过综合预案可以很清晰地了解南水北调工程运行安全保障体系及文件体系，综合预案可作为整个调水工程风险控制工作的基础和“底线”，即使对那些没有预料的紧急情况也能起到一般的指导作用。综合预案非常复杂、庞大。

(2) 专项预案

专项预案是针对某种具体的、特定类型的紧急情况而制订的。某些专项预案包括准备措施，但大多数专项预案通常只有应急阶段部分，不涉及事故的预防和准备及事故后的恢复阶段。专项预案是在综合预案的基础上充分考虑某特定危险的特点，对应急的形势、组织机构、应急活动等进行更具体的阐述，具有较强的针对性，但需要做好协调工作。

10.2 安全保障预案的实施流程

整个行动流程从纵向来看，从风险事件的产生开始，到整个事件的处理从外围接警与报警开始到事故信息的确认然后进行响应，最后响应关闭四个大体步骤（郭志刚，2006），如图 10.1 所示。

(1) 外围接警与报警

外围的接警与报警主要包括事故现场的报警，是指发生事故的现场，对其现场事故的描述。

(2) 事故信息的确认

事故信息的确认主要是通过指挥中心接警来确定。事故信息的确定主要包括以下内容：

1）事故的基本信息

事故的基本信息主要包括：①报警人姓名及联系电话；②事故发生时间、地点；③事故类型；④气象状况（如风速、风向、天气状况等）；⑤危害波及范围和程度；⑥有无人员伤亡。

由于报警人员对事故了解程度的差异，上述信息并不一定能够全部获得，接警人员应尽可能详细记录有关事故信息，并保证在第一时间汇报给相关部门。

2）事故地理位置的确定

事故地理位置的确定即事发的具体地点，以及周围的居民、企业状况以及地理位置等。方便采取有效的措施。

3）对报警信息进行确认

4）预测事故影响范围

5）事故等级评定

事故等级评定是指根据所了解到的事故信息（事故影响范围、范围内环境敏感点、引发事故的危险物质、污染物可能的泄漏量、事故发生地的气象和地区特点等），由监测领导小组对事故规模作出初步等级评定。

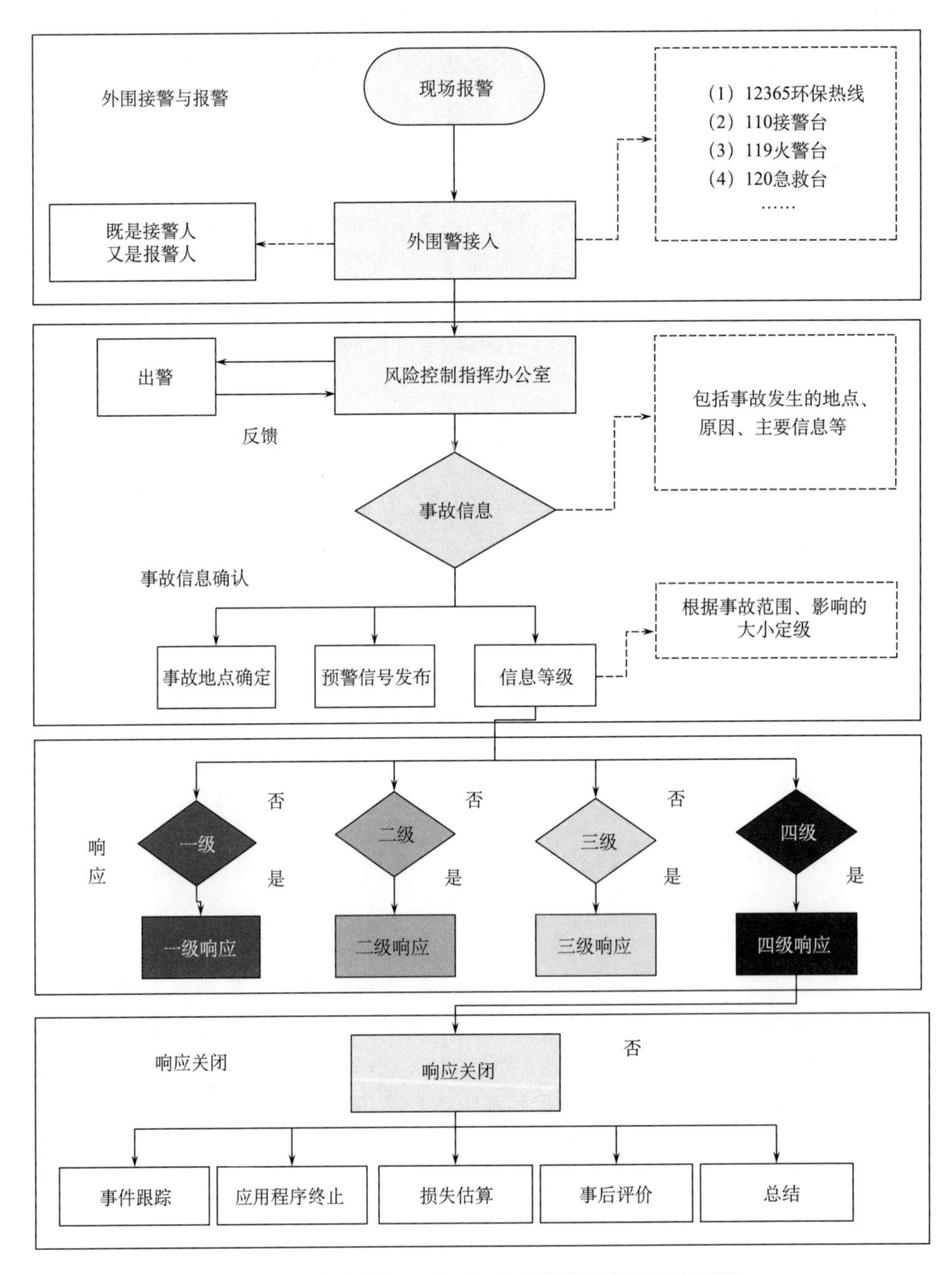

图 10.1 南水北调工程运行安全保障预案实施流程图

6）预警信号发布

根据南水北调工程运行风险事件发生的紧迫程度、危害程度和影响范围，预警信息或险情信息可以按风险等级分级。预警信号按其发生危害的程度分为特别重大事件（“红”，Ⅰ）、重大事件（“橙”，Ⅱ）、较大事件（“黄”，Ⅲ）、一般事件（“蓝”，Ⅳ）

四个级别，每个级别下的风险控制措施各不相同。

坚持正确的舆论导向，建立畅通的信息渠道，通过建立队伍、完善制度、打造平台、强化沟通等一系列措施，采取不回避、不隐瞒的态度，注重南水北调风险事件预警的新闻发布、事件处理信息报送、信息平台构建等信息发布，以防民众被误导与干扰。

（3）响应

响应主要是按照预警信息的发布，及时出动警力以及相关协调部门以很好地控制事情的发生，防止其蔓延、衍化等。其主要分为四个等级的响应，即针对特别重大事件（“红”，Ⅰ）、重大事件（“橙”，Ⅱ）、较大事件（“黄”，Ⅲ）、一般事件（“蓝”，Ⅳ）四个级别的预警信息（表 10.1）。

表 10.1　预警及对应的响应级别

事件级别	预警级别	响应级别
特别重大事件	红色预警（Ⅰ）	Ⅰ级响应
重大事件	橙色预警（Ⅱ）	Ⅱ级响应
较大事件	黄色预警（Ⅲ）	Ⅲ级响应
一般事件	蓝色预警（Ⅳ）	Ⅳ级响应

对南水北调运行所发生的风险事件，属于较大或一般的，由当地负责及时、果断处置，风险控制指挥中心给予指导。发生特别重大或重大突发公共事件，由风险控制指挥中心决定启动相应的风险控制预案，统一指挥紧急处置工作，并按规定向国务院报告。

发生涉外特别重大或重大南水北调风险事件，风险控制指挥中心按规定上报国务院，并具体负责处置，同时召集卫生、警察等部门参加，参与相关事宜的处理。对于跨省（自治区、直辖市）的特别重大或重大风险事件，风险控制指挥中心应按规定上报国务院，并与有关省（自治区、直辖市）搞好协调。

对于先期处置未能有效控制事态的特别重大突发性事件，要及时启动相关预案，由国务院相关风险控制指挥机构或国务院工作组统一指挥或指导有关地区、部门开展处置工作。

（4）响应关闭

响应关闭主要是指在响应完成以后，并实施了相应的措施及补救程序以后，还需要进行事件的跟踪、应用程序的终止、损失估算、事后评价、总结等步骤。

① 事件的跟踪，主要是指在风险事件发生并得到了控制以后，对事件继续观察、追踪，了解风险事件处理的效果如何，是不是得到了很好的控制，并对有可能扩大或者是有可能出现的事件控制，防止其再次发生或者是转变为其他风险事件。

② 应用程序的终止，主要是指已经妥善解决的事件，在确保其不会导致其他风险事件的情况下，终止应用程序。

③ 损失估算，主要是指对发生风险事件造成的影响，主要从经济方面造成的损失来估算，比如对房屋、企业、交通设施以及公共设施等的破坏程度的估算。

④ 事后评价，即对事件的发生和发展过程追踪评价，找出其中可以改进的地方，并做相关的改进，对预案中没有涉及的情况进行完善和修改，对整个风险控制处理的流程做出文字方面的总结，并存档保存，以备发生类似情况借鉴查用。

⑤ 总结，即对整个风险事件的处理情况小结，对相关责任人和当事人做出表扬和处罚，以保证人们对南水北调工程各类风险事件的重视，并尽量避免各类风险的发生，做好监控工作。

10.3 南水北调工程运行安全保障专项预案集

10.3.1 南水北调东线跨界水事纠纷风险控制预案

(1) 编制目的

为防止南水北调东线江苏山东交界段发生跨界水事纠纷的发生，使南水北调东线运行处于可控状态，保障工程通畅运行，维护两省的社会稳定，促进社会经济的全面、协调、可持续发展。

(2) 预案适用范围

适用于由于跨界水事纠纷引起的社会风险。

事件分级：将南水北调东线跨界水事纠纷分为Ⅰ至Ⅳ四个等级。

特别重大水事纠纷事件（Ⅰ级）包括：①一次参与人数5000人以上，严重影响社会稳定的事件；②冲击、围攻县级以上党、政、军机关和要害部门，打、砸、抢、烧乡镇以上党、政、军机关的事件；③参与人员对抗性特征突出，已发生大规模的打、砸、抢、烧等违法犯罪行为；④阻断铁路繁忙干线、国道、高速公路和重要交通枢纽、城市交通8小时停运，或阻挠、妨碍国家重点建设工程施工，造成24小时以上停工事件；⑤造成10人以上死亡或30人以上受伤，严重危害社会稳定的事件；⑥参与人数500人以上，或造成重大人员伤亡的群体性械斗、冲突事件；⑦其他视情况需要作为特别重大水事纠纷事件对待的事件。

重大水事纠纷事件（Ⅱ级）包括：①参与人数在1000人以上、5000人以下，影响较大的非法集会游行示威、上访请愿、聚众闹事、罢工等，或人数不多但涉及面广和有可能进京的非法集会和集体上访事件；②造成3人以上、10人以下死亡，或10人以上、30人以下受伤水事纠纷事件；③参与人数200人以上、500人以下，或造成较大人员伤亡的群体性械斗、冲突事件；④已出现跨越省范围的影响社会稳定的连锁反应，或造成了较严重的危害和损失，事态仍可能进一步扩大和升级的事件；⑤其他视情况需要作为重大水事纠纷事件对待的事件。

较大水事纠纷事件（Ⅲ级）包括：①参与人数在500人以上、1000人以下，有影响的非法集会游行示威、上访请愿、聚众闹事、罢工等，或人数不多但涉及面广和有可能进京的非法集会和集体上访事件；②造成3人以下死亡，或10人以下受伤水事纠纷事件；③参与人数50人以上、200人以下，或造成较大人员伤亡的群体性械斗、冲突事件；④已出现跨越地区（县、市、区）范围的影响社会稳定的连锁反应，或造成较严重的危害和损失，事态仍可能进一步扩大和升级的事件。

一般水事纠纷事件（Ⅳ级）包括：①参与人数在500人以下，影响当地政府的非法集会游行示威、上访请愿、聚众闹事、罢工等；②参与人数50人以下的一般性人员群体性械斗、冲突事件；③已出现到当地部门上访等，事态仍可能进一步扩大和升级的事件。

(3) 工作原则

1）坚持以人为本，预防为主

加强对水事纠纷事件危险源的监测、监控并实施监督管理，建立水事纠纷事件的防范体系，积极预防、及时控制、消除隐患，提高水事纠纷事件防范和处理能力，尽可能地避免或减少突发水事纠纷事件的发生，消除或减轻其造成的影响，最大程度地保障公众健康、保护人民群众生命财产安全。

2）坚持统一领导，分类管理，属地为主，分级响应

在国家的统一领导下，加强部门之间的协同与合作，提高快速反应能力。针对不同的社会风险所造成的水事纠纷，实行分类管理，充分发挥部门专业优势，使采取的措施与突发事件造成的危害范围和社会影响相适应。充分发挥地方政府职能作用，坚持属地为主，实行分级响应。

3）依法规范，加强管理

依据有关法律和行政法规，加强应急管理，维护公众的合法权益，使应对水事纠纷事件的工作规范化、制度化、法制化。

4）坚持平战结合，专兼结合，充分利用现有资源

积极做好应对突发事件的思想准备、物资准备、技术准备、工作准备，加强培训演练，充分利用现有专业救援力量，整合监测网络，引导、鼓励实现一专多能，发挥经过专门培训的救援力量的作用。

(4) 组织系统及职责

由水利部、江苏省和山东省两省政府及省行政主管部门以及南水北调江苏水源有限公司和南水北调东线山东干线有限责任公司组成水事纠纷协调管理小组，进行社会风险的控制，负责针对事故的发展状态，作出应急方案，及时将方案传达给现场应急小组，保证事故的损失最小。

(5) 预防与预警机制

1）预防预警信息

南水北调东线沿线水量信息、水质信息，以及水价信息，其他有可能对南水北调东线工程交界处运行造成影响事件信息。

2）预防工作

对东线交界处水事纠纷进行历史分析，对南水北调工程运行后交界处可能发生的水事纠纷进行分析，了解纠纷的主要矛盾，建立相关的协调机构进行日常的沟通协调工作。

3）预警及措施

当东线江苏与山东交界处发生水事纠纷时，由南水北调东线协调办公室负责协调，同时水事纠纷当事部门以及两省政府辅助协调。对于不可协调的冲突，则由上一级主管部门进行裁定。

4）预警支持系统

建立各种水事纠纷风险资料库。市政府有关部门负责建立事件应急处置数据库系统、生态安全数据库系统、突发事件专家决策支持系统、环境恢复周期检测反馈评估系统、辐射事件数据库系统。

（6）风险响应

社会风险事件响应坚持属地为主的原则。各省、自治区、直辖市政府按照有关规定全面负责风险事件处置工作，各区域政府相关部门根据情况给予协调支援。

按社会风险事件的可控性、严重程度和影响范围，突发事件的响应分为特别重大（Ⅰ级响应）、重大（Ⅱ级响应）、较大（Ⅲ级响应）、一般（Ⅳ级响应）四级。超出本级应急处置能力时，应及时请求上一级救援指挥机构启动上一级风险控制预案。Ⅲ级以上响应由省风险控制指挥部决定并上报国务院。

（7）响应关闭

南水北调东线跨界水事纠纷响应关闭需要符合以下条件：①水事纠纷内容经过南水北调东线协调办公室协调后，双方达成一致协议，没有纠纷；②水事纠纷双方经过协商不能够达成一致协议的，经由各相关部门、专家论证后，由上级主管部门进行裁定，矛盾解决。

10.3.2　南水北调中线水源区移民纠纷风险控制预案

（1）编制目的

为建立健全南水北调中线工程水源区移民问题突发事件应急体系和运行机制，保障移民安置区社会稳定，保证中线工程通畅运行，促进社会经济的全面、协调、可持续发展。

（2）预案适用范围

适用于南水北调中线水源区域范围内的移民群体性突发事件、灾难性事件的预防、预警和处置。

群体性突发事件，是指移民上访人员违反有关法律法规和政策的规定，采取过激行为方式反映意愿、诉求问题，或因信访突出问题集访市委、市政府和省委、省政府机关乃至赴京上访，造成或有可能造成较大社会影响，影响南水北调中线工程正常运行的大规模事件。

灾难性事件，是指移民发生群死、群伤、毁灭性灾害事件。

事件分级：将南水北调中线水源区移民纠纷分为Ⅰ至Ⅳ四个等级。

特别重大移民问题事件（Ⅰ级）包括：①一次参与人数5000人以上，严重影响社会稳定的事件；②冲击、围攻县级以上党、政、军机关和要害部门，打、砸、抢、烧乡镇以上党、政、军机关的事件；③参与人员对抗性特征突出，已发生大规模的打、砸、抢、烧等违法犯罪行为的事件；④阻断铁路繁忙干线、国道、高速公路和重要交通枢纽、城市交通8小时停运，或阻挠、妨碍南水北调工程正常运行，造成24小时以上停工事件；⑤其他视情需要作为特别重大移民问题事件对待的事件。

重大移民问题事件（Ⅱ级）包括：①参与人数在1000人以上、5000人以下，影响较大的非法集会游行示威、上访请愿、聚众闹事、罢工等，或人数不多但涉及面广和有可能进京的非法集会和集体上访事件；②已出现跨越省范围的影响社会稳定的连锁反应，或造成了较严重的危害和损失，事态仍可能进一步扩大和升级的事件；③其他视情需要作为重大移民问题事件对待的事件。

较大移民问题事件（Ⅲ）包括：①参与人数在500人以上、1000人以下，有影响的非法集会游行示威、上访请愿、聚众闹事、罢工等的事件；②已出现跨越地区（县、市、区）范围的影响社会稳定的连锁反应，或造成了较严重的危害和损失，事态仍可能进一步扩大和升级的事件。

一般移民问题事件（Ⅳ）包括：①参与人数在500人以下，影响当地政府的非法集会游行示威、上访请愿、聚众闹事、罢工等的事件；②已出现到当地部门上访等，事态仍可能进一步扩大和升级的事件。

(3) 编制依据及工作原则

1）编制依据

依据《中华人民共和国刑法》、《中华人民共和国集会游行示威法》、国务院《信访条例》和《大中型水利水电工程建设征地补偿和移民安置条例（修订案）》和《三峡库区汛期移民安全度汛应急预案》等相关法律法规，结合中线工程水源区实际，制定本预案。

2）工作原则

① 属地管理原则。以属地管理为主，辖区内一旦发生移民群体性突发事件，应立即启动风险控制预案，组织或参与处突工作。

② 以人为本原则。把移民的合法利益放在首位，把保持社会稳定和人民生命财产安全作为工作的首要任务。

③ 依法处置原则。严格按照国家法律法规和政策规定处理各种群体性突发事件，切实维护移民群众合法权益，维护移民群体和谐稳定。

(4) 组织系统及职责

由水利部、南水北调中线水源有限公司、湖北省政府及湖北省水行政主管部门组成移民纠纷协调管理小组进行社会风险的控制，负责针对事故的发展状态，作出应急方案，及时将方案传达给现场应急小组，保证事故的损失最小。

(5) 应急响应

1) 分级响应机制

社会风险事件应急响应坚持属地为主的原则。各省、自治区、直辖市政府按照有关规定全面负责事件应急处置工作，各区域政府相关部门根据情况给予协调支援。

按社会风险事件的可控性、严重程度和影响范围，突发事件的应急响应分为特别重大（Ⅰ级响应)、重大（Ⅱ级响应)、较大（Ⅲ级响应)、一般（Ⅳ级响应）四级。超出本级应急处置能力时，应及时请求上一级应急救援指挥机构启动上一级应急预案。Ⅲ级以上响应由省应急指挥部决定并上报国务院。

2) 风险控制体系

根据移民维稳工作建立风险控制机制，排查划分移民不稳定因素和突发事件的一般预防区和重点预防区，加大对可能引发突发群体性事件和矛盾纠纷的调解力度，做到发现得早、控制得住、处置得好，把不稳定因素和突出问题处理在萌芽状态，对早期发现的事件苗头及时预警，重大苗头向政府及时报告，与地方各级各部门及时沟通，采取积极措施，把可能引发的突发事件控制在最低程度。

3) 信息支持和信息报告

南水北调中线管理局移民办是突发群体性事件苗头的监测单位，负责预警指导和组织实施工作，要建立上下左右互联互通、高效灵敏的信息支持网络，对可能发生的危机信息及时处理。市移民办应加强与市级各部门的交流合作，及时掌握从公安、维稳、信访、安全、基层部门和移民群众的外来信息，发现异常现象和苗头，及时通报区（市）县有关部门，必要时派员调查核实并积极协助做好宣传解释工作。风险控制预案系统一旦启动，南水北调中线移民办自然进入“24 小时不间断值班状态”，视情执行“重大稳定信息紧急报送制”，保证突发事件处置过程信息渠道顺利畅通。

(6) 响应关闭

南水北调中线水源区移民纠纷突发事件响应在突发事件解决后进行关闭。

(7) 后期处置

预案实施结束后，移民大规模集体上访和突发性事件经过现场处置，疏散劝返处置后，要以地方党委、政府为主，共同做好集体上访移民群众思想稳定工作和矛盾化解工作，重点组织力量实施决策或承诺。

善后处理工作以事发地党委政府为主，上级领导机关应加强指导、协助、检查。主要包括对突发事件造成伤亡后的人员进行医疗救助或给予抚恤，对造成生产、生活困难的相关人员进行妥善安置，对其他善后事宜应尽快给予协调落实。

10.3.3　南水北调运行水质社会纠纷风险控制预案

（1）编制目的

为防止南水北调东线沿线水质，以及南水北调中线水源区水质问题引发社会纠纷与冲突事件的发生，使南水北调工程运行处于可控状态，保障工程通畅运行，维护社会稳定，促进社会经济的全面、协调、可持续发展。

（2）适用范围

适用于南水北调运行中发生的水质社会纠纷事件。

（3）编制依据

依据《中华人民共和国环境保护法》、《中华人民共和国水污染防治法》、《中华人民共和国固体废物污染环境防治法》、《中华人民共和国大气污染防治法》和《国家突发公共事件总体应急预案》及相关法律、行政法规，制订本预案。

事件分级：将南水北调水质问题引发的水质社会纠纷与冲突事件分为Ⅰ至Ⅳ四个等级。

特别重大水体污染事故（Ⅰ级）包括：①发生 30 人以上死亡，或 100 人以上中毒（重伤），或因水体污染事件需疏散、转移群众 5 万人以上，或直接经济损失 1000 万元以上，或区域生态功能严重丧失，或濒危物种生存环境遭到严重污染，或因水体污染使当地正常的经济、社会秩序受到严重影响的事件；②因水体污染造成重要城市主要水源地取水中断的污染事故；③因危险化学品（含剧毒品）或油在航运中发生泄漏，严重影响人民群众生产、生活和生态环境的污染事故。

重大水体污染事件（Ⅱ级）包括：①发生 10 人以上、30 人以下死亡，或 50 人以上、100 人以下中毒，或流域生态功能部分丧失或濒危物种生存环境受到污染，或因水体污染使当地经济、社会活动受到较大影响，疏散转移群众 1 万人以上、5 万人以下的事件；②因水体污染造成重要河流、湖泊、水库及沿海水域大面积污染，或县级以上城镇水源地取水中断的污染事故；③非法倾倒或埋藏剧毒危险废物事件。

较大水体污染事件（Ⅲ级）包括：①发生 3 人以上、10 人以下死亡，或中毒（重伤）50 人以下，或因水体污染使当地经济、社会活动受到一般影响，疏散转移群众 5000 人以上、1 万人以下的事件；②因水体污染造成河流、湖泊、水库及沿岸水域小面积污染，影响县级以下城镇水源地取水中断的污染事故；③因危险化学品（含剧毒品）或油在航运中发生泄漏，影响到人民群众生产、生活和生态环境的污染事故。

一般水体污染事件（Ⅳ级）包括：①发生 3 人以下死亡事件；②因水体污染造成河流、湖泊、水库及沿岸水域小面积污染，影响流域水质的污染事故。

（4）工作原则

1）以人为本，减少危害

切实履行政府的社会管理和公共服务职能，把保障公众健康和生命财产安全作为首要任务，最大程度地减少突发水体污染事件及其造成的人员伤亡和危害。

2）依靠科技，提高素质

加强公共安全科学研究和技术开发，采用先进的监测、预测、预警、预防和应急处置技术及设施，充分发挥专家队伍和专业人员的作用，提高应对水体污染事件的科技水平和指挥能力，避免发生次生、衍生事件；加强宣传和培训教育工作，提高公众自救、互救和应对各类突发公共事件的综合素质。

3）居安思危，预防为主

高度重视水体污染工作，常抓不懈，防患于未然。增强忧患意识，坚持预防与风险控制相结合，常态与非常态相结合，做好水体污染事件的各项准备工作。

4）快速反应，协同应对

加强以属地管理为主的风险控制队伍建设，建立联动协调制度，充分动员和发挥乡镇、社区、企事业单位、社会团体和志愿者队伍的作用，依靠公众力量，形成统一指挥、反应灵敏、功能齐全、协调有序、运转高效的应急管理机制。

（5）预防与预警机制

1）预防预警信息

南水北调东线沿线和中线水源区的水质信息、可能影响水质的信息以及水量信息。

2）预防工作

对东线沿线和中线水源区的水质历史信息进行分析，找出其随时间变化的规律，并在日常的工作中做好充分的防范准备。

对东线沿线及中线水源区的水质进行实时分析，发现有异常时立即调查，直到找出原因为止。

东线沿线及中线水源区各地要及时沟通信息，对上下游地区的水质情况密切关注，一旦发生异常情况，要做好应对准备。

3）预警及措施

东线沿线的水质问题主要分布在江苏省，由江苏省南水北调办公室管理。中线水源区的水质问题主要是在湖北省内，由中线水源公司管理。

4）预警支持系统

建立各种水体污染风险控制资料库。市政府有关部门负责建立事件风险控制数据库系统、生态安全数据库系统、突发事件专家决策支持系统、环境恢复周期检测反馈评估系统、辐射事件数据库系统。

（6）应急响应

坚持属地为主的原则。各省、自治区、直辖市政府按照有关规定全面负责事件应急处置工作，各区域政府相关部门根据情况给予协调支援。

按社会风险事件的可控性、严重程度和影响范围，突发环境事件的响应分为特别重大（Ⅰ级响应）、重大（Ⅱ级响应）、较大（Ⅲ级响应）、一般（Ⅳ级响应）四级。超出本级风险处置能力时，应及时请求上一级救援指挥机构启动上一级预案。Ⅲ级以上响应由省指挥部决定并上报国务院。

（7）响应关闭

南水北调东线沿线和中线水源区水体污染事件响应关闭需要符合以下条件：①水体污染经各相关专业机构检测后，水质符合相关的标准；②造成水体污染的原因被找出，并采取措施减轻或排除，使其不构成水体污染的诱因；③如果造成水体污染的诱因短时间内不能得到改善，确保有相关规则和政策保证其改善，响应也可关闭。

10.3.4　南水北调运行暴雨洪水引发工程失效风险控制预案

（1）编制目的

应对南水北调工程沿线暴雨洪水引起南水北调工程运行不畅，导致南水北调工程不能按规划设计方案实施调水。本预案编制的目的是为及时抢修损毁渠段，抢修泵站工程，为保持南水北调工程输水畅通提供指导。

（2）适用范围

适用于南水北调运行中沿线出现暴雨洪水风险事件，从而导致渠道工程或泵站系统运行不畅。

事件分级：根据可能的事故后果的影响范围、地点及导致供水中断事件等要素，分为四个等级：①Ⅰ级（国家级）。事故后果超过省、自治区、直辖市边界，调水工程毁坏、调水中断，影响受水区用水，抢修、处置时间预计在48小时以上。②Ⅱ级（省级）。事故发生的城市或地区没有特殊的设备进行处理，需动用全省力量来控制，调水工程毁坏、调水中断，影响受水区用水，抢修、处置时间预计在24小时以上、48小时以下。③Ⅲ级（地区、市级）。事故影响范围大，后果严重，发生在两个县或县级市管辖区的边界上，调水工程毁坏、调水中断，影响受水区用水，抢修、处置时间预计在24小时以下。④Ⅳ级（县、市、社区级）。事故涉及的影响可扩大到公共区，但可被该县（市、区）或社区的力量所控制，调水工程毁坏、调水中断，但基本不影响受水区用水。

（3）工作原则

① 以人为本、平急结合、科学应对、预防为主。
② 统一领导、分级负责、属地管理、联动协调。
③ 职责明确、规范有序、部门协作、资源共享。

（4）组织指挥体系及职责

成立联合抗洪抢险指挥部，整个指挥体系包括抗洪抢险总指挥、专家组、水源区调水管理机构、受水区受影响城市供水管理部门、现场指挥小组、通讯小组、纪检督察小组、险情发生地区政府机构、险情发生流域管理机构等（图 10.2）。

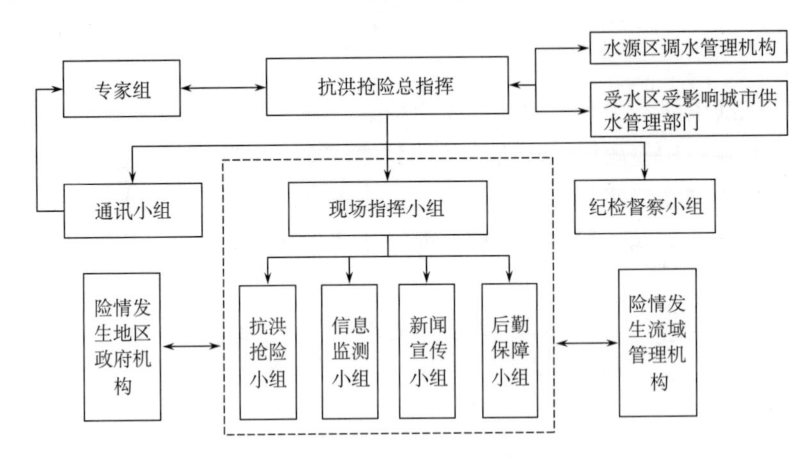

图 10.2　南水北调沿线暴雨洪水风险控制指挥体系

1）抗洪抢险总指挥

由水利部、南水北调规划设计管理局、受灾地区各省政府机构联合组成。主要职责：①发布抗洪抢险紧急动员令；②发布调水故障预警；③决定抢险方案；④协调抢险救灾、修复受损渠段专用拨款事宜；⑤负责调派物资、部队支援抢险；⑥决定抢险救灾的其他重要事项。

2）专家组

由水利、土木结构、岩土工程、泵站工程结构、气象、农业等方面的专家组成。主要职责：①负责渠道或泵站损毁事故原因的分析；②负责损毁抢修方案的制订；③负责抢修期间调水运行管理方案的制订。

3）现场指挥小组

由联合指挥部、专家组、南水北调规划设计管理局及事故发生地相关职能部门领导组成，下辖抗洪抢险小组、信息监测小组、新闻宣传小组和后勤保障小组四个分组。下面介绍各分组的主要职责。

抗洪抢险小组：①负责损毁现场勘察与分析，制订抢修工作技术方案；②负责组织施工技术人员进行抢修；③负责抢修期间调水运行管理方案的实施。

信息监测小组：①负责气象、水文、地质信息的监测和预报；②负责监测损毁渠道相邻渠段的受力及损伤情况；③对已监测信息进行初步分析，并向现场指挥小组汇报分析结果。

新闻宣传小组：①及时落实指挥部抗洪抢险命令、决定及抢险进展等资讯的播报任务；②报道临近城市供水受影响的程度；③编辑抗洪抢险录像专辑。坚持正确的舆论导向，建立畅通的信息渠道，通过建立队伍、完善制度、打造平台、强化沟通等一系列措施，采取不回避、不隐瞒的态度，注重南水北调风险事件预警的新闻发布、事件处理信息报送、信息平台构建等信息发布，以防民众被误导与干扰。

后勤保障小组：①负责指挥部值班领导和工作人员的生活安排；②负责抢险所需车辆、船只等设备、物资的调用；③提供交通、供电、通信、道路等后勤保障。

4）纪检督察小组

由省级及省级以上纪检部门、财政机构和有关人员组成，主要职责是：①监督各负责人员严格履行各自的职责；②监督检查抗洪抢险资金、物资调拨到位及使用情况；③查处抗洪抢险中的渎职行为和违纪案件。

5）通讯小组

由省级及省级以上信息、水利、农业等部门有关人员组成，主要职责是保证信息渠道畅通。

6）水源区调水管理机构

水源区调水管理机构的主要职责是与抗洪抢险总指挥协调干渠损毁期临时调水方案的制订与实施。

7）受水区受影响城市供水管理部门

受水区受影响城市供水管理部门的主要职责是与抗洪抢险总指挥协调干渠损毁期临时供水方案的制订与实施，尽可能减小干渠损毁可能造成的损失。

（5）预防与预警机制

1）及时发布与暴雨洪水相关的监测、预警信息

① 气象监测、预测、预警信息。每日 24 小时全国降水实况图及图示最严重区域降水、温度、湿度等监测天气要素平均值和最大值；72 小时内短时天气预报（含图示），气象灾害集中时期（汛期、冬季等）天气长期态势预报；各类气象灾害周期预警信息专报（包括主要气象灾害周期的天气类型、预计发生时间、预计持续时间、影响范围、预计强度等）和气象主管部门已发布的台风、暴雨等预警信息。

② 洪水信息。洪水的等级、发生流域、发生时间、警戒水位、洪峰高度和当前位置、泄洪区位置、已经和预计影响区域（含图示）、预计受灾人口与直接经济损失数量。

2）预测、预警支持系统

建立气象灾害突发事件影响的预测、预警支持系统。建立各级预警联系人常备通讯录及信息库。

（6）应急响应

水利部负责Ⅰ级响应的启动和实施，流域或省级水利主管部门负责Ⅱ级响应的启动和实施，市级水利主管部门负责Ⅲ级响应的启动和实施，县级主管部门负责Ⅳ级响应的启动和实施。

① 总指挥主持会商，启动风险控制预案。专家组根据现有信息分析损毁建筑物发展动态及对调水和沿线经济社会发展的影响，并提出抢修方案及应急调水措施。启动建

筑物损毁期水量调度预案及水文风险防控预案，并向供水受影响的省市发布紧急通知。

② 启动损毁建筑物抢修预案。根据建筑物损毁情况确定抢修范围；制订抢修施工方案；预估所需抢修物资数量及资金额度；确定施工队伍，并尽快展开抢修工作。

③ 启动紧急输水预案。根据建筑物损毁情况确定引水受影响的范围；通知受影响区域，必要时停止引水或启用备用水源；由事发地附近的在线水库或调蓄湖泊、水库担负起紧急供水的任务。

以南水北调东线泵站系统为例给予具体介绍。

① 根据工程防汛需要，事先准备土方、石料、编织袋、木桩、彩条布、铅丝、救生衣、机械设备等必要的防汛物资。

② 按照准备抢大险、防大汛的原则，组织成立工程防汛抢险队、抢救队、保障组等，进入汛期即进入临战状态。

③ 汛期设立防汛专用值班电话，与上级防汛部门，当地政府，防汛、气象、水文、电信等部门建立联系，及时掌握当地气象情况，了解上下游水文信息和洪水调度方案。做到信息情况早了解、早知道、早决策、早采取措施，同时及时向上级、当地政府、防汛部门汇报、通报工程度汛情况。

④ 进入汛期后，提前完成对防汛准备工作的全面检查，防汛组织机构开始正常工作；防汛物资器材准备就绪，满足随时调用需要；防汛人员和抢险队进入临战状态；与地方防汛指挥机构保持经常性联系；开始防汛值班，坚持记录和考勤制度。

⑤ 当水位达到警戒水位时，防汛领导小组成员进入各自岗位，及时掌握水情、雨情变化，随时研究汛情，做出防汛度汛工作指令；抢险队集中待命，随时准备工程抢险；定时将区域内水情、雨情情况上报上级防汛指挥机构，并服从统一指挥调度；定时现场巡查、观测水位变化、检查工情、发现险情，组织抢险。

⑥ 出现超标准洪水时，报请地方政府，由地方政府组织支援防汛工作。施工区域内全部人员撤离现场，转移到安全地区，并保证安排好人员的基本生活保障；将施工区域内的机械设备、物资器材转移到安全区域；通知保险机构到现场取证，并给予积极配合；采取积极措施保护和处理在建工程的事宜，尽最大能力减少工程损失；及时将汛情、灾情等上报项目法人及上报上级主管部门；拍摄保留超标准洪水过境过程及抗洪抢险声像资料。

以南水北调中线干渠的南阳—平顶山段、石家庄—北京段为例，该两段均是暴雨频发区，暴雨主要集中在6～9月，干渠水毁风险较大。

① 若干渠南阳—平顶山段发生水毁事故，条件允许时可向鸭河口、白龟山和昭平台三座水库充蓄水量，否则减少或暂停从丹江口引水；损毁段以北受影响区域由相应的在线调节水库或补充调节水库临时紧急供水。

② 若干渠石家庄—北京段发生水毁事故，北调水多余水量尽量蓄存到损毁段以南的调节水库，否则减少从丹江口引水量；损毁段以北的供水由相应的调节水库临时满足。

③ 定期对防洪堤挡洪、导水沟的引洪、蓄洪库的蓄洪、排洪涵洞的排洪能力进行观测。由于冲刷、淤积等使挡洪、引洪、蓄洪、排洪能力失去或降低，根据实际情况采

取相应的加高、加固、清理、疏浚措施。每年汛前、汛后需检查防洪堤的防洪情况，发现防洪堤标准较低、防洪能力降低，应及时采取加高、加固措施；检查洪水是否通过导水沟导入蓄洪库由纳洪口排出或导入排洪涵洞、排洪渡槽排出，若导水沟不通或淤积，应及时采取疏浚措施；蓄洪库的蓄洪能力因淤积等原因而降低时，应采取有效的清淤措施；排洪涵及其他交叉建筑物的进出口有塌陷，要及时处理，防止堵塞；排洪渡槽、排洪涵管（洞）混凝土出现蜂窝、麻面、裂缝或漏水时，要分析产生的原因，采取相应措施予以修补和处理。

④ 指挥部统一指挥和协调各部门筹集、调运抢险救灾资金和物资，现场指挥小组赶赴事发渠段指导抢险工作。

⑤ 信息监测小组密切关注事发地气象、水文、输水建筑物受力变化、中线干渠两岸山体及护坡、泵站地基等风险信息，定期按时汇报监测报告。

⑥ 新闻宣传小组及时向社会发布抢险进展及输水恢复情况。

⑦ 根据需要，及时派出医疗小分队赶事发地救助受伤人员。

（7）响应关闭

当损毁建筑物已经抢修完毕，工程输水恢复正常时，抢险救灾总指挥宣布预警结束。

（8）保障措施

保障措施包括资金保障、物资保障、应急备用食品及水源保障、应急队伍保障和技术保障。

（9）后期处置

总结、查找事故发生的原因，存在人为因素的要追究相关人员的责任。对损毁造成的工程损失、经济损失以及非经济损失进行评估，提出预防类似事故发生或降低损失的方案、措施，并报送上级部门。

10.4 南水北调工程运行安全保障综合预案集

针对工程、水文、环境、经济四类风险源，挑选相应风险因素，分别建立安全保障综合预案，社会风险的三种情况见专项预案。

10.4.1 南水北调运行工程安全保障预案

（1）编制目的

为防止南水北调运行工程风险发生，使南水北调运行工程建筑物处于可控状态，保障输水畅通。

(2) 适用范围

适用于南水北调运行中出现的工程风险事件，具体包括溃堤事件、漫堤事件等。

事件分级：根据可能的事故后果的影响范围、地点及导致供水中断事件等要素，分为四个等级，具体的等级划分同 10.3.4 节。

(3) 工作原则

① 统一领导，分级负责。

② 依靠科学，依法规范。

③ 加强协调配合，确保快速反应。

(4) 组织指挥体系及职责

1）成立领导小组

决定启动和终止南水北调运行工程风险事件预警状态和风险控制响应行动；负责统一领导工程风险事件的应急处置工作，发布指挥调度命令，并督促检查执行情况。

2）成立专家组

负责对南水北调运行工程安全保障预案的准备以及预案实施行动方案提供专业咨询和建议；负责对响应终止和后期分析评估提出咨询意见。

3）成立维修组

负责组织南水北调工程抢修及保通工作，根据需要组织、协调跨省应急队伍调度和应急机械及物资调配；拟定跨省公路绕行方案并组织实施；负责协调社会力量参与公路抢通工作；拟定抢险救灾资金补助方案。

(5) 预防与预警机制

按照早发现、早报告、早处置的原则，明确影响范围、信息渠道、审批程序、监督和管理、责任机制建设等。

对烈度 5.0 以上的强地震进行预警监测，对地震强度、震中位置等要素建立实时监测预警；对突发地质灾害进行监测，对地质灾害等级、发生时间、发生地点、持续时间、影响范围等进行预警；对高风险堤防地段进行实时监测，实时发布预警。

(6) 应急响应

水利部负责Ⅰ级应急响应的启动和实施，流域或省级水利主管部门负责Ⅱ级应急响应的启动和实施，市级水利主管部门负责Ⅲ级应急响应的启动和实施，县级主管部门负责Ⅳ级应急响应的启动和实施。

1）溃堤事故风险控制预案

溃堤事故可能发生在高填方渠段，其诱因包括恶性管涌、恐怖破坏、自然灾害等。当险情发生需要紧急停水时，并采取风险控制措施：

① 立即关闭事故点相邻上一级节制闸，开启配套的退水闸。

② 控制关闭总干进水闸及事故点上游其他各节制闸，同时注意观察闸前水位，适时开启退水闸使闸前水位不超过设计水位。

③ 为防止事故点下游水体倒流、水位骤降，开启相邻下一级配套退水闸，使事故段内的水体通过退水闸退出，下游各节制闸宜适当调节，控制下游水位的降落速度。

④ 退水闸、节制闸的启闭，应分步完成，防止节制闸上、下游水位变幅过大，造成事故扩大。

2）漫堤事故应急调度

漫堤事故可能发生在任意渠段，其诱因包括渠道严重滑塌、闸门卡阻、恐怖破坏、自然灾害等。当险情发生需要紧急停水时，应立即采取以下调度措施：

① 立即关闭事故点相邻的上一级节制闸，开启配套的退水闸。

② 控制关闭总干进水闸及事故点上游其他各节制闸，同时注意观察闸前水位，适时开启退水闸使闸前水位不超过设计水位。

③ 险情下游各级节制闸适当调节控制，避免水位降速过大。

④ 退水闸、节制闸的启闭，应分步完成，防止节制闸上、下游水位变幅过大，造成事故扩大。

（7）响应关闭

根据掌握的事件信息，确认南水北调工程恢复正常运行，向领导小组提出应急响应状态终止建议；领导小组决定是否终止响应状态，如同意终止，则要签发响应终止文件，提出响应终止后续处理意见，并在 24 小时内向上级相关部门报送。对特大的工程风险事件，还需要向社会公布响应关闭。

（8）后续事宜的处置

预案响应结束后，有关机构应认真进行风险应急和处置工作的后评估，总结经验和教训，提出改进措施。包括：

① 对有冲沟、洞穴等隐患部位应及时回填。回填应尽量选用土质相同的土料进行；回填时清基应彻底，开蹬、分层夯实，每层填土厚度不超过 20cm，回填土的含水量应适宜，工程量大的要做干容重试验。

② 对具有滑坡风险的渠堤应确定滑坡体的范围和深度，根据地质结构特性，滑坡类型和成因、部位、严重程度及渠水位高低等情况具体分析。

③ 对具有裂缝的渠堤应根据裂缝的特征、变化趋势、产生裂缝的原因进行分析。对深度较小的表面裂缝，可只进行缝口封闭处理；对深度较大的沉陷裂缝，应加强观测，可采用开挖回填、或灌浆封堵处理方法；对非滑动性质的深层裂缝，根据具体情况可采用充填式灌浆或采用上部开挖回填与下部灌浆相结合的方法处理。

④ 对出现塌陷、翘起、脱落等情况的衬砌板及时进行修复。破坏面积较大，不能在规定时间内修复的，应报请上一级主管部门批准放宽维修期限或由主管部门组织专门力量修复。维修衬砌板时，必须按照原设计图纸及渠道混凝土衬砌技术规范施工。

10.4.2 南水北调运行水文安全保障预案

(1) 编制目的

应对受水区遭遇特大干旱或多年连续干旱情况的水文风险或水源区遭遇特大干旱或多年连续干旱情况下，汉江丹江口水库上游来水大量减少导致可调水量严重不足甚至无水可调的极端水文风险状况，采取工程、管理、经济等综合措施，尽可能避免或减少损失，在满足水源区生活和生产用水需求的情况下，尽可能增加北调水量以满足受水区人民的基本生活及重要的生产用水需求。

(2) 指挥体系及职责

成立南水北调工程抗旱救灾总指挥部。整个指挥体系包括抗旱总指挥、专家组、现场指挥小组、通讯小组、纪检督察小组、受灾地区政府机构、流域管理机构等，如图10.3所示。

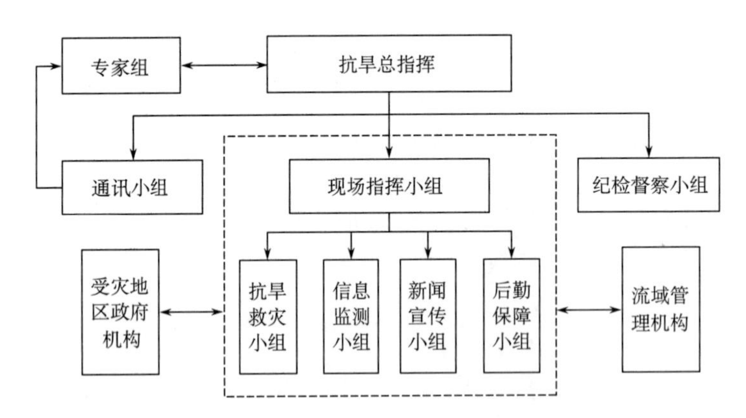

图10.3 南水北调工程联合抗旱救灾指挥体系

各小组按职责分工开展抗旱救灾工作。各组主要职责如下：

1) 抗旱救灾总指挥

由水利部、南水北调中线工程管理局、受灾地区各省政府机构联合组成。主要职责：①发布抗旱救灾紧急动员令；②发布旱情预警；③决定干旱防控方案；④协调抗旱救灾专用拨款事宜；⑤负责调派物资、部队支援抗旱；⑥决定抗旱救灾的其他重要事项。

2) 专家组

由水利、气象、农业、水库调度、城市管理等方面的专家组成。主要职责：①负责旱情、灾情的汇总；②负责水利工程抗旱调度；③根据旱情、险情提出防御对策措施建议。

3) 现场指挥小组

由联合指挥部、专家组、受灾严重地区相关职能部门领导和有关技术人员组成，下辖抗旱救灾小组、信息监测小组、新闻宣传小组和后勤保障小组四个分组。以下介绍各分组的主要职责是。

抗旱救灾小组：①负责各类旱情的救灾工作，制订抗旱工作技术方案；②负责城市和农村饮用水的基本供给；③负责城市重要部门的基本供水；④协调和分配对各部门的供水水量；⑤负责新建和修建水渠或输水管线；⑥制订地下水开采方案，并组织钻井队施工建井；⑦制订人工增雨实施方案。

信息监测小组：①负责气象信息的监测和预报；②负责河流、湖泊、水库的水文信息监测；③负责农业受灾信息的监测；④负责城市供水、排水等信息的监测；⑤负责城市和农村饮用水短缺信息监测；⑥掌握抗旱救灾动态，收集、核查、汇总各地旱情、灾情，编写抗旱救灾简报；⑦负责向上级指挥部门汇报各地旱情、灾情工作。

新闻宣传小组：①及时落实指挥部抗旱救灾命令、决定及旱情信息、旱情公报等的资讯的播报任务；②及时报道各级抗旱救灾小组实施抗旱救灾的活动情况和广大军民在抗旱救灾中涌现出的先进事迹；③准确报道旱灾情况；④编辑旱灾和抗旱录像专辑。

后勤保障小组：①负责指挥部值班领导和工作人员的生活安排；②负责抗旱车辆、船只等设备、物资的调用；③提供交通、供电、通信、道路等后勤保障。

4）纪检督察小组

由省级及省级以上纪检部门、财政机构和有关人员组成，主要职责是：①严格执行联合指挥部抗旱救灾命令和决定，督促检查各级各部门党政领导及时到岗，全力做好抗旱救灾工作；②监督检查抗旱救灾资金、物资调拨到位情况；③查处抗旱救灾中渎职行为和违纪案件。

5）通讯小组

由省级及省级以上信息、水利、农业等部门有关人员组成，主要职责是保证各级抗旱救灾组织的信息渠道畅通。

6）受灾地区政府机构

受灾地区政府机构的主要职责是与抗旱救灾总指挥协调枯水期临时供水方案的制订与实施，配合减小供水压力，尽可能减小供水量减少可能造成的损失。

（3）风险预警

1）风险信息监测

采用现代信息监测技术手段，实时监测水文、气象、水质等信息，并及时汇总分析，向有关部门提交分析报告结果。

2）风险预警发布

根据风险信息的监测情况，按照风险等级划分标准，确定风险等级，并由职能部门发布相应的预警信息。

（4）风险响应

1）启动响应

① 总指挥主持会商，启动抗旱预案。南水北调中线工程管理局、流域管理部门、

受灾区各地市三防指挥部在接到旱情、灾情报告后，要召开紧急会商会议，会同专家组分析旱灾情发展动态及对经济社会发展的影响，分阶段安排部署抗旱救灾工作。若水源区发生连续干旱情况，则立即启动枯水期丹江口水库运行调度预案及水文风险防控预案；若受水区遭遇重大干旱情况，则分析灾区缺水状况、水源区调入水量、沿线调蓄湖泊、水库的可供水量等，关注旱情发展动态及对经济社会发展的影响，分阶段安排部署抗旱救灾应急工作，立即启动城市抗旱预案，并发布抗旱紧急通知。

② 若水源区发生连续干旱情况，启动丹江口水库枯水期运行调度预案。通过丹江口水库调蓄，联合上游黄龙滩、石泉和安康水库，实施统一调度，尤其要注意汉江上游引水量控制；适当减小水库下泄流量；丹江口水库引水调度可视情况进入限制引水区运行；适当减少中线调水量；限制或暂停水库发电用水；限制对清泉沟灌区等农业供水；特殊情况下可将丹江口水库死水位短时间由 145m 降至 140m（相应库容 23.5 亿 m^3），甚至更低；若受水区遭遇重大干旱情况，在水源区条件许可的情况下，增加引水量，必要时按工程最大供水能力实施调水；启用沿线的调蓄水库，进一步增加供水量（表 10.2）；通过市场或行政手段，增加重旱区从干渠的引水量，相应减少非灾区引水量。

表 10.2　南水北调中线调蓄水库概况

受水城市		水库名称	水库调节类型	调蓄库容/亿 m^3	多年平均来水/亿 m^3
河南	南阳	鸭河口水库	补偿调节	8.10	9.74
	平顶山	白龟山水库	充蓄调节	2.46	3.62
		昭平台水库	补偿调节	2.08	5.76
	许昌				
	郑州	常庄水库	充蓄调节	0.05	
		尖岗水库	充蓄调节	0.47	0.68
	焦作				
	新乡				
	鹤壁				
	安阳	小南海水库	补偿调节	0.44	2.06
		彰武水库	补偿调节	0.21	
河北	邯郸	岳城水库*	补偿调节	6.86	7.49
		东武仕水库	补偿调节	1.40	2.64
	邢台				
	石家庄	岗南水库	补偿调节	5.45	11.69
		黄壁庄水库	补偿调节	3.58	7.99
	保定	西大洋水库	补偿调节	5.12	4.92
	衡水	千倾洼水库	充蓄调节	0.80	
	沧州				
	廊坊				

续表

受水城市	水库名称	水库调节类型	调蓄库容/亿 m^3	多年平均来水/亿 m^3
北京	密云水库	补偿调节	17.00	10.09
	官厅水库	补偿调节	2.41	3.28
	瀑河水库**	在线调节	2.10	0.45
天津	于桥水库	补偿调节	3.85	9.64

* 按分水协议，岳城水库向河南（42%）、河北（58%）两省供水。

** 瀑河水库可向北京、天津提供应急保障供水。

③ 启动城乡应急供水预案。按照“先生活、后生产，先节水、后调水，先地表、后地下，先重点、后一般”的原则，各受灾城市强化抗旱水源的科学调度和用水管理，动用后备水源或适度超采地下水，保证居民基本生活用水和重要工业企业生产，定时、定量为灾区群众送水，确保灾区人畜饮用水安全。

④ 指挥部统一指挥和协调各部门筹集、调运抗旱救灾资金和物资，现场指挥小组赶赴重灾区开展抗旱救灾工作，督促落实各项抗旱救灾措施，做好救援资金、物资的接收和发放，维护灾区社会的稳定。

⑤ 信息监测小组及各省市气象局密切监视旱情发展变化，做好旱情预测预报。

⑥ 新闻宣传小组以及各省市新闻单位按照市三防指挥部核定的旱情灾情，及时向社会发布旱灾情信息，通过电视台、网络等新闻媒体及时报道各级政府、各部门的抗旱救灾情况。

⑦ 根据需要，及时派出医疗卫生专业防治队伍赴灾区协助开展医疗救治和疾病预防控制工作。

2）响应结束

当极度缺水得到有效控制时，抗旱救灾总指挥可视旱情，宣布结束抗旱期。

依照有关抗旱期规定征用、调用的物资、设备、交通运输工具等，在抗旱期结束后应当及时归还；造成损坏或者无法归还的，按照国务院有关规定给予适当补偿或者做其他处理。

紧急处置工作结束后，灾区各级三防指挥机构应协助当地政府进一步恢复正常生活、生产、工作秩序，尽可能减少突发事件带来的损失和影响。

（5）后期处置

1）损失和效益评估

灾害损失包括经济损失和非经济损失。经济损失包括直接经济损失和间接经济损失。非经济损失主要包括人员伤亡。灾害损失包括自然变异事件所造成的人员伤亡和社会财产损失、灾害对生产和生活造成的破坏以及为帮助被破坏的灾区恢复正常社会秩序的投入。

当旱灾发生后，由灾区各级三防指挥部组织有关单位评估由干旱而导致的人员伤亡、牲畜死亡、农田干旱、工业缺水等情况，并依据国家防总制订的《干旱评估标准》

(试行) 等提出旱灾评估损失方案，并报送抗旱总指挥及上级部门审批，以利于及时划拨和调配抗旱经费、抗旱物资救助受灾地区的灾民。

2）灾民救助

民政部门负责受灾群众生活救助。应及时调配救灾款物，组织安置受灾群众，做好受灾群众生活安排。农业部门负责灾后农业生产的物资供应和技术指导工作，帮助受灾农民尽可能恢复生产，解决粮食生产问题。将市场经济体制和机制引入抗旱减灾领域，建立旱灾保险等风险转移机制以应对干旱风险，有利于分担各级政府财政的压力，也可分散和转移旱灾风险，避免最容易受干旱缺水影响的农业遭受毁灭性打击。把旱灾保险作为一项非工程抗旱减灾措施加以研究，探索经验，逐步建立完备的旱灾保险制度。

(6) 保障措施

1）资金保障

中央财政部、省市县各级财政部门以及南水北调中线管理局根据水旱灾害程度安排资金，用于遭受严重旱灾的地区设施修复及生活和生产恢复。

2）物资保障

① 物资储备。灾区各省、市防汛抗旱部门按规范要求储备抗旱救灾物资，并做好生产流程和生产能力储备的有关工作。另外，及时掌握新材料、新设备的应用情况，根据需要调整储备物资品种。

② 物资调拨。抗旱结束后，各级防汛抗旱部门直接调用的抗旱物资，由相应的财政部门负责安排专项经费补充。当储备物资消耗过多或储存品种有限，不能满足抗旱需要时，应及时启动生产流程和生产能力储备，联系有资质的厂家紧急调运、生产所需物资，必要时可通过媒体向社会公开征集。

3）应急备用水源保障

各大、中城市以及严重缺水的乡镇，建立应急供水机制，因地制宜，启用应急供水水源。

4）队伍保障

组织专业队伍和群众队伍进行应急抗旱。专业队伍由灾区驻地的水利技术人员、武警和消防部队组成。群众队伍由灾区基层干部、党员、热心群众自发组成。主要任务是保障人民基本生活用水需要，实施应急送水。

5）技术保障

建设抗旱指挥系统和专家库。当发生旱灾时，由抗旱救灾总指挥统一调度，派出专家组，指导抗旱救灾工作。

6）宣传与培训

旱情、灾情及抗旱工作等方面的公众信息交流，实行分级负责制，一般公众信息可通过媒体向社会发布。

出现大范围的严重旱情，并呈发展趋势时，按分管权限，由省级防汛抗旱指挥部统一发布旱情通报，以引起社会公众关注，参与抗旱救灾工作。

采取分级负责的原则，由各级防汛抗旱指挥机构统一组织培训。

各级防汛抗旱指挥机构应定期举行不同类型的演习，以检验、改善和强化应急准备和响应能力。

10.4.3　南水北调运行环境安全保障预案

（1）编制目的

应对船舶溢油和有毒化学品泄露等突发事故，调集专业救援队伍，组织和协调社会救援力量，采取针对性措施，高效、有序地组织风险控制反应行动，最大限度地减少财产损失、人员伤亡以及环境损害。

（2）适用范围

适用于调水工程中承担航运功能的河道及湖泊中船舶在航行、停泊、装卸过程中发生的各类溢油事故和有毒化学品泄漏事件，或与干渠交叉的交通桥出现有毒化学品泄漏事件。

（3）组织系统及职责

组织系统由总指挥、专家组、通讯组、现场应急组组成。具体如图10.4所示。

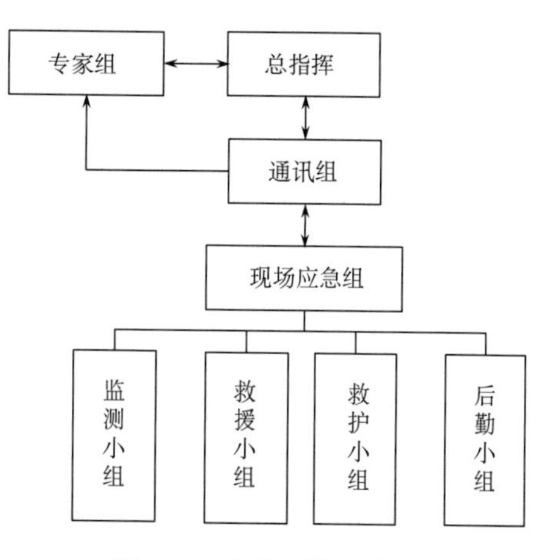

图10.4　组织系统示意图

总指挥的职责是根据专家组的意见，针对事故的发展状态，作出应急方案，及时将方案传达给现场应急组，保证事故的损失最小。

专家组的任务就是根据通讯组及时送回的监测信息，分析事故的影响，依据历史资料以及相关的科研成果，提出参考方案，上交给总指挥，及时与总指挥交流，供他们作出决策方案。

通讯组的任务就是在总指挥和现场应急组之间传递信息，及时交流沟通。

现场应急组的任务就是在现场负责指挥事故的应急行动，并及时将事故的控制进展信息反馈给通讯组，遇到意外事件发生时，应立刻反映，以保证应急行动的有效性，尽快控制事故的发展，减小事故带来的损失。

监测小组是在应急现场负责监测环境的指标及各类污染源，并将部分样品送回实验室进行分析，及时将信息传递给现场应急组。

救援小组是由在现场展开救援工作的专业人员组成，主要负责执行上级传来的应急方案，及时汇报事故的控制状况，如遇到意外事故及时反馈信息。

救护小组是在现场救护受伤的工作人员，救护受伤的应急人员，保证周围居民的健康安全，同时保护自己的健康安全。

后勤小组是在现场做好支援工作，负责准备各类救援器材，提供应急人员需要的商品，辅助救护人员开展救护工作，同时负责提供各种应急物资。

(4) 险情报告程序

1) 危险事故的报告来源

① 肇事船舶或车辆的报告。

② 最初发现者的报告。

③ 途经船舶的报告。

2) 报告的内容

报告的内容主要有发生事故的时间、地点、船名、装载货物品种和数量、事故类型，事故简要经过，损失情况等。例如：

① 发生泄漏的时间、具体位置。

② 泄漏物质的名称、基本理化性能、所能预知的潜在危险、危害。

③ 导致泄漏的原因、泄漏量描述。

④ 现场状态、有无人身伤害情况等。

⑤ 事故现场的救援准备情况，包括人员、物资、设备、机具等。

3) 地区值班室接到报告后，应立即做出反应

① 根据报告情况，初步确定事故的类型、危害程度，对影响较大或重大事故应立即向海事部门、总指挥报告。

② 查询事故报告人是否向“110”、“119”、“120”等专业接警台报告，并视情况向相关部门报告，如向事故发生点周围的敏感单位报告。

③ 通知相关交通运输管理部门以及专业救援人员，迅速奔赴现场参与应急处置工作。

④ 做好值班记录。

对事故发生后隐瞒不报或故意迟延不报，造成事故得不到及时施救，导致损失扩大或造成社会负面影响的单位、船舶、车辆和个人，将追究相应的违纪责任和法律责任。

(5) 交通管制程序

值班人员对船舶溢油和有毒化学品事故泄露的影响范围进行核实，如果危及周围船舶正常航运，或危及周围居民的安全，应立即请示副总指挥并通知事发航段上下游的海事所（队）和船舶管理点对上下行船舶实施交通管制。必要时，启动疏航应急预案，实施全航区交通管制。

具体的交通管制指令由副总指挥统一向相关部门下达，交通管制应留出足够的应急通行航道以便救援船舶和物资的通行。

(6) 处置程序

1) 发生泄漏事故的处理原则

总指挥中心接到报告后，应到现场按职责开展应急处置指挥，调动各方面的社会力量参与现场处置工作，同时，各方面的社会力量应积极投入现场救援工作中，协助专业

人员尽快处置事故，减少事故带来的损失。

2）危险区的隔离

根据油或化学品泄漏、扩散的情况，可能发生的次生事故所涉及的范围，以及不同的地理和气象条件设置危险隔离区域。在河道的危险区设立区域警戒线，在区域警戒时应注意以下几项：

① 警戒区域的边界应设警示标志并有专人警戒。

② 除消防、应急处理人员以及必须坚守岗位人员外，其他人员禁止进入警戒区域。

③ 警戒人员按指挥部要求做好个人防护。

3）对于事故的处置

① 对事故受伤人员进行施救。

② 判断事故的性质，由专业人员按照计划开展营救工作，对仍然存在危险的情况要及时撤离现场人员。

③ 根据现场情况，组织人员疏散事故水域其他船舶进入安全水域，向该水域的其他船舶发出警报，说明事故情况，使其他船舶远离事故现场。

④ 将各种应急器材运送至事故现场，对泄漏的油区和有毒化学品区进行控制，将泄漏的油及时回收，以免造成更大的损失。

⑤ 对发生事故的船舶或车辆进行处理，首先控制污染来源，做简单处理，然后护送船舶至码头，卸空货物；对于无法自航或拖带的重载船舶，应及时组织相关船舶进行过驳转运。

⑥ 组织人员清除污染。

4）对发生燃烧、爆炸事故的处置

① 对事故受伤人员进行抢（施）救。

② 判断事故性质，由专业人员指导船方积极开展自救行动，面对存在继续燃烧或爆炸危险时应及时撤离现场人员。

③ 根据现场情况，组织人员疏散事故水域其他船舶进入安全水域，提醒其他船舶远离事故现场。

④ 运用已有的消防应急器材，根据当时情况实施救助。

⑤ 组织社会力量和器材实施救助。

5）有毒化学品的检测

发生有毒化学品泄漏事故后，检测小组要对现场存在的有毒化学品进行监测，确定泄漏的种类、浓度及氧含量等数据。检测可采用便携式分析仪表或色谱分析仪器等手段，分析数据应及时向指挥部汇报。现场分析或采样时应严格遵守分析作业规程，注意样品的代表性和平衡性。

对于节假日或夜间发生的船舶溢油或有毒化学品泄漏事故，肇事船舶应在船长的指挥下开展应急处置，同时也要向地区的值班人员报告，由领导赶赴现场指挥，值班人员应通知专业人员以最快的速度赶赴现场进行救援工作。

6）各地区的应急救援器材应处于随时可用状态

(7) 保障

1) 装备保障

各部门增加应急处置、快速机动和自身防护装备、物资的储备，不断提高应急监测动态监测的能力，以保证在溢油事故发生后可以有效地防范对环境的污染和扩散。参加应急行动的部门要负责组织、指导环境应急队伍维护、保养应急仪器设备，使之始终保持良好的技术状态。

2) 通信保障

配备必要的有线、无线通信器材，确保本预案启动对指挥部门和相关部门及现场各专业应急小组间的联络畅通，各级通信部门要将环境应急相关专业部门列入重要通信用户，提供通信技术保障。

3) 人力资源保障

环境应急主管部门建立突发环境事件应急救援队伍；各地区应加强环境应急队伍的建设，提高其应对突发事件的素质和能力，培训一支常备不懈、熟悉环境应急知识、充分掌握船舶溢油事故处置措施的预备应急力量，加强消防等应急分队的培训，保证在船舶溢油事故发生后，能迅速参与并完成抢救、排险、监测等现场处置工作。

(8) 后续事宜的处置

指挥部按照预案进行事故处理结束后，下达救援工作结束指令。现场应急小组通知现场人员危险解除，并将警戒区的警戒解除。船舶溢油和有毒化学品泄漏事故得到控制后，根据情况协助上级做好应急后续的事故调查与善后处理工作，同时，等待总指挥取消应急状态命令。

肇事船舶或车辆的所有者要及时调查此次事故发生的原因，总结经验，完善应急计划，同时要追究失职人员的责任，加强人员的安全意识教育，提高工作技能。

(9) 执行预案时应注意事项

① 事故发生后，应及时启动应急预案，各小组人员应立即赶赴现场；专业救援人员不得拖延时间，应立即赶赴事故现场，展开救援工作。

② 根据事故当时的情况，采取不同的方式进行救援，要及时与上级保持联系。

③ 要服从指挥，注意人身安全。

10.4.4　南水北调运行经济安全保障预案

(1) 编制目的

针对南水北调工程运行期可能出现的受水区用水需求不高、水源区可调水量不足、市场及管理等因素对工程运营方的财务状况造成不利影响的情景，提出风险控制方案，减少不利因素造成的经济损失，保障工程高效、可持续运营。

（2）适用范围

适用于在南水北调工程运行期中出现的对工程运营方财务状况产生不利影响，主要包括受水区用水需求不能达到预期水平、水源区遭遇枯水年份时导致可调水量不足、市场及管理等因素引起的调水工程财务损失。

（3）编制依据

依据《中华人民共和国水法》。

（4）组织系统及职责

由水利部调水局、南水北调中线水源有限公司、南水北调东线江苏省水源有限责任公司、南水北调东线山东省干线有限责任公司组成应急管理小组进行南水北调运行经济风险的控制。由水利部规划设计管理局作为领导小组。

（5）应急响应

经济风险控制预案，是通过非工程措施降低和控制调水工程经济风险的有效途径和手段。非工程措施主要包括组织机构、水量调度、信息通报发布制度和决策会商系统、部门会商制度、紧急用水管理、水价临时调整、紧急救援、宣传和奖惩办法。下面分别针对上述三种主要不利情景，提出相应的非工程风险控制对策。

1）受水区需水水平不高

虽然南水北调工程供水实行了两部制水价，从一定程度上避免了受水区需求不足的风险，但是遇到受水区丰水年份，受水区需求不足，会造成计量水价不能按计划收取，影响项目的收支平衡。遇到受水区需求不足的风险时，可采用以下四个方面风险控制对策，以降低项目风险。

① 实行短期优惠水价。在保证成本的前提下，适当降低南水北调计量水价，使之与当地水价比较具有一定的竞争优势，促进受水区用水户优先考虑使用南水北调水，增加售水量。

② 挖掘潜在用水户，与受水区政府协商，将南水北调水作为农业用水和生态用水水源，在保本的前提下供给农业用水和生态用水需求，回收项目固定资产投入。

③ 加强与受水区管理部门的协作，利用受水区管理部门需要回收配套设施投资的需求，通过受水区内部的水资源配置手段，引导南水北调水的利用，增加受水区对南水北调水的需求。

④ 执行更严格的取水许可制度，制定水资源管理保护目标，提高环境保护意识，严格限制受水区开采地下水，鼓励受水区用水户使用南水北调水。

2）水源区供水不足的风险

水源区供水是工程收益的来源，当出现水源区供水不足时，可采取以下风险控制措施：

从开源的角度，挖掘水源区水量，提高水量保证率。

① 提高水源地径流预测的长期精度，充分利用水源地水库的多年调蓄能力，加强水资源调度，提前调蓄。一旦遭遇枯水年份，充分利用水库的调蓄水量，保障枯水期供水。

② 发挥南水北调工程干线沿途的调蓄水库作用，缓和丰水年、枯水年的不均匀来水过程对供水的影响，实现多年来水量的大致平均分配，实现持续、平稳的供水。在水源区水量得不到保证时，利用沿途水库的调蓄水量，保证南水北调的供水能力。

从节流的角度，遇到特枯水年或连续枯水年，在采取开源措施后，仍不能满足需水的情况下，可采取以下措施：

① 按供水的优先顺序，实行水资源严重紧缺情况下的控制性供水，城市供水首先要满足城市居民生活最低水平用水量，其次为工业生产，然后再考虑规划区农、牧、林业用水。

② 对工业用水要保证重点部门需水量，压缩非重点部门需水量。要求各部门制订非常时期的用水计划。除保证支柱产业、与人民生活密切相关产业外，其他部门均可根据缺水程度压缩需水量。对工业中高耗水的行业或对社会经济影响较小的工厂实行限产或停产。

③ 采取全面的节水措施。加大宣传力度，让公众了解应急期缺水的程度，强化公众在非常时期的节水意识。城市居民采取定点限量供水，对于一切用水单位，包括工矿企业、事业单位、机关团体要核定应急期用水指标，实行总量控制，凡超量用水的单位，其超额部分实行累进加价收费；投入一定数量资金推广节水技术和节水器具；杜绝一切浪费水的现象；鼓励单位或个人做到一水多用，各企业对水质要求不高的用水设施、设备应充分利用回用污水和中水。

④ 强化非常时期水资源的统一管理。协调好地方与大企业之间的供、用水关系，充分发挥水行政主管部门和相关部门的职能作用，强化应急期水资源的统一管理，对应急期有限的水资源进行科学调度和合理分配，使之得到充分高效的利用。

3）运行管理风险控制

南水北调工程的管理单位是工程运行经济风险的最大受损方，其本身的经营管理优劣，更是直接关系到工程的经济效益发挥。针对工程运行管理提出以下风险调度预案：

① 加强运行管理调度，提高设备利用效率，缩减日常消耗的燃料、动力成本；重视运行中的人力、物力等成本管理工作，实行人员分流等手段，节省管理投入，努力降低运行成本。

② 采取有效措施，规避政策变动、市场波动、通货膨胀等对运营所带来的成本风险。还贷方面，可与银行签订合理的还贷协议，售水收益好的年份多还贷，售水收益差的年份少还贷，以减小工程还贷压力；应对通货膨胀方面，根据市场变动情况，适时调整调水水价，保证水价能够满足“保本微利”的目标。

③ 提高工程运行效率。根据国家制定的水量运行调度管理条例，选择合理的运行模式，减少设备闲置，以尽可能低的成本发挥它的功能，从而提高工程的运行效率。

④ 提高自身的经营管理方式和理财水平，提高应对通货膨胀的能力。不单要在财务管理上把关，而且要在调动管理部门动力方面下功夫，重视非经济因素影响，改善组

织结构，变粗放经营为集约经营，克服铺张浪费现象，改变技术落后局面，提高工时利用水平。

⑤ 制定健全的财务状况监督体系，全面把握运行管理中的财务状况，避免管理方出现无征兆的财务危机。

（6）响应关闭

根据掌握的事件信息，确认南水北调工程恢复正常运行，向领导小组提出应急响应状态终止建议；领导小组决定是否终止响应状态，如同意终止，签发响应终止文件，提出响应终止后续处理意见，并在 24 小时内向上级相关部门报送。

第十一章　结论与展望

南水北调工程为北方缺水地区的经济社会发展提供了重要的水资源保障，本书通过开展调水工程运行风险管理理论研究、综合风险识别及风险作用机理研究、作用在不同对象上的风险预测评估研究、运行风险控制标准研究、单项与重点情景和区域风险控制措施研究、专项与综合风险防控安全保障预案研究等，建立了一套比较完整的调水工程运行综合风险管理理论及实践运用体系，为南水北调工程运行的风险管理提供有力的技术支撑。

11.1　结论

针对南水北调东线、中线工程建成后的运行管理可能面临的各类风险问题，分别从风险因子识别、风险机理分析、风险评估、风险防控几个方面结合工程实践，开展调水工程运行风险研究，主要结论如下。

11.1.1　风险分类与框架

① 南水北调工程运行风险按其作用的对象（空间尺度）划分为点状、线状和面状三类。影响南水北调工程正常运行的风险源主要有五个方面：工程、水文、环境、经济和社会。因此，南水北调工程运行风险分类可以概括为一个“三类五源”复杂多源风险体系。

② 通过对风险管理理论及风险分析方法进行整理和总结，明晰了风险和风险管理、调水工程运行风险和调水工程运行风险管理的概念及内涵。建立了风险对象分析、风险源分析、风险因子识别、风险机理分析、风险评估、风险控制、风险预案七个方面的南水北调工程运行风险管理框架。

11.1.2　风险识别

① 采用不同的方法对各类风险源进行识别。工程风险采用层次分析（解）法、水文风险采用故障树分析法、环境风险采用故障树分析法、经济风险采用专家调查法、社会风险采用等级全息建模法、综合风险采用贝叶斯网络方法等进行识别。

② 东线工程运行风险点状作用对象主要包括提水系统和长江取水水源，其中提水系统运行风险主要来自工程，长江取水水源运行风险主要来自水文情势变化；东线工程运行风险的线状作用对象主要包括输水河道和穿黄工程，输水河道运行风险主要来自工程、环境和社会三个方面，穿黄工程运行风险主要来自工程和社会两个方面；东线工程

运行风险面状作用对象主要包括调蓄湖泊和地市级受水城市，调蓄系统主要是指洪泽湖、骆马湖、南四湖和东平湖四大天然湖泊，其运行风险主要来自工程、环境和社会三个方面，南水北调东线运行期间有21个地市级受水城市，其风险主要来自水文和经济两个方面。

③ 南水北调中线工程运行的点状作用对象主要包括交叉建筑物和控制建筑物，其中交叉建筑物重点研究河渠交叉建筑物和公路交叉建筑物。河渠交叉建筑物和控制建筑物运行风险主要来自工程，公路交叉建筑物运行风险主要来自环境事故；中线工程运行风险线状作用对象主要包括输水干渠和穿黄穿漳工程，两者运行风险主要来自工程和社会两个方面；中线工程运行风险的面状作用对象主要包括丹江口水库水源区和19个地市级受水城市，丹江口水源地风险主要来自水文和社会两个方面，南水北调中线19个受水地市运行风险主要来自水文和经济两个方面。

④ 南水北调东线工程运行点状对象风险识别结论：提水系统的主要风险因子有泵站系统提水效率和泵站系统工程安全两大类。影响提水效率的因素包括运行条件、设备质量和技术状况，具体有出水量的变化、水泵需要扬程的变化、电压波动、水泵陈旧等；影响工程安全的主要因素包括工程位置和防洪条件。南水北调工程水源区的水文风险可以分为两大类：洪水风险和缺水风险。洪水风险的主要因子为暴雨，缺水风险包含降雨减少、工业规模增大等17个因子。

⑤ 南水北调东线工程运行线状对象风险识别结论：输水河道运行工程风险主要表现为河道堤防的安全稳定性，堤防失事模式主要为漫堤、渗透和失稳三种，从荷载情况、工程结构、运行管理等分别识别了洪水特性、水流条件等十个方面的风险因子；输水河道运行环境风险主要表现为突发性水环境风险和非突发性水环境风险。突发性水环境风险主要源于自然灾害、核污染事件、船舶溢油事件、有毒化学品的泄漏以及污水的非正常大量排放等。非突发性水环境风险主要源于水文条件变化、引水源头水质波动、人为调度不力、污水的连续排放和非点源污染等；输水河道运行社会风险可以从运作环节和管理流程两个视角来进行分析。从运作环节的角度，主要涉及水源、输水、工程与设施以及用水四个部分。其中，水源方面的影响因子包括移民、环境意识等。输水方面的影响因子包括水事纠纷、受水方和水源方的合作危机等。工程与设施方面的影响因子包括硬件与农业的冲突、硬件与工业的冲突等。用水方面的影响因子包括制水问题、配水问题等。从管理流程的角度，主要的影响因素包括财务、人力资源、市场、技术和运送五个方面。其中，财务方面的影响因子包括筹资风险、投资风险等。人力资源方面的影响因子包括人才流动与流失、员工积极性缺失等。市场方面的影响因子包括跨市场价格问题、经济周期等。技术方面的影响因子包括技术标准、技术突变等。运送方面的影响因子包括多节点问题、输水里程问题等。穿黄工程的工程风险主要表现为隧道工程安全性出现故障，风险因子主要有工程本身引起的风险，如隧道突水、突泥等，以及工程外在因素引起的风险，如顶部地面塌陷、穿越煤层开采地区地基塌陷等；穿黄工程运行的社会风险与输水河道社会风险因子类同。

⑥ 南水北调东线工程运行面状对象风险识别结论：四大天然调蓄湖泊（洪泽湖、骆马湖、南四湖和东平湖）的工程风险界定为天然湖泊堤防失事及渗漏，风险因子除荷

载情况需添加风浪作用、移除水流条件外，其余风险因子类同于输水系统中河道工程运行风险因子；调蓄系统的环境风险同样包括非突发性环境风险和突发性环境风险。风险因子与输水河道的环境风险因子类同；调蓄系统的社会风险因子与输水河道社会风险因子相同。21个地市级受水城市需水水文风险的来源包括工业、生活、农业和生态环境需水，由于农业和生态环境用水的变化波动较大，受不确定性因素的影响，是重点考虑的风险源。通过故障树方法识别出降雨减少、水库蓄水量不足等16个需水水文风险因子；地市级受水城市供需协调水文风险通过故障树方法识别出水源区降水多、遭遇丰水年等5个供需协调风险因子；地市级受水城市经济风险根据经济政策、市场和资源三个方面识别。在政策风险方面，包括受水区水资源费变化、贷款利率变化、抽水电价上涨、管理费用增加等风险。在市场风险方面，包括受水区水价变动、居民收入变动、经济发展变动等风险。在资源风险方面，包括水源区水文风险和受水区水文风险。

⑦ 南水北调中线工程运行点状对象风险识别结论：河渠交叉建筑物根据建筑物的结构形式，可以分为渡槽、倒虹吸、涵洞三大类。从交叉建筑物系统功能安全性、适用性、耐久性三大特性入手，对导致交叉建筑物功能失效的情况进行归类，可将风险因子分为暴雨洪水、地质灾害、低温冻融和人为因素四大类；公路交叉建筑物风险因子采用贝叶斯网络识别，风险网络的第一层是公路交叉建筑物环境事故，第二层是交通事故和泄漏率两个风险节点，第三层是天气、时段、车流量和车速四个风险节点；控制性建筑物工程主要研究沿线的控制性闸门，其失事形式主要是指闸门失效，无法发挥控制水位和流量的作用。闸门面临的风险因子包括电源风险因子、人工开启的可靠性、闸门的启闭机状况、闸门维护管理状况等。

⑧ 南水北调中线工程运行线状对象风险识别结论：输水干渠工程系统主要是指输水明渠和暗涵。明渠的四种破坏模式是漫顶、沉陷、失稳和冻害。暗涵不存在漫顶，而是渗漏失事，沉陷、失稳和冻害三种的失效模式在暗涵系统中同样存在。通过对明渠四种失效模式的内外因分析，识别出输水干渠明渠工程风险为渠坡失效、渠高程、渠道水位、材料老化、渠深、渠基础、地基缺陷、水位骤变、材料抗冻性、温差、水流流速等12个风险因子。暗涵的风险因子与之类同；输水干渠社会风险因子与东线输水河道相同；穿黄穿漳隧道的工程风险因子与东线穿黄工程风险因子相同。另外，中线工程穿越我国著名的暴雨区，穿黄穿漳隧道失事风险还包括由暴雨洪水所致的水毁风险；穿黄穿漳隧道的社会风险因子与东线输水河渠社会风险因子相同。

⑨ 南水北调中线工程运行面状对象风险识别结论：丹江口水源地水文风险主要为供水水文风险，其因子与东线长江取水水源相同；中线工程运行丹江口水源地的社会风险因子与东线输水河道社会风险因子相同；中线受水城市运行风险因子与东线受水城市相同。

⑩ 以骨牌理论、奶酪理论、扰动理论为理论基础，并进行了归纳和总结，认为风险对象、风险因子和致险环境是风险事件形成的三要素。风险对象是在风险事件中整体或局部受到直接或间接损失的事物。风险因子是指可能导致风险事件发生的源事件或初始事件，是风险事件的驱动力。致险环境是风险事件发生的必要条件。在此分析基础上，对南水北调工程的工程、水文、环境、经济和社会五大来源的风险机理进行了分析，并得出五种风险源间相互的关联作用是：工程风险能诱发经济、环境风险；水文风

险能诱发经济、环境风险；环境风险也能诱发经济风险；南水北调工程运行社会风险具有传导性，表现在南水北调工程运行的其他风险，如工程风险、环境风险、水文风险、经济风险等都有可能诱发社会风险，即风险因子通过工程风险、环境风险等传导到社会风险。同时，社会风险也能诱发或放大工程、经济和环境风险。

11.1.3 风险预测与评估

① 南水北调工程运行的风险的大小取决于事故的发生概率、事故损失的严重程度两个方面。风险的表达采用风险高、风险较高、风险中等、风险较低和风险低五级。按照每一个独立空间对象所涉及的风险，采取相应的方法对其运行风险进行预测性评估。本次采用的评估方法有风险图（风险矩阵）、层次-模糊综合评判、贝叶斯网络、聚类分析、数值模拟、水文模拟等。

② 通过各种方法对相互独立的空间为对象的点、线、面的风险发生概率计算表明，点状对象的各类风险发生概率在千万分之几到百万分之几，线状对象的各类风险发生概率在万分之几到千分之几，面状对象的各类风险发生概率在千分之几到百分之几。即面状对象的风险发生概率最大，其次是线状对象的风险发生概率，点状对象的风险发生概率最小。

③ 东线运行点状风险预测评估结论：东线工程水源主要为长江干流，即便考虑今后流域用水量增加和来水衰减问题，产生供水水文风险的概率也比较小；南水北调东线工程提水系统13级梯级泵站中，淮阴枢纽的风险性最高，风险等级为中等；其次是江都枢纽、淮安枢纽，风险等级为较低；其余的梯级枢纽风险等级均为低。

④ 东线运行线状风险预测评估结论：对输水河道的工程风险、环境风险和社会风险采用多元聚类进行综合风险预测评估，结果为：工程风险较低、环境风险相对低、社会风险中等的输水河道有江都—宝应段、运西河、泗洪—睢宁段、睢宁—邳州段、江都—宜陵—宝应段、金宝航道、三河、洪泽湖—泗洪段8段；工程风险较低、环境风险相对较低、社会风险中等的输水河道有北运西闸—淮安四站段、北运淮安段、淮安淮阴段、鲁北输水河道4段；工程风险中等、环境风险相对较低、社会风险中等或较高的输水河道有骆马湖—房亭河段、泗阳刘涧段、刘老涧—皂河段、胶东输水干线河道、房亭河—大王庙段、淮阴泗阳段6段；工程风险较低、环境风险相对高、社会风险较低的输水河道有邓楼站—八里湾段、南四湖—长沟、长沟站—邓楼站段3段；工程风险较低、环境风险相对较高、社会风险较高的输水河道有大王庙—台儿庄段、台儿庄—万年闸段、大王庙—刘山站段、万年闸—韩庄站段、解台站—蔺家坝段、刘山站—解台站段6段。穿黄本身工程运行风险预测结论为中等。

⑤ 东线运行面状风险预测评估结论：对四个调蓄湖泊的工程风险、环境风险和社会风险的预测评估，对湖泊的风险进行综合可知，骆马湖的综合风险是最低的，南四湖的综合风险最高，洪泽湖和东平湖的综合风险均为中等。将受水城市综合水文风险和经济风险进行聚类分析，结果是：水文风险相对较低或低、经济风险总体低的地区有德州、聊城、淄博、滨州、东营5个城市；水文风险相对中等、经济风险低的地区有徐州

和宿迁2个城市；水文风险相对较高或高、经济风险低的地区有济南、连云港、扬州、淮安4个城市；水文风险相对较低和低、经济风险总体高的地区有菏泽、烟台、潍坊、威海4个城市；水文风险相对中等或较高、经济风险总体高的地区有青岛、枣庄、宿州、淮北、济宁、蚌埠6个城市。

⑥ 中线运行点状风险预测评估结论：利用风险率层次评价和失效后果评价模型对中线河渠交叉建筑物运行风险预测，评估结果为：黄河北—漳河南、漳河北—古运河南段交叉建筑物风险较高，天津段交叉建筑物风险较低，其余四段交叉建筑物风险中等；根据闸门失效概率评估表，确定中线控制建筑物系统风险等级较低；采用贝叶斯网络对公路交叉建筑物运行进行风险评估，得出综合风险发生概率为0.000 055 6%，风险发生可能性为低。但是一旦运输有毒化学品的车辆发生事故，会对整个输水工程的水质造成破坏性的影响。

⑦ 中线运行线状风险预测评估结论：中线输水干渠工程风险评估结果是陶岔—北拒马河段以及北京段、天津段三段存在失效可能，但失效风险较低，属于可承受范围内；中线输水干渠社会风险评估结果是风险综合值为3.86，按照等级划分属于4级，为风险较高；穿黄穿漳工程运行工程风险评估结果同东线穿黄工程运行风险，风险评估等级为较高。其中穿黄工程有暴雨洪水形成的风险等级为一般，穿漳工程有暴雨洪水形成的风险等级为较低；穿黄穿漳社会风险评估结果与输水干渠社会风险相同，风险为较高。

⑧ 中线运行面状风险预测评估结论：水源地丹江口库区供水水文风险预测结论是2010年三种情景可调水量分别减少4.7亿m^3、3.1亿m^3、0.4亿m^3；2030年三种情景可调水量分别减少5.4亿m^3、3.9亿m^3、1.2亿m^3；水源地丹江口库区社会风险预测为高风险；受水城市运行的水文风险、经济风险综合预测结论是：水文风险总体低、经济风险低的地区有邢台、石家庄2个城市；水文风险中等或较高、经济风险低的地区有濮阳、漯河、许昌3个城市；水文风险总体低、经济风险较高的地区有安阳、衡水、天津、鹤壁4个城市；水文风险总体低、经济风险总体高的地区有南阳、邯郸、廊坊、保定4个城市；水文风险中等或高、经济风险总体较高或高的地区有北京、新乡、周口、焦作、平顶山、郑州6个城市。

⑨ 南水北调工程是一个长距离的调水工程，整个工程涉及沿线诸多的流域及行政区域。同时，由于季节的差异，风险发生的时间也不同。因此，南水北调运行风险从整体上是一个空间和时间耦合运行风险。

东线：点状对象，长江水源地风险很小，在提水系统运行的主要风险因子中，工程供水水文风险存在于非汛期，汛期主要考虑的是防洪安全；线状对象中的输水河渠运行存在工程风险、环境风险和社会风险，其中工程风险涉及的荷载情况、工程结构及运行管理风险因子中，荷载中的暴雨洪水存在于汛期，而工程结构和运行管理风险在年内变化不大。环境风险主要存在于非汛期向北供水的时期。社会风险在年内变化不大。线状对象的穿黄工程运行中存在工程风险和社会风险，所涉及的风险因子在年内季节上不存在太多差异；面状对象，四大调蓄湖泊运行中存在的工程风险、环境风险和社会风险，其时间特点与输水河渠相同。受水地级市需水水文风险在汛期与非汛期之间会因为受水城市运行年份当年本地水资源量的丰枯特点而有所不同。一般来说，汛期主要是实际需水低于规划需水、非汛期主要是实际需水高于规划需水，供需协调水文风险中对调水最不利的旱旱组合主要存在于非汛期，经济风险会随着东线运行时间的增长，以及由于受水地市自身经济社会发展出现的变化而相应发生一定的变化。

中线：点状对象，交叉建筑物沿输水干渠从南到北，其四大风险因子中，暴雨洪水风险存在于汛期，且重点分布于陶岔—古运河段，低温冻融风险存在于非汛期的冬季，其重点分布于漳河北—北京段和天津段。闸门等控制建筑物运行涉及的四个主要风险因子，其年内变化不大；线状对象，穿黄穿漳工程运行中存在的工程风险、暴雨洪水风险和社会风险，其中暴雨洪水风险存在于汛期，而工程风险和社会风险在年内变化不大；面状对象，水源地丹江口库区供水水文风险主要存在于非汛期枯季，而社会风险在年内变化不大。受水地市需水水文风险在汛期与非汛期之间会因为受水地市运行年份当年本地水资源量的丰枯特点而有所不同。经济风险会因为受水城市自身经济社会发展出现的变化而相应发生一定的变化。

11.1.4 风险控制措施及预案

① 风险的识别、评价是认知风险的存在和辨识风险的大小，其最终目的是为了消除风险因素或减少风险的危险性，在风险发生前，降低风险的发生概率，在风险发生后，将损失减少到最低程度，即规避风险，接受风险，化险为利。南水北调运行管理条件复杂，不同时段、不同区段风险差异很大，即使是同一风险，在不同时间，对不同区段的影响也是截然不同的。围绕不可承受风险、可承受风险、可接受风险三个方面，分别就南水北调工程的工程、水文、环境、经济、社会和综合六个方面制定了风险控制标准。

② 针对南水北调运行过程可能发生的各类风险，在确定各类风险因子控制标准的基础上，提出南水北调风险控制措施及策略，以保障南水北调工程安全运行。在具体制定风险控制措施时，首先提出工程、水文、环境、经济、社会五个方面的单项风险控制措施。其次设置了水质纠纷、船舶溢油事故、有毒化学品泄漏事故、污水非正常排放事故四个重点情景，为防范这些事故的发生，制定了相应重点情景下的风险控制措施。然后设置了东平湖二级湖堤、东线工程跨界区域、中线工程水源区域三个重点区域，提出相应的风险控制措施。

③ 现有的风险控制措施主要分为策略性、技术性以及管理性三大类。技术性控制措施以其能从根本上提高南水北调工程运行自身的可靠性而被推为首选，但是，技术性风险控制措施由于技术难度或可能由其引发的危险因素决定了它不易在实际中进行应用。策略性风险控制措施一般用于战略层面，不适合调水运行阶段的风险控制。从调水运行阶段风险管理的特点来说，管理性风险控制措施则是最易实施，而且也是最易见到成效的。其中防御性风险控制是最常用的管理性风险控制措施。本书在对现有风险控制理论分析的基础上，提出南水北调工程运行风险控制理论框架，并针对不同情景，提出了风险控制对策。

④ 南水北调工程运行的管理性风险控制措施主要有制定风险评价标准、建立风险管

理制度、建立风险信息档案、加强预防、应急和处置工作的管理等。管理策略主要从全过程管理和优先管理两方面来考虑。风险调控对策有工程的优化调度运行、结构调整、新建工程、管理维护、监测监督、信息采集、技能培训、政策手段、预警应急等方面。

⑤ 针对南水北调工程运行过程中可能发生的不可控制风险事件，以东线跨界水事纠纷、中线水源区移民纠纷、水质社会纠纷和暴雨洪水四个专项风险和工程安全、水文安全、环境安全和经济安全四项综合风险发生为对象，编制了南水北调运行安全保障预案。预案主要包括编制目的、适用范围、组织指挥体系及职责、预防与预警机制、响应、响应关闭、后续事宜的处置等方面内容。

11.2 展望

南水北调工程运行风险管理的研究目前还处在一个发展阶段，本书虽然对工程运行风险管理体系以及部分技术方法进行了较为深入的研究，并取得一些有价值的研究成果，但是由于知识积累和研究时间有限，还有很多方面的内容有待深入，这些内容主要包括以下几点：

① 管理性危险源和控制性危险源的研究。事实上，调水工程运行阶段的工程、水文、环境、经济和社会风险管理的实质是对危险源的管理。书中提出的南水北调工程运行风险分析和评价方法主要是针对点状、线状、面状为独立对象危险源而言的，对管理性危险源和控制性危险源的分析和评价方法则需要从不同于物质性危险源的思路入手，而这两类危险源的管理更多地要与调水工程的实际管理制度相联系，具体的分析和评价方法有待深入研究。

② 贝叶斯网络分析方法的研究。书中贝叶斯网络方法的使用有一个前提，即风险的先验概率是通过假定或者专家给出的，但工程还没有运行，在未来运行中遇到的多种失效模式尚难以完全预见，多状态的传统故障树和模糊综合评判及聚类方法的应用是本书应用最多的，而贝叶斯网络技术的运用，为大型调水工程运行风险管理开了一个好头，该方法的运用，必将成为今后风险理论研究的热点，在先验概率已知的情况下，采用贝叶斯网络风险管理将更具有实际意义。

③ 建立完善的南水北调工程运行风险管理数据库和专家系统。本书的风险识别和风险评价方法是建立在项目组目前认识水平上进行的，还有待进一步的实际验证和完善。南水北调工程项目的规模超大，目前仅在建设阶段，而项目研究的着眼点是工程的未来运行阶段，由于运行的技术管理和组织管理制度还未建立，且国内外尚无类同工程的经验和教训得以继承和借鉴，有必要进一步调研、收集和整理现有调水工程的数据，以期形成调水工程风险统计数据库、专家知识库等社会财富，积累南水北调工程运行项目风险管理的经验，形成风险管理数据库。

④ 南水北调工程的调水过程伴随着时空上的巨大跨越，涉及自然和人类社会的诸多因素，调水过程和风险的大小有极为密切的联系，合理的调度过程是规避和减小风险的有效手段。因此，在今后南水北调工程通水运行中，应加强风险源的监测、监控，实时修正调水调度，建立基于风险的调水调度方案。

参考文献

毕军，杨洁，李其亮. 2006. 区域环境风险分析和管理. 北京：中国环境科学出版社

毕星，翟丽. 2000. 项目管理. 上海：复旦大学出版社

曹希寿. 1994. 区域环境风险评价与管理初探. 中国环境科学，14（6）：465～469

曹云. 2005. 堤防工程风险分析及其在板桥河堤防中的应用. 河海大学硕士学位论文

常虹. 2005. 南水北调东线江苏境内工程管理模式研究. 河海大学硕士学位论文

常玉苗，赵敏. 2007. 跨流域调水对生态环境影响综合评价指标体系研究. 水利经济，25（2）：6～8

陈超军，张妮. 2007. 流域梯级水电开发中的风险管理及保险分析. 水力发电，33（3）：9～12

陈凤兰，王长新. 1996. 施工导流风险分析与计算. 水科学进展，7（4）：361～366

陈进，黄薇. 2006. 跨流域长距离调水工程的风险与对策. 中国水利，（14）：11～14

陈进，黄薇，程卫帅. 2005. 风险分析在水利工程中的应用. 武汉：长江出版社

陈守煜，郭瑜. 2005. 模糊可变集合及其在防洪工程体系综合风险评价中的应用. 水利水电科技进展，25（6）：4～8

邓曦东，王春艳. 2007. 工程项目风险的灰色模糊评判方法研究. 三峡大学学报（自然科学版），29（1）：49～53

丁丽. 2006. 堤防工程风险评价方法研究. 河海大学博士学位论文

董立岩. 2007. 贝叶斯网络应用基础研究. 吉林大学博士学位论文

杜锁军. 2006. 国内外环境风险评价研究进展，环境科学与管理，31（5）：193～194

段爱旺，孙景生等. 2004. 北方地区主要农作物灌溉用水定额. 北京：中国农业科学技术出版社. 94～110

冯必扬. 2004. 社会风险：视角、内涵与成因. 天津社会科学，（2）：73～77

冯广志等. 2004. 灌区建筑物老化病害检测与评估. 北京：中国水利水电出版社

冯平. 1998. 供水系统干旱期的水资源风险管理. 自然资源学报，13（2）：139～144

冯平，李润苗. 1994. 水库保护区内防洪堤的水文风险估算. 河海大学学报，22（6）：98～100

冯平，闫大鹏等. 2003. 南水北调中线工程总干渠防洪风险评估方法的研究. 水利学报，（4）：40～45

冯平，王仲珏，刘增明. 2007. 长距离输水工程综合水毁风险的估算方法及其应用. 水利学报，38（11）：1388～1392

弗莱克斯纳. 1998. 蓝登书屋韦氏英汉大学词典. 蓝登书屋韦氏英汉大学词典编译组编译. 北京：商务印书馆

傅湘，纪昌明. 1998. 水库汛期调度的最大洪灾风险率研究. 水电能源科学，16（2）：12～15

高峰. 2005. 浅谈美国国防部采办项目的风险管理. 国防科技，（1）：79～82

高峰，李洪书，王永刚等. 2005a. 东平湖二级湖堤级别的探讨. 山东国土资源，21（8）：60～61

高峰，赵培青，刘景华. 2005b. 南水北调南四湖水位分析. 中国农村水利水电，（8）：36～37

顾传辉. 2001. 浅议环境风险评价与管理. 新疆环境保护，23（4）：38～41

顾慰慈. 2006. 土石（堤）坝的设计与计算. 北京：中国建材工业出版社. 236～321

郭文成，钟敏华，梁粤瑜. 2001. 环境风险评价与环境风险管理. 云南环境科学（增刊），20：98～100

郭志刚. 2006. 建设工程施工现场重大事故应急预案的编制与管理. 建筑安全，（6）：5～9

郭仲伟. 1987. 风险分析与决策. 北京：机械工业出版社

国家发展和改革委员会，建设部. 2005. 建设项目经济评价方法与参数. 第三版. 北京：中国计划出版社

韩成银，陈斌，吴天宏等. 2002. 洪泽湖大堤隐患成因及处理措施. 水利水电科技进展，22（4）：49～51

韩宇平，阮本清. 2003. 区域供水系统供水短缺的风险分析. 宁夏大学学报，24（2）：129～133

韩宇平，阮本清，周杰. 2003a. 马尔柯夫链模型在区域干旱风险研究中的应用. 内蒙古师范大学学报［自然科学（汉文）版］，32（1）：65～70

韩宇平，阮本清等. 2003b. 串联水库联合供水的风险分析. 水利学报，（6）：14～21

何理. 2002. 水环境突发性与非突发性风险分析的理论和方法初步研究. 湖南大学硕士学位论文

何理，曾光明. 2002. 水环境中的灰色水质风险研究. 重庆环境科学，24（1）：55～57

贺海挺. 2005. 跨流域调水工程系统风险评估的基础性研究. 浙江大学博士学位论文
贺海挺，吴剑国，张爱晖. 2004. 跨流域调水工程的失效模式及影响分析. 水利水电技术，(35)：8
胡二邦. 2000. 环境风险评价实用技术和方法. 北京：中国环境科学出版社
胡国华，夏军. 2001. 风险分析的灰色随机风险率方法研究. 水利学报，(4)：1～5
胡国华，夏军，赵沛伦. 2002. 河流水质风险评价的灰色-随机风险率方法. 地理科学，22 (2)：574～580
胡震云，王慧敏，陆桂华. 2005. 南水北调东线工程水资源水质管理的道德风险. 水资源保护，21 (6)：78～83
黄俊，傅湘，柯志波. 2007. 层次分析法在城市防洪工程方案选择中的应用. 水利与建筑工程学报，5 (1)：52～55
黄梦琪. 2007. 水分亏缺条件下作物需水量的计算及地下水补给量的确定. 西北农林科技大学博士学位论文
黄圣彪，王子健，乔敏. 2007. 区域环境风险评价及其关键科学问题. 环境科学学报，27 (5)：705～713
黄永生. 2003. 南水北调东线第一期工程济平干渠先期调水对东平湖的环境风险分析. 治淮，(2)：11～12
贾德旺，陈洪年，吴晓华等. 2007. 南水北调东线工程南四湖调蓄区地质灾害评价及防治. 中国地质灾害与防治学报，18 (2)：50～53
贾焕军. 2005. 贝叶斯方法在工程建设项目风险分析中的应用. 数理统计与管理，3 (24)：10～14
贾永志. 2001. 突发性有污染环境风险研究. 河海大学博士学位论文
姜蓓蕾，刘恒，耿雷华等. 2009. 层次分解法在南水北调东线工程风险因子识别中的应用. 水利水电技术，(3)：65～67
姜青舫. 2006. 证券投资的风险偏好与期望效用决策模型. 审计与经济研究，21 (5)：71～81
姜树海，范子武. 2004. 水库防洪预报调度的风险分析. 水利学报，(11)：102～107
姜树海，范子武. 2007. 基于Bayes方法的堤坝时变渗流风险率评估. 岩土工程学报，29 (3)：420～424
金海明. 2006. 宁波港油船溢油风险评估应用研究. 上海海事大学硕士学位论文
金菊良，魏一鸣，付强等. 2002. 计算层次分析法中排序权值的加速遗传算法. 系统工程理论与实践，(11)：39～43
金菊良，刘永芳，丁晶等. 2003. 城市防洪工程经济风险分析的蒙特卡洛法. 长江科学院院报，(1)：40～43
康绍忠等. 1996. 农业水管理学. 北京：中国农业出版社
李爱花，刘恒，耿雷华等. 2009. 水利工程风险分析研究现状综述. 水科学进展，20 (3)：453～459
李洪书，陈志江，杨丽红等. 2005. 东平湖二级湖堤石护坡破坏原因及加固方案. 山东水利，(12)：30～31
李惠英，田文铎，阎海新. 2005. 倒虹吸管. 北京：中国水利水电出版社
李雷，王仁钟，盛金宝等. 2006. 大坝风险评价与风险管理. 北京：中国水利水电出版社
李如忠，钱家忠，汪家权. 2003. 基于盲数理论的河流水质未确知风险分析初探. 水电能源科学，21 (1)：18～21
李如忠，钱家忠，汪家权. 2004. 河流水质未确知风险评价理论模式研究. 地理科学，24 (2)：183～187
李如忠，洪天求，金菊良. 2007. 河流水质模型风险评价模型研究. 武汉理工大学学报，29 (2)：43～46
梁福庆. 2008. 非自愿性移民安置稳定研究. 重庆三峡学院学报，11 (3)：15～18
梁忠民. 2001. 南水北调中线工程供水量风险分析. 河海大学学报，29 (5)：49～53
刘昌明，郑红星，王中根等. 2006. 流域水循环分布式模拟. 郑州：黄河水利出版社. 1～3
刘恒，耿雷华，裴源生，王慧敏等. 2007. 南水北调运行风险管理关键技术问题研究. 南水北调与水利科技，5 (5)：4～7
刘莉，谢礼立. 2008. 层次分析法在城市防震减灾能力评估中的应用. 自然灾害学报，17 (2)：48～52
刘年丰，吴华军，周羽. 2004. 南水北调对汉江中游襄樊市水资源安全影响分析. 水电能源科学，22 (3)：53～56
刘云，王亮. 2006. 大坝安全风险评价的模糊层次综合评价. 云南水力发电，23 (1)：19～22
楼渐逵. 2000. 加拿大BC Hydro公司的大巴安全风险管理. 大坝与安全，4：7～11
罗云，樊运晓，马晓春. 2004. 风险分析与安全评价. 北京：化学工业出版社. 87～115
麻荣永. 2004. 土石坝风险分析方法及应用. 北京：科学出版社
马强. 2008. 东平湖二级湖堤综合研究. 山东大学硕士学位论文
梅亚东，谈广鸣. 2002. 大坝防洪安全评价的风险标准. 水电能源科学，20 (4)：8～10
秦爱香，杨玉林，郭国全等. 2002. 南水北调工程利用老湖区蓄水对周边地区的影响及对策. 水利经济，(5)：51～55
秦明海，许佳君，刘雪. 2004. 南水北调工程风险识别及其控制. 河海大学学报（哲学社会科学版），6 (3)：53～56

阮本清，韩宇平，王浩，蒋任飞. 2005. 水资源短缺风险的模糊综合评价. 水利学报，36（8）：906～912

沈建明. 2003. 项目风险管理. 北京：机械工业出版社. 7～10

沈良坤，张威. 2008. 重大水利工程建设项目风险管理问题综述. 中国科技信息，（6）：50～53

史展，周凤阳. 2002. 洪泽湖的综合治理与开发. 治淮，（7）：11～13

宋晖. 2007. 分级全息建模思想在网络资源管理中的应用. 微计算机信息（管控一体化），23（9-3）：16～18

宋明哲. 2003. 现代风险管理. 北京：中国纺织出版社. 21～38

宋轩，刘恒，耿雷华，姜蓓蕾，李爱花. 2009. 南水北调中线工程交叉建筑物风险识别. 南水北调与水利科技，7（4）：13～15

田林钢，吴迪. 2008. 水利工程实施过程中的风险管理研究. 中国水运，8（2）：119～122

田为民. 2006. 南水北调中线工程总干渠河北省段水毁风险评价. 水科学与工程技术，（增刊）：32～34

万太本. 1996. 突发性环境污染时间应急监测和处理处置技术. 北京：中国环境科学出版社

王本德，徐玉英. 2001. 水库洪水标准的风险分析. 水文，21（6）：8～10

王慧敏，张莉，杨玮. 2008. 南水北调东线水资源供应链定价模型. 水利学报，39（6）：758～762

王洁. 2006. 堤防工程风险管理及其在秦淮河上的应用. 河海大学硕士学位论文

王卓甫，章志强，杨高升. 1998. 防洪堤结构风险计算模型探讨. 水利学报，（7）：64～67

威廉姆斯，汉斯. 1990. 风险管理与保险. 陈伟等译. 北京：中国商业出版社

巫世晶. 2005. 设备管理工程. 北京：中国电力出版社

吴兴征，赵进勇. 2003. 堤防结构风险分析理论及其应用. 水利学报，（8）：79～85

吴兴征，丁留谦，张金接. 2003. 防洪堤的可靠性设计方法探讨. 水利学报，（4）：94～100

夏富洲. 2000. 渡槽水毁及其它破坏的修复. 人民长江，（3），3：17～19

邢万波. 2006. 堤防工程风险分析理论与实践研究. 河海大学博士学位论文

熊启钧等. 2006. 涵洞. 北京：中国水利水电出版社

徐高洪. 2007. 长江流域省际河流中水事纠纷冲突与对策措施. 水资源保护，23（2）：54～56

许谨良，周江雄. 1998. 风险管理. 北京：中国金融出版社. 1～10

许新宜，尹宏伟，姚建文. 2004. 南水北调东线治污及其输水水质风险分析. 水资源保护，（2）：1～4

姚卿，王月明. 2007. 我国工程项目风险管理. 四川建筑科学研究，33（2）：193～196

曾光明，何理，黄国和等. 2002. 河流水环境突发性与非突发性风险分析比较研究. 水电能源科学，20（3）：13～15

张俊华. 2000. 南水北调——中线调水区域内降水的时空变化规律的分析研究. 中国管理科学，8（S11）：702～709

张连文，郭海鹏. 2006. 贝叶斯网引论. 北京：科学出版社

张新民，温海深，乔福州，张保彦. 2006. 南水北调东线工程对南四湖区渔业的影响研究. 中国渔业经济，（2）：13～16

张秀勇. 2005. 黄河下游堤防破坏机理与安全评价方法的研究. 河海大学博士学位论文

张羽. 2006. 城市水源地突发性水污染事件风险评价体系及方法的实证研究. 华东师范大学硕士学位论文

赵国藩. 1984. 结构可靠的实用分析方法. 建筑结构学，（3）：1～10

朱元甡，韩国宏，王汝慈等. 1995. 南水北调中线工程交叉建筑物水毁风险分析. 水文，（3）：1～7

竺慧珠，陈德亮，管枫年. 2004. 渡槽. 北京：中国水利水电出版社

左其亭，吴泽宁，赵伟. 2003. 水资源系统中不确定性及风险分析方法. 干旱区地理，26（2）：116～121

Aaron A，Jenning A A，Suresh P. 1986. Risk penalty function hazardous waste management. Journal of Environmental Engineering，112（1）：105～122

ANCOLD（Australian National Committee on Large Dams）. 2003. Guidelines on Risk Ausessment. Australia：ANCOLD

Ang A H S，Tang W H. 1984. Probability concepts in engineering planning and design. Decision，Risk，and Reliability. Vol. II. New York：John Wiley & Sons，Inc

Anselmo V，Galeati G，Palmirei S，Rossi U，Todini E. 1996. Flood risk assessment using an intergrated hydrological and hydraulic modeling approach：a case study. J Hydrol，175：533～554

Aven T，Vinnem J E. 2007. Risk Management with Applications from the Offshore Petroleum Industry. London：Springer. 1～23

Baglini N A. 1976. Risk Management in International Corporations. New York：Risk Studies Foundation，Inc

Banks E. 2003. Practical Risk Management. Chichester：Wiley

Bowles D S. 2006. From portfolio risk assessment to portfolio risk management. Preceding of ANCOLD Conference. Sydney：ANCOLD

Canadian Standards Association (CSA). 1997. Q850-97-CAN/CSA Risk Management：Guideline for Decision-Makers

Chapman R J. 2001. The controlling influence on effective risk identification and assessment for construction design management. International Journal of Project，19：147～160

Cohen M W，Palmer R G. 2004. Project Risk Identification and Management. AACE International Transactions

Cox S J，Tait N R S. 1993. Reliability，Safety and Risk Management-An Integrated Approach. Oxford：Butterworth-Heinemann

Crum D A. 1996. Reliability applied to levee seepage analysis//Probabilistic Mechanics and Structural and Geotechnical Reliability. Proceedings of the Speciality Conference. ASCE. 946～949

Davis D W. 1991. A risk and uncertainty based concept for sizing levee projects. Proceeding of Hydrology and Hydranlics. Workshop on Riverine Levee Freeboard，Monticello，Minnesota. 231～249

Duckstein L，Bogardi I. 1981. Application of reliability theory to hydraulic engineering design. J of Hydrau Div Proc ASCE，107 (HY7)：799～815

Erto P，Giorgio M. 2002. Assessing high reliability via Bayesian approach and accelerated tests. Reliability Engineering and System Safety，(76)：301～310

Fairley R. 1994. Risk Management for software projects. IEEE Software，11 (3)：57～66

Fernandez B，Sales J D. 1999a. Return period and risk of hydrologic events Ⅱ：Mathematical. J Hydrolo Engr，4 (4)：308～316

Fernandez B，Sales J D. 1999b. Return period and risk of hydrologic events Ⅰ：Mathematical. J Hydrolo Engr，4 (4)：297～307

Finnish Environment Institute. 2001. RESCDAM-Development of Rescue Actions Based on Dam-Break Flood Analyses. Final Report

Franck D，Pompe J. 2005. Water Transfer between North and South Carolina：An Option for Policy Reform. Natural Resources Journal，45 (2)：441～456

Greene M R，Serbein O N. 1978. Risk Management：Text and Cases. USA，Virginia：Reston Pub Co

Groot M B de，Adel H Den et al. 1995. Risk of dike failure due to flow slides. Coastal Engineering，26 (4)：241～249

Gui Shengxiang，Zhang Renduo，Wu Jianquan. 1998. Simplified dynamic reliability models for hydraulic design. Journal of Hydraulic Engineering，ASCE. 124 (3)：329～333

Gupta A K，Suresh I V，Misra J，Yunus M. 2002. Environmental risk mapping approach：Risk minimization tool for development of industrial growth centers in developing countries. Journal of Cleaner Production，(10)：271～281

Haimes Y. 1981. Hierarchical holographic modeling. IEEE Transaction on Systems，Man，and Cybernetics，11 (9)：606～617

Haimes Y，Kaplan S. 2002. Risk filtering，ranking，and management framework using hierarchical holographic modeling. Risk Analysis，22 (2)：383～397

Hertz D B，Thomas H. 1983. Risk Analysis and Its Application. Chichester：John Wiley & Sons

Houck M H A. 1979. Chance constrained optimization model for reservoir design and operation. Water Resources Research，15 (5)：1011～1016

Howarth L C. 1995. Modelling technical services in libraries. A microanalysis employing domain analysis and Ishikawa ("Fishbone") diagrams. Technical Services Quarterly，12 (3)：1～16

Huseby A B，Skogen S. 1992. Dynamic risk analysis：the Dyn-Risk concept. International Journal of Project Management，10 (3)：160～164

ICOLD. 2003. Bulletin on Risk Assessment as An Aid to Dam Safety Management: Principles, Terminology and Discussion of Current and Potential Roles. ICOLD

Jaafari A, Manivong K. 1999. The need for life-cycle integration of project processes. Engineering Construction and Architectural Management, 6 (23): 235～255

Janssena C R, Heijericka D G, De Scham Phelaerea K A C, Allenb H E. 2003. Environmental risk assessment of metals: Tools for incorporating bioavailability. Environment International, (28): 793～800

Kliem R L, Ludin I S. 1997. Reducing Project Risk. Hampshire: Gower Publishing Company

Lee Han-Lin, Mays L W. 1983. Improved risk and reliability model for hydraulic structures. Water Resources Research, 10 (6): 1415～1422

Megill R E. 1977. An Introduction to Risk Analysis. Petroleum Publishing Company

Mehr R I, Hedges B A. 1974. Risk Management: Concept and Application. Columbus: McGraw-Hill Inc

Modarres M. 2006. Risk Analysis in Engineering: Techniques, Tools, and Trends. Boca Raton: Taylor & Francis

Nguyen G N. 2002. Probabilistic Design and Risk Analysis for the Duong River Dike in the Red River Delta in Vietnam. IHE, Master thesis report, Delft

Olson J R. 1999. Risk modeling for a system of levees under non-stationary condition. Ph. D. Thesis, University of Virginia, America

Rosenbloom J S. 1972. A case study in risk management. New Jersey: Prentice Hall

Staples C A, Willialns J B, Craig O R, Roberts K M. 2001. Fate, effects and potential environmental risks of ethylene glycol: a review. Chemosphere, (43): 377～383

Stewart A R. 2001. Dam risk management, modern techniques for Dams Financing Construction, operation. Risk Assessment, (9): 721～749

Szidarovszky F, Duckstein L, Bogardi I. 1975. Levee system reliability along a confluence reach. J of the Engineering Mechanics. Div, ASCE. 101: 609～622

Tung Yeou-koung. 1985. Models for evaluating flow conveyance reliability of hydraulic structures. Water Resources Research, 21 (10): 1463～1468

Tung Y-K, Mays L W. 1981a. Risk models for flood levee design. Water Resources Research, 17 (4): 833～841

Tung Y-K, Mays L W. 1981b. Optimal risk-based design of flood levee system. Water Resources Research, 14 (4): 843～852

U. S. Army Corps of Engineers (USACE). 1998. Risk-Based Analysis in Geotechnical Engineering for Support of Planning Studies. With two appendices. Appendix A, An Overview of Probabilistic Analysis for Geotechnical Engineering Problems. Appendix B: Evaluating the Reliability of Existing Levees

Van der Meer J W, de Looff Harry, Glas Peter C G. 1998. Integrated approach on the safety of dikes along the Great Dutch lakes. Proceedings of the Coastal Engineering Conference, 3: 3439～3452

Vortman H G. 2003. Risk-based design of large-scale flood defence systems. Ph. D. thesis, Delft University of Technology, Netherlands

Vrijling J K. 2001. Probabilistic design of water defense systems in Netherlands. Reliability Engineering and System Safety, 74 (5): 337～344

Wang L, Ma C. 1999. A study on the environmental geology of the Middle Route Project of the south-north water transfer. Engineering Geology, 51 (3): 153～165

Wolff T F. 1997. Geotechnical Reliability of Levees Hydrology and Hydraulics Workshop on Risk-Based Analysis for Flood Damage Reduction Studies, U. S. Army Corps of Engineers, Hydrologic Engineering Center

Wood E F. 1975. Bayesian approach to analyzing uncertainty among flood frequency models. Water Resources Research, 11 (6): 839～843

Wood E F. 1977. An analysis of flood levee reliability. Water Resources Research, 13 (3): 665～671